小说的内与外
——重建文本细读的批评方法

中国当代文学研究代表作

陈晓明 著

主　编　孟繁华　张清华

北方联合出版传媒（集团）股份有限公司
春风文艺出版社
·沈阳·

图书在版编目（CIP）数据

小说的内与外：重建文本细读的批评方法 / 陈晓明著 . —沈阳：春风文艺出版社，2023.2
（中国当代文学研究代表作）
ISBN 978-7-5313-5932-6

Ⅰ.①小… Ⅱ.①陈… Ⅲ.①小说研究—中国—当代 Ⅳ.① I207.42

中国版本图书馆 CIP 数据核字（2021）第 007588 号

北方联合出版传媒（集团）股份有限公司
春风文艺出版社出版发行
http://www.chunfengwenyi.com
沈阳市和平区十一纬路 25 号 邮编：110003
辽宁新华印务有限公司印刷

责任编辑：姚宏越		助理编辑：平青立	
装帧设计：陈天佑		责任校对：张华伟	
印制统筹：刘　成		幅面尺寸：155mm×230mm	
字　　数：455 千字		印　　张：29.5	
版　　次：2023 年 2 月第 1 版		印　　次：2023 年 2 月第 1 次	
定　　价：65.00 元		书　　号：ISBN 978-7-5313-5932-6	

版权专有　侵权必究　举报电话：024-23284391
如有质量问题，请拨打电话：024-23284384

文本细读与文学的经典化：
从理论到实践
——陈晓明《小说的内与外——重建文本细读的批评方法》序

进入21世纪之后，中国的外国文学理论研究专家们在译介西方文学理论的时候，特别提到了在西方受到欢迎的一些大学文学教材。这些教材与我们流行的文学理论教材的区别，表明我们与西方不在同一个学术时间里，我们从事的是与西方非常不同的文学教学实践。当然，我们也可以说，由于我们与西方的价值观、文学观的巨大差异，决定了我们文学教材编写的内容与方法、决定了我们文学教学的理论边界。但是，这样的说法也掩盖了我们一直存在的巨大欠缺：在具体的文学教育上，特别是在具体的文学教研方法上，我们究竟是先进还是落后，是守旧还是进步？一些专家虽然没有在这一敏感的层面上讨论问题，但是，他们的译介和研究表明，西方那些受到欢迎的教科书在研究具体文学作品的观念和方法方面，都值得我们借鉴和学习。比如北京大学出版社出版的周启超教授主编的"当代国外文论教材精品系列"，已经出版了多种：俄罗斯瓦·叶·哈利泽夫的《文学学导论》、英国彼得·威德森的《现代西方文学观念简史》、美国迈克尔·莱恩的《文学作品的多重解读》、英国拉曼·塞尔登的《当代文学理论导读》等。值得注意的是，拉曼·塞尔登的《当代文学理论导读》第一章讲解介绍的就是"新批评、道德形式主义与利维斯"。而美国迈克尔·莱恩的《文学作品的多重解读》，本来就与新批评有密切关系。他选择了莎士比亚的剧作《李尔王》、亨利·詹姆斯的《艾斯彭遗稿》、伊丽莎白·毕肖普的诗作和托尼·莫里森的《蓝眼睛》等4种经典文本，做了多角度的细读。细读在西方世界不只是面对具体的文学文本，即便面对宏大的理论世界，细读也是重要的方法之一。比如《当代文学理论导读》《现代西方文学观念史》，或讲当下最重要的文学理论专题，或讲文学的历史或文学观念的演变轨迹，都是从细部讲起又融会贯通了多种批评方法。新批评作为一种潮流可能已经衰落了，但它强调的文本细读的方法，作为文学批评的重要遗产，已经成为一种文学批评的常态并被接受，这是没有问题的。我们将要讨论的批评家陈晓明的新作《小说的内与外》，就是当代中国文学批评运用这一方法的范例和重要收获。

一、文本细读与文学的经典化

新批评、文本分析、文本细读等概念或观念我们已经耳熟能详。艾略特、瑞恰慈、燕卜荪、兰色姆、韦勒克、沃伦、布鲁克斯等新批评的大师，也早已为我们所熟知。作为一种新的批评方法，20世纪80年代以来新批评在中国曾经引发过巨大的热潮。新批评的经典著作几乎都有中译本。在20世纪50年代的欧美已经逐渐衰落的一种批评方法，在中国却大行其道，显然有未做宣告的秘密。关于新批评在欧美的衰落，后来新批评的领袖们曾做过反思，韦勒克认为原因有三：首先，大家对新批评代表人物的政治和宗教观点深感怀疑；其次，20世纪中叶后，文学作为艺术审视对象的思想基础遭到了来自结构主义哲学的削弱和颠覆，文学艺术普遍遭到攻击，在允许任意解释存在的无序批评状态下，新批评成了"虚无主义"的牺牲品；最后，也是韦勒克最不能容忍的是，新批评派批评家极端地以英格兰为中心，认识问题常常流于狭隘，他们很少尝试探讨外国文学或者说只偶尔地涉及几个有限的文本，这样的局限使他们完全忽略了世界文学中那取之不尽的宝藏。韦勒克还认为，在与其他理论角力崛起的过程中，新批评派理论家为了捍卫自己的立场常常矫枉过正，将某些包含着真知灼见的观点推向绝对化，从而招致当时及后来各种批评理论的反对[①]。新批评虽然在20世纪50年代的欧美逐

---

① 王腊宝、张哲：《〈新批评〉译序》，载兰色姆《新批评》，王腊宝、张哲译，江苏教育出版社，2006年，"《新批评》译序"第8页。

渐衰落。但新批评的遗产却被西方批评大师们继承下来。最值得注意的是1943年布鲁克斯、沃伦编著的《小说鉴赏》，2006年在中国出版了中英文对照版；1994年哈罗德·布鲁姆出版了他影响巨大的《西方正典》，2005年江宁康的译本由译林出版社出版；纳博科夫的《文学讲稿》，2005年申慧辉等的译本由上海三联书店出版。这些著作的出版，从观念上阐释了新批评或文本细读的理论，更重要的是，它们以文本细读示范的方式对文学经典进行了阐释。这些对理论和作品的诠释改变了以往只注重文学观念的批评方式，而对文本的具体解读成为第一要义。这些著作，无一例外地成为大学文学专业的教科书或重要的必读书目。

布鲁克斯、沃伦的《小说鉴赏》，是一部短篇小说鉴赏集，全书选择了51篇短篇小说，除了英美之外，还有欧洲、拉美、俄罗斯等不同国家和地区的代表性短篇作品。布鲁克斯和沃伦坚持把文学作品的本体研究作为文学研究的主要任务，摒弃文学自身之外的一切因素，通过语言分析、细究作品的本意，将文本作为一个独立自足的世界，从而摆脱了着重讨论作家的思想、背景以及作品的思想、历史和社会政治意义。比如，他们是这样分析契诃夫的《万卡》的：

这篇小说的重点放在动人哀怜的词句上，很可能产生伤感的气氛。假定用另一种写法，只是大致按年代顺序，历叙万卡一生中所有苦难，直到圣诞节的前夜，他独自一人待在那个阴暗寒冷的小屋里做祷告。要是这样描写，这篇小说根本就毫无小说味道了，充其量只不过是一篇充满感伤气氛的速写。或者假定这封信按照确切地址送到了爷爷手里，无奈爷爷没法违反学徒合同，以致万卡达到的境遇比过去还要糟。那该是一篇多么拙劣的小说啊！

正是由于不知道确切地址——最后这么一点儿年幼无知，确实哀婉动人——才使得这篇小说定型……

……我们知道这封信根本送不到万卡的爷爷手里。那么，它会送到谁的手里呢？它送到了读者——也就是你们大家的手里。它终究成为来自世界上所有小万卡寄给我们大家的一封信，所以"耍花招的结尾"毕竟远远地不只是一个花招了。我们从这里就可以对这篇小说的奇特结构，以及破题中冗长而又不太均衡的组成部分有所理解了。

《万卡》是世界短篇小说中的奇葩名篇。但是，通过布鲁克斯、沃伦的解读分析，我们才更深切地理解了契诃夫的不同寻常——那封信爷爷没有、也不可能收到，但全世界的读者都收到了。这个细读带来的震撼，使我们进一步理解了《万卡》的经典意义：它让我们感到一种深切的人文关怀。《小说鉴赏》对经典小说文本的"小说的意图与要素""情节""人物性格""主题""新小说""小说与人生经验"等不同方面的分析和解读，都给我们以极大的启示。

哈罗德·布鲁姆，与德曼、哈特曼和米勒并称"耶鲁四大批评家"。他于1973年出版的《影响的焦虑》，被誉为"一本薄薄的书震动了所有人的神经"，在美国批评界引起巨大反响。译成中文后在我国同样产生了巨大影响。而他的《西方正典——伟大作家和不朽作品》，其影响更为巨大。在这本书的"中文版序言"里，他说：

也许你们已经知道，在二十世纪最后三分之一的时间里，我对自己专业领域内所发生的事一直持否定的看法。因为在现今世界的大学里文学教学已被政治化了：我们不再有大学，只有政治正确的庙堂。文学批评如今已被"文化批评"所取代：这是一种由伪马克思主义、伪女性主义以及各种法国/海德格尔式的时髦东西所组成的奇观。西方经典已被各种诸如此类的十字军运动所代替，如后殖民主义、多元文化主义、族裔研究，以及各种关于性倾向的奇谈怪论。如果我是出生在1970年而不是1930年的话，我就不会以文学批评家和大学老师为职业，就算我有十二倍的天赋也不会做此选择。但是，正如我在一些完全乱套的大学中对怀有敌意的听众所说的，我的英雄偶像是萨缪尔·约翰逊博士，不过即使是他，在如今大学的道德王国里也难以找到一席之地。

布鲁姆教授毫不掩饰他对包括文学教育在内的大学教育的失望情绪。如果是这样的话，那么，我们也可以把布鲁姆写作《西方正典》理解为他对大学文学教学的一种修正。在这本著作中，布鲁姆同样以文本分析和细读的方式，讨论了他的"伟大作家和不朽作品"。在布鲁姆看来，莎士比亚是迄今为止最伟大的一位文学巨匠，他让我们无论在外地还是异国都有回乡之感。他的感化和浸染能力无人可比，这对世界上的表演和批评构成了一种永久的挑战①。但是，布鲁姆在讨论评价莎士比亚时，并非仅仅下了这些断语。他在"贵族时代"第一个讨论的就是《经典的中心：莎士比亚》，这个讨论，首先是莎士比亚的评价史。布鲁姆对莎士比亚的研究史如数家珍，对不同时代、不同批评家如何评价莎士比亚极其熟悉。但是，布鲁姆并不是理论化地阐释作为经典中心的莎翁。他的具体分析才真正显示了作为大批评家的才能和强大的阐释能力：

当我们要分析莎士比亚的现实意识时（或者如果你愿称为戏剧中的现实的话），我们可能会对它感到迷惑。如果你与《神曲》保持一定距离，该诗的陌生性会令你吃惊，但莎剧似乎能让人马上就感到熟悉，而且剧情意蕴丰富，令人难以一下子悟透。但丁为你解说他的人物，如果你不接受他的裁决，他的诗就抛弃你。莎士比亚的人物容纳多种观点，以致他们成为你判断自我的分析工具。如果你是一位道德家，福斯塔夫会惹恼你；如果你变得堕落，罗瑟琳会揭穿你；如果你是老古板，哈姆雷特决不会接近你。假如你是解说者，莎氏笔下的恶棍会使你一筹莫展。伊阿古、爱德蒙和麦克白等人的行为动机过于复杂，其中大多数是他们为自己想象和发明出来的。和福斯塔夫、罗瑟琳及哈姆雷特等大智者一样，这些恶魔式的人物都是自我的艺术家，或如黑格尔所说的是自我的自由艺术家。哈姆雷特是最丰满的人物，莎士比亚赋予它一种创作的意识，而不是莎氏自己的意识。阐释哈姆雷特如同阐释爱默生、尼采和克尔凯郭尔等箴言家一样困难。②

布鲁姆的博学、透彻，在他对20余位经典作家的分析中展现得一览无余，一种贯通的理论和方法闪耀在他的字里行间。读这样的批评，

---

① 哈罗德·布鲁姆：《序言与开篇》，《西方正典——伟大作家和不朽作品》，江宁康译，译林出版社，2005年，"序言与开篇"第2页。

② 哈罗德·布鲁姆：《经典的中心：莎士比亚》，《西方正典——伟大的作家和不朽的作品》，译林出版社，2005年，第47页。

我们才真正有可能领会到大批评家的风采。经典作品只有在这样的批评家的读解中才会焕发出固有的光芒和特殊的价值。布鲁姆也许并未从具体的修辞或情节入手，但他的每一个结论和断语，都不会离开背后隐含的细读经历。

在这方面有特殊造诣的，还有小说家纳博科夫。这个自我期许甚高的流亡者，因小说《洛丽塔》而声名远播。当然他绝非浪得虚名，他是一位才华横溢的作家。他一生中创作了17部长篇小说，400余首诗歌，50多篇短篇小说，同时还有诗剧、散文剧以及译著多种。他崇尚艺术，认为艺术高于一切，语言、结构、文体等属于艺术范畴的概念，比作品的思想性和故事性重要。《文学讲稿》是他20世纪50年代在威尔斯利学院和康奈尔大学的讲课稿，成书过程非常复杂。但我们读到的这部充满课堂气息的讲稿，的确与众不同。他不乏语惊四座口无遮拦的偏激甚至狂妄，当然也可以理解为他坦白率真的个人性格。他在康奈尔大学刚刚开始学术生涯的时候，曾给艾德蒙·威尔逊写信："明年我要开一门'欧洲小说'课，我起码得讲两位作家。"威尔逊马上回信说："关于英国小说家，依我之见，两位无可比拟的最伟大的（乔伊斯是爱尔兰人，故不在此列）小说家是狄更斯和简·奥斯丁。如果你没有重读过他们的作品，设法重读一次。读狄更斯的晚期作品《荒凉山庄》和《小杜丽》。简·奥斯丁的作品值得全部重读一遍——即使她的小作品也是出色的。"纳博科夫回信道："谢谢你对我的小说课提出的建议。我不喜欢简，事实上，我对所有的女作家都抱有偏见。她们属于另一类作家。怎么也看不出《傲慢与偏见》有什么意义……我准备用斯蒂文森代替简·奥。"威尔逊不同意纳博科夫的看法，而纳博科夫终于一反常态地缴械投降了，他接受了威尔逊的建议。① 这些通信不仅让我们看到了纳博科夫的个人性格，同时我们也看到了这些西方教授对待讲课是多么的认真和用心。纳博科夫对自己精心挑选的七部作品——简·奥斯丁的《曼德菲尔德庄园》、查尔斯·狄更斯的《荒凉山庄》、居斯塔夫·福楼拜的《包法利夫人》、罗伯特·路易斯·斯蒂文森的《化身博士》、马塞尔·普鲁斯

---

① 约翰·厄普代克：《文学讲稿·前言》，载弗拉基米尔·纳博科夫《文学讲稿》，申慧辉等译，上海三联书店，2005年，"前言"第19—20页。

特的《斯旺宅边小径》、弗朗茨·卡夫卡的《变形记》、詹姆斯·乔伊斯的《尤利西斯》的分析和解读，也的确独树一帜。他的方法同样是细读。比如他在讲弗朗茨·卡夫卡《变形记》的时候，第一部分专门讲了七个场景和段落，第二部分专门讲了十个场景，第三部分也讲了十个场景。结合这些具体场景，纳博科夫讲了主题、人物、细节、反讽、行动、关系等等。一部作品在这样的具体分析中，逐渐显露出真相。

这些有教授身份的批评家，对经典的指认和对经典的解读，是西方文学经典化的一部分。你可以不同意他们的看法，但你要反驳他们时，却会感到为难。这也是细读的力量和魅力之一。

二、《小说的内与外》：既是方法也是发现

多年来，陈晓明一直站在中国当代文学批评的最前沿。他的《无边的挑战——中国先锋文学的后现代性》《解构的踪迹：历史、话语与主体》《不死的纯文学》《中国当代文学主潮》等，已经成为这个时代重要的文学研究成果并在学界产生了不可替代的影响，从而奠定了陈晓明在中国当代文学界和文学理论界的重要地位。如果说，《无边的挑战》在阐释解读中国先锋文学的同时，更属意于文学观念的辩难、更沉浸于先锋文学席卷了一成不变的传统文学观念的兴奋，那么，《小说的内与外——重建文本细读的批评方法》，则改变了他的批评策略：他更执着于本文的解读或细读。他的导言开宗明义："中国当代文学理论与批评一直未能完成文本细读的补课任务，以至于我们今天的理论批评（或推而广之——文学研究）还是观念性的论述占据主导地位。中国传统的鉴赏批评向现代观念性批评转型，完成得彻底而激进，因为现代的历史语境迫切需要解决观念性的问题。"但是，"在当今中国，加强文本细读分析的研究显得尤为重要，甚至可以说迫切需要补上这一课。强调文本细读重要性的呼吁，实际上从20世纪80年代以来就不绝于耳，之所以难以扎扎实实在当今的理论批评中稳步推进，也有实际困难"。这个困难不只是说，观念性的批评经过半个多世纪的浸淫，其惯性强大而难以改变；而且，文本细读的批评在西方已经日益式微，这个源于西方也式微于西方的批评方法，对热衷于追新逐潮的中国批评界来说，也逐渐失

去了吸引力。但是，如前所述，作为一种批评方法的重要遗产，文本细读依然受到欧美大学文学教材的信奉，并受到学生的欢迎。也正是因为陈晓明对文学批评和教学前沿状况的了解，他才知难而进地坚持了他的选择。我们发现，陈晓明2003年调到北大工作之后，他先后给学生开了八门课程：解构主义导读、现代性理论导读、现代主义与先锋派理论导读、中外文学批评方法、中国当代文学史、当代小说经典文本分析、中国当代先锋文学研究、90年代以来的长篇小说研究。这八门课程既有偏重理论性的，也有偏于文本分析的。他有意识地侧重理论批评和创作实践的不同方面，向学生表达他对文学的理解和研究。如果是这样的话，《小说的内与外——重建文本细读的批评方法》，就不是心血来潮的即兴之作。这本书陈晓明写了整整八年，这对下笔万言、倚马可待的才子陈晓明来说，不啻为一个例外。这也从另一个方面说明他对这本书的重视。虽然不能说陈晓明试图写出中国的《小说鉴赏》《西方正典》或《文学讲稿》，但他试图用细读的方法构建中国新时期以来的文学经典的努力，还是有迹可循的。

《小说的内与外——重建文本细读的批评方法》全书十五章，除两章讲述文学现象之外，分别选择了马原的《虚构》、格非的《褐色鸟群》、余华的《在细雨中呼喊》、苏童的《罂粟之家》、阿城的《棋王》、王安忆的《新加坡人》、白先勇的《游园惊梦》、铁凝的《永远有多远》、王小波的《我的阴阳两界》、王朔的《我的千岁寒》、贾平凹的《废都》《秦腔》《古炉》、刘震云的《一句顶一万句》以及莫言的小说。这是陈晓明根据"当代小说经典文本分析"的讲稿整理而成。事实上，这些内容在学术杂志上都刊登过。由于其中分析的作家作品基于属于"新时期"的范畴，目前暂时还不宜定性为"当代小说经典文本"，但是，这个名单一经开出，其阵容和内容的影响力都毋庸置疑。

看到这本书，我不免想起20多年前陈晓明出版的《无边的挑战——中国先锋文学的后现代性》。这是国内第一次出版的系统阐释中国先锋文学的著作，初版6000册，迅速销售一空。那时，陈晓明以其个人的理论修养、前瞻视野，以全新的理论和话语，为中国突如其来的先锋文学做了透彻和令人耳目一新的阐释。他孤军奋战，却也实施了一场有声有色的文化挑战。可以说，中国的先锋文学能够在那个时代独领风骚，与陈晓明的批评工作密不可分。1998年我在《英姿勃发的文化挑战》中,曾对陈晓明的这一工作做出过详细的评价。那个时代在今天看来真是恍如隔世,现在的年轻人读先锋文学几乎是无师自通,但那个时代,无论是先锋文学还是陈晓明的理论批评,不啻为天外来客。各种评价自然如满天飞雪。因此,那时的陈晓明,除了在文本上努力分析厘清这些作品的话语风格、精神变异和文化断裂的合理性外,他不得不更多地着眼于文学观念革命的阐释。那时,如果不从这个方面入手,先锋文学的合理性甚至合法性将处在危机之中。我这样说,并不意味着是陈晓明一人撑起了先锋文学的大厦,但他确实是那个时代先锋文学批评的中流砥柱。

  20多年过去之后,当年那个翩翩少年也已经两鬓飞雪,他面对文学时的激进与冲动也缓和了许多。特别是在文学革命终结之后,如何面对已经成为历史的文学遗产和沉积物,可能是我们面对的更为切实的问题。经过八年的时间,陈晓明为我们呈现了他的这部著作。《小说的内与外》虽然是文本细读,但是,作者并不是"执着于某一种流派的观念方法,也不是演绎某一类操作套路,而是回到文本,去接近文本最能激发阅读兴趣和想象力的那些关节,从而打开文本无限丰富广阔的天地"。这一看法同布鲁克斯、沃伦、布鲁姆和纳博科夫在细读西方经典时有异曲同工之处。这些西方大师也不拘泥于某一种方法,只要有益于文本细读,哪种方法都可以兼收并蓄。比如陈晓明在分析格非的《褐色鸟群》时,不厌其烦地分析那个女人目睹丈夫在棺材里的情形——丈夫死了,但棺材里的尸体动了一下。而且是抬起了右手解开了上衣领口的一个扣子。对这个费解的细节,他做了很长的解读,甚至这个细节受到生活中哪个故事的启发都不厌其详。接着他用谱系的方法一直延续到《约翰预言》,然后告诉我们:"小说叙事的本质可能就在于'说出真相';与之相反,'隐瞒真相'也是(不)说出真相的一种方式。"当然,他旨在通过对《褐色鸟群》的细读,在分析这篇小说"真相"的同时,亦告知读者这篇小说与过去一览无余的现实主义小说的巨大区别。当然,对那个黄金时代的先锋文学作家来说,还是带来了关于文学语言的变革:"这么一个群体,虽然风格各异,但还是可以看出他们鲜明的共同的倾向,极为鲜明的艺术特征。他们取消了文学与现实直接对话这道意识形态轴心,取而代之的轴心是文学自身。"语言的变革,才是文学真正的变革。那种风格学意义上的变化,都是在承继他们前辈的基础上实现的。只有语言实现了变革,才是"另起一行"的创造。在细读余华的《在细雨中呼喊》时,陈晓明用了一个重要的关键词——弃绝。当然这是在沿用德里达的概念,也是从余华的小说中提炼出来的核心概念。那么余华的《在细雨中呼喊》究竟弃绝了什么,是陈晓明围绕小说本文要讲述的:首先余华改写了"儿童叙事"所掩盖的童年生活。在陈晓明看来,"余华一向擅长描写苦难兮兮的生活,我曾说过,他那诡秘的目光从来不屑于注视蔚蓝的天空,却对那些阴暗痛苦的角落沉迷不已。余华对'残酷'一类的感性经验具有异乎寻常的心理承受力,他的职业爱好使他在表达'苦难生活'的时候犹如回归温馨之乡。'苦难'这种说法对余华来说是根本不存在的,因为它就是生活的本来意义,因而,'我'这个名为'孙光先'的孩子,生活于弃绝中乃是理所当然的。余华冷静,娓娓叙述这段几乎可以说是不幸的童年经历,确实令人震惊。在这里,极度贫困的家庭、不负责任且凶狠无赖的父亲、孤苦的祖父、屈辱的母亲、经常的打骂、被冷落歧视,然后是像猫一样被送走,又像狗一样跑回来……这就是生存的弃绝之境了,也是生存之绝境。在绝境中生存与成长,这是成长残酷而极端的面向"。但是,在陈晓明看来,"余华的特殊之处就在于他并没有简单去罗列那些'弃绝'生活的感性世相,而是去刻画孤立无援的儿童生活更为内在的弃绝感……一个被排斥出家庭生活的儿童,向人们呈示了他奇异而丰富的内心感受,那些生活事件无一不是在童稚奇妙的目光注视下暴露出它们的特殊含义。被家庭成员排斥的孤独感过早地吞噬了天真的儿童心理,强烈地渴望同情的心理与被无情驱逐的现实构成的冲突,使'我'的生存陷入一系列徒劳无益的绝望挣扎之中,而'呼喊'则是生活含义的全部概括或最高象喻:那是孤独无助的弃绝境遇,得不到回应的绝境"。在我的余华评论的阅读经验里,应该说,这个分析是相当透彻的。

后来,陈晓明在分析书中提到的所有作品时,几乎都会使用一个乃至几个关键词。比如"重复虚构"与马原、"欲望、暴力与颓废"与苏童、"吃与棋"与阿城、"身份政治"与王安忆、"没落美学"与白先勇、"自我相异性与浪漫主义幽灵"与铁凝、"性、区隔与荒诞"与王小波、"越界""绝境"与王朔、"去历史化"与刘震云、"在地性"与莫言等等。这些关键词是打开这些文本的钥匙。这就是陈晓明通过文本细读对作家作品的发现。在这个意义上,陈晓明与西方那几位大师在具体表述上还是有很大差异的。比如布鲁克斯、沃伦、纳博科夫等,都没有采取这种方式,他们的题目就是他们讲述的对象。倒是布鲁姆的《西方正典》使用了这一"极权主义"的方法。他大胆地断言莎士比亚是"经典中心",萨缪尔·约翰逊博士是"经典批评家",歌德《浮士德·第二部》是"反经典的诗篇"。这种敢于在题目中使用断语的批评方式,一方面显示了批评家的自信,一方面当然也面临着风险——因它的醒目或抢眼,极易招致辩难甚至反对。但是,当我们试图挑战他们的看法时,我们确实也深感为难。

还需要指出的,是陈晓明在《小说的内与外》中的批评视野。新批评衰落的重要原因之一,是那几位傲慢的英国绅士,主要只关注英格兰作家,而几乎很少涉及其他国家和地区的作家。但是,我发现,陈晓明虽然用的是起源于英伦的批评方法,但却没有这一批评的狭隘之气。他在评价分析中国文学黄金时代的才子才女们时,对其谱系关系和承继关系如数家珍。他分析格非的《褐色鸟群》时,明确地指出:"《褐色鸟群》无疑受到了博尔赫斯的影响,'棋'与'镜子'就是博尔赫斯小说和诗歌里经常出现的意象,且这种叙述方式和结构也与博尔赫斯不无关系。《褐色鸟群》某种意义上比博尔赫斯更激进,它不只是揭示真相,也是真相的变异。博尔赫斯的真相最终可以大白于天下,但格非的真相却是迷失的,不可确认的。"在格非的其他小说里,陈晓明甚至发现了格非接受的现代作家施蛰存和徐讦的影响;而余华对川端康成、普鲁斯特、曼斯菲尔德的崇拜,以及卡夫卡对余华的影响,都被陈晓明看得一目了然;而对克尔凯郭尔"弃绝"哲学的分析,更显示了陈晓明的理论修养和雄辩风格。在评论王小波的时候,他同时也分析了亨利·米勒的《性》和美国的女权主义者凯特·米利特的《性的政治》。他甚至坦白地指出:"苏童、余华、格非、孙甘露、北村等人在那个时期的创作——今天或许看得更清楚,我们不得不承认,他们深受莫言的影响。至少莫言为他们扫清了道路上的障碍。比如苏童在1987年发表的《一九三四年的逃亡》,在当时看来,在今天看来依然是——这是一篇向莫言致敬的作品。'我祖父''我祖母'与莫言的'我爷爷''我奶奶'有同族之缘。狗崽耸着肩向城市逃亡时走过的那条洒满月光的道路,与莫言《红高粱家族》中的罗大爷到县城去报案走的那条道路,仿佛殊途同归。《一九三四年的逃亡》中的'盛开的野菊花',与淹没了单家父子的那一池绿水上盛开的野白莲花何其相像。但到了《罂粟之家》中的'罂粟花',就开出了苏童自己的意味。"读到这样的批评文字、这样的发现,我不得不由衷地表示钦佩。我想,即便是苏童看过后,也不得不心服口服吧。

李敬泽说:20多年来,我已经习惯于从晓明先生丰沛的理论思维中获得启发。他如果仅仅是天马行空的理论家就好了,但问题是,他竟还是不避庖厨的批评家,把高深的理论锻造成了具有如丝的文本感受力的刀。由此,晓明先生使得以批评为业者——比如我——面对着艰巨的高度和难度。我想,这既是敬泽的谦虚,也应该是他的由衷之言。

我钦佩的是陈晓明教授通过文本细读的方式,对建构中国近30年来文学经典付出的孜孜不倦的努力。这个努力也许超越了文学的范畴。我们知道,当代中国的价值观正在发生巨大的变化。在这样的语境中,如何占有过去的文学遗产,如何确立我们的文学经典,就成为一种战斗或争夺。为了我们中国文学的声誉不再沦落,为了我们的文学经典不再受到威胁,我们必须参与其间。如果是这样的话,那么,陈晓明在《小说的内与外》上所做的努力,终将会在更大的范畴内产生它应有的影响,它的重要性将会在未来的时间里进一步得到证实。

孟繁华
2020年国庆日改于北京

目录

导言：重建文本细读的批评方法 ················· 003

第一章　"重复虚构"的秘密

——《虚构》与博尔赫斯的小说谱系 ············· 021

一、开头、题词以及"我就是那个叫……" ············ 022

二、老人、我的经验与困难的虚构 ················ 028

三、"我干了"，疾病与爱欲 ··················· 034

四、神祇、枪与时间 ······················ 039

五、不可能的虚构 ······················· 045

第二章　小说的真相与谋杀小说

——论《褐色鸟群》关于时间和记忆的叙述 ··········· 047

一、《褐色鸟群》中的"真相" ·················· 049

二、真相与小说的叙述本质 ··················· 056

三、死亡、记忆与可变异的重复 …………………… 064

　　四、格非小说的现代踪迹 …………………………… 071

第三章　弃绝与不可能的经验
　　——余华的《在细雨中呼喊》分析 ……………… 077

　　一、在细雨中呼喊：弃绝的经验 …………………… 078

　　二、挑战伦理底线：父亲与家的弃绝 ……………… 088

　　三、关于弃绝的文学谱系 …………………………… 094

　　四、克尔凯郭尔的弃绝与小说的不可能经验 ……… 099

第四章　欲望、暴力与颓废
　　——苏童《罂粟之家》中的历史感与美学风格 …… 111

　　一、农业文明的最后书写：生殖与历史颓败 ……… 113

　　二、现代性历史的强有力穿透：革命与暴力 ……… 119

　　三、父与子：阶级与血缘的错位 …………………… 125

　　四、颓废美学与历史的风格化隐喻 ………………… 132

第五章　"寻根"与知青记忆
　　——《棋王》表征的创伤心灵史 …………………… 139

　　一、"吃"与"棋"的文本含义 …………………… 141

　　二、知青的创伤记忆与文化寻根 …………………… 150

　　三、平淡化的叙事与戏剧性效果 …………………… 155

　　四、"寻根"的意义与歧义 ………………………… 162

第六章　身份政治与隐含的压抑视角
　　——王安忆《新加坡人》分析 …………………… 170

　　一、小说中的文化空间：大上海与小弄堂…………… 172

　　二、文化认同与"欲望"书写 ………………………… 179

　　三、另一个文化情境中的认同危机…………………… 186

　　四、王安忆的叙事谱系，超越自我的可能性………… 194

第七章　"没落"美学的古典性与现代面向
　　——《游园惊梦》表征的一种美学意识 ………… 200

　　一、《游园惊梦》表征的"没落"意识………………… 201

　　二、蓝田玉与没落女性的群体形象…………………… 208

　　三、现代主义的陷落与没落的还魂…………………… 214

　　四、没落美学在现代的陷落…………………………… 223

第八章　自我相异性与浪漫主义幽灵
　　——《永远有多远》隐含的女性另类谱系 ……… 229

　　一、"远"的叙述学："仁义"还是他者化的视点？… 230

　　二、"本己之己"与女性的共同体…………………… 236

　　三、女性的她者谱系：生命本原的神话……………… 239

　　四、文学史的回望：现代浪漫主义的幽灵？………… 248

　　五、中国当代叙事文学的敞开面向…………………… 254

第九章 消极自由的退路：性、区隔与荒诞
——王小波的《我的阴阳两界》分析 …… 260

一、病态的性文化与反压抑的叙事 …… 261

二、逃脱与消极自由的可能 …… 265

三、空间的区隔与向死的爱欲 …… 272

四、自由、荒诞与虚无，这奇怪的三人转 …… 280

第十章 "动刀"的暴力美学
——现代性美学的一种文学谱系 …… 285

一、"动刀"在当代小说叙事中的决定作用 …… 286

二、"动刀"与激进现代性的暴力叙事 …… 289

三、暧昧的正义：暴力的美学化 …… 295

四、"动刀"的花招：暴力美学的解脱？ …… 302

五、另一种刀法或针的妙用：西方的文学经验 …… 307

第十一章 "文学已死"与越界之写
——《我的千岁寒》及其向死而生的写作 …… 316

一、"文学已死"的歧义 …… 316

二、千岁之寒：王朔预示的写作绝境 …… 319

三、绝境中的文学：向死而生与越界之写 …… 326

四、绝境、越界的哲学阐释 …… 334

第十二章　穿过本土,越过"废都"

——贾平凹创作变异的历史化阐释 …………… 338

一、穿过地域文化的"性情" …………………… 339

二、《废都》的文化想象与批判性情境 ………… 345

三、从《废都》到《秦腔》:阉割的必要 ………… 352

四、越过废都之后:历史与美学的终结 ………… 357

五、落地成形:《古炉》的炉火纯青 …………… 363

第十三章　"喊丧"、幸存与去历史化

——《一句顶一万句》开启的乡土叙事新面向 ……366

引言:当代乡土叙事的"喊丧"声调 …………… 366

一、幸存的孤独:对友爱或家庭伦理的解构 ………… 368

二、去历史化:乡土中国的另类现代经验 …………… 374

三、他者的伦理:个体醒觉意识或另类现代性 ……… 380

四、无法叙述的叙述:汉语小说的另类可能性 ……… 387

五、结语:"喊丧"或者"去乡愁" ……………… 391

第十四章　"在地性"与越界

——莫言小说创作的特质和意义 …………… 395

一、在地的寻根:对潮流的介入与超越 ………… 396

二、越界的世界观:暴力与正义博弈的视角 …… 405

三、解放性修辞:汉语言的自由与越界 ………… 417

第十五章　"逃离"与文本敞开的浪漫主义
　　——当代小说的隐秘超越路径 ……………… 426

一、"逃离"：西方文学的一个内在经验 ………… 428

二、"逃离"：哲学的与文化根基的解释 ………… 430

三、"逃离"：中国当代文学的一个新故事 ……… 438

四、"逃离"："晚郁时期"的超脱与自由 ………… 442

后记 ………………………………………………………… 446

再版说明 …………………………………………………… 449

题词

你的路挣扎于不可理解的
人群中间。
也许更其徒劳,
因为它坚持方向,
坚持通往未来的方向,
那已经迷失的方向。

——里尔克《悲叹》

导言：重建文本细读的批评方法

（一）

中国当代文学理论与批评一直未能完成文本细读的补课任务，以至于我们今天的理论批评（或推而广之——文学研究）还是观念性的论述占据主导地位。中国传统的鉴赏批评向现代观念性批评转型，完成得彻底而激进。因为现代的历史语境，迫切需要解决观念性的问题。马克思主义理论与批评，因其强大的社会观念性，尤其契合了中国现代文学批评的革命需要，故而在20世纪40年代以来占据了主导地位。因为传统的底子还在起作用，也因为现代的批评家大多有直接创作的经验，观念性终究没有脱离文本太远，也未能全然压垮文本的存在。但自20世纪50年代以来，革命的观念性实际成为文学批评要表达的意义的前提，作品文本只有充当这些事先存在的观念素材才有意义。终至于文学批评大都变成大批判，如若对文学作品本身的艺术性给予关注，这就构成了资本主义文学观念在作祟的错误。20世纪80年代，依然是观念性的解放占据主导意识，文学理论与批评既在引导思想解放运动，也在努力跟上这场运动。尽管说，80年代文学研究方法论变革的呼声与文学观念变革一样高昂，但方法论的程序设计并未跟上去。文学批评方法论曾经试图从自然科学时兴的"新三论"（耗散结构论、协同论、突变论）入手，来推动当代文学批评方法的变革。20世纪80年代中期，林兴宅、黄海澄等人在这方面率先做出探索，在刘再复的极力推举下，文学理论与批评的"新三论"着实热闹过一段时间。这是20世纪80年代中国科学主义开始占据社会主导意识的影响所致，也是西方现代理论的最新成果传播不力，且存在"合法性"困扰的后果。科学方法论离文学毕竟有距离，二者融合并非易事，这场革新最终不了了之，无法对后续的批评方法留下有效的借鉴。

20世纪80年代中期，西方现代文艺理论批评在中国的译介明显扩展：一方面是周而复始的"反对资产阶级自由化""清除精神污染"批判斗争；另一方面是在实现四个现代化的时代精神的感召下，使西方现代理论批评的传播逐步获得合法性。在这种语境中，西方现代派的文艺作品与理论批评无法遏止地在中国知识界传播。袁可嘉编选的一套《外国现代派作品选》（1980），发行量逾数十万册，北京大学陈焜的《西方现代派文学研究》评论集（1981）也有数万册。与此同时，新批评、符号学、阐释学、结构主义、精神分析学、叙事学、现象学美学、后结构主义也开始四处引介，这些新理论批评给年轻一代的学子以极大的震动，最敏感的那批人开始把理论建构的重点转移到最新的理论上来。

很显然，20世纪80年代是观念性解放的时期，观念性强的阐释学、存在主义、结构主义精神分析学及后结构主义影响要更直接。因为现象学的晦涩复杂、精神分析学的程序特征、阐释学的含混性，使得这几种学说并未在中国理论批评界有实际的影响。符号学、结构主义以及叙事学相对热闹过一阵子。但叙事学主要限于外国文学理论研究领域，并未更深入与全面地转化到中国的文学批评领域，尽管"叙述"与"叙事"已经成为当代中国文学批评领域常用语，但叙事学的一套复杂精微的方法还难以在中国当代文学研究与批评中广泛运用。最为不幸的是"新批评"，如此响亮的名称，如此率先的引介，并且也是西方现代文学批评的最为深广的基本方法，在中国文学研究与批评的实践中也没有真正扎下根，甚至没有像模像样的仿效。当代中国文学理论界和批评界最为热衷的话题，是指责别人的理论批评如何沾染西方的痕迹，只要指认为舶来品，那就足以让被指认者贻笑大方。职此之故，西方现代的文学理论与批评，实际上很难在中国的理论批评实践中产生到位的作用。这些热衷于进行这种指认的批评者，似乎连什么叫现代文学理论批评都没有弄明白。自白话文学运动之后，中国的文学理论批评的来路实际上只有两个路径，一条路径来自欧美，另一条路径来自苏俄。奇怪的是，马克思主义文艺理论批评以及苏俄的理论，理所当然地被视为中国自己的东西；而欧美的理论则被称为"西方的""外国的"。对于中国文学理论与批评来说，广泛深入地研习西方还有漫长的路要走，建构中国的文学理论批评，并不是闭门造车就可以成就的伟业。中国文论的现代转化，正如海外新儒家倡导的儒学的现代转化一样，也必然是在广泛吸收西方现代思想文化成果的基础上，经过艰苦卓绝的努力才可能有真正的建树。空喊口号，没有充足的现代知识背景，创建文学理论的中国学派就只能是一种策略性空谈口号，一种拒斥外来知识的意识形态立场。但是，始终保持中国的视野或立场则是必要的，这并不是意识形态的立场，而是在看待问题、评析问题时有能力调动和融合中国经验，寻求阐释中国历史与当下问题的具有个体性的创新视角。只有这种视角，才能真正打上融合现代理论批评知识的中国经验的烙印。

　　由此可见，中国20世纪80年代以来的文学理论与批评，并没有真正完成现代理论批评的转型，因为其批评文体和知识谱系还是夹生饭，总体上还陈旧得很，20世纪五六十年代的苏联那一套理论还没有转换到当代西方马克思主义理论上来，更遑论其他。20世纪80年代的现实主义批评模式，即感悟式的、印象式的和论断式的批评文体还是今天的主流，还没有经历过文本细读的全面洗礼。因为对新批评、叙事学等批评理论方法的极其有限吸收，今天中国的文学批评重观念、轻分析。如何以文本细读为肌理来展开论述和阐释，是需要加强的基本训练。文本实证的观念和方法在当代中国文学理论与批评中没有打好基础，故而现在还是以道德主义立场就可以横扫一切，空泛的夸夸其谈和没有具体文本分析依据的所谓批评就可四处横行并博得喝彩。

　　在当今中国，加强文细读分析的研究显得尤为重要，甚至可以说迫切需要补上这一课。强调文本细读的重要性的呼吁，实际上从20世纪80年代以来就不绝于耳，之所以难以扎扎实实在当今的理论批评中稳步推进，也有实际困难。其一，中国的文学批评在观念性的批判中浸淫了半个多世纪，1949年以后的理论批评是以大批判的形式进行的,背靠着意识形态的强大的绝对真理,即使有具体作品分析,也只是证明已经确认的真理的正确,或是证明被绝对真理映射下的作家作品的错误。观念性的论述与批评已经成为批评的习惯模式,一种渗透到骨子里且又驾轻就熟的思维方式,要完全放弃观念性已经很困难。其二,西方文本批评也日渐式微,新批评在美国的20世纪七八十年代已经为解构主义批评所取代,耶鲁批评学派成为美国20世纪80年代以后独领风骚的学派。但30多年过去了,保罗·德曼作古,布鲁姆重回"西方正典",哈特曼做"创伤"研究,米勒则看清了文学批评的末路景观,他们也都年过八旬,欧美的文学批评在20世纪90年代后期开始向文化研究转型,这也是伴随着大众媒体兴起的必然后果。对于中国的文学理论批评来说,在21世纪初也跃跃欲试向文化研究转型,文学理论转向文化研究或许是一个不错的选择,至少可以从已经枯竭的"原理"中破茧而出。

但文化批评依然是一个观念化的问题,因为中国的文学理论批评没有经过文本细读的严格训练,转向文化研究的文艺学还是容易流于空疏(例如,意识形态理论化的批评迅速占据主导地位),这几乎是学界的共识。欧美的文化研究或文化批评,不过是文学批评的一套方法,研究的材料由传统文学换成文化传媒材料而已。不管怎么变,即使是女权主义、新历史主义、后殖民主义这类观念性强的文化批评,它所运用的一套细读分析的方法,都是从文学批评的文本细读那里挪用过来的。这就是说,文化研究依然有必要以文学批评的细读方法为基础。

(二)

当然,对于文本的崇拜,把文本观念强调到绝对的地步,这是后结构主义理论批评引领潮流时的学说。在20世纪80年代,文本观念几乎要压倒甚至驱逐作品观念。在福柯、巴特的"作者死亡"的口号下,文本变成一个割绝一切的孤岛,但似乎又什么东西都可以塞进去。如德里达所言"文本之外无他物"(there is nothing outside the text),一切都在文本之内,文本之内已然是一个世界,历史、现实、社会、事件都可装进去，当然是通过语词、修辞的作用建构起现实关联。

20世纪六七十年代，"从作品到文本"（from word to text）的观念被视为文学理论批评中的最富有挑战性的变革，法国理论家罗兰·巴特认为，文本这一概念不仅与言语中心主义对立，也与传统的作品观对立。文学理论家迈克尔·默里根据巴特的观点，列出了传统意义上的作品和新意义上的文本观，比较如下：

按照默里对巴特的概括和分析：（1）传统上的作品是指相互分离的装订在书皮之间的实体，并被编入图书馆的书目。新的文本则被看作是语言活动的一个领域。（2）传统上的作品受制于既定的种类、法规和等级。新的文本则具有与公认限制发生冲突、冲破限制的本性。（3）传统上的作品是自成一体的实体，新的文本则是多个的、由各种不同的单一的线织成的，并和其他文本紧紧编织在一起，因而产生了互为文本意义。（4）传统上的作品存在于一种父子式的关系状态中和连续性的系统中，这就是说，作者是作品的父亲，作品是作者的后代，而同处一个父系式制度的序列。而新的文本是没有父亲的。按罗兰·巴特的说法，作者在文本整个结构中最多只是"一个纸上形象或者一个客人"。文本的秩序不是父系序列，而更类似于诸关系结成的网状系统。（5）在传统的作品所处的整个结构里，写作过程（著作业）和阅读过程（阅读业）截然分开，而对新的文本来说，写作与阅读完全是一个过程，在这个过程里，写作总离不开阅读，阅读也总离不开写作。（6）现代语言学把一个语言符号分为所指和能指两个部分。巴特认为作品是以所指为目标的，按语义学的话说，作品总是在表达某种东西；而文本则密切相关于能指本身，以怎样说为中心，不关心表达什么。（7）按照作者的传统观念，一个作品应该是严肃的、呕心沥血的，新的以能指为心的文本则是愉悦人的和游戏性的。①

---

① 这里的有关归纳采用了迈克尔·默里的观点，参见1983年6月默里来华在北大哲学系和西语系的讲演。资料可参见汝信编《现代外国哲学》（9），人民出版社，1986年，第69—70页。文中巴特原译为巴德斯，笔者以为依现在的译法，改译为巴特为妥。罗兰·巴特的《从作品到文本》最早的中文译文登载于《文艺理论研究》1988年第5期，第86—89页。

传统作品观	新文本观
1.图书馆中的各个分离	1.领域和活动的实体
2.受制于既定的种类	2.抵达并越出种类等限制法规和等级
3.单一的、统一的	3.多个的、由各种线和其他文本罗织成的
4.具有父子式的	4.无父子的网状系统,连续性的关系
5.写作与阅读分离	5.写作与阅读是一个单一过程
6.指陈某物	6.只重视指示者,只重视怎样表达
7.严肃的、呕心沥血的	7.游戏式的,令人快悦的

法国有"为艺术而艺术"以及形式主义的传统,罗兰·巴特则是把这一传统发挥到极致的人。在20世纪六七十年代,一方面是左派激进主义运动,另一方面是激进的艺术实验及其理论批评,在理论上正是后结构主义或后现代主义崛起的时代。文本观正是后现代主义理论批评的激进性的体现。后现代的理论批评实际上有两个截然不同的进向:其一是激进的形式主义实验,例如,法国的后结构主义就是其理论前导;其二是抹去艺术与大众文化的界线,去中心化和去深度化,平面与游戏,结果就是纯艺术的取消,传统的纯文学、所谓高雅艺术与大众艺术的界线被取消了。这两个进向实则是有其时间上的变异的,后现代由形式主义实验发动,例如,后结构主义理论、美国的实验小说,以及欧美广泛兴起的装置艺术和行为艺术。随着实验艺术的疲惫,先锋艺术与大众文化的界线被抹去,实验则是在解构或者去中心化、解深度性、颠覆现代主义的精英秩序的方位展开。两个进向,其实有时间上的变化,但这也并非全然具有替代性的。罗兰·巴特把文本推到绝对独立的地步,这本身是激进的理论实验。他在1953年写下的《写作的零度》,就是对写作的重新定义,把文学写作定义为纯粹的语言活动。所谓"写作的零度"就是文学写作只关涉语言本身,要把意识形态的外部介入清除到零度。按照巴特的观点,历史叙事并不具有事

实性和实在性,语言不能指涉语言外面的任何事物(世界、现实、过去),巴特说:"历史的话语是一种假的执行语,其中自认为是描述性成分的东西,实际上仅只是该特定言语行为的独断性的表现。"①巴特不认为历史叙事可以真实记录历史,历史可以"真实地"存在,因为历史必然要文本化。迄今为止,我们理解的历史,其实都只是历史文本,根据考古发掘的文物推断的历史,无疑具有真实性,但如何以此推断重建历史,则又要回到文本叙事。绝对真实的历史叙事当然难以存在,但不等于语言不能在一定程度上叙述历史,巴特的观点无疑是过于激进了。即使是德里达的主张"文本之外无他物",也并非全然拒绝历史,文本内的语言也就包含着所有的社会历史,只是这样文本与社会历史的关系不是对应的可还原的反映关系,而是叙事的关系。社会历史只是文本叙事的产物,存在于语言的世界里。德里达曾经对他的"历史"概念加以解释:

这就说明了为什么尽管我对"形而上学的"历史概念有许多保留意见,但是我却"经常"使用"历史"一词,以便指出它的力量并且产生出另一"历史"概念或概念链的原因:实际上,所产生的另一"历史"概念或概念链就是一种"里程碑的、分层次的、矛盾的"历史:一种包含着"复述"新逻辑和"踪迹"的历史,因为我们很难想象没有它,怎么会有历史。②

对于德里达来说,所谓历史是由文本之内的符号的痕迹建构起来的,也就是"不可能的历史的历史性"。不管是否是解构,是否是为解构逻各斯中心主义,德里达的解构从文本中发掘出一套知识谱系,这本身也提出了一条历史性(痕迹)的线索。我们总能感受在解构中生成的一个十分丰富的、生动的,甚至是有趣的历史谱系。

---

① [法]罗兰·巴特:《符号学原理》,李幼蒸译,生活·读书·新知三联书店,1988年,第60页。
② [法]雅克·德里达:《一种疯狂守护着思想——德里达访谈录》,何佩群译,上海人民出版社,1997年,第102页。

一旦我们强调文本，即使是巴特和德里达如此激进的理论批评，也可以打开一种历史视域，或者清理出一道历史谱系。文本并不能只是纯粹语言学意义上的符号，文本必然有其思想的、哲学的、美学的或者社会历史的内涵。我们并不想把文本绝对化、孤立化，只是强调文本这个概念，仅只是在聚焦于文本的语言构成这一事实上，我们把文本作为一个独立的存在物，而对文本的阐释，则是采取更加开放的方式。

把文本作为一个孤立的世界来对待的方式，乃是欧美20世纪六七十年代的理论批评的自我圣化。新批评就把诗歌的世界看成一个独立的语言世界，按特里·伊格尔顿的看法，那也是把诗学当作一项与社会混乱对抗的精神信念来神化的方式，新批评甚至用诗学来替代宗教，填补宗教衰落后的信仰虚空。20世纪六七十年代法国的左派激进主义运动背景下，同样以符号学的形式主义理论批评作为对抗社会的精神信念。但结构主义终究没有走多远（不管是在人类学还是批评理论方面），它过于繁复的形式，它企图与社会对抗，又遁入文本的空门，通过演绎符号学的智力活动来赋予文本/语言以灵智，这实在非常人所能，有几个人能像罗兰·巴特那样对语言具有无限的敏感呢？有几个人能像德里达那样在无限弥漫的知识网络里神出鬼没呢？他们二人只能提供一种启示，一种灵异般的启示。而福柯却容易为常人所接受，也可以为常人所仿效，因为福柯是一种示范，而不是启示。文本批评也只有到了后结构主义理论全面崛起，并且获得普遍的响应之后，一种建立在后结构主义理论平台上的文学批评才能获得广阔丰富的理论背景。

故而20世纪70年代是美国的批评的黄金时代，那是以德曼、米勒、布鲁姆、哈特曼为先锋的后现代理论批评。这几位一度被称之为"耶鲁四君子"，他们原本都是研究欧洲18世纪以来的浪漫主义诗歌的，秉持的是新批评的传统。他们在一定程度上吸收了解构主义，把它投入到新批评的诗学细读的方法中，立即产生强烈的裂变效果。德曼的修辞学批评、米勒的新叙事学批评、布鲁姆的经典谱系学批评（《影响的焦虑》）、哈特曼的作为文学的文学批评，他们的批评其实是新批评传统与解构主义观念、结构主义叙事学、文本的修辞性细读、语词的智性游戏的综合运用，开启一个无限自由开放的批评场域。但所有的观念的、方法的展开，都是建立在文本细读的基础上，它们把文本细读发挥到极致境地，仿佛所有的观念、方法以及细读本身都是文本自主地迸发出来的。米勒曾经说过，对德里达、德曼、布鲁姆、哈特曼这些同事最钦佩的不是他们的理论构想，而是他们对文学作品或对哲学著作具有穿透力与原创力解读的巨大才能。解构批评寄望于解放文本，让文本提供无限的可能性，文本可能提供一套新的机制，能够触发理论的想象力。米勒解释他的《小说与重复》的批评观念时说道：

  文学的特征和它的奇妙之处在于，每部作品所具有的震撼读者心灵的魅力（只要他对此有着心理上的准备），这些都意味着文学能连续不断地打破批评家预备套在它头上的种种程式和理论。文学作品的形式有着潜在的多样性，这一假设具有启发性的意义，它可使读者做好心理准备来正视一部特定小说中的种种奇特古怪之处，正视其中不"得体"的因素。……读解力图在每个实例中识别异常的因素，并着手阐明它的缘由。自然这一方法或多或少地力图使出格的因素合法化，但这儿涌现的法则必然与读解时预先设定的法则（它假使一部好小说在形式上必定是有机统一的）迥然有别。①

  米勒等耶鲁其他几位理论家，都是从文本中去发掘新的要素，打破现有的文学理论的束缚，他们对文本的每一次读解，都是一次理论的新的阐发。而不是去证明现成的结论，拿着现成的结论去套用或压制文本。

  批评如果固执一种理论框框，或者某种教条，会压制文本的可能性，无法从文本中获得启示性的要素。要尊重文本、相信文本、相信文学。2008年，中国作家张炜写过一篇文章《相信文学》，张炜在这篇文章中表达了他对文学的虔诚以及他特有的情怀。无独有偶，略早几年，美国小说家多萝西·阿莉森有一篇论文《相信文学》，她把文

---

① [美] J.希利斯·米勒:《小说与重复》，王宏图译，天津人民出版社，2008年，第5页。

学看成"无神论者的宗教"。可以相信,二人谁也不可能知道对方发出的声音,但他们都不约而同地发出了这样的呼喊。可是,今天还有谁保持这种态度?甚至会同意这种态度?20世纪初期的英美新批评有过这种态度,艾略特就是艺术替代宗教的狂热鼓吹者。到了20世纪中期,已经没有作家和批评家这么认为了。在文学越来越趋向于被激进的意识形态观念控制的情形下,理论批评只是习惯于把文学作品作为观念的注脚。但是20世纪90年代以后,人们对那些翻手为云,覆手为雨的意识形态也厌倦了,文学也前所未有地被排挤到社会的边缘地带。但是总会有少数的作家、思想家、理论家还会有这种想法。美国实用主义哲学家理查德·罗蒂对阿莉森的观点给予了认真的回应。在《哲学、文学和政治》一书中,还对阿莉森的观点大加赞赏。罗蒂对阿莉森如下的言辞十分首肯:

有一个地方,在那儿,我们总是单独面对死亡,在那儿,我们必须拥有比我们自己伟大的东西来依靠——上帝,或者历史,或者政治,或者文学,或者相信爱有着康复力量的信念,或者甚至可以是义愤。有时我觉得它们都一样。一个相信的原因,一个主宰世界的方法,并且坚持认为生活不只是我们所想象的这些。

罗蒂是在一次《文学经典的启示价值》的演讲中对阿莉森的说辞赞同有嘉的。他试图表达的观点在于:"启示价值属于文学作品"。显然阿莉森"坚持认为生活不只是我们所想象的这些"的这一说法让他感动不已。这就是文学,告诉人们,"生活不只是我们所想象的这些",这就是文学的启示价值。他说道:

启示价值一般不是由一种方法、一门科学、一个学科或者一个专业的运作产生出来的。它是由非专业的先知和造物主的个人笔触产生的。比如,如果你认为一个文本是文化生产机制的产物,你就不能在它里面找到启示价值。那样看待一个作品给予你的是理解但不是希望,是知识却不是自我改变。因为知识是这样的一种东西。它把一部作品放入一个熟悉的语境——把它和已知的东西联系起来。

如果一部作品要有启示价值，必须允许它把你知道的大部分知识融入一个新背景中；至少，在开始的时候，它不能够被你已有的知识融入旧背景中。正像你在看出一个人是某种好人的同时，不能够欣喜若狂一样，你不可能从一部作品中得到启示，同时又在认识它。稍后，当初恋被婚姻代替了——你或许能同时做这两件事。但是真正好的婚姻，受启示的婚姻，是那些在狂野的、不加思考的迷恋中开始的婚姻。[①]

文学如何告诉人们"生活不只是我们所想象的这些"，那就在于它的启示价值了。在尊重文本、相信文学这点上，罗蒂和米勒的观点有相通之处，显然，罗蒂是哲学家，他会偏向于从文学包含的思想意蕴去发掘文学作品的内涵；米勒及其他耶鲁批评家则还是从语言修辞和文本的叙述活动层面去细读文本。今天，耶鲁学派的那套批评方法也衰落了，为更具有社会历史内涵的女权批评、后殖民批评、新历史主义以及文化研究（实际上，后者在广义上包含前几项批评方法）所取代。在今天，文学批评方法也必然是在更为多样的方法综合的基础上，在汇聚杂糅多元丰富的当代理论批评知识基础上来展开。

（三）

因此，本书强调的文本分析方法，并不是执着于某一种流派的观念方法，也不是演绎某一类操作套路，而是回到文本，去接近文本最能激发阅读兴趣和想象力的那些关节，由此进入文本，从而去打开文本无限丰富广阔的天地。

本书选择当代中国有代表性的小说进行文本细读分析，选择最具有拓展性的文本特质，来打开文本的阐释空间。本书试图在小说艺术、思想特质以及历史语境三个维度中来展开对文本的解读，由此来突显当代中国小说的艺术变革所创造的新型的文学经验。我们可以认识到当代小说的艺术表现方法是更加丰富复杂了，也可见出

---

① [德]理查德·罗蒂:《哲学、文学和政治》，黄宗英等译，上海译文出版社，2009，第121—122页。

当代小说拓展了人们认知世界存在的方式。但所有这些并不需要在文本的具体阐释中去给予特别说明，只要通过细读呈现出当代小说在艺术上的丰富性、复杂性和深刻性，就足以理解当代小说的艺术成果所具有的积极肯定意义。

本书之所以选择马原的《虚构》作为首篇分析的作品，是因为这篇小说是20世纪80年代中国小说艺术变革的最鲜明的标志。它公然以"虚构"命名，就是直指现实主义艺术规范的"现实性"与"虚构"的关系。它表达了80年代中国小说与西方现代/后现代主义小说方法内在的密切联系，尤其是与博尔赫斯的小说在文本细节上的独特联系，它体现了80年代中国小说寻求突围的独特路径。当然马原有他的独到的小说经验，他的小说诡异莫测，它进入异域神秘经验所达到的境地，它对特殊的身体疾病与性爱经验的揭示，相当大胆地越过了当代小说经验的限度。所有这些，都使这篇小说把中国当代小说经验推到一个十分不同的境地，也有力地拓展了人们对世界与生命存在的感知深度和广度。

格非的《褐色鸟群》可以说是20世纪80年代中国先锋派小说的代表作，也是当代小说中最玄奥诡秘的文本，它对真相的掩盖与探究，反倒激起人们思考时间、记忆与存在的变异这类形而上的问题。对这个世界的感知，直接感性与形而上的经验结合得如此玄奥，这就是当代小说建立的文学世界。同为先锋小说的《在细雨中呼喊》，这是余华的第一部长篇小说，还带着先锋小说叙述的鲜明印记。作为成长小说，它在80年代就如此有力地打开了儿童精神分析的空间，从儿童看成人世界，进而揭示那个时期的困苦与荒诞。小说对心理分析的细致入微令人惊叹；撕碎生活的勇力和能力也不同寻常。

80年代的先锋小说无疑对汉语小说表现力做出最为有效的拓展，作为它的副产品，也对文学抵达人类的经验世界提示了延伸的空间。苏童的《罂粟之家》堪称唯美主义的代表作，且不论它对历史的重写，对阶级与人性的独特把握，对宿命的感悟，这些在20世纪汉语小说经验中，已然是别具一格。它的叙述语言对感性的表现也算是汉语小说中的登峰造极之作，描写与诗情、颓废与无望、刻画与写意，都可谓笔法精湛，令人惊异于在这80年代后期，何以有/何以需要这样的唯美与抒情？

阿城的《棋王》作为寻根文学的代表作，显示了20世纪80年代中期少有的文学自觉。此前的汉语文学，受制于历史理性的需要，主要是从观念上来把握现实生活，不管是启蒙还是阶级论的观点，其观念化特征无疑是鲜明的。寻根文学同样也是观念化的文学，但它的观念化不再是被主导意识形态所约定，而是有文学共同体的立场和主张。阿城的《棋王》回到知青的生存状态去写他们生活的日常性，他们存在的真实方式，例如吃饭的需要与方式。这种朴素唯物论的思想，恰恰是让文学真实地回到生活，具有生活的真实质感，而且没有别的观念化的冲动。

王安忆的《新加坡人》在上海崛起的背景上来讲述一个在上海经商的新加坡人的故事。关于文化认同与家国身份的困惑，又与一个男人漂泊的寂寞结合在一起，故事讲述得委婉曲折，细腻别致。在现实性的意义上，可以读出这篇小说对这个时期生活的精细表达，在王安忆的小说叙事艺术上来看，她的笔法如此细密、如此清晰地呈现上海市民的日常生活，那些生活的细部细节，那些微妙的心理，都让人感受到了王安忆给当代生活留下的鲜明印记。王安忆有意回避人性欲望的复杂性，她不追求大悲大恸的故事，她的书写兴趣在于写出日常生活的那些细部，那些蜿蜒游离而又终有着落的心绪。日常生活在文学书写中的合法化，它并非是文学落入世俗和庸俗的佐证，在当代中国，它可能更具有价值重构的意义。

白先勇在台湾现代小说中占据着极其重要的位置，这也是本书选择唯一一篇台湾当代小说的原因之一。如此选择固然也有偶然原因，数年前我去台湾参加白先勇国际学术研讨会，那一年白先生七十寿辰，看到白先生神采依然，温文尔雅。故而可以看到他的现代派与中国传统的内在联系。白先生对《牡丹亭》情有独钟，他介入现代派则是以对《牡丹亭》的某种处理为导引。《游园惊梦》可以看作是白先勇步入现代主义的突出标志，白先勇以其独特身世经历，在现代性历经巨大变异之后，去写出个人在历史中坠落的情态，尤其是通过女性形象来表现人生命运多舛之痛楚。运用意识流的手法表现人物心理的复杂微妙变化，可见出艺术探索之可贵。白先勇这样如此具有传统意味的作家，为何也要靠近现代主义？他要去打开现代主义那扇门，他的古典气质给予现代主义以别样的意味，也使中国的文学传统获得了另一番美学景象。

铁凝的《永远有多远》固然可以做多种解释，怀旧与对伦理的回望显然不能包裹住这篇小说。读解这篇看上去平实朴素、优雅感伤的小说，可以用更尖锐的后现代伦理学去撬开其内核。于是，南希的"自我相异性"问题，被我用来作为阐释这篇小说的理论依据。白大省并不想固定存在于一个厚道奉献的道德形象里，因为在这些奉献中，她的生命实际上并未获得肯定性意义。她想生动，想成为富有魅力的女性，想成为西单小六那样的女性。但她却永远成不了，永远有多远？那种被时间化的距离其实只有咫尺之遥，这里面隐含着女性对自我认识的复杂结构。而铁凝在书写女性内心的渴望时，非常自然地流露出浪漫主义的情愫。在这种叙事中，我们再次看到，被理性现实主义压抑的中国浪漫主义传统，如何以潜流的方式奔涌不息，在那些历史的与美学的缝隙寻求解释的各种途径。

王小波的小说一直有一种自由的品性，同时王小波始终在表现身体的困扰。显然，自由不只是精神和灵魂的问题，它要通过身体表现出来。《我的阴阳两界》表现了王小波相当直接的对身体压抑的批判，小说的构思十分独特，在阴阳两界的双重结构里来展开故事。生命存在的世界不只是过去与现在，而且还有阴界和阳界的区别，它们分离也在不同的方位交错变异。这篇小说关于身体困扰的叙事也挑战了感性的限度，王小波从来不回避身体的感性存在形态，那里有困扰，有病态，有抗议，有温情。王小波关于身体的书写可谓不只是突破了感性的樊篱，也是当代对身体与精神自由思考的最深刻的表达。

当代中国小说对深度与力度的追求，使"动刀"成为现实主义叙事中经常出现的一个关键动作。中国的现实主义文学叙事依赖历史暴力来建立历史正义，这一叙事传统在后革命时代发生了新的变异。在21世纪初期，现实主义美学在中国的现代主义偃旗息鼓之后重新获得正当性，那就是底层文学重建了这一传统。压迫、反抗与悲剧性乃是革命叙事的内在辩证法，强大的历史暴力现在让位于个人的暴力性动作，"动刀"于是就具有了特殊的象征意义。对这一动作的读解，不只是揭示当代小说艺术变革与自身的传统构成的内在关系，同时也显示出当代美学在感性解放的动力驱使下的必然选择。

　　王朔是中国20世纪八九十年代文学转型最为重要的作家，他改变了文学写作的基本姿态和方向，在王朔之后，个人写作才成为可能。在这一意义上，当然并非是王朔多么有本领，而是历史在这个时机，让王朔无意中承担起了这样的角色，王朔本人的天分和生存状态也使他能担此角色。然而，沉寂了10多年的王朔，在新世纪要"王者归来"，他却转向了寻求信仰和纯文学，这让文学界和媒体都猝不及防，《我的千岁寒》确实是一个十分奇特的文本，小说本身就是对当代小说变革的再度挑战，它引入禅宗的资源，并且在叙述语言方面做得相当纯粹和精致，也不乏实验性的手法夹杂其中。尽管从常规小说的趣味来评判这部小说的艺术性还让人十分踌躇，但从当代小说艺术变革的角度来看，从这部小说把宗教、语言实验与当代精神的迷惘相结合来看，它的意义是毋庸置疑的。

　　不管从哪方面来看，贾平凹的小说都具有最坚实的本土特色。关于贾平凹的《废都》的争论，在20世纪90年代初的文坛形成影响面最广的一个文学事件。显然，争论的焦点是《废都》写了性，如此露骨地写性。关于《废都》的道德批判给20世纪90年代初知识分子的重新出场提供了最有效率的话语机制，但我们今天或许可以重新审视，贾平凹何以要在20世纪90年代要以露骨的性描写来揭示所谓知识分子的精神危机问题？这个时代的精神困扰，只有通过身体的焦虑才能来表现吗？历经《废都》的争论，贾平凹在21世纪过去几年出版了《秦腔》这种关怀现实的作品，他以更为平实朴素的笔调来写乡村生活，写出那种原生态和颓败的乡村景象。《秦腔》与《废都》一为乡村，一为城市，二者风格迥异，它们显示了贾平凹另辟蹊径的努力。《废都》的焦灼放纵，与《秦腔》的质朴本真构成强烈反差，前者试图回到传统美文，后者却是贴着土地在写。很难说何者为高，只是作者开掘不同的表现方法而已。但《秦腔》确实表现了回到本土、回到汉语的小说开掘出的厚实而真切的当代性。把这两个文本放在历史语境中来阐释，是要看到小说文本是如何与历史发生关联，并且历史的意义又是如何不可避免地投射到小说文本内。

刘震云的《一句顶一万句》被称为中国的《百年孤独》，这并非是刻意要在马尔克斯之后来说中国的故事，小说只是写出20世纪中国乡村农民的本真生活，对农民几乎可以说是一次重新发现。农民居然想找个人说知心话，在这部作品中，几乎所有的农民都在寻求朋友，都有说出心里话的愿望。这样的一种愿望跨越了20世纪的乡村历史，刘震云显然在这部小说里建构了一种新的关于乡土中国的现代性叙事，一种自发的农民的自我意识。在20世纪面临剧烈转折走进现代的时代，乡村农民也有他们的孤独感，有他们的内心生活和发现自我的能力。

这部小说令人惊异之处还在于，它并不依赖中国长篇小说习惯于依赖的历史大事件进行编年史的叙事，而是通过一个乡村农民改名的历史展现叙事线索。杨百顺改名为杨摩西再改为吴摩西，最后把自己的名字称为罗长礼——这是他从小就想成为，却永远没成为的那个喊丧人的名字。这就是乡土中国的一个农民在20世纪中的命运，这部作品开辟出一条讲述乡村历史的独特道路。

这部小说对乡村中国生活与历史的书写，一改沈从文的自然浪漫主义与20世纪五六十年代形成的宏大现实主义传统，而是以如此细致委婉的讲述方式，在游龙走丝的笔法中透析人心与生活的那些关节，展开小说独具韵味的叙述。这种文学经验与汉语的叙述，似乎是从汉语言的特性中生发出文学的品质。它表明汉语小说在21世纪依然有能力保持自身的独特文学性，并且有着极其丰富的可能性。

很显然莫言在当代中国小说家中显得无比强大，2012年10月，莫言获得诺贝尔文学奖，这无疑表明世界对中国文学的积极肯定，也表明莫言的作品经得起世界文学标准的考验。从《红高粱家族》到《丰乳肥臀》，从《檀香刑》到《生死疲劳》，直至《蛙》，我们看到中国进入现代历史经过的苦难历程。分析这些文本，我们就不得不重新回到历史中，同时回到当代中国文学的变革中。也只有如此，我们才能看到莫言的作品的艺术含量，对当代文学变革的贡献，甚至对世界文学提示的中国文学经验的意义所在。

我们讨论汉语小说变革并非只是局限于当代时间段落，也不只是局限于中国的格局，一定要在世界的现代文学经验中来审视，才能看清今天的汉语小说的艺术处于何种方位，究竟在哪些方面获得自身的艺术特质，在哪些方面有着自身难以摆脱或者正要摆脱的困境。于是，在最后一章，我们讨论了汉语小说的"逃离"问题，这一问题是着眼于小说中的某项主题，或者人物行为的某个标志性行为。从这一角度来看21世纪初的汉语小说叙述艺术突破的方式，它是如何开启一条艺术自觉的路径的。在西方小说那里，源自浪漫主义美学的小说叙事，在对"逃离"的表现中，导致更深入细致地返回到内心，所有的"逃离"都是因为要回到内心深处。在以现实主义为主导美学规范的中国小说中，并不注重表现"逃离"的主题或人物行动。但在21世纪中国小说中，我们发现有一些中国作家的小说中出现"逃离"的主题以及人物行动，这些小说修辞意义上的细节或情节，实际隐含着作家对现实主义整合性叙事规范的破解，通过人物的"逃离"行动，小说叙述艺术在文本中开启一条向外的路径，使得浪漫主义风格的叙事油然而生。一批人过中年的作家，如莫言、贾平凹、张炜、刘震云等人，他们反倒在追求更为自由开放的叙述方式。由此可见当代中国小说艺术的自觉和自由，以及它所抵达的美学境界，它所开创的艺术表现解放路径。

总之，当代汉语小说在对西方现代小说借鉴的艺术探索过程中，创造了自身的小说经验。在文学世界性的今天，没有世界性的对话语境，艺术创新与变革几无可能。但艺术创造最终依赖于自身的传统与当下的经验，我们的分析表明，即使是艺术表现形式探索性很强的那些小说，其中所包含的中国经验依然是极其坚实和丰富的。甚至可以这样说，恰恰是在对西方现代小说的强烈对话语境中，汉语小说表达的中国经验才更具有时代感，更具有当下中国的深刻性。中国经验并不是简单地重复传统，也不是在固定的符号和风格的体制中来维持，而是在世界性语境下的碰撞、沟通与交融的变革活动中，在思想文化和艺术表现方法这两方面，真正产生新的当下性。

当代小说的艺术变革表明当代汉语小说的叙事艺术进入到相当复杂的艺术层次，这并不是说小说艺术或者说所有的艺术表现形式，越复杂就越好或越高级，简单同样可以创造美，甚至很高境界的美。就小说来说，例如，汪曾祺和林斤澜的小说，中国现代时期的小说，可以说在艺术表现形式和思想意蕴方面，都十分简洁明晰。但现代小说发展至今，恰恰是艺术本身寻求变化，导致在后的小说在适应时代变化的需要，在艺术上要寻求自身的突破方向，它总是要包含更为丰富复杂的思想与艺术形式。当然，这些复杂的思想和形式，在很大程度也是当代理论批评过度阐释的结果。现代理论批评的发展，也是一项现代性的激进要求，理论批评带着现代性的渴望来看待文学艺术的创新性，理论批评投射了现代性的想象，现代文学艺术创新也离不开理论批评提供的方向和策略。鉴于文本细读的视角和方法，作品文本就不只是在与现实关联意义上被阐释，评判标准也不限定在现实主义所谓的"真实性"上，现实的欲求、意识形态的需要以及现实生活逻辑，都不再是衡量和评判的作品文本的标准尺度，而是回到文本自身，释放每部作品文本的可能性，文本具有无限的可能性，每一种阐释都只是打开一个视角而已。文学批评的价值不在于哪种解释最能接近文本的本质，而在于哪种解释最能开启文本的可能性。也正是在这种可能性上，我们去探求汉语小说的未来面向。

2012 年 12 月 24 日

第一章 "重复虚构"的秘密

——《虚构》与博尔赫斯的小说谱系

马原的《虚构》一直是我多年来反复阅读的小说,我总觉得那里面隐藏了20世纪80年代中国文学变革最初的奥秘。尽管人们或许会认为1985至1989年,中国当代文学转折玄机四伏,那是由众多的事件、人物和文本构成的,一篇小说能有多少奥妙?但我总觉得《虚构》是一篇蹊跷诡异之作,每一次阅读,它都会随着我的心境,随着我对不同理论问题的兴趣,释放出不同的意义。数年前,我曾经以《虚构的圈套与诡秘的体验》[①]为题发表一篇文章,读解马原的《虚构》,当年我专注的主题是:马原这篇玩弄虚构圈套的小说,实际上是为他进行诡秘体验做遮掩。这篇故作惊人之论的"虚构"小说,固然有意混淆现实和虚构的界限,在那时也扰乱了小说规范,开创了先锋小说的虚构道路。但马原却要为他的诡秘体验寻求一种合理的统一性。这篇被强调挑战传统小说的作品,也依然在寻求一种内在的统一性,至少有一种重新整合的内在机制。那就是在把性作为人的生存的不可逾越的关键处,小说叙述把不相干的故事结合到一起。"我"与麻风女的性爱,小个子男人与众多麻风女的生殖行为,那个哑巴老人与母狗的丑恶秘密,等等,都在"性如何构成人的生存不可逾越的难题"这

---

① 《虚构的圈套与诡秘的体验》这篇文章发表于丁帆教授主编的《扬子江评论》创刊号上,承蒙丁帆教授错爱,不胜感谢。现重读《虚构》,完全另起炉灶重写关于这篇小说的细读体会,再次就教于同行朋友。

个关节上交合在一起,从而达成一种共同的解释。我当然承认这样的解释在今天也依然是我理解这篇小说的一个重要切入点,但今天再读这篇小说却能体味到更多奥妙之处。我会看到马原这篇如此胆大妄为的小说,与其他文本的关系,例如,与博尔赫斯的文本以及海明威的小说放在一起,可以看出它们之间的某种关系。这种关系并不是创作方面的相似、模仿或承继,而只是互为文本的修辞游戏。文学文本的内在谱系是以细节和标志性的象征符号的形式才能建构起来的,而这也是文学最为内里的一种关系。这样的阅读令人神往,于是我顺着这个思路,不再是修改原来的那篇文章,而是重写了一篇再次读解《虚构》这篇小说的文章。我现在会更加关注,马原如此声称"虚构",以虚构之名来写小说意味着什么?他在题词中为什么要说"重复虚构"?他重复了什么样的,或者谁的"虚构"?"我就是那个叫马原的汉人",像是一句誓言,又更像是一句谜语,甚至是暗号,他要和谁接头?和谁里应外合?这些问题,无关乎当代小说理论革新问题,也无关乎当代文学史的"重写"问题,但它可能是作为文学文本最富有文学趣味的问题——当代中国文学最富有挑战性的激进实验,或许有某些经典文本作为依托。

一、开头、题词以及"我就是那个叫……"

这篇小说的第一句话写道:"我就是那个叫马原的汉人"。这种叙述句式,把现实中的人物与小说的作者完全混同起来。传统的叙述人,只是伪装的叙述人,甚至只是客观历史的转述人。而在这篇名为"虚构"的小说,开宗名义地标明,作者就是叙述人,叙述人就是现实中的作者。他讲述的是他的直接经验。

"我"的叙述在新时期小说中并不鲜见,但所有这些"我"的叙述,都是转述,叙述人与现实中的作者完全不可能发生直接关联。就是像《伤痕》《班主任》《绿化树》《爱,是不能忘记的》《在同一地平线上》这类十分切近叙述人的直接经验的作品,也隔着一层转述的鸿沟。也就是说,作者是隐匿不见的。现在,马原直接出现在文本中,他要宣布他在讲述一个故事,他在虚构一个故事。他把文学/小说只是表述为他虚构的故事。

"我就是那个叫马原的汉人",他的讲述从他开始,这是他讲述的故事,也是他讲述的"他的故事"。他的故事构成了文学,构成了全篇作品。什么人这么狂妄自大?他不再是人民的代言人,而是一个讲他自己的故事的人。他为用汉字写作而得意,而且自诩为"好作家"。

"虚构"实则是一次宣言,开辟回到文学本身的新小说时代的誓言。

小说一开始就喋喋不休地发表了关于"马原"和"写小说"的议论,现在读起来没有什么新鲜感,但在当时却显得有此必要。"我喜欢天马行空,我的故事多多少少都有那么一点耸人听闻。"这样来写小说开头,与传统现实主义小说大相径庭。传统现实主义总是为了创造逼真的效果,把小说的叙述人隐去,躲在幕后,给出一个客观自在发展的生活世界。而实际上,这个叙述人是一个全知全能的叙述人。而马原这个叙述人跳进小说中,那么这个叙述人就成为小说中的一个人物,这个"我"就要以他的视角和经验来推动小说。小说议论了一通他自己的经历之后,说到"为了杜撰这个故事,把脑袋掖在腰里钻了七天玛曲村"。这里的叙述转入真实性效果的制造。"我叫马原,真名。我用过笔名,这篇东西不用。"

这篇准备虚构的小说实际是要带领读者进入故事。这样的虚构是在虚构一个进入故事的方式,这既是对这个文本的虚构,也是对当代小说另辟蹊径,重新开启一种叙事方式的"虚构"。新小说如何开头?万事开头难,从构造宏大的历史客体转化为讲述个人经验,这本身就是一个"耸人听闻"的重大的历史转折——这是一个严重的历史变故,这本身是一个离奇的"耸人听闻"的故事。尽管在那时看来只是一场恶作剧,但其中隐含的困难,使得马原的不自信溢于言表,不得不东拉西扯来掩饰他进入故事的困惑。

故事如何起源?现实主义是自我起源的,总是要从时间地点的自我起源开始,那总是创世纪的翻版。丁玲的《太阳照在桑干河上》和周立波的《暴风骤雨》都有一辆马车驶入一个新的村庄的进入方式,那就是革命进入一个地区的开始,叙述由此打开一个本来封闭的神秘之处,其后将日益发生变革的村庄。但新小说也面临同样的问题,那就是叙述的自我起源，叙述从对叙述的合法性的反思开始，新小说或先锋小说不管多么激进，都无法摆脱开头的不可能性这一梦魇。这使它的叙述总是要建构一种合法性和合理性，这使叙述的革命性又变得不彻底。

《虚构》的叙事有备而来，马原要开辟他自己的小说叙事。他一直讲述一个"叫马原的汉人"的故事，他为写作而跑到西藏，这都是他区别于前此作家的地方。小说也在向着现实的马原的故事延伸。1982年，马原确实跑到西藏去工作。到了1986年，文坛关于马原的传说已经很多，有多位批评家把他作为一个文学传奇来讲述。西藏确实给他强烈的冲击，他写出了一系列关于西藏那神秘诡异岁月的故事。1984年马原发表《拉萨河女神》在文坛并未产生多大影响。1985发表《冈底斯的诱惑》终于让他在文坛引人注目。

"我就是……"如同宣言，宣告着马原在文坛崛起，文学写作要从这里开辟出另一片天地。在此之前，马原的《拉萨河女神》《西海无帆船》《冈底斯的诱惑》等一系列小说已经让文坛刮目相看，接着，1986年《虚构》的发表正是马原跃跃欲试之时，随后《错误》《大元和他的寓言》《游神》《大师》等接连发表，马原一路走红。到1987年上半年，全国关于他的大大小小的研讨会大概有十多场，如此短的时间，如此多的讨论，可见马原给文坛带来的震撼。那时他的作品加起来只有二十多篇，这二十多篇小说对于"向内转"的当代文学居然足以构成如此强劲的推动，看来是当代中国文学的历史变革别无选择。在马原这里，当代中国文学有底气说回到文学文本，回到文学形式。马原的出现使"向内转"的理论期盼有了具体而实在的文本的承载。

"我就是……"的叙述语式，最重要的在于，开始叙述一个关于我的故事，最单纯的我的故事，这个我，甚至与历史、现实无关。这个"我"从何处来？到何处去？

其实，马原如此自信，与其说如此自信，不如说他如此无知。无知者无畏，这是王朔数年后说出的话。马原和王朔，就是两个无畏的无知者。王朔的无知，是他与文学的当代历史谱系毫无干系，他的文学只从他的个人经验中来。他是歪打正着，那是一个期待个人自我经验的时期。个人自我经验在剧烈变动的年代又显示出特殊的诱惑力，它的日新月异散发出蛊惑人心的光芒，王朔就这样生逢其时。而马原，也同样与文学的历史无关，他的文学来自另一个源泉，那就是西方文学的源泉与西藏异域文化的源泉。后者化为他作品中不断呈现出来的世界；而前者，那就是海明威和博尔赫斯。这个时期，博尔赫斯几乎就是马原文学写作的引路人，那个盲人给予他看清自己文学道路的眼睛。

如果把马原的《虚构》与博尔赫斯后期的小说《沙之书》对照一下，就可以发现，马原如何深受博氏的影响。

在《沙之书》1975年出版的前言里，博尔赫斯写道：

> 我并非是为了少数精选的读者而写作的，这种对我毫无意义。我也并非是为了那个谄媚的柏拉图式的整体，它被称之为"群众"。我并不相信这两种抽象的东西，它们只被煽动家们所喜欢。我写作，是为了我自己和我的朋友们，我写作是为了让光阴的流逝使我安心。①

这段话可以从1983年出版的王央乐译的《博尔赫斯短篇小说集》中读到，相信酷爱博尔赫斯的马原一定是读到过这样的话的，这样的语录足以鼓起马原的勇气沉迷于自己的小说世界。博氏的"我写作……"如此断然的拒绝和声称，就可以在马原的"我就是……"这样的语式中找到中国的回声。马原说，他为用汉语写作而得意，他得意的是，博尔赫斯的汉语回声只有马原自己知道②。

博尔赫斯出版《沙之书》时已经76岁，他的小说越发显得纯粹而诡异。《沙之书》有一句题词："……你的沙之绳……"③马原的《虚构》也有题词："各种神祇都同样的盲目自信，它们唯我独尊的意识就是这么建立起来的。它们以为唯有自己不同凡响，其实它们彼此极

---

① [阿根廷]豪·路·博尔赫斯：《博尔赫斯短篇小说集》，王央乐译，上海译文出版社，1983年，第5页。

② 1985年，笔者到上海华东师大，当时听李劼说起马原读到博尔赫斯的小说大为赞赏。后来也听格非说起过，他们是博尔赫斯小说在中国大陆最早的一批阅读者。

③ 参见同上王央乐译本《博尔赫斯短篇小说集》，第379页。

其相似；比如创世传说，它们各自的方法论如出一辙，这个方法就是重复虚构。"这段题词声称引自《佛陀法乘外经》，但这本书不可考。它也是一本虚构之书，或者也是"沙之书"。

这里面的几个关键词：神祇、唯我独尊、创世传说、重复虚构。为什么马原要写下这么一个包含这一串关键词的题词？小说开篇就说："我就是那个叫马原的汉人，我写小说。"这个写小说的马原具有神祇的意味，它以唯我独尊的意识来建立自己的创世纪。吴亮曾说："马原的方式就是他心中那个神祇的具体形象，方法崇拜和神崇拜在此是同一的。如果说马原最终确实为自己创造了一些独特的小说叙述方法，那么也可以有把握地说他同时是一个造神者。……马原的有神论即是他的方法论。"①20世纪80年代中期是狂热崇尚方法论的时期，文学理论与批评崇尚方法，文学创作也在寻求现代派的方法。显然，只有马原逃离了"现实"化的时代精神，他才能找到更为纯粹的方法，于是，马原试图给他的叙述方法以"创世纪"的意义。

当然，在这里，我们要追究，为什么要说神祇都有权力建立一个创世纪传说？既然是"创世纪"，何以又是"重复虚构"？对于中国当代小说来说，马原的写作具有非法性，他不再是在中国当代文学的现实谱系中写作，而是另立一套，以他的"耸人听闻"的虚构来替换中国占据主流地位的反映现实的叙事。反叛者的心虚与狂妄自大，几乎是互为表里。但是，马原是独创吗？是真正的"创世纪"吗？《博尔赫斯短篇小说集》放在那里，"沙之书"放在那里，他能做什么？他只能"重复虚构"。这或许是这份"题词"（也是在"虚构"名下）的全部秘密。"虚构"是什么？"虚构"就是"沙之书"，"沙之书"就是"虚构"，这是互为文本，"重复虚构"。

《沙之书》系博氏1975年出版的短篇小说集，其中有一篇小说就叫《沙之书》。这篇小说讲述某日一位深居简出的老人在家遇到一位找上门来的卖书人，这个来自苏格兰北面的奥尔卡达群岛的人，手

---

① 吴亮：《马原的叙述圈套》，原载《当代作家评论》1987年第3期。引文参见孔范今、雷达等主编《中国新时期小说研究资料》（中），山东文艺出版社，2006年，第171页。

头有一本神奇的圣书,那就是"沙之书",因为那本书像沙一样,无始无终。书的编码极其荒诞神秘,翻动书页也显出某种神秘感。后来"我"拿一部保存了多年的花体字的威克利夫版《圣经》,换下了这本书。珍藏这本书成了生性孤僻的"我"的负担,晚上多半为此失眠,某一日,"我"只好把它放入国立图书馆,让它消失在书的世界里。

《虚构》当然看不出与《沙之书》有直接相似之处,我也没有任何证据来证实二者有什么直接关联,这仅仅只是把这两个文本放在一起,看它们是否有可能重合之处,看《虚构》是否有可能"重复虚构"《沙之书》。

不用说,《虚构》开篇关于小说写作和"真实性"的种种议论,与"沙之书"开篇关于"真实"和"虚构"的表达如出一辙。《沙之书》的讲述者是一个独居的老人;《虚构》的讲述者马原"现在住在一家叫安定医院的医院里"。《虚构》在重复虚构时,确实比《沙之书》有过之而无不及。他显然与《沙之书》的作者不同,后者是在谨慎声称真实的情形下,一步步走向离奇和神秘;而前者一开始就声称他住在"安定医院"。当然,住在安定医院未必就是精神病患者,但是这种说辞无疑嘲弄了读者对"真实性"的期待。

这就是"重复虚构"的胆大妄为,我会倾向于承认马原的"重复虚构"是面对着中国当代的文学现实进行尖锐的挑战。他不是一个神圣战士,而只是一个住在"安定医院"的写作者。周围是一些"老人",他与这样的小环境显然既没有不协调,也不见得协调。他在安定医院,这是一部在安定医院虚构出现的"传世之作"。

小说中明确提到海明威,那个美国佬,他喜欢用枪;但博尔赫斯也喜欢用枪。《虚构》开篇后接着就亮出了枪。有些迫不及待,他要从海明威和博尔赫斯结束的地方开始。这或许就是马原"重复虚构"的意义所在。

一个断然宣称要开启新小说时代的"虚构",它不幸,也是侥幸面对着博尔赫斯"重复虚构"。

二、老人、我的经验与困难的虚构

对于马原来说，这个开头是如此艰难，既自以为是，又心虚顾虑。经历了漫长的一整节的言说，才进入故事。第二节的故事却突然换了一个叙述人，那个哑巴老人的独白构成了故事的真正开始。但这样的开头令人摸不着头脑，这依然让人想起《沙之书》的那个老人。虽然二者的故事完全不同，但在小说中的角色功能却有相同之处。《沙之书》有个类似博尔赫斯的老人在叙述，而《虚构》开始也是那个类似马原的人在叙述。为什么要让小说"真正开始"由老人来叙述，实在是不协调之举。既是有意制造不协调，也是重复《沙之书》的叙述。这个故事，本来可以转向老人的叙述，老人叙述他的漫长而神秘的历史——那就回到了中国既定的历史叙事中。但马原放弃了，他要（从博尔赫斯那里借用）那个来自奥尔卡达群岛的人来叙述。《虚构》其实是两个故事，一个是老人叙述的故事，另一个是马原叙述的故事。马原后来居上，用他的叙述压制了老人的叙述，马原顽强地要把老人的叙述转变成他的叙述，叙述他的故事——那个叫马原的汉人的故事——这才有当代中国小说革命的发生。老人/博尔赫斯只变成小说中的一个人物，一个隐藏的神秘而有罪的人物。这个人物在小说中如此不协调，如此神秘莫测，却又如此重要。相对于玛曲村，这两个人都是外来者，老人是一个潜伏者，而"马原"则是闯入者。这是一次里应外合的接头。他们都是不法者，那个哑巴老人一直没有语言，不能说出他的历史，他是罪犯或是什么样的人；而"我"/马原则是一个从安定医院跑出去的人（或者是将要去到安定医院的人），作为一个非法的写作者，我如那个哑巴老人一样，他潜伏于麻风病村，我住进安定医院。

老人是博尔赫斯晚年小说中常出现的形象，《沙之书》小说集中的那篇精短的短篇《圆盘》，叙述人是一个穷困的樵夫，某天打开门请进来一个高大的老人，老人裹着一条褴褛的毯子，他脸上有一条长长的刀疤。这个老人自称是国王，说他手心握有一只圆盘，却无影无形。结果这个樵夫说要拿一箱金币与老人交换（穷困的樵夫显然是想设一个骗局），遭到拒绝。待老人转身离去，樵夫朝老人背后砍了一斧头。老人死了被扔到河里，但樵夫并未找到那个圆盘。这个故事如博氏其他故事一样简单明了,这个老人的形象,却因其背后神奇古怪的历史而令人惊异,不知这样的老人给马原留下何种印象?

《虚构》中的老人,或许重叠了多个博尔赫斯式的老人,《沙之书》的那个蛰居的老人最有可能是其母本。只是这个博尔赫斯式的老人,被中国历史改写,被中国的暴力与革命驱逐。他是哑巴,他只能在山上对马原这个闯入者说,他不能说,他不能作为叙述人。于是,只有马原,这个叙述人如同那个奥尔卡达群岛的人一样——马原从他身上看到叙述及故事的另一种转机。

这样的转机都很突然意外,都有一样神秘的东西出现。《沙之书》是那本圣书,《虚构》则是哑巴老人的那把枪。"他像变戏法一样,突然从一个可怜的老人变成荷枪实弹的强盗……他动作迅捷模样凶狠,我从声音和外形可以断定他手里的是真枪。他用枪口对着我的脸……"①

博尔赫斯的《小径分岔的花园》的倒数第二小节如此写道:"阿尔贝站了起来。他高高的个子,伸手打开高高的写字台的抽屉;有一忽儿,他背向着我。我已经准备好左轮手枪。我十分仔细地开了枪:阿尔贝立刻倒了下来,一声都没有吭。"②

确实,我当然不能说这两个掏枪动作有多少相似之处,持枪者的年龄、身份、掏枪的动机都不同,也不是说他们的掏枪动作有几分神似。但那个俞琛博士掏枪击毙汉学家阿尔贝的动作实在是让人印象深刻,任何读过博尔赫斯的小说的人,都会为这个动作所震惊。倒不是这个动作在小说中的描写有多么出色,而是这个动作对于整个现代小说来说,是一个最为经典的时刻。1941年,博尔赫斯开出的这一枪,是对现代小说致死的一击,现代小说突然变得千疮百孔,破碎零乱。在现代主义小说的鼎盛时期,博尔赫斯就埋下了后现代的伏笔,就打响了向后现代进发的枪声。直到20世纪60年代初期,博尔赫斯的短篇小说在美国出版,巴思、巴塞尔姆、品钦、冯尼戈特这些人,才如梦初醒,

---

① 陈晓明主编《中篇经典》,云南人民出版社,2003年,第51页。
② [阿根廷]豪·路·博尔赫斯:《博尔赫斯短篇小说集》,王央乐译,上海译文出版社,1983年,第82页。

美国的实验小说这才知道后现代的方向在哪里。

在中国,这个故事晚了45年,还差5年,就整整半个世纪。这个掏枪的动作只好由一个哑巴老人来做,显然,他已经是一个老人,错过了开枪的最佳时机。他不可能开枪,他也无力开枪,这个老人,这个伪装几十年的哑巴。"枪口从我眼前慢慢移开垂向地面……"随后,老人举臂,左手食指扣动扳机,向空中开枪。

俞琛扣动"左轮手枪",在马原这里变成了用"左手"食指扣动扳机。这些细节即使没有直接联系,也确实是耐人寻味。他用左手扣动扳机,那是二十响盒子枪,开始是剩了七发子弹(那十三发子弹的去向并无交代),老人朝空中打了一枪剩下六发子弹。他只能朝空中打枪,他不可能把"我"打死,他成不了叙述人,他是属于历史的,而他的历史已经被隐瞒了,而今天只是当作一个离奇的与一个麻风病村的怪异的故事混淆在一起的故事。"我就是那个叫马原的汉人",从那个老人的枪口下逃了出来,这仿佛是死里逃生,其实是一场虚张声势的游戏。我成为叙述人,我获得了或者说保持住了叙述人的资格。

对于马原来说,"我就是那个叫马原的汉人",这不只是空洞的声称,而是一句誓言。博尔赫斯的老人式的叙述,要变为一个年轻的我冒险进入西藏的叙述。我的年轻化,洋溢着生命欲望的自信和自以为是的誓言,我要讲述的是"我"的故事。博尔赫斯固然老到,然而,"我"却是一个年轻的冒险家,用汉语写小说的冒险家。我依靠的是我的经验奇异性,那个老人完全从博尔赫斯的谱系中剥离出来,把它转移到中国的历史中去,转移到那个神秘的暴力的历史中去。而且要让他沉默无语,要让他被其他的更为怪异的故事所掩盖。

小说直到第四节又重新开始,进入故事发生的地点,在第四节,"我"(马原)潜入玛曲村。也就是说,小说的故事现在找到发生和发展的线索,小说的故事才变成我的叙述,并可以顺着这条主线发展。"我"好容易才驾驭住这个叙述。

叙述由此转向了个人经验,而这一独特的个人经验被引向西藏异域风情,再加上麻风病村,马原显然还嫌此不过瘾,还要有更多的奇异的不可思议的故事发生。所有博尔赫斯的小说故事,都是离奇古怪的异域传说,或者是来自书籍的不可考的史料,现在马原用他的"亲身经历"来对抗博尔赫斯的那些怪诞传说。这显然是对布鲁姆关于陌生化的理论①的挑战：马原铆足了劲儿就是要制造超出一般的陌生化效果。不仅仅靠形式上的新奇之举，那些关于叙述本身，关于虚构和写作本身的奇谈怪论无法提供充足的陌生化效果，小说还是要在极端个人怪异体验的意义上给出超出陌生化的极端经验。

于是这篇小说出现了双重怪异化的经验：其一是关于叙述本身的经验，那是虚构文本的陌生化，作为小说虚构，马原试图展开文学的历史叛逆活动，传统现实主义的写实性的叙事被马原嘲弄，他要搞的是虚构，他明确标明他的虚构意向。其二，在虚构名下讲述的奇异的个人经验故事，故事和经验本身要获取/超过陌生性。很显然，这双重陌生化在马原的小说叙事中并不协调，形式的陌生化是一些关于虚构的议论，是一些外在的无法进入小说的困扰，是一些喃喃自语，这些无法开始的叙述没有进入这篇小说，它始终外在于故事，始终在故事之外徘徊，那几乎是他在与博尔赫斯和海明威格斗，依然是博尔赫斯的阴影。但表现出来的却是在中国的小说形式的暴力革命，它要通过对故事的颠覆来建立马原小说的"创世纪"。不过，"怎么讲"从来也不可能完全超出"讲什么"，马原的幸运在于他确实有讲故事的才能，这又使他得以回到汉语小说的故事传统中，所以，他说他"用汉语写作"，那是他想逃脱博尔赫斯的一句冠冕堂皇的托词。这就不难理解，到了小说的第十九节，"在讲完这个悲惨故事之前"，马原再次跳出来，他面临着要给小说结尾，就像小说的开头异常困难一样，这个要虚构小说的人，现在已经给出一个活灵活现的可还原为现实性的小说。

虚构是什么呢？虚构就是叙述，正如所有的叙述都是虚构一样。马原现在不得不再次指认他的结尾是杜撰的。那个结尾果然使他的小说变得相当完整。就在我与麻风女道别时，枪声响起来了，那个哑巴打死了那条母狗，哑巴也自杀了。我打着手电筒到了哑巴的屋里，再次看到了坐垫底下的国民党党徽。谜底也被揭开了，这个杜撰的结尾

---

① 陌生化理论最早来自什克洛夫斯基，布鲁姆在《西方正典》一书中把它视为文学创新的"美学特质"。

在整个故事的解释中显得如此重要,它使这个故事合乎传统小说的全部规范。最后起作用的,还是要回到传统小说中的因果律、可理解性和完整性。马原只是不断地依靠叙述来打碎文本,把叙述人的个人经验介入进去。它努力想破坏传统小说的自足性,要把一个客观化地生成的小说世界,变成一个叙述人的经验世界。这里的冲突,是个人与客观世界的冲突,是生存的事实性与现实的事件性的冲突,是经验的例外与世界的连续性的冲突。

奇异的真实,一直是博尔赫斯追求的效果,马原在这点上无疑是博氏的中国传人。越是奇异,越具有真实性,这不可思议的真实性是如何造就的?博尔赫斯依靠那些老人,他作为老人在叙述,或者是他笔下的一些老人;但他更经常依靠古旧的历史资料,一些声称图书馆里或者某处意外发现的手稿,这些手稿通常残缺不全,它们介于真实的史料与不可考据之间。现在,马原以他的历险,以他声称住在精神病院的经历来使他的故事也介于极端真实和难以置信之间。

奇异的真实本身是分裂的,总是在双重性的结构中变幻不定。这种紧张关系并不能在文本内获得和解,叙述制造的虚构效果,与故事追求的极端真实总是相互矛盾。正因为此,马原一直在玩弄虚构/真实的圈套,不管如何打乱文本的叙述,不管如何颠覆再重来,小说依然顽强地给出一种真实。马原自己也总是被制造真实性的效果所诱惑,与其说他真的是在有意颠覆真实,不如说他始终摇摆不定,形式诱惑着他,真实也吸引着他。叙述人也总是会陷入那种幻觉。小说到了结尾又一次声称:"我就是那个叫马原的汉人"。后来他离开那个地方,回头一看,玛曲村消失了,到底是真的消失还是假的消失,这个也很模糊。马原自信地说:"读者朋友,在讲完这个悲惨故事之前,我得说下面的结尾是杜撰的。我像许多讲故事的人一样,生怕你们中间一些人认起真;因为我住在安定医院是暂时的,我总要出来,回到你们中间。我个子高大,满脸胡须,我是个有名有姓的男性公民,说不定你们中的好多人会在人群中认出我。我不希望那些认真的人看了故事,就说我与麻风病患者有染,把我当成妖魔鬼怪。我更怕的是所有公共场所对我关闭,甚至因此把我送到一个类似玛曲村的地方隔离起来。

所以有了下面的结尾。"① 这个段落里面就在混淆虚构／真实的界线，"住在安定医院"这种说法本身就是嘲弄性的，这是一个疯子的语言，到底是真是假？那个个子高大长着胡须的家伙，与马原的外貌很相符，现实与虚构又混淆在一起。

博尔赫斯的奇异的真实，总是向着形而上伸越，他没有那么充分复杂的故事情节，但马原总是迷恋曲折多变的故事，他最终总是要落入故事中，他想用他的叙述圈套来逃离故事，逃离又难免要回望。根本在于，马原对个人的独异体验有一种天生的自恋。年轻人的自恋与老年人的厌世构成了一种鲜明的悖反。这或许是早期马原与博尔赫斯后期带有某种"晚期风格（late style）"小说的主要区分②。

很长时间以来，我们一直以写实主义的方式去叙述，然后要求文学最根本的东西是真实性。而现代主义、后现代主义要打破的是对真实性的幻想，但发现怎么打也打不破。在《虚构》中马原对于真实性效果持一个反动的态度，但最后他自己还是相信人们会陷入真实性中，他有这个自信，他不断地打断读者对真实的幻想，但他发现很困难，他一遍遍地打断，又一遍遍进入新的真实性的建构。小说经过这样一种自我颠覆后，就在真实与虚构之间造成了游戏的状况。对马原的《虚构》来说，它要颠覆的是现实主义文学长期所建构起来的美学权威。现实主义文学从不承认它是虚构的，它反映的是历史的本质规律，这比表象更能接近真实。马克思主义认识论构造出这样一种庞大的理论，虽然这件事情没有发生过，但是它是可能发生的，而且是对历史本质的一种揭示。所以在马原这篇小说中我们可以看到"虚构"所包含的

---

① 陈晓明主编《中篇经典》，云南人民出版社，2003年，第80页。
② 阿多诺基于他的否定辩证法的观念，从贝多芬晚年作品中读出那种否定性。贝多芬晚年的作品并不在意构成整体性，而是具有不可分解性和非综合的碎片性特征。萨义德显然十分欣赏阿多诺关于晚期创作的观点，他进一步明确提出"晚期风格"概念。他解释说：把焦点集中在一些伟大的艺术家身上，集中在他们的生命临近终结之时，他们的作品和思想怎样获得了一种新的风格，即我将要称为的一种晚期风格，这种风格洋溢着一种复苏了的、几乎是年轻人的活力，它证明了一种对艺术创造和力量的尊崇。可以把萨义德说的晚期风格理解为与生命的终结状态相关的那种容纳矛盾、复杂却又体现自由本性的一种写作风格。参见萨义德：《论晚期风格——反本质的音乐与文学》，阎嘉译，生活·读书·新知三联书店，2009年，第3—11页。

文学史的意义,以及它作为一个原创性的小说叙事,"虚构"在其中所起到的作用。他在确认"虚构"的前提底下来展开他的叙事,在当时这个文本有很直接的爆破性,现在看来唠唠叨叨,画蛇添足,前面累赘,后面啰唆,但是在当时这样写小说,这样谈小说,在写小说的同时谈论小说是一种叛逆行为。

总之,被称之为"叙述圈套"的"方法论的神祇"(吴亮),其实只是马原无法调和传统小说规范与新叙事探索之间的矛盾的应急之举,现在看起来它是如此生硬,这些形式无法融入故事本身,它看上去就像渴望突破的马原陷入的窘境。在虚构的博尔赫斯式的叙述方法与对真实的个人经验的迷恋方面,马原无法找到平衡,因为他一直在崇尚着海明威,那个最擅长讲"真实故事"的美国佬的风格。马原想调和博尔赫斯与海明威,实在是异想天开,也许是这样的异想天开,成就了马原。因为,他就自己去干,他逃离了博尔赫斯,他进入玛曲村,他不只讲那个老人的故事,他还要讲述他自己的故事。20世纪80年代中期,中国新小说的革命,就是在这样的窘境中走"自己的"路。

三、"我干了",疾病与爱欲

"我不是个满足于'想一想不是也很好吗'的海明威式的可以自己宽解愁肠的男人。我想了就一定得干,我干了。"在一篇声称"虚构"的小说中,马原如此强调"我干了",这是什么意思?他进入到玛曲村,他亲历了异域奇异的生活,如同世界之外的生活,那是生命的极限:疾病与爱欲。"虚构"了什么?不是"虚构"本身能解决问题,虚构另一种存在,另一种非现实,另一种不存在。博尔赫斯的故事以其异域传奇的神秘性而产生形而上的意味;博尔赫斯不需要复杂曲折的故事。但马原不同,马原还到不了形而上的层面,他的故事就要以异域的神奇怪异,极端的生存体验来制造独特的效果。这可以使他在虚构的反现实性与故事的反常规化两方面富有革命性。

他要亲历疾病与爱欲,这使他抵达生命的极限,创造神奇至极的效果。

这部小说可以概括很多怪异的关键词:这里有"虚构""精神病

院""麻风病""枪""性""生育""病""割礼""神像""神秘""游戏""不可知性"等等。可见这篇小说对怪异经验发掘到了相当极端的地步,也可以看出现代主义造就的感性解放。这部故事的主导经验就是"麻风病",这就够离奇的了。"麻风病"今天已经得到了有效控制,但是并未完全消除。在20世纪80年代中期,马原提起麻风病隔离村,仿佛谈的是完全不存在的世界[①]。

在这里"麻风病"是一种象征,是一个被隔绝的另一个世界的存在,它也几乎是不存在的存在。现在,马原要以他个人的亲历性——一方面,他要"虚构";另一方面,他又要强调他的亲历性。他用虚构来颠倒现实主义的"真实性"观念;再用"我干了"的亲历性来颠倒虚构。他的亲历性就充满了冒险,对于他的故事,对于他的写作来说都是一次冒险。

这无疑是一次死亡的冒险,只有面对死亡,这样才是真正的冒险。而明知死亡却还要冒险,这样的冒险又有英雄气概。

讨论马原的小说无疑要面对"死亡"。过去的现实主义小说中,作为线性的发展,死亡是一个高潮,承载很多东西。现实主义对于死亡事件的运用创立了很完备的经验,但到了马原、洪峰、格非、余华的创作中,他们把死亡作为简单的突然间发生的事情,在他们的小说中,这种偶然的死亡并不是作为悲剧感来运用的,而是作为一种元素。在小说中有别的更重要的东西去带动它,压制它。在《冈底斯的诱惑》中,他一直在地区招待所看着那个漂亮女孩,后来听说发生车祸,女孩死了,他们去看天葬。死亡在这里并不重要,它被天葬替代,小说一直描写血淋淋的天葬场面,很多的寓意的堆积也是关于天葬。小说对怪异经验的表现始终兴致勃勃,它既要显得自然,拓展现代认识的

---

① 例如,据2008年2月24日央视网络电视台报道:四川越西县大营盘村,当时有80户人家,麻风病人105人,800个健康后代。贫穷和恶劣的自然环境,给麻风病人疾病的治疗带来了困难,那时该村仍然有大部分麻风病人面部、四肢出现不同程度的溃烂。大营盘村共分五个组,分布在大营盘山上,当时只有一组和二组有一条约3米多宽的土路,外面的车可以勉强开进来,而三组四组和五组却道路狭窄,坡陡崎岖,和外界通行的只有马车。大营盘村是1975年凉山州地区麻风病人自然聚集后形成的。参见网址:http://news.cctv.com/society/20080224/102178_1.shtml。

感性界域，又要能承载和隐含超现实的神秘的意义。在这里，怪异经验在"虚构"的名下当然可以走向感性的历险。

那个"马原"进入玛曲村后遇到麻风女病人。对此，马原写得很细致委婉，对她的外形、心理、动作，"我"对她的感受。通过这些表现他的感官触角和情感酝酿如何一步一步与麻风病人融合在一起。小说的惊人之处是他与麻风女病人发生性关系，现实生活中大家看到麻风病人都躲得远远的，更遑论发生性关系。现实中当然没有人会冲动或色胆包天到跟麻风病人做爱，但在这篇作品中作者却可以引诱你一步步进入场景，以其叙述和描写使之产生合理性。这就是切身的体验和感受在起作用。文学作品为什么需要这些因素，不仅仅是性，还有病态、恐怖、绝望。麻风病人在西藏也被看作是邪恶的象征，很久以来人们对病人都有歧视。在西藏，下葬方式分为天葬和土葬，土匪、强盗、麻风病人、天花病人死后要土葬，这类人不能接受天葬。但在《虚构》中，这种令人恐怖的病症，作者却要赋予它以一种素质，一种意味，甚至一种感受。这种感受是什么东西？这是恐怖之美，这是惊惧之美，是对文字书写感官世界的极限挑战。马原是要拿出奇异的绝对陌生的东西来展开他独特的故事。我们确实不得不去思考，文学给我们的审美感受是什么东西？到底什么是美感？一个男人和麻风女做爱——这就是这个故事的重点部分，是高潮部分，也是要害。为什么需要这样的经验？这样的场景？叙述是如此不知不觉地进入到那种氛围：

我想起她坐在门槛等着我回来，想起她关了门以后我的胡思乱想。我觉得我认识她已经一辈子了，这些事是那么遥远又那么亲切。我弄不明白她怎么把我的背囊找回来的，还有她像先知一样告诉我那天夜里会下雨。想起下雨我仍然禁不住从心里打战，我于是又想起厚厚的羊毛被沉重地压到身上时那种感觉。我这时感觉到了羊毛被的温暖又带点膻味儿的覆盖。我不睁眼，我怕我再从那种感觉中走出来。

盖在膝上的羽绒服掉到地上，我无意捡起，我凭直感知道她紧靠着我的肩膀是赤裸着的。我们披着羊毛被坐着，彼此无话可说。

我是男人，应该是我。我把手放在她的大腿上，她把手放到我手上，我们不约而同地在手掌上用力。什么都不需要说。她全身光着，我们干吗还干坐在那儿?让羊毛被把我们两个一起覆盖吧。这个玛曲村之夜是温馨的。

我永远也忘不了她的激情。我知道这种激情的后果也许将使我的余生留下阴影,但我绝不会为此懊悔。我当时并不清醒,我的理智早被她的热情烧成了灰烬。不过如果有机会让我重新选择的话,我还是不要那该死的理智。我做了一次疯狂的贡献。后来我们睡了,在梦里我们仍然紧抱在一起,羊毛被使我们浑身汗津津的。我们睡得真沉。我真心希望就这样一直睡到来世。①

在这里,小说对非常规的情境的描写,总是提到"疯狂""梦""来世"等,那么这些构成了什么呢?只有小说穿过这些词语的时候,它才变成创造异域的陌生化经验。这些奇异性效果是如何产生的?现代的文学艺术作品并不创造美,也不一定追求美好。它最重要的意向是表达非常规经验,也是陌生化经验,拓展和挑战我们的感性经验以及心理和思想的承受力。它,只要陌生性并不追求美感,但是它追求感性极限,或者也不考虑正常与否,甚至是否合乎"道德规范"。确实,我们在追踪文学最根本的东西,也就是那些构成这篇(部)作品最重要的因素、品质、素质,这最根本的东西是什么?它们经常是一些非常反常的经验。如果这篇小说去掉这些段落,做得温和些或更合乎常理些,会是什么结果?其实,前面也有温馨美好的描写:

我一动不动地躺着,睁着眼。我渐渐习惯了黑暗,我数数儿消磨时间,一百为一单元,我一直数到三千三百三十三。我还是睡不着,我听得出她已经睡了。于是我轻轻转过身来。

竟有微弱的月光从窗子照进来,我想一定是弯弯的月牙。借着月光,我看到她裹了一件翻皮毛的藏袍,她的脸侧向外面,只听见酣睡的鼻息。她的一条光腿从袍襟伸出来,圆滚滚地泛着浅浅的光泽。

气温很低,我露在外面的脸是最敏感的体温计。我的鼻尖冰凉,身子在羊毛被下蜷缩成一团。这时我看到她露在外面的腿下意识地往

---

① 陈晓明主编《中篇经典》,云南人民出版社,2003年,第67页。

里收缩了一下。她肯定比我要冷得多。

　　我毕竟是个五大三粗的男人，我受不了这个。我有羽绒服，没有羊毛被我怎么也能应付过去。我凭什么？我一骨碌坐起来，用脚试探着找到鞋，我把羊毛被轻轻盖到她身上，特别为她盖上裸露的小腿。①

　　这里写得很温馨，充满了浪漫情调。但麻风病的存在时刻威胁着人们的正常思维和感受，尽管写得很美，到了这里，小说还是要发疯，那些平静的数数儿、温柔的描写都是为了疯狂的到来。如果小说没有这些极端感性体验，这些温馨的存在就失去了根基，美好的感受依附于怪异反常的感性经验。这种怪异的经验隐藏在文学艺术作品的某个部位，起着决定性的作用。小说叙事不断向着这个极端冲击，也向着这个极端推进，这或许真正构成了现代小说的重点所在。
　　我们不得不承认与麻风病人做爱是一个疯狂之举，正是它把作品定住了。这是很美的事情吗？这是疯狂的激情，这是一种病症，叙述人我（那个叫马原的汉人）正是在病中做下这件事。它本身是病，又像做梦一样，而且它暗示了来世，因为跟麻风病人做爱注定要死去。
　　这样的虚构是向死的虚构，依赖的是死亡的冲动。也就是说，虚构在向死的虚构中死去；而死亡在虚构死去之后留下来，构成文中的那些最为引人注目的经验。这就是虚构的方法论活动，最终让位给死亡经验的文本博弈。马原一开始就摆好姿态，他要重复虚构博尔赫斯的小说经验，他所能抵达的摆脱博尔赫斯的去处，就是自我的经验，当然也是自我最极端的经验，那就是历经疾病、爱欲、献身的激情直到死亡的经验。
　　马原其实并没有与博尔赫斯博弈，并没有追寻博尔赫斯的踪迹去到方法论的神祇世界，那是当代小说的死亡之地。他宁可追寻海明威，那个说自己的故事的能手，于是马原边讲边干。如此看来，当代中国小说的革命，在马原这里，走得并不算太远，也不可能走远。它还是回到故事，只是从虚构的名义，可以创作那些耸人听闻的故事而已。马原的"虚构"说穿了，就是"耸人听闻"的故事。

---

　　① 陈晓明主编《中篇经典》，云南人民出版社，2003年，第66页。

当然，"爱欲"的经验在这里达到极端，与麻风女交媾，不管是以多么神秘的、异域的、疾病的形式展开，都是极端的交媾。20世纪80年代中期，中国当代小说正是初尝性文化禁果的时期，从张贤亮的《绿化树》到《男人的一半是女人》，那个时期有关"性文化"的书籍开始在街头巷尾的地摊上不胫而走，"性文化"其实成了冲击意识形态强大理性支配的感性解放质料。马原的异域风情的"性"，在"虚构"的方法论活动名下获得了一些合法性，马原是追求小说的"叙述圈套"，追求小说的方法论活动，如吴亮所说，马原的神祇就是"方法论"。方法论实则是马原的障目法，马原最热衷书写的，是那种极端的生命体验，极端怪异的具有异域情调的生存世相，而所有极端如果通过性经验体现出来，那就达到马原理解的生存世界的极致体验。那是最终回到身体，回到感官，回到当时自我的直接性。《虚构》最终虚构了与麻风女交媾的这个时刻，那是感性高潮与死亡重合的时刻，如果考虑到在鲍姆嘉通那里，美学原本起源于感性学，这样的感性时刻，就是抵达的死亡的时刻，就是现代文字学所能抵达的最终的境地。这是当代小说经验在个人化写作达到最高限度，在马原那里，一出手就抵达了这个极限。"虚构"因此变成托词，"重复虚构"因此而能超越博尔赫斯——在博氏的另一侧面逃逸而走。

四、神祇、枪与时间

吴亮说马原的神祇就是他的"方法论"，实际上，方法论从来都不可能构成小说的神祇，也不会构成小说家的神祇。即使像博尔赫斯这样的方法论大师，他也是要依靠奇异的故事，或故事的奇异性。博氏方法论通过故事的奇异性转向了形而上意味；马原则通过方法论活动转向了自我的直接经验。马原当然知道他的故事无法完成形而上的转化，马原常写中篇，他写不了短篇，马原过分热衷于故事的传奇性，免不了总是要进入故事复杂、转折和意外。所谓迷宫般的故事，也只是一种说辞，再复杂的故事，都是可以拆解的，都不难找到头绪。文字叙述的世界无法完全逃离理性逻辑，马原的短篇小说因其要转向中篇的企图，它以中篇为主要体制——这也是20世纪80年代中期，中国当代小说走向所谓的成熟的标志。实际上，中国的小说艺术也因此变得半生不熟。好大喜功的中国小说，有对规模篇幅的热爱，中篇小说大行其道，就要依靠故事，而不是技巧来推动小说叙事。马原应时而作，这也是他要把博尔赫斯与海明威嫁接在一起的缘由。马原其实并不想过分停留于小说的方法论活动，否则他就不会热衷于中篇小说。后来又转向长篇小说——那显然是他所不能习惯的小说体制。

马原试图把方法论塑造成神祇，但却三心二意；他倒是用这个神祇来迷惑读者，让读者对这个神祇顶礼膜拜，他就可以对小说为所欲为。马原影响最大的两个中篇小说是《冈底斯的诱惑》和《虚构》，其实各自都是由三个短篇故事构成。《冈底斯的诱惑》这里不加细谈，那是更明显的三个短篇故事，几乎是并列而成。《虚构》则是由我和麻风女的故事、我和小个子的故事，以及我和老人的故事构成。这三个故事只要略加修改就可以分别写成三篇精练的短篇小说。在这篇名为《虚构》的中篇小说中，虽然麻风女、小个子、老人之间可能发生关系，但都是以单独与我的关系为结构展开故事，都有其相对的独立性。现在被嫁接在一起。例如，我与麻风女的故事在第十一节麻风女与我完成交媾就可结束。自第十二节开始，麻风女就不占据主要地位。我与小个子、与老人单独展开了另一维度的故事线索。

实际上，我们看到，"我"与麻风女的故事，那是"我"马原的故事，是"我"马原要逃脱博尔赫斯而顽强地创造"我"个人的奇异经验。而与小个子和老人的故事，则还是在与博尔赫斯对弈，还是试图"重复虚构"博尔赫斯。

方法论无法真正构成神祇，那么神祇就要在小说中重新显灵。小个子的故事就与神祇沾上了关系，小个子的神祇故事乃是一个补充；正如麻风女的故事，是老人的故事的替换一样，小个子的故事试图给出疾病、爱欲、怪诞以神秘的合法性。

如果读一下博尔赫斯的《布罗迪报告》，可能会有另外的收获。在王央乐译的《博尔赫斯短篇小说集》中没有译出这篇小说，实际上，这篇小说也颇有独特的意味。这里并不是要把它与马原的这篇小说做对比，因为1983年至1986年，相信马原没有其他途径读到这篇小说。这篇小说讲述一个极为奇特的雅虎部落的故事，那里的国王由四个巫师选择和控制，国王由身上有特殊胎记的孩童中选拔出来，一旦选为国王，就被刺瞎双眼，砍去手脚。国王住在山洞里，只有四个巫师和两个王后可以接近他。打仗时，巫师把他从洞里弄出，由士兵抬出到战斗前沿，激励士气。敌方扔出石头，国王立即驾崩。这个部落的唯一快乐游戏就是惩罚罪犯，众人向罪犯扔石头。

在《虚构》中，小个子是珞巴人，珞巴族是藏南较为原始的民族，那里还时兴刀耕火种，崇尚性或生殖神。小个子奇怪地懂得现代文明的娱乐方式——打篮球，他更重要的职业是雕刻神像。"我"（马原）表现对他的神像的极高的兴趣和尊崇，但那个神像似乎只是头像和身体，没有提到手脚，而额头上刻着一座山。小个子雕刻的神像外有两棵神树，妇女们在那里转神树。这样的神圣崇拜的场景可以与《布罗迪报告》做一个对比，这是一项敬神的活动，但其神圣性却语焉不详。小个子不断地与当地的麻风女交媾，生了很多孩子。而这些孩子出生就意味着灾难。生殖在这里是一项罪恶，从现代文明的角度看它要被指控。但他们有什么办法呢？麻风女说：还能怎么样？这是生活唯一的快乐和安慰，生存剩下最后一点属人的行为。在"性"中，生存才可能超越死亡，因为它就是死亡的一种形式，就是死亡的变形。性总有新的生命产生出来，因而它又可以蔑视死亡和超越死亡。他是唯一自然的人，他把性看成自然，同时又如神谕。到底是自然，还是神谕？

小个子是我与麻风女交媾的悖反，是后者浪漫交媾的反动。小个子的性是来自自然人与神祇的双重混淆；动物性的生殖冲动与神祇的显灵在小个子这里可以相容。就像我的疾病不再需要担忧一样，这里的交媾和生殖具有神祇作为护佑，并且具有仪式和自然的双重意义。但是，马原明显又有从现代文明的角度来给予抨击，使之他者化，异域的绝对陌生化。神祇归属于原始、超自然性、非现代、怪诞、神奇、神秘等等。同时，我们也可以理解为，小个子的野蛮交媾使"马原"的那个疯狂的奉献式的交媾显出了合理性，显现为世俗的精神性的爱的光辉。

我们可以看到，怪异的性、神祇与枪，它们可以构成一种关系，为什么要构成一种关系？

本来枪的故事贯穿着始终。枪的功能一直具有历史的实在暴力，它却要具有打断虚构的能力。只有它可以阻断时间的虚构，只有它是实在之物，只有它要回到历史中。

小说中出现一个简短的关键词式的句子："国民党军帽。淫狗。痴呆相。"

马原无法深化他的历史暴力的秘密，而是把它转化为反常的性经验。这是成功的转化吗？很值得怀疑。哑巴老人再也没有任何肯定性出现，所有关于他的叙事只是否定性的秘密和怪诞。哑巴的那杆枪也无法在历史暴力方面延续下去（展开故事），最后只能用于打死那条母狗，这样以性的怪诞与变态来替换，却让历史草草关闭了。

这么一把始终炫耀的枪，却并没有派上大的用场。神祇与性联系在一起，枪也与性联系在一起，不过却是用以打死那条隐晦的也是丑恶的母狗。枪并没有更深地介入故事，也没有介入这些人物之间的关系。

哑巴老人的故事本来属于另一个故事，马原无法处理这个故事，要让它进入虚构的整体性，只有依靠怪诞的性。这部小说以性为支点，企图以此来建立一个中心，一个深不可测的人性的绝境——那就是性如何成为人的存在的不可逾越的障碍①。这个绝境与神祇重叠，那就是小个子男人雕刻神像。反常的经验与隐秘的故事，这就是马原追求的怪异性。奇异性并不具有更为内在的震撼力，于是神性赋予性的怪异以某种深度与可能的内在统一性。《虚构》不同于《冈底斯的诱惑》，它是马原的小说中唯一试图寻求一种深度的统一性的小说。看上去拼贴了几个故事，也试图打乱虚构与现实的界线，但却要在性的怪异与神性沟通，获得共通（而不是共同）的深刻性，把怪异性转化为深刻性。深刻性导致统一，这就是神性的深度，这就是小说寻求思想深度的后果。

这把枪不管是来自博尔赫斯还是海明威，都没有发挥更富有历史暴力的作用。而在中国的现代历史中，枪的全部存在都指向历史暴力，而不是个人的英雄主义。

---

① 关于这一问题论述，可参阅拙作《虚构的圈套与诡秘的体验》，《扬子江评论》2006年第1期。

博尔赫斯的小说《秘密的奇迹》（1944年）用枪来阻断时间，或者说用时间来延缓枪的暴力。关于艺术的想象，居然可以阻止暴力，在想象中的阻止与实际上的失败，完成了对枪的暴力的控诉。枪与时间、艺术想象，构成了奇妙的三角关系。枪在小说中的功能被发挥到极致。这篇小说讲述1939年发生在布拉格的一个犹太剧作家拉迪克的故事。拉迪克被德国人逮捕并被判处死刑，距行刑时间还有十天，这十天，他天天沉浸在对死亡方式的想象中。他曾经与人论辩说："只要一次重复就足以显现，时间就是欺骗。"①在临刑前，他终于转移他的思绪，去构思完成一部他就要完成的剧作《敌人们》。他祈盼时间停滞，在盖世太保枪决他之前的两分钟，他完成了一部剧作《敌人们》的构思，那是他一直未能写完的一部剧的后两幕。在死亡来临的那一时刻，他完成了他的愿望。小说最后一句话就是："哈罗米尔·拉迪克死在3月29日上午九点零二分。"艺术蔑视了暴力，超越了死亡。

马原的《虚构》在时间的处理上，很明显受到博尔赫斯的这篇小说的影响。至少结尾都用时间做标记："我机械地重复了一句：五月四日。"由此也足以表明两者的相似性。《虚构》试图用时间的错乱重叠来强调虚构。马原在小说的开头就说"为了杜撰这个故事，把脑袋掖在腰里钻了七天玛曲村"。小说结尾处计算他在麻风村的时间，说他是五月一日进藏，路上走了两天应该是五月三日，经过数天在玛曲村逗留，离开玛曲村应该是五月七日或五月八日，结果他听到收音机里报的时间是五月四日。此前，他有两次睡觉做梦的经历：一次是在玛曲村与麻风女交媾完之后做梦；另一次是小说临近结束，他一路走着，在极困的情形下推开藏族养路工住处的门，昏昏沉沉睡去。早上醒来，阳光灿烂，才知道是五月四日。小说最后一句话是"五月四日"。姑且不管《虚构》与《秘密的奇迹》有什么关系，小说最后一句话，都是时间标记。而且是被重复的时间或被折叠的时间。

马原关于"枪"的叙述很可能是受到海明威的影响（海明威后来是用火枪自杀的）。马原曾谈到他对小说的理解，他很欣赏海明威的

---

① [阿根廷] 豪·路·博尔赫斯：《博尔赫斯短篇小说集》，王央乐译，上海译文出版社，1983年，第111页。

"枪"。海明威有一篇小说《弗朗西斯·麦康伯短促的幸福生活》，麦康伯软弱无能，他和夫人到非洲狩猎，在围猎狮子时，麦康伯临阵脱逃，表现得胆小懦弱。麦康伯夫人对丈夫的胆小很看不起，她与陪猎人威尔斯偷情，既是满足性欲，也是潜意识中对丈夫的怯懦的鄙视。小说中也写到，这种行径是有钱的白人到非洲打猎的另一种收获。一方面是领略大自然的风光，另一方面寻找偷情的机会。陪猎的有白人，但多是黑人，白人太太对黑人男人充满想象，白人丈夫对黑人女人也是这样。异国情调，特别是皮肤上的巨大差别，白人和黑人关于性的想象，在很长时间内是关于人类欲望脱序和解放的想象。麦康伯夫人与陪猎人威尔斯偷情，被麦康伯发现，他觉得受到很大的侮辱，于是变得很有男子汉气概，要与野牛搏斗。麦康伯坚持去打一只强壮的公牛，结果没有打死，面对面遭遇公牛。在距离很近的地方，麦康伯夫人尖叫，她拿起枪一枪打过去，麦康伯倒下了。这个机会很诡秘，麦康伯夫人到底是打野牛，还是打她的丈夫？一方面她觉得自己的丈夫很无能，于是与更强壮的男人偷情。当她发现丈夫的男子汉气概的时候，又感到很恐慌，为自己的背叛感到内疚和恐惧，这样的坏心情可能让她心乱如麻，失手打死丈夫。但是另一方面也可以说她是要本能地打死野牛，护卫丈夫。但陪猎人威尔斯完全理解成麦康伯夫人是要杀死丈夫，因为他迟早是要死的，迟早是要离开她的。但是麦康伯夫人很不愿意接受威尔斯的安慰。对此麦康伯夫人连说了三句："别说了！"总而言之，小说写得始终不明确，麦康伯夫人到底要打野牛还是打她丈夫？

马原曾经表示，他佩服海明威是因为他始终把谜底藏得严丝合缝，你永远无法断定到底麦康伯夫人是不是有意杀死她的丈夫。这一枪使谜底封存在小说的深处，格非的《迷舟》最后的三枪也是如此。这里出现的"枪"看来是决定小说解释的关键，那一枪在故事中确实起到关键作用，使整个解释变得困难。我无法断定海明威的"枪"与《虚构》的"枪"是否有直接关系，但根据马原写过的谈创作的文章，我推测可能有关系。

但是马原这一枪却并未使整个故事"重新虚构"，而只是关闭了哑巴老人的暴力历史，把哑巴的故事从整个故事中排除出去。哑巴一直是一个局外人,他的故事是另外一个故事,或者充其量只是一个补充的故事,本来要作为叙述人的哑巴老人,最后却只是另一个故事中的人物。他只是潜伏在玛曲村里的一个隐瞒历史的过客。他每日爬山,倒是使人想起红色经典小说《红岩》里每日跑步的装疯的华子良,这实在是一个隐晦的反讽,一种怪异的颠倒。我、麻风女和小个子,三个人的故事,在性与神祇的结合中达成统一,这个故事完整了,而哑巴的故事则出局了,也草草收场。

枪没有进入小说的核心,没有进入人物的核心结构,也没有打破人物的整体性。枪与神祇没有内在关系,因而,小说的时间又变成外在了。枪没有击碎时间,也没有使时间的虚构发生变化。虚构说到底是在时间中的虚构,马原深谙此道,但枪这个如此重要的道具,在小说一开场就亮出来的家什,却只是"虚晃一枪",并没有在时间中"重复虚构"。这是虚构的神祇没有建立起来的关键,也是"重复的虚构"没有真正进入重复的缘由。

五、不可能的虚构

把马原的《虚构》放在博尔赫斯以及海明威的作品之间来阅读,并不是说马原在模仿它们,也许在马原最初的写作中,相当认真地阅读了这些作品,使它们之间构成某种文本的相似性。有些是直接的,比如,马原确实有意识地借鉴了这些作品;有些则是无意识的,它们只是在追寻个人独异经验的极限处相遇。当然,我更感兴趣的在于,中国当代小说最具有挑战性的创作,在多大程度上受到外来文学的影响?影响到什么程度?这些影响在文本中是以何种方式表现出来?这些影响变形又意味着什么?最值得注意的是,在这些变形中有可能发生创新性。创作,恰恰是那些最具有挑战性的创作,是在和诸多大师的文本对话中产生的,没有文本间的对话,文本的艺术生产将是不可想象的。因而,所有的虚构在这个意义上,都不是凭空的虚构,它只能是也必然是"重复虚构"。这就是虚构的不可能性,即使在20世纪80年代中期的中国,在马原这样的绝然另辟蹊径的挑战者这里,"虚构"也成为一个不可能神话。

其一，作为一项宣言，作为一项誓言。

其二，马原在"重复虚构"，是对博尔赫斯的重复虚构。但是，把老人的叙述——博尔赫斯的带有"晚期风格"的叙述改变为年轻的"我就是那个叫马原的汉人"的叛逆性的虚构。

其三，这也是对海明威的重复虚构，那是我的个人的极端经验。不再是方法论的活动，方法论的神祇无法建构，神话也无法建构。

其四，老人的故事里被隐藏的历史实在性。由于中国的历史暴力无法处置，马原采取了性的怪诞方式。所有这些关于性的叙事，其实是一种逃逸，从充满暴力的历史逃逸到感性怪异的场域，作为意外的产物，极大地拓展了感性的界域。

其五，时间的虚构，在时间里故弄玄虚。故事结束于"五月四日"这个革命的节日，又一次嘲弄了历史，却又盗用了历史。

虚构的历史停留于"五月四日"，又一次的文学革命自五月四日开始。这是终结还是开始？抑或如五月四日，这样的时间可以重复虚构吗？其实我们每年都历经一次，每年都重复虚构这个日子。伟大的日子可以被虚构，那么"虚构"何以不可能虚构呢？我的阅读一如"重复虚构"一样，可是"我的沙之书"呢？

第二章　小说的真相与谋杀小说

——论《褐色鸟群》关于时间和记忆的叙述

　　1988年初，在华东师大一个老旧的会议室里，举行格非不久前在《钟山》（1988年第2期）发表的中篇小说《褐色鸟群》的座谈会，参加者有李劼、夏志厚、吴宏森、宋琳和一些研究生。那一年格非24岁。当时这篇小说被认为具有令人惊异的复杂性，显示了汉语小说前所未有的难度。李劼认为这篇小说可以与孙甘露的小说一样，称之为"仿梦小说"，夏志厚认为表达了"对性诱惑的恐惧"。吴宏森则认为，这篇小说"把构成想象和现实之间的差异的轮廓线有意识突出得很鲜明"。①毫无疑问，它也被认为是最接近博尔赫斯风格的中国当代小说。在此之前，格非已经在《收获》上发表《迷舟》和《青黄》，这两篇小说无疑都极为出色，迄今为止还被认为是先锋派在20世纪80年代后期的代表作。

　　在20世纪80年代后期，在中国文坛上，一群20岁出头的青年作家，以其极为鲜明的语言风格、突出的叙述方法集体亮相，突然间把汉语小说引领到一个形式主义实验的高地。1987年春天，《人民文学》第1—2期合刊推出一组青年作家专号，发表的除了有马原的作品以外，还有一批刚刚冒出来的青年作家的作品：北村的《谐振》、李锐的《厚土》、乐陵的《板网》、叶署明的《环食·空城》、孙甘露的《我是少年酒坛子》等。然而，所有这些作品都被马建的《亮出你的舌苔或空空荡

---

①　王方红：《〈褐色鸟群〉座谈笔录》，《钟山》1988年第2期。

荡》遮蔽了，甚至包括马原的名字都黯然失色。20世纪80年代中后期，中国的文学依然为其时的意识形态热点所支配，稍有变化的不过是文化热点开始替换已经疲沓的意识形态纷争。20世纪80年代中期开始兴盛的"性文化"热潮，正以思想解放运动的流风余韵的形式，携带着人性论、人道主义的余勇，向着"解放"的禁区挺进。这与当时社会正在兴起的大众娱乐文化合成一股强劲的感性解放潮流，歌舞厅开始把南方的城市装点得灯红酒绿，流行歌舞正以显胳膊露大腿的姿态向保守社会挑衅，街头地摊的出版物也都以与"性"有关的读物抢眼。文学领域则以张贤亮的《男人一半是女人》来制造轰动效应，这与张洁的《爱，是不能忘记的》、蒋子龙的《乔厂长上任记》备受关注的时期相比，已经判若两个时代。因此，马建这篇因为写了西藏异域的宗教习俗（更具体地说，就是关于性的奇异风俗）而引起人们昂扬的阅读兴趣的小说，也就不足为奇，不过它也因此招惹了不小的麻烦。但数年之后，人们才发现，这期刊物最大的意义并不在于此，而在于这一批具有现代主义或后现代主义风格的作品预示着中国文学会发生深刻的艺术变革。果不其然，1987年秋天，《收获》第5期、第6期发表一批小说，摆出一个强大的阵容：苏童、余华、格非、孙甘露、潘军、扎西达娃等人，后来还有北村和吕新。这么一个群体，虽然风格各异，但还是可以看出他们鲜明的共同倾向，那就是强调语言风格、强调叙述、强调幻觉和极端经验。他们的小说呈现出极为鲜明的艺术特征。他们取消了文学与现实直接对话这道意识形态轴心，取而代之的轴心是文学自身。

在这样的一个群体中，格非无疑是极为出色的，他的语言纯净优美，叙述平静而有韵味，故事单纯而出人意料。《褐色鸟群》在格非所有的小说中，也是非常奇异的一篇。这篇小说有非常明显的对称，有发生变异的重复，有不可解的环节，也有令人迷惑的细节，一篇小说装入这么多的东西，肯定会让人无所适从。但这篇小说却不，它是如此具有阅读上的快感，如此奥妙无穷，意味横生，仿佛在不同的时空里穿梭旅行。当然，我们会说这篇小说可能受到徐訏《鬼恋》的影响再加入博尔赫斯的元素[①]，在原创性上对它有所疑虑，但从汉语小说在20世纪80年代后期所凭借的历史前提，它所做出的艺术努力，无疑还是具有相当程度的创新意义。去读解这篇小说，是去感受变革时代的文学实验，也是去感受20世纪80年代后期如此自在纯净的文学选择。

当然，这篇小说毕竟是汉语小说中最难解也是最奇妙的小说，它运用了诸多的叙述技巧，时空的错合和情节的变异重复，特别是它对时间和记忆的直接思考与叙述方式融合在一起，让我们觉得更像是"元小说"（meta-fiction）或"元叙事"（meta-narration）。它与传统小说相去甚远，它会促使我们思考，到底什么是小说，什么是小说的本质？如果说它的写作是本质性（或反本质性）的写作，它直接去颠覆传统小说的本质，那么它直击的本质是什么？是小说的真相吗？小说的真相到底是什么？

一、《褐色鸟群》中的"真相"

文学具有无限的可能性，这就是说，在阅读中，因为不同的时间，不同的经验，我们可以从文本中读出根本不同的东西。不是说文本的基质不存在，而是说文本具有敞开的无限可能性。对于文本，要看到那些被表面层次所压抑住的地方，要找到那些隐秘的支点。如果从这些支点切入的话，可以看到文本其实又隐藏了很多的秘密。尽管说文学史有无数的权威给定的文本的意义，但文本永不终结，它是永远打

[①] 徐訏，生于1908年，浙江慈溪县（今属宁波市江北区）人。1931年毕业于北京大学哲学系，1933年到上海从事写作。1936年秋去法国留学，在巴黎大学研究哲学，获博士学位。1937年发表短篇小说《鬼恋》，描写一对男女的恋情，构思奇巧怪异，神秘与浪漫并重，令文坛惊叹。1943年在重庆发表其早期长篇小说代表作《风萧萧》，风靡一时，该年因而被人称誉为"徐訏年"。徐訏1944年赴美国，两年后返回中国。1950年移居香港。1956年在香港发表其后期长篇小说代表作《江湖行》。徐訏年轻成名，在20世纪40年代的文坛名噪一时，林语堂曾指出，徐訏与鲁迅同为20世纪中国最杰出的作家。在港台评论界，徐訏被视为"世界级"作家。但在内地（大陆）主流文学史中，徐訏几乎完全被忽略。直到20世纪90年代以后，才重新受到重视。关于这篇小说受到《鬼恋》的何种影响，本章后半部分再加讨论。

开的，不断重新开启的，我们乐于在这个意义上去阅读这篇小说。

这篇小说有一个非常奇怪的段落，那是叙述人"我"赶到女人的家里，目睹女人丈夫在棺材里的情景：

女人的嗓音显得有些喑哑了。我看见她一边哭泣着，一边骨碌碌翻动着清亮的眼珠朝四周察看，一片蜘蛛像胸环靶一样悬挂在梁下，青绿色的蜘蛛攀缘在一根细长的丝线上，像钟的下摆在微风中晃动。我忽然意识到这个女人的悲伤也许是装出来的。又过了一会儿，木匠冲着我做了一个手势，我们抬起那块像隧道的穹顶般的棺盖，将它轻轻盖在棺木上。巫婆过来把那个女人扶开了。在盖棺的一瞬间——那几个钉棺的男人朝棺木围过来，准备将它钉死，我突然看见棺内的尸体动了一下。我相信没有看错，如果说死者的脸上肌肉抽搐一下或者膝盖颤抖什么的，那也许是由于人们常说的什么神经反应，但是，我真切地看见那个尸体抬起右手解开了上衣领口的一个扣子——他穿着硬挺挺的哔叽制服也许觉得太热了。①

那个尸体在棺材里动了一下，甚至抬起右手解开了上衣领口的一个扣子，紧接着，棺材盖被钉上了。在这篇小说中，在一系列眼花缭乱的叙述和描写之中，这个细节很容易被人忽略。事实上，也正是如此，在所有阅读和解释格非这篇小说的文章中，我几乎没有看到谁认真对付过这个细节。现在，我假定这个细节在小说中是一个关键的细节，那么由此会导致这篇小说的意义发生什么样的变化？这导致我们进一步追问：如何处理小说的意图和叙述之间的关系？小说的本质（真相）到底是什么？

在阅读完这篇小说后，读者都会一致认为，这篇小说相当费解，它有那么多"似是而非"的细节，它总是在迷宫中绕圈子，在似真性与变异之间，我们看不到事物的真相，因而也看不清故事的真相。格非后来解释这篇小说写作的动机时说：某个晚上与朋友到学校外面的小卖部去买火柴。他掏出一个火柴盒，小卖部老板说：你不是有火柴

---

① 陈晓明主编《中篇经典》，云南人民出版社，2003年，第210—211页。

吗?那位朋友把火柴盒推开,里面装着几个硬币。这个故事让格非动了心思,事物的表象与内在是如此不同,真相藏在里面,出人意料。当然,格非的小说并不是要说明什么"表象与本质"不同之类的哲学命题。但是,有一点是需要我们注重的,那就是:真相被隐藏了,真相不可知,或者不容易知道,或者总是意料之外。格非此前和此后写作的多篇(部)小说也都有意隐瞒真相。《迷舟》《青黄》《大年》《风琴》都是如此,隐瞒真相变成格非小说艺术上的一个最突出特点。我们理解格非的小说,也只有从这个最突出的特点入手。

《褐色鸟群》隐瞒了什么真相?更恰切地说,这个故事隐瞒了什么真相?小说本来要讲一个什么样的故事,结果变成了一个什么样的故事?因为隐瞒,变成了另一个故事;为了隐瞒,讲了另一个故事。

这篇小说以"我"第一人称开始叙述。"我"住的一个叫作水边的地方(有意把空间和地点抽象化),每天都在忧虑时间的消逝,我的疑虑集中在"时间消逝怎么办"。"我"看见候鸟飞来飞去,显然,从气象学角度来说,候鸟每年飞一个来回,但这篇小说里却是每天都有褐色的候鸟从水边上空飞过。"我能够根据这些褐色的鸟飞动的方向(往南或往北),隐约猜测时序的嬗递。"直至有一天,一个穿橙红(或者棕红)衣服的女人来到我"水边"的寓所。小说用词非常微妙,不用少女,而用"女人",虽然他想,"来者或许是一位姑娘呢"。这是隐藏着欲望流动的情绪心理。这个女人背着一个东西,看上去像一个镜子,结果打开来一看,是画板,藏着许多幅画。这些画上画着一些女人,脸型和身材和棋相似。棋解释说,这是一个叫李朴的男孩子给她的画[①]。棋叫出格非的名字,但格非却声称从未见过棋。这引起了棋的不满。棋试图让格非回忆过去,这是关于时间消逝、失忆,逃避社会和过去的叙述。小说特别强调"回忆就是力量"这句格言式的话。在那个晚上,棋就留在格非的寓所,显然,棋表达出某种诱惑的倾向,"这两个暖暖的水袋就耷拉在我的手背上,这两个仿佛

[①] 小说还解释说:李朴是上海评论家李劼的儿子。小说中也出现了格非的真名,把真名写进小说,是那时实验小说的比较流行的做法,以此来嘲弄现实主义的客观性叙事。

就要漏下水来的东西让我觉得难受"。但并未发生一对男女同处一所可能的事情。格非却在向棋讲述故事，整个晚上棋都在静静地听格非说故事。

这个叙述人"我"（格非）讲述起了另一个故事：那是许多年前，我在企鹅饭店被一个漂亮的女人吸引，不知不觉尾随着她走下了半个城市。后来这个女人在人流中消失。在棋的追问下，格非只好继续讲述这个故事，后来这个女人上了一辆公共汽车向郊外方向驶去，"我"则租了一辆自行车跟踪到郊外。途中已经下起了鹅毛大雪，女人下车后就朝向灯光忽明忽暗的村舍走去。女人在距离我二十丈远的地方不紧不慢地走着，随后消失了。我狠命蹬着自行车，在路上和一辆自行车相遇时似乎挂倒了对方。后来我还是看到女人走上了一条窄窄的木桥。我随后也走上了木桥。这时出现一个提着马灯的白胡子老头，他说你不能从这往前走了，桥在二十年前就被洪水冲垮了。"我"说刚才还有一个女人从这桥上走过，老人感到奇怪，老人说："没有女人从这过去。"我只好失望地离开那个地方。女人、桥、老人……这一切都变得如此虚幻。

小说故事一转，时间却指向了未来，这部小说一直是在一个虚构的未来的时间里叙述，小说应该是写于1987年或1988年，但小说叙述的故事则是20世纪90年代的故事。多年后，也就是1992年，"我"应"黑鸭"出版社约稿写一部长篇小说，住在野外歌谣湖畔的一幢白色小楼里。在野外散步时，看到一个高大的男人和一个女人滚在一起。当我赶到他们身边时，那个男人已经把女人松开了。那个女人俯卧在地上，轻轻地啜泣着。男人在给我的膝盖踢了一脚之后扬长而去。小说这样的描写道：

女人的脸上几排牙印还在不断地往外渗血。她整好了衣扣，跌跌撞撞地从我身边捡起了那茶绿色的头巾。她朝我歉意地笑了笑：
那是我男人。[①]

---

① 陈晓明主编《中篇经典》，云南人民出版社，2003年，第204—205页。

这时我突然发现这个女人就是许多年前我跟踪到郊外的那个女人。这个场景也显得相当离奇，这是一对合法夫妻，何以男人要追逐女人在野外寻欢？那个男人是个瘸子，看着他远去的背影，这一切显得如此不可思议。

几天后，我到镇上的小酒馆喝酒，又看到这个女人，这个女人的丈夫喝醉了酒，女人走上前，男人还朝她脸上啐了一口痰，男人还用力推了她一把，女人摔倒在地。我帮着她把她丈夫背回家。把这个男的直接背到卧室，放到床上。"我"看到卧室的床下有一双栗色的靴子，就是那年他追踪的女士穿的栗色的靴子，这双靴子也再次证明眼前这个女人就是那个女人。这时，这个女人请"我"到客厅喝茶，"我"说："我第一次看到你是在七八年前。"女人笑了一下，她伸手端起我面前的茶杯呷了一口将茶叶末轻轻吐掉："我从十岁起就没有去过城里。"

很显然，眼前的女人与那天雪夜追踪的女人如此相像，还有物证（那双栗色的靴子），但女人却又以她确定无疑的表情断然否认。格非当然不是表达女人否认表明记忆的错误，而是去表现回忆与事实，存在与变异、表象与真相之间的关系。随后女人说起了一个故事，这个故事与格非那天雪夜里经历的那座桥的情景如此相像又有细微差别，这些差别，使事实的真相变得更加扑朔迷离。

在一个大雨瓢泼的夜里，女人跑到我的住处告诉我说她的男人死了。我随着女人到了她的家中，远远地就听到钉棺材的声音。随后，就看到我们在前面提到的那一情景，男人在棺材里抬手解上衣扣子。

这个细节很容易被忽略，人们早已被格非前面眼花缭乱的叙述弄得晕头转向，把视线投向了那些变异和重复，或是关于爱欲的主题。人们关注的是作家格非叙述的直接的故事，没有关注小说文本中的叙述人格非叙述的故事。而格非叙述的故事最外表的层面和最内在的两个层面是相通的。小说一开始就声称他要写作一部类似约翰预言的书，纪念他从前那位三十岁死于脑血栓的恋人。这最外层的叙述被一个叫棋的女人打断了，但他向棋讲述了那位从前的恋人的故事。

这部作品其实事先就有命名，那就是类似"约翰预言"的书，那么，格非向棋讲述的故事，在何种意义上是类似"约翰预言"呢？当然，或许格非完全是随意信口而说的，所谓"约翰预言"不过是句玩笑话，

053

我们当然有理由认为，24岁的格非，生活在20世纪80年代后期，那时基督教在中国上海并不流行，也没有任何迹象表明格非后来对基督教有什么特殊关注。把它理解为只是一个嘲讽也未尝不可。但是在这里，我们也可以假定"约翰预言"是一个关键性的说法，或者说一种标志性的隐喻，那么这部作品的解释就是另一种景象了。

准确地说，并没有"约翰预言"这类书，但有《约翰福音》，这是《圣经·新约》中与《马太福音》《马可福音》《路加福音》并称的四大福音书之一。但《约翰福音》又确实具有预言的意思，即预言弥赛亚的降临；如果要说约翰福音的基本意义，那就是劝人悔改。约翰又称施洗者约翰，意大利文艺复兴时期提香就画有施洗者约翰，他是耶稣基督的表兄，在耶稣基督开始传福音之前在旷野向犹太劝勉悔改，并为耶稣基督施洗。约翰是最早在约旦河中为人施洗礼的人，他是基督教的先行者，向人们宣传犹太教需要改革，并预言上帝将要派重要的人物降生，要比自己重要千百倍。这样，约翰就为耶稣宣讲教义打下了基础。因而约翰又被称为先知。施洗者约翰因为公开抨击当时的犹太王希律而被捕入狱，但希律王顾忌他的威望，一直不敢杀害他，后来希律王的养女莎乐美为他跳舞，他高兴地向神发誓可以赏赐她任何物品，在她母亲的怂恿下，莎乐美提出要施洗者约翰的头，于是希律王只得派人杀死约翰，将头放到盘子中交给莎乐美。这个故事是古典至现代时期很多绘画和歌剧的主题，施洗者约翰的施洗日是6月24日。如果要说到约翰的告诫，其要点有三：其一，警告：那要来者的审判已经临近；其二，召唤：天国将要降临，人们必须悔改；其三，要求：以具体的道德词汇召唤人悔改。约翰期望人们悔改，是基于对弥赛亚要降临的预言，许多犹太人以信心期望最后的审判来临，认为到那时候，犹太人必蒙福，外邦的压迫者都必灭亡。但是，约翰同时警告人们，依靠犹太祖先，不能保证他们免受将来的审判（《路加福音》）；真正的悔改才能免去灭亡（《马太福音》）。约翰期望那将要到来者施行审判，他会用"圣灵和火"给百姓施洗（《路加福音》）。由此可见，约翰预期的审判有两重意义：不悔改者将要灭亡；悔改行义者则要得福（《马太福音》）。

《约翰福音》的最根本意义就在于劝人悔改行义。假定这篇小说开篇所述：写作一部类似约翰预言的书，献给我从前的恋人——这句陈述为真实的话，那么这篇小说中难道说包含着"悔改"的劝谕吗？如果这一推断成立，那么，那个女人丈夫在棺材里抬手解上衣扣子这个动作就是可以理解的了。这个动作就意味着，这个男人在还没有死的时候，就被钉死在棺材里了。这就是说，这篇小说讲述了一个女人谋杀她的酗酒的丈夫的故事，并且是把他在活着的时候就钉进棺材。

郑鹏在《上帝的语法错误——读格非的〈褐色鸟群〉》一文中，从《圣经》对《褐色鸟群》的互文性的影响出发来阐释这篇小说。他从《圣经》中挪亚方舟的创世纪故事来看中国先锋小说的创世纪，居住在"水边"，这就是从洪荒时代开始，季节更替就是文学时代的更换。郑鹏更重要的在于分析《圣经》，更具体地说，就是《约翰福音》中的《启示录》与《褐色鸟群》之间的关系。他虽然不是要指出两书的结构之间有什么对应的关系，但是试图去揭示《褐色鸟群》严密的结构与《启示录》的结构规划有着不同的意图。他认为："圣约翰因而用严密的结构包裹着各种幻象和隐喻来加强基督再次降临这一未来事件的严重性和紧迫感，从而坚固信徒的信仰；在格非那里，严密的结构却不是为了'揭露'真正的故事，反而却要使得蹊跷的故事更为蹊跷，故事的线索更难连缀。"[①] 郑鹏指出，格非的这篇小说打破了上帝寻求的同一性逻辑，《褐色鸟群》寻求的是非同一性。郑鹏的分析角度非常独特新颖，无疑极有见地。不过这是在纯粹比拟的意义来论述二者的关系，似乎还缺乏文本内在的意义系统的支持。

格非的这篇小说到底和《圣经》、和《约翰福音》有什么关系，确实也是一个难解的谜，我们姑且放到一边。我倾向于从它所表达内容角度去诠释它关于"约翰预言"的说法。这样的故事更有可能包含着劝谕"悔改"的意思，"约翰预言"就得以成立。当然，劝谕只是小说讲述的副产品，小说本身是讲述一个故事，这个故事在现实主义小说中是明白的，到底是一个什么样的故事？这个故事到底说了什么？我们现在可以明白的就是：我住在水边，来了一个自称棋的少女，

---

① 郑鹏：《上帝的语法错误——读格非的〈褐色鸟群〉》，《理论与创作》2006年第1期。

我给她讲了一个我和我的已故恋人的故事；而我和已故恋人的故事，实际只是我的已故恋人的故事，这个故事中掩藏着一个惊人的事实，那位已故恋人可能谋杀了她的酗酒的丈夫。这就是这个故事的真相，这个真相当然还是不能确定，充满了疑点。显然这是一桩罪过，也正是在这个意义上，所谓以"悔改"为主题的"约翰预言"才有必要，也才能成立。

不管这个真相重要不重要，是否在这篇小说中起到关键作用，都提醒我们，小说叙事的本质可能就在于"说出真相"；与之相反，"隐瞒真相"也是（不）说出真相的一种方式，后者把小说的叙述作为小说的本体，让阅读关注叙述本身，它怀着寻求真相的热切动机，随着叙述的进展却变得更加虚妄，寻求真相的叙述本身也变成了不可靠的叙述。

二、真相与小说的叙述本质

说到真相，实际上小说总是在说出或不说出真相，小说的叙述方式也是围绕着真相做文章。我们在这里说"小说的真相"，这种说法本身是有歧义的。这既是指小说中讲述的真相，又是指小说的真相。这就是说，我们在讨论小说的叙事是怎么来讲述真相的；但最终会导向"小说的真相是什么"这样一个理论的命题。到底什么东西是小说，在什么地方小说发生了。正如德里达把文学称为"奇怪的建制"一样，真相其实是叙述的结果，这就是所有被我们称之为文学话语的那些东西。在日常的话语当中，在哲学文本中，在历史文本中，在各种其他的文本中，我们都可以看到那些如同文学话语一样的话语。如果我们摘出一段历史学家的文本、哲学家的文本和一段文学家的文本，看上去它们之间是没有明显或严格的区别的，但是为什么这段话被叫作文学，那段不叫作文学？文学和历史以及哲学之间的界线那么明确吗？

现在，在消费主义时代，我们不断地消费现实和真实，我们直接进入真相，比如"纪实文学"，它介于文学与非文学之间。实际上，我们已经很容易辨别文学与非文学，那就是，那是事实，是真实发生过的事情，还是虚构的。虚构的被称之为文学，真实的就是纪实新闻或实录文体。它们之间的本质区别还有一个讲述方法的区别:那就是,文学是困难地说出事实真相;而纪实就是直接说出事实真相。

这样我们就很清楚,我们在什么边界去指认好的文学作品与不好的。如果把这个问题约简到最低限度的话,那就是它说出什么真相?它如何说出真相?就是说,小说通过叙述真相显现出小说的真相,这是一个非常微妙的、美学的、修辞的关系,在这个意义上,它们二者非常巧妙地粘连在一起。

小说之所以被称为"虚构"(fiction),就在于它要进入真相和说出真相具有难度。实际上,其他的文学类型也同样有这样的问题,甚至可以推广为这是理解艺术的独特性的一个最简要的标志。1958年,戏剧家哈罗德·品特曾说道:"真实与虚幻之间没有明显的区别,真实与谬误之间也是如此。事物不是非真即假,而是亦真亦假。"2005年,品特获得诺贝尔文学奖,在颁奖典礼上,他再次重温了自己半个世纪前说过的这段话,他说道:

> 我相信这些观点至今仍有意义,在用艺术表现现实时也同样适用。因此,作为一位作家,我赞成这些观点。然而作为一名公民,我却无法同意,我必须问:什么是真实?什么是谬误?
>
> 戏剧中的真相永远难以捉摸。你必须去寻求无法找到的真相,并竭尽全力,视其为己任。你时常在黑暗中偶遇真相,与它相撞抑或只是瞥见一种似乎与之吻合的表象或者形式,而你总是全然不知。在戏剧艺术中,真正的真相就是:所谓的唯一真相是无法找到的,那里有很多真相。真相之间彼此争鸣、此消彼长、交相出现、互不顾忌、彼此嘲弄、相互蒙蔽。有时你感觉片刻间把握住真相,但它很快从你指间溜走,消失得无影无踪。①

尽管品特这次讲演的主题饱含着政治色彩和当代知识分子的责任问题,即对历史真相的关切,但是他也非常精辟地说出了真相在戏剧

---

① 程三贤编选《给诺贝尔一个理由》,中国广播电视出版社,2006年,第2页。

或文学中的美学意义。戏剧表现和文学叙述归根结底都离不开对真相的捕捉,那是抓住生活本质要义的根本法则,也是进入生活深处去,击中生活要害的力量所在。当然,其美学意义在于,真相在艺术结构中,在文学叙述中,恰恰是最难揭示的东西,越是难以揭示,它的美学意义就越是深广。

小说起源于"说出真相"这个说法,其实是一个老生常谈的问题。我们说"小说"是街谈巷议,是"引车卖浆者流"的传闻;这就是说,中国小说来源于勾栏瓦肆里说书这种形式,讲的就是过去的故事,某一个地方发生的故事。实际上这些故事流传本身,它就在陈述一个事件的"真相"。为什么要陈述这个真相呢?因为这些事情和我们所理解的真相总是有非常大的差异。其实在某种意义上说,小说起源于传闻。只不过在过去因为流传的困难,口头流传的困难,它就变成旧闻了,变成一个故事了。他要说某某地方发生的某件事如何如何,那件事肯定非常离奇。《荷马史诗》中讲述的故事,包含着一个非常离奇的核心:一个女人海伦那么美丽,由此引起了战争。两个城邦为此打了十年,一个城市因此毁灭了。当然,在荷马的讲述中,这部史诗有着宏大的民族群体以及英雄主义的想象在起作用。但不管如何,故事的主体是一件非常离奇的事件,一个女人引起了一场持续十年之久的战争,民族经历大的灾难,但是没有人后悔,这就是一个奇闻。这就类似后来资本主义新闻统治时代的"人咬狗"的那种新闻,"人咬狗"的性质是什么呢?就是令人难以置信的事情,就是令人惊奇和震撼的事件。

只有令人难以置信的事件才有流传的动力,流传起源于好奇和轻信,在流传的过程中,事件被夸大了,事件走样了。叙述必然离真相越来越远,真相变得越来越难以理解,这使流传具有了更强的动力。真相肯定不是通过外表能够解释的,通过它的外在给予我们的是表象,它的表象无法解释它的本质,表象和本质是脱离的。当表象和本质脱离了关系的时候,我们就发生了对于真相的探究,这个真相是脱离表象的。它的本质是迷失的,需要我们去探究,所以是这个才引起了我们的兴趣,才引起了我们流传它的兴趣。我们不断地叙述这个事件,就是因为在表象之下,它的本质或真相变得不可捉摸,真相需要我们去探究。

讲述和流传结果变成是假象在传播,所有那些说出来的都令人难以置信，我们只是满足于倾听，只是感到惊异而已，我们遗忘了原来留下的真相。在这一意义上，现实主义小说把讲述本身当作全部事实，并且尽量使它与客观现实或我们经验的可理解性达成一致。它不要背后的真相，它的真相就在事实性里。现代主义的作品则把真相形而上学化，从而使真想具有一种难以言喻的哲学意味或意义。后现代主义则把真相消解掉，真相似乎在那里，但它又不能被确定，真相在不可靠的叙述中总是处于迷失之中，我们陷入了讲述的迷宫或圈套。

到现代主义和后现代主义之后，我们已经发现这个世界的真相消失了，真相迷失了，我们所能获得的是关于外表与外在的印象。在这样一个圈套中，我们到底怎样才能接近那个真相，接近真实呢？而在富有魅力的叙述中，在奇异的叙述游戏中，我们已经遗忘了真相，我们甚至已经不需要真相。我们后来发现，真相是什么？真相是空的，就像我们打牌一样，到最后翻出来的那张底牌并不是大王，而只是小鬼。在后现代的历史当中，真相似乎并不重要了，这个世界是没有真相的，这个世界的真相已经遗失，所以它陷入叙述的自我疑惑中。我们现在从小说的角度来看，对真相的追逐，后现代叙述形成一套新的经验——不可靠的叙述。博尔赫斯的小说介于现代主义与后现代主义之间（有时候"主义"很难规范大师），他的小说经常带着对真相的某种奇特的探究，那就是他特别喜欢模仿或挪用侦探小说的叙述方式。侦探小说就是典型探究真相的叙述方式，某种意义上，侦探小说把小说本质化了，把小说的本质直接化了。但博尔赫斯对侦探的小说挪用，却是把小说的叙述本性突显出来。博尔赫斯有数篇小说都带着探究真相的动机展开叙述，特别是有几篇被认为是他的经典代表作的作品，如《死亡与指南针》《小径分岔的花园》。

《小径分岔的花园》，实际上就是一篇关于"真相"的小说。小说的主人公余准，其身份是前青岛大学英语教师，实际上是德军潜伏在英国的一个间谍，他想告诉德军一个情报（情报就是一个事件的真相）。他得知英军炮兵驻军的地名就是法国城市艾伯特，他要把那个城市的名字告诉德军。但是他无法告诉，在战争年代他既没有恰当的通信工具，又没有别的途径。比如发电报，怕被截获，或者说它没有这样的设备。写信或专人传送时间来不及，也没有这种可能。那怎么办?他想起一个计谋,让这个信息能够准确快速地传递到对方那里去。但这个小说了绕了一个大圈子,小说一直对这个意图只是若隐若现,读者不留心根本不会注意到这个细节如此重要。小说花费较大笔墨在叙述余准寻找那个叫艾伯特的汉学家的过程。令人惊叹的描写表现在小说描写艾伯特居住的花园——那是一个小径分岔的花园,其中穿插进去很多关于中国历史传说的一些故事,以及关于文化知识的议论。最后出现了一个雕花的五斗柜,汉学家艾伯特靠在那个柜子上,在那里,余准掏出枪,"特别小心地扣下扳机",把艾伯特打死。可能是数天之后,余准在报上看到了那座名为艾伯特的法国城市遭到轰炸,报上同时还有一条消息说:"著名汉学家斯蒂芬·艾伯特被一个名叫余准的陌生人暗杀身死,暗杀动机不明,给英国出了一个谜。"余准知道,柏林的头头破了这个谜。他知道在战火纷飞的时候,身为间谍的余准难以及时通报那个叫艾伯特的城市的名称,除了杀掉一个叫那名字的人之外,找不出别的办法。小说最后一句话是:"他不知道(谁都不可能知道)我的无限悔恨和厌倦。"①

这个故事要叙述的是一个人要如何把真相准确地、快速地传递给对方。但是要说出这一真相时——对于小说来说,它开始了漫长的旅程。它描写了余准躺在旅馆的铁床上,非常痛苦,绞尽脑汁,六神无主,最后他想出了这个计谋,然后开始实施,去寻找那个花园。这条通往花园的道路几经曲折,才进入那个小径分岔的花园。最后出现了那个叫艾伯特的汉学家,余准握着枪扣动扳机把艾伯特打死了。那么,在小说处理真相的时候,它先是采取了一系列掩盖这个真相的方式,延宕这个真相的方式,它使这个真相要说出来变得非常地困难,它要绕到一个迷宫一样的小径"分岔"的花园里。其分岔之意从花园的地理空间,转喻而成信息的传递。其一是指谋杀汉学家这个信息在报上发表,其二则是这一信息被德军情报部门破解。关于杀死一个汉学家传递出情报的离奇故事,经历了漫长的不相干的探寻路径的叙述,最后真相的揭示却是那么简洁,而且留下的是"无限悔恨和厌倦"的心理。

---

① [阿根廷]博尔赫斯:《小径分岔的花园》,王永年译,浙江文艺出版社,2002年,第133页。

真相虽然离奇，远没有叙述过程趣味盎然。真相的揭示也只是一个事实而已，博尔赫斯有意让它虚无化，只留下一种空虚的心情，当然也是人生的宿命感。一个那么大的历史事件，对于一个促成某个大悲剧的灾难的主角来说，它只有"悔恨和厌倦"的心情。以空无来搏击无比大无穷大的历史意味，博氏的小说叙述竟然能压制如此重大的一个历史行动。这里的英雄主义的悲剧性与其说是余准自己否决的，不如说是博尔赫斯的叙述艺术消解掉的。

当然，我们同时要注意到这篇小说中讲述真相与对余准这个人的心理情绪的刻画交织在一起。小说的开头，这个余准心境就不佳，他躺在旅馆里，面临着死神（警察马登）的追杀，马登几乎不会放过人，余准当然知道他也在劫难逃。他是为了摆脱绝境，为了摆脱他怯懦的天性，为了反击他的那个病恹恹的上司对黄种人的蔑视，为了证明黄种人的英勇，他设计出这个计划，做出这样一系列的举动。他并不关心那个野蛮的国家，也不是为了上司，说起来，这样一件拯救德国军队的"壮举"，这样一件对英法联军犯罪，也是对世界和平犯罪的事，却与证明一个人有能力摆脱怯懦，与证明黄种人的英勇联系在一起，这是一个难以成立的逻辑，是一个自欺欺人的谬误，小说在这里也必然要分岔。博尔赫斯几乎是在最后一句，仅仅用这最后一句话就给出了判断："他不知道（谁都不可能知道）我的无限悔恨和厌倦。"余准最终还是陷入自己设计的迷宫，他终于意识到他走不出迷宫，但也只有在这样的时刻他才走出迷宫。他能证明什么？证明自己？证明黄种人？就是用这样一个情报，就是告诉一个这样的真相？博尔赫斯最终还是对余准自以为是的英勇给予了反讽。

博尔赫斯的讲述在两个维度上展开，一个是去打死艾伯特，尽快告知德国上司那个英军驻扎城市的地名；另一个是余准的精神、心理以及围绕他的文化记忆。前一个真相大白之后，余准的心理也被揭示出来。一方面在情节上设置了曲折的迷宫，另一方面在心理情绪的揭示上却是十分地透彻、明晰、简洁。

博尔赫斯的《死亡与指南针》可以说是最典型的破解真相的小说。那个自以为是的推理家伦罗特，与其说他在破案，不如说他就是在破解真相。他显然有一个先入为主的观念，他迅速认定这个谋杀背后有非常复杂的反犹主义运动。不过，那个警察局长则更实际简单得多，他认为这不过就是一个小偷的勾当。小说一开始就设置了很多远离真相的表象情节和细节。伦罗特的分析如此富有推理的魅力，并且带着关于犹太文化的知识趣味，以至于我们完全被他迷住了，他自己显然也被自己的推理逻辑和知识图谱迷住了。从"名字的第一个字母已经念出"，直至看到"四个字母的名字"，他令人信服地拼起来这样一个谋杀的迷宫。这个由一个几何图形构造起来的迷宫，最后指向了桉树飘香的特里斯勒罗伊别墅。伦罗特只有在最后的时刻才恍然大悟，他进入了自己谋杀自己的圈套。"红"夏拉赫真正要谋杀的对象就是伦罗特。当伦罗特面对着夏拉赫的枪口时，这时才恍然大悟，真相大白。原来伦罗特三年前在一家赌场逮捕了夏拉赫的弟弟，把他投入监狱，夏拉赫的肚子上还挨了警察一颗枪弹。在那些难熬的日子里，夏拉赫想着那个爱尔兰教徒的话，觉得世界是个走不出来的迷宫。出于报复，设置了这个谋杀迷宫来诱骗伦罗特。

这篇小说一直在破解一个真相。侦探小说是典型的"告知真相"的小说，只不过这篇小说给出真相的方式与通常的侦探小说颇不相同，但结构肌理是相同的。表面情节和真相二者总是对立的，而且它的这个"牌"一定要翻出来，翻出来就要翻得很清楚。这里就可以看到，伦罗特一步步去探求真相，一步步陷入这个迷宫，到最后他自己在这个迷宫中面对死亡：夏拉赫最后非常小心地瞄准，扣下扳机。在小说中，夏拉赫告诉了真相，真相颠覆了伦罗特设想的迷宫，夏拉赫讲述了另一个故事，那是一个事件的真相。初读之下，我们会为博尔赫斯选择这种"真相大白"的叙述方式感到困惑，这未免太直接了。本来那么富有迷宫性质的叙述，何以要以如此直接的方式颠覆迷宫呢？夏拉赫的故事太直白了，二者之间有所不协调。真相的叙述占据了太多的分量。这与《小径分岔的花园》有所不同，后者是在最后点出真相，让我们明白了真相，前面有很多细节伏笔，后面翻转就非常轻巧。但《死亡与指南针》就不行，它的叙述一直在远离真相，一直在遮蔽真相，然后突然间急转直下。我们一直期待真相的揭示，但真相一旦揭示太明白却会产生失望，原来是这么回事！就这么回事！

这不只是在小说中揭示了真相，这也揭示了小说的真相。小说叙述原来就是给出真相，就是隐蔽或说出真相，隐蔽最终也是为了说出真相。也正因为如此，《死亡与指南针》的真相揭示得太直接彻底，小说的意味反倒有所失却。小说的真相显然不是发生在那个时刻，不是发生在真相翻出来的那个时刻。如果说，翻出来的那个时刻是文学性爆发的时候，这种小说才是好小说，那么在这篇小说中，底牌翻出来的那个时刻，动作翻得太直接，动作太猛烈，同时这个高潮突然间平息了，因此，文学性在这个时刻爆发后就消失了。这一切已经很清楚：原来夏拉赫设计了这个圈套，结果他把伦罗特给打死了。它给出的人文意味不够深厚，至少没有《小径分岔的花园》那么深厚。

当然，在1944年，现代小说对形式主义怀有极大的热情，那是现代小说在艺术上期待有重大进展的时刻，博尔赫斯如期而至，给予现代小说艺术以最充分的力量和自足的可能性。博尔赫斯后来的小说并不期待形式的意义，他在晚年写的小说如《第三者》，就是声称模仿吉卜林的小说，那是极为简略并且日常化的写法，那些小说显示出生活原来的质朴的味道。但是不是说这样的小说就与说出真相无关呢？《第三者》也还是在说出真相，博尔赫斯的小说总是隐含着真相，总是有惊人的真相有待揭示。尼尔森兄弟俩后来把这个女人胡莉安娜杀掉，把这个女的活埋掉，这里面也有真相。它问题在哪里？它把这个真相告诉你，它没有那么复杂，恰恰就是两兄弟爱她，都爱上这个女的，不能摆脱，现在就要把这个女人杀了。这是告诉人一个故事，这个故事中包含着你可以直接感知到的真相。但是在这个时候，你会发现，真相之后，这个小说的意义是无穷绵延的，它不在事情的本身突然间被揭示的那个时刻，而是像海德格尔所说的"敞开的诗性"——在这里，两个兄弟必须把他们爱的女人杀掉，这个行为本身让人震惊，这个行为本身完成了也就伴随着一个死亡事件结束了，但是其中意味变得无穷了，变得非常复杂，小说结尾写道："兄弟二人几乎痛哭失声，紧紧拥抱。如今又有一条纽带把他们捆绑在一起：惨遭杀害的女人和把她从记忆中抹去的义务。"[①] 它的文学性发生在真相终结的时刻，

---

① [阿根廷]豪·路·博尔赫斯：《博尔赫斯全集·小说卷》，王永年、陈泉译，浙江文艺出版社，1999年，第323页。

在这样的时刻有一种更加复杂、弥漫、难以言喻的东西散发出来。不只是意义被明确揭示，同时也是真相终止的一个东西。所以从美学意义上来说，《第三者》比之《死亡与指南针》更加接近传统小说，却又更能让人去体味捉摸生活与生命的真相，或许传统小说更加依赖真相做依托，是否也因此更加贴近小说的真相呢？由此，是否也意味着后现代小说的迷宫叙述（不可靠叙述）是在逃避真相？也是在逃避/消解小说的真相？

三、死亡、记忆与可变异的重复

现在回过头来看看格非的《褐色鸟群》。格非的《褐色鸟群》无疑受到博尔赫斯的影响，"棋"与"镜子"就是博尔赫斯小说和诗歌里经常出现的意象，而这种叙述方式和结构也与博尔赫斯不无关系。《褐色鸟群》某种意义上比博尔赫斯更激进，它不只是揭示真相，逃避真相，还一直在玩弄真相变异的游戏。博尔赫斯的真相最终可以大白于天下，但格非的真相却是迷失的，没有可靠的叙述可以作为依据辨认真相。

"真相的变异"，这是《褐色鸟群》叙述的最根本的特点。一直困扰我的，其实是那个真相，那个男人在棺材里解上衣扣子的动作。所有这部小说中的真相都被叙述话语怀疑过，不管是那个女人（她是否真的是许多年前我在城里追踪的女人无法确定），还是那个男人经历过的有一个人骑自行车摔在桥下的故事，或是棋和那个少女。这些都不能确定，都被可变异的重复出现的人和事件形成疑点。但那个棺材里男人的动作却被强调为看得非常真确，后来也没有否定。没有被怀疑过的事件或行为就此一例，看来它就是真相了。

当然，我们前面提到过，格非写这篇小说起源于一个朋友晚上在小卖部掏出火柴盒的动作，那个火柴盒打开里面却是硬币。最直接与这个火柴盒对应的意象就是这个棺材，棺材打开又合上。里面的情况与外表不一样，就像火柴盒打开里面是硬币一样。假定这个棺材是火柴盒的变形的话，那么，那个男人躺在棺材里本来就应该是死人，但他居然做出一个动作。谁都想不到躺在棺材里的可能是活人，外表无论如何都不能确定事物的真相。但棺材板无情地盖上了，盖棺论定——这是何等武断！所有的事件、历史、人的一生、真理，都被盖棺论定。只有棺材可以把真相钉死在里面，把真相埋葬。

但这个真相被钉死之后，这就成了困扰"我"（叙述人格非）的最大的问题，那个女人犯了罪，不管她有多大的冤屈，她也不能把未死的丈夫钉进棺材。假定这篇小说最终要讲述的是这个故事，那么，格非采取的叙述策略则是逃离这个真相，遮蔽这个真相。他的叙述从声称写一部类似"约翰预言"的作品开始，结果却从我现在居住在"水边"开始叙述。那个故事到底是什么故事，是那个关于女人把她的男人钉进棺材的故事吗？那个真相的故事被搁到一边，被藏在故事的最底层，那是轻易不能透露出来的真相。我们看到，这篇小说实际上讲述了三个故事：第一，我现在住在水边遁世的故事；第二，我和棋的故事；第三，我和女人的故事。但还隐藏着第四个故事，那就是女人和男人的故事。这个故事只是"我"偶尔看到一些枝节片段：如男人在野地里追逐这个女人寻欢；男人在酒馆里喝醉酒；女人在棺材边为死去的男人哭泣。小说真正的故事是女人和她的男人的故事。

在这一意义上，可以看出具有后现代意味的小说的讲述变得极为困难或犹豫不决，要说出这个故事却显得没有把握，也不情愿。格非是在棋的一再催促之下，才断断续续说出这个故事。很显然，现在，真相已经变得不重要，即使是一次谋杀，一次罪莫大焉的杀夫的故事，它已经变成一个细节，一个动作，这是一篇隐瞒真相的小说，这是一篇没有真相的小说！本来计划写作一篇小说，一篇类似"约翰预言"的伟大的警世小说，但这样的小说已经写不下去了，他的写作已经被其他的写作所取代。

我们可以看到的是，这篇小说确实打破了同一性逻辑，它把真相隐藏起来，它把传统小说中，乃至于现代小说中要寻求的最重要的真相缩减为一个动作，它一直在讲述"说出真相"的困难。这就使这篇小说变成了讲述本身，讲述变得如此重要。讲述在产生真相之外的东西。它把注意力从真相引开去，引向别的方面：引向对真相的隐瞒和怀疑。

这个真相是如此坚硬，如此"致命"，以至于"我"（叙述人格非）

要通过讲述，通过对世界认知方式的改变来抹去这个真相。如此用力，如此挖空心思就足以表明，这个真相如鲠在喉，不吐不快。但要吐出真相谈何容易啊！

真相存留于时间与记忆之中，时间会使真相模糊，而记忆会生锈。格非的小说叙述一开始就担心那些候鸟消失，担心这些鸟群的消失会把时间一同带走。事实上，这种担心本身就是一种潜意识的愿望：我如此受困于时间，在时间中的存在（事物或记忆）如何具有整全性呢？这很容易使我们想起海德格尔式的关于存在者与时间的关系。在海德格尔看来，只要此在作为存在者存在着，它就不曾达到它的整全性，它只有在死亡中达到这种整全性，但这样一来，它也就损失了它的"此"之在的特性①。彼得·奥斯本解释海德格尔这一思想时认为：这样一种存在者的"能整体存在"采纳了向死而在的形式，因为只有死亡这种终结是先行筹划的，体现了闭合的可能性。此在只有通过先行到死亡中去才作为有限的，并且因此是时间性的存在者而"生存"②。

在这个故事中的讲述中，那个恋人一开始就是死去的，她的故事具有闭合性，她的故事一开始就是向死而在（而且她的故事中还藏了一个"向死"的事件），而我的叙述也是一个向死的叙述，但这样的叙述如此困难，叙述的终点是死亡，是那具棺材，那是一个被定义为死亡的此在，那是一个向死而生的事件——它只有在叙述中复活，在叙述中被回忆，但回忆起的还是死亡。

是否有一种不死的叙述？是否有一种穿过死亡的叙述？也就是说，叙述是没有终结的，不是向死而说的，不是"真相大白"？

这个谋杀或死亡的事件，现在被小说复杂的叙述压抑得只剩下一个动作，如果不留意，会把它当作一个完全不重要的细节，可有可无的"我"的错觉，忽略不计。而这正是叙述人的阴谋。如果这个死亡事件被突出，那么小说的整全性就完成了，那么，那些事件、细节、

---

① [德]海德格尔：《存在与时间》，陈嘉映、王庆节译，生活·读书·新知三联书店，1987年，第278—285页。

② [英]彼得·奥斯本：《时间的政治——现代性与先锋》，王志宏译，商务印书馆，2004年，第89页。

动作的此在性也都要向着这个关键性的高潮进发，也就是完成叙事的整全性。而格非恰恰想赋予每一个事件细节动作以它不被同化的差异性，它们不被那个关键的死亡事件所支配，小说叙事不再具有整全性。

真相如何被叙述隐瞒呢？现在，格非着手要解决的是什么呢？这部小说的叙述重点真正落在什么地方呢？把记忆进行改写，记忆转向了可变异的重复，或者说重演。这些重复出现的却有发生细微变异的情节，正是修改记忆的方案，小说叙事中被重点强调的"记忆就是力量"，实际上是一句反讽性的格言，小说叙述竭力要颠覆的就是记忆。如此细致地书写记忆，却又要抹去记忆的确实性，这是对历史叙事提出的严峻挑战。

在20世纪80年代后期，中国先锋小说一直被认为是在玩弄形式主义花样，实际上，这样的玩弄在当时却具有文学史的反叛性意义，那就是对现实主义叙事规范的挑战。例如马原对真实/虚构进行的戏谑，现在格非对记忆及可重复性进行的质疑。重复并不重演历史，时间改变了一切事物，甚至连同原本的事物。本雅明对历史唯物主义的理解的关键就在于："在历史中不存在重演的现象。"这一点正如本雅明把历史读解成对于时间真理的短暂扫视的场所，而这些扫视被凝缩成他的"此刻"的经验。正如奥斯本在《时间的政治》中所说：本雅明对"此刻"的经验是一种对将来的经验，而非对完成的经验，这一点真确无疑。本雅明关注的是"现在即此时此刻"的崩溃了的叙事性，它与重复（重演）这个概念相比具有更富有革命的含义，"真正的新异之物"正是预示着革命出现的可能性。在这一意义上，对比格非的小说叙事，这是一种面向未来的经验，他要写出的是一种面向未来的更大的可能性。

当然，真相隐瞒或悬置起来之后，这篇小说确实是关于记忆的小说。棋的出现，试图唤起我的记忆，但我显然是一个记忆已经严重受损的人，棋所叙述的我的历史及我面对的现实，都无法与我的认知的真实性发生重合。棋认识我，说我不过是到一个锯木厂的臭水沟边住了一段时间，却以为住了很长时间，棋所说的李劼及其儿子李朴，都不在我的记忆中留下印记。实际上，这篇小说叙述了记忆的不可靠，几乎所有的人叙述的故事都不一样——这使人想起电影《罗生门》，人们无法复述已经发生的历史,历史过去之后就变成已死的过去。历史与记忆没有客观性,也没有真实性。

多年前,我在《无边的挑战》里阐释格非的《褐色鸟群》时,就注意到这篇小说叙述的"重复"问题,我曾经写道:

重复是时间的"伪形",它通过"回忆"的中介把过去移植到现在,过去与现在由此构成历史。"回忆就是力量"恰恰揭示了历史存在的根本缺陷,它不仅表明存在、历史、现实都可以用"回忆"(虚构的另一种形式)来创造,它表明历史的实际死亡,历史只能在回忆中复活。任何伟大的历史事件都要随同它存在的那个时间一道死去,回忆使时间重复出现,通过"叙述"历史〔往事〕再度呈现在人们面前。但是回忆肯定就是有力量的吗?回忆其实就是重新书写历史的一种方法,回忆企图唤醒逝去的时间,但是回忆并不可靠,故障并不在于回忆作为复活历史的唯一方式不可靠,而且在于历史存在本身的不可靠。①

格非叙述的出色之处在于:他把细微差别和可变异的重复作为艺术的支点,在这一差异的时刻,我们经历到的世界比之世界的同一性与确实性具有更多的可能性。这里相同与相异的几个细节:

1. 那个女人,她的形象的所有方面,她的靴子;但女人用语言否定。
2. 那个雪夜的记忆,断桥,白胡子老人,骑自行车的人,三个叙述人,我、女人和女人的丈夫。
3. 背着画夹的棋与抱着镜子的少女。

每一次的叙述都出现了"新异之物",事物之间既有联系,有相似性,但又有相异性。所有这些都表明记忆的不可靠,表明存在具有变异和敞开的可能性,同时表明记忆可以在可变异的重复中被打碎。记忆于是具有双重性:一方面,它是如此不可靠,不同的人对同一事物会产生不太相同的重演;另一方面,它也表明记忆是如此有力量,

---

① 陈晓明:《无边的挑战》,广西师范大学出版社,2004年,第117页。

不同的人可以对同一事物产生不同的复述。不同的人有着不同的记忆，记忆是无限的可能，都是记忆，都是面对同一事物，但记忆从来不会只停留在一个事物上，每一个记忆都有自己的事物，都有自己的"新异之物"。

然而，记忆不能越过的却是死亡，"我"（叙述人格非）面对那个棺材里的男子的死亡，这是不可复述的事件，死亡不能被重复经历。女人也死了，突然间的死亡，她也无法复述。其他所有故事都可复述，但那个棺材里的死亡不可复述。实际上，小说中还出现过一个死亡事件，就是那个骑自行车的人的死亡，但注意到格非奇怪地用了"它"，那是一个动物吗？一只鸟吗？格非有意降低这次死亡的重要性，它只是记忆中的一个事件，而且记忆可以修改，它不可确定，也意味着它对回忆的逃避。但棺材里的死亡不能被记忆穿过，不能变异。

这是作者格非的遗漏吗？他难道不能再把这个事件找一个人复述一下吗？没有，这是小说唯一出现的不可复述的事件。死亡不再是"新异之物"，这个事件是全部叙事中不可逾越的底牌，一个无解的底牌，一个无法再次翻出的底牌。作为一个目击者，那是他看到的最为困惑不解、最为震惊的事实了，那是他的记忆被烙印和烙伤的时刻，也就是记忆严重受损的时刻。作为一个卷入其中的旁观者，只有寄希望于写出"约翰预言"来纪念它了。重写那个女人（也就是我的昔日的死去的恋人）的故事才能把这个死亡事件附带讲述，这无疑是无法面对的也无法逾越的事件。女人与她的钉进棺材里的男人的故事，那是一本大书，一本"约翰预言"式的大书。真正的事件无法写出，我一直在记忆的困境中挣扎，等待着候鸟的出现。我不过是在消磨时光，我害怕时间消失，实际的心理则是我只有一天天地让时间消逝，那本书无法落笔，无法获得完整的记忆。

在这一意义上来回应郑鹏提出的问题，如果这篇小说可以当成是对中国先锋文学重新确立自身的历史的原初之处的话，那么，这一意象是可以建立起它的历史隐喻意义的。记忆与真实的历史并不存在，真相也被钉进棺材里，我们的叙述却无法开头，我们的记忆已经出现障碍，已经没有信心回忆起我们经历过的生活。我们只能这样叙述，这样不断地重演开头，从这里，我们获得新异之物，新异的面向未来的可能性。

正如小说开头是一幅幅画一样，小说的结尾是一面镜子。那是一面空镜子，它可以映照任何东西，它可以虚构，可以照出实物，可以给出表象。那是一个陌生的少女出人意料地出示的物品。小说写道：

少女的身影离我远去了。

褐色的鸟群扑闪着羽翅，掠过"水边"银白钢蓝色的天空，在看不到边际的棕红沙滩上布下如歌的哨音。这些褐色的候鸟天天飞过"水边"的公寓，但它们从不停留。①

时间不能停留，记忆因此也不可重演，一切只有向前，只有变异。连同那事物真相，也被时间磨洗。时间可以穿过死亡，穿过关于死亡的记忆。记忆只是一面镜子，不是一幅画下的画，只是一面空镜子。对于格非来说，最终一定是放弃了写作"约翰预言"这种传世之书，面对着镜子，可以映照任何事物，可以有任何新异之物。格非要写出的不再是关于真相的记忆，而是这一代人的记忆，记忆的不同状况。这或许才是真相，是一代人的真相，是这篇小说的真相。正如博尔赫斯在《小径分岔的花园》里最终写出了余准的那种悔恨和厌倦一样，格非最终写出的是一代人的记忆。

当然，格非的叙述并不沮丧，那些飞翔的候鸟无疑有着一往无前的精神，那是向未来的精灵，看着候鸟的"我"，在思考之余饱含着希望。

这使人想起尼采的《查拉图斯特拉如是说》的结尾处，尼采写道：

"……这是我的早晨：我的白昼开始了：升起吧，升起吧，你，伟大的正午！"

查拉图斯特拉如是说，并离开他的山洞，炽热而强健，宛如从阴暗群山中升起的一轮朝阳。②

---

① 陈晓明主编《中篇经典》，云南人民出版社，2003年，第214页。

② [德]尼采：《查拉图斯特拉如是说》，黄明嘉译，漓江出版社，2000年，第358页。

查拉图斯特拉这个疯人转身离去,他走向正午的新生。"褐色鸟群"飞过"水边",飞向了无边的远方,这也是中国先锋文学开始的征程。20 世纪 80 年代后期,那是文学怀着创新渴望和激情的岁月,艺术的表现形式作为躲闪现实的一种方式,它也具有现实意义。

四、格非小说的现代踪迹

20 世纪 80 年代后期,因为突然有一群作家强调文学的形式感,强调语言和叙述方法,汉语小说的艺术性被提到一个重要高度。文学不再依靠对现实意识形态的呼应或表达时代精神来获得自身的合法性,获得存在的理由。正如我们前面已经指出过的那样,在先锋派群体中,格非以他非常鲜明的风格,非常扎实的系列作品而令人刮目相看。在那个时期,格非的作品几乎篇篇都有独到之处,都在一个相当高的艺术水准上。《迷舟》《青黄》《大年》《寻找乌攸先生》《风琴》都是令人惊叹的作品。格非的小说以其显著而连续的艺术特征令人印象深刻。那个时期,格非小说的显著特点就是小说叙事中总是出现空缺——特别是在高潮部位或关键部位出现空缺,这使小说突然间变得扑朔迷离。他的小说叙述起来轻松自如,语言清峻,故事从不凶狠,但却总是有一些错位发生,或者有些情节隐瞒,这使得故事变得奥妙无穷。格非的小说可以说是典型的探究真相的小说,他的大部分小说都是以探究真相为叙述动机,但最终总是以真相迷失告终。

我们也许会说,格非的小说受博尔赫斯的影响较深,关于"空缺"和"重复"也是博尔赫斯小说时常使用的技法。在这里,限于篇幅,我们不想就二者进行过多的比较。同时我们也想指出,格非的小说也受到中国现代小说的影响,比如徐訏的小说,还有施蛰存的新感觉派的影响。格非有些小说在情节和细节方面会使人想起徐訏和施蛰存的小说。就说这篇《褐色鸟群》中叙述的"我"多年前在城里的企鹅饭店跟踪女人的情节,这与施蛰存的小说《花梦》的情节就有相似之处[①]。施蛰存的这篇小说写一个青年人在夕暮时刻闲荡于百货商店门

[①] 《花梦》收入施蛰存小说集《娟子姑娘》,上海亚细亚书店,1928 年初版。

前,也看着"斜波纹的女人的臀部",他于百无聊赖中设法打发这段时光。他看着一双细小的脚,踏着发清脆响声的鞋子,如燕羽地掠过了他的眼前。结果他跟着这个玄色的丝裹着的苗条的身体向前去了。小说中有一段这样的描写:

> 而今日的追踪这个有着苗条的身材的女人的动机是由于闲暇与好奇。所以,当他无意识地,他的脚随着那眼前的发着闪烁的光亮的脚机械地行进的时候,他的心境还是好奇,好奇。
>
> 奇?是的,这样的纤细的,精致的脚,可不是一个奇货吗,在他,确是以前所没有见到的。但是,徒然尽他看一双美丽的脚,这样地从许多人的逆流里走着,能使他没有 to see anything more 的思想吗?
>
> 挤上去,节制着适宜的脚步,如今是和那起先只看见了她的后形的女子并行着了。嵌着晶光的珠的耳朵和耳环,希腊式的一个白玉的润泽的鼻子,再后看见的是一个辉煌的脸,明亮的脸,美人的脸啊!
>
> 过去的疑云全都消散了。心中一阵的热,是燃起了他青春的情火的时候了。[①]

这里之所以引述这一大段,是为了更具体地对比两篇小说的异同。格非有数年时间在上海华东师大任教,当然熟识与其同系的前辈作家施蛰存先生,如果说未读过施老的作品似乎说不太过去。很显然,这两篇小说在追踪女人的这一情节或细节上是相当接近的,只是施蛰存作为新感觉派的作家,他十分注重那个青年人感觉和心理变化的层次,他如何由对女人的脚、形体的关注开始,心中还带着疑惑,担心女人不够美丽,直至发现女人是如此美丽动人,他几乎迅速就产生爱意。这是那个年代上海大都会浪漫的风格,这个男人就这样迷恋上那个妖娆的女子。这个没有经验的年轻人几乎是被诱惑拖着一步步走进了女人的圈套,女人不过是一个职业的交际花,或者说高级娼妓,年轻的男子为了所谓的"爱情"花费了将近一百元的代价。这与狎妓没有任何区别。施蛰存写出了男子和女人微妙的感觉和心理变化的层次,上

[①] 施蛰存:《蝴蝶夫人》,京华出版社,2005年,第21页。

海这个浮华都市里男女华丽且空洞的爱情,实则是流荡着物欲的情欲。当然,大都会的一种新的生活方式和情感状态确实是被施蛰存揭示得如此透彻淋漓。格非的小说《褐色鸟群》在追踪女人这一情节上与《花梦》有相同之处,格非也写到想象着这样的女人要是"在火炉旁烤火或者在浴缸里洗澡不知是怎样一个模样"[①],但格非并没有过多地去写人物的心理感觉,而是去表现形式方式的意义。女人的形体与那双栗色的靴子作为与女人重逢的一种记忆标志,它所唤起的只是一种时间和存在的错位观念,不断地转向形而上的意义,要表达出时间与记忆的困扰。对事物真相的疑虑,构成了格非小说另一层面上表达的意义。

关于受到女人的吸引,跟随女人行走以及后来与女人发生的牵连,特别是那种似真似幻的叙事,更为接近的可能还是徐訏的《鬼恋》。徐訏的《鬼恋》出版于1937年,甫一出版,轰动一时。随后在漫长的中国文学史叙事中,徐訏完全缺席。20世纪80年代中后期阅读和写作的格非,是否读过这篇小说不得而知,但这两篇小说确实在精神气质方面有共通之处。《鬼恋》写某天晚上我到一个小卖部买烟,遇到一个全身黑衣有着美好身材的女子,女子也要买与我要买的相同牌子(Era)的香烟,非常奇怪,女子的"那副洁净的有明显线条美的脸庞",叙述人"我"好像在什么地方见过。女人一直尾随着"我",但不知何时,女人走到前面向我问路。这时,"我"看到女人的模样:"她银白的牙齿像宝剑般透着寒人的光芒,脸凄白得像雪,没有一点血色,是凄艳的月色把她染成这样,还是纯黑的打扮把她衬成这样,我可不得而知了。"这实际上就是在写鬼了。后来这个男人也找到女人的家,结果家里告知,女人早在数年前就死了。女人的故事里还包含着更为壮烈的故事,那是另一回事。就我与女人的关系,那种时间记忆的错位,是人是鬼,是真是假,亦真亦幻的叙述,二者确实有相通之处。徐訏在20世纪三四十年代就如此有想象力,人鬼世界被他处理得诡异多变。固然,早在蒲松龄时代,中国古典小说就处理人鬼世界,中国传统文化与民间迷信中不乏人鬼邪性的故事,其叙事的依据是迷信与报应的

---

① 陈晓明主编《中篇经典》,云南人民出版社,2003年,第197页。

训诫，但在现代的意义上，则是有意识去探究生命存在的复杂的时间与空间的形式，人可能感知世界的限度。显然，在这一意义上，格非承继了这样的现代传统。徐讦在漫长的革命历史叙事占据主流的年代隐没不现，格非在20世纪80年代却几乎让这些现代幽灵还魂——它们即使没有直接的关联，也有精神气质上的神秘通灵。这篇看上去是纯然呼应西方现代/后现代的小说，却藏着中国现代的幽灵，那个中年男人从棺材里坐起，但最终还是被钉在棺材里。格非也把现代文学传统的真相钉得如此严密，中国20世纪80年代文学的形式主义革命，何尝不是现代文学幽灵的复活呢？那些蛛丝马迹，又是如此困难地被回忆唤起，如此新奇的重复变异，何曾记得它的前世今生？如同鬼恋，如同青春期对性与美的病态般的跟踪。

　　当然，对格非的小说最重要的还是来自欧美小说的影响，尤其是博尔赫斯的影响。格非的小说在设置"空缺"这一点上领会了博氏的奥妙，以此有意地谋杀了小说叙事的真相，也因此把小说叙事引向一个疑难重重的领域。在那里，小说变成了对真相也是对历史的谋杀，因而也终结了小说在历史主义这个维度上的延续性。小说揭示不再是历史的真相，而是破碎的生活史本身，一堆不堪记忆的乱麻——再也无法给出准确的意义或深刻的真理。

　　《青黄》可能是在这一意义上最突出的作品。这篇小说如同社会学的田野调查报告，考察某部历史书里"青黄"一词的解释，那个叙述人"我"调查九姓渔户的故事，那是一支漂泊在苏子河上的妓女船队的故事。小说叙述的故事有一个起源，那就是这个船队中有一个父亲带着一个女儿来到那个村子上落户住下。这父女俩和村子上的人都不来往，到了黄昏就关起门来，村子里的人都非常好奇，这到底是怎么回事？门里面藏着什么真相？小说叙述人也是在探究一个历史的真相，这些叙事与"青黄"有关吗？小说试图考究这九姓渔户在这里的历史真实，但这里却出现，或者说藏着这么一个故事。这个故事显然隐瞒了什么。另一个老人回忆起当年的情景时说：

　　这个外乡人坐在门前的一只矮凳上，呆呆地看着他的女儿在一块长满蒿草的山坡上捉蝴蝶。但在大部分日子里，在太阳落山的时候，那扇旧松木门板早早就关上了。他也许是一个很好的父亲。又过了两年，他的女儿像是一下子长大了。①

但是，那个男人后来娶了一个叫二翠的女人，这个外乡人的死也很蹊跷，也是未见尸体，棺材就匆忙钉上了。多年后，那具棺材被一阵洪水冲进祠堂，捡到棺材的人发现里面什么也没有。那个外乡人真的死了，还是隐姓埋名跑到外面什么地方？这一切都是谜。而且小说中那个外乡人显然与李贵有某种奇异的联系，但这一切并不确定。小说一直在探究"青黄"的真相，但小说却叙述了一大堆更迷乱的情节，"青黄"意指着外乡人的家世吗？或者是九姓渔户的历史吗？外乡人的历史都无法搞清，是死是活，到底从何而来，又到哪里去了都无法搞清，如何搞清"青黄"或九姓渔户的历史真相呢？历史是彻底迷失了，历史没有真相，真相我们永远不知道。

格非的小说就这样表达对真相的怀疑，它总以探究真相为始，以迷失真相告终。他的小说叙述毋宁说在谋杀真相，正是在谋杀真相的同时，也谋杀了传统小说，谋杀了小说最经典和最本质的特质。

当然，这种谋杀或放逐本身，也是带着对寻求真相的焦虑，如此渴望真相，如此急切地探求真相，这也说明真相依然是一个情结，一个要跨越的障碍。但不管如何，这之间还是有区别的，真相最终大白和真相不可得的迷失，这还是表现了两种不同的小说观念，表现了后现代小说叙事的特别之处。在这一意义上，格非的小说强调了过程叙述，或者说叙述的过程。后现代小说不再强调意义的确切性，而是叙述过程给予的快感和可能性，它经常用叙述的智力活动替代了对生活本质的揭示。但格非的小说还是把二者结合起来了，一方面，它有非常复杂和体现智慧的叙述过程，另一方面，这样的过程还是把生活的残酷性更全面地激发出来了。它对真相采取了一种绵延的方式，

格非小说的形式感因此而显得突出而鲜明，这也就是说格非把小说的形式抽象化，把它推向极端，他要通过艺术形式来表现生活的意义。也就是说，那种意义与形式结合在一起，甚至是形式的产物。迷

---

① 格非：《青黄》，载《唿哨》，长江文艺出版社，1992年，第60页。

失的真相，扑朔迷离的外乡人的生活史，它是形式造就的东西。小说通过对真相的隐瞒、拆解、放逐，使得外乡人的历史不可还原，这是怎样悲哀的一种历史。不用说九姓渔户，外乡人都没有历史，人民没有历史，百姓没有历史，他们的历史被生存压垮。他们的历史经常是混乱不堪或是荒诞不稽，但里面浸透的都是悲剧和苦难。那是大历史中沉浮的碎片，它们活着或死去无人知晓，那里面的历史还隐藏着很多秘密，叙述最后无法进一步叙述，甚至小青都不知到何处去祭奠其父亲。真相一旦迷失，这样的叙述方法也无法继续下去，但这并不意味着生活的完结，而是更加不可理喻，有更多不可叙述的东西要涌溢出来。真相迷失就是生活史的崩溃。

格非用这样的手法谋杀了传统小说，他复活了小说的另一种可能性，那就是在谋杀真相中去激活生存历史中无数的真相，不可能的真相。那是生活破碎的时刻，是真相破碎的时刻。连真相都破碎了，历史也因此消失了，还有什么比这样的生活更令人惊异呢？这就是本雅明所说的历史寓言，历史碎片式的飞翔，不再去拼贴完整的生活，而是激发更多的隐秘和从不曾有过的真相。

第三章　弃绝与不可能的经验
——余华的《在细雨中呼喊》分析

不管从哪方面来讲，余华都是这个时期少数最优秀的作家之一。作为早期先锋派的代表，余华在20世纪90年代上半期就开始改弦易辙，他自己对此十分自信坦然，他也确实从这种改换中获得了更广阔的创作空间。但也有批评家认为余华从先锋派阵地撤退也不无损失，因为他不只是改换了一种创作姿态，实际上也减损了他原有的感知世界的独特方式和独到的小说触角。2006年，余华沉寂十年后出版《兄弟》，批评界多数人对《兄弟》持保留态度。在某种意义上，这或许对余华不公平。一方面，《兄弟》确实未能充分体现余华的小说能力（特别是下部）；另一方面，余华多年来对批评界的意见颇不以为意。这两方面可能导致批评界对《兄弟》进行冷处理。尽管如今媒体兴盛，余华并不一定需要文学批评，但《兄弟》有数年时间在批评界反应寥寥（上海批评界对《兄弟》有较好的评价），不能不说是件遗憾的事[①]。2013年，余华出版《第七天》，媒体反应十分热烈，批评界的评价却褒贬不一。批评界似乎对在媒体和市场获得成功的后期余华表示了疑惑，这使人们更有理由去怀念余华早期的创作。

[①] 2006年11月30日，余华在复旦大学演讲的时候诙谐地说："人们告诉我《兄弟》被批评得很多，今天下午复旦这里给我开了一个座谈会，终于有几个说好话的人出来了，我已经等了几个月了。"有关论述可参见张丽军：《"消费时代的儿子"——对余华〈兄弟〉"上海复旦声音"的批评》，《文艺争鸣》2008年第2期。

虽然我也重视余华近年的创作，也多有肯定意向；但是我也乐于去重温余华早期的作品。抹去20年的时间尘埃，余华的那些作品依旧熠熠闪光。可以说，今天重读余华的早期作品，依然会为在那个时期就拥有如此独特的小说经验所震惊。他的小说叙述力图打开语言无限切近真实的那片界域，他对叙述时间的控制，对人性人心的质问，无疑是汉语小说做得最出色的。当然，他对人类生存世相的探究，特别是他对残酷和冷漠的表现，都是汉语小说在感知生存世界所抵达的最远的经验。迄今为止，对余华的研究可谓汗牛充栋[①]，不乏精辟之见。不过，余华早期的小说今天还是有可再阐释的余地，比如，他的残酷与冷漠的叙述，固然拓展感性世界的存在样态，但其内的深刻性如何理解？余华描写的感觉世界如此令人惊惧，挑战了感性、情感、心理和伦理极限，今天可能需要更为有效的视角介入才能理解其隐含的时代心理的和小说艺术的奥妙之处。

确实，《在细雨中呼喊》被多方面认为是余华早期最好的作品，其突出之处就在于，余华把汉语小说中少有的"弃绝"经验表现得异常充分，从而触及人类生存世相中最深刻的创伤。也正是在对"弃绝"经验表现上，余华的《在细雨中呼喊》（以及他的其他作品）在艺术上具有了某种冷峻而微妙的美学品质，这是当代汉语小说很难得的一种艺术品性。

一、在细雨中呼喊：弃绝的经验

这个以第一人称"我"来讲述的故事，现在还无从考证是否是余华童年生活的真实记录，也许这并不重要，重要的是，余华写出了为经典现实主义的"儿童文学叙事"所掩盖的童年生活。在"经典"的（为意识形态权威话语所规定的）儿童文学叙事中，儿童少年是"祖国的花朵"，他们在五月灿烂的阳光下，在绿茵茵的草地上奔跑，或者

[①] 余华自己说，他第一次读到写自己评论是张新颖的文章,他读了好几遍,现在研究他的文章不下上千篇，他一篇都不看。参见《谢有顺：〈兄弟〉根本不值一提》，《南方日报》2006年4月6日，文中余华言说。

捧着五月的鲜花，站在五星红旗下，白衬衣扎在蓝西裤里……这就20世纪五六十年代，乃至70年代经典的少年儿童生活画面，他们的故事沐浴着健康、幸福、欢乐的阳光。显然，余华改写了这个"经典故事"。

对于余华来说，重写那个年代少年儿童的成长故事并非是在写作"儿童文学"，而是重建一种极端个人化的叙述视角，它隐含着反抗既定语言秩序的感觉方式和语言表达方式。

余华一向擅长描写苦难兮兮的生活，我曾说过，他那诡秘的目光从来不屑于注视蔚蓝的天空，却对那些阴暗痛苦的角落沉迷不已。余华对"残酷"一类的感性经验具有异乎寻常的心理承受力，他的职业爱好使他在表达"苦难生活"的时候有如回归故里。"苦难"这种说法对于余华是根本不存在的，因为它就是生活的本来意义，因而，"我"这个名为"孙光林"的孩子，生活于弃绝中乃是理所当然的。余华如此冷静，娓娓叙述这段几乎可以说是"不幸"的童年经历，确实令人震惊。在这里，极度贫穷的家庭、不负责任而凶狠无赖的父亲、孤苦的祖父、屈辱的母亲，经常被打骂、被冷落歧视的生活，然后是像猫一样被送走，又像狗一样跑回来……这就是生存的弃绝之境了，它也是生存之绝境，在绝境中生存与成长，这是对成长残酷而极端的表现。

余华的特殊之处在于他并没有简单去罗列那些"弃绝"生活的感性世相，而是去刻画孤立无援的儿童生活更为内在的弃绝感。追忆童年生活采用的第一人称视角，给"内心独白"打开一个广阔无边的天地。一个被排斥出家庭生活的儿童，向人们呈示了他奇异而丰富的内心感受，那些生活事件无一不是在童稚奇妙的目光注视下暴露出它们的特殊含义。被家庭成员排斥的孤独感过早地吞噬了纯粹天真的儿童心理，强烈地渴望同情的心理与被无情驱逐的现实构成的冲突，使"我"的生存陷入一系列徒劳无益的绝望挣扎之中，而"呼喊"则是生活含义的全部概括或最高象喻：那就是孤独无助的弃绝境遇，没有回应的绝境。

小说的开头部分这样写道：

一个女人哭泣般的呼喊从远处传来，嘶哑的声音在当初寂静无比的黑夜里突然响起，使我此刻回想中的童年颤抖不已。

……那个女人的呼喊声持续了很久,我是那么急切和害怕地期待着另一个声音的来到,一个出来回答女人的呼喊,能够平息她哭泣的声音。可是没有出现。现在我能够意识到当初自己惊恐的原因,那就是我一直没有听到一个出来回答的声音。再也没有比孤独的无依无靠的呼喊声更让人战栗了,在雨中空旷的黑夜里。[①]

这部名为"呼喊"的小说,何以开头是一个女人的"呼喊",这有些令人疑惑。当然,这样的开头具有营造氛围的明显特征,小说不是描写自然环境,而是给出一种情绪的和心理的环境,这就确定了这部小说在很大程度上是一部心理化的小说。内心独白、心理意识占据叙事的主导的地位。由女人的声音而引出"我"的心理状态,这也表达了一个儿童无父无母的孤立无援的生存状态。尽管这个主人公孙光林有父有母,但他却处于被弃绝的境地。小说一开始就预示了他对母亲的渴望,一个正是恋母年纪的小孩,他对女性的呼喊尤其敏感,他渴望有母亲关怀他,但"母亲们"的存在陷入困境,甚至她们的呼喊也没有回应。"女人的呼喊"意味着孤苦伶仃的我不会有来自母爱的保护,这是女人深入黑暗的故事,这是母亲缺席的故事,现在,这个"我"只能面对着父权统治的家庭,面对着父权的暴力去生活。细雨中的呼喊,微弱却又无边无际。对于这一呼喊,我们不得不承认,余华试图把他感性经验的世界内在心理化,既拓展得广大无边,又微妙细致。

当然,仔细辨析,在小说叙事的展开中,还有很多人在呼喊,不只有女人的呼喊,还有父亲的喊叫,最重要的是"我"的呼喊,恰恰在里面"我"的呼喊的声音是最细小的,"我"几乎没有呼喊,只是有过哭泣(呼喊的英文是cry,它也有哭泣的意思)。这部小说一开始就驱除了母爱,只有这个无助的孩子在黑暗中恐惧地哭泣,而这就是童年面对的"弃绝"的境遇。

这样的开头让人们想起普鲁斯特的《追忆逝水年华》(以下简称《追忆》)的开头。那也是一个回忆的叙述视点,小说是从叙述者现

[①] 余华:《在细雨中呼喊》,载《我没有自己的名字》,云南人民出版社,2002年,第87—88页。

在的睡眠进入,而后引出了他的童年记忆,那是从童年开始的记忆,其中有童年时期那么渴望妈妈的吻,那是一个软弱的孩子的心理。叙述人(马赛尔,按照哈罗德·布鲁姆的看法,也就是"马赛尔·普鲁斯特")也写道,父亲对这个孩子每晚要母亲上楼来与他吻别这个仪式,很不以为然。年仅六岁的马赛尔对父亲的威严显然心有余悸,但是如此渴望母亲的怜爱。余华这篇小说的开头是一个儿童听到女人在黑夜中的呼喊,那个无人回应的呼喊,在孤独的儿童心里引起了回应。只有这个孤独的儿童在心底回应着那个同样无助的女人的呼喊。但这个回应本身却是包含着对母爱的渴望,这就与《追忆》有着内在的相似。在贡布雷的那些夜晚复杂的心理情绪,在余华这里被处理得非常简洁明确,那就是黑暗中的呼喊和孤寂的被弃绝的童年心理感受。如果说二者具有某种关联,或具有某种可比性的话,那就是余华"高超的"概括能力和转换能力。余华的那个叙述人"我"与《追忆》中的"我"在感受"弃绝"经验这一点上无疑具有异曲同工之妙。

当然,布鲁姆有对普鲁斯特的独特解释,他在《西方正典》里解释说,整部《追忆》最卓越之处就在于它写了"性嫉妒",普鲁斯特与其说是弗洛伊德的弟子,不如说是兄弟。只是在普鲁斯特逝世的那年(1922 年),弗洛伊德发表一篇探讨性嫉妒的短文《嫉妒、偏执及同性恋中的某些神经机制》。或许是因为普鲁斯特独特且也有些偏执的生活经验,导致布鲁姆对《追忆》这部巨著做如此奇特的解释[①]。在我看来,《追忆》的主题当然有着多重可读解的内涵,但"弃绝"也应是其最出色的主题之一。小说开头就描写叙述人独自躺在旅馆的房间里,听着外面的世界,那是一种自觉与世隔绝的生活。那个叙述人也是小说中的主角之一,总是处在弃绝状态中去观看外部世界,他能看透一切,却又不能进入,但他保持着不能进入的那种隔绝的自由。

余华自己表示过对普鲁斯特的作品极为钦佩,1991 年,余华发表

[①] [美]哈罗德·布鲁姆:《西方正典》,江宁康译,译林出版社,2005 年,第 311、317 页。

《在细雨中呼喊》时①,已经31岁,在先锋派的道路上已经奔走了数年。按他的说法,他最早有兴趣阅读的是一些西方现代派的作品,在他最初喜好文学时,川端康成充当了他五六年的老师。在喜欢川端康成的那几年里,余华说:"我还喜欢普鲁斯特,还有英国的女作家曼斯菲尔德等,那时候我喜欢的作家都是细腻和温和的。"②当然,余华还持续地追随卡夫卡,这个奥地利人可能是对他影响最大的作家(他也是一个对弃绝主题描写得极为出色的伟大作家)。但是,《在细雨中呼喊》还是得了普鲁斯特的神韵。可以说《在细雨中的呼喊》深受《追忆》的影响。这个开头和其中的情绪,都可以看到后者的投影。当然,这绝不是说余华的这部小说是在《追忆》的阴影底下写作,而应该说余华相当巧妙地借鉴了《追忆》。余华的这部小说可以说是西方现代主义影响在中国最显著的成果。就是这个开头,在黑暗中的那种孤独感,以及那个叙述人,余华随后就摆脱了普鲁斯特的阴影。在这个意义上,那个黑夜中的开头,那个在黑暗中挣扎着呼喊的孤独之子,也可读成余华自己的化身,那是深切感受到现代主义大师普鲁斯特的阴影而产生的困扰,他还是一个孩子,是的,他还是个只有"六岁"的孩子。他多么渴望有人回应啊!然而,没有,只有他来回应,一个六岁的孩子。那就是余华对那个特殊年代的童年生活的记忆,也是他作为一个崭露头角的作家面对经典大师时的那种孤立无援的象喻。

当然,余华与普鲁斯特只是在潜意识意义上可能有所关联,这部小说更重要的或许是余华自身的成长传记,那是中国在特殊年代发生的故事。"我"这样一个成长中的孩子的内心呼喊,是对历史、对命运、对人性的呼喊,呈现的是在那样一个时代,"我"内心所经历的深度创伤。小说一开始是在南门这个地方发生的故事,然后"我"被送走了;小说的结尾,"我"跟爷爷一起又回到了南门。这是一个完整的成长的历程,遭受弃绝之后的回归,这个成长历程并不十分复杂,

---

① 《在细雨中呼喊》首发于《收获》1991年第6期,当时的小说名的《呼喊与细雨》。

② 余华、杨绍斌:《"我只要写作,就是回家"》,《当代作家评论》1999年第1期。参见吴义勤主编《余华研究资料》,山东文艺出版社,2006年,第36页。

也不过分残酷和惊险,但却有着如此深重的创伤,那就是弃绝的经验。因此,与其说这是一个成长的故事,不如说是关于"弃绝"的经验。这种经验被置放在历史中,被打上了深刻的政治历史的烙印。当然,这些印迹通过家庭伦理来展现,只是在某些缝隙中透示出政治历史的威力。这部小说对外部社会的描写并不是那么充分,他写的都是家庭伦理以及少年儿童之间的友情、绝望,写他们所承受的来自家庭、学校和集体的排斥和弃绝,这样一种弃绝本质上渗透了政治历史的元素。但是在小说叙事中,这些弃绝虽然并没有多么残忍的暴力,然而,却是具有渗透进骨子里的那种伤痛。

弃绝感与孤独感还有所不同。孤独感是一种回到内心去体验自我并且培养起具有对抗性的自我意识的那种意识。弃绝则是一种更无力的状况,是一种被隔绝的生存境遇。蒙田曾经说过:孤独就是自由。在孤独中回到自我,体验自我,自由的本质总是被理解为回到自我。易卜生说过:谁最孤独谁就是最有力量的人。这也成为现代主义的一个主题。但是这样的现代主义式的孤独却是唤起一种自我意识的力量;而余华的"弃绝"则是彻底软弱无助的,那是个人处在外在世界压力之下,内心再也找不到力量感,那是彻底的孤立无援孤苦伶仃的状态。这部小说无疑也表达了孤独感,那是游离于家庭与友爱之外的孤独,这样的孤独感当然毫无自由可言,那就是弃绝感了。弃绝比之孤独而言更为残酷,它处于孤立无援的状况却没有能力回到自我的内在性。它只是被弃绝。尽管说,余华还是给孙光林的孤独感找到了自由的含义,那就是他的孤独感游离于外部社会的敌意,以他的孤独感超越了敌意。外部社会的人们都陷入了仇恨之中,而"我"游离于仇恨的人们之外。仇恨的人不会孤独,因为他没有个体性,没有自我;而有自我的人就有一种孤独感,就会游离于集体之外。但是,因为有了集体的存在,仇恨也是强大而有魅力的。孙光林总是处于被抛离的状态,他无能为力,只能作为一个旁观者。

这个弱小的我,对巨大的外部世界保持着无助的恐惧,同时也是极度的不信任。对于余华的作品来说,所有的外部世界都是不可信任的,都是强权和暴力在起决定作用。余华后来的作品《兄弟》直接描写了极左时期的外部世界,那些外部社会的元素直接侵犯到个人与家庭的生活细节中，它们的力量强大，如暴力事件、敌意的行为、斗争和怨恨的场面。但是《在细雨中呼喊》里，外部世界的进入却显得更为巧妙，它是诡秘莫测，甚至是通过人的潜意识表现出来的。小说有一个情节是弟弟孙光明救人淹死了，父亲天天等待穿中山装的干部出现来嘉奖他们。小说写到每天父亲和孙光平坐在广播底下听广播，等待着播送表彰他们家庭的报道降临，但是始终没听到。这些描写都非常微妙，甚至是轻描淡写的，但却穿透了历史，写出了那种可怜和绝望，写出了一种卑微的人生和一种时代的谎言。他们等了一天又一天，直到成为英雄家庭的幻想彻底破灭。

这部小说的微妙就在于仅仅通过主体的幻想就能够把时代的集体无意识心理揭示出来，把时代对这些卑微者的弃绝状况写出来。对那个时代的政治和意识形态、人和社会的关系、人的命运，仅仅这么一个幻想的片段就揭示得深刻而透彻。这是高明的修辞：献身就能成为英雄，这是政治的兑换券。每个人都有虚荣心，或者叫尊严感，用黑格尔的话说就是"承认的斗争"，人的存在就是为了被承认，这是人的本能。在黑格尔看来，这从人的动物阶段就开始了。但在极左政治下发展出一套话语，那种个人获得承认的心理被推到极端，把其他所有获得承认的途径都堵死之后，只有一种被承认的方式，就是革命的承认方式，这是你唯一能获得荣耀的途径。《在细雨中呼喊》非常尖锐地写出了那样一种承认的绝境。余华把整个生活撕碎，把它推到绝境，推到一种极端的不可能性，在这种极端的不可能性中看到生活最本质的方面。他把那个时代彻底地撕碎，让卑微小人物的任何小小的希望都幻灭，甚至连献出生命换取一种政治虚荣的满足都没有。

这种外部世界的失望转化为一种内在的"心情"，那就是一种被弃绝的感受，它自然地形成被隔离的生存境遇。当然，小说还是写了成长中的丰富心理，虽然都是一些创伤的经验，但围绕着弃绝还是有其他的心理经验涌现出来。回到自己的内心生活，孙光林的自我也为涌溢出的种种青春欲望弄得惊慌失措，那些不断增长的内心经验勾画了逃避"本我"的长长的跑道，在"本我"与"超我"的夹缝中求生的"自我"，走上了从童年到少年的无尽的生命苦旅，成长几乎就是欲望的磨难，每前进一步都是令人绝望的挣扎。在这种叙事中，余华倒是充满了反讽的意味。以他少有的犀利和明晰的笔致，写出幼年生活的怪异行径和欲望勃发的心理状态。这是一次尽可能透明的人生坦白：第一次的颤抖，拙劣的欲望，无处藏身的少年，奇妙的幻想，无法拒绝的恐惧，莫名其妙的罪恶感，等等，丰富而狂乱的少年人心理被刻画得淋漓尽致。

当然，余华笔下还是带着玩味残酷的意味去表现这个儿童的弃绝感，以及他在弃绝中如何体验悲悯和渴望温情。在这个意义上说，余华的作品和中国小说过去所表达的感性经验和情感状态是不一样的。弃绝感本身是一种不可能的情感——人都是害怕弃绝的，总是要摆脱弃绝，人有了朋友，有了友情就能获得一种存在的坚实性。但是另一方面，人在孤独中才能体会到自我，才会更深地回到自我，当你摆脱了孤独的时候，你也就摆脱了那个纠缠于你的自我的幽灵——这始终是一个悖论。作为个人始终是在这两种状态之中摇摆的，这是生存的困境。

《在细雨中呼喊》在表现弃绝的同时，也表达了回到真实生活中去的愿望，因为被弃绝，而更加强烈地渴望被接纳，渴望家的温暖和集体的慰藉。那种叙述的语式、语感，无不渗透着弃绝的感受。在"弃绝"中经历内心生活，去体验友爱与幸福，那些微不足道的事实都成为一种至福的依据。

余华力图回到一种童稚的心理状态中去还原那种感觉方式，给出更具有纯真的儿童的感性和心理经验。儿童的无知与敏感、天真与不幸、欢乐与恐惧等等总是被置放在一个可变换的关联域中来表达。当然并不仅仅是故事的叙述带有很强的主观色彩，事实上，余华花费大量笔墨去发掘埋藏在童年记忆中的心理经验，那些故事情境，或者说故事的内在动机，总是以童年的"心情"为中介环节加以推动。这种孤立无援的"心情"当然构成了全部心理经验的内核。当"我"被父亲绑在树上殴打时，村里的孩子兴致勃勃地站在四周观赏，而"我"的两个兄弟神气十足地在那里维持秩序。这次殴打之所以是"终生难忘"的，不仅因为父亲的蛮横，孩子世界里的阴谋、陷害以及冷漠和欣赏痛苦的爱好，可能给幼小的心灵留下了更深刻的印象。因此，他小小年纪就学会记仇，在作业簿上记下殴打的标记也就不足为奇了。

那种孤立无援的心情总是不断从叙事中浮现出来,它是整个童年经历的深挚记忆:"时隔多年以后,我依然保存着这本作业簿,可陈旧的作业簿所散发出来的霉味,让我难以清晰地去感受当初立誓偿还的心情,取而代之的是微微的惊讶。"

余华在表现这种弃绝心理时,不是一味发掘那种悲苦的意味,而是去建立一种反讽性(或者说黑色幽默)的语境,使孤独感具有更加丰富的美学意味。这个孩子被父母送给别人时,却"以为前往的地方是一次有趣的游玩",甚至还有些得意扬扬。这种强烈的反差显然映衬出更加不幸的生存境遇,儿童对自己生存处境的错误体验油然产生"黑色幽默"的精神。然而,更经常的则是对那种孤独心理的细致刻画,当他的养父死后,他独自一人回到南门,"仿佛又开始了被人领养的生活。那些日子里,我经常有一些奇怪的感觉,似乎王立强和李秀英才是我的真正父母,而南门这个家对于我,只是一种施舍而已"。正是对"感觉"和"感受"的强调,使这个回忆童年经历的故事带有很强的心理经验特征。

然而,超越绝望却是从不幸的生活中不可抑制地滋长起来的强烈愿望,不管是叙述人还是年轻的主人公都始终从真实的生活中体验到那种令人欣慰的游戏精神。在对外部世界的感受中,在对自我的体验中,那种孤立无援的"弃绝"却始终透示出一种奇怪的"幸福感"。正如叙述人所说的那样,"从童年起就被幸福和绝望这两个事实纠缠不清了"。也许是幸福与绝望相互穿插,或许更为主要的是幸福与绝望相互混淆重合,在孤立无援的日子里,不仅仅是"我",还有那些同伙,在那些"弃绝"的生活境遇中却不可抑制地滋长出一连串的希望,在弃绝的每个间歇的片刻都能找到微不足道的快乐。这就是在孤独中对自我经验的深刻体验,从而感受到生命的一种价值。也许儿童或少年人那些友谊变得弥足珍贵,但是更重要的依然是那种反抗弃绝的精神,在弃绝的生活世界里却能盲目生活下去的倔强态度。

确实,余华讲述的那些弃绝的故事并不黑暗,相反,却有一种奇怪的信心。这在很大程度上要归结于余华对全部生活阴暗面的正视,生活无可挽回地全部破碎,所有的希望都将落空,那么,还有什么比正视这一切可能获得更加真实的幸福呢?真正的幸福就存在于弃绝的边界，恰恰是在那破碎的生活敞开的时刻透示出的几缕光线，给予无望的童年生活以无限慰藉。那种对弃绝生活的"无畏"戏弄，例如打碎了收音机上的小酒盅却公然威胁身强力壮的养父王立强，如此拙劣的自卫显然有一种夸张的童年稚气；而事实上，在郊外田野"发现"王立强与"阿姨"时，那种慌乱的奔跑其实就掩盖了一种欣喜；甚至连自虐式的弃绝都是一种自娱的游戏，与其说从这里走向童年的末日，不如说走向自我更新。"至福"的境界随时都可以从弃绝的生活缝隙中敞开，因为生活是如此无望地处于绝境，只要稍微不那么绝望，就是难得的快乐了。我们这个小小的主人公真正有一种西西弗斯的精神，加缪称之为悲剧，在我看来那也是一种幸福。孙光林，这个倒霉的孩子不就是经常这样向弃绝的生活争取幸福吗？

因而，那些本来令人悲痛的事件，却经常变得感人至深，它们洋溢着一种奇怪的"至福"情调。当养父自杀身亡，病魔缠身的养母也悄然离去时，十二岁的"我"突然成了孤儿，唯一的财富就是养母李秀英遗留的那把小凳子。这个真正的孤儿把凳子重新扛到了肩上，"然后哭泣着走出码头"。随后发生的故事是两位少年朋友悲壮的送行：

刘小青则是憨厚地替我扛着那把凳子，跟在我们后面。可我后来却遗忘了这把凳子，就像李秀英遗忘了我一样。轮船驶去以后，我看到国庆坐在那把凳子上，架着二郎腿向我挥手，刘小青站在一旁正向他说着什么。他们置身其上的堤岸迅速地消失了。

我想，任何人读到这一段都不会无动于衷的，一个十二岁的少年被"弃绝"到这样一个孤立无援的境地，给予他支持和慰藉的只有同样不谙世事的少年朋友，他们全然不知，也不理会前面生活的凶险，这次绝望的送行就像是随便举行的一次游戏，那把凳子使不幸的生活变得生机勃勃，兴味无穷。正是因为有了这种幽默精神，这种盲目的幸福感，生活在任何时候都不会令人绝望，相反，人们总是生活在绝处逢生的"喜悦"之中。因此不难理解，余华讲述的这部弃绝的心理自传，看上去更像是一次拼合摆弄破碎生活的游戏，那些微不足道的快乐、笨拙的欲望、盲目的欣喜、纯朴的友情、可笑的失败等等，都使身处孤独中的"弃绝"变成一次幸福的体验。

二、挑战伦理底线:父亲与家的弃绝

"弃绝"是关于家的神话的破灭,在传统社会中,父亲是家的支柱,他是经济来源和安全保障,当然也是家的全部温暖的保障。如果父亲不能给家提供保护,那么母亲也无能为力,母爱的实现也要以父爱为基础,母亲只能在父亲建立的基础上使家成为一个安全而温暖的港湾。

正如小说开头部分具有象征意味的一个女人在黑夜中呼喊的叙述一样,小说中"母亲"是一个软弱无力的角色。与中国小说中经典的母亲形象不同,《在细雨中呼喊》中的母亲形象很难履行母爱的职责,因为母亲完全被父亲的淫威所否决。父亲和斜对门的寡妇搞上后,"每晚先钻进寡妇的床,然而再钻到母亲的床上"。母亲对此显然敢怒而不敢言,母亲曾经为了表示她的愤怒与寡妇在菜地里大打出手,结果却是母亲被寡妇压在地上挨打。确实,小说写出了屈辱的母亲形象。哥哥孙光平知道母亲被寡妇欺负,但他只是把自己关在屋子里,没有为母亲报仇。对于这个家,孩子们从中得到的是一种屈辱感。小说尽管也写出对软弱无助的母亲的同情,余华并没有写出母爱。孙光林从母亲那里体验到的同样只有弃绝。多年后,"我"考上大学,但母亲内心却是希望哥哥考上大学,因为大学毕业就能成为城里人。母亲的心显然偏向哥哥。当哥哥挑着铺盖送我去车站时,母亲给我留下的印象是一个令人心酸的弱者形象。很显然,母亲也是一个弃绝者,她被父亲弃绝,被哥哥弃绝(这两个人都爬上她一生最为仇恨的寡妇的床),她也被死去的弟弟弃绝,现在也被"我"弃绝。"我"那时感到自己是一去不回的。余华的叙事如此绝情,我之于母亲,母亲之于我,都是弃绝者,然而在内心也都相互弃绝。母亲之所以会把我送给他人,至少她是同意也没有能力阻止,也足以说明她对"我"在事实上已经构成了弃绝。这里没有母爱,虽然也有此刻的感动和同情,但内心的那种"弃绝"却是难以抹去的事实。余华显然是彻底挑战了家庭伦理,甚至不惜弃绝"母爱"。连母爱,以及对母亲的爱也"无形地消散",

这就是生活的深渊了,这就是弃绝的深渊了。

　　当然,《在细雨中呼喊》叙事的重心在于全力颠覆父亲的形象,父亲成为一个不负责任、没有尊严和道德的浪荡子。这个父亲就是弃绝的父亲,他弃绝了他的父亲,也弃绝了对家庭的责任,甚至弃绝了"父亲"本身。

　　父亲孙广才是个暴君似的父亲。小说有一段描写到这个父亲如何对待他的父亲孙有元:

　　我父亲喜欢在饭桌上训斥祖父,这种时候孙广才总是很不情愿地看着自己正在遭受损失。在父亲虚张声势的骂声里,我的祖父低垂着头颅一副担惊受怕的模样。可他吃饭的速度丝毫没有受到影响,手上的筷子在夹菜时一伸一缩的迅速令人吃惊。孙广才的训斥他充耳不闻,仿佛将其当作美味佳肴。直到他手中的碗筷被夺走,他才被迫停止。那时的孙有元依然低着头,眼睛执着地盯着桌上的饭菜。

　　我父亲后来就让祖父坐在一把小椅子上,我的祖父在吃饭时只能看到桌上的碗,看不到碗中的菜。那时候我已经离开南门,我那可怜的祖父只能让下巴搁在桌子上,眼睁睁地看着他们往碗中去夹菜。我的弟弟因为矮小也遭受了同样的命运,但他时刻得到我母亲的帮助。孙光明是个爱逞能的孩子,他时时会突然站到凳子上,摆脱母亲的帮助,用自己的行为来主宰自己的胃口,这个傻孩子便要遭到过于激烈的惩罚了。我父亲那时候毫不手软,为这么一点小事他会对我弟弟拳打脚踢,同时像个暴君那样反复宣告:

　　"谁再站起来吃饭,我就打断谁的腿。"

　　我聪明的祖父知道孙广才的真正用意,父亲对弟弟的严厉惩罚其实是为了恫吓祖父,我的祖父以逆来顺受的姿态端坐在小椅子上,他夹菜时高高抬起手臂的艰难,使孙广才感到心满意足。

　　这段文字描写这个家庭吃饭的场景,孙广才既作为儿子又作为父亲,他对他自己的父亲吃菜吃饭的态度非常苛刻。在物质极度匮乏的情况下,一个不能劳动的老年人是无用的,连他的吃喝都受到训斥。其实人类生存在漫长的历史当中并不是受制于崇高性的伦理道德,而是受制于实用的经济状况。在很多部落，因为物质极度匮乏，老去的人就要被杀掉煮了吃，以维持更年轻一代的生命。考古学上有很多这种吃人的证据。但是也有一些人类学家提出了不同看法，认为这是宗教仪式和迷信，只有把祖先的身体吃进去之后才能增长后辈的力量，才能活在他们的心中。但是这种解释还是令人难以相信，更容易理解的还是受食物严重匮乏的影响（宗教仪式更有可能是后来用于解释这种行为，使其合法化）。因为在很大程度上捕猎的困难和危险，使他们嫌弃这些老迈无用的人。道德伦理都是文明晚近的事情。因物质匮乏导致的对道德伦理的摧毁，这种情况屡见不鲜，在后来文明发展中也是经常发生的，只是程度不同而已。由于物质的极度匮乏，老年人得不到尊重。食物要用来供养家里的壮劳力，家里的壮劳力要吃最好的，要靠他来养活全家，假定说他不能吃饱，他没有足够的体力干活，一家人都会饿死。所以在某种意义上说，道德的原则受制于经济学的原则，纯粹的超越性的道德是不存在的。在物质极度丰富，经济学再不能支配道德的时候，道德才可以反过来支配经济学。

这段关于父亲在饭桌上表现的描写令人惊异，可以看到，在物质极度匮乏的时代，人与人之间冷漠到了什么地步，甚至在家这样一个理应表现亲情与关爱的地方，都无情地遭到了践踏。当然，也不能说余华的叙事都是真实的，毫无疑问，被家庭经济危机裹挟的伦理危机被他推到极端，但是无疑也具有一定的真实性。在我们经历过的那个年代，确实看到了物质极度匮乏所导致的对伦理的损毁，家庭伦理的淡漠，人相互之间的仇恨。怎么去认识那个年代人们所具有的革命献身精神和人伦之爱之间的巨大矛盾，这是一个政治学的困惑。我想，这里的父亲也是一个"弃绝"的父亲。他首先被历史弃绝，他不能享有特权，在物质匮乏的时代，他就陷入经济困局。其次他就要背弃家庭伦理，因而也只能被道德伦理弃绝。怎样去理解孙广才作为一个父亲在那样一个年代所承载的历史重负，承载着物质极度贫困的后果，承载着养家糊口的生活困境，从而去理解他对家庭伦理的践踏？

显然，父亲处于家族伦理的弃绝中。父亲作为一家之长，他从已经老迈的祖父那里取得权威，现在他成为家庭的守护神。然而，事实上，这个守护神却成为家族伦理的弃绝者。孙广才既不是一个好父亲，更不是一个好丈夫，也不是一个好儿子。这样的自我弃绝成为自我嘲弄。作为父亲的孙广才毫无疑问是一个十足的无赖，压迫儿子们是他的拿手好戏，他把大部分精力消耗在寡妇那张已经毫无诗意的床上，他的主要功绩是把贫困的家庭搞得一塌糊涂。这个父亲是不幸的，某种意义上他更加不幸的，是那次令人悲哀的虚荣心的损伤，可能是他破罐子破摔的出发点。孙广才的儿子孙光明（年仅九岁）舍己救人，成为英雄，县里广播站做过短暂的报道，"英雄的父亲"这种称谓令孙广才陶醉，然而他却异想天开以此来作为"脱贫致富"的机遇，他幻想政府会因此给予奖励，信心十足的等待迅速破灭之后，严重的失落感使他铤而走险，甚至于发展到去向被救者家庭进行勒索。贫穷加上愚昧自然是一把锋利无比的刀子，轻而易举就剔除了"父亲"身上的任何尊严和自信。"父亲"就如此轻易地被否定了。说到底，它们都是"父亲"世界里的事，否定也是自我否定。父亲弃绝他的父亲，使他的父亲陷入无助的境地，这样的命运无疑也会在他身上重演。这是无止境的弃绝，家的弃绝会以代际的形式重复。一个暴虐的父亲置放在历史中，就会具有某种象征意义。然而，这个父亲是被谁弃绝的？并不能把他的过错轻易推给历史，尽管我们可以说，他在某种程度上也是被历史弃绝的，在那样的历史情境中，无数的父亲无比吃力地承担起养家糊口的责任；余华后来写的《许三观卖血记》就描写一个父亲通过卖血来养家糊口，许三观的形象是对孙广才形象的一个拨乱反正。当然，这是讲述话语的年代决定了此时的余华还沉浸在历史和人性的批判语境中。

改写"父亲"形象已经不是什么惊人之举，早在1986年，洪峰就写下《奔丧》，"父亲"的神圣性就丧失大半，随后洪峰的《瀚海》像莫言那样揭开父辈的隐私，而且变本加厉。余华1987年之后的小说，虽然没有明确的"父亲"形象，但是《世事如烟》中的"算命先生"，《难逃劫数》中的"老中医"，都是依稀可辨的"父亲"，他们或者罪孽深重，或者阴险狡诈，总之不是什么令人肃然起敬的人物。然而，如此清晰而彻底地"矮化"父亲的形象，暴露父亲的虚弱、无耻而荒谬的面目，《在细雨中呼喊》当推极端之作。当然，孙广才作为一个普通人并没有什么特别之处，况且他基本上还是一个安分守法的群众，绝非什么罪恶累累的恶棍,在当代小说中比他丑恶凶残的人物多如牛毛。问题在于,他是作为"父亲"被书写,他是"我"的父亲这一视点,则给予这一形象以特殊的象征意义,它表明"父亲"权威的丧失和孩子们对"父亲"的蔑视和背叛。

当然,对父亲形象的祛魅也表明了余华在发掘弃绝中的反抗性因素,弃绝的视角是一个他者的视角,这个无限的他者几乎无所不能,可以超越家庭伦理,可以洞悉成人世界的荒诞性。"我"(孙光林)的童年生活承受着父法的威权和强大的压力,但是"我"看到而且给出了反抗绝望(或超越绝望)的"弃绝精神",这种精神于绝境中涌溢出童年生活情趣,并且具有反抗父法的力量。在余华过去惯用的那种非成人化叙述视点中,其实贯穿的是那种弃绝的态度和精神。

因此,在这种"弃绝精神"的视野中,我转化为一个"他者",与这个世界构成一种否定性的关系。我之被弃绝,这是一项客观的事实;但我看到这个世界与我的疏离,它的存在现出全部荒诞性。在这样的一个父权世界里,"父法"之弃绝不再是合理的秩序和公正的惩戒。"我"的父亲本身就在猖狂地背离父道,他非但不能以身作则,就是在行使父亲权力的时候,也是胡作非为,他对他的父亲和儿子都同样蛮横无理。小说中写到的第一次殴打,就是一次错误的惩罚。这次来自成人世界的迫害,却是邪恶的孩子们与昏庸的父亲合谋的结果,它给予"弃绝"以肯定性的力量,也是"我"的被弃绝立场,看穿了成人世界的谬误。那作业簿上记载的当然不仅是复仇的心情,而且是对"父法"的否定。在另一方面,代表着"父法"的"师道",同样洋溢着迫害的热情。这个见到老婆就低声下气的老师,对付小学生却是驾轻就熟,观看那些学生被处罚搞得垂头丧气的模样,是他的职业爱好,他那不动声色的惩罚,掩饰着一种猫玩耗子的惬意和满足。在这里,"父法"显然不是给孩子们以教育、培养、关怀等等,更经常的是纯粹的惩罚和迫害。那个唯一能给"我"以一点温情的养父王立强,却又死于非命。这一死亡事件,不仅完全打碎了"我"的幼年生活,也彻底打消了"我"对"父法"的最后一点希望。

"弃绝精神"给出了"我"的倔强的孤立存在。"我"的弃绝不仅仅是成人世界排斥压制的结果,也不仅仅是"我"无法自觉进入并且融合于欢乐的群体中，其根源在于"我"的主动拒绝和逃避。饱受排斥的"我"也只能用拒绝来愤怒反击，尽管这种反击披上了羞怯、胆小、恐慌的外衣。试图游离于这个世界，是这个孤独之子保持幼小心灵完整性的唯一方式，回到内心生活深处，使这个"弃绝"具有一种不可摧毁的内在力量：

> 一直以来我都担忧家中会再次出现什么。我游离于家人之外的乖僻，已被村里人习以为常。对我来说被人遗忘反而更好，可是家中一旦出事我就会突出起来，再度让人注意。看着村里人都向河边跑去时，我感到了巨大的压力。我完全可以遵循常理跑向河边，可我担心自己的行为会让家人和村里人认为是幸灾乐祸。这样的时刻我只能选择远远离开，那天晚上我半夜才回到家中……

如此复杂微妙的内心独白，给出了拒绝外在世界的绝对态度，敏感而乖戾的心理在逃离外部世界，逃离父法的同时，也摆脱了父法的统治支配力量。这个年幼的孤独孩子，如此执拗地回到自己的内心，因为他已经全部洞察了以父法为核心的外部世界的凶险、冷漠和谬误。因此，当他被诬陷（写反标）和被虐待（挨打）时对来自成人世界的威胁和迫害给予了坚决的抗拒，甚至不惜以自虐的行径（绝食）来表达不可屈服的态度。

相比较而言，这个孤立无援的弃绝之子还更具有存在的坚实性，相反，强大的"父亲们"却始终处于巨大的焦虑之中——这就是政治与性的双重压抑。小说里弥漫着一种性的压抑和焦虑，不只是童年成长所承受的性的巨大焦虑，同样的，所有男性都陷入性焦虑的巨大困扰中。小说里面贯穿的都是性方面出现的问题，不管是父亲孙广才，哥哥孙光平，还是"我"以及王跃进。余华对这个压抑年代的理解就是一种性的焦虑和恐慌，每个人都在性的焦虑中。生活发生了严重的偏斜，陷入了一种巨大的荒诞，每一个人都是因为性的焦虑而遭遇更大的不幸。性焦虑是最根本的生存之烦恼，最基本的人生体验。可以说，余华一直狙击的是这样一种东西：在这样一个极度压抑的年代，政治的压抑改变成性的压抑，而性的压抑的本质就是政治。这在王跃进的身上表现得最为彻底。性的焦虑就反映那样一个时代的人们是处在何种生存状态当中，人们的基本的生存愿望和想象都被剥夺之后所陷入的错位，这种错位又使生活出现了一系列更大的错位，导致最终的崩溃。当然，围绕着这样一个基础出发，引起的情感和事件，生活的事实性就是死亡、孤独与仇恨。

当然，余华并没有把在弃绝中形成的非成人化视角，处理成自觉的斗争，在每一个被父法压制和迫害的位置上，这个弃绝之子都被愚弄。恰恰是弃绝经验在叙事中始终保持的那种童稚的单纯、善良和天真无邪，并且父法总是愚弄孩子的善良和天真，由此构成的强烈反差产生反讽意味，父法自行解构。被诬陷写了反标的"我"，依然傻乎乎地坐到教室里准备上课，立即遭到老师的嘲弄："你在这里干什么？"孩子被弄得不知所措，然而孩子固有的纯朴天真则使老师的精明老辣的手段和自鸣得意的神情变得丑陋不堪，它可以划归到人性最低劣的栏目之下。

尽管孩童世界一再遭受"父法"的侵犯和压迫，也不可避免被同化（例如多次的陷害和同谋），但是，孩子的世界依然有着它那脆弱而倔强、透明而纯净的存在：那种内心的敏感与孤独，那种颤抖与恐惧，那种情趣和快乐……种种迹象表明孩子的世界里有一种不可驯服的力量。而在另一方面，成人世界则充满欺诈和危险：父亲愚蠢的幻想，老师阴险的处罚和逼供，恶毒的窥探跟踪，铤而走险的报复，可怕的政治牵连，等等，父法统治支配下的成人世界危机四伏，险象环生，他们（成人）除了穷凶极恶地压迫孱弱的孩子们之外，还能找到其他什么有效的途径确认自我的权威呢？这像是青年余华提交的一份弃绝之子对父亲威权世界的诉状，是对一个时代的政治和伦理生活的诉状。

三、关于弃绝的文学谱系

"弃绝"经验具有双重性，它既是作为主体性体验的被动经验，也是一种他者化的主动经验。实际上，"弃绝"作为一种对存在状况的揭示，在中国现代文学中曾经得到过深刻广泛的表现。鲁迅就是现代描写弃绝者形象的一个卓越代表作家。只要读读他的《野草》就可领悟到那其中流荡的弃绝情绪。鲁迅小说中的人物，几乎都是弃绝者（自觉的和被动的），狂人、孔乙己、阿Q、祥林嫂、闰土等等，这些底层边缘人或劳动人民是被社会遗弃的孤独者，他们不是自觉弃绝社会，而是被动地被社会弃绝，他们的生存状态是孤立无援的，他们无法回到自我建立主体意识，因而无法建立与社会抗争的孤独意识。鲁迅写出这些人处在无依无靠的绝境中的状况，那他们甚至被剥夺了在孤独中体验自我的那种精神意识。这样的弃绝也是一种独特的麻木的弃绝。鲁迅本身的骨子里也具有一种弃绝意识，那是一种对历史和社会的不留情，那是一种决然，也不给自己留有余地，始终身处绝境中，意识到要承担不可能的责任。他的那篇短短的文字《风筝》，冷酷地写出了作为兄长的"我"踩踏弟弟的风筝，把弟弟弃绝于杂物小屋，那一时刻，弟弟一定是深陷于被弃绝的困境。然而，多年后，我与弟弟忆及往事，内心乞求弟弟的宽恕时，弟弟的脸上全然是吃惊的表情："有过这样的事吗？"这使身为兄长的"我"只能堕入不被宽恕、被弃绝的永久悲哀中。余华笔下的孙光林，分明地让人看到那个被踩踏风筝后留在小屋中的弟弟的形象。

很显然，关于"弃绝"的状态只是在鲁迅的作品中有着独特而深刻的表现，在更多的情形下，弃绝被更具有普遍的现代性意识的"孤独感"替换。即使是"孤独感"，也在中国现代时期就已经被驱逐。中国20世纪五六十年代就不允许个人"孤独"，孤独意味着小资产阶级情调，意味着脱离群众和集体，意味着自绝于人民，其下场当然极为可悲。只有融入大家才能属于一个战斗的集体。"孤独感"是资产阶级文化的主题，资产阶级文化具有一种私人化特征，具有隐私和内心生活。现代社会有它的两面性，一方面需要建构一个公共空间，每个个人参与到公共空间的事物当中去，现代社会才能够建立起来。但是另一方面资产阶级的文学艺术不断去塑造一种孤独感，回到个人的内心，从社会集体的生活当中退到独处的存在状态。而无产阶级的文学艺术就是要与"孤独"做斗争，就是要驱除资产阶级的个人主义残余。

很显然，1976年以后中国文学描写"孤独感"的作品开始崭露头角，对"孤独感"的体验是与对情感的内在化的描写以及与自我意识的表达联系在一起的。张洁的《爱,是不能忘记的》与《方舟》以不同的方式触及这一主题,前者表达了一个被爱所困扰的女性的内心孤独感,但这种孤独因为与对爱情的想象联系在一起,并不是那么极端,那是一种回到个人心灵深处,独享记忆和情感深化的一种经验。《方舟》写了一群知识女性,她们略显乖僻的个性,使她们与集体落落寡合。很显然,这还不能说是具有一种孤独感,它只是对个性强调的副产品,并且不是在孤独感的深化中展开小说叙事。张辛欣的《在同一地平线上》中那个"孟加拉虎"式的男人,也像一个孤独的斗士,但他自信坚定,敢于以个人的力量去创造自己的命运,因而他的孤独感也不彻底和深刻,他的孤独感迅速外化和社会化了。至于1985年的"现代派"作品,刘索拉的《你别无选择》与徐星的《无主题变奏》,都表现了一些个性鲜明独特的人物,那些人物也不时有孤独感显露出来,但如此过分地强调个性还是要找到一种与社会对抗的自我的力量,对个人孤独感的表现远非充分。

余华早期的作品对弃绝感就表现得极为充分,其崭露头角之作《十八岁出门远行》《四月三日事件》《一九八六年》《难逃劫数》《世事如烟》《我没有自己的名字》无不如此。这些作品中的"弃绝"这一主题几乎没有被人们所意识到,其中的人物总是处在一种孤零零的状态中,被社会和历史所抛弃,甚至被家庭弃绝。《难逃劫数》那个东山终究被弃绝,消失于南方的茫茫人海中。《世事如烟》中的那个不断从儿子们那里夺寿的老父亲,那是一个在宿命之路上走不到尽头的自我弃绝者。他居然弃绝了他所有的子嗣,那是一个陷入荒谬感的不死者,他甚至被生与死所弃绝,这就是一个偏执而孤独的弃绝者,这是一个绝对的弃绝者。《我没有自己的名字》中那个没有名字的"来发",也是一个弃绝者。他一生下来就被弃绝了,父母都死了,他还是一个傻子,他甚至没有自己的名字,他几乎是彻底被这个世界弃绝了,所有的人都在嘲弄他,世人没有任何的同情心,让他与狗为伴,他也只有在与狗为伴时,他才有了一点生存的温暖。他实际就是如狗一样生活,就是一条被弃绝的狗。生存的残酷和冷漠在这弃绝里达到无尽的高度。但余华所有作品中对"弃绝感"写得最为透彻的还是《一九八六年》这篇小说。

小说讲述"文革"期间，一个循规蹈矩的中学历史教师突然失踪，扔下了年轻的妻子和三岁的女儿，音讯全无。数年后，他的妻子改嫁他人，女儿也换了姓名。她们平静地生活，离那段苦难越来越远了，似乎那段往事已经烟消云散无法唤回。"文革"结束以后，一些失踪者的家属陆续得到了亲人的确切消息，尽管得到的都是死讯。唯有她一直没有得到。她只是听说丈夫在被抓去的那个夜晚突然失踪了，仅此而已。多年后，这位前历史教师的妻子和女儿一起将一些旧时的报刊送到废品收购站去，在收购站乱七八糟的废纸中，突然发现了一张已经发黄，上面布满斑斑霉点的纸，那纸上的字迹却清晰可见。显然，这是前历史教师关于刑罚研究的字迹，或许当时她还目击那位前历史教师已经成为疯子在门口游荡，她当场就昏过去了。生活现在陷入了混乱，"文革"中失踪的丈夫并没有死去，但却成为疯子；现在她却再嫁了丈夫，且过着平静安宁的生活。良心承受着巨大考验，也想过去这位妻子的认这位前夫，但她的意愿并不强烈，在她现在丈夫的劝阻下，她放弃了相认，她回避甚至逃避了那位疯子前夫出现的现实。女儿当然也感受到一些蹊跷，她也隐约觉察到那个疯子就是自己的亲生父亲，她同样没有勇气去相认。但疯子却在不停地自虐，按照他对中国古代刑法研究所掌握的知识，对自己实施了劓刑、宫刑等刑法，最后将自己凌迟处刑，割得浑身血淋淋。围观者担心他把自己割死，不得不用绳子把他捆绑起来，扔在路边。当然，他在第二天早晨太阳升起来时就死去了。

　　她们看到前面围着一群人，便走上去看。于是她们看到了那个疯子。疯子还被捆着，疯子已经死了，躺在一个邮筒旁，满身的血迹看上去像是染过一样。有几个人正骂骂咧咧地把他抬起来，扔到一辆板车上。另一个骂骂咧咧地提着一桶水走来，往那一摊血迹上一冲，然后用扫帚胡乱地扫了几下便走了。板车被推走了，围着的人群也散了开去。于是她们继续走路。她在看到疯子被扔进板车时，蓦然在心里感到一阵轻松。走着的时候，她告诉母亲说这个疯子曾两次看到她如何如何，母亲听着听着不由笑了起来。此刻阳光正洒在街上，她们在街上走着，也在阳光里走着。

小说的叙事中出现两个疯子，一个是肮脏的疯子，就是这个从垃圾堆里捡来刀片锯子在街上玩弄酷刑自戕的疯子；另一个疯子看上去更干净些，一直跳来跳去叫着"妹妹"。那母女俩经过时装着不认识，但女儿的同学说那个疯子就是她的父亲。余华设置这个情节给阅读造成很大困难，到底那母女俩不认的是这个"干净"的疯子还是那个自戕的疯子？如果考虑到那个自戕的疯子娴熟运用中国古代的酷刑，那他就是那个历史教师。至于从那个"干净"的疯子身边走过的母女俩，只有理解为是另外一对母女了。那个"干净"的疯子在小说中只出现过两次，他只是一个陪衬，主角还是那个自戕的疯子。

显然，那个自戕的疯子被历史遗弃，也被他的亲人弃绝。只有弃绝他才能走向当下的美好生活，才能走在阳光里。但这个肮脏的疯子却不能从阳光中走开，它如期而至，他走进阳光中的街道，他让某个家庭记起不堪的往事，甚至不能面对的现在。历史在弃绝中自戕，它使一切都变得血淋淋，他要人们面对，要人们正视。但是疯子的自戕还是失败了，他被捆绑起来，在阳光中死去。这部小说当然有着有相当明显的历史隐喻或寓言意义，实际上，如果抛开历史隐喻，也就是说，就当作故事本身，这部小说在直接性的意义上，它对弃绝的表现更加令人震惊。

这个疯子父亲经历了十年内乱，他劫后余生，但却是一个疯子，他陷于历史失忆之中。在这一点上，他与他周围的那些正常人一样，他们都是历史失忆者。但他显然一直在努力回忆过去，回忆消逝的历史，历史中有他需要记取的东西。他回忆他的家庭，他如此热爱的妻女。这个疯子试图努力去回忆起一切，但他失败了。而他的妻女就在他的身边，却拒绝相认，她们弃绝了这个疯了的亲人，她们逃避了责任。然而，疯子唯一能记起可能就是他始终不懈研究的中国古代酷刑，他只能重温和重演这些酷刑，以此来唤起他的记忆。他不惜用残忍的手法自戕。围观者不理解他，再次重演了鲁迅笔下围观革命者等着吃人血馒头的场面。这个场面一点也不比那个场面逊色，只有这个失忆的疯子要努力回忆一切。小说令人惊异之处在于，这个疯子最后在那个将死的早晨突然清醒过来，也就是说他的自戕酷刑起了作用，他从疯癫中清醒过来了。他想起了他在学生时代手拿书本在师院里走过，邂逅扎着蝴蝶结的他后来的妻子；他还想起他坐在床上洗脚，妻子茫然无措的情景。这个被弃绝的疯子原来并不是试图记取消逝的历史，而是那么渴望回家，那么渴望亲情的温暖。但她们弃绝了他。在遭遇亲情弃绝这点上，这篇小说显示出从未有过的尖锐，余华对十年内乱的书写开掘出另一个极端的侧面，从而超出了当时"反思文学"的习惯主题。那些文学还是在政治批判的框架内思考，并不是说这样的思考不重要，而是说这样的思考太一般化，经过太多的直接重复。而余华的思考却是具有深入进人性骨髓里去的东西，甚至历史都淡化了，就是人性本身，就是亲情本身的虚无性，这是存在的真正的深渊，也是弃绝的真正深渊。

  对于个人来说，在任何失败和劫难中，家与亲情都可以给予最后的归宿。如果家与亲情是被外力所摧毁，那也不过是对外在世界的敌意，而亲情的自觉弃绝，对于某个遭遇了政治厄运的人来说，还有什么比遭遇亲情的弃绝更令人悲哀的呢？他是如此渴望家与亲情，他对自己动用酷刑，为的是唤起对亲情的记忆。他终于在太阳升起的那天早晨唤起了记忆，但他的期望落空了。亲人跨过历史，却唯独把他弃绝。什么是生命的彻底的虚无？谁能经历这样的生命的虚无呢？只有这个疯子，他经历了所有中国历史的酷刑，最后的酷刑是什么呢？那就是亲情的弃绝！这是恐惧与战栗的最后的界限，在中国文化中，亲情的弃绝就是最后的弃绝，就是末日审判了。不得不说，余华的书写是何等地绝情！

四、克尔凯郭尔的弃绝与小说的不可能经验

  对弃绝进行最有力的哲学表达的人当推丹麦存在主义先师克尔凯郭尔。克氏自己的经历就是一个关于弃绝的惊人故事。克氏的名字在丹麦文中由教堂（kierke）和园地（gaard）两部分组成，克尔凯郭尔（kierkegaard）意为"教堂园地"。但kierkegaard在现代丹麦文中又被广泛地表示坟场、墓地。可想而知，一个人以如此之意取名，他的思想意向，他对世界和生命存在认识具有何等极端的态度。克氏1813

年出生于丹麦幽兰半岛，1855年在哥本哈根去世，享年仅42岁。但这对于他来说，还是生命的意外之喜。据说克氏家族的人几乎少有活过33岁的，克氏自己也没有打算活过33岁。当他活到33岁还没有死去时，他几乎不知道自己余生该如何度过。而且克氏与父亲的关系相当冷漠紧张，他的童年生活在暴发户父亲的阴影中，对父亲的爱置若罔闻，直至父亲去世前两年才与父亲修好，转而称父亲是他一生中最爱的人。克氏也并不是不与世人交往，白天他在街上晃荡，与路人交谈，并有耐心倾听熟人的倾诉，晚上则回到家中奋笔疾书。但他整个说来还是离群索居，从未邀请过人进入他的家门。最极端的行为表现在他与雷吉娜·奥尔森的相爱、订婚，后来又迅速解除婚约并断绝关系。同样令人困惑的在于他在遗嘱中把所剩余的财产全部给予雷吉娜，但遭到后者的拒绝。克氏研究者认为，克氏解除婚约终生未婚是因为他要把自己献给上帝，他不能同时拥有两个献身对象。他不得不在雷吉娜和上帝之间进行选择。正如他自己所说："要点在于：不是拥有几种思想，而是牢牢持守住一种思想。"① 但也有传记研究者认为，克氏解除与雷吉娜的婚约以及终身未婚，这与他患了癫痫症有关。1855年，克氏在街上摔倒随后去世，就可能是癫痫发作所致②。

---

① ［丹麦］克尔凯郭尔：《日记》，载罗伯特·布雷托尔编《克尔凯郭尔作品选》，普林斯顿大学出版社，1973年，第14页。

② 克氏于1855年10月2日在大街上摔倒后送往医院，当时的诊断是"肺结核所导致的下肢瘫痪"。两周后他的密友博森（Emil Boesen）问克尔凯郭尔还有什么想说的，克氏回答说："没有。有，请替我向所有的人表示问候。告诉他们，我非常喜欢他们中的每一个人，我的生命历程是一次真正的受难，别人不曾了解，而且无从理解。我所做的一切看似出于自负和虚荣，其实不然。我绝对不比别人更好，我说过这样的话，而且从未说过任何别的。我的肉身上有一根刺，因此我没有结婚，而且不能接受官方的[教会]职位……我认为我的任务十分恰当、重要而且充满苦难。你肯定注意到了这个事实：我是以基督教的最核心为出发点来看待事物的……"参见布鲁斯·克尔姆瑟编《遭遇克尔凯郭尔：同时代人眼中的克尔凯郭尔》，普林斯顿大学出版社，1996年，第190页。这里所说的"肉体中的一根刺"，可从和合本圣经《哥林多后书》12:7中的保罗之语读出原典："又恐怕我因所得的启示甚大，就过于自高，所以有一根刺加在我肉体上，就是撒旦的差役要攻击我，免得我过于自高。"尽管说这可能是指宗教方面的隐喻，但也未尝不能读成克氏对自己身体疾病的隐喻。

有研究者认为，对雷吉娜的爱与随之而来的放弃，这种两难矛盾构成了克尔凯郭尔日后写作的重要动力，他的很多的作品在某种意义上都可以看作是写给雷吉娜的。《恐惧与颤栗》尤其可做如是解读。借一位信仰骑士之名，克尔凯郭尔写道：这位骑士会去回忆过去的一切，但这种回忆简直就是痛苦，而在无限的弃绝中他与存在达成了调和。"他对那位公主的爱，就他而言，将成为一种永恒的爱的表达，它会具有一种宗教特征，会神圣化为一种对永恒存在物的爱……"[1] 克尔凯郭尔把信仰提升到存在的最高层次，但要到达信仰，就要历经弃绝。他说道："无限的弃绝是信仰之前的最后阶段，所以不做这一运动的人不能说拥有信仰；因为，唯有在无限的弃绝中，我才意识到我永恒的有效性，唯有通过信仰一个人才可以说把握了存在。"[2] 克氏把信仰看成是存在的真谛，弃绝是通往信仰的最后阶段，没有经历过无法达到信仰。克氏认为，要达到弃绝并不难，这是常人所能做到的，而从弃绝到达信仰则是更加高的要求。确实，弃绝还是一种世俗行为，而信仰则是神圣性的。

在克尔凯郭尔的"弃绝"论中，"弃绝"实际上已经是非常严酷的行为。他提到亚伯拉罕的弃绝，上帝要亚伯拉罕献出老来得到的儿子以撒作为祭品，亚伯拉罕没有犹豫。他显然要弃绝儿子，再也没有什么爱比父亲爱他老年得到的儿子更重大，而这样的弃绝无疑是无可比拟的痛苦。亚伯拉罕要面对上帝的吁求，他不能承受被上帝弃绝的后果，他同时也深知，上帝绝不会弃绝他，上帝一直没有弃绝他，上帝在他100岁时给了他以撒，上帝还是会给他以爱。为了对上帝的信仰，亚伯拉罕带着以撒上了摩利亚山。在这个故事中，弃绝与信仰构成了多重的关系，弃绝是通向信仰的道路，而且信仰与弃绝也构成了一种深刻的关系。类似的弃绝故事还发生在悲剧英雄那里，例如，阿伽门农要献祭自己的亲生女儿伊芙琴尼亚的故事。阿伽门农在率军征讨特洛伊的途中，无意间冒犯了女神阿耳忒弥斯，预言家指示只有阿伽门农献祭自己的爱女才能平息女神的愤怒，在众将士以反叛相威胁

---

[1] [丹麦]克尔凯郭尔：《恐惧与颤栗》，刘继译，贵州人民出版社，1994年，第20页。

[2] 《恐惧与颤栗》，第22页。

下，阿伽门农只得牺牲女儿。另一个故事来自《圣经·旧约》中的《士师记》第十一章，耶弗他是以色列勇士，曾率以色列人与亚扪人作战。战前，他向耶和华许愿说，如果主能保佑他战胜亚扪人，在他凯旋到家时，他将把最先出门来迎接他的人献为燔祭。在耶和华的帮助下，他果然战胜了亚扪人，但他没有料到最先来迎接他的人竟是自己的独生女儿。耶弗他为此悲痛万分，但他的女儿非常理解父亲，勇敢地献身，实践了耶弗他许下的诺言。克尔凯郭尔认为，悲剧英雄与亚伯拉罕不同，悲剧英雄依然处于伦理范围内，亚伯拉罕超越了整个伦理范围，并在它之外拥有更高的目的，而且由于这一目的他对合伦理的事物进行了质疑，亚伯拉罕故事包含着一种在神学上对伦理的质疑。说到底，亚伯拉罕为的是信仰。克尔凯郭尔说："将人类一切生活统为一体的是激情，而信仰就是激情。"①

克尔凯郭尔的弃绝是一种主动的行为，是一种对责任的承担。历经弃绝，为的是到达信仰。同时，克尔凯郭尔的弃绝也是一种宗教行为，只有在与上帝的绝对关系中，弃绝是"自我弃绝"，也就是无限信仰上帝，也就是给予上帝以无限的馈赠。在这一意义上，以"弃绝"去理解中国作家，或者说理解余华无疑是有很大差异的。但弃绝确实给出了一种状态，一种与孤独很不相同的面对世界的状态。弃绝可以拓展更深刻的主客体关系，拓展自我与命运的深层背景。"弃绝"可以做多方位的理解，可以是一种主体的主动行为，也可以是一种被动的状态；可以是一种完全无助的身体存在于世的自绝行为，也可以是一种重新领会命运的精神超越形式。

余华对弃绝的表达当然不是对克尔凯郭尔的存在主义哲学的呼应，说到底那是我们对余华的理解方式，对余华艺术经验概括的一种方式。当然，这种弃绝经验对于作家来说，总是有深刻的内在体验才会触及这样的幽暗深处，我们很难说在多大程度上与余华个人的生存经验相关。从余华后来对自己经历的描述中，我们知道余华少年时期做过牙医，有数年时间他跟着父亲或叔叔在街口支着一个摊子拔牙。拔牙的行为是否是一种弃绝还难以下定论，或者它给予个人的生存提

---

① 《恐惧与颤栗》，第 43 页。

示了一种残酷和冷漠的体验？我们在余华的个人经验中，很难找到更为极端的经历，余华童年和少年都没有离群索居的记录，也未有迹象表明受过特别的创伤或挫折。在更为恰当的意义上，我们只能理解为那是余华对现代主义文学理解领悟的结果，是他对人类生活现实的一种感悟。在余华后来开列的那些外国作家名单中，川端康成是教会他细部的人，而卡夫卡意味着解放。他同时喜欢的还有普鲁斯特和英国的女作家曼斯菲尔德。大约直到1995年他才读鲁迅，虽然说是"重读"，但早年在课本上读的几乎没有多少触动，直到这时才被鲁迅吸引，才找到强烈的共鸣。这些作家对余华的影响也很难说直接触动了他对弃绝经验的关系。事实上，余华本人从未说过关于"弃绝"的问题，他早期写的实验性很强的小说，更专注于小说叙述方式，这种叙述方式要切近那些生存绝境。在某种意义上，余华的叙述极端感性，几乎是感性解放到极限的产物，或者说它标志着当代感性解放在语言文字这一层面所抵达到的极限。他要让语言在切近那种极限的感觉状态下自由伸展，于是文字抵达了那些感性的极限状态，于是他经常要在绝望的生活间隙中找到独异的语言感觉。因而弃绝经验在很大程度上乃是他感觉世界加以叙述表现的副产品。确实，在相当长的时期，余华作为先锋派的作家，他的叙述实验满足了人们对小说革命的想象，人们乐于在这一层面来读解余华。今天重读余华，我们确实可以读出更多的超出文学史迫切需要的那些历史诉求。"弃绝"经验从余华的小说中浮现出来，也才能让我们更全面透彻地理解余华的小说。回望那个时期，余华的那些书写如此有力，他的作品在生存经验上还是有独到之处——这就是弃绝经验。

《在细雨中呼喊》中的孙光林，确实遭遇了各种形式的弃绝，也确实处于孤立无助的状态，但他始终能洞悉命运的真相。余华给予的叙述视点透过孙光林遭遇的弃绝状态，同时也给出了一种存在的勇气，不论在任何的情形下，人都兴致勃勃地去生活，去面对现实和未来。在任何情形下，他都没有弃绝自己，没有自我弃绝，而是自己把被弃绝的自己捡起来，走向生活的极限。这也是一种信仰，是对生命本身的信仰，对生活的绝对信任。存在的勇气就浸透着信仰，存在就是信仰本身。它知晓我的唯一性，我是我的唯一性，我是我的生命的唯一性。

弃绝就是生活的极限，也是生活的极端经验。当然，像余华其他的小说一样，这部小说也是极力去发掘那些不可能的经验，去进行在权威写作规范中不被许可的写作，它把现实主义认定的不可能性作为它的可能性经验加以任意表现，那些细节、人物的心理、人物的性格以及命运，都是处于不可能性的经验中。不可能性的经验就是一种绝境中的经验，就是在绝境中写作，就是写出一种绝境，就是去进入写的绝境。

我们可以在小说中随处看到，余华把这样一种生活的绝境展现出来，每一个人几乎都处在一种绝境当中，都处在生存的极限当中。对余华来说，任何一个生活的场景都是令人绝望的，没有幸福和快乐可言。如王跃进结婚的场景就没有任何喜庆，被他始乱终弃的冯玉青提了一根绳子来，要上吊，举起酒杯的王跃进脸马上就变得惨白，他的新娘子大口地灌白酒，说"我要上吊"，婚礼这样一个本应幸福的场景却变成了一场灾难。哥哥孙光平的婚姻也被推到极端。孙光平本来看上一个女人，结果他父亲跑到人家家里去调戏这个姑娘，婚事就搅黄了。孙光平痛苦之下找了农村姑娘英花结婚，本来痛苦中的感情也比较美好，但是余华一点余地都不留，他接着写到结婚这一天新娘子挺着大肚子嫁到孙家，结婚第二天就拉着板车到医院生产。写到这里还不够，有一天父亲兽性大发强奸了他的儿媳妇，屈辱之下孙光平拿着斧头要把父亲砍死，抓到父亲后临时改变主意就把父亲的一只耳朵割下来，年迈的父亲坐在地上号啕大哭。这些情境似乎离现实日常生活的可能性很远，小说要冲撞的就是这样一种不可能性，在这种不可能性中把生活这种彻底的破碎感、彻底的失败和崩溃找到。生活最小的碎片就是那些最极端的不可能性，他要用这种最小的碎片来把生活粉碎，就像一面镜子，打成两半还能照，但是一旦完全粉碎，就照不出一点幸福感。

对余华的这部小说来说，生活就是这样一种极端的不幸，没有一个人的生活是快乐的。在这个巨大的人生当中，包含了巨大的荒诞。小说接着写"我"被送到了养父王立强那里，这时候本来可以获得一种慈爱，但却由于王立强偷情时被捉奸而化为泡影。作者把人性的恶都推到极端。王立强拿手榴弹去炸那个捉奸的无聊女人，结果非但没有炸到她，反倒把她的两个无辜的孩子炸死了。所有的事情作者都要往极端的不可能性上推进，将生活的悲剧和人的绝望推到极端，让人感觉到生活没有指望。

以上这些不可能性是如何构造在一起的？它让我们感觉到文学的力量，让我们体验到生活的本质，在这里我们完全容忍了、接受了这种不可能性。说到底，弃绝的经验都是一种不可能的经验，只有达到不可能性的程度，这种弃绝才具有绝对性。弃绝经验是对常规性和伦理秩序的挑战。在读这部小说时，我们没有对这些不可能性提出质疑，我们没有说它不合逻辑，我们难道是被什么东西迷惑住了？我们也许会说作者在叙述上有做作的地方，有过分雕饰的地方，但是我们没有对他揭示的这种极端的荒诞提出质疑，我们唯有惊叹。正如尼采所说："我们应当认识到，存在的一切必须准备着异常痛苦的衰亡，我们被迫正视个体生存的恐怖……"[①] 余华让我们去看那个年代历经的生存世相，20世纪90年代初，余华对过往生活记忆和对现实的理解，还偏向于灰暗，只有那些生存世相，那种感觉，才能磨砺他的笔锋。

余华要用他的锐利抵达一种不可能性的情感界域，他一直在往那样一个层面上推进。这些故事、细节，这些事实性要表现出来的都是一种情感的状态和关系，这种情感的关系共同构成了一个情感的进向。在小说的叙述当中，这些东西确实是有一种方向性发生。这种方向性的发生当然不是以一个必然的、逻辑的、线性的和目的性的方式，但确实是有这样一种方向性的，这些情感是朝绝境那个方向聚合，直至绝境一切才有尽头。《在细雨中呼喊》中所有倒霉的人都倒霉透顶，生活是这么破碎，在破碎当中共同地形成一种不可能的情感。人之间的关系是以一种仇恨、背离、抛弃、死去、出走的方式来展开。这样的一种情感状态让我们感觉到生存在绝境的尽头被击碎。

在余华的书写中，走向绝境的经验当然是"不可能"的经验，但是我们并没有去反思和质疑它的不合逻辑，不合生活的事实性，我们反而从中体验到了令人震惊的东西。小说在这种意义上揭示出一种不

[①] [德] 尼采：《悲剧的诞生》，周国平译，生活·读书·新知三联书店，1986年，第71页。

可能的情境时，对于小说的存在本身来说，也是不可能的，因为在我们的美学规范当中，小说的存在本身是让我们回到生活，让我们理解生活、让我们理解人性。但是，当它写的这一切都是不可能性的时候，我们又如何依照这种不可能性去理解生活的可能性、人性的可能性？这是一个不可能结合在一起的二元关系，要么可能性的美学规范是错的，要么小说根本不是为了让我们理解生活、理解人性。相反，更有可能是让我们经历不可能性，不可能的生活经验。生活不可能重演，也不可能重复，它的一次性就表明叙述和记忆都是不可能的。而余华的小说恰恰是让我们体验到最极端的不可能性。

当然，不可能性绝不是生活逻辑的混乱堆砌，小说在不可能的经验中穿行时，在不可能的深渊行进时，它总是要恰切、奇妙和神奇，才会让我们震惊。现代世界的疆界就是被现代文学和艺术拓展开来的，没有现代文学艺术，我们对世界的感知，不可能如此复杂、丰富和多样。甚至，我们还可以抵达荒诞世界，在荒诞感中体验到世界与我们的另一种存在方式。

弃绝的经验是不可能的经验，弃绝被推到极端就是不可能性，它之所以可以直击人性的痛处，在于它或许表达了人性恐惧的深渊。余华的小说一直尝试要把弃绝的经验推到极限，特别是家庭伦理的极限。余华把父子关系，甚至母子关系，例如母亲对孙光林的态度，都刻画得暗含着某种弃绝。在《一九八六年》中，妻子儿女的弃绝，都是不可能的弃绝，但又是人们内心深处最恐惧的弃绝。至于《现实一种》对兄弟之间互相残害的描写，《世事如烟》中算命先生对儿子们的暗算，《难逃劫数》中露珠对丈夫东山做出了毁容这样的伤害行为，她的父亲老中医则参与了对女婿的戕害。这些边界本来是被关闭的，本来是不可能开启的，我们的写作不可能触及这些边界。对于大多数作家来说，想都不会做如是想。但余华的小说挑战了这些生存伦理的边界，余华要强行穿过这些关闭的边界。他的叙事是僭越，是冒犯，也是撞击。余华的小说只能理解为对不可能性的穿越。小说是对不可能性的迫近，那也是迫近人性对自我恐惧的深渊。我们害怕这种事情会发生，我们无法经历它，就像俄狄浦斯的经验，我们如此恐惧，那是人类经验的绝境。尼采曾经解释这种反常经验："凡是现代和未来的界限、僵硬的个体化法则以及一般来说自然的固有魔力被预言的神奇力量制服的地方，必定已有一种非常的反自然现象——譬如这里所说的乱伦——作为原始事件先行发生。因为，若不是成功地反抗自然，也就是依靠非自然的手段，又如何能迫使自然暴露其秘密呢？我从俄狄浦斯那可怕的三重厄运中深悉了这个道理，他解破了自然这双重性质的斯芬克司之谜，必须还作为弑父的凶手和娶母的奸夫打破最神圣的自然秩序。"① 俄狄浦斯打破自然最神圣的秩序，那无疑是最极限的一种现象。这里表达的不可能性，是对可能性的恐惧，它把人类经验的深渊揭示出来。

确实，余华的小说当然还没有到打破自然神圣秩序的地步，但它也展示了如此不合情理如此巨大的荒诞感，它又如何能够让我们理解人类的生活，理解人性？我们习惯的说法在于，小说是帮助我们认识生活。那么余华小说给我们揭示的真理是什么？小说依靠什么东西来获取它的独特性？是依靠它对生活深刻而正确的洞察，还是依赖它对人性深刻透彻的表现呢？或是依赖它对历史无情又独到的揭露？

当然，不可能性本身在小说叙事中依然会受到"真实性"的检验。在不可能性与"真实性"的紧张关系中，什么是一种可能性？可能性与不可能性之间有标准吗？有界线吗？我们所有那些被综合概括起来试图论证可能性的材料，都是可能的吗？况且，它们组合在一起是可能的吗？

为什么这种不可能性总是在小说中出现？作家要绝然地追求这些不可能性，它们产生陌生化的效果，是小说所获得巨大美学力量的支撑点。另一方面它又变成巨大的障碍，变成陷阱，变成绊脚石。如果没有那些不可能性的东西出现，小说不会有生气和活力，不会有内在的力量迸发出来。但是在有些地方这些不可能性却变成小说自身的杀手，它使小说变得荒唐而不只是荒诞，使小说的美学价值大打折扣。

这种不可能性是如何建构起来的？小说的不可能性恰恰不是这些具体的事物、事件、细节，而是一种存在的情境，一种不可能的存在的情境，小说一直在其间穿行，这样的小说才是富有强大的美学力量的小说。这样的不可能性，从生活的现实逻辑中跳跃出来，它以不可辨认的形而

---

① [德]尼采：《悲剧的诞生》，周国平译，生活·读书·新知三联书店，1986年，第37页。

上意味，打破现有的认识范畴，并且使小说自身的完整性逻辑倾向于分裂。在这样的层面上展开的小说叙事才具有陌生化的力量。

不可能性当然不能简单理解为不合经验逻辑，那些不可能性的经验在小说叙事的假定性中最终可以达成可能——但这只是理解中的可能性，依然不是在现实经验的逻辑范畴中可以被还原的可能性。艺术的情感逻辑具有远大于现实逻辑的那种包容性，其可能性展开的范围要大得多，正因为此，艺术的情感逻辑可以重建不可能性与可能性的转换关系。

这会让我们去思考，为什么同样是余华的作品，《兄弟》受到不少批评家的质疑，有些质疑恰恰是质疑其细节的真实性问题。[①] 很显然，情感逻辑并不是毫无限制的，并不是毫无理性规约的。在什么样的语境中，那些不可能性是可以被理解和接受的，而在另一种情境中是完全不可能的，会变得杂乱虚假，这完全要依赖小说叙事创建的情感力量，以及小说给出的艺术假定的限度。例如荒诞派小说就把艺术的假定限度提到极限，几乎没有限定；但现实主义小说的限定就严格得多。这一切都依靠小说叙事在整体上建构起来的前提或基质，依靠艺术的表现力，是否有能力驾驭不可能性，是否有能力让不可能性向最大值切近。

是否可以说，文学性发生在对不可能性的穿越当中？就单个的文本展开来说，小说都是不可能的，它都是在触及那种不可能性。只有在对不可能性发起挑战的时候，叙述才到位，如果都是在建构

---

① 参见《谢有顺：〈兄弟〉根本不值一提》，《南方日报》，2006年4月6日。谢有顺表示，对余华写出《兄弟》这样的作品，"心里很难过"。他举两个例子，"就可以看出这部小说的粗糙"。余华对谢有顺的批评进行了一些抵抗，令人惊异的是，余华也是在艺术的情感的逻辑里为自己找到辩护。当记者问及对"谢有顺举的情节"怎么看的问题时，余华说："从总体时代背景的角度，我同意他的观点。确实，那个特定的时代对人性的压抑，使常人很难做出这种举动。我写作的时候也犹豫了一下。但大环境是一方面，具体环境又是一方面。在他做出这个举动的时候，我已经做了足够的铺垫：千人围观，烟头烫到了旁边的人……整个环境下，人的意识已进入一种亢奋状态，这时候，做什么都是有可能的。如果我是说他们在菜市场就随随便便搂抱起来，那才是问题。我们经常在文学作品中看到，一个柔弱的人，可以杀死强大的人。"

可能性的话，这种小说就没有到达陌生化的层面。评判一部现代小说对生活的表达深刻性，就要看它是否有能力挑战"不可能性"的极限。当然，写实性的传统小说也可以表达不可能性的经验，像汪曾祺的《受戒》就是对不可能性的切近。一个小和尚的微妙的心理，那样一种微妙感也是一种不可能性。有些回到内心细致体验的小说，像川端康成的《伊豆的舞女》，每一个思维环节都是在他的心理流程中一点一点地展开的，但是这种展开何以成为可能呢？实际上它是在不可能的这个层面上展开的一种可能性。在这里我们不得不把不可能性和可能性再次纠缠在一起。不可能性成为一种可能性，反过来会导致所有的可能性本质上都具有不可能性。可能性与不可能性之间的界线难以确定，在艺术作品中尤其如此。虚构的本质就是对不可能性的挑战，它使所有的不可能性，使根本上不可能发生的事件发生了，因而它本质上就是不可能性。

在这一意义上，我们就可以理解，何以叙述了弃绝的小说具有如此强大的力量。弃绝是一种独特且极端的经验，是以艺术的方式对不可能性的最大限度的迫近。在当代小说的弃绝书写谱系中，余华的独特意义无疑是无人比肩的，他后来的小说《活着》《许三观卖血记》等，并不在弃绝经验方面有更深的发掘，而是转向更具有历史感的叙事，有另一种美学意义。如何在写作的转型中，深化和更有力地磨砺自己最为独特的艺术经验，使之达到更为成熟的境界，其实是自我挑战的最艰苦的方式。余华后来的转向，似乎跨度过大，甚至觉今是而昨非，其实是对自己的艺术变革方向看得不清晰。这也说明，20世纪90年代以后，中国小说的艺术变革道路其实更加艰险，而不是已经完成或者穷途末路再也无所作为。

当然，余华的《在细雨中呼喊》这部作品依然可以在常规经验上加以阅读和阐释。我们可以简要而朴素地说，这部作品给人印象深刻之处，且令人难以忘怀的，是写出了那样一个少年的生存史，那样一种孤独无望的历史，写出了在存在的焦虑和荒诞当中，他对爱、对悲悯的渴求以及终究不能获得的那种苦涩和痛楚。在这些经验和美学意义上，这部小说依然具有独到之处。这部小说在叙述上还是有余华非常显著的风格，它始终洋溢着叙述上的快感，那种反讽，那种嘲弄，那种荒谬的情境，那种荒诞当中所展示出来的一种无聊的快感，那种在荒诞的、悲哀的情境当中所展现出来的对悲悯和爱的渴求，都留下了作者的鲜明印记。

第四章 欲望、暴力与颓废
——苏童《罂粟之家》中的历史感与美学风格

苏童无疑是中短篇小说高手,尤其是他的小说独有的那种自然天成风格,纯净如水,堪称妙品。20世纪80年代后期,在当代小说艺术变革的潮流中,苏童以他独有的美学气质和语言,走在"先锋派"的前列。他以传统典雅与现代唯美相结合的风格,给当代小说提示了一种美学格调。在那个时期,苏童写下的《1934年的逃亡》《飞越我的枫杨树故乡》《罂粟之家》《妻妾成群》,无疑是当代小说中最精彩的篇章。《妻妾成群》因为被张艺谋改编成电影《大红灯笼高高挂》而名噪一时,但我以为《罂粟之家》的小说意义非同凡响,可以推为百年来中国中篇小说最好的作品之一。这篇小说把关于家乡的记忆写得如此凄楚,它真切地抓住了中国历史中的重要环节——土地革命,写出了农业文明最后的衰败岁月,并且抓住了历史劫难的症结——中国的地主与农民之间复杂的阶级与生殖的关系,既再现了历史(传统乡村)最后的时光,又质询了中国现代政治规划的最激烈的社会冲突——阶级斗争。中国现代史的残酷转型因此获得了如此鲜明而又神秘的解释,历史的必然性与宿命、历史的颓败感与革命的前进性交织在一起,让人难以分辨而又有所领悟。那种暴力、欲望,穿行过艳丽的自然奇观,反倒散出一种颓靡的气息,那种清峻舒畅的叙述,引领着故事走向凄绝的终局……毫无疑问,苏童的小说以唯美的格调,表现出丰富的感性元素,他所体现出的自然而精巧的小说叙事方法,如此恰切地消融在语言风格中,而思想与情感、语言与叙述全都在那些纯净明亮的场景中流淌而出，有清新俊逸之风。一篇小说能承载这么多的东西而又始终保持纯净的面目，我们不得不意识到，当代小说的艺术变革，也有非常自然、水到渠成的一面。这当然有赖于苏童这样的天生的小说家，艺术变革不是外在的方法论革命，而只是他天生的直觉，仿佛是与他的生命体验融会贯通的那一时刻的感悟。

理解和接近这样的小说，仅只是阅读就可以感受到它的美妙；但要展开学术话语的活动，就要用充足的知识话语介入其中。要解析这篇小说当然有很多角度和方法，在这里，我以为把"欲望"植入历史，并且用"欲望"的末世学去颠覆历史的辩证法是这篇小说最为独特之处，也正是靠着对欲望与历史关系所做的如此大胆的揭示，《罂粟之家》给出了它对历史与美学的最有力的表达。

这样的欲望是末世的欲望，它对历史和人性进行重新解释。通过欲望的书写来重写历史，历史的暴力与性欲的错乱结合在一起，阶级、生产力、生产关系、土地与工具等等，这些经济基础的因素，被植入人性与人伦的谱系，按照人性的冲突结构来处理历史的矛盾。确实，我们也可清晰地看到，阶级斗争的历史必然规律，现在被表现为地主阶级（翠花花、刘素子）与农民（陈茂）生命欲望的错乱交合。也就是说，不是必然的历史规律出了问题，而是生命存在体本身出了问题，生命存在体的错乱，被历史暴力所俘获，这样的历史终结，就具有更加复杂的悲剧结构。由此，可以看到，在20世纪三四十年代，茅盾试图通过社会学和政治学的理论的阅读，以《子夜》来寻求解释中国社会道路的理性依据；此后的社会主义现实主义小说，都是试图用已经确认的阶级论的观念来建构历史冲突的结构；而苏童现在转向欲望的错乱结构来叙述历史，尽管这一结构依然与阶级矛盾结构调和在一起，但前者构成理解历史的主要层面，并且也足以决定那种（地主阶级的）历史走到穷途末路。欲望与革命结合，重新解释中国现代史，使这部小说并不只呈现出感性唯美的艺术风格，而且具有重新想象历史的那种深刻性。

一、农业文明的最后书写：生殖与历史颓败

"欲望"这个词并没有特定的贬义或褒义的定义。在汉语中，"欲"的原初意义不过是"想要"的意思。《商君书·更法》："今吾欲变法以治。"另一意义是指愿望：《孙子兵法·谋攻》篇中有"上下同欲者胜"。在汉以后魏晋时代的文本中，就有了"情欲"和"贪欲"的意思。刘伶《酒德颂》："不觉寒暑之切肌，利欲之感情。"在古汉语中这个意义又写作"慾"。但在现代汉语中，"欲望"这个词具有了比较明显的贬义色彩，它主要用于指称人们超出规则界线的不正当的过分的愿望，那就是要获取过度利益的"占有欲"，也就是"野心"了。但欲望在现代汉语中更经常地是指人的身体欲望，也就是情欲或性欲。

本文所说的"欲望"主要是两点，亦即"占有欲"和"情欲"，特别是后者。欲望的根本在于情欲，占有欲最突出地体现在情欲上，也体现为因为情欲不能满足或者满足（而永不餍足）转而占有其他的物质和利益。归根结蒂都与情欲有关。情欲是如此深地植根于人的精神和心理中，以至于总是与人的理性进行博弈，它决定了人和人类到底是由什么驱动。

但是欲望又与历史联系在一起。只要人类身处历史中，人类的每一成员都被社会化因而也被历史化，它必然要打上社会集团、阶级和阶层的特征烙印。人不能从根本上超越历史，因而对人的欲望的书写总是历史地被建构的，总是在其欲望的裂缝中看到历史在起作用。反过来，历史的某种状况，或者某种断裂和终结，也可以看到人类的欲望在其中推动或者挣扎。

其实不用进行历史理性的思辨都可以知道，一个人的欲望可以是生机勃勃的，也可以是颓靡不振的，可以是有建构性的，也可以是有破坏性的和颓废的。

福柯对欲望的探究无疑是迄今为止最为深入独到的，《性史》一书是他的系谱学研究中最出色的成就。福柯探究的"欲望"被他更严格地规定为"爱欲"或"性欲"，他用了一个词"aphrodisia"，这个词来自古希腊，是由爱神"阿芙洛狄忒"的名字产生，以爱神之名表

征的却是纯粹的情欲（性欲）①。情欲活动当然是自然的，正是通过这种活动，人类作为生灵才得繁衍，作为一个整体的物种才免于灭绝。但是情欲显然有超出自然规定限定的快感，这种快感出自人的本能，其力量强大无比，它足以给人及人类身处其中的历史造成强烈的影响，甚至重新组织建构这种历史。福柯写道："正是快感的这种自然强度，与它施加给欲望的魅力一道，才使性活动超出自然所规定的限度，因此，大自然就使aphrodisia的快感成了一种低级、从属而有条件的快感。也正因为这种强度，才致使人们推翻僧侣集团，把欲望以及欲望的满足放在首位，并给欲望以战胜心灵的绝对权。也正因为如此，才导致人们超出对需要的满足，即使在身体恢复后还在寻求快感。性欲'滞留'着的潜力导致反叛及暴乱；而性欲那'放肆'的潜力则导致放肆和过度。大自然给人类注入了这种必需而又可怕的力量，这种力量随时都可能射中为其所设的目标。"②很显然，福柯是在历史中来看欲望、情欲或性欲的。

　　文学作品当然首先是书写个人的生活史，给出个人的存在状况。而欲望，特别是内心隐秘的欲望则是个人的绝对的生活，个人绝对拥有的自我的生活。因而，从本质上来说，不书写人的内心欲望的文学作品是难以想象的。至少是极其不全面的，当然也不可能深入揭示人性。然而，在历史化的叙事中，特别是宏大叙事占据主导地位的叙事中，个人的内心欲望只是文学叙事中的一部分，甚至一小部分。在中国"十七年文学"的作品中，对人的内心欲望进行书写受到了排斥和贬抑。我们今天看来，也不能说那就不是文学，它有历史的必要性和必然性，甚至有些作品也有其独特的文学意义③。当然，归根结底，

---

①　[法]福柯：《性史》，张廷琛、林莉、范千红等译，上海科学技术文献出版社，1989年，第189—204页。希腊人用的是名词化了的形容词："ta aphrodisia"，罗马人则把这个词大致地译为"Venerea"，那就是爱恋的事物，或快感、性交、性行为、肉体快感。希腊人对"欲望"的指称则是另一个词：epithumia。

②　《性史》，第207页。

③　即使像《创业史》那种作品，也写到欲望，如素芳的形象，她是作为被贬抑的女性形象出现的。但柳青对她的欲望的书写，就非常细致且写出乡村女子心理的复杂性。茅盾是写欲望的高手，《子夜》中也不乏欲望的描写，但他重点要回答社会历史的大问题，那些欲望叙事不像在他过去的作品中那样占据重要位置。

对这类作品细加分析，人的欲望不过采取了其他的表达方式，例如政治斗争的转化形式，或者暴力的转化形式。当然，在中国现代以来的文学传统中，民族国家寓言式的叙事占据主导地位，欲望也依然是在历史中的欲望，个人欲望也必然投射出历史的意义，历史意义终究要压抑和夺取个人欲望的意义。这一点正如杰姆逊所说的第三世界的寓言形式，那就是："第三世界的本文，甚至那些看起来好像是关于个人的和利比多的本文，总以民族寓言的形式来投射一种政治：关于个人命运的故事包含着第三世界大众文化受到冲击的寓言。"而且，这种寓言亦非潜意识里的、"必须通过诠释机制来译码"的深层结构式的存在。因为第三世界的民族寓言是"有意识的与公开的"。因此，杰姆逊告诫说："所有第三世界的文化都不能被看作是人类学所称的独立的或自主的文化，相反，这些文化在许多显著的地方处于同第一世界文化帝国主义进行的生死搏斗之中——这种文化搏斗的本身反映了这些地区的经济受到资本的不同阶段或有时被委婉地称为现代化的渗透。"①

确实，中国现代以来的文学如此深重地陷入了对国家建构历史的结构中，试图逃脱它的那种叙事几乎是不能想象的。但是苏童的《罂粟之家》却有着它的独特之处，它书写了欲望，并且是在历史深重的结构中来书写，但却因此颠覆了惯常的历史结构，对给出历史非常不同的解释。也因为此，小说叙事获得了一种强大的穿透历史的力量。

当然，小说的表层写了农业文明的土地，那是关于土地的种植、得到与失去以及收获的故事。小说的开篇就描写了一堆农具：

仓房里堆放着犁耙锄头一类的农具，齐齐整整倚在土墙上，就像一排人的形状。那股铁锹味就是从它们身上散出来的。这是我家的仓房，一个幽暗的深不可测的空间……②

农具与仓房，这是土地种植的也是地主阶级的基本生产资料。确

---

① [美]弗·杰姆逊：《处于跨国资本主义时代的第三世界文学》，张京媛译，《当代电影》1989年第6期。
② 苏童：《罂粟之家》，《妻妾成群》，云南人民出版社，2002年，第56页。

实,小说中多处出现第一人称"我",这个第一人称"我"在这篇小说中是个令人疑惑的叙述视点。开篇的第一人称只能解释为那个与祖父对话的孙子,合乎逻辑的解释是,土改以后,地主刘老侠的仓房分给了"我家",小说的视点是从"仓房"这个封闭的堆积粮食的空间出发的,我是住在这个枫杨树乡的后代,现在,"这是我家的仓房",从这个人称和视角和一跳到几十年前演义的视角,显然有点突兀。那个时期人们对叙述视点在经验中被证实的可能性并不重视,另一方面又有对时空变幻的强烈爱好,故而叙述视点所处的位置和人物的身份经常并不明晰。后面的一句"你听见他的喊声震撼着1930年的刘家大宅……"这个叙述视点调整到了可以理解的小说时空中。

虽然小说开篇写到农具和仓房,并且穿插着关于土地种植和掠夺的叙事,但由此转入的则是生殖,这一生育却是不正常的病态生殖。八岁的白痴演义被关在仓房里,他嚷着要出去,女仆告诉他,他的母亲又生了一个孩子。小说的叙述呈现出地主刘老侠和长工陈茂坐在客厅里的场景,翠花花与长工陈茂偷情生下又一个儿子。这是地主家庭默许的不得不接受的事实,乡间对地主刘老侠有一种说法,说他血气极旺而乱,血乱没有好子孙。他与翠花花交合生下的演义是一个白痴,其他生下的孩子都长着鱼样的尾巴,只能扔到河里顺水漂走。翠花花与长工陈茂的交媾就像借种一样,不过是一种生殖行为。长工陈茂就像公狗一样,爬上翠花花的床以及其他妇女的床。这条公狗睡遍了村子里的女人,这也是一个生殖欲望的神话。地主阶级的欲望是充溢的,生殖却出现困境,地主阶级的宗法制度以宗孝为本。现在地主阶级的血脉面临危机,不再有传宗接代的能力。这样的颓败腐朽是根本的和致命的。

关于生殖欲望的病态和腐朽,这是苏童对地主阶级的一种常见叙述方式,在他其他的作品中,如《1934年的逃亡》,地主陈文治也同样在生殖欲望上出了问题。《妻妾成群》中的陈佐迁身边三妻四妾,还要把18岁的颂莲弄进家来。但他已经雄风不再,几个女人争风吃醋,钩心斗角。宗法制的家庭陷入困境,儿子飞浦却是同性恋,地主阶级没有坚强的传人,这是地主阶级颓败的根本象征。在《罂粟之家》里,地主刘老侠把父亲的姨太太翠花花弄到手,而翠花花原来是城里的妓女,是刘老侠的弟弟刘老信送给父亲的生日贺礼。刘老信这个浪荡子,在城里挥霍完所有的钱,带着妓女回到家乡,顺手就把女人送给父亲。这些与性有关的行为都陷入人伦道德败坏的严重状况,这种性的错乱与腐败,象征着地主阶级的真正末日。

小说的开始就是沉草的降生,白痴演义与沉草形成一个强烈的对比。沉草几乎是刘老侠传宗接代的救命稻草,但这根稻草是来自长工陈茂的野种,地主阶级气数已尽,但又回光返照,在阶级的交错中,地主阶级获得新的血脉。

欲望就在一个不合法的母亲的生殖行为中展开,这一展开就把不同阶级的人物结构在一起。地主刘老侠、刘老信、翠花花、陈茂、沉草,因为一个不合法的通奸行为,这些阶级对立结构中的人们都以血缘的方式重新交织在一起,他们注定了以某种要超出历史必然性的方式去实践自己给定的命运。

从总体上来说,这是一篇讲述欲望的小说,小说开篇就触及欲望,并且所有的人物都是以欲望为轴心建立起连接关系的。欲望既是轴心,又是红线,它使所有的人物都被编织进一张网——那是历史宿命之网。

在这里,欲望一直要僭越阶级。因为欲望的重新结构,使小说的人物结构关系发生变异,也就是那些原本属于阶级关系的结构被打乱了,人物按照欲望的关系重新建构关系。翠花花是一个底层妓女,她成为刘老侠的合法老婆,而刘老侠的正房老婆也就是刘素子的生母死于非命。小说没有细写到底是谁害死了她,但无疑与翠花花的出现有关。翠花花轻而易举就篡夺了地主婆的地位,而且至死没有改变,她最后是和刘老侠死在一起的。她虽然与陈茂通奸,但她叫陈茂"狗"。翠花花的出现导致了一系列阶级关系的错位。陈茂作为长工奇怪地与刘老侠这个家联系在一起,小说写到陈茂多次出走,但最终都会回来。他迷恋什么?雇农没有家,他把地主家当成自己的家,在这篇小说中,显然陈茂还是迷恋翠花花。甚至还有对刘老侠的那种父亲一样的感情,这正如他对沉草还带有父爱的惦念。小说并没有细写陈茂的这种感情,这是对的,小说的虚写恰恰把陈茂的那种乡村无赖的性格写出来了。因为翠花花与陈茂的通奸,沉草的地主阶级身份也在血缘上陷入疑难。翠花花和陈茂的苟合产生了沉草这个地主阶级的最后的传人,但他在血缘上已经不属于地主阶级。所有这些描写，在小说中都是一种象征的、艺术化的描写。

沉草不是一个纯粹的地主的后代，他与地主只有名义上的，而没有血缘上的关系。在沉草的形象中，苏童给出了一个血缘与养育之间的复杂关系。沉草按说也从长工和女佣的议论中得知陈茂是他的生父，从他的长相也不难判定陈茂是他的父亲。但在地主刘老侠的教育下，他还是顽强地认同刘老侠作为他的父亲。在他看来，陈茂就是一条狗，他望着在那里推磨劳动的陈茂，他总是想到那是一条狗。养育，特别是地主阶级的养育，超出了血缘关系。而农民阶级之间的血缘认同更为脆弱，没有地主阶级的那种血缘的和养育的关系来得更为牢固。这也说明，农民阶级只是想成为地主阶级，沉草成为地主阶级的后代，他不会认同陈茂。假定沉草生长于贫苦农民家庭，而有地主阶级的血缘，他或许也一样会拒绝血缘。在所有的小说叙事中，这都是一种惯常模式，养育之恩永远要高于血缘。尽管也有例外，但更经常地在小说叙事看出的，是血缘关系退居其次。

在这里，每个人几乎都陷入欲望的困境中，刘老侠不用说，他血旺且乱，生育出的后代都是畸形儿，只能丢弃于河流中漂走。沉草作为欲望的产物（而不是合法的婚姻的产物，不是合乎宗法制社会伦理的产物），他所有的悲剧都被注定了。最后他只好掏出枪打死他的生父，并且对准他的生殖器射击，说明他内心多么仇恨又无法摆脱陈茂的那根生殖器。土匪姜龙为了报私愤抢劫刘宅，本来要把沉草劫持上山当土匪，却轻易就改变了初衷，他的欲望压倒他的阶级仇恨，他把刘素子的身体作为他泄欲和泄愤的工具，阶级暴力再次让位于不可克制的欲望。在这里，与其说性欲可以替代阶级仇恨，不如说性欲本来就是叙事的轴心装置，它隐藏于人物行动最初的也是最根本的动机中，它随时可以成为最初的目的。陈茂也同样，在他当上农会主席的日子，他还是想着如何以性欲的满足来完成阶级仇恨的宣泄。他对刘家的仇恨最后倾注在对刘素子的强暴上，阶级的仇恨也许并没有那么强大，只要采取性占有的形式象征性地报复也许就可以抹去阶级冲突与矛盾，并不需要采取更剧烈的暴力，发动推翻一个阶级的社会革命，并不需要地主阶级付出阶级覆灭的代价。不管怎么说，农民阶级的行动出自直接的欲望,仇恨可以转化为性欲想象,它们无法上升为历史理性,更无法建立起一种关于社会革命的理念。陈茂的革命只是纯粹的欲望的体现,他并不知革命为何物,革命就像他的欲望需要满足一样,只是身体的暴力形式。

欲望在这篇小说中如此活跃,如此具有重新结构的功能。在这一意义上,苏童的欲望叙事重写了中国现代性的阶级斗争叙事。他把欲望作为个人的身体行为,把阶级的关系归属于其中的层次,从而把个人的欲望改变为历史中的欲望,改变为重新结构历史的欲望。个人的欲望表达因此具有阶级与历史的意识。陈茂、姜龙以及沉草对这种欲望的否定,都构成了一种历史的悲剧冲突。这样的欲望穿行过中国地主阶级最后的岁月,连接起中国现代性暴力革命的最初年代,这样的欲望既是一种历史宿命和终结,又是一种新历史(农民革命及其新政权)开启的动力。

二、现代性历史的强有力穿透:革命与暴力

苏童的小说在历史叙事这点上从来都比较虚幻,这也是先锋小说普遍的特点,因为要为语言和主观化的叙述留下回旋的空间,历史总是年代不明的模糊区域。但苏童这篇小说却抓住中国近现代历史的具有实在性意义的某种症结,对中国的近现代历史的变动与转型进行了强有力的书写,特别是写出了乡土中国的统治阶级——地主阶级最后年月的命运。历史的实在性(鸦片)与历史的宿命(性的错乱)相混合,苏童在这部作品中,以他特有的方式解释了中国现代性的历史转变的缘由。

枫杨树乡是乡土中国的一个缩影。枫杨树乡村绵延五十里,"几千年了,土地被人一遍遍垦殖着从贫瘠走向丰厚"。土地上一直演绎着饥饿、争夺与反抗的故事,乡村的故事是地主和农民的故事,归根结底是地主阶级的故事,那是在中国乡村沉积了几千年的故事。农民的故事是一成不变的,那是被压榨、贫困、掠夺的故事。而地主的故事则是历经荣辱兴衰的故事,每一个地主的故事中总是包含着农民的故事,它是有深度背景的故事,就像地主阶级的那些深宅大院。"你

总会看见地主刘老侠的黑色大宅。你总会听说黑色大宅里的衰荣历史，那是乡村的灵魂使你无法回避，这么多年了人们还在一遍遍地诉说那段历史。"①

枫杨树乡绵延五十里的土地都属于刘老侠，地主对农民的剥夺已经是史前史的故事，最后的故事是在家族内部展开，那是地主兄弟之间的最后残杀。刘老侠从弟弟刘老信手中夺过最后一片土地，那是刘老信的一亩坟茔。刘老信作为地主阶级的败类，或许罪有应得。这个浪荡子到陌生的城市，妄想踩出土地之外的发财之路，结果一事无成，染上满身的梅毒大疮。最后只好把坟地卖给哥哥刘老侠，才得以回到家乡。

地主阶级对土地怀有无限的占有欲，那是由无止境的纯粹欲望所推动的。掠夺土地的故事并无新奇之处，在中国当代文学中，那是恒久不息的故事。所有关于乡土中国的叙事，本质上都是土地的书写。但苏童这样书写土地，却是写出中国的地主阶级最后的土地故事。对于苏童来说，土地的争夺只是地主阶级不断重复上演的故事，兄弟之间的争夺只是最后的争夺，土地汇集到一个人手中时，这并不意味着大圆满，而是象征着最后的结束。

这片最后的土地上种植罂粟，这是地主阶级最后的土地景象，那已经是艳丽、华美、奢靡与腐朽相混合的景象，这里面无疑有中国现代历史的真实悲剧。

土地上种植罂粟，这是一个阶级的病态欲望与历史颓败相混合的象征。罂粟(papaver somniferum)俗称鸦片，鸦片是 opium 的音译，这个词应该是来自古希腊语的药用名称。古埃及人将罂粟花尊称为"神花"。罂粟原生于地中海东部山区及小亚细亚、埃及等地。青铜时代的人类已认识到它的药用价值，译自楔形文字的亚述医药文献就提到了罂粟。作为止痛、镇静和安眠药剂，生鸦片受到古希腊罗马医师们的高度重视。罂粟是两年生草本植物，每年初冬播种，春天开花。其花色艳丽，有红、粉红、紫、白等多种颜色，初夏罂粟花落，约半个月后果实接近完全成熟之时，用刀将罂粟果皮划破，渗出的乳白色汁

---

① 《罂粟之家》，同上书，第59页。

液经自然风干凝聚成黏稠的膏状物，颜色也从乳白色变成深棕色，这些膏状物用烟刀刮下来就是生鸦片。

鸦片对中国近现代历史造成了严重的危害，民族衰朽、"东亚病夫"、社会颓靡，这些都与鸦片不无关系。那时中国人吸食鸦片不亚于现在西方人吸毒品的状况，从人口比例和社会危害来说有过之而无不及。在苏童的这篇小说中，罂粟最主要的象征首先是欲望，它的鲜艳旺盛和病态就是地主阶级的欲望象征。

这样一个土地生殖的故事并不是乡村生生不息的生活世相，它隐含的是中国现代性历史的深重危机。苏童找了一个象征物——"罂粟"来象征着乡村中国最后的绮丽和颓废，他也竭力去写出中国地主阶级最后的困境，那是一种咒语式的书写，那是一种劫数。生殖陷入了困境，血脉乱了，地主阶级作为一种血统已经无法维持和继续。这篇小说恰恰是把欲望关系引入阶级关系中，又颠覆了阶级关系，最终用欲望的法则压倒了阶级斗争的法则。但这一切，都是在罂粟的背景下展开的，都是在罂粟的颓靡的气息中展开的，那是注定了面向死亡的欲望。罂粟就是死亡之花，就是死亡的欲望之花。它肯定死亡，又嘲笑死亡，以它的无限美丽，嘲笑对死亡的迷恋与恐惧。土地上的罂粟迎风招展，这就是绚丽的死亡现场，也是乡土中国在半殖民地半封建历史的最后岁月中的死亡现场，那就是历史的恶之花。

但是罂粟又具有历史的实在性，谁都知道中国近现代以来的历史与鸦片之间的丑恶联系，鸦片的历史无疑具有某种实在性，具有真实的历史性。但鸦片的历史确实又与欲望相联系，那是颓靡堕落与性的纵欲重合的一种事物，甚至是那种历史的双面特征。鸦片与欲望构成了苏童对历史颓败的解释，这样的历史已经无法在理性的、经济的和政治的层面上来解释，而是一种肉身化的历史，是历史的肉身的自我写照。历史本身呈现为身体的欲望，呈现为那些放纵和颓败的现场。这样的历史趋于死亡已经一览无余。

正如我们前面分析过的那样，因为欲望的结构起到决定性的作用，这使小说中的人物都具有一种内在的联系，这种联系还具有神秘的特征。这里的欲望结构与罂粟混合在一起，而罂粟是一种神秘的妖邪的植物，这里的欲望也是妖邪和有毒的元素，这些人物被欲望强行结构在一起,他们诡秘地不可分开。在苏童这篇小说中,还是有着非常真切的阶级关系的描写。对于苏童来说,这种关系既是一种社会关系,又是一种神秘的欲望关系。但是革命降临了,这样一种人物关系需要被破解,那是借助历史之力,借助外在暴力促使其内在破裂。在小说叙事中,欲望关系十分自然地压抑住阶级关系,这是历史所难以容忍的状况。历史发展到1948年,一切都要改变,有一种历史暴力降临,乡土中国的历史要被颠覆,中国乡村的生产关系、纲常伦理都要被打破重建。

但是,这样一种历史的到来却带有宿命式的意味,它不是一种新的历史的开端,而是一种旧的历史的终结,一种历史颓败的预言。苏童在描写刘老侠把白金钥匙交给沉草的传家仪式时,就像在描写一场丧事。父亲刘老侠幽灵般扑进祠堂大门,白衫的后背闪着荧光。神龛上点着八支红烛,香烟缭绕。

> 他看见爹跪在祖宗的牌位前,身体绷紧像一块石碑。这是我们祠堂,这就是我们祖先藏身的地方,他们给予土地和生命,在冥冥中统治着我们的思想。沉草抱紧自己的身体跪在爹的身旁,听见某种灾难的声音吱吱叫着往他头顶上坠落。在悸冷中沉草的手摸遍先祖之地,地上冰凉,他又摸到了爹的手,爹的手也冰凉。他看见白金钥匙在神龛上有一圈月晕似的光泽,白金钥匙发出了田野植物的各种气息。①

如果不是点着八支红烛,这就是丧葬才有的气氛了。刘沉草接过爹的钥匙,刘老侠要他起誓刘家的产业在他这一代更加兴旺发达,刘沉草起誓了,但他毫无信心,他内心空虚无比,看不到他们家庭乃至于整个地主阶级有任何前途,在他的心中排遣不开的是那种阴郁的末日感:

> 白金钥匙像天外陨星落到沉草手心。他奇怪那把钥匙这么沉重,你简直据不动它。沉草啊你的祖先在哪里?到底是谁给了我这把白金钥匙?黑暗中历史与人混沌一片,沉草依稀看见一些面呈菜色啃咬黑

---

① 《罂粟之家》,同上书,第85页。

馍的人……"我冷。"走出祠堂的时候沉草又缩起了肩膀。风快吹来了。他听见爹说,"挺起肩来。"但是我冷……①

沉草的形象让人想起哈姆莱特的"生存还是死亡"的选择,沉草别无选择,他是地主阶级的末日传人,他不接受谁接受?历史发展到这个时候,中国的地主阶级已经是风雨飘摇。那是1948年,苏童的叙事带有一定的神秘主义或宿命论的思想,沉草的预感不过表达了他的直觉,那是一种绝望式的临危受命。沉草看不到希望,看不到地主阶级的未来,没有信心没有光明,等待他的是不详的命运。那就是土改的降临,这样的降临都在预言中。这就是说,土地最后的聚集与生殖欲望的倒错,这两个宗法制社会的基石发生了严重的矛盾。大地与生殖的丰饶不再,地主阶级的覆灭指日可待。

正是在这一前提下,苏童的小说对土改这个中国近现代的重大历史主题进行了重新书写。对于苏童来说,对土改的书写显然也保持了经典革命历史叙事的惯有立场,但也有超出或非常不同于革命历史叙事之处。

就相同之处而言,这篇小说呈现出乡土中国旧有秩序必然死亡的命运。苏童对土改的书写中并未写地主阶级与农民阶级激烈的矛盾,他们之间的依附关系所建构起来的小农经济模式也没有什么特别剧烈的冲突,即使像陈茂这样的长工也可以与主妇发生性关系,这本身说明中国农村地主阶级与农民阶级所建立起的那种复杂关系,远不是简单的阶级剥削和矛盾所能概括的。但土地的高度聚集,表现出了地主阶级无法满足的欲望,刘老侠为了获得超额利润,所有的土地都种植单一的作物罂粟,这也说明中国农村的经济生产陷入了某种疯狂的境地。对于苏童来说,土地高度聚集的情况虽然只是一笔带过,但这也正是中国共产党领导和开展土地改革的历史依据。乡村的贫困、疾病、土匪和仇恨都被苏童潜在地描写到了,这就是革命必然发生的土壤。

就不同而言,苏童站在旧时代覆灭的立场上来看土改,土改的发生乃是一种宿命式的降临。土改虽然是这部作品中重要的主题,甚至

---

① 《罂粟之家》,同上书,第86页。

也是这部作品最有意义的具有真实历史穿透力的主题,但这个主题却是附属于历史颓败的神秘性之下,始终被性与生殖纠缠戏谑。最重要的在于,苏童这篇作品与前此所有的书写土改的故事不同,他是从地主阶级的覆灭去书写这种历史的到来,他不是以新时代的开始来书写,而是从旧时代的终结来写。他站在地主阶级历史绝望感的立场来看一种深重古老历史的终结。正如沉草一直具有一种宿命的预感,不管是他回到乡村,接过爹给他的白金钥匙,还是小说中始终弥漫的那种历史颓败气息,这些都预示着地主阶级的末日,土改不过是乡土中国的末世学的一种暴力形式。几千年来的以地主阶级为主导的乡村自然经济,现在要为现代的民族国家的政治理念提供它所不具有的革命必然性和合法性,而且是一种降临的宿命。小说不断暗示和强调的神秘气息,预示着暴力革命的到来也是历史末世的到来。在小说的叙事中,虽然我们可以说作为中篇小说不可能去详尽描写阶级压迫和阶级剥削,但在小说中几乎没有多少笔墨去表现直接的阶级压迫。刘老侠对陈茂几乎谈不上是阶级压迫,陈茂与翠花花通奸本身就是对阶级压迫的一种颠覆。它显然不是阶级反抗的一种方式,而是阶级错位的一种形式。因而土改的到来一直在一种宿命感中被注定,土改不过加速了本来就要灭亡的地主阶级的死亡而已。

在苏童的书写中,土改实际上寄生于欲望的错位结构中。苏童对土改的叙述弥漫着强烈的反讽情绪,它把土改的场面描写和阶级冲突重新植入欲望的结构中。农民阶级对地主阶级的仇恨远没有大到足以推翻一个阶级力量的程度。就个人来说,农民的不满也很容易被改良主义所抹平。沉草把土地租给农民,只收一半的租子,农民就给沉草下跪。农民的革命并没有多少自主性,庐方启发陈茂革命,陈茂始终搞不清楚土改的实质,对于他来说,他当上农会主席,手中有枪意味着他有权力,而这种权力被他简单地等同于性权力。他还是以他的惯性回到原来翻墙的那种生存方式,他"终于把刘素子干了",这是他的阶级报复还是他由来已久的欲望梦想?土改斗争的场面也被苏童戏谑化了。1950年春天,三千枫杨树乡人参加了地主刘老侠的斗争会,这个场面演变为又哭又闹的喜剧场面。最荒谬的在于翠花花冲进会场与陈茂撕扯在一起,这个斗争的现场被欲望的关系给嘲弄了。随后哄抢账本的场面，不过是这个荒谬现场的补充。

沉草坐在罂粟面上，大把吞吃罂粟，他已经接近疯狂，那是绝望的疯狂。1950年，土改工作组长庐方奉命镇压地主刘老侠的儿子刘沉草，庐方就在盛满罂粟的大缸里击毙了这个他昔日的同窗好友。枪击激起了罂粟猛烈散发的气味，那是经久不息的历史气息。小说的结尾最后一句话如是写道："直到如今，庐方还会在自己身上闻见罂粟的气味，怎么洗也洗不掉。"这句话意味深长，这样的气息何以会沾染在庐方身上？那是地主阶级覆灭的阴魂不散？还是这样的历史如此长远，以至于它的（最后一个地主）死亡之后也依然幽灵般附体于其他的身体上？或者，更具体些，更人性化些，庐方作为沉草的同学，亲手把他打死，那样的场面和情景令他永生难忘，甚至不寒而栗？不管怎么说，这是一种历史性的死亡，是死亡的历史化，当然也就是幽灵化。

三、父与子：阶级与血缘的错位

小说的中心人物当然是沉草，他是所有的矛盾的聚集体，他就是轴心，是起源，也是结果。正如小说的开头就是他的出生一样，小说的结尾也是他的死亡。这是他的完整一生的故事。他建立起一张关系图谱，那是变异、倒错、嫁接和暴力完成的拼贴图谱：

1. 他是刘老侠和翠花花的儿子，刘老侠不是他的血缘生父，却是他在宗族伦理合法性意义上的父亲。
2. 他是陈茂偷情的产物，他把陈茂与刘家以错位的方式紧密联系在一起。他亲手枪杀了血缘上的生父陈茂。
3. 他杀死了痴呆儿兄长演义，他身上也被打上暴力的印记，而且是杀死了自己的亲兄弟。这场杀戮改变传统兄弟争斗的酷烈形式，只是演变为一场失手的游戏。
4. 他与土匪姜龙是儿时伙伴，表征了阶级压迫、阶级仇恨的一种形式，他引入了阶级对立。
5. 他与土改工作组长庐方是同窗好友，在这里，阶级斗争颠覆了一切传统关系，甚至包括同学与友情。

沉草的身上汇集了这么多的关系，一个人物具有如此强大的连接功能，足见苏童的构思自然随意中也独具匠心。在这篇小说中，沉草这个人物写得很自然，他所起的连接作用没有给人以任何勉强的感觉，这就显示出苏童把握小说叙事的能力。在所有人物关系中，沉草与陈茂的关系最为内在。这是一种致命的关系，对于双方来说，都是绝望的关系。陈茂使沉草的地主阶级后裔身份变得不纯粹，他把地主阶级的名分与农村的流氓无产者联系起来。沉草一生都生活在陈茂的阴影中，那是一种弑父的焦虑所折射的阴影。沉草听见那人（陈茂）的声音就浑身奇痒，刘老侠从小就教育沉草把陈茂看成一条狗。他让沉草骑到陈茂的背上，让陈茂爬行，让他装狗叫。奇怪的是陈茂离开刘家大宅还是要回来。沉草看见拉驴的陈茂就像看到一条黑狗的虚影，"太阳升起来了，石磨微微发红，他发现陈茂困顿的表情也仿佛太阳地里的狗"①。

确实，沉草在小说中起到贯穿全文的作用，因为通奸的行为，我们看到新一代的地主阶级在中国最后的历史视野中无法抹去阶级的和血缘的双重耻辱——他的宿命。在这样一种笔墨中，苏童揭示得非常深刻：这个人承受着历史和身体的双重压迫，而这两方面对于他来说都是耻辱。作为新生的地主阶级的代表，他受过良好的现代启蒙教育，在学校他会打网球，温文尔雅，已经不再是乡村土豪劣绅的形象，而是一个现代中国历史转型中的新型地主。沉草18岁回到乡村，他厌恶罂粟，在收割罂粟的时候，他在记日记，关着门，他爹一直敲他的门，喊："沉草沉草你出来。"但他还在写他的日记。在那样一个瞬间，他才理解了罂粟与他们家的关系，理解了地主刘老侠种植罂粟养活了贫困的枫杨树乡的农民。他也做了一系列的改革，把土地以较低的租子租给农民（秋后只要一半收成），解除贫雇农与地主的人身依附关系，给他们以更大的自由。这些改良可以说是挽救地主阶级命运的有效措施。但刘沉草并不是积极主动，怀着希望去做这样的改良的，而是被动和被迫的，几乎是怀着绝望去做这些事。四面八方的农民都听说刘家新的政策，许多农民从刘沉草手上租到10亩地。有人跪在刘沉草

---

① 《罂粟之家》，同上书，第79页。

面前说:"少爷这是真的吗?"刘沉草喊起来,别给我跪下,他说:"我恨死你们这些人了,就像恨我自己一样。"①

这样一个人被卷入了中国地主阶级最后的历史,要承担起拯救历史颓败的责任,刘老侠把那串白金钥匙交给他,要他进一步去打开地主阶级的财富之门,拯救地主阶级的命运。但这个历史对于他是一个严重错位的历史。这样一个资本主义启蒙文化所产生出来的中国"现代性的新人",却又再次被嫁接到地主阶级最后的历史中,他被卷入这样一个绝望的历史中,他无法完成任何可能的事情,他和这个历史注定是悲剧性的。事实上,在那样一个年代,像沉草这样的年轻一代地主阶级知识分子是非常多的,本来他们是中国社会自我更新的力量。但是这种力量在那样一个历史的场景里出现,显得那么脆弱且微不足道,错位、被踩躏、被历史随便拖着走。苏童的这一潜在的隐喻式的描写对历史的穿透和揭示非常深刻,这是最绝望的历史宿命论。最后的地主阶级是怎么产生出来的?这真是一个绝境中的命题。在梨树下,陈茂挚着沉草的脸,叫他"狼崽子,小杂种"。这是不经意的命名,却道出了强大的历史困境。这一代的地主阶级注定了要被农民阶级推翻,包括他们的身体、血液、财产、土地乃至于女人。最后沉草凝聚着强烈的怨恨,开枪把陈茂打死了,一枪打中陈茂的眼睛,另一枪打在陈茂的裤裆上。眼珠子被他打下来了,但是生殖器却依然挺立在他身上。"打不下来。"沉草咕哝着,他觉得这很奇怪。小说写道:

在这个过程中沉草的嗅觉始终警醒,他闻见原野上永恒飘浮的罂粟气味倏而浓郁倏而消失殆尽了。沉草吐出一口浊气,心里有一种蓝天般透明的感觉。他看见陈茂的身体也像一棵老罂粟一样倾倒在地。他想我现在终于把那股霉烂的气味吐出来了,现在我也像姐姐一样轻松自如了。②

---

① 《罂粟之家》,同上书,第87页。
② 《罂粟之家》,同上书,第113页。

但这是一个绝望的行为,这个行为是无济于事的,而且也是他本身对历史的刻意改写。小说的叙事一直在两个层面展开,一个层面是沉草的心理感觉,那是先天性的预感、宿命式的通灵论。他知道他的命运与陈茂联系在一起,那是一种在血液里和在命运里隐藏的东西,沉草一直为它所困扰,他以为只要清除了它,他的历史就可以重新书写,他就拥有全新的历史开端。然而,小说还有另一个层面,那就是更为现实的层面,那是沉草及其地主阶级所不能理解的现实历史,沉草的那种预感只是对历史颓败的宿命论的预感,他无法形成对即将到来的革命现实的预感。这样的历史既早已植根于他的身体中,又远远超出他可把握的范围,那就是他们被注定的历史厄运。沉草作为最后的地主,他经历了现代性的启蒙教育,但也无力改变地主阶级的命运。就是说,地主阶级已经没有任何办法可以重现生机,因为等待他们是更为酷烈的毁灭性的暴力革命。同时也表达了沉草接受的新式教育与地主阶级的生产方式的矛盾。所有这一切,都是苏童以一种下意识的艺术的方式表达出来的。他让我们去思考那样一种历史,那样的存在,那样一个人的命运,那样一个人在历史中的可选择与无法选择的绝境。

陈茂作为一个乡村的流氓无产者,在苏童的这篇小说中第一次得到最充分的表现。这类形象其实构成了中国农村暴力革命的骨干,中国过去讲述土改的文学无疑都遮蔽了乡村中的这一典型形象。他们经受着苦难,蒙受着生活的屈辱,但却对地主阶级有严重的依附关系。他们一无所有,懒惰、偷窃、搞女人、得过且过,在过去的土改文学中,在所有的左翼文学传统中,这些流氓无产者都被塑造成苦大仇深的革命者,他们身上的弱点和谬误全部被遮盖,仿佛只有来自阶级压迫的创伤。现在,苏童还原了他们活生生的形象,并且写出了他们身上的独特品性和味道。苏童并非想要颠覆左翼文学传统,或者改变现实主义经典叙事,他还是借用了左翼的阶级叙事框架,只是对欲望特别关注,他把欲望的楔子打入阶级与历史的结构中,想不到却生发出了这样的变异。

陈茂当然不是一个单纯的乡村无赖,是所谓的乡村采花大盗。他身上具有一些奇异之处,他的裤腰带上吊着的铜唢呐以及裤腰下方的那根长家伙,这两样东西显然是迷倒乡村妇女的致命武器,要不他何以有本事翻遍乡村妇女的窗户?连翠花花这样的地主太太他也能得手,翠花花原来底层妓女的身份,使他们在本质上具有同样的阶级属性,他们的通奸有阶级基础。陈茂虽然被当成公狗,但他还是有过人之处。陈茂痛快或不痛快就吹唢呐,唢呐声在罂粟地里回荡,那肯定是枫杨树乡的一种独特韵味。陈茂兼具乡村流氓无赖和乡村自由主义以及虚无主义的多重特色,以至于他屡屡离开刘家又可以厚着脸皮回来。他靠在门边说"东家,我回来了",如此轻易地化解了他的屈辱,这就是无赖、自由和虚无的混合体了。陈茂当然也有心理活动,"陈茂想起他的所有日子叠起来就是饲料堆,一些丢在女人们的身上,一些丢在刘家的大田里了,这也是生活,他必须照此活下去"①。在革命发动以前,陈茂很容易平息自己的愤怒,革命发动以后,他的态度就复杂暧昧得多。苏童在这一点上的描写并不明确,也含糊其词。我们看不出陈茂到底是真恨地主刘老侠,还是依然模糊不清。他对庐方说,他只知道他恨地主一家,"要么我是狗,要么他们是狗,就这样,我跟他们一家就这么回事"。苏童一直采取感性描写意味很强的句式,以至于他对修辞效果的感性追求,远远超过对人物心理态度的准确揭示。即使陈茂已经当上了农会主任,他闯进刘家,看到刘素子,欲望又从身体里发出,革命被放到了一边。他说:你们家劫数到了,谁也救不了你们,我就是你们家的菩萨。这是什么意思?他还怀着对刘素子的欲望,"我跟这家人到底是怎么回事?"他想不透,想不透就只有吹唢呐了。陈茂最终还是"把刘素子干了",对于他来说,"把地主家的女人干了",就是他表达革命的一种方式。然而,这种方式并不需要以革命名义,不过是以革命为借口。

  陈茂与刘家的关系就是一种性关系,性关系压倒了阶级关系,在阶级冲突的时刻,性总是如期而至,使阶级关系并变得暧昧不明。但陈茂深陷性关系中,他为这种关系所支配,他为之蒙受屈辱,他无法摆脱。只有在吹唢呐的那一时刻,他才能摆脱。而这样的摆脱没有任何实际力量。革命到来了,是他了断这种关系的时刻,他拿着枪到了

---

  ① 《罂粟之家》,同上书,第77页。

刘家，但又一次陷入了对刘素子的欲望中。很显然，直接触动沉草杀死陈茂的动机，是来自刘素子的期望："你如果是刘家的男人就去杀了陈茂。"这对沉草是一种抉择，他的抉择与其说是出自眼下的阶级对立，不如说是他深藏于内心的对血缘的恐惧，"你如果是刘家的男人"，无疑隐含着他在出身上对刘家的认同，对真实的血缘关系的决断。他举起枪时，陈茂要争辩的并不是别的什么"我们没有深仇大恨"，而是"我是你亲爹，儿子怎么能杀爹？"沉草的回答是"我不相信"。他不能相信，他要了结的正是这样的暧昧的血缘关系。

这篇小说因为隐藏着这样的一个暧昧的父子关系，特别是隐藏着最终的杀父情节，因而具有了内在的颠覆性力量。这个土改的故事，最终的惊人之处在于"弑父"的情节。革命是一种弑父，反革命也是一种弑父。

当然，对于小说叙事来说，弑父只是一种情节，重要的是这样的情节，与革命暴力相结合，从而写出人的存在的那种绝望境地。作为一个必然的、不得不如此行动的人，沉草注定了身处绝境之中。小说一直把沉草写成一种病态的人，处于病态般的梦游状态。而他的病态来自绝望，绝望来自他作为地主阶级的最后一个传人，他面临着弑兄、弑父的隐秘愿望和恐惧，同时面临暴力革命到来对他的家庭的摧毁。沉草身处最后的绝望境地，姐姐刘素子自缢而死（直接原因是被陈茂强奸怀孕），刘老侠说："好闺女，男人都不如你。"这对于刘沉草是个严峻的考验。沉草抬臂打了下垂在面前的那根姐姐刘素子上吊的绳子，接着朝外走去，他要去杀陈茂。他始终身处绝望之中，沉草的胸口堵着发霉的罂粟味。绝望是什么？克尔凯郭尔说：绝望是在自身同自身相关的综合关系中的错误关系。绝望就存在于人自身之中，就来自自身与自身发生关系的综合所处的关系中[①]。沉草受过现代启蒙教育，只有他知道，他身处怎样的错误关系中。在克尔凯郭尔看来，绝望是一种致死的疾病。对自身绝望，在绝望中想摆脱自身——这是所有绝望的公式。克尔凯郭尔说，绝望

---

① ［丹麦］克尔凯郭尔：《致死的疾病》，张祥龙、王建军译，中国工人出版社，1997年，第13页。

的另一种形式,即在绝望中要是自身或要成为自身,这正如在绝望中不愿意是或成为自身一样。这就是刘沉草的命运,他要成为怎么样的自身都不可能,其一是被父辈的血脉所决定,其二是被到来的革命暴力所决定。他要摆脱自己,摆脱掉他所是的自我,以便成为他本人渴望成为的自我。克尔凯郭尔令人绝望地写道:

因此,正是这绝望,也就是在自我中的疾病,乃是致死的疾病。绝望的人患着濒死的病。在与任何能被适当地说是疾病状态完全不同的意义上,我们可以说这疾病袭击[人的]最好的那一部分,但这人却不能死。死亡不是这疾病的最终阶段,而是一个不断延续着的最终者。靠死亡从这疾病中解脱获救是不可能的,因为这疾病和它的折磨(及死亡)恰恰在于不能死去。

这就是在绝望中的形势。不管绝望中的人怎样尽力逃避它,不管这绝望者怎样成功地彻底抛弃了他自身(就如不意识到存在于绝望中的绝望那样),以一种完全没有被察觉的方式抛弃了他自身;尽管如此,永恒却要表明,他所处的形势是绝望,并且这永恒将他和他自身紧钉在一起,以使他仍然处于不能摆脱他的自我的折磨中。这表明,他认为自己成功地摆脱了他的自我只是一种想象罢了。这是永恒必须做的,因为去拥有一个自我,去是或去成为一个自我,乃是给予人的最大的承认,但这也同时是永恒对他的要求。①

沉草杀了陈茂,在他打死陈茂的那一时刻,他体验到自己生命的强大,他扬眉吐气了。他以为他从他的历史中摆脱出来了,同时他也知道他必然面对死亡,这样他就能吐出胸中的罂粟气味,那发霉的历史颓败之气。但这样的决断对他无济于事。他是真正地身处绝境中,他的死被苏童写得何等卑微,他被关押在刘家仓房里,并且在盛满罂粟粉末的大缸里沉睡。在那里,他的同班同学庐方代表新阶级把他击毙。

沉草几乎是梦幻般地说:"我就要重新出世了。"他多么渴望重

---

① 《致死的疾病》,第17—18页。

活一次。现在，我们终于可以读懂小说开头叙述的"这是我家的仓房"，那是刘沉草被击毙之前看到的情景呢？还是重新出世时看到的景象？可惜，即使刘沉草重新出世，他的叙述也是一个轮回，小说是从"这是我家的仓房"开始叙述的，这是一个轮回，历史又重新开始，还是那样的历史。历史在永劫回归中不会死去，历史只会颓败，不会死亡。这就是历史的可怕之处。罂粟之气迎面扑来，沾满了庐方的身体，这幽灵之气附体于庐方这样的新生的革命者身上，历史将会以另一种景象在他身上重演。

四、颓废美学与历史的风格化隐喻

《罂粟之家》无疑是一篇风格性很强的小说，其叙述的语式与语言的韵味显示出鲜明强烈的形式主义特征。在很大程度上，它代表了20世纪80年代后期中国先锋派小说的艺术特色，也标志着汉语小说在20世纪80年代后期所达到的艺术高度。

这篇小说的叙述具有很强的主观性，叙述人始终在场，叙述总是流荡着一种情结和态度。也就是说，叙述人不再是专注于建构冷静客观的事实世界，而是要写出一个主观性感受强烈的世界，一个丰富唯美的感性世界。我们可以从中读出叙述人的那种颓废的情绪。

叙述人那么专注于对历史颓败感的刻画，某种意义上，历史颓败的情境描写构成了小说极为重要的内在情调，它们给出了小说的意蕴，推动着故事和人物的心理发展的动向。这里面的人物都处于颓败之中，刘老侠、刘老信、沉草，甚至刘素子，以及刘素子那个用300亩水田换她每年回家三天的婚姻的驼背男人。这里面的人的生活都向着颓败的方向迈进，他们的生活就是进入颓败的历史，就是构成颓败的历史的一部分，就是使颓败的历史得以完成它的宿命。历史颓败感的生成得自于叙述人的颓废情绪，那是一种偏爱失败和失意的情绪，并且沉浸于其中，体验其中的韵味。叙述人深入其中，与那种情调和情境带有相同的感染力，似乎人物的命运也是叙述人的命运。

事实上，在小说中，叙述人经常就是人物自身，如沉草就经常充当叙述人，他能体验到一种家族失败的感受，也能预感到抗争之无力。

那就是一种"无可奈何花落去"的伤感,只是这样的无奈太过严峻,那是生与死的无奈,是一个家族的破败,一种历史的破败,一个阶级的覆灭。那背后是千千万万个最后的地主的破败。这种颓废感就在于无力抗争,再也不可忤逆命运,也意识到了不可忤逆命运。沉草个人的性格悲剧与阶级的命运,都陷入了历史的宿命之中,刘老侠、刘老信、刘素子、陈茂、姜龙,这些人都逃不脱历史的命运,都消失于历史的虚无之中。只有那个翠花花,她始终没有内心的焦虑和绝望,她似乎游离于这样的历史之外,她是苏童作品所有女性形象中最不成功,也最概念化的一个,然而她的游离于这篇小说氛围的形式,似乎也预示着历史的另一种可能性。她仿佛是文本打开的一个裂口,她从这种历史中出走。

相对于《妻妾成群》来说,《罂粟之家》的颓废更具有历史苍凉感。陈佐迁的颓废带有相当浓厚的把玩女性的意味,那是一种在古旧的历史氛围中自我放纵的颓废,同时也带有一种唯美主义的特色。陈佐迁坐在西餐社里,看着18岁的颂莲撑着洋纸伞远远走过来,果然是他想象的漂亮洁净的样子。一个50岁的男人娶了18岁的女学生做小妾,并且带着这样对美的想象,这既是一种美好,又是一种病态,文明的病态与个人对美好的向往混淆在一起,就有了陈佐迁的心绪。围绕着陈佐迁展开的"妻妾成群"的故事,那里面无疑包含着纵欲与颓唐事件。《妻妾成群》当然也可以看成是苏童对中国传统历史发展到现代转型时期的一种解释,那也是一种颓败的历史命运,这种命运通过一个家庭的性爱经验表现出来。同样是神秘的性欲构成了对历史颓败的一种咒语。《罂粟之家》的颓废感更加历史化,那是个人无法与新的历史转折相连接,只能随同旧的历史一起死去的一种生存态度。沉草既没有陈佐迁那种向往和品味年轻女性魅力的心情和趣味,也没有飞浦那种明朗俊逸以及另一种个人绝望。沉草的失败感是一种历史化的失败感,他从兄弟演义那里第一次体验到暴力和死亡,而且是由他发出的行动导致的后果。他从姜龙那里感受到乡村中弥漫的阶级仇恨,从陈茂那里感受到挥之不去的血缘里的阴影。而从庐方那里,他又体验到自己无法参与革命,只能被革命的没落命运。沉草骨子里就是一个颓废的人,他再也不能积极向上,就连把土地分给农民时,他都毫无乡村改革家的气概,而完全只是无可奈何的一种被迫抉择。

颓废是先锋派惯有的一种情绪,也是一种美学态度。我们可以在自波德莱尔以来的现代主义和先锋派那里看到这种情绪和态度。然而,颓废这个词可能要古老得多,"颓废"的英语词汇"decadence",法语词是"décadence",皆来源于拉丁语名词"decadentia"。可见这个词语相当古老。卡林内斯库认为,也许它就像人本身一样古老。他说:"几乎所有的古代民族都熟悉这种或那种形式的颓废神话。时间的破坏性和没落的宿命属于所有神话——宗教传统都拥有的重要主题。"从印度的"卡莉时代"到犹太先知所散布的关于腐败和罪恶的恐怖说法,从古希腊罗马人对"黑铁时代"的幻灭信仰,到《启示录》所宣称的基督徒在一个即将由绝对恶统治(反基督统治)的邪恶世界中生活的感觉,以及中国古代文人的那种放纵和虚无的宿命论和抵达的人生境界,都表达了对一种颓废命运的认识。这种情绪里面混合了警戒、恐惧、向往、绝望和沉迷。颓废是如此复杂的一种情绪,它就是逃离和迷醉的双重悖论。在卡林内斯库看来,在柏拉图的理念论中,都包含颓废的观念。柏拉图区分了所有事物原型的、完美的、不变的和真实的范本,以及它们在由知觉对象构成的可感知世界,这样的世界受到时间和变化的腐蚀而隐含着纯粹的"阴影",这样的二者关系陷入时间不可克服的消失的绝望中,显然也包含了一种形而上学的颓废概念。[①]这也就是说,所有包含着对时间与历史之失去的绝对性感受中都带有颓废意识。

颓废是一种古老的情绪和态度,在基督教的观念中,颓废就是一种排遣不去的自我意识。因为对原罪的意识,在颓废意识中陷得越深,离最后的审判就越近。由此也可看出,宗教的那种末世感与期待来世幸福的观念中,就流荡着颓废的深刻意识。这也可以看出,革命与颓废的关系。革命既是对颓废的深刻意识,也是对其进行暴力的终结,革命是颓废的极限表达。所有关于革命的行径总是伴随着血腥的暴力和及时行乐的纵欲狂欢,这就是颓废最富有魅力的盛大仪式了。

一方面是现代性和进步的概念,另一方面是颓废的概念,这两个

[①] [美]卡林内斯库:《现代性的五副面孔》,顾爱彬、李瑞华译,商务印书馆,2002年,第161—162页。

如此相悖的观念,在实际的历史发展中却有一种复杂的辩证关系。事实上,颓废在很多方面表现出一种悖论特征。卡林内斯库指出:对过分高深、极度精细的颓废作品的狂热,与对"原始"创造力的天真、笨拙、不成熟表现形式的狂热,这两者之间的密切关系自19世纪后期开始已为现代文学艺术的发展一再被证明[1]。颓废与现代性在更深层的意义上达成了一种悖论。也正因为此,现代主义才在艺术上充分地发展了这一主题,现代主义的激进先锋们给这一主题注入更加强劲的现代内容。波德莱尔在很多方面都是现代主义的那些重大主题和美学风格的创建者,波德莱尔本人虽然并不十分熟悉"颓废"这种现代主义新的理论,但只要看看《恶之花》就可以理解,"颓废"主题在波德莱尔这里显示出全部感性的力量。波德莱尔把经历现代生活看成是一种英雄主义的意志,在他看来,现代生活无比艰难,其本质就是悲剧性的,因而需要英雄主义的勇气才能进入现代。现代人只能把握住现在的某些瞬间,因而去崇拜瞬间,这本身就是一种颓废的态度。1868年,在波德莱尔去世后一年,泰奥菲勒·戈蒂埃为波德莱尔的《恶之花》写了再版序言,可见戈蒂埃对波德莱尔的推崇。这个主张"为艺术而艺术"的激进先锋派,也是"颓废"风格最热心的关注者。戈蒂埃从"颓废"风格的角度对波德莱尔做出过最著名的阐释。他在1881年写下的《文学肖像与记忆》中写道:"被不恰当地称这颓废的风格无非是艺术达到了极端成熟的地步,这种成熟乃老迈文明西斜的太阳所致:一种精细复杂的风格,充满着细微变化和研究探索,不断将言语的边界向后推,借用所有的技术词汇,从所有的色盘中着色并在所有的键盘上获取音符,奋力呈现思想中不可表现、形式轮廓中模糊而难以把捉的东西,凝神谛听以传译出神经官能症的幽微密语,腐朽激情的临终表白,以及正在走向疯狂的强迫症的幻觉。"[2] 强调感性和感官色彩、艺术的精细、疯狂的幻觉等等,这些都是颓废的特征。然而,这是历史在老迈阶段被太阳照亮,这真是颓废最有诗意且最惊

---

[1] 《现代性的五副面孔》,第166页。
[2] 参见英文版G. L. 范·罗斯布吕克编:《颓废派传奇》,哥伦比亚大学出版社,1927年,第889页。

人的感性表达。

随着魏尔伦的出现,"颓废"成为现代主义先锋派的最重要的美学观念。1883年,魏尔伦在《黑猫》杂志上发表他后来极负盛名的诗《衰竭》,这是一首歌颂颓废主义的诗:"我是颓废终结时的帝国／看着巨大的白色野蛮人走过／一边编写着懒洋洋的藏头诗／以太阳的疲惫正在跳舞之时的风格……"1886年安纳托尔·马茹在巴黎创办《颓废者》杂志,推动现代主义掀起一场颓废主义运动。

尼采无疑是颓废主义最突出的人物,酒神狄俄尼索斯的放纵和迷醉,显然就是颓废的极致状态。尼采在《悲剧的诞生》中说过,应当认识到存在的一切必须准备着异常痛苦的衰亡,世界意志如此过分多产,斗争、痛苦、现象的毁灭就是不可避免的。只是在酒神的狂喜中我们才能体会生存的幸运。尼采在后来接近疯狂时已经把"颓废"列为他哲学研究的核心主题。他在《论瓦格纳》(1888)中写道:"没有什么比颓废问题更深切地引起了我的关注——我自有理由。'善和恶'仅是该问题的一个变种。一旦你获得了发现颓废症状的敏锐眼光,你也就理解了道德——理解了在它要为神圣的名义和价值准则之下暗藏着什么;贫困的生活,终结的意志,高度的倦怠。道德否定生活。"①对于尼采来说,颓废的本质就在于道德生活的败坏,颓废就是在道德生活中的自我欺骗,而艺术也正是这种自我欺骗的同谋。尼采对颓废的态度很难用肯定和否定来界定,他把颓废作为浪漫主义的特征而视为病态加以拒绝,但他的酒神狄俄尼索斯精神里面不能说没有颓废的那种美学特质。卡林内斯库告诫说:"只有考虑到尼采对叔本华和瓦格纳的批评的细节,同时考虑到他对歌德所象征的精神的崇敬,他的颓废理论才能显露出它的全部哲学和美学意义。"②

在这里并不是想去辨析尼采的颓废思想,也不是去描述一个现代主义的颓废美学的历程,只是试图简要地表明,颓废乃是人类由来已久的一种历史意识和美学态度,特别是在现代主义阶段构成了一种核

---

① [德]尼采:《〈悲剧的诞生〉和〈论瓦格纳〉》,另中文参见《现代性的五幅面孔》,第192页。

② 《现代性的五副面孔》,第204页。

心的美学范畴。中国传统和中国现代都可以看到"颓废"的美学风格和趣味贯穿于其中，因篇幅关系，这里不加赘述。在社会主义的文艺理论观念中，"颓废"显然是资产阶级的没落意识形态，属于一种要丢弃和批判的思想观念。确实，在中国半个多世纪的当代文学史中，颓废这种思想情结或美学风格没有任何生长的土壤，现实主义文学从总体来说也难以与颓废结缘（虽然某些作品，如贾平凹的《废都》无疑具有颓废意识，且《废都》在《罂粟之家》之后）。确实，我们需要对颓废给予美学理论意义上的关注。20世纪80年代后期，苏童的美学风格沟通了一种断裂的历史，那就是与中断了的中国传统的美学趣味联系起来，同时也与西方现代主义最初的美学源头相呼应，这种"复古的共同记忆"，以如此强烈的主观叙述意识表现那种美学经验，其意义当然值得探讨。在中国当代小说中，苏童的《罂粟之家》如此强烈地领悟到历史终结的意识，表达那种历史重新到来的绝望感，可谓具有独特的美学价值。

确实，如果从美学上来看，在苏童的叙述中，这种颓废感并不阴郁，总是有一种明亮的色调和纯净的感觉流荡于其中。这样的美学效果得益于苏童小说创造了一个异常丰富的感性世界：其一，苏童小说特有的描写性组织。小说不断描写自然景象，花朵、田野、河流、天空、云彩，自然的气息始终给人一种美妙的感受。特别是苏童不时地描写阳光，也给人以明媚的感觉的。其二，色彩的描写。苏童的小说可谓色彩感极强，这篇小说的题名《罂粟之家》就把一种植物的色彩提示出来，小说中也不断地写到色彩鲜艳绚丽的自然植物和对自然的感受。其三，声音的表现。陈茂作为一个乡间无赖，却在腰间挂着铜唢呐，在他苦恼和快乐时他都吹唢呐。唢呐声虽然并没有明确的音调，但在苏童描写中，唢呐声总是在田野的上空飘荡，让人在阅读中体验到一片悠扬的声音。声音开启了一种空间感，带来了一种明亮感和纯净感。

因此，那种具有抒情意味的小说叙述，是苏童小说的显著特色，也是20世纪80年代后期中国先锋小说普遍的特征。在这点上，格非与苏童有异曲同工之妙，如格非的成名作《迷舟》就最典型，《风琴》的抒情意味也很浓郁。但苏童的抒情尤其强烈，《1934年的逃亡》就是非常激越的抒情，几乎是靠抒情在带动小说叙事。苏童随后的小说

《妻妾成群》《飞越我的枫杨树故乡》等，抒情性都很强。苏童小说中的抒情，一半来自他对描写的强调，另一半来自诗意化的风格。苏童早期的小说非常注重诗意，那是流荡于叙述语言中的诗意，也是他对人物的心理性格刻画中显露出的一种情调。苏童在描写沉草这样为历史的颓败所击中的人物时，人物的绝望感也与作者的诗意体验相融合。确实，主观性强的叙事，必然少不了对内心感受的强调，这需要修辞性的语言来完成那些细微的感性变化和转折，诗意是掩饰理性或逻辑缺失的有效方式。这就是说，苏童早期的小说一直在追求一种唯美的趣味，而唯美的经验有时超过对历史实际的表现。苏童宁可把那种对历史的表达转化为一种具有美学品格的意味，让它变得抽象和具有形式感，让历史以一种风格的形式隐喻自身。

在某种意义上，苏童的《罂粟之家》在1988年发表，显得像是某种历史预言，它对历史以某种方式终结的预感，对新的未来即将重新开始的恐惧，那种对变异的历史革命的虚无，这些都如同预言一样投射在到来的历史中。历史到底是革命性的开启，还是一如既往的颓败，这篇小说试图留下这样的谜团，就像死去的沉草激起了罂粟的气息缠绕在革命者庐方的身上一样，既像是质询、嘲弄，又像是咒语。

第五章 "寻根"与知青记忆

——《棋王》表征的创伤心灵史

1985年的春天,阿城风尘仆仆来到上海,怀着急切的心情召集王安忆几位朋友小聚。多年后,王安忆回忆道:"这天晚上,我们聚集到这里,每人带一个菜,组合成一顿杂七杂八的晚宴。因没有餐桌和足够的椅子,便各人分散各处,自找地方安身。阿城则正襟危坐于床沿,无疑是晚宴的中心。他很郑重地向我们宣告,目下正酝酿着一场全国性的文学革命,那就是'寻根'。"① 阿城对"寻根"如此热心,当不难理解。1984年底,在杭州西子湖畔举行了一批青年批评家和作家的对话,主题就是"文化寻根"。而在此之前,阿城的《棋王》在上海发表,轰动一时。在写《棋王》之前,阿城这个名人之后并不如意②。20世纪70年代末,阿城就从云南边陲回到北京,但因家庭政治问题错过高考机会,他在社会上很艰难地寻找自己的位置。苦于没有文凭,他辗转于几个杂志社的编辑部,但都是干些杂活,"以工代干"自然难以在文艺圈子里有长久立足之地。通过范曾,他结识了袁运生。那时袁运生在首都机场画壁画,正是颇受社会瞩目的艺术举动,阿城能充当助手干些粗活,已经是他最风光的时刻了。据说袁运生很看重他,认为阿城悟性颇高。袁运生还和范曾一起联名推荐他报考中央美院,但未能被录取。他后来依然试图进入一些编辑部和机构,都未能

---

① 王安忆:《"寻根"二十年忆》,《上海文学》2006年第8期。
② 钟阿城之父是著名电影理论家钟惦棐先生。

如愿。搞过一些画展，也并不十分成功。甚至和朋友办公司也以落败告终。后来结识李陀转向文学，他才开始上路。那时他经常在李陀家吃涮羊肉，以凶狠狠狠的吃相与精彩动人的讲述语惊四座，李陀总是鼓动他把讲述的故事写下来。1984年，阿城时来运转发表《棋王》；1985年，阿城要抓住机遇，在当代中国文学史上最重要的一次事件"寻根"中，找到自己的历史位置。后来事实证明，阿城的敏感是对的，"寻根"成就了并不充分的他；正如他给并不充足的"寻根"提供一份证言一样。

《棋王》作为"寻根文学"的代表作，一直是与"寻根文学"互相诠释。《棋王》的意义依赖"寻根"的历史语境，而"寻根"的意义也通过《棋王》之类的作品得以建构。"寻根"既放大了《棋王》的文化意义，也遮蔽了《棋王》更为原本的内涵。《棋王》如何被定位为"寻根"，它包含的大量的文化蕴意来自文本中哪些标志，这一直是令我疑虑的地方。当然，这里无法去探讨关于《棋王》如何被指认为"寻根"代表作的那样一个知识谱系——那肯定是另一篇有意思的文章的目标。在这里，我更想去分析《棋王》文本，看看它实际更有可能的意义何在。它书写的是朴实的知青记忆，一方面是吃的记忆，即饥饿的记忆；另一方面是关于家庭出身的心灵创伤。前者是知青小说一直在书写的回忆录，后者足以看出是"伤痕文学"的延续和深化。其中反映出的生活态度与"文化"南辕北辙，它更有可能反感于文化（那些精神活动、思想谱系，乃至于思想斗争），它要寻求的是平等公正的人道尊严，朴素的唯物论的生活态度，朴实本真的生活之道。

当然，历史即在文本中，文本也在历史中重建意义[①]。到底是一些作家或作品文本酿就了时代的潮流，还是时代潮流重新建构甚至定义了文本，二者相互作用，互为动因。在我看来，还是时代潮流的力量要强大得多，"寻根文学"及《棋王》就是最突出的事例。那些"寻

---

① 文本并不只是单纯在其自足性的意义上呈现其美学品质，文本总是在特定的历史语境中被重新建构，就这一点而言，布鲁姆关于"创新"的定义——陌生化，很可能无法决定一部作品的文学性品格。

根"的代表作品大都是后来指认的结果,按说,这更能说明是先有一大批作品而后才有潮流,这样的潮流难道不是更有真实性吗?事实上,潮流总是概念化的和整体化的,而作品是另一种个性化的存在,如何被指认为一种同一性的潮流?这无论如何都是难以协调的文学行动。但事件、潮流构成的整体性和概念化,都是历史(也是文学史)所必需的,没有事件、潮流,我们就没有历史,历史就没有力量,就没有宏大性和普遍性。我们都生长在一种文化中,生长于特定的历史语境中,所有个别行动都会表达出整体性和普遍性,这就是历史意识可以疯狂生长的缘由。《棋王》所代表的"寻根文学",既是对现代意识的追踪,又是对它的躲避。它的超越性和保守性有效地建构起"寻根"的内在矛盾和复杂的神话意义。

本章并不是去怀疑或否认《棋王》的艺术价值或美学意义,恰恰相反,即使离开了"寻根",它依然具有自身作为文本的那种意义和价值。因此,我们依然要找到文本顽强地自我存在的那种品格和力量,尤其是它对知青一代人的记忆和心灵的真实深刻的捕捉,没有这种素质,文本就没有自己真正介入历史的能力。另一方面,我们也不相信有一种文本自主性的思想,文本总是在历史语境中被解释,文学性并不是牢固而确定地存在于文本内的,它与字词有关,但并不是字词使一部文学作品具有全部的文学性价值。文本总是以它的方式激发历史建构的想象,这种想象反过来形成了文本的审美光环。在这里,我们不仅注重读解《棋王》作为个别独立文本所具有的文学性特征,也同时去看待文学性如何与时代潮流形成一种互动关系,如何被历史语境建构的那种想象关系。

一、"吃"与"棋"的文本含义

《棋王》发表时给人以最鲜明的艺术震撼之处莫过于对王一生下棋的痴迷的描写。陈思和主编的那本影响卓著的《中国当代文学史教程》中写道:"小说最精彩的地方还在于对他痴迷于棋道的描绘。王一生从小就迷恋下象棋,但把棋道与传统文化沟通……他不囿于外物的控制,却能以'吸纳百川'的姿态,在无为的日常生活中,不断提升着自己的人生境界。"① 文中还写道，王一生看似阴柔孱弱，但在无所作为中积蓄了内在的力量，一旦需要他有所作为时，他就迸发出了强大的生命的能量。很显然，这一"下棋"行为被投射了深厚的民族精神意义，这种意义是那个时期所需要的时代意识形态。1984年，《棋王》发表后，王蒙撰文《且说〈棋王〉》②，高度赞赏了这篇小说，指出小说对王一生下棋这一行为的描写相当成功，这是在那个特殊的时代"对人的智慧、注意力、精力和潜力的一种礼赞"，王蒙虽然是在当时的"人性论"的框架内来讨论问题，但他关注到小说对"下棋"这个行为的描写所具有的决定性意义。王蒙按他一贯的文学观念，还是觉得"下棋"格局太小，题材有局限性，算不上"重大题材"。文学作品在特定的历史语境中存在，总是被那种语境赋予历史意义。曾镇南则认为，《棋王》的意义也正在于它对"棋王"性格开掘中"写出了扑不灭、压不住的民族的智慧、生机和意志"③。时代的宏大意义诉求压抑住了文本最初给人的艺术感觉，这种感觉迅速被过度阐释。从评论的角度看，彼时评论界已经从知青文学的"伤痕"主题转向反思主题，并且"反思"也难以深化。转而出现关于传统和民族认同的表述，这其实是出现在一些修复主流意识形态的评论中。这种阐释后来被进一步放大为"文化寻根"也就顺理成章了。事过境迁，意识形态的时效性退去后，我们可以更单纯地面对文本，不是直接去看"下棋"反射的时代意义，而是先探究"下棋"在文本构成中所起的作用。

说《棋王》中"下棋"表达一种民族智慧之类的文化自觉或者庄老之道，这是评论界对阿城和知青王一生的想象，在革命年代，任何消极的人生态度都是自甘落后，它承受巨大的政治压力，很难想象谁还有能力从中悟到超然的人生境界。庄老之道的哲学是悖论式的，一方面要超出事物的功利性去达成一种虚无的精神境界；但另一方面这种"虚无"的精神境界本身成为一种存在性，存在一种自我肯定的可

---

① 陈思和主编《中国当代文学史教程》，复旦大学出版社，1999年，第282—283页。

② 王蒙：《且说〈棋王〉》，《文艺报》1984年第10期。

③ 曾镇南：《异彩与深味——读阿城的中篇小说〈棋王〉》，《上海文学》1984年第10期。

能意义。否则,"虚无"也无法存在和确认。"下棋"要摆脱的是对世事的过度关切,对眼下利益和前途命运的忧虑。但"下棋"在王一生最初始的心理学意义上则更倾向于逃避。就从小说叙事而言,小说一开篇就写到王一生下棋,在火车上乱哄哄的现场,王一生瞄了"我"一下,眼里突然放出光来,摆上棋盘与"我"对弈起来。王一生倒是很坦然:"我他妈要谁送?去的是有饭吃的地方,闹得这么哭哭啼啼的。"①如此杂乱却能安下心来下棋,看上去是棋痴。不要人送,或没有人送,王一生的心境真是那么坦然吗?小说写道:

我实在没有心思下棋,而且心里有些酸,就硬硬地说:"我不下了。这是什么时候!"他很惊愕地看着我,忽然像明白了,身子软下去,不再说话。②

这"忽然"一词,且"身子软下去",还是道出了王一生内心的虚弱。王一生"下棋"似乎是自觉的精神追求,是一种独立人格的证明,是身处逆境而自强不息的典范,但事实上,在这种痴迷于棋局中的行为是对家庭的一种逃避,对父亲亡故/缺席所承受的心理压力的一种逃避——这后面就是心灵创伤史。在王一生后来与"我"以及与脚卵交往的日子里,王一生实际对"我"和脚卵的家庭很敏感。依然是在小说的开头部分,我对王一生说,你妹妹来送你,你也不知道和家里人说说话儿。王一生却看着我说:"你哪儿知道我们这些人是怎么回事儿。你们这些人好日子过惯了,世上不明白的事儿多着呢!"随后一路下去,"我"与王一生开始有了互相的信任和同情。王一生总是问"我"与他认识之前是怎么生活的,尤其是父母死后的两年是怎么混的。但王一生还是要在他和"我"之间做出区别,王一生认为,"我"家道尚好时不过是想"好上再好",王一生当然不相信"我"可以轻易理解他的苦衷。他说道:

---

① 阿城:《棋王》,载《中华中篇小说百年精华》(下),人民文学出版社,2004年,第258页。

② 《棋王》,同上书,第258页。

"我当然不同了。我主要是对吃要求得比较实在。唉,不说这些了,你真的不喜欢下棋?何以解忧?唯有象棋。"我瞧着他说:"你有什么忧?"他仍然不看我:"我没有什么忧,没有。'忧'这玩意儿,是他妈文人的作料儿。我们这种人,没有什么忧,顶多有些不痛快。何以解不痛快?唯有象棋。"①

看来"下棋"是"解忧"的唯一方式。这里的我们"这种人"当然是指家庭出身,王一生的母亲当过窑姐儿,从良做小,生父是谁都不知道,王一生是遗腹子,母亲再嫁,跟养父长大。没想到母亲也死了。养父是卖力气活的,新中国成立后,养父年纪大了,干活挣钱就少,要养活他们一家四口,力不从心。王一生母亲死后,养父整天喝酒。可想而知,王一生处于这种家庭境遇下,他的日子如何难过。打小时候起,他的家庭生活就过得艰苦。很小跟母亲去印刷厂叠书页子,看到象棋书,从那开始迷上了象棋。王一生的母亲死于贫病,死前把王一生叫到床前,拿出一副牙刷磨就的无字棋。王一生说,家里多困难,他都没有哭过,可是看着这副没字儿的棋,他就绷不住了。这样的创伤记忆是"文革"后"伤痕"文学最为经典的叙事,过去是所谓的"狗崽子",这里是平民下等人家庭,"伤痕"更甚。"下棋"可以进入到另一个世界,这是逃避创伤,但何以后来却变成了主动的精神世界的延展,并且提升为一种文化自觉?看来20世纪80年代中期,"伤痕文学"终结了,阿城却因为与主流文学脱节,他慢了一拍,还沉浸在"伤痕"之中,也因为他的距离,他的"伤痕"不同于那些被意识形态裹挟的"伤痕",他的"伤痕"更具有个人化的特征,因而有可能转化为文化的论述。评论界转向了文化,作家对时代的认识转向了文化。但理性不能代替他的生活记忆,他的书写是朴实的生活记忆,那样的记忆本身是时代的创伤,是"文革"后对知青经历的直接反动。阿城的基本文学素养(或直接文学经验)也必然是来自20世纪80年代初的"伤痕文学",反思性依然是其思想的出发点。

---

① 《棋王》,同上书,第263页。

当然，在阿城的叙述中，王一生是有一种关于活法的思考，这是阿城超出前此"伤痕文学"的地方。王一生关于"下棋"有双重态度，王一生说，他常常烦闷的是："为什么就那么想看随便一本书呢？电影儿这种东西，灯一亮就全醒过来了，图个什么呢？可我隐隐有一种欲望在心里，说不清楚，但我大致觉出是关于活着的什么东西。"①这就是说，"下棋"还有一种关于活着的精价值神追求，这就是主动性的精神提升了。"待在棋里舒服"，就是消极与积极的统一，被动与主动的结合。

实际上，在王一生那里，下棋所具有的积极和主动的精神意向相当有限，阿城并不想给予王一生"下棋"的行为太多的意义，那实际上是与"有饭吃"平行的一种最低限度的精神活动方式，恰恰是去除太多的精神抱负，太多的现实革命热情。要知道，在那样的时代，知青中的政治激进人物多如牛毛，"扎根派"比比皆是。就在每一个火车站，知青上山下乡送行场面都是激昂的革命现场，"毛主席挥手我前进，广阔天地炼红心"，是那个时期青春激情燃烧岁月的基本精神面貌。至于寻找一切机会推荐上大学，招工、招干，在知青生活中也充满了竞争和荣辱。王一生的生活态度，显然是表达了无助的平民子弟对屈辱的无奈逃脱。没有背景没有门路，他除了以"下棋"来找到自我安慰外，再也别无他法可完成自我确认。对于王一生来说，有饭吃，有棋下，就是生活的全部意义，就应该知足了。这种人生观，在当时知青激烈的竞争中，实在是无奈之举。"下棋"不过是回到个人的志趣，是极为有限的自我肯定，而不是时代的抱负。对于阿城来说，写作"下棋"也不过是写作个人在大时代的潮流中最平实本分的个人行为，这与他这个人一直不得不采取边缘化的生存方式显然更加合拍。

小说另一被推崇之处在于描写了王一生的"吃"，把"吃"写得如此津津有味，《棋王》也因此被认为精彩绝伦。小说有几处关于吃的浓墨重彩，首先开篇在火车上，坐定下来要下棋，王一生拿到饭后，马上就开始吃，"吃得很快，喉结一缩一缩的，脸上绷满了筋。常常突然停下来，很小心地将嘴边或下巴上的饭粒儿和汤水花儿用整个儿

---

① 《棋王》，同上书，第271页。

食指抹进嘴里"①。这里整整长达一页描写王一生的吃相，还有两页讨论吃的问题，涉及杰克·伦敦《热爱生命》和巴尔扎克的《邦斯舅舅》等，古今中外，平民百姓，家长里短，总之，关于"吃"，阿城是下足功夫渲染一番。另一处大费笔墨的是王一生到知青点吃蛇肉，在这个吃的现场王一生并无多大表现，主要是脚卵表现他在吃上的丰富经验。关于吃螃蟹、下棋、品酒、作诗，以及关于吃燕窝的记忆，脚卵家庭的高雅生活，让王一生听得一愣一愣的，这对于一直秉持"有饭吃、有棋下"人生观的王一生来说，无疑有一点小小的触动，但也不可能对王一生构成更严重的冲击。

这里关于吃的描写有一种多元性，既有王一生贫苦人家的穷酸吃相，又有知青因为饥饿对吃的馋相，也有脚卵叙述的富足文人家庭高雅的吃。阿城如此不厌其烦地对吃津津乐道，明显是在表达一种唯物论的生活观。人的生物性（物质性）最基本的特征就反映在饮食男女上，当"男女"受到严格的限制时，"饮食"就成为生物性存在的人的全部内容。尽管"吃"在中国还是一种文化，并且是文化中一个重要的内涵，但在阿城这里，在知青生活中的吃，实在是在表达人的最基本的生存欲求。脚卵说的那么高雅奢侈的"吃"，对于王一生们来说有多少意义呢？充其量只是表明还有如此富贵的生活，那不是他的生活，不是他们的生活，眼下的生活就是"有饭吃"就行。小说中不断地谈到王一生对饥饿的记忆和叙述。王一生第一次听"我"说起父母双亡，没有饭吃的饥饿经历，非常投入且一再追问计较细节，如干烧馒头、油饼之类充饥的作用，王一生显然在这样的时刻找到了一种同病相怜的感觉。"吃"在《棋王》中从整体上来说还是一个创伤性的记忆，是穷苦出身的知青的生命特征。

"吃"被当作生活的第一要义，吃的贫困是生存最根本的困窘。由此，就不难理解，在阿城的叙事中，王一生的生存世相关注于"吃"的问题。"吃"一直是个严重问题，王一生甚至极端到对"我"所描述的困境不以为然，认为"我"总是有过家境好的时候，只不过是想吃得"更好"罢了。而他则是在饥饿线上挣扎，一直为满足生存的最

---

① 《棋王》，同上书，第263页。

基本需要而困扰。如果小说是以王一生的生存态度为基准的话，那么，"吃"就谈不上有什么文化意味，吃如此牢固顽强地与饥饿感联系在一起，与王一生的家庭生存困境联系在一起，如此贫穷困苦中的吃，其回忆起的都是家庭苦痛的往事，能有多少文化的含量？小说叙事中借脚卵之口说出的那些关于"吃"的文化品位，与王一生相去甚远，实际上也是作为一个逝去的年代的经验来回忆，他不是作为现实追求的目标，只是作为现实不可能性的一种对照。

阿城回忆当年知青对吃的创伤性记忆，正是如同"文革"后"伤痕文学"反对"四人帮"的极左路线一样的政治立场。1984年底，《中篇小说选刊》第6期在转载《棋王》的同时，登载了阿城写的《一些话》。阿城表示自己的写作只是为了抽烟，为了伏天的时候"能让妻子出去玩一次"，"让儿子吃一点凉东西"，说得可怜巴巴，全然没有多么远大的文化寻根的意思。但说他没有现实的针对性也不对，他关注的恰恰是更为平实的物质生活，他写道："我不知道大家意识不意识到这个问题（吃饭的问题）在中国还没有解决得极好，反正政府是下了决心，也许我见闻有限，总之这一二年讨饭的少了，近一年来竟极其稀罕，足见问题解决得很实在。"[①]以此推断，阿城当然是从改革开放后百姓有饭吃这一唯物主义的立场出发来看待中国社会的发展方向。作为知青下到西南贫困地区，阿城一定目睹过农民饥饿的状况。人民的生活有着极其朴素的唯物论的立场。唯物论一直是中国意识形态的哲学基础，但在一段时期里，在实际的社会实践中，唯物论却只是一种政治象征，并不具有日常生活的实践性意义。在20世纪五六十年代直至70年代，社会意识都是要求人们从精神上超越物质，日常生活实践是彻底反唯物论的"精神辩证法"。只有到了20世纪80年代，唯物论才与社会的改革开放实践联系在一起，社会的经济发展，物质生产的丰富才与人们的日常生活相关。因而，在整个20世纪80年代，人们对物质性的追求成为一个巨大的社会精神力量。它既是物质主义的，又是推动社会变革的精神力量。

---

① 阿城：《生活》，《中篇小说选刊》1984年第6期。

人民首先要吃饱饭，民以食为天。20世纪80年代上半期，中国社会开始给予人们追求物质利益和生活多样化的可能性。不管是清除精神污染，还是反对资产阶级自由化，都无法抑制人们对身体自由和物质欲望的向往。尽管非常有限，但欲望的闸门初次打开，里面涌动的力量无法遏止。邓丽君、龙飘飘对沿海开放城市进行了一场声势浩大的洗礼，舞厅出现在社会上的各个角落，在大学的校园里年轻的人群激情荡漾。长头发和喇叭裤已经成为年轻人的生活方式，对思想自由解放的追寻与人们对物质的追求相混淆，排队买彩电的盛况与热情奔放的文学讲座交相辉映，构成了那个时期思想解放运动的各个激动人心的现场。只要想想那个时期居然有一个如此广泛的美学热，"人的本质力量的对象化"这个费解的定理居然构成了时代审美的心声，就不难理解人们对自我意识的追求构成了时代精神强有力的内核。在理论界，关于人性论、人道主义的讨论，关于马克思异化理论的讨论等等，实际上已经明显脱离社会实践。普通民众开始理直气壮关心自己的日常生活，不再把虚无缥缈的乌托邦世界看得比自己居家过日子还更重要。最要命的是，自从1984年以来，物价正在上涨，人们一方面憧憬"生活比蜜甜"，另一方面却也忧心忡忡，担心上涨的物价会让人们重回艰难的日子里去[①]。显然，作为一种时代心理，强调物质生活、强调饮食居家过日子，也是那个时期刚刚滋生的朴素的唯物主义思想。

在这一意义上，《棋王》的"吃"是一种朴素单纯的"唯物论"，他要回应的是当时的现实：一方面是人们看到了日常生活的"美好明天"；另一方面对昨天的物质匮乏的记忆犹在眼前。不管是阿城本人的声称，还是《棋王》中王一生实际的表现，都表明它对物质性生活的关注，对物质性书写的刻骨真实。王一生身上的文化冲动既不明显也不深沉，除了把他的平淡泰若与庄老之道联系起来外，也难以确定其他的文化意味。但平淡朴实本真何以就是庄老之道呢？回到物质性就是一种素朴的"唯物论"，就是一种吃的"唯物论"，别无其他的

---

① 经济学方面有关资料表明，中国的物价改革从1986年开始，但1984年开始消除农业工业之间的剪刀差。

深意何尝不可？王一生不要文化人的那么多的忧患，也不羡慕脚卵父辈的高雅，他时刻记忆的是母亲给他的无字棋，他时刻要保持的也是贫困中的人们更加本分朴实的生存之道。"人要知足，顿顿饱就是福。"这就是一种人生信条和训诫了。也是在这一意义上，阿城具有超出此前"伤痕文学"多得多的意义，它可以说是"伤痕文学"的深化，是在这样的深化中，阿城展现出文学更为丰富的个性质地。不看到这一点，就不能理解"寻根文学"与知青文学，甚至与"伤痕文学"的内在联系。例如，贾平凹也是因为偏居西北一隅慢了半拍，一直沉浸在"伤痕文学"的"人性论"中抵达"性情"的极致处，因此写出地域文化的特色，从而有可能汇入到"寻根"的主流中。

1984年，在反传统的潮流中，说阿城那时就笃信庄老之道或儒道释的文化蕴意，那无异于痴人说梦。1984年，影响最大的是"走向未来"的那种西方科学主义理性思维；文学上是声势浩大的现代派；美学上的信条是来自马克思的《1844年经济学哲学手稿》的"人的本质力量的对象化"。尽管说阿城有可能偏离时代潮流，在潮流之外领悟他个人的思想天地，但在1984年，在"寻根"命名之前，以文化上的自觉或哲学思想的自觉去回到庄老之道，这种可能性几乎没有。如果说文化的记忆也可以是以一种无意识的形式表现出来，在一种自然平淡的表达中达成了"复古的共同记忆"，但那也需要历史提供一种平静的反思性语境。在20世纪80年代激动且乱哄哄的历史现场，阿城写作《棋王》已经尽到了最大可能性去削减时代意识形态的投影，那就是回归平淡素朴的日常生活。小说的结尾如此写道：

夜黑黑的，伸手不见五指。王一生已经睡死。我却还似乎耳边人声嚷动，眼前火把通明，山民们铁了脸，捎着柴禾在林中走，咿咿呀呀地唱。我笑起来，想：不做俗人，哪儿会知道这般乐趣？家破人亡，平了头每日荷锄，却自有真人生在里面，识到了，即是幸，即是福。衣食是本，自有人类，就是每日在忙这个。可囿在其中，终于还不太像人。倦意渐渐上来，就拥了幕布，沉沉睡去。①

---

① 《棋王》，同上书，第295页。

这是本真性的生活真理本身，它不再要承载更多的理念或历史意向。它不是主动的承担与召唤，而是退却和平息，这是对时代不休止的纷争的反感，这正是它的可贵之处。

　　然而，关于小说结尾还有一段公案。据说小说原来的结尾是："'我'从陕西回到云南，刚进云南棋院的时候，看王一生一嘴的油，从棋院走出来。'我'就和王一生说，你最近过得怎么样啊？还下棋不下棋？王一生说，下什么棋啊，这儿天天吃肉，走，我带你吃饭去，吃肉。"据李陀所言，小说故事原来是这么结束的。李陀对《上海文学》要求阿城改动了结尾很不满意，他认为原来的结尾更好。现在看来，原来的结尾也没有什么惊人之处，与现在的结尾相比，各有特色。但如果说阿城的小说在那时的原来意义，是表达唯物论者的生活态度的话，那原来的结尾就真正点出了题意。现在的结尾则包含着形而上的冲动，但唯物论的色彩就很不鲜明了。根本是落在吃上，吃饱了是福，这就足够了。这样结尾正是应了其"有饭吃"的唯物论，这不过是"民以食为天"的古训的更直接朴素的表达罢了。《棋王》正是回到最朴素的唯物主义这点上，把"有饭吃"推到最要紧的地位，甚至可以替代"有棋下"这一精神活动。只是后来《上海文学》编辑要求的修改，使作者原来的意思发生微妙的变化，而给"寻根"提供了自由发挥的文化素材。

二、知青的创伤记忆与文化寻根

　　"寻根"成为当代中国文学中一个最大的事件，这个事件持续的时间如此短暂，以至于与它在文学史上占据如此重要的地位显得很不相称。这实在是因为当代中国文学史中属于自发的事件少得可怜，"寻根"不得不以其独特的"文化意味"引人入胜。"寻根"显然是一次追认再确立起来的"派"，作为一种文学史的事件，追认也未尝不可，但追认而成"派"，这一行动或事件，总是要有以下几个方面的特征：（1）这些被聚焦起来的人们本来就有接近的或共同的文学理念；（2）有凝聚时代意识的而又超离时代环境的现实目标；（3）确立起"派"

之后形成更加强大的形势。但"寻根"在这三方面都不充足。当然，这仅仅是针对"寻根"作为一个声势浩大的文学史事件的充分性的质疑，至于这个时期有这么一批作品，形成一个时期的文学高潮，其积极意义毋庸置疑。对于这些作品的艺术价值的确认来说，无所谓"寻根"不"寻根"。也许事过境迁，我们试图褪去其"寻根"的文化外衣，可以看到这些作品更加独特的文学性魅力。当然，"褪去文化外衣"的做法也是把文本还原到历史语境中去的行为，它不可避免也是对文本进行文学史的探究。我们也可以以这种方式看看一个文本是如何被建构起来的。

如果说《棋王》在阿城那里原来并没有明确的主观意愿进行"文化寻根"或表达特定的文化意味，那么这篇小说更为本真的意义何在呢？当然，作者的主观意图并不能全然决定作品文本的意义，以"作者死了"的后结构主义观点来看，作者的声明对理解文本并没有优先权。在"寻根"成为一个事件之前，阿城关于《棋王》的创作谈论与"文化寻根"无关，从当时的文学客观语境与写作主体的可能意愿来看，《棋王》都是一篇标准的知青小说。事实上，绝大部分后来被归结为"寻根"的小说，大都是知青小说的变种。

《棋王》写的是知青生活，其主题在三个层面上是典型的知青共同记忆，本章前面已经有所讨论，这里加以归纳：其一，关于"吃"的记忆。这篇小说对"吃"的描写细致和充沛得令人惊异，"吃"所表征的饥饿感是知青生活最重要的记忆。其二，关于"棋"或与世无争的记忆。"下棋"的态度并非与"吃"构成简单的二元关系，"吃"是物质性的，或"下棋"是精神性的，或者二者都被给予文化蕴意的提升。"吃"与"下棋"都可做庄老之道的阐释。在《棋王》中，要表达的是与世无争的一种态度，"有棋下"正如"有饭吃"一样，这就是人生的知足的素朴的人生观，并不要那么强大的关于"献身""扎根"和"出人头地"的抱负。"吃饱是福"，做个朴素平常的回到生活的基本层面的普通人。相当多的知青在当时的历史情境中，因为家庭出身处于竞争的劣势，却又无可奈何，转而寻求自我安慰。但这种人生态度，在当时只能压抑在内心深处，无法被公开表达。现在阿城对知青生活的抒写，发掘了这种在当时应该是相当广泛的知青记忆。

其三，关于家庭出身的记忆。《棋王》花费大量的笔墨在讲述和描写王一生、"我"和脚卵的家庭背景上。"家庭背景出身"在"文化大革命"中无疑是一个极其严重的问题。

王一生与脚卵的家庭背景构成明显的对比关系。王一生母亲临终嘱托说有一副无字棋，那里面凝聚的是普通平民家庭的辛酸与无奈的希冀；而脚卵下乡，他的父亲给他一副祖传的乌木象棋，脚卵用于与文教书记做交换。脚卵的调动有了着落，王一生也可以比赛了。但王一生却对此并不买账，他不想参加比赛，并且对脚卵的交易颇有微词。小说是这样叙述的：

> 躺下许久，我发觉王一生还没有睡着，就说："睡吧，明天要参加比赛呢！"王一生在黑暗里说："我不赛了，没意思。倪斌是好心，可我不想赛了。"我说："咳，管他！你能赛棋，脚卵能调上来，一副棋算什么？"王一生说："那是他父亲的棋呀！东西好坏不说，是个信物。我妈留给我的那副无字棋，我一直性命一样存着，现在生活好了，妈的话，我也忘不了。倪斌怎么就可以送人呢？"我说："脚卵家里有钱，一副棋算什么呢？他家里知道儿子活得好一些了，棋是舍得的。"王一生说："我反正是不赛了，被人做了交易，倒像是我占了便宜。我下得赢下不赢是我自己的事，这样赛，被人戳脊梁骨。"①

从字面上来看，王一生是个有骨气的人，他不想靠脚卵（倪斌）获得参赛的资格。但他对脚卵用父亲的乌木棋去做交换不满，他提到了母亲给他的无字棋。这里隐隐包含的是对脚卵不珍惜祖传"信物"的批评，试图表现王一生在人格上和道义上还有优越感和自信。但还是难以掩饰他的心理怨恨，那里显现出人与人以及家庭之间的不平等。王一生一无所有，他连参赛的资格都要靠别人帮助才能获得；这里的自尊还包含着一些赌气，赌气中又透示出一些对不平等的怨恨。同为知青，同为人，何以出身家庭不同命运如此不同？王一生因为生父亡故，养父无能，母亲出身卑微，他显然落在生活最底层，这里或许还

---

① 《棋王》，同上书，第289页。

可嗅出高尔基的《童年》《在人间》等小说的味道。

在表达这一家庭不平等的状况时，阿城超出了"伤痕文学"的经典叙事，那就是老干部倒霉，连累了"狗崽子"，主人公总是落难公子或公主，而老子总是曾经权倾一时的大干部。另一种模式或者就是"地富反坏右"的子女，那里控诉的是极左路线。阿城这里讲述的脚卵的父亲却是一位文人，其政治身份也不清晰，阿城是有意避免直接的意识形态批判性，还是从更平淡和更普遍的知青的生活记忆出发来描写家庭背景的不平等。阿城关注的只是知青记忆中的事实性，而不是事后所要做的批判性，这就是阿城超出"伤痕文学"和"反思文学"的地方。

事实上，"寻根"群体基本上都是知青群体这一事实，决定了"寻根小说"本来就是知青小说的再命名，而知青小说本来就是"伤痕文学"的延伸和深化——美其名曰"反思文学"。"知青群体"的写作，在个人记忆的经验范围内，表达了个人青春失落的痛苦经历。在那些偏远的山乡留下的记忆，既有沉重的失落感，也有淡淡的眷恋。就一代人的记忆而言，它无疑具有"创伤心灵史"的意味。

说到底，《棋王》对知青经验的书写之深刻，并不在于所谓的文化意味，而是隐藏在文化表象之下的一代人的"创伤心灵史"，这种创伤之所以铭刻在心灵上，在于它是个人/一代人的最切身的感受。"文革"对青春期的知青最大的压迫感或焦虑感，当然是被政治认可和接纳，成为政治上的红人。但成为政治上的红人的第一先决条件，就是家庭出身，政治成分是知青那一代人的生命，所谓政治生命。如果出身不好，那就意味着前途暗淡渺茫，预先就被宣判了没有希望。如果出身好，特别是有一个政治上红彤彤的父亲，如果再加上有权有势，那就是又红又专，前程似锦。对父亲认同的焦虑感，是隐含在知青文化中最内在的焦虑，也许阿城个人有此经历，也许阿城对知青的创伤经验有深刻体认。因为触及这内在创伤，小说中的王一生的心理刻画才有那么多曲折、微妙，那么深挚的困惑和无望。阿城才可能不断地书写王一生在绝境中挣脱的那些努力。

因此，《棋王》中的知青记忆，最本质的东西就不会是"文化记忆"。如果小说是重现知青生活和挖掘知青心理创伤，那不可能有什么庄老或儒家文化，如果说小说表现了20世纪80年代中期作为曾经的知青的阿城的生活态度，也不可能是什么"文化记忆"。重现知青生活，其最直接的记忆，即是关于无父的创痛。这是一代人的最内在的焦虑在王一生心灵里的积聚。这种心理表达出来则又具有弗洛伊德式的"反俄狄浦斯情结"——这就是俄狄浦斯式的"杀父娶母"改变为一个"寻父"的故事。如此说来，可能令人匪夷所思。但小说叙事对家庭的不平等的表现如此深刻就令人深思。对于王一生来说，家庭经验是如此深重的内心创伤，他会如此关切别人的家庭的"光景"，"家道尚好"时总是"有过好日子"，"不过是想好上再好"。王一生作为遗腹子，母亲早亡，继父又窝囊，在那样的年代，对他人父亲的敏感理所当然。脚卵的出现，对王一生内心的刺激无疑非常有力。王一生无父的创伤与脚卵对文人世家的炫耀，使王一生有可能产生寻父的潜在愿望。王一生之所以要以平静淡漠的态度处世，乃是内心深重创伤的一种掩饰和自我化解。小说叙述的故事最后出现一个老者与王一生对弈，这也是一个意味深长的情节。这是混合弑父与寻父双重矛盾的一种叙事，下棋就是一种搏杀，也如小说所渲染的，王一生与老者对弈场面的紧张和壮烈，不亚于剑拔弩张的拼杀，或者说乃是武林高手较量的另一种象征形式。老者最后出现，提出与王一生和棋，还请王一生到家里歇了，"养息两天"，谈谈棋道，但王一生还是谢绝了。小说以王一生战胜老者结束，也不妨看成一种象征意义。王一生家道贫困，沉迷于象棋，少年时遇一老者，替他撕大字报，得以老者传授棋道。下棋无疑是他自我证明的根本方式，在遍访高手，经历无数次的棋盘上的搏杀，他成长为一个坚定而能平静淡泊的棋手。这个无父／寻父的心理在小说叙事中虽然不是作者阿城明确要表达的内涵，但小说叙事以无意识的方式给出了这种隐喻。最终的胜利的实质则是创伤心灵史的修复，也是一代知青心灵史的凯旋。赢棋的意义可谓深远，既是一次精神上的战胜，又是一次文化上的习得。通过胜利，后生习得者成了文化自觉者（他辞了这位前辈长者），意味着王一生在文化上自觉，精神上也彻底成就了自我塑造，这种胜利和自觉正是时代需要的主体意识。其想象正如文化寻根一样，为时代激情所鼓动，也为时代奉献了激情。

在20世纪80年代初期的那些反思"文革"的岁月里,这些"个人记忆"被放大到意识形态的层面上加以历史理性的思考,这是时代打下的烙印。而在"寻根"的旗帜下,"个人记忆"中的生活经验也再次被时代遮蔽,不再向着"伤痕"或"心灵史"方面深化,而以偏远山乡的贫穷落后的生活状况为基础,刻意呈现原始粗陋或异域风情的文化特征。显然,一代知识青年上山下乡的去处都是偏僻的山村,那些贫困的生活和异域风情不过是"个人记忆"中保留的生活经历。既然回忆过去,寻找失落的青春年华,当然要写出那种生活经验和情调。它们本来无所谓"文化性",更谈不上"根"之类的东西。而"寻根"的文学姿态夸大了"个人记忆":原来处于附加地位的经验表象,转变为写作和批评关注的中心。《棋王》,本来最内在的经验在于家庭经验在个人心灵上留下的创痛,或者从另一层面上描写知青生活贫困去显示出另一种精神,而这种"精神"完全可以在知青一代人的历史境遇意义上加以解释。而在"寻根"的姿态摆出之后,王一生的生存态度却在儒、道、释中讨生活,并且被进一步放大为"东方民族"特有的精神状态。大家的思路开始琢磨这种"精神"在现代文明中,在中国步入现代化的历史进程中的永久性价值。至于韩少功、李杭育和郑万隆等人讲述的那些异域风情的故事,在1985年以前是作为知青生活经历的回顾,1985年以后,"伤痕记忆"被抹去,那些原本是作为个人生活环境的风土人情上升为故事的主体部分,因为它们显示了具有民族特征的文化价值,它们因被置放到中国步入现代化的历史转折点上来观看而具有特殊的魅力。正如韩少功所说的那样:"不光是因为自觉对城市生活的审美把握还有点吃力和幼稚,更重要的是觉得中国乃农业大国,对很多历史现象都可以在乡土深处寻出源端。"这样,知青经验的消沉迷惘现在改变为自觉的文学追求。创伤经验的内在深化,被探源历史的文化想象替换。

三、平淡化的叙事与戏剧性效果

《棋王》的文化是时代想象的投射物,但它的叙述文字却有真功夫,这也是它被人们津津乐道的根本缘由。《棋王》在艺术表现手法方面显得十分老到,所谓老到,也就是传统的笔法做得圆熟出色,这同时意味着《棋王》在艺术上是相当传统的小说。

人们谈论《棋王》的艺术风格多数会从其平淡简洁来说。最早对《棋王》做出评论反应的许子东就撰文《平淡乎?浓烈乎?》[①]。许子东肯定《棋王》在艺术上平淡克制的叙述形式,当时不少写"文革"的故事,已经热衷于"荒诞奇特",而阿城能以冷静的关照"更见其奇特"。何以"冷静"更见"奇特",许子东并未做展开论述。在后来诸多的评论及文学史著作中,《棋王》的艺术特征也大都定位在冷静、平淡、简洁一路。就这一点,固然说出了《棋王》艺术上的主要特点,但并未深究这种平淡简洁所具有的审美优越性的根源所在,而且对这篇小说具有的戏剧性一面也少有论述。当然,更进一步的是去理解平淡之下所包含的更复杂的美学元素。

"平淡简洁"在中国当代小说叙事中,总是占据着一种优先性的地位,这与现实主义美学占据领导权地位有关。现实主义是一种可还原的叙事,叙事指向社会历史的实在性存在,它与曾经发生和可能发生的事件相连,在人们的经验和记忆的范围内产生同一性作用。因此,现实主义的文本以其语言的透明性直接与现实对等,语言越是平淡简洁,文学文本与现实的可等同性就越高。历史意义具有优先性,这在古典时代直到现代的文学中都是如此。特别是带有强烈的重建历史的愿望的时期,历史叙事就成为占据主导地位的意识形态建构自身的话语基础和表象体系。罗兰·巴特说:"在我们的文明中,存在着提高历史的意义性的永恒压力;历史学家与其说是在搜集事实,不如说是在搜集'能指';并且他把这些能指以这样的方式联合和组织起来,以取代受拘于固定意义的纯事实项清单的贫乏性。"[②] 这就是说,表达历史意义的需要使得现实主义的文学叙事只是搜集能指,文本只是还原历史事实,文本自身无足轻重。巴特赞赏的是纯粹形式主义的实验文学,那是语言回到自身的言说,苏珊·桑塔格归结巴特对文学表

---

① 参见《文汇报》1984年7月25日,第3版。
② [法]罗兰·巴特:《符号学原理》,李幼蒸译,生活·读书·新知三联书店,1988年,第59页。

达方式的看法时指出:"不是写作对自身以外事物(对社会的或道德的目标)的承诺使文学成为一种对立和破坏的工具,而是写作本身的某种实践,这就是过渡的、游戏的、复杂的、精致的、感官性的语言,它决不能成为力量的语言。"[①]这就是说,写作不是对社会现实的表达,而只是表达自身,表达语言自身。它不会成为社会现实的力量的承载物,它只是作为感性的、美学的语言而存在。

在20世纪60至70年代的先锋派激进主义运动时代,巴特的观点无疑有其可贵之处。但巴特的"零度写作"定位在语言自我表达的层面,无疑是过于偏激了。语言在表达社会现实,叙述事物时,同样可以显示出其自身的美学魅力。在阿城的小说叙事中,平淡的文字并没有被现实主义规范美学所压制,它可以有自身的力量,这个力量不是依附于历史的意义,而是文字本身进入到精神层面所产生出来的力。平淡的文字具有一种刻写的能力,它在把事实揭示出来的同时,也给出了一种事实的秘密。这显然是一个令人困扰的难题,同为平淡简洁的文字,在某些情形下,只是一堆能指;在另一些情形下,却具有奇妙的美学效果。平淡平静的叙述也可以做到字字珠玑,也就是文字在平淡中有一种自身的意味,也许这是表意汉字特有的功能。《棋王》中对王一生在多个场合的吃相的描写就十分精彩,除了火车上的那段吃饭粒的细节,关于大家伙凑在一起吃蛇肉也写得很有意味。当然,这些叙述文字都具有平淡简洁的特点。

如果追问《棋王》何以在艺术上以"平淡简洁"就获得如此高的声誉,那也一定令人费解。《棋王》不论故事情节,还是结构布局,或者情景描写,都十分平淡简洁,甚至被认为淡到极处。其意味由此而生。但艺术意味主要是一种个人判断,何以具有时代的效果,则是一个时期的艺术选择造就了它的成功。

在20世纪80年代中期,"寻根派"与"现代派"平分秋色,各自都并不显得理直气壮。现代派表达了时代变革的愿望,特别是美学变革的激进想象,它在改革开放时期具有时代的合法性。徐迟等人论

---

① 苏珊·桑塔格:《写作本身:论罗兰·巴特》,载罗兰·巴特:《符号学原理》,第195页。原作中译为"巴尔特",为求现在的通行译法,均译为"巴特"。

证现代派的合法性时，并不是从艺术创新、从美学的正当性去论述，而是从文学与时代的关系去论述的，即中国改革开放需要实现四个现代化，而文学艺术也要实现现代化，现代派就是文学现代化的体现①。但现代派一直承受着政治上的风险，仅只是依靠与现代化的关系勉强度日的现代派并不能得到作家群体的充分参与。更重要的在于，现代派是一种西方现代资本主义社会的产物，确实有着深厚的文化积累和制度根基，中国人搞"现代派"只求尽快与西方最先进的文学接上轨，因此，"现代派"只能是浮光掠影式地在文坛风行一时。从意识流小说到高行健的戏剧实验，再到1985年刘索拉和徐星的现代派，中国的现代主义运动实际上并没有形成多大气候。最重要的在于，现代派没有形成中国作家的个体经验，对发达资本主义文化的体验只是观念上的呼应，这种呼应要转化成个人的生存经验还有相当的难度。韩少功就表达过对现代派把握吃力的困扰，同时也表达了中国作家普遍缺乏把握现代城市经验的文学方法。

在这样的历史情境中，"寻根"被定义为"新潮小说"就解决了所有的难题。回到中国本土经验，并且具有民族的历史文化反思的强大基础，"寻根派"解决了中国作家观念和经验上与现代主义隔阂的困难。因为以马尔克斯、博尔赫斯为代表的拉美魔幻现实主义为榜样，本土经验、传统主义同样具有现代主义的意义，也同样可以与世界接轨，极大地鼓舞了中国作家回到本土经验，回到他们所熟悉的乡村叙事。

事实上，平淡简洁一直在中国的现实主义的美学规范中具有主导的意义，这一方面是基于我们的文化传统，另一方面是出于对西方现代以来的思想文化观念的躲避。这到底是积极的躲闪还是消极的逃避确实还很难说，或许二者兼而有之。回到简洁平淡，不需要面对西方现代主义庞大的思想文化背景，不需要在如此复杂的语义背景中来表达，中国作家可以有一种轻松自如的自在。中国作家其实无力走进现代主义的思想文化氛围和文学场域，尽管过去了20年，今天回过头来看看，20世纪80年代中期中国作家对"寻根"的兴奋，其实也包

---

① 徐迟：《现代化与现代派》，《外国文学研究》1982年第1期。

含着对当时具有某种历史正当性的现代主义的逃避。

事实上，在现实主义的简洁平淡中包含着历史性的戏剧性，或者说历史悲剧在叙事中起着决定作用，例如，阶级斗争、路线斗争、革命、历史暴力、戏剧性的矛盾冲突。这在《太阳照在桑干河上》《暴风骤雨》《红旗谱》《创业史》等作品中都可见到。对新时期的"伤痕文学"或"反思文学"也可作如是观。"平淡简洁"实则是一种美学上的自我守成的托词。只有在汪曾祺这样的作家笔下才会看到这种美学的单纯性。无可否认，《棋王》就其字面叙述来说，也可说是"平淡简洁"，之所以如此，是因为它疏离了20世纪80年代的意识形态中心。不再是与时代精神的直接契合来写作，不再是在思想解放的喧哗声中来建构历史，只是知青记忆的某种重述，这种重述颇为个人化。阿城几乎是在文坛之外写作，他的状态包含了业余和个人化。阿城的叙述几乎与时代没有直接关联，在这一意义上，看不到新时期惯有的那种时代的大是大非，历史的抉择之类的时代意识。因为思想性的"轻"，使得《棋王》看上去平淡自然，简洁明晰。只是讲述文本自己的故事，文本只讲述自己的故事。

如果离开时代回到文本，《棋王》的文字平淡简洁，但故事和细节却富有戏剧性，叙述也是在追逐戏剧性。从王一生出场下棋，到他学棋的一系列经历，以及他的身世，都充满了不平凡的戏剧性。小说也是按照向戏剧性高潮推进的结构来进展的，"下棋"本身就是一项竞赛活动，而更大规模的下棋比赛就表现出了最典型的戏剧性。小说花费很大篇幅描写下棋比赛，最后的场面就是一场热闹非常的戏剧场面。这几乎就像武侠小说中的武林高手过招场面，也如同传统戏剧的那些高潮场面，这里面涌溢着最具有大众性的娱乐因素。经过一场较量，最后是那位老者出场，阿城的描写几乎是绘声绘色，充满了戏剧性表演的效果。经过一场较量，胜负已然分晓。这时，"只见一老者，精光头皮，由旁人挽着，慢慢走出来，嘴嚼动着，上上下下看着八张残子"。而小说进一步的描写颇有奇观性：

王一生孤身一人坐在大屋子中央，瞪眼看着我们，双手支在膝上，铁铸一个细树桩，似无所见，似无所闻。高高的一盏灯，暗暗地照在他脸上，眼睛深陷进去，黑黑的似俯视大千世界，茫茫宇宙。那生命像聚在一头乱发中，久久不散，又慢慢弥漫开来，灼得人脸热。

半晌，老者咳嗽一下，底气很足，十分洪亮，在屋里荡来荡去。王一生忽然目光短了，发觉了众人，轻轻地挣了一下，却动不了。老者推开搀的人，向前迈了几步，立定，双手合在腹前摩挲了一下，朗声叫道："后生。"①

阿城的描写与细节刻画相当细致精到，语言简洁干脆，看似平淡，没有历史敌对冲突的巨大场面，但却隐含着风起云涌的那种情状。平淡简洁中孕育着戏剧性，这是《棋王》在艺术上最大的特色，既具有本色，那种艺术上的本真性，又有故事性和奇观性，可以说它在艺术上具有相当的境界。这也是人们通常会认为《棋王》笔法不凡的缘由所在。

尽管人们对《棋王》的笔法老到肯定颇多，特别是作者一出手就让人惊异不已，但"老到"并不是那个追求创新时代的主导的美学追求，"平淡简洁"也只是在传统路数上演练得比较圆熟而已，这对于有更大抱负的阿城来说，肯定不会十分满足。事实上，阿城本人当时就对《棋王》的艺术成就并不十分放心，他知道其中的传统痕迹过于明显——简单的时间顺序，故事性中的戏剧性因素，人物性格的怪僻化刻画，等等，其实也有明显的人工痕迹。但要谈到艺术创新，如果离开西方现代主义的水准，如何给出尺度呢？"寻根"从其根本意义上来说，依然不是艺术上或美学上的变革创新，只是思想文化方面给予文学以新的历史现实内涵。"寻根"说到底是中国作家集体对西方现代主义的规避，是在艺术上自己给自己找台阶下的借口。"寻根"关注文化，谈不上在艺术的突破。就"寻根"搅乱中国20世纪80年代中期文学界渴望的艺术创新来说，其后果一直到20世纪90年代甚至直至21世纪都挥之不去。作家们几乎已经遗忘了艺术创新在美学上所具有的独立含义。先锋派的实验昙花一现，在当代中国小说中，只剩下语言方面的成果，而没有更深入的形式多样化的艺术深层次的探索。看看阿城本人当时对中国文学与世界文学接轨的看法，就可理解，民族性

---

① 《棋王》，同上书，第294页。

如何一直是当代中国作家进行艺术创新的根基。1985年,阿城在《棋王》获文艺百家奖之后,发表笔谈,他说道:"以我陋见,《棋王》尚未入流,因其还未完全浸入笔者所感知的中国文化,还属半文化小说。若使中国小说能与世界文化对话,非要浸出丰厚的中国文化。"①阿城能对自己的作品作如此严格的评判,实属胸襟不凡。但把小说的艺术高低定位为是否浸含文化,把文化看成小说的艺术生命这就不无个人偏颇了。

1985年7月,"寻根文学"正在酿就风云,阿城在《文艺报》上发表《文化制约着人类》,把文化与文学在艺术上的水准加以联系。对于在20世纪末中国文学"达到世界文学先进水平"的预测,阿城颇不以为然,他的悲观根据是:"中国文学尚没有建立在一个广泛深厚的文化开掘之中,没有一个强大的、独特的文化限制,大约是不好达到文学先进水平这种自由的,同样也是与世界文化对不起话的。"②在阿城看来,"文化是一个绝大的命题。文学不认真对待这个高于自己的命题,不会有出息"。阿城给出的命题是:人类创造了文化,文化反过来又制约着人类。但阿城对"文化"的看法到底是指要回到民族文化本位才能与世界对话,还是要接受世界文化,融入世界文化才有"出息",一直语焉不详,似乎想左右逢源。但从整篇文章的立论来看,阿城显然还是寄望于回到中国文化本位去获得文学深厚的能量。通过表达某种文化,小说具有文化意味,就可以达到世界文学先进水平,这在20世纪80年代中期无疑是极具魅力的说法。这种说法使得中国文学再次进入到它熟悉的混沌的区域,那里既没有标准也没有方向,于是中国文学再次以自身的"特殊性",以不可名状的玄虚美学获得创新道路上的间歇。这一间歇虽然后来被"先锋派"文学打破,但可以从这里看到中国文学骨子里在艺术创新方面的挑战性不足和对艺术难度的恐惧。

---

① 阿城:《话不在多》,《文汇报》,1985年4月22日。
② 阿城:《文化制约着人类》,原载《文艺报》1985年7月6日。转引自孔范今等编山东文艺出版社,2006年,《中国新时期文学思潮研究资料》(上),山东文艺出版社,2006年,第215页。

阿城在"小说与文化"的命题中看到了自己的希望,也看到汉语小说的前途。阿城绝对是相当虔诚的,也有时代的愿望做依托,否则他不会花费如此大的气力去实践一番。但是,他仅凭"文化意识"来拓展自己创作空间显然得不偿失。阿城在杭州会议之后又发表《树王》《孩子王》《遍地风流》等作品。但《树王》《孩子王》应是写于杭州会议之前,《遍地风流》后来结集出版,有些作品写作于"寻根"之前,有些作品写于"寻根"氛围之中,评论界也不置可否,但是尚有独异之处。《遍地风流》里的艺术风格并不统一,过去写下的作品朴素简单,描写小人物的生活情状,细节自然却总有意外之趣,注重生活的幽默感。后来的作品受到"寻根"的蛊惑,更加看重那种生命存在的质感,故事简洁精悍,情节淡到极处,有时连情节的安插也似乎不讲究技巧,在看惯了"先锋"的诡异和绚丽后,不由感到一股朴素的清香。阿城就如一个在村头巷口的讲书人,在满天的星光下给我们带来一个个悠远的传说和美丽的异乡见闻。《溜索》《洗澡》,追求的都是生命的韵味,其空间处于野性的自然环境,人与自然融为一体,生命经受着自由和艰险的考验,这是纯粹的生命存在的情状。与其说文化内涵丰厚,不如说自然人本主义的哲学意味深厚。其可贵处应在于,如此自然素朴的生命存在情境中,透示出人的精神力量和生命哲学。当然,我们也不得不看到,"文化"在阿城那里已经很有些观念的意味,阿城已经把生活彻底删繁就简,生命存在也只剩下精赤赤的骨头,骨感之美所给予的当然不会有多少文化蕴意,更多的则是形而上学的玄虚意味,"言外之意"那就真的近乎庄禅哲学了。这样来写小说,看似简洁到极致,但瘦硬奇崛实则是在一条极为狭窄的道路上行进,阿城到底能在这条路上走多远,当时就令人怀疑,后来他的写作历史则给出了清楚的答案。

四、"寻根"的意义与歧义

根据当事者的回忆,酿就"寻根"的契机是1984年12月在杭州西湖边的一所疗养院里的聚会,据说那里幽静而适于清谈。与会者有"寻根派"的主要作家和批评家,如韩少功、郑万隆、李杭育、阿城、李陀、季红真、陈思和、王晓明、南帆、李庆西等人。另外还有几位并未入伙"寻根"的作家和批评家。这是一次秘密的纯文学的聚会，记者被拒之门外，但是其神秘性并不足以夸大为一次历史性的聚会。确实，"寻根派"那些重要的文章和作品都是在这次聚会之后发表的，例如，韩少功的《文学的"根"》发表于《作家》1985年第4期；郑万隆的《我的根》发表于《上海文学》1985年第5期；李杭育的《理一理我们的"根"》发表于《作家》1985年第9期；阿城的《文化制约着人类》发表于《文艺报》1985年7月6日。这些文章引起热烈反响，标志着"寻根文学"形成气候阵势。显然，"寻根"的概念丰富多样却不明确，各自的主张莫衷一是。

归结起来，"寻根"大体有两种意思：其一，指中华民族源远流长的文化精神；其二，指中华民族延续至今而又可能断裂的生命根基。这两种意思都可能有正反两方面的含意，正面的即是肯定性价值，反面的即所谓民族劣根性。

杭州聚会无疑聚集起了关注文化的文学能量，更为重要的在于，酝酿"文学寻根"的是20世纪80年代的文化情境和文学的趋势。其一，"现代意识"的压力。"寻根"看上去与"现代意识"相悖，实际上，"寻根"是以"现代意识"为原动力，其结果把"寻根"推到一个无所适从的境地是不足为奇的。当代中国文学自"文革"以后，一直为寻找"现代意识"所困扰。看上去，"寻根"是因为寻找"现代意识"陷入困境的转向，其实"寻根"仍然不过是寻找"现代意识"的一个变种或延续。"寻根派"的作家感到骄傲和自豪的是能够在"现代化"的历史进程中，站在现代文明的高度来看待中华民族的生存状况，同样，其困扰之处也在于"现代意识"的匮乏。"寻根派"的作家大都是一度热衷于"现代派"的角色，他们对"现代文明"的看法大多得自西方现代作家、艺术家和思想家。其"寻根"不过是为了使"现代意识"与中国的现实更密切结合而已。那个时期，王蒙、刘心武、李陀和冯骥才等人都强烈表达过"现代意识"要和中国现实情况、民族传统文化相结合的观点。这既不是背叛，也不是变节，而是"现代意识"不得不在中国现实和传统文化的背景上加以深化的一次集体选择。其二，中西文化碰撞的现实及其文化讨论的思想氛围。显然，对"现代意识"的急切寻求与紧迫的现代化进程密切相关。20世纪80年代中期，改革开放已经初见成效，至少西方的东西（物质的和精神文化的）已大量涌进中国。国人绝大多数立足于"现代化"的立场，对中国民族传统持批判态度，由此酿就了一代青年反传统的社会情绪。民族的或传统的文化确实成为一个"问题"进入了人们的视野。1984、1985年正是关于文化讨论最热烈的时候，文学界当然不可能不为所动。尽管观点未必相同，但思想动机却是直接导源于此。其三，文学经验的压力。到20世纪80年代中期，新时期文学亟待突破现实主义规范的意识形态框架。现代主义实验，例如王蒙和李陀等人从事的"意识流"小说探索，显得力不从心，它既要承受主流意识形态的压力，又与中国的实际生活经验有所偏离。在这种情势下，能转向"寻根"则是一条最理想的出路：它既立足于中国本土的生存经验，同时又并未丧失具有思想优势的"现代意识"。总之，"文学寻根"并不是一次有组织有纲领的纯粹文学的运动，它更主要的是文学界对时代的思想文化所做的一种反应方式。

但是，这个反应方式不得不借助于知青经验，现成的知青文学中就有文化的印痕踪迹。只是那时为反思"文革"的时代意识所遮蔽，文化不能显现出来。现在则是要重新阐释知青的经验，从知青所处的乡土中国的文化地理学意义上来重新建构面向当下的文学创新。这样，"寻根"变成了重新清理知青记忆，努力从知青记忆中发掘出一些文化碎片。韩少功在他那篇后来极负盛名的《文学的"根"》里写道：

我以前常常想一个问题：绚丽的楚文化到哪里去了？我曾经在汨罗江边插队落户，住地离屈子祠仅二十来公里。细察当地风俗，当然还有些方言词能与楚辞挂上钩。如当地人把"站立"或"栖立"说为"集"，这与《离骚》中的"欲远集而无所止"吻合。除此之外，楚文化留下的痕迹就似乎不多见。如果我们从洞庭湖沿湘江而上，可以发现很多与楚辞相关的地名：君山、白水、祝融峰、九嶷山……但众多寺庙楼阁却不是由"楚人"占据的：孔子与关公均来自北方，而释迦牟尼则来自印度。至于历史悠久的长沙，现在已成了一座革命城，除了能找到一些辛亥革命和土地革命的遗址之外，很难见到其他古迹。

那么浩荡深广的楚文化源流，是什么时候在什么地方中断干涸的呢？都流入了地下的墓穴吗？①

这里的叙述可以看出"寻根"的文学呼吁使韩少功想起插队的经验，在那里韩少功接触到楚文化，但这里面存留的楚文化非常有限。文化似乎在什么地方"中断干涸"了。韩少功呼吁文学有"根"，文学之"根"应深植于民族传统文化的土壤里，"根不深，则叶难茂"。他认为："（寻根）不是出于一种廉价的恋旧情绪和地方观念，不是对方言歇后语之类浅薄的爱好；而是一种对民族的重新认识，一种审美意识中潜在历史因素的苏醒，一种追求和把握人世无限感和永恒感的对象化表现。"②显然，这是在"寻根"打出旗号后所秉持的理想情怀，被列为"寻根"代表作的那些作品，很难说是在这一意义上被书写的，后来的代表作，就算是韩少功本人的《爸爸爸》也难有如此高远的理想。韩少功在具体的写作中，似乎更关注对民族劣根性的批判。

事实上，在1985年文化热之前，"寻根派"的作家就写下了一些很像样的作品，例如，贾平凹早在1982年就发表了《商州初录》；郑万隆关于鄂伦春的异乡异闻小说；李杭育的"葛川江系列"引起文坛关注；阿城的《棋王》已经引起批评家关于文化问题的遐想。问题在于，"寻根派"的前身大多可以说是知青群体，他们的写作经验主要得自知青的个人记忆。文学创作无法脱离个人记忆和个人风格化的基础，即使"寻根"的旗号亮出，写作还是在个人记忆的经验范围内去开掘。为了适应时代的思想文化氛围，个人记忆被再度放大，上升为寻求民族、国家生存之根的历史问题。当然，这次"放大"也是顺理成章，完全符合中国当代文学的发展需要。

"寻根派"的那些代表作在多大程度上是在追寻民族的"文化之根"是值得怀疑的。韩少功的《爸爸爸》名噪一时，迄今为止也被看成是"寻根派"的首选之作。这篇小说描写了一个尚处于蒙昧状态的

---

① 韩少功：《文学的"根"》，原载《作家》1985年第4期。参见吴义勤主编《韩少功研究资料》，山东文艺出版社，2006年，第18页。

② 韩少功：《文学的"根"》，同上书，第20页。

落后部落的故事，这里远离现代文明，贫穷、野蛮、懦弱、无知。每个人都没有真实的自我，不过是这个愚昧集体的一个被动角色，他们自觉屈从类似部落长老的那种无形意志，祭祀、殉古、打冤、迁徙……一切都习俗化、仪式化了。不管是老辈人之间的冤仇结恨，还是有点改革意识的人物仁拐子，都不妨碍这种生活习惯的日常运转。作为故事主角的丙崽却是一个白痴，由他提示的视角则使整个村落的活动显得更加怪诞。《爸爸爸》无疑表达了对国民劣根性的寓言式的批判，但是这种批判既构不成文学的主要任务，也不构成文学的主要价值。那些落后愚昧的原始行径，充其量也只能在寓言的水平上来理解现实的制度化生活，而要把它看成是延续至今的"根"则难以令人置信。《爸爸爸》作为成功的小说，其成功之处在于有效地运用象征、隐喻等手法，特别是丙崽这一叙事视角的强制性运用，有效地捕捉住那种疯狂与麻木相交合的生存情态。而要谈到"寻根"则过于勉强。

我也无须在这里一一列举"寻根派"的代表作，以证明它们的"寻根"意向过于模糊。持这样的观点看问题，不过是揭示"寻根"这个现象被建构的特征。"文化寻根"作为外在于文学的一种观念，它实际上是植根于文学创作内在突破的需要，"文化的"意义不过是文学的副产品。"寻根文学"是"伤痕文学"的深化和知青文学的过度阐释，缘由在于时代提供的紧迫需要——一代作家和知识分子需要建立起立足于时代高度的立场和话语。当然，"文学寻根"作为中国当代文学从未有过的一次集体选择，它并非仅仅名不副实。它毕竟是当代作家第一次表达出的精神自觉，尽管这一自觉是外化的和历史附加的，与其文学本身的内涵和质地并不是一回事。当作家执着于文学风格的探求，而不偏执于文化的特权时，"寻根文学"无疑有它回归文学本身的艺术品格，但那属于现实主义的老套路。寻根文学在历史观念上试图超越现代主义，而在文学观念和方法上则从现代主义后撤。郑义曾经表示："我们民族的传统，民族的生命，民族的感受，表达方式与审美方式在我血肉深处荡起神秘的回音。"20世纪80年代中期，并不只是呼应现代主义的创作方法面临突破，思想解放运动推动的对"文革"的反思性也同样需要深化，这是为脱离意识形态后文学如何建构思想深刻性寻求出路，文化显然是其深化的一个方向。拉美魔幻现实主义的成功例子摆在面前，如何以民族化的感觉方式进入到民族的内心，写出它的历史的和文化的积蕴，正是它的出路。这是文学之"根"，而不是"文化"之根，"寻根派"的含混正在于把文化替代文学，设想有文化就有更好的文学，把民族性等同于艺术性，而把文学实际的艺术性突破难题遮蔽了。

实际上，在具体的创作中，文化也只能是自然地在文学话语中生成的东西，只能是在历史与现实，在人物的生活与活动中自然积淀下的品质，刻意去表现文化反倒弄巧成拙。即使是"寻根文学"的那些代表作，其文化的内涵并没有压倒文学或审美的企图，只是因为强调站在现代文明困境的交叉点上来看待中国民族的生存问题，能有意识地去捕捉民族心理中的某种文化性状，这使得"寻根派"的作品有着比较深厚的思想底蕴。特别是那些并不刻意"寻根"的作家，反倒能更真实地切进文化的和历史的深度。韩少功的《爸爸爸》是强调文化的作品，也还算恰如其分，而他后来的《女女女》等，过分捕捉文化，反倒显得生硬，王安忆的《小鲍庄》也作如是观。张炜的《古船》把握文化就有气势而不失分寸，因为小说并不是循着文化指引去写的。

不管如何，"寻根文学"在20世纪80年代中期展示了中国民族生生不息的地域性的文化特征，显示了中国作家少有过的那种风格追求：贾平凹刻画秦地文化的雄奇粗粝而显示出冷峻孤傲的气质；李杭育沉迷于放浪自在的吴越文化而具有天人品性；楚地文化的奇谲瑰丽与韩少功的浪漫锐利奇怪地混合；郑万隆乐于探寻鄂伦春人的原始人性，他那心灵的激情与自然蛮力相交融而动人心魄；而扎西达娃这个搭上"寻根"最后一班车、结果又落荒而走的异族人，在西藏那隐秘的岁月里寻觅陌生的死魂灵，他似乎在走着一条通往未知的永远之路……"寻根文学"最终以莫言的《红高粱》(1986年发表)为终结却也理所当然。莫言撕去那层玄虚而神秘的文化面纱，而直接去触摸痛快淋漓的生命之根，把"寻根"拉回到了生活本真和生命本体的层面。莫言企图给柔弱的现代文明注入生命强力，在感性解放的野性大地上，身体快感替代了"寻根文学"的文化压抑与含混的反思性。在20世纪80年代中期，中国人并没有那么深邃的心灵去感受文化的无穷深度，莫言更加感性的叙事方式及生存哲学对于整个文学界，乃至对于绝大部分中国人来说,都是一次期待已久的解脱。随着《红高粱家族》被张艺谋改编成电影,那沉重的黄土地已经变成一片鲜艳,一曲"妹妹你大胆地往前走……",唱得痛快,也唱得人心慌。是鼓励,是怂恿,还是解放?中国人往哪里走?中国文学往哪里去?寻根能预示广阔的前景吗?事实上,莫言的生命体验把寻根连上了20世纪80年代尚未完成的人性论和人道主义的文化建构,并且连上了现代主义文学的语言和叙述维度。在这一意义上,莫言毫不留情地中止了业已萎靡的"寻根",拓展了"寻根"寻摸的怪僻狭窄的文化捷径。多年之后,我们可在莫言远为大气的文学写作中,看到摆脱了直接文化标志和简单民族认同的那种文学意向。莫言在艺术上的持续力量也源自这种更为广阔的文学观念。

多年之后,阿城似乎幡然醒悟,表明他早已洞察到中国文化之根已经丢失,没有寻的必要(这又走到另一个极端)。在接受查建英的访谈时,谈到"寻根文学",阿城认为:"'寻根'是韩少功的贡献。我只是对知识构成和文化结构有兴趣。"阿城说道:

> 我的文化构成让我知道根是什么,我不要寻。韩少功有点像突然发现一个新东西。原来整个在共和国的单一构成里,突然发现其实是熟视无睹的东西。[①]

至于把阿城的小说与庄老典籍表达的意义做某种重合,阿城现在可能也未必会接受,因为他认为:《诗经》《论语》《道德经》什么这那的,只能是文化知识的意义。可以清谈,做学术,不能安身立命,前人读它是为了安身立命。离开了生命的文化,不是活的文化。阿城自然不想在作品中表达什么文化知识之类的东西。如此看来,阿城也曾跃跃欲试地对文化之根的"寻找"乃是一种不可能的寻找,文化之根早已被历史切断,作为一次具有集体热情的文学行动,阿城恰逢其时地站到了时代的前列。

总之,《棋王》作为"寻根"的代表作,其创作动机主导方面还

---

① 查建英:《八十年代访谈录》,生活·读书·新知三联书店,2006年,第33页。

是书写知青创伤心灵史,并无明显的文化意味,更谈不上明确的"寻根"意向。知青生活共同记忆中的主要内容还是指向:其一,回到民以食为天的朴素的"吃"的记忆;其二,无父的家庭精神创伤记忆。《棋王》说到底还是写出了知青一代人的独特的经验,这种书写本身逃离了依凭意识形态思想解放给定的反思意向,使它具有一种生活的素朴性和本真性。它以它在艺术上的简洁平淡及内在隐含的戏剧性和幽默感,表现出自己独特的文学性魅力。至于"寻根"形成一个声势浩大的运动,《棋王》被确认为具有文化方面的种种意味,具有庄老禅的玄妙意味,或者也具有儒家文化的君子自强不息的精神,那都是进一步(过度)阐释的结果,这种阐释无疑具有积极意义,但在进行这种阐释时,也有必要事先理清文本自身所具有的更为基本的原初含义。这就是本章试图探讨的文本与时代相互建构的那种历史语境。

第六章　身份政治与隐含的压抑视角

——王安忆《新加坡人》分析

在当代中国作家中，王安忆无疑是成就最大的作家之一，也可以说是最难解的作家之一①。如此说来，可能会让很多人觉得奇怪，王安忆的作品如此明晰，风格如此鲜明，何以有难解之处呢？问题在于：王安忆的作品看上去四平八稳，无棱无角，却总是让你抓不住要害，她的作品是弥漫性质的，是流动性的，是网状式的，是黏附性的，你几乎不能打碎她的作品，你几乎不能进入她的全体。那里是无数的岔路，没有主干道，没有明确的林中路。更何况王安忆在每一个时期都在变化，既应对当下的潮流，又对自己的过去和现在提出挑战。想想40多年前，王蒙就在赞许王安忆的"这一站"时忧虑她的"下一站"②。然而，40多年来，王安忆总是敏锐地看到了自己的"下一站"。当代文学（自从"伤痕文学"以来）的任何一个变迁的潮流，王安忆几乎都没有落下。从"伤痕文学"到"寻根文学"，从"人性解放"到20世纪90年代初的反思，王安忆都做出自己的反应。我这样说，并不是说王安忆是一个赶潮流的人，事实上，这只是她的敏感天性在起作用。更何况那些所谓的潮流都不过是一些理论批评的概括，人们乐于

---

①　有论者指出，关于王安忆，有两种迥异的基本评价：其一，她是一个赶潮流的作家；其二，她是一个个性卓荦、执着坚定的作家。参见王向东：《孤独城堡的构建与冲决》，《扬州大学学报（人文社会科学版）》1999年第2期。

②　王蒙：《王安忆的"这一站"和"下一站"》，载《文汇报》，1982年3月18日。

拉王安忆入伙以壮大声势。但是，更重要的在于，王安忆其实一直在思考自己的突破方向，但她显然并没从自身的特点中去发掘变异的机制，而是从时代提示的新的感觉那里找到她的切入点。在与潮流的互动中，王安忆获得了自我超越的解脱。当然，这样的超越很可能是一种假象。以至于王安忆这么多年来，她的风格是如此一致。早在1983年，周介人那封给王安忆的信，直言不讳地提出王安忆在"避难就易"，王安忆给自己辩解说她是在"扬长避短"①。这么多年来，王安忆也确实一直在"扬长"，写作的长处发挥得淋漓尽致，那么艰苦的命运，她可以处理得舒展自如；那么细致绵密的叙述，对于她来说却是驾轻就熟；那么漫长的故事，她却从来说得从容不迫；那么繁杂的转折，她依然可以枝节蔓延……我们不得不承认，王安忆的叙事艺术独创了她的路数，她的作品外在的平易光洁，与她的作品内在的丰富庞杂，如何构成一种协调的整体，这确实是令人惊叹的一种手笔。很多年后，我们会惊异于这样的艺术成就，再也没有人有耐心把汉语小说写得如此丰富繁杂；再也没有人把中国人的生活写得如此详尽琐碎。但是王安忆做到了，是在浮躁浮夸的20世纪90年代直至21世纪最初的那些年代。

王安忆确实是自顾自地在她的小说天地里行走——哪一个有自己独到之处的小说家不是如此呢？不如此哪里又有她的天地呢？还是那个"避难""避短"的问题，王安忆的作品里好像压抑住了一种可能性，压抑住了要爆裂的东西。压抑啊，那是在艺术气氛上压抑，是王安忆对自己的压抑，是王安忆对小说艺术的压抑。王安忆是有力量的，能压抑住这么多的东西，那是何等地不易啊，她哪里是在"避难就易"，她分明是在"避易就难"！这就是王安忆的难处，这就是理解王安忆的难处，这就是王安忆小说的难解之处！

我们首先要承认王安忆有鲜明的风格并取得了突出的成就，我们也是始终把王安忆看成中国最好的小说家之一来理解她的创作，来探究她的小说艺术更趋成熟之后的美学趣味和倾向。理解王安忆，就要

---

① 周介人：《难题的探讨——给王安忆同志的信》，王安忆：《"难"的境界——复周介人同志的信》，均刊载于《星火》1983年第9期。

这样逆难而上，进入到她的小说的那些难处，进到那个难解之处，才能打开王安忆小说的奥秘，才能释放出她的小说的更大的可能性。

在这里，我想选择王安忆的《新加坡人》加以分析。这篇小说并不被认为是王安忆的代表作，王安忆本人也并不十分看重它，尽管王安忆有一本小说集以它为名。但我以为这篇王安忆并不经意写下的小说，倒是非常自然真实地体现了她对小说的理解，显示了她的小说最自然的那些特征。在这里，我还想引入台湾女作家林郁庭的《蚝痴》加以对比，由此可能更鲜明地看到王安忆小说的那些艺术上的特征。我这样的读解当然是一次十分冒险的艰难之旅，就像是一次在众目睽睽之下的走钢丝或跳大绳。

一、小说中的文化空间：大上海与小弄堂

《新加坡人》发表于《收获》2002年第4期，可以说是王安忆小说艺术走向炉火纯青时期的一个小小的标志。2002年，也是上海作为一个国际大都市屹立于世界的一个年份，尽管说这个年份没有什么特别之处，但上海作为东道主刚举行过APEC会议（2001年10月），而在此前不久，美国遭遇"9·11"恐怖袭击。中国在这一年国内生产总值超过10万亿人民币，上海作为长江三角洲经济区域的火车头，也是中国经济的火车头，当然也开始被想象为世界经济的火车头。2002年上海完成国内生产总值达到5975亿元，人均国内生产总值达到34277元。而当年中国人均产值不过9506元，可见上海经济发展在中国的领先地位。上海几乎就要成为远东的金融中心，是亚洲当之无愧的"东方巴黎"。整个浦东的基本建设已经完全是一派高楼林立的景象，金茂大厦作为当时中国第一高楼，亚洲第三高楼，足以让上海市民扬眉吐气。据说，在上海城市里或周边城市及郊区，居住的香港人、台湾人以及韩国人、新加坡人已经超出几十万人之众，更不用说那些流动的来自世界各地的客商。既有名商巨贾，也有国际白领，还有一些跑单帮的小生意人。上海真正是中国经济最活跃的中心。

当然，最值得上海人骄傲的当然还是富有历史感的黄浦江两岸。

2002年1月，黄浦江两岸综合开发正式启动，黄浦江畔修缮一新指日可待。后来，也就是在2006年的上海经合组织峰会的欢庆夜景时刻，中国人民终于见识到黄浦江畔的美丽夜景，这不只让人想起上海昔日的奢靡繁华，更使人看到上海今日的绚丽雄奇。确实，在这一年，王安忆发表《新加坡人》，讲述一个全球化经贸往来的新加坡商人在当今上海的经历，就此来再现上海作为一个国际性的都市的新景象，这无疑是顺理成章的事。看看王安忆笔下的今日上海，那是新加坡人与一伙上海人吃完饭来到外滩时看到的景象：

灯都开了，这一岸是殖民时期的欧洲古典建筑，大石块的墙面，乔治式平顶，偶有几座哥特尖角，但不显著，沿江岸拉一道弧度。灯光的设计大约采自于现代的欧洲，那些中世纪的古堡，在自下往上的灯光里，青苔与石缝唰地绽开了。在此，灯光贴了洗过的墙面上去，均匀平滑，只在突出的石砌的窗台与窗楣上方，投上暗影，有些像古典戏剧里巨大面具的笑脸，带着几分阴惨，是穿过历史幽深隧道的污染吧！而这多少是奥秘情调的灯光，立即被那一岸的强劲光芒压抑住了。那一岸是近年内的新建筑，球状，方尖碑状的几何形，高和大，突兀在黝黑的江岸，将那崭新，锐利，立体的灯光砸在狭窄弯曲的江面上，并发出跋扈的气派。①

之所以引述这一大段，这是近年中国小说对上海外滩描写最详尽最精彩的文字，也表达了王安忆对外滩的独特感受：既欣喜自豪，又反唇相讥。这一段描写把上海的旧殖民主义文化遗产与当今欲望崇拜的现实进行了综合概括，在这样的感性生动的空间里，旧时代与新世界交汇在一起，将有什么样的故事上演？

这一段描写使人想起王安忆在《长恨歌》开篇里对上海的描写，那是与外滩完全不同的上海弄堂的景观：

站一个制高点看上海，上海的弄堂是壮观的景象。它是这城市背

---

① 王安忆：《新加坡人》，《收获》，2002年第4期。

景一样的东西。街道和楼房凸现在它之上,是一些点和线,而它则是中国画中称为皴法的那类笔触,是将空白填满的。当天黑下来,灯亮起来的时分,这些点和线都是有光的,在那光后面,大片大片的暗,便是上海的弄堂了。那暗看上去几乎是波涛汹涌,几乎要将那几点几线的光推着走似的。它是有体积的,而点和线却是浮在面上的,是为划分这个体积而存在的,是文章里标点一类的东西,断行断句的。那暗是像深渊一样,扔一座山下去,也悄无声息地沉了底。那暗里还像是藏着许多礁石,一不小心就会翻了船的。上海的几点几线的光,全是叫那暗托住的,一托便是几十年。这东方巴黎的璀璨,是以那暗作底铺陈开。一铺便是几十年。如今,什么都好像旧了似的,一点一点露出了真迹。①

王安忆这是在说,上海的弄堂如海洋般深沉,这里面什么样的历史都有,什么样的人都有。8年过去了,王安忆突然写了《新加坡人》,如此诡秘地描写了上海外滩的景观,它可以遮蔽那个深渊一般的上海弄堂吗?这个国际化的商人"新加坡人",是来到了一个新的"东方巴黎"吗?还是依然在上海的弄堂里打转?

《新加坡人》讲述一个新加坡商人在上海的经历,按小说的叙事,新加坡人是个阔佬,在新加坡有企业,在吉隆坡有企业,在曼谷有,在伦敦也有,他在上海倒没有什么生意。但他总是往来于上海,有时一年来四五次,有时一年到头也来不了一次。新加坡人在上海有个朋友陈先生,实际更像是他的马仔,为他跑前跑后,安排饭局,会见一些上海人。有意思的是,这些上海人绝不是什么生意上所需要的达官贵人,而全是一些上海闲人。当然说是闲人也不尽然,来者还是先听说新加坡人的生意,想寻找机会,就带来了一帮亲友、亲友的亲友。结果座中主要是一些女士,这就切入了正题。那个准皮条客陈先生为新加坡人安排饭局,也图的是热闹,让新加坡人领略一下上海的市民生活,而女性则能体现生活更本真的面目。小说的故事就在新加坡与上海小女子之间微妙关系中展开,步步切入到新加坡人的情感内心,

---

① 王安忆:《长恨歌》,人民文学出版社,1995年,第1页。

去描写他在情感与欲念之间的小心游走的情状。当然，故事发展到后来，新加坡人还是与上海小女子错过了，随后出现了来自北方某外语学院的时尚女生，大胆而直接的风格倒是把新加坡人吓回去了。临近小说结尾处，更加平和有经验的另一位上海女子进入了新加坡人的生活，新加坡人也因此终于认为自己融入了上海人的生活。

这篇小说的故事主旨在讲述什么？是讲述一个新加坡商人融入上海生活的困难吗？或者是讲述一个新加坡人在上海崛起时期对上海（中国）的认同？是讲一个出外经商的男人身体欲望的困扰，还是讲述上海在国际化商业主义潮流中形形色色的人的行为方式和生活方式？王安忆的小说是如此丰富和缠绕，这些主题似乎都在其内，但都很难说哪一个主题占据主导地位。这是在上海崛起时，对大上海作为全球贸易新中心的一个相关故事的叙事，《新加坡人》无疑表达了上海全球贸易时代的一种活动方式。这个故事是在大都市的上海的背景中展开吗？这个小说给出的上海空间是如何的一个空间？大上海何以一闪而过？只是浮华的外表转瞬即逝，而老上海的弄堂文化却依然填满了这个全球贸易代表"新加坡人"的身边。这是一个非常有意思的转化，王安忆感叹了大上海的崛起，她感受到了那种"跋扈"的力量，但她显然对大上海的空间有所回避，她热衷的还是她记忆中熟悉的弄堂上海："一条僻静的林荫道，两边多是围墙和弄堂，里边是安居乐业的保守的生活，就在其中，有一扇紧闭的不锈钢门，退进去一点，略微变得有那么一些隐蔽，不锈钢的门上，镌刻着几个字……"或者那些地面逼仄的小餐馆，情调各异，风味奇美。更有甚者，陈先生领新加坡人去到一个过去曾经去过的餐馆，店面更大了，一样的火爆，但那天竟然没有地方，老板娘也没有让打回票，而是引进老板和老板娘的卧室，在那里摆下一张餐桌，招待了作为贵客的新加坡人。这让新加坡人十分感动。小说写道：

他们的餐桌就设在床与梳妆桌之间，周遭的华美里，含了一股狎昵，这一股狎昵因为是居家的气息，就抵销了猥亵之感。这一餐宴，新加坡人有些走神，脸上的笑容变得恍惚起来，在这老板娘的内室里，生出了什么样的遐想吗？是他不安定的漂泊的生活被触动了，抑或是，生活其实并不是漂泊的,而是在哪里也有着这样一份居家的日子,此时被唤醒了。①

我们不得不惊叹于王安忆小说在过渡性的描写里所体现出的艺术技法。从小弄堂的情调到新加坡人的心理,这样一个过渡,王安忆写得如此巧妙自然。原来并不是当今发达的上海,而是这样的弄堂文化深深地吸引了新加坡人。最为关键的在于,这里触发了新加坡人关于家的记忆,这是关于家的最理想的情境了,既有古典时代的狎妓的情调,又有上海小市民居家过日子的温馨。这样的"家"的感觉真好啊!这就是上海的"家"的美妙图景。新加坡人作为生意人,四处漂泊,住的都是那些国际化的四星级、五星级酒店,哪里有这样的居家气氛呢!但新加坡人何以不想起自己的家呢?他在新加坡的"家"呢?这里面有什么隐情呢?王安忆目前一点都没有透露,而是在后面的叙述中,到了关键地方再把新加坡人关于家的隐情透露出来。新加坡人对上海的迷恋就这样被给予了可能性,对上海/中国的认同,是源自对"家"的认同。

当新加坡人说他是"一个中国人"时,无疑是非常真诚的。但这里面存在着一个过渡式的跳跃,那就是"家"又被省略了。以至于他的"中国人"是一个什么样的概念并不清晰。他的中国是哪门子的中国呢?他的中国既是一个历史记忆的中国,也是一个文化概念的中国,同时还是一个自我身份认同的中国。这样的中国并没有现实化,因为先要有"家",才有"国",先要在上海有"家室",这个"中国"才会清晰起来。这就是新加坡人要把他的"中国人"认同现实化面临的问题,要赶紧建立一个家,在上海的弄堂里。当然,说到底,"家"才是根本,"中国"既是久远的梦想,又是新近的想象,当然还是"家"的派生物。正是在这样的逻辑关系里,王安忆倾尽全心去刻画上海的小市民的生活图景及他们的文化心理。

王安忆细数那几桌围着他的上海"中国人",那都是什么样的人啊?初读下来,会让人觉得王安忆的叙事如此啰唆,不厌其烦,如果

---

① 王安忆:《新加坡人》,《收获》2002 年第 4 期。

读到后面新加坡人的话语，那就明白了王安忆何以要介绍几桌子的上海人：那个做服装生意的女老板，再加上开公司与朋友结下的恩怨。那个沪剧三级演员，甚至还有那位琴师，如此七拉八扯，还扯到加一桌的一对开保洁公司的夫妇，然后才是几个更主要的小女子角色出场，这里面又牵缠着女子的男朋友，女子的同学。要命的是还有第三桌，老年爵士乐队的单簧管手，以及随他而来的老年绅士淑女。这一顿饭，几乎吃出了上海的陈芝麻烂谷子，形形色色的在当今追名逐利或闲散无奈的上海人都轮了一个遍。这个新加坡人要认识上海谈何容易！要结交上海女人，要与他们打交道那得脱几层皮。当然，王安忆这里倾向于揭示的是上海市民的那种逐利习气。也由此暗喻上海市民文化与新加坡人保持的或想象的"中国人"存在着严重的现实分裂。新加坡人——这个自诩为中国人的南洋客商，现在想结交上海女子，王安忆就让他看看上海女子的那种精明玲珑、算计和心眼，还有小家碧玉的小家子气和楚楚动人：

两位小姐都是二十岁的年纪，穿扮得很时髦，大冷的天，穿了齐膝的黑色羊毛长筒袜，上面是西装裙裤，中袖薄羊毛衫，格子背心。头发都是长发，黑亮亮地盖到后背。嫩脸上都化了妆，大眼直鼻，光亮的嘴唇。但两人的神情却有些瑟缩，受惊的小鸟似的，上洗手间都要手拉手同去。走路行动，也是局促拘谨的样子……新加坡人不由多看她们两眼，两人又都红了脸，低下头去。①

这个关于国际商人来到上海大都市的传奇，现在变成一个中年男子与上海的小家碧玉的故事，一个后现代的上海滩，再度向弄堂文化回归，关键在于，新加坡人迷恋上海的"家"的气氛。在这里，王安忆正是如鱼得水，如归故里，她的叙述显得那么轻松自在，游刃有余。这一伙人吃完饭到十里洋场买衣服，领略了当今上海的浮华，但王安忆压抑了消费社会的盛大的欲望场景，而是让这伙人来到小格局的专卖店，这样的地方，不过是弄堂的准现代化的格局，它正好把新加坡

---

① 王安忆：《新加坡人》，《收获》2002年第4期。

人与小家碧玉的浮华的消费活动压抑在"传统"和"家"的限度内。王安忆把他们关进这些小格局的店铺，正好审视他们的小市民的气息。既本分，又虚荣；既善解人意，又谨小慎微；既有现代的浮华，又有传统的节制。要描写上海的弄堂文化或小市民文化，没有人可以达到王安忆的水准，张爱玲在她那个时代是一个高峰，但张爱玲过分尖刻悲观，王安忆在平和中可以调和欣赏和批判之间的平衡，津津乐道与反讽的快意使得王安忆的描写如沐春风。看看饭桌上牵扯出的三教九流各色人群，还有买衣服的详情细节，就可以说王安忆完全得了曹雪芹《红楼梦》的精髓，关于吃饭穿衣的叙事，中国小说的范本就是《红楼梦》了，如果要做局部的比较，王安忆的描写并不逊色。

雅雯的出场带出的还是上海的弄堂文化，那是生活艰辛的老旧的知青返城的故事，是当代上海弄堂的经典故事。雅雯的父母是支援新疆的知青，她留在上海寄养在外公外婆家里，一直与小姨挤在一张床上。随着父母返城，居住空间更加狭窄。生活的困窘，挤去了雅雯身上的亲情，对父母几乎是不理不睬，但内心却想着为父母买房子。一个中专生，在酒店当电话接线生，离买房不知差多远。她的酒店里每日都转悠着一些不三不四的年轻女子，雅雯从她们身边走过，心中便有一种道德上的优越感。新加坡人出现，出入高档酒店，奢华购物，这些足以打破雅雯的心理平衡。新加坡人离开上海几个月，下次来就再也找不着雅雯了。雅雯的下落没有交代，但可想而知，她十有八九是步了那些年轻女子的后尘。轻轻一笔带过，上海弄堂里正在演绎着《灰姑娘》的新剧目，出现了《长恨歌》里的王琦瑶在21世纪之初的传人。这是国际化的上海，世界贸易往来给年轻一代上海女子馈赠的礼物，就像新加坡人出手阔绰给予的那些奢华礼物一样。老上海经受着新上海的物欲人欲的刺激，随着越来越多的雅雯走出弄堂，弄堂的文化，那深渊式的阴影迟早会消散吗？不过雅雯会是在重演王琦瑶的故事吗？王安忆的弄堂就可以永远周而复始吗？那个来自北方的外语学院的周小姐，显然与雅雯之类的上海小家女子不是一路，她的生猛直接让新加坡人有些望而生畏。后来出现的那位有些"妈妈桑"风范的女士，已经不能看成是在重复着王琦瑶的故事。王安忆还是写出了不同的女性，在上海这个弄堂的空间内和空间外正在上演着新上海的生活/欲望传奇。

　　这也就可以看出,王安忆在这篇小说中,"虚着写"大上海。仔细辨析,这篇小说关于当今上海的描写也只限于夜上海——不时穿插着那些当今上海的浮华夜景,只有在夜景中,欲望化的上海都市才会露出它的面目,并且是与怀旧的上海,民国时代的上海的遗风联系起来。但王安忆"实着写"的则是上海的弄堂,当今上海的人和事还是弄堂里的老样子。新加坡人与当今上海的关系,变成了与上海弄堂家长里短的故事,这既是王安忆自己摆脱不了的关于上海的记忆,也是王安忆对当今上海变迁的理解。在她看来,上海浮华的外表掩盖下的,还是弄堂文化。市民草根还是占据大多数,上海女子的典型代表就是那些小家碧玉。当然,同时还要看到,王安忆明着写弄堂文化的根深蒂固,但也在"暗着写"这个弄堂正在变动的生活内幕。这个弄堂也被外面的大上海所诱惑,正在不知不觉地松动,一点点地融入外面那个跋扈的大上海。但这种变化的复杂性和深刻性,王安忆并没有真正理会,弄堂的阴影在王安忆的作品中还是相当浓重。

二、文化认同与"欲望"书写

　　新加坡人喜欢上海,这是这篇小说的所有立意的出发点,小说讲述的故事由此缘起。新加坡人为什么喜欢上海?很显然,那次在老板娘的卧室里用餐激发了他关于上海的"家"的想象。那种居家的日子和气息,浓浓的上海味自然弥漫于其间,深深地吸引着新加坡人。

　　新加坡人对上海的认同,从他每年多次往来的热情中已经足以见出:他在上海并没有常规生意,也没有做什么大生意的打算,他如此热衷于来上海,显然是在文化上有一种向往和依恋。他要陈先生不断地给他安排饭局,有上海人邀请他到家里做客,他欣然前往,但结果是安排在饭店,他颇感失望,这说明他非常想了解上海人家真实的日常生活。但这种心理是基于他的文化认同的需要还是内在欲念?比如说,他一直想找一个上海女人给他"烧饭"。这是他内心隐秘的愿望吗?从小说的结尾的那位"善解人意"的女士来看,他是想找一个上海情人。他内心隐秘地藏着什么愿望,这样的愿望很具体,绝不是什么概念化的文化寻根。那就是要找一个上海女子居家过日子，当然不会是明媒正娶，只是"烧饭"做伴。

王安忆显然在这里设置了一层文化的包裹层，这当然是王安忆有意的安排，但也未尝不是王安忆在叙述中所做的逃避。既是逃避，也是压抑。也就是说，王安忆的这种叙事本来要抵达的某种方位，至少要经过某个方位，但她回避了，转向另外的方面。因为那个方位将有某种王安忆觉得不可控制的东西喷涌出来，她要压抑住这种东西，因此她转向别处。转向文化或者更为温和、平淡、内在的那种情结。

小说一开始就交代了陈先生，这个黑瘦的在日本打过工的男子，很明显就是上海滩上的皮条客。小说这样的开头无疑有一些关于欲望的暗示，这个欲望的动机深藏在小说叙事的起源处，随时要涌溢而出。显然，王安忆虚晃一枪，她要压抑住这个欲望。正如那个陈先生第一次见到新加坡人，新加坡人没有直接向这个皮条客要女人，而是要他介绍餐馆，这个欲望的动机就转向了上海的"日常生活"。但陈先生还是理解安排饭局的本质，那就是物色美女。小说的结尾新加坡人已然也有一个上海人的小圈子，那显然是通过那个善解人意的女人。有了上海女人，才终于有了融入上海小圈子的基础。当然这里并非纯粹的生理性欲，它本身也包含着文化认同在里面，他怀着如此含蓄平和的态度去结交上海女子，无疑内心早有对上海女人的某种心仪，某种想象。既是文化认同的想象，也是身体欲望的想象。小说花费如此多的笔墨去描写认识几个女人的详情细节，也是为了揭示生理欲求与文化身份认同纠缠在一起，文化认同微妙地压抑着欲望，而欲望只是困窘地不安分地试图表达出来。

本来是一个有钱的单身男人到异国他乡，身体寂寞难耐，要寻求一个女人以获得身体的慰藉，但王安忆的叙述把欲望关在了门后，只是不时泄露一点出来。正因为此，欲望在小说叙事中似乎随时要涌现出来，但总是或明或暗，有意无意之间，这使欲望如同被纸包住的火星，总是要跃然而出，却又一闪而过。它原来是作为"家国"（以及文化）认同的动机，后来却是作为"家国"（文化）认同的剩余，这使得新加坡人表达起欲望来那么笨拙，那么羞涩，如同不谙世事的少年。这样来表达欲望，也算费尽心机。新加坡人的身体欲望被压抑下去了，这使他成为一个有文化有涵养的人，但那绝不是那种饱学之士，知书达礼的文人墨客拥有的文化，而是一个普通新加坡商人所具的文化。这种文化完全是日常性的，民间的，草根的，以直觉和生活自觉行为表现出来的。不过，他的身体不再显得有生气。

王安忆的叙述是如此缠绕和暧昧，与其说她压抑了新加坡人的欲望，不如说她不想进入或不敢进入新加坡人的欲望。一个想有欲望却无法表达欲望的新加坡人，就像一个伪君子和恋爱的傻瓜一样，不断地在饭桌上和购物场所作秀。这个新加坡人连名字都没有，王安忆只能始终称他为"新加坡人"，把他概念化，给予他以永远的异国人命名。结果他是一个局外人，道地的局外人，一个欲望的和文化的双重局外人。对于文化，新加坡人的认同和进入都非常困难——就这一点，王安忆的叙述是成功的，王安忆显然是带着反讽来叙述这一认同的。如果不是这样，那就要说王安忆陷入了对崛起的上海的优越感的沉醉，或者是对上海小市民文化的沾沾自喜了。王安忆当然不会那么简单，正是对新加坡人认同的反讽性叙事，王安忆显示了她对上海文化独特细致的描写和深刻有力的批判；也表达了她对当今中国／上海经济起飞与上海老旧文化的深刻揭示。但王安忆对新加坡人的欲望描写却是过分节制了，这个欲望太过含蓄、空洞，没有质感、没有真切。新加坡人完全像个没有经验的傻瓜，他甚至在周小姐抱住他时还要逃脱。王安忆是想写出一个还保持着儒家文化的温柔敦厚，坐怀不乱的正人君子形象吗？或者是要写出一个异国人在欲望表达方面的困扰？如此一来，新加坡人这个形象实在有点做作，既有欲望，却又不敢有行动。王安忆这样写也未尝不可，从经验逻辑的角度来看，也未尝没有合理性。但王安忆这样写，显然是关于新加坡人的"文化身份"起了决定作用，它限定了新加坡人的行动和语言。王安忆明显有点从"文化身份"角度出发来刻画这个人物，以至于他没有什么行动，也没有语言，多数情况下，新加坡人的表情、行为、语言和心理，是呈单一状态延续的。

或许是因为过分关注文化身份，王安忆就不能去正视欲望，当然也不能放手表现男人的真实欲望。一个没有真实欲望的新加坡人在这篇小说中像是关于文化想象的概念化的存在，结果他只成为王安忆不厌其烦地表现上海弄堂文化的一个陪衬，他只能跟着陈先生到处转悠，除了花一大把冤枉钱买单外，他和上海人似乎没有发生更为深刻的关系。新加坡人对年轻女性、雅雯二位小朋友问的话，以及对周小姐都问过"会煮饭吗？"这问话就是新加坡人的给出的最暧昧的调情信息了，新加坡人是想找一个会煮饭的女人？他对女人的记忆，只是限于他的那个华人女工，她由煮饭女工转变为他的妻子，给他生了儿子后又离婚。他能感到女人的好处就是煮饭吗？新加坡人的情感和欲望都过于简单。虽然王安忆不无反讽的格调，但把新加坡人处理得没有基本的人性深度。小说叙事的内在层次感也因此展现不出来，人物的性格和心理无法产生分裂的力量，小说也因此少了那种偏斜变异和撕裂的力量。王安忆还是不愿在更完整和饱满的人的生存中展开叙事，文化身份的意味使这个故事转向委婉含蓄，它固然细腻温婉，但也略显平淡沉闷。

当然，我们没有任何理由说直接写了欲望、露骨地书写身体就是好的作品，就有力量。就书写身体而言，没有任何抽象的一般化的规则，只是在王安忆这篇小说中，新加坡人的身体欲望几乎被压制到零度，完全被上海的小市民文化和弄堂情调遮蔽了。

王安忆其实也描写过欲望，那是20世纪80年代中后期的"三恋"和《岗上的世纪》，特别是后者，还曾经被人称为"标志着我们新时期文学中第一部真正纯粹的性爱小说的诞生"[①]。很显然，作者定义的"纯粹的性爱小说"无疑是有特定含义，并不指其对性爱的直接描写，毋宁说是情爱主题如何构成了小说叙事的核心，并且具有了穿过命运历程的那种绵延之力。《荒山之恋》看上去像是霍桑《红字》的中国版，它叙述一对男女偷情的故事如歌如诉，王安忆正视了身体的欲望，命运不再是被社会悲剧引导的产物，而是身份欲望无法遏止的结果。一个孱弱的艺术气质的男人，一个风骚妖娆的女子，他们结成一对生死爱恋的男女。《荒山之恋》还是很有迸裂的力量，男女都因为爱而改变了自己和命运，人物性格的变异和命运的断裂凝聚在一起，逼近小说的悲剧深处。毫无疑问，《岗上的世纪》在当时的性爱小说中无

---

① 谭桂林：《性文化蜕变中一次新的躁动——评王安忆〈岗上的世纪〉》，《文艺学习》，1989年第4期。

疑是极为大胆直露的，放在今天来看，依然具有强劲的爆发力。它那些直接坦率的关于身体感性快乐的描写具有解放的意味，小说叙事把其目标性的高潮定位于纯粹性爱，敢于把对身体快乐的自我意识作为反抗并且承担命运的根据。

　　20世纪80年代中后期正值中国的感性解放潮流开始涌溢的时期。街头地摊、书店报亭到处都放着一些有关"性"的图书字画，那是中国的思想解放无法在思想领域深化困扰的时期，但在人民群众，却足以从人性论、人性解放那里获得充足的行动方针。伴随着歌厅舞厅的兴盛，一个反压抑的感性解放的社会运动其实已经在民众的日常生活中扎下根。王安忆的"三恋"足以看成是一次在文学上的强烈呼应。尽管在此之前有张贤亮的《男人的一半是女人》，相比较而言，王安忆的叙事显得温柔敦厚多了，但在王安忆而言，已经是非常勇猛的进击，敢于汇入人性解放或感性解放的大潮。多年之后，王安忆很可能认为"三恋"作为她回应"人性论"深化的作品，对那些比较率直的性爱描写有所不安①。王安忆此后的作品中就少看到比较细腻直接的性爱描写，她的作品涉及男女爱恋都倾向于点到为止。她宁可在文化上和心理层面不厌其烦地下功夫，也不愿去触摸身体的区域。王安忆作为一个知名的成绩斐然的女作家，不愿意深入探究性爱主题，当然是她深思熟虑后的选择，这是否又是一个如周介人当年所言的问题，她有些"避难就易"呢？王安忆不愿触及更为复杂的人性，比如，王安忆很少描写人物的潜意识层面，也较少去发掘人物性格心理的反常性和分裂的特征。她偏向于描写有节制的、常态下的理性人物。或许平实温婉与怪力乱神不可兼得，只是王安忆的笔触经常接近那些裂罅的边界，如果不要那么压抑，而是稍加放纵一下笔触，可能会有意想不到的效果。对别人可能是苛求，对王安忆则是必然的期待。

　　看看那篇早于《新加坡人》的《香港的情和爱》，那个老魏与新加坡人如出一辙。老魏是个华侨，喜欢香港，不时到香港来，这与新

---

①　大约是1994年秋天，笔者到上海与孙甘露一起拜望了王安忆，当时谈起她的"三恋"，正待深入，王安忆把话题一转，给我的感觉王安忆好像不太愿意讨论她的三恋。她自己可能是将其视为"过渡时期"的作品。

加坡人喜欢上海有异曲同工之妙。老魏结识了小栅、凯弟，后来结识了逢佳，逢佳是那种从大陆迁来香港的底层人家的女儿，30岁，想移民到美国，老魏在搞美国移民方面有点路子，这样的交易就发生了。在交易过程中，老魏对逢佳产生了某种喜欢，逢佳也对老魏形成了一种需要的关系。结果变为老魏包养逢佳两年，最后老魏把逢佳送到澳洲。这项关系结束了，其中夹杂着二人颇为复杂微妙的情感演化过程，小说描写老魏对逢佳的心理：

见到逢佳的喜欢是一点一点弥漫起来的，在老魏的年纪，已不会汹涌澎湃地高兴，他对什么都是有准备的。没有什么突如其来的情形了，任何情形全都是相衔而来，就像系列剧一样，一集接一集，有的貌似无关，其实因果相连，或者貌作惊人，其实大同小异。老魏他并不需要什么意外之笔。他只要情理之中的一点灵感，仅此而已。见到逢佳的喜欢是掺了点不悦的喜欢。老魏的年龄是清浊合流的年龄，情感都是毛边的情感，不是那么光滑、整齐、眉目清晰的。老魏反倒觉得过于纯粹的情感是脆弱的、杂芜的，反倒扎扎实实、比较可靠。见到逢佳的喜欢是隔了膜的喜欢，喜怒哀乐全是伤身之物，老魏是把这喜欢包起来供着看的，就好像玻璃缸里的金鱼，隔岸的观火……①

这里之所以引述这大段，确实可以看出王安忆对一个中年男人的心理的细致而入骨的刻画，把中年男人对情感生活的希冀与畏惧的心态完全表达出来了。

新加坡人和老魏对待女性的方式，让人想起尼采所说的东方式的对待女人的方式。尼采以鄙视女人著称，他认为西方男人对待女人的方式既愚蠢又不符合女性的意愿。如果不认识到男女之间一种永恒且必然的敌对的紧张关系，那就要犯基本的错误，他当然明确反对男女平等，他认为梦想男女有相同的权利、相同的教育、同等的要求和义务，这不过是头脑浅薄的标志。他在《善恶之彼岸》中写道：

---

① 王安忆：《香港的情和爱》，载《岗上的世纪》，云南人民出版社，2000年，第305—306页。

一个男人在他的精神方面就像在他的欲望方面一样有深度，也有那种与人为善的深度，这种深度可能是严格和严厉的，并且很容易被与它们相混淆，他对女人始终只能是东方式的思考：他必定把女人看作是占有物，看作必须严加看管的财产，看作供驱使而预先规定的东西，看作在服役中自身完成的东西，——因此，他必定置身于亚洲的惊人的理性之上，置身于亚洲的本能的优越性之上：正像希望人从前所做的那样，亚洲的这些最优秀的继承人和学生，正如众所周知的，他们从荷马直到伯里克利斯的时代，借助于日益增长的文化和势力范围，逐步地变得更加严厉地对待女人。简言之，更东方式地对待女人。这是怎样成为必然的，如何成为合乎逻辑的，如何甚至在人性上也是所希望的，让我们对此加以思考吧！①

尼采所说的亚洲式（或东方式的）对待女人的方式，在很大程度上指的是中国式的，某种意义上也适合古代中国对待妇女的方式。当然，那是尼采时代的中国，也是尼采想象的中国。一百多年后，中国的妇女获得了前所未有的解放，中国男人对待妇女的方式无疑起了深刻的变化。但文化传统与文化记忆并不是可以完全抹去，就是在今天，那些"亚洲的方式"，也依然在一定程度上存在。王安忆描写的更具有传统性的新加坡人和老魏这种人，可能对待女人还是存在着"亚洲的方式"。在"义"的表述下，无疑有一种男权的施惠和施恩。老魏就包养了逢佳两年，他认为值得，这是在逢佳30岁时的两年，他认为女人在这个年纪是介于成熟与青春将逝的时期，老魏占有了这两年，他觉得值，他还感谢逢佳给他还来的欢娱和慰藉。所不同的是，现今的男权已经不能那么嚣张和无所顾忌了，我们也可从王安忆的描写中看到这样的一面：东方/中国男权的衰落和困扰他们的文化记忆。

当然，在王安忆这里，不只是在说新加坡人或老魏对年轻女人的那种心情，同时也可看成是王安忆对其小说表现的美学意味的一种潜

---

① ［德］尼采：《论道德的谱系·善恶之彼岸》，谢地坤、宋祖良、刘桂环译，漓江出版社，2000年，第295—296页。

意识的表达：她何尝不是希望她的小说的那种趣味是一点一点弥漫起来的？没有什么突如其来的情形，任何情形都是相衔而来，不需要什么意外之笔，只要情理之中的一点灵感。她要的是扎扎实实，可靠的那种东西。就像那个老魏，在香港沉沉的黑夜里，感受到的是香港今晚的深处，这深处有着岩石一样的硬度。"它不是灯光那样可以任意穿行的光和色……香港夜晚的深处是结结实实的一块……"[①]

　　王安忆的小说越写越安详精致，在细腻、琐碎、可预料的情节中，王安忆独有的那种小说意味有条不紊地弥漫开来，她可以因此把握到生活深处的那种结实的硬度或块状的质地吗？那真的是一种有质感的生活吗？王安忆有意回避了人物的隐秘和脆裂的性格心理，她的人物的心理似乎太过正常理性，这也确实导致了她的故事情节和细节总是在平面上展开，给人以同质性重复的印象；人物性格也同样如此，新加坡人和老魏，雅雯和逢佳都是一成不变的固定的性格，故事没有意外的惊喜，当然也就没有惊人之处。如此要求王安忆是否太苛求？王安忆要的就是这种效果，这是一种中年写作吗？就像新加坡人和老魏对年轻的女人一样，她要的是看玻璃缸里的金鱼的效果，隔岸观火的那种热闹。因此也难怪，王安忆的小说的内在性敞开得并不够激烈，对生活和命运的冲击还是试图以柔克刚，这是她的风格，一有风格，就有局限。熊掌与鱼不可兼得，道理虽然如此，还是为王安忆小说内部少了点动荡和变异有所惋惜，因为她本来是可以做到的。

三、另一个文化情境中的认同危机

　　随着中国在21世纪的崛起，中华文化在华人中的认同感变得更为强烈，文化的认同也伴随着一个"中国认同"——这无疑是一种关于"新新中国"崛起的文化想象，这种想象也在某种程度上影响了中国的作家。当然，对这种文化想象的表现可能有三种不同的态度，一种是肯定性地建构这种想象；另一种则是带着怀疑去书写这种想象。

[①] 王安忆：《香港的情和爱》，载《岗上的世纪》，云南人民出版社，2006年，第321—322页。

第三种则有可能是既怀着肯定又带着疑虑在书写，王安忆可能是属于第三种情形。

新加坡人与老魏都是那种全球化时代往来于多种文化中的人物，他们原来的民族国家认同感存在着某种裂痕，新加坡人作为华裔，其文化渊源来自中华文化，但他属于另一个国家的公民。王安忆笔下的老魏则是更典型的那类华侨，他生长于美国这样一个西方强势文化的环境中，对中国文化的认同则显得相当复杂，很显然他对西方文化、对"外国人"有着很深的看法。"他们的头脑和我们不一样，他们的感情和我们是两种，他们有爱，我们中国人有义，爱这东西可不如义，中国能有几千年的文明，全是一个义，中国几千年的文明，其实就是一个义……"[①] 他对逢佳如是说，他崇尚中国文化的"义"，对中华文化无疑有着强烈的认同感。在老魏与逢佳的身体交易中，在老魏是讲"义"，在逢佳是凭"良心"。这样的身体交易因为有了中华文化做底蕴，结果才会如此良好，才会相安无事，才会平心静气地分手，才会信守诺言。在这里，王安忆既不赞赏这种交易，也不给予明显的批判，她能理解这种文化总是包含着非常复杂的内涵。"义"和"良知"可以支撑身体交易，"身体交易"中居然可以体现出义和良知。新加坡人和老魏有如霍米·巴巴所说的处在文化"间隙"中的人，或者"文化杂种（cultural hybridism）"。但新加坡人和老魏又不是巴巴所描述的那种更加西方化的年轻一代的后殖民知识分子，这些年轻人基本上是西方化的，只保留有色人种的肤色和一点文化记忆。恰恰是他们具有强烈的"文化认同感"，而这种文化认同的"话语欲望"只是与欧美大学政治联系在一起。但王安忆笔下的老魏和新加坡人不同，他们骨子里完全保留着中华文化的记忆，这种记忆混杂着传统经典化的和民间性的那些剩余，他们虽然在西方化的资本主义文化中，但骨子里却崇尚中华文化。

不管是新加坡人还是老魏，王安忆虽然讲述的故事核心是中年男人渴望获得一个年轻女性为伴，但她始终没有直接描写这些中年男人如何渴望她们的身体，奇怪的是，对她们的身体连基本的想象都没有，

[①] 王安忆：《香港的情和爱》，同上书，第355页。

更别说那种令人心醉的向往和承担严重后果的那种行动。想想纳博科夫的《洛丽塔》，那个中年男子对少女的心驰神往是怎样一种感情，又是怎样一种行动和后果。但王安忆更倾向于一种东方式的平易自然。说到底，王安忆回避了欲望，她无法去写出欲望及其想象的状态，而转向对文化内涵品质的书写，重视那种文化认同在香港、上海这种地方所反衬出的中华文化的韵味。一个核心是欲望的故事，结果王安忆讲述的是文化。欲望只是一根线，轻飘飘地贯穿于其中，它没有内在化为男女的身体与心灵的冲撞，而在他们的关系中层层揭示出的都是"文化"。当年王安忆在《小鲍庄》里探究中国乡村的传统文化，意犹未尽；现在转换到另一时空，去探究在全球化多重文化折叠中的身份认同。那种渗透在人性和性格里的文化着实细腻微妙，它是一点可贵的残存，或许这正是王安忆重视它们的缘由所在。

如果我们转移一下视线，看看在另一种文化中的人的写作，在另一种文化中的认同问题，可能也会打开文化认同和小说叙事的另一扇门。

2002年《收获》第3期（也就是比王安忆的《新加坡人》早一期）发表的林郁庭的《蚝痴》，这篇小说倒是可以看出另一种认同意味。这两篇小说本来没有任何关联，林郁庭是一位台湾青年女性作家，可能留学法国，据说相当时尚，擅长鉴赏法国香水，可见已经很得"后现代"文化熏陶。显然，这位作家与王安忆有着完全不同的生活背景和教育经历，把她们放在一起，并不是说要比试一下高低，只是看看认同、欲望、自我等问题处理的不同方式。

《蚝痴》也可看成一篇写了文化认同的小说，但是这种文化认同的本质是自我认同。也就是在建构自我的时刻，文化才起到作用。我们无法断定这篇以第三人称叙述的小说在多大程度上与作者本人的直接经验相关，但很可能具有自传成分，这无关紧要。重要的是小说的那种亲历性经验写得相当真切和透彻。小说叙述一位25岁的中国台湾女子沈爱云在法国留学的经历，这位年轻女性独处异地他乡，试图在法国男人中寻找爱情，经历数个法国男人：那个伯纳浪漫但也粗鲁；文森漂亮完美，却是一个同性恋。她的邻居也是个东方女子，但却浓妆艳抹傍了个已婚的法国中年男人巴斯卡，沈爱云与这个中年男子也有邂逅交往。沈爱云一度流连忘返于卢浮宫的希腊罗马雕像部，那个青年管理员吉尔也对她情意绵绵。后来沈爱云与台湾同学相聚，遇到31岁却仿佛还停留在25岁的"滥好人"何振文，他们的交往也不了了之。再后来遇到惯于在地铁里钓女人的25岁的菲力普，这个法国青年居然想在最后一个半钟头把沈爱云搞到手。经历了这么多事，如同是爱情历险记。在巴黎这个欧洲浪漫之都，年轻美丽的东方女子引发了法国人的无限的文化想象。沈爱云有个英文名字叫海伦（Helen），这会让人想起引发特洛伊战争的那个惊世美女。而据沈爱云自己的解释，如果她是倾国倾城的海伦，王子巴里斯（Paris）会拜倒在她的脚下，她热恋着巴黎，没有比这个名字更好的了。

实际上，在这表面充斥着爱情历险的浪漫故事下，隐藏着作者对当今法国文化，也是对西方文化的一种思考，在这种思考中又贯穿着一个东方女子在异国文化中的自我认同问题。

年轻女子只身到巴黎这个世界花都，在这个号称西方浪漫主义的大本营的地方，到处都是浪漫。小说叙事无疑也是从身体困惑开始，贯穿始终的"开蚝"和"吃蚝"就足以说明。"蚝"在法国文化中是情色的象征，"开蚝"这个极其色情的动作，在这里具有强烈的反讽意味，那是关于身体叙事的强烈隐喻。如此沉迷于身体享乐的法国男人，对于这个东方女子来说，既构成强大的吸引，又让她有些无所适从。小说没有表达明显的抵触或逃避，只是优雅的困惑。小说也没有文化上的对立，完全摆脱了东西方文化的二元模式，那个"我"不再有本位文化的坚实性，毋宁说只有个体的自我意识。整篇小说叙事的意义的突出之处在于它的"去本位化"。迄今为止，所有的华文小说，在面对西方文化时，都少不了在坚守民族"本位文化"方面下足功夫，总是以一个东方/中国人的眼光来看西方文化，或者来反思自我。但在这里没有，小说叙事中也有关于西方、东方的一些思考，但小说对一种文化的判断立足于个体的自我感受。即使小说也揭示出西方/法国文化中存在的严重问题，男人沉迷于肉体的享乐，而完美的男子却又是同性恋，这种文化的危机也是显而易见的。小说的思考显然跳出了文化认同的怪圈，其思考的要点在于：到底人是要凭本能去行动还是要凭自觉？这样一个问题本来没有什么新意，问题是它放在巴黎，一个东方/华人女子面对西方男子的追逐,在这个有着浓厚的艺术美学气氛的情境中,她所做的这一思考。在巴黎最有代表性的场所卢浮宫,沈爱云流连忘返,甚至想在卢浮宫的女神像下过一夜。那个年轻的管理员吉尔没有答应,但却并没有放过与她调情的机会。他们有一段对话:

"为什么来到巴黎?海伦?"他小心翼翼地把烟团避开她,"你也是来寻梦的吗?"

"也许。"她的眼睛心不在焉地越过他,飘向虚无缥缈、不可知的彼方。"当我刚来到巴黎的时候,我以为我是来寻梦的;现在,我真的不知道我要的是什么。是梦醒了呢,还是梦碎了,或者,梦根本就不存在,只是我自己一厢情愿。"

"或许你其实已经在梦里,只是你不自觉。但梦不正是人自己编织的?它的存在意义也是你决定的;梦的存在,梦醒,梦碎,完全在于人的主观意识,不是吗?"

"我对人的意志决断力没有那么大的信心。有时我宁可相信人的动物性,有时我会觉得人的寻梦过程不过是原始本能的一部分,没有那么深刻的哲学含义。"①

作为一个东方/中华女子要到西方巴黎来寻梦,这本身足以说明她的价值观以及文化上的某种认同倾向。但是小说提出一个主题:人对梦想/理想的追寻是基于本能还是意识?但什么是本能呢?动物性是本能吗?情色是本能吗?至少是本能之一(嗜好生蚝无疑也是人的本能之一)。但本能无疑是极其难以界定的概念,人的品性、行为和选择,哪些是本能,哪些是自觉的意识,这在心理学理论方面可能可以界定,但一旦具体到生存现实和生活实践就难以分清了。我姑且同意一个基本的本能概念:那就是直接凭借身体的需要去行动,完全自由自在的个人选择。人是否可以按本能来生活?沈爱云说到她宁可相信人的动物性。她接触了数个法国男人,他们浪漫而率真,大都是凭

---

① 林郁庭:《蚝痴》,《收获》2002年第3期。

着本能/动物性在生活,见到女人只有一个念头,那就是上床。很显然,沈爱云并不欣赏这样的本能/动物性。她唯一觉得是一个绅士的男人文森却是同性恋,这是非本能的男人吗?小说也无法给出明确的答案。但是,这样的本能显然不能具有普遍性,它还是不能逃脱女性的性别政治。

实际上,作者所说的凭本能去生活,当然不是简单地回到弗洛伊德,而是要回到单纯的个人性,这就是"去本位化"的一种选择。作为一个年轻女性,她所追求的是艺术与美。她没有强烈的民族/国家文化认同。但这到底是一个普遍性的问题,还只是一种性别政治?女性的民族—国家认同并不强烈,在任何一种文化中,男性更倾向于把自己作为民族/国家的文化代表,特别在文化冲突的语境中,男性容易产生文化认同的焦虑感,而女性则更容易融入另一种文化中。尽管与"文化认同"相关的"后殖民理论"的权威中,有斯皮瓦克这样的女权主义者,但从实际的跨文化实践或移民文化现实则可以看出,女性对本位文化的意识要比男性淡漠得多。而男性,特别是那些第三世界或发展中国家的男性,在发达资本主义国家容易遭受到文化/种族歧视,因此也容易激发他们的文化认同意识。尽管林郁庭这里讲述一个年轻女性在巴黎的生活经验,她所要回到个人本位的那种生活态度,以及几乎看不出文化认同的困惑的表达,体现了一种女性性别文化的经验,但也还是在客观上表达了一种对文化认同淡薄的意识。

如果更具体地说,林郁庭是强调哪一种女性的本能呢?女性的本能也可以理解为女性的"本性"。对此,尼采曾说过了女性本性问题,尼采警告说:

在女人那里引起尊敬和足以经常引起畏惧的东西是她的本性(这种本性比男人的本性更本性),她的真正猛兽般的狡猾的灵活机智,她藏在手套中的虎爪,她的利己主义中的单纯,她的无可教育性和内在的野性,不可理解的东西、宽阔的东西,她的欲望和德行的漫游……尽管畏惧,但是,那种为这危险而美丽的猫"女人"所引起的同情的东西是:她比任何一种动物表现得更受苦、更易伤害、更需要爱、更被判定为失望的。恐惧和同情:迄今为止,男人借助于这些感觉站在女人面前，总是一只脚已经在悲剧中，而悲剧又在令人兴奋时撕碎了——怎么回事？现在，一切因此就该结束了吗？女人已经开始丧失魅力了吗？女人的令人厌倦的品性已在慢慢地蔓延了吗？啊，欧罗巴！欧罗巴！人们认识这长角的野兽，对你来说，这野兽总是最吸引人的，从它那里，危险一再威胁你！你的古老的寓言也许可能再一次成为"历史"，——一种巨大的愚蠢也许可能再一次成为你的主宰，并把你带走！而且在它之中没有上帝隐蔽着，没有！只有一个"观念"，一个"现代观念"！①

尼采的这一段话，几乎可以看成是尼采对女性最露骨的贬斥，这也足以作为女性主义敌视尼采的主要证据。在尼采看来，现代欧洲就是受到女人本性的引导，结果走向了危险的歧途。尼采在这里也提出一个十分令人惊异的观点：女人引导历史的状况就是"现代观念"的体现！

林郁庭试图去表达凭着"本能"的一种生活态度，她可能想不到，这种观念对于尼采来说无异于世界末日，假定尼采的逻辑成立的话，那么现代以来的欧洲不过是在女性的引导下走向历史。现在，林郁庭强调以女性的本性来生活，这样的本性卷入了法国式的浪漫男人凭本能生活的现实；从另一方面来看，法国式的男人已经完全落入了女人本性建构的历史之中。这就是后现代时代，女性统治的历史②。林郁庭本来不过是表达一种女性无奈的虚无，但这虚无却是带有尼采式的重估价值的力量，而且无意中也再次颠覆了尼采的重估价值，因为尼

---

① [德]尼采：《论道德的谱系·善恶之彼岸》，谢地坤、宋祖良、刘桂环译，漓江出版社，2000年，第298页。
② 哈贝马斯在《现代性的哲学话语》中有一章专论尼采"步入后现代：以尼采为转折"。在哈贝马斯看来，尼采不是标志着现代性的开端，而是标志着后现代开启，那就是以酒神狄俄尼索斯的精神为代表的后现代精神。哈贝马斯认为，尼采表达的这种放纵的酒神精神，只有在海德格尔、德里达、巴塔耶那里找到最纯正的继承人，拉康、福柯等人还带有严重的科学主义和历史主义的倾向，因而不是酒神精神的最典型的继承人。假定尼采的女人引导历史表达了"现代观念"成立的话，那么，这里的"现代观念"也可以理解为"后现代观念"。后现代时代就是女性化的时代，当然也是女性凭本性引导历史的时代。

采无论如何也想不到，后现代时代，重估价值由女性凭其本性做出，尼采开创的历史再次落入尼采所恐惧的女性手中，这是尼采所始料不及的。

当然，这只是我的理解，事实上，林郁庭在叙事中并没有主动性地介入男性历史或改写现代性历史的企图，她只是以无奈的虚无态度，抹去那或许是由男权给定的文化身份认同，她要中止被固定的文化想象规定好的历史之入口或出口。小说最终对自己进入某种"场"——巴黎无疑就是这样的场，而它实际的象征则是某种空间、历史、文化、民族/国家或者现实——作者表达了虚无的解决方案。小说最后的段落由跋构成，其中写着这样几句话：

村上春树说："有入口就有出口。"
作者的朋友说："有入口就有出口——吗？"
作者说："是哪个笨蛋划清入口和出口界线？"①

作者抹去入口与出口的区别，也就是抹去存在的方向感，抹去民族—国家的和身份认同的限定，抹去人的文化的规定性。人的存在乃是一种模糊的个人选择，甚至生命个体的本能欲望的选择。林郁庭试图抹去文化身份认同，她的本能，但并未获得成功。在巴黎这个汇聚历史，混杂多种文化的世界之都，她的寻梦还是失败了，她试图压抑她的失败感，淡化身份认同的不可超越性，她本身的矛盾态度和最后的困境，又如同招魂一样，招来了那样一群有着文化身份的台湾同伴。最终的魔术师给出的并不是生活的准确的答案，而只是一场游戏。对于她来说，实在是讨厌所谓的文化身份，她要尽力摆脱它。她能经历体验到巴黎的神奇，这就足矣。小说归根结底的哲学还是偏向于虚无主义，但这是积极的虚无，要用人的本能去重估个人的价值，个人的非文化的、非共同体的直接感受。她能感受到艺术与美、感受到巴黎的神奇，这就够了。没有失去什么，也没有什么东西真正破灭了。

我们可以由此对林郁庭的这篇小说做出如下几点归纳：其一，林

---

① 林郁庭：《蚝痴》，《收获》2002年第3期。

郁庭描写了一个东方女子到西方的文化寻梦；其二，这个文化上的寻梦转变为身体感受上对西方文化的内在化的接触；其三，林郁庭没有回避描写身体欲望，男人的和女人的，东方的和西方的；其四，林郁庭在叙事中试图抹去文化认同的焦虑，既没有臣服于西方文化，也没有要回到中华传统文化中去的意向；其五，小说实际上始终是在个人的自我认同上来表现，回到女性的身体感受，必然导致"去文化身份"的叙事，也最终取消了文化上的对立性和复杂性；其六，"我是谁"所表征的个人意识才是其叙事动机，而"我是谁"不需要其他的文化身份判定，只是按女性的本性去生活，因而她要取消对生活意义的思考，以及对生活的理由和方向感的选择。

这些归纳虽然与王安忆的小说《新加坡人》并没有直接可比照之处，但可以作为参照，看看一种后现代式的女性视线中的一个陌生的女子，到另一种文化中所遭遇的情景。她的认同、自我意识、欲望和感受等等，这确实是完全不同的另一种性别的生活情景，另一种反历史寓言化的解决方案。这种书写虽然没有王安忆的那么精致而富有韧性，也没有复杂的内涵，但是面对自我书写，它赤裸而率真，没有隐瞒，因而要自由潇洒得多，无所顾忌凭着本性去书写，年轻一代的身处中华文化的另一场景中的女作家，对待文化身份所持有的另一种态度，她更倾向于接近生命和欲望本身。尽管单纯从小说的艺术品质来说，这篇小说未必能与王安忆的作品等量齐观，但却可以从另一个角度，另一种可能性去看出王安忆小说被封闭的那一个面向。或者说，她习惯顺势而为的那条纵深的路线图，是否是自我压抑之后的一种情势？

四、王安忆的叙事谱系，超越自我的可能性

王安忆的小说叙事一度具有很强的主观性以及反思性。20世纪90年代初期，中国思想界处于茫然的状况，王安忆的一系列作品，如《叔叔的故事》《乌托邦诗篇》《歌星日本来》等，对当代的理想主义的历史进行了深入的反思，那种被时代压抑的话语欲望，王安忆以她的主观化的叙述语调表达出来了。今天看来，过去鲜明的主观性语式，

却具有坚实的历史内涵。在那样的特殊时期，可以说王安忆以她可贵的反思，穿过历史的空场，她的声音绵长而有韧性。这种叙事，被陈思和称为营造时代的"精神之塔"："它回避了与现实世界的直接冲突，却以张扬个人的精神世界来拒绝现实世界的侵犯，重新捡拾起被时代碾碎了的知识分子的精神话语。"①但在20世纪90年代中期以后，王安忆越来越倾向于客观化的叙事，这种叙事的成就无疑在《长恨歌》那里达到了一定高度。对此南帆曾有专文论述。南帆高度肯定了《长恨歌》的艺术成就，称赞它具有一种坚实的风格；王安忆强调了城市空间和女性的经验，这些城市小小的局部，弄堂、闺阁和公寓。另一方面，南帆也从中看出某种值得关注的蹊跷。20世纪80年代以后，一些长篇小说游离出历史叙事的传统模式，王安忆的《长恨歌》就是一个例证，它表明宏大历史叙事正在分解，"种种闲言碎语登堂入室，女性和城市走向现实的前台"②。当然，王安忆的"弄堂"也可算是一种城市经验，那种"闲言碎语"构成的叙事日益成为王安忆小说叙事的主导部分，这倒是一个值得注意的倾向。王安忆在这一种叙事上，也更靠近张爱玲，甚至有过之而无不及，尽管王安忆并不承认自己与张爱玲有什么关系③。其实这种非宏大历史的"闲言碎语"也在重新建构一种历史，那就是怀旧的上海，在某种程度上与当今跋扈崛起的上海构成一种反差，且更"市民化"更"日常化"。这样的上海与王琦瑶的海上浮华旧梦连在一起，使上海具有更加真切的历史感。王安忆顽强地要回到弄堂的历史，至少在"跋扈"的上海全面展开之前，她要留下这一份真切记忆。《新加坡人》无疑是这种记忆中最突出的一个版本。但是，文学作品的意义，并不一定是充当历史记忆材料，我们同时也会在"文学性"的某种理想化的美学理念中去确认这种叙

---

① 陈思和：《营造精神之塔——论王安忆90年代初的小说创作》，《文学评论》1998年第6期。引文参见吴义勤主编《王安忆研究资料》，山东文艺出版社，2006年，第185页。

② 南帆：《城市的肖像——读王安忆的〈长恨歌〉》，《小说评论》1998年第1期。或参见《王安忆研究资料》，第179—184页。

③ 有关王安忆与张爱玲的关系，可参见拙文《遗忘与召回：现代传统与当代作家》，其中有专节专门讨论，这里不加赘述。

事的意义。作为一种记忆的真切保留,它也并不只是由物质性的符号构成的,还是要有人的血肉,人的身体和内心深处的东西来构成。

《新加坡人》之后的王安忆的小说艺术,在相当的程度上是受到高度褒奖的,在另一方面,李静对王安忆自《新加坡人》之后的创作却提出了严峻的批评。李静的《不冒险的旅程——论王安忆的写作困境》无疑是迄今为止对王安忆的小说创作提出最深入也是最严厉批评的论文,李静对《新加坡人》之后的王安忆更为成熟的艺术手法表示了怀疑。她认为,虽然从王安忆近年作品中可以看到她写作技巧的纯熟,对东方之美的敏感、把握人情世故的精准和捕捉生活细节的神通,但是,在这些技术表象之下,禁锢创造力的"远离冒险"的保守主义情结已经凝聚她作品的灵魂。而那种"不冒险的和谐"瓦解了她的写作本身的价值。在李静看来,王安忆近年小说的主人公,其个人主体性被极大地弱化,其灵魂世界不被呈现,其行为严格遵循日常生活的机械生存准则,在王安忆对人物和环境的叙述态度里,隐含着她无处不在的"世俗规范性"思维,体现在她营造的"浑然"与"和谐"的美学意境里[①]。

尽管李静的文章存在着某些理论的苛求,因为某些艺术特色不会是单面的,它总是会有相反的伴生物,从总体上来看,李静的批评建立在细致的文本分析和逻辑推理上,还是颇为中肯且很有见地。不过李静的论述似乎还需要进一步阐释,李静认为这种"不冒险的和谐"和人物缺乏主体性的缘由在于王安忆笔下的人物过分描写了物质性,把人物和故事完全置于物质性的流程中。就这一点而言,没有什么小说能像《红楼梦》那样注重物质性环境描写,批判现实主义者巴尔扎克也同样如此。"物质性的环境"并非阻碍小说建立自身丰富性的障碍,在我看来,应该从对人物性格和心理的内在把握方式来看。王安忆对人物的把握回避或弱化了揭示人物性格反差的那些层面,也就是人物与自身的此在存在性,与外部社会环境以及与他人的关系,较少形成反差和变异性,叙事过多依照顺应的关系来展开。最典型就是那个新

[①] 李静:《不冒险的旅程——论王安忆的写作困境》,《当代作家评论》2003 年第 1 期。或参见《王安忆研究资料》,第 357—358 页。

加坡人，只是微笑，仅有微笑就可解决化解所有的矛盾困境。那些物质性环境都托着人物走，构成人物活动的舒适性秩序。这样的人物就少了和环境、他人以及自己内心较劲的品性。描写顺势的关系会使小说化解真实的冲突和矛盾。那些小矛盾实际意味着没有什么过不去的事情。表现人物处在顺畅的环境中就使内里的复杂和丰富缺乏显露的机制，人物的深刻性的性格力量会有所减损。

　　王安忆确实形成了自己的风格，这当然是作家成熟的标志。但也要警惕风格对自身的限制。王安忆的压抑性叙述使她的小说进入到一种细腻温婉、起伏转折都以细微为度的境界，确实有它特殊的魅力。李静的批评虽然不无道理，但也略有过度。在我看来，王安忆少了点内在的变异张力，动人春色无须多，恰恰是王安忆可以四两拨千斤的手法，开启她的小说更为丰富微妙的层面。

　　后来的小说越来越没有真正的冲突、没有真正的矛盾。

　　这并不是说王安忆的叙述就交付给顺应情节和环境，恰恰相反，王安忆其实是一个主观意识清晰的作家，她的叙述视角相当理性，她只相信她理解和看透的人和事，她的视点始终在控制着她笔下的人物及一切，这使得她的人物没有自己的自主性，没有意外，没有性格的偶然爆裂。她控制住她的人物不与自身搏斗，也不去触碰和探索社会最根本的矛盾冲突，使之成为她塑造出来的独一份的性格人物。人物和环境的"和谐"发展，这或许是后来王安忆写作更倾向于选择的一种叙述方式，或许也是为了有意与张爱玲区别开来。张爱玲的小说总是有人物与环境不可克服的矛盾，人物陷入自身的矛盾中，最终酿就各种错误。王安忆走了另一条路子，她让人物与环境更协调地发展，这当然也是王安忆的独异之处，与张爱玲未尝不可平分秋色。只是人物性格被理解视角压抑得狠了点，内在的变异性少了点，像王安忆这样一个小说技法如此精细圆润的作家，她可以打开自己更丰富和富有张力的层次。

　　在某种意义上，让·斯塔罗宾斯基的困惑和亟待要解决的问题也适用于王安忆。"必须回到存在"，必须"回到外在世界"，这是斯塔罗宾斯基早期时刻都表现出的迫切需要。他认为，自身封闭的思想必须立刻离开自身，找到一条通向一个尽可能与它不同的对象的道路。

然而，对象如此不同，精神是否有很大可能显示出无力触及它呢？斯塔罗宾斯基说：人们撞在事物上，深入不进去。人们碰它，触它，掂量它；然而它始终是致密的，其内部是顽固不化的漆黑一团。在《谈肖像》这篇出色的文章中，他写道："凝视的闪光与张力，微笑的表现力，肌肉的无与伦比的典范，控制着一张生动的脸的符号天地——所有这一切都不澄清任何东西，相反，所有这一切只是封住了精神的秘密……我们看见并且试图描绘这个人，我只能通过构造他呈现于陌生人的目光的形象而在分离中加以确定。"①斯塔罗宾斯基推崇"凝视"，他说，凝视不再是彻底地照亮一个在其透明中呈现出来的对象，而是确认凝视不能越过并达到那一边的界限。乔治·布莱解释说：凝视乃是看见与不再看见，它越过所见，通向一个区域，其中眼睛已然失明，处在黑暗之中，"必须生活在不透明之中"，必须心甘情愿地，至少是暂时地，变成一个盲人。②如果以此来解释王安忆在《新加坡人》中的小说叙事，也许不无参考意义。也许斯塔罗宾斯基的观点还要做一些修正，"回到外在世界"对于王安忆来说，是要她把自己从自己的世界中解放出来。王安忆看上去过分回到外在世界，实际这个外在世界没有独立性，那是被王安忆的个人经验全部洞穿的外部。王安忆的视点太过锐利，她几乎洞悉了一切，一切都在她的视野中一览无余。我们处处感到王安忆目光的威力，王安忆没有给人物和外在世界留下余地，人物在某种意义上变成了王安忆强有力叙述的一个道具。那个北方来的周小姐甚至比新加坡人还更道具化，她注定了是作为上海本分文化的对立面，那是一个迫不及待的更为势利和无所顾忌的堕落的北方的象征。

如果王安忆的目光不那么锐利，能在或明或暗中去看看她的人物，给予她的人物一些不可预料的自我分离的变异，把她的叙述（至少一部分）交给"写"本身，交给不知为何物的写本身，让写去发生、去重复、去变异，让写去破解王安忆给定的压抑机制，让写去失控，去

---

① 斯塔罗宾斯基：《谈肖像》，《文学》1944年第6期。参见[比利时]乔治·布莱：《批评意识》，郭宏安译，广西师范大学出版社，2002年，第217页。
② 《批评意识》，第217页。

反抗背叛王安忆……可能王安忆的小说中会有更加丰富和更具内爆力的东西出现。

或许这样就不会再是王安忆了，就不再有王安忆了。王安忆消失在自己的"写"里，那样的王安忆将是更具有活力的王安忆，更不容易被捕捉到的王安忆，那将是当代汉语文学的某种幸运的时刻，是王安忆给出的一种令人惊叹的美学的时刻。确实，只有王安忆可以给出，她是如此丰厚而境界深远，她离给出只有一步之遥。因为此，才有这些苛责和无限期盼之词。

第七章 "没落"美学的古典性与现代面向
——《游园惊梦》表征的一种美学意识

白先勇的小说精致典雅,隽永醇厚;古典味与现代气质并重,怀旧感与对命运的体认相通,确实是很有文学质感的作品。在他诸多的小说中,《游园惊梦》可能是相当特殊的一篇作品,它表现了白先勇与现代主义相遇的状况,也是中国文学的古典性与现代主义如此深刻地交织在一起的一场奇遇。半个世纪过去了,今天不管是我们重新审视台湾的汉语小说所具有的艺术特色,还是审视中国文学的古典性与西方现代主义对话的后果,这篇小说都堪称是难得的范本。

在这里,我们试图通过《游园惊梦》这篇小说,去看白先勇创作道路上发生的微妙的变异。之所以看重这种微妙,是因为像白先勇这样的传统风格相当鲜明和固定的作家,也经受着西方现代主义的冲击,也做出了他的创新变革的应战,这就相当值得探讨。相比之下,大陆的作家,1949年以后,在苏联社会主义现实主义的深刻影响下,不管是"五四"的传统,还是中国古典传统的因素都受到严重抑制。但白先勇身处台湾,他的文学与中国古典传统和五四新文学传统联系依然紧密,也接受了西方现代小说的影响,从他的创作经验中可以看出汉语小说的另一种可能。这篇小说尤其可以作为轴心,看它在白先勇的小说创作中所独有的艺术品格,可以看出他所关切的小说艺术的关键问题,也可以看出古典性向现代性开放所带来的美学难题,它所勾连起的不只是白先勇的小说与传统小说艺术的关系,更重要的是它的现代面向如何展开,从这里面可能会发现属于汉语小说的艺术品质。

一、《游园惊梦》表征的"没落"意识

《游园惊梦》最早发表于白先勇主编的台大出版的《现代文学》，1967年第30期。这篇短篇小说讲述一个早年当红的戏子蓝田玉，从南京来到台北，多年后参加当年一起唱戏的姐妹在家里举行的宴会的心理感受。当年的三阿姐桂枝香已经嫁入达官府第成为华贵的窦夫人，窦夫人的亲妹妹蒋碧月（在同师门中排行十三，小说中经常以此称呼）还是那么风头十足，这些年轻时的姐妹聚会，勾起了蓝田玉对往事的回忆。她当年在南京秦淮河得月台唱昆曲《游园惊梦》倾倒钱鹏志将军，被他娶为姨太太。那时钱已经六十靠边了，蓝田玉也就二十出头，钱可以做她的爷爷。蓝田玉耐不住寂寞，与随从参谋郑彦青有过一次偷情。正如窦夫人桂枝香的亲妹子抢了她的相好任子久一样，蓝田玉的亲妹妹月月红也抢了她的情人郑彦青。蓝田玉由眼前的浮华盛宴，想起当年的良辰美景；也是由眼前年轻英俊的程参谋，想起自己当年的情人郑彦青。这里仿佛是一种对位比较，又像是一种似曾相识的轮回。

要对这篇小说的思想内涵加以概括当然是困难的事，因为一篇小说的思想内涵可以是多重性的。但在这里，我们为了与白先勇其他小说的最为鲜明独特的主题进行整体性的对照，把白先勇这篇小说表达的思想意识称之为"没落"意识。

确实，我试图用"没落"来归纳白先勇小说中的思想意识，这样的做法肯定会让人疑惑。说白先勇的小说表达了一种"没落"意识，这会让人感到太"消极"。这并不是说这个概念不准确，与白先勇相去甚远，而是它如此贴切，如此接近，但这么多年来，大家都不愿意使用这个词语来阐释白先勇的小说，即使有用这个词语，也不会把它当作核心概念，而是在一大堆的叙述中，夹杂着这个概念。这个概念在关于白先勇的研究中，似乎是人们要小心翼翼回避的词语。这确实有些奇怪，原因不为别的，都是因为"没落"这个词太灰暗了，没有作家愿意与它扯上关系。"没落"这个词语在文学的研究中，特别是中国文学研究中，像一个幽灵一样，诡秘地潜伏在文学的话语中，不能浮出地表。除非是用于批判，用于贬斥。

"没落"这种意识被贬抑排斥,显然是因为它与"先进""现代"相对立,是先进所要超越的"落后"意识。真所谓,"沉舟"侧畔千帆过,"病树"前头万木春。"沉舟""病树"无疑是属于"没落"的症候,我们都渴望千帆竞发,万木葱茏,直至姹紫嫣红开遍。想不到人类自古就有的积极向上的心理,就隐藏着现代性的雏形,或许说现代性的根源就在此也未尝不可。

不用说,"没落"之被贬抑,当然是指在大陆的文学批评语境中。但在台湾的语境中,也难以看到它会堂而皇之地被提起。人们在阐释评价白先勇的小说时,也尽量避免使用这个词语。因为,与"没落"沾上边就说不清楚,"没落"的含义太"没落"了,它属于被批判、被打击、被贬抑的范畴。像白先勇这样的作家,他的作品被视为汉语文学的精品,怎么能与这个词语结缘呢?但白先勇的小说就有一种情调流荡在那里,这个词语就雪藏在那里,它不能被绕过去,仿佛只有通过它,白先勇的小说才能够又打开一个维度,一个更加深远的维度。

在我的理解中,"没落"这个词语恰恰隐含着无限丰富的汉语文学的美学意味,一种传承至今的文学的宿命论意义上的美学品质。因而,我试图把它作为一个具有历史感和美学态度的概念。这一概念的理论品格具有开启性的和穿透性的素质。

读白先勇的小说,可以感受到一种浓浓的失落情绪,又有一种不甘结束的格调。关于白先勇小说的情感内容研究,可谓不少,称之为"感伤"的,称之为"怀旧"的,称之为"沧桑"的,等等。这些描述当然在一定程度上把握住了白先勇小说的情感特质。如果仅仅停留于此去论述白先勇作品的风格或情感内涵,容易论述成一些比较老旧的话题。但并不等于对白先勇小说的情感内涵的发掘就可以画上句号,它里面还有更加丰富的深广的东西,随着时代的变化,随着背景的变化,又能显示出另一番意味。

要列出这些说法已经是老生常谈。白先勇在小说集《台北人》的扉页上写下题词:"纪念先父母以及他们那个忧患重重的时代"。另有唐代诗人刘禹锡的《乌衣巷》诗句:"朱雀桥边野草花,乌衣巷口夕阳斜。旧时王谢堂前燕,飞入寻常百姓家。"白先勇特殊的身世,自然成为诠释他的小说的必然背景,欧阳子论白先勇的名著题目就是

《王谢堂前的燕子》。白先勇在创作谈中也多次提及自己的个人经历。当然,我们在这里不是再去论证白先勇的小说中是否有怀旧感伤或描写家道中落的故事,或者是个人经历大起大落的失落感,而是去分析他的小说中的这类情感更深刻的现代性意识。也就是从个人的沉落到历史与阶级的没落,来看中国的现代性展开的独特意蕴,以及由此折射出的美学意味。

确实,《永远的尹雪艳》是白先勇写作怀旧感伤的代表作[①],"尹雪艳总也不老","尹雪艳着实迷人",而且还有神秘感。迷人的尹雪艳却又犯上了"白虎"重煞,但这又让迷她的人增添了几分冒险的英勇。追随者一个个相继家败人亡,或是丢官弃命。但前赴后继者大有人在,故事的主要部分是讲述新兴的实业巨子徐壮图与尹雪艳的故事。虽然谈不上惊心动魄,但小说从侧面的描写,还是可以看出由于迷恋尹雪艳,徐壮图的内心经历着剧烈的冲突,也可见他的情感之炽热。徐的运道还是没有抵过尹雪艳的"重煞",他最终也死于非命。

这就是末世之美,历史尽头之美。这样的美带着悲剧的命运,它已然是历史颓败之命运,一个飘零的历史之剩余,从繁荣耗尽的上海转道到台北,虽然未着一字,这背后其实掩盖着巨大的历史潮流,一种历史剧变与个人的经历相叠。尹雪艳不过是历史大潮之后的侥幸之美而已。但大潮过后的人们,还在依恋逆潮流而动美,这样的美不再具有历史的"合法性",这样的依恋却注定了命运的必然性。当年上海百乐门舞厅之盛世狂欢,早已荡然无存;那些豪客有些谢开了顶,有些两鬓染霜,有些已经潦倒,这是一个阶级的命运,是历史之命运。他们还要寻求往昔已死的岁月,他们之倒霉似乎早已注定。这是怎样的悲剧?这倒是令人惊异于白先勇的叙述,他如此挚爱他的尹雪艳,赋予她以如此美丽动人的形象,却又不得不给予她以致命的秉性。这个美丽的女人却是一个"白虎星"。这几乎是一种诅咒,看似是她的那群同行的嫉妒流言,不经意的一句叙述,这里面融合了白先勇对历史的多少无奈之情。他深知这样的美的不合法,携带着那样的历史衰败,还如何言美呢?这只不是红颜薄命,还是历史之薄命。败军之将,

---

① 《永远的尹雪艳》原载台湾《现代文学》1965年第24期。

岂可言勇？沦落他乡，何必言美？但白先勇却是挚爱美的人，他还要在如此"朱雀桥边"言美，这是重写历史的尝试，这是记忆历史的独特方式。

很显然，白先勇不只是单纯地要写出一种怀旧记忆，也不是要重现往昔的华美繁荣，他要写出的是这种记忆所具有的真切的历史内涵。他要写出的是一种历史与阶级的命运。尹雪艳/白虎星，这是怎样的一种绝望？这样的美好就是宿命，就是被预言注定的悲剧。这样的命运有那么多的痛惜，都无法阻挡历史被注定的颓败命运。在当年的大上海，那个年轻气盛的少老板王贵生也挡不住白虎星的"重煞"，那个仕途无量的洪处长的"八字也软了些"，就是在台北那个新兴的实业巨子徐壮图又如何呢？这些人死去或落魄，何尝与尹雪艳有关呢？除了他们追求尹雪艳外，他们做下的事与尹雪艳毫无关系。我们可以注意一下，这些人都有响亮的名字：贵生、洪处长、壮图。名字都硬气吉祥，豪迈雄伟，但还是挡不住命运。这么多的青年才俊，怎么就都英年败落了呢？是因为尹雪艳吗？实际上，他们与尹雪艳一样，都是被一种历史命运决定了，这是一种历史与阶级的气数。他们与尹雪艳是同道，骨子里的同病相怜，命运道路上的旅伴。但他们到底"八字都软了些"，都相继扛不住气数将尽。只有尹雪艳，如此倔强，如此遗世孤立，不可屈服，诱惑着她的同道，让他们去死，去验证历史的预言。然而，她却依然我行我素，"依旧穿着她那一身蝉翼纱的素白旗袍，一径那么浅浅地笑着，连眼角儿也不肯皱一下"。这真是一个精灵，一个不被历史化的幽灵，尹雪艳/白虎星，那是怎样的一种蔑视，蔑视欲望、蔑视预言、蔑视结局。

我以为，这篇小说不应该再被简单读成是抒写怀旧的情怀，那里面隐含着更深刻的历史之无意识。说"历史无意识"这种话似乎有怠慢作者之嫌，好像作者的主动意识变得不重要。实际上，这是说，作者写出的文本，包含了超出作者意图的意义，文本可以放在历史语境中重新读解，发掘出更多的历史内涵。尹雪艳这个人物的身上，包含了更多的历史和阶级的意识，包含对一种命运的关切，特别是包含着对不屈服于命运的表达。尹雪艳的身上包含着价值评判方面的突出矛盾，这个风尘女子不知迷倒多少男人，也让无数的男人为她丢官弃命。

她显然不是一个值得正面肯定的女性，这与中国文学传统中的大地圣母的形象相去甚远。但她又不是淫妇浪女，她又有着素洁纯净之美感。这还不只是她的外表，她的气质，她的做派，也显示出她的一些骨气和良心。但总体上来说，那些迷她的人死了，她只是停止狂欢一两天，徐壮图祭吊的当晚，尹雪艳家的牌局照常开局。她似乎是一个没有顾忌的人。以至于有女性主义文学研究者认为，白先勇笔下的女性形象有贬抑女性伦理人格的嫌疑[①]。

但如果从历史预言的角度，则可以看到，尹雪艳实则是一个不愿屈服于命运的女性，她从繁华的上海流落到台北，依然保持着她的美感。白先勇对她的肯定性中，也包含着明显的批判性，那就是她的决然无情。她是一个矛盾的复合体，因为她承载着历史之矛盾，她身处于历史绝境，处于命运的终极处，她是最后的美感，这就是侥幸之美，也是妖孽之美。白先勇肯定的是尹雪艳不可屈服的精神，批判的是她背后的历史及其命运，那是气数将尽的历史，无可挽回的历史之衰败。这就是历史与阶级之没落了。在这样的没落历史情境中寻欢作乐，那就是找死，那就是没落中的舞蹈。这是真正的挽歌，这个阶级的历史气数已尽，只有这个一身素净的风尘女子，挥霍她遗世孤立的最后美感。她能干什么？她能挽回历史衰败之命运吗？她除了还要"吃红"，还能有什么作为呢？就只能提示一种悲剧之美了。

这不是一段记忆的叙写，也不是女性批判，而是历史预言的批判：既不得不承认历史被预言式地言中，又书写出历史不可抗拒的绝望。这就是对历史没落的意识，也是对一个阶级的没落意识。

但白先勇在"没落意识"中并非只是寄寓消极颓败的思想，在这种颓败的格调中也时常有一种英雄情绪流荡其中。白先勇的小说以不同方式展开了怀旧的叙事，那些故事都指向一种无可奈何的衰败的历史，那当然是回忆性的叙事中已经有了结局的败落，在小说的叙事中，它仿佛是一种命定的没落。白先勇从不避讳现在的落寞，就像他从来

---

① 严英秀：《浅论白先勇〈永远的尹雪艳〉女性形象塑造的缺失》，《华文文学》2004年第5期。该文的批评虽然略显生硬，但也反映了一部分女性文学研究者的观点。

不隐瞒往昔的荣华一样。所有对往昔荣华的追忆，也都是在强化现时的败落。但怀旧并非一味感伤，而是在其中隐藏着某种不甘结束的倔强。既承认了历史之客观趋势，又要写出人物内心的精神气节。

《国葬》写一位老副官参加长官的葬礼，通篇都是老副官的心理活动描写，通过老副官的视角看眼前的葬礼并回忆往事。确实，这篇小说最通常的意义可以读解为一个老部属的忠诚，一种世事沧桑之铭心刻骨的人伦感情。

当然，也可以做更为形而上的解读，那就是在历史之没落中的光荣与虚无。"葬礼"不用说，这是历史落下帷幕终结的时刻，这里已经不再是叙写悲壮感，而是一个衰败的现场。李将军当年的英勇，他的三员猛将当年的骁勇，如今又如何呢？李将军的葬礼上，这三员猛将都露面了，章健、叶辉，都已经垂垂老矣。当年的勇猛已经为步履蹒跚所取代。更有甚者，当年的铁军司令刘行奇已经当了和尚，现在秦义方看到的只是一个悲戚神伤的老和尚。那一段对战败的回忆，虽然寥寥几笔，却是勾画出兵败如山倒的沉痛岁月。小说写道："老和尚头也不回，一袭玄色袈裟，在寒风里飘飘曳曳，转瞬间，只剩下了团黑影。"[①]在这个庄严肃穆的葬礼上，这个老和尚的出现显得十分蹊跷，在小说中，这是一个唯一与秦义方正面交谈的人物。其他的人则是欲言又止，或者只是辅助。只有老和尚与秦义方说了两句话。也是围绕老和尚才展开了当年的战败回忆。章司令、叶副司令已经显出了老态，再难与往昔的骁勇联系在一起；老和尚的出现，则表现了一种虚无。这种历史结局，只有引向虚无，只有在虚无中解脱，在虚无中超越。

白先勇要写英雄暮年的悲凉，总是勾连起对往昔的光荣豪迈的回忆，但逝者已逝，留下的就是落寂的现实。因为站立在荒凉的现在，过往的光荣繁盛仿佛被注定到达现在之荒凉。《国葬》中可以见出，其一，战败是大势所趋，这就是一种历史之势道；其二，当年的英勇悲壮已经化为乌有，葬礼就是结局。没落得如此彻底，就是虚无了。

---

① 《首届北京文学节获奖作家作品精选集——白先勇卷》，同心出版社，2005年，第15页。《国葬》原载台湾《现代文学》1971年第43期。

老和尚的形象，可以让人想起《红楼梦》中的唱《好了歌》的跛足道人，二者之间虽然相去颇远，但异曲同工。历经荣华，最终抵达于虚无。正是因为虚无的终极意义，就可理解没落的历史含义，此乃大势所趋，不可抗拒之历史宿命。这就是哀莫大于心死，人不可抗命。没落就是一种命运，对命运的超越只有虚无。

《梁父吟》与《国葬》结构颇为相似①。小说讲述一位老将军参加完结拜兄弟的葬礼回家，与陪同他回家的雷委员叙述往事的故事。这位朴公与孟养在辛亥革命时结拜兄弟，反清排满，一路革命，高歌猛进，正是勇猛、锐不可当的年纪。其中叙述了孟养为人耿直，少年得志也不无骄狂。小说同时还写了葬礼家人的一些琐事。所有这些，都勾画了孟养这个勇猛率真的军人形象，戎马一生，最终还是与世俗发生关联。小说写得如此凝练，简洁而隽永，调子低沉甚至灰暗，却自有一种沉郁之气。这篇小说的含义其实颇难捕捉，如同中国写意画，寥寥几笔，直写朴公，实写孟养。令人费解处也在卷入那些世俗纷争的细节，尤其是那个会念诗的小孙儿，这与《国葬》中出现的那个和尚形象如出一辙。这就是白先勇小说的奇特之处，他的小说其实有一种内在撕裂的东西，有一种非常不协调的东西混杂在一起，看似不经意，读起来非常顺畅，但稍加琢磨却颇感意外。尹雪艳之作为"白虎星"，最后还是"吃红"；老和尚的悲戚；现在这位刚强的退休将军的故事中却出现这些家庭琐事。这些边缘的，外围的，看似闲笔，却导致小说的解释发生倒转，它们仿佛藏着解释小说的密钥。

天下兴亡、革命、战斗、英雄壮志、宦海沉浮……所有这些，都有终结。孟养将军也终归要入土，他的后事还要亲人和亲信来办理，他们免不了还会有分歧。他一生征战，那是何等的功勋卓著，但换个角度，从佛家来看，那是杀业太重，还要好友手抄《金刚经》为他还愿。想不到历史在这里也遭遇歧义，那样救国救民的轰轰烈烈的宏大历史，也被卷进世俗的乃至宗教的另一种语境。如此才好理解小说中出现的那个小孙儿，由他的口里念出的古诗，那么豪迈的"醉

---

① 《梁父吟》载台湾《现代文学》1967年第33期。

卧沙场",结果还是要由现在的一句"雏凤清于老凤声",才能让朴公受用。历史、战争、革命、阶级等等,最终还要回归家庭伦理,甚至到了此时要让位于家庭伦理。王谢堂前燕,终要回归寻常人家。朴公现时的生活,不过是孟养活着的时候的同一种写照而已。小说的结尾是祖孙二人,一同入内共进晚餐。这些人之常情,如此自然,甚至不经意,从此在的生活涌现出来,过往的光荣壮烈,却要退得很远很远。历史给个人留存下来,也就只是家庭伦理与日常生活。

由是,我们可以用"没落"这个概念来把握白先勇小说的独特美学意识。

二、蓝田玉与没落女性的群体形象

《游园惊梦》并非白先勇在大陆最有代表性的作品,但在台港及海外研究界却是首选之作。很大一部分原因,是因为白先勇写出了蓝田玉这个女性形象,她在白先勇笔下众多的性格鲜明的女性群体形象中,显得尤其突出生动。蓝田玉到底在哪一点上把白先勇的女性群体形象提升到了一个新的境界?毫无疑问,还是"没落"这一点上,蓝田玉与白先勇的女性群体形象交相辉映,因为蓝田玉,那种"没落感"又烙上了现代美学品性的印记。

白先勇的小说刻画了一系列的身处没落命运境遇的女性形象,她们几乎都惊艳明媚,而又性格乖戾;楚楚动人,却大都红颜薄命。从最早的玉卿嫂,到最有名的尹雪艳,再到金大班和《谪仙记》里的李彤,而《游园惊梦》里的蓝田玉则最为奇谲瑰丽。这个女性形象谱系,再度意指着一个没落的历史叙事,她们生长于其中,却并不安分,以她们乖戾的方式,反抗着历史没落的宿命。

白先勇在21岁时写出《金大奶奶》这样的小说,颇为令人称奇。这个形象与他后来的小说并非没有关联,只是后来的小说把其中的某些元素提取出来,给予更为鲜明的,更具有戏剧性的催化,使得白先勇的小说具有了个人的叙事资源和鲜明风格。金大奶奶的故事中也有一个破落的背景,一个曾经富有的女人,被欺骗而失去了一切,渐渐老去却蒙受着屈辱和悲愤。被剥夺的痛楚被写得如此透彻,令人不寒而栗。人性之险恶与绝望也被刻画得入木三分。金大奶奶的性格中隐藏了被损害者的反抗倔强性,她最终就在金大先生的婚庆夜上吊死去,这就是她决然的抗议方式。由此,奠定了白先勇的女性人物被没落决定了命运,却从不肯向命运低头的倔强性。她们总是以各自的决然的方式,抗拒没落的命运,虽然最终不得不抵达没落的悲剧结局。

玉卿嫂何尝不是在演绎着一个于没落的命运中倔强反抗的故事呢?① 玉卿嫂本来也是体面人家的少奶奶,丈夫抽鸦片死去几年,家道中落,只好出来做奶妈。从一个少年的视角来看,她漂亮洁净,举手投足都有韵味。然而,玉卿嫂如此纯净俊秀的外表,却隐藏着一个病态的情爱故事。玉卿嫂爱恋着一个小她许多的患着肺病的青年庆生,这是以一个少年偷窥的方式揭开的一个秘密。生活于没落的历史阴影中的玉卿嫂,本来可以亭亭玉立的姿态立足于荒凉的边界,回归普通人家,或是重塑贞女节妇的"圣洁"形象。然而,白先勇却要赋予她以秘密、畸恋、病态、痛楚的精神特质,最终以血腥的刺杀完成这个隐秘的情爱故事。这个故事或许可以精神分析的方法去读解叙述人"我"(有着严重恋母情结的容容少爷)视角呈现的二元置换,例如,庆生的形象可以看成是"我"的性意识萌动的自我投射。但这里面透示出来的没落与个人选择冲突的现代性困境,却显示出更深厚的中国意味。玉卿嫂本来可以按照传统给定的没落命运去顺应自己的命运,但她又试图寻求现代情爱的个人出路,她在重演着中国传统才子佳人的故事,但另一个佳人出现了,那个戏子金燕飞替换了她的角色。她的现代想象既模糊,又没有现实条件,她并不能真正走进现代,她只有被她的没落命运支配,被她的没落的阶级属性控制。整个中国的地主阶级自近代以来遭遇鸦片的洗劫,这就是一个现代机遇采取了中国传统手法的悲剧故事,其本质上就

---

① 《玉卿嫂》发表于台湾《现代文学》1960年第1期。

是为没落的历史本质所决定①。中国的地主阶级因为大量卷入吸食鸦片的灾难中,他们没有资本,也没有抱负进入现代资本主义生产,他们走向没落的命运成为必然。玉卿嫂的男人留给她的命运也打上了地主阶级没落的特征。没落的历史本质上就是一种颓败,就是一种命运的失败,它不可抗拒,也无从逃脱。玉卿嫂这样的弱女子,却要以如此颓废的方式反抗没落的命运②,她只有以更为失败的形式来完成更为极端的没落,以求超越历史给定的宿命。这就是血腥的死亡,用鲜血去覆盖她的没落,用凶杀与自杀的行动跨越她的荒凉。她以这样的方式,告别她的没落的命运,去超越她的历史与阶级属性,从历史给定的命运中逃脱出来。在最后的那一血腥时刻,古典时代的颓废使其具有了现代的美学意义。因为在那一时刻,她成就了自己,她杀死了要重演古典时代才子佳人故事的庆生,她阻止了传统的廉价复归。她没有默认,她的阻止本身就具有现代意义。

《金大班的最后一夜》中的金大班显然比玉卿嫂更具有"现代"意义,这个现代娱乐行当的舞女,她要告别这个纸醉金迷的场所去从良。这也是一个混杂了现代传统的故事,小说叙述得光怪陆离,充满着躁动不安,仿佛不是告别舞女生涯去从良,而是开始一个堕落的生活。这最后一夜,竟如同初夜一样的情绪跃然纸上。玉卿嫂依靠着最后致命一击而成就着"现代"的自我;而金大班则是无法拒绝现代,她生就是一个现代人,"从良"这一古典行动在她则是一个现代的没落选择。金大班的身上,是现代的早熟与早衰构成的命运。早在上海的百乐门,她和那个吴喜奎结成姐妹,"不知害了多少人"。吴喜奎早早地立地成佛,而她还在欲海沉浮,二十年一晃就过去了。白先勇

---

① 近代中国发生的鸦片战争无疑是帝国主义列强加之于中国的灾难,英帝国主义以鸦片获得白银周转引发鸦片大量进入中国,鸦片在中国流行,消耗中国地主阶级大量的资本,使其无力进入现代资本主义生产,从而大规模的地主阶级的没落成为历史之必然趋势。因吸食鸦片败落是近现代中国地主阶级历史命运的普遍写照。由此可以参照苏童的小说《罂粟之家》。

② 小说中关于玉卿嫂与庆生做爱的场面以及结尾玉卿嫂杀死庆生的现场的描写,就是经典的现代主义式的颓废色情描写。参见《首届北京文学节获奖作家作品精选集——白先勇卷》,同心出版社,2005年,第112页。

力图还原中国早期的现代欲望图景,它们重叠在这最后一夜,这就是波德莱尔式的现代性的瞬间①。金大班要告别这样的"堕落的、飞逝的"现代生活,她要试图留住它,使之"英雄化"或魅力化。她在这样的时刻,还在扮演一个英雄角色,她成就了朱凤关于爱情的梦想,那是她自己未能实现的梦想。小说写到金大班回忆起自己当初爱上年轻大学生月如的故事,朱凤重演了她的故事。更有甚者,金大班在最后时刻还在重演自己年轻时的故事,她又看到那个羞涩的大学生,把他揽入怀中。她此刻想起的是她占有了月如的初夜,这最后一夜,竟然与另一个男人的"初夜童贞"重叠在一起。她已然没有初夜,她的初夜迷失了。其实,白先勇在这里并不叙述金大班的初夜,因为金的初夜只是一个缺席的,被廉价化的或商品化的,徒留下被占有的空洞。女人的初夜的意义在于其奉献性(献祭的世俗形式),如果女人的初夜不是奉献,初夜就是失去和被剥夺,而不是馈赠。只有自觉而主动的奉献,那是生命激情的主体性创造。金大班如此着意于占有男性的童贞初夜——这固然有白先勇的不切实际的想象,虽然用于表现男性是虚妄的,但对于反射金大班的初夜情结则是真实而深刻的。金大班只有占有月如的初夜,那才是一个建构,那是一个现代的时刻,她建构出一个现代的自我,她成为自己的那一时刻的"英雄",在那样的时刻,金大班活在了现代。

金大班也是身处颓败的命运中,一个舞女,到了40岁,这就是残花败柳,往昔的风光荣华,也只有在回忆中重现,她也不得不退出舞台。青春已逝,美人迟暮,金大班只好嫁作商人妇,而且是嫁给一个老土的小商人。当年百乐门的荣华荡然无存,就连在台北的夜巴黎

---

① 波德莱尔把现代性定义为"短暂的,飞逝的和偶然的"感觉。福柯在《什么是启蒙》一文中则对此加以解释说:"现代性是一种态度,这种态度使得掌握现在的时刻的'英雄的'方面成为可能。现代性不是一个对于飞逝的现在的敏感性的现象;它是把现在'英雄化'的意志。"当然,在福柯看来,这种"英雄化"是反讽的,现代性的态度为了将飞逝的时刻保持住或永久化而把它当作神圣的。对于波德莱尔来说,现代性不是与现时的关系的一种简单的形式;它也是必须建立的与自己的关系的一种模式。参见汪晖、陈燕谷主编《文化与公共性》,生活·读书·新知三联书店,1998年,第430—431页。

的小场子里也不能再混下去了,美人到了这步田地,也是走向穷途末路。但金大班的最后一夜的结果并不明晰,小说结尾她又和那个羞涩的大学生跳着贴面舞,结果不得而知,她或许不去从良,留下来与这个年轻的大学生再演绎一番现代爱情也未尝不可能。当然,更大的可能还是去从良,与那个又老又土的商人过着家庭生活,为了那幢房子,为了绸庄。但这样的结尾实在是耐人寻味,那是她以颓废反抗现代颓败的方式,她反对自己没落的命运,显得如此虚幻和虚无。她一个生活在现代中的人,却早早地被注定了没落的命运,谁让她是舞女呢?这就是千百年来的中国青楼重复上演的故事,卖身/从良,这是无可超脱的没落命运,青楼换成现代的舞厅,这里面上演的故事却是传统版本。但是金大班却要以她的方式超越传统的没落命运,那是对杜十娘的颠覆。杜十娘因为公子负心,终至于怒沉百宝箱。但金大班不用,她有自己的主意,她可以与一个又老又丑背着棺材板的男人生活,她有自己的决心,"对着镜子歹恶地笑了起来",她还在与任黛黛比试高低,要一个比她的店铺大一倍的绸缎庄。这既可以说是传统的妒忌心在作祟,也未尝不可以说现代人的竞争意识抬头了,金大班还是要强,不能屈服,她不相信自己历经这样的颓败命运就坐以待毙。想想那时她即使看到吴喜奎笃信佛教,依然还是要在欲海沉浮。要穿过这个注定没落的命运,她想逃脱,"存心在找一个对她真心真意的人"。肯定是这样的现代想法一直激励着她,以至于她长期在这个没落的宿命中迷失方向,直至40岁才服从了这个颓败的命运。但是她没有屈服,在最后的时刻,她还在重温"初夜"的感觉,她始终怀着对"现代"的英雄瞬间的留恋。这也是对没落命运的虚无态度,在这一个瞬间,注定的没落命运被她抛到一边,她顽强地回到始源,即使是虚幻地重复也在所不惜。

《谪仙记》里的李彤可能是白先勇笔下更加彻底具有现代意味的女性形象。"谪"的词典意义也就是贬黜,也可看成是没落的一种形式。古人犯了错误就被降级使用,那就是谪守某个荒凉偏僻之地。"谪仙"用于李彤,就是遭遇突然变故,父母罹难,家道中落,她也不得不失去了家庭的依靠,也失去了底气。这么一个爱出风头的人间仙女,骄傲的公主式的美人,肯定蒙受了巨大的心灵创伤,直至毕业她才恢复往日的谈笑。白先勇笔下的人物，总免不了破落的经历，命中总有没落作祟。李彤如此美艳惊人且心高气盛，却拗不过命运，遭遇父母双亡，这样的人生已经是灭顶之灾。这种灾难也不只是意外，它是现代中国剧烈社会变动（国内战事）强加于她的创痛。四大美女，绰号各自加上"中美英俄"，就是"中国"李彤遭遇重创。关于国别的绰号只是玩笑，没有必要去分析白先勇是否是在象征意义上去描写这四个女子，尤其是李彤的国族象征意义。但李彤确实是经历了从一个古典时代的公主转变为一个现代女子的过程，这个过程始终不能抹去的历史创伤，使得她的转变显得乖戾放纵。由于家庭的打击，她的个人生活变得很不如意；由于爱情优势丧失，她又多了一层个人隐痛。小说里写到她对待追求她的人采取任性的态度，在那些婚礼和社交场合，却对叙述人"我"（陈寅）颇为投合，这里面或许隐藏着一个李彤对陈寅暗恋而不可得的故事，连雷芷苓都在旁边对慧芬开玩笑说："当心李彤把你丈夫拐跑了。"这句话不无暗示意味。他们二人单独在一起时，李彤果然更能表露真性情。这篇小说从艺术上来说，确实写得相当微妙而有张力，作者将四个女性的性格和生活方式写得趣味盎然，把女人间的友情写到深处，让人为之动容。

当然，这篇小说主要还是通过写李彤，写就了一个任性放纵的女子特立独行的生命历程。我们可以感觉到，她始终不能走出她的历史，那个创伤的历史也是没落的历史，她要摆脱这样的没落，去活成一个自由独立的个人，那就要在她的自我与那个没落的巨大阴影之间，形成强大的张力。她的那种任性，我行我素，实在是因为没落历史太过沉重。她生于忧患的中国，成长于西方现代社会，她的身上还经历着文化的冲突，但这种冲突说到底，还是要转化为更具体的个人的命运。20世纪80年代，这篇小说被改编成电影，由谢晋导演，电影片名就叫《最后的贵族》。"最后"二字，实在点出了李彤的要害。"最后的贵族"也就是"没落的贵族"了，李彤的特点就在于她的双重性：她骨子里的（历史烙印的）没落与她精神气质的现代个人取向构成紧张关系。她喝烈性酒Manhattan，她狂放地跳舞，非理性地赌马，任意更换男友，随手脱下手中的祖传的钻戒给好友女儿……所有这些，都可看出她的性格所具有的任性疯狂特征。我们当然可以说这是她生性如此，但是我们也可以看出她的那场生活变故给她造成的深远影响，她身处于她的历史中，她的家庭没落的阴影烙印在她的性格心理上，她要如此用力脱离她的没落的背景。这就是红颜薄命的古训，也是在传统中国的宿命背景上成就一个现代女子的艰难历程。不肯屈服于没落的命运，不能做出生存的抉择，她就放任，她的疯狂也是颓废和虚无，因最高价值的贬值，她就以颓废与虚无的态度来抗拒人生的衰败①。这也是注定的衰败，那么沉重的历史衰败，她如何能逃脱呢？其他三个女子都懵懂地适应了西方社会，只有她不肯屈就，不能规范，以她的颓废放达来逃脱没落，最终却不得不付出生命的代价。

三、现代主义的陷落与没落的还魂

《游园惊梦》的"没落"，并非只是对往昔的哀悼，而是转向了向现代主义的开放，那也是白先勇游现代主义之园而做的一场"惊梦"。

王德威先生有一篇纵论这篇小说的论文《游园惊梦，古典爱情——现代中国小说的两度"还魂"》，把白先勇这篇小说与余华的《古典爱情》放置在一起进行比较分析，解读出两个时期中国小说所植根的不同文化背景，由此牵引出中国当代小说在现代性语境中的多重走向。此文当然精彩绝伦，勾连出中国古典文学到现代的变异与呼应历史，峰回路转，扑朔迷离，其论述也力透纸背。这里无法重述王德威先生的才情横溢的分析，引述几段论述，展开讨论：

白先勇的《游园惊梦》从头写的，就是"梦"的堕落与难以救赎。《游园惊梦》有一个写实叙事架构，并不渲染《牡丹亭》里的超自然现象，但白先勇刻意营造人物、情节的今昔呼应关系，自然予人似曾相识的迷离诡异(uncanny)之感。如果《牡丹亭》写还魂，我们则可说白的

---

① 在尼采的思想中，虚无主义的到来在于形而上学的崩塌。其表现为最高价值的贬黜。因此，按照他的说法："虚无主义乃是最高价值的自行贬黜。"这里只是借用尼采的观念。我所理解的最高价值，即是指阶级、家庭或个人的命运的沦陷。

小说只带来魂归何处的感叹：他讲的是个落魄与"失魂"的故事……往日时光的精魄，何可寻觅？①

但白先勇的《游园惊梦》之所以感人，不仅止在为一个时代悼亡而已。在可见的历史事件外，他的小说毋宁更以戏剧性的笔触，彰显一辈作家面对时间，尤其是"现代"时间的形上焦虑。什么是现代？传统与维新的决然分裂；个人存在的无边自由与承担；时间本身的不断延伸与内耗……都是有关"现代"思维中的荦荦大者。②

白先勇对《牡丹亭》的诠释，引发了一则有关现代时间情境的寓言。《牡丹亭》的还魂高潮，到了白版《游园惊梦》里，辗转形成了失魂落魄的结局；"情至"被翻转成为"情殇"。白先勇和他的蓝田玉似乎写出或演出了欲望与文本（或欲望即文本）间的缝隙而非转圜。就此我们必须问：抒情——尤其是为爱抒情——的文本性，在现代文学中发生什么变化？③

之所以要引数个段落，乃在于王德威的这些论点相互勾连在一起，不加以兼顾，无法理清其要点。我以为，王德威提出的"时间陷落"问题，是其关键，也是最有价值的要点。王德威所说的白先勇小说中的"时间陷落"问题，是指白先勇的小说在叙述中包含着对现代性时间的感怀，他的人物同样也囿于这种感怀中。因为往昔断裂、死去，不可重复回归，因而当下时间没有方向，没有未来面向。王德威此说甚有见解。白先勇及其人物一直在感怀着他/她们的过去，不能走出过去的时间的记忆，但又不能回到过去，也不能重现过去，对过去怀着痛楚，这样的过去只能以断裂方式来哀悼——这种哀悼过去的方式，是一种现代性的态度，在这样的时刻，现代与传统一起陷落——这就是我理解王德威关于"时间陷落"的基本含义。

"时间陷落"当然可以是一个现代性问题，因为转向了伤情的"悼亡"问题，时间陷落展开的层次有点复杂，但其性质与内涵还是清楚

---

① 王德威：《后遗民写作》，麦田出版社，2007年，第113页。
② 《后遗民写作》，第115页。
③ 《后遗民写作》，第122页。

的，我以为"时间陷落"的内涵就是"没落"。这是我试图对王德威先生的"时间陷落"做的一种美学上的发挥。因为不可重复、不可回望，还可进一步追究它的更具有本体论的意味，那就是"没落"。回到白先勇的具体叙事，那就是家道败落，就是今昔之别。体现在蓝田玉身上的则是往昔繁华不可再现，年华老去，当年的青春情爱也不可再生。当然，在形而上层面，"没落"要指明的是它存在的强大的背景作用，即在叙事中起到的幽灵般的作用。白先勇的小说叙事，因为招魂的特征，把往昔招来，却又试图以现在去超越它，他的人物沉陷于往昔的记忆，要以非常态的形式去逃脱，于是就有了玉卿嫂的畸恋与血腥，李彤的乖戾与疯狂，尹雪艳的永远，金大班最后一夜对初夜的回归……所有这些，表明白先勇叙事中隐含着解构性，那就是招魂与逃脱的双重运动。他是如此迷恋往昔的幽灵，但又如此痛恨——痛恨它之注定的宿命，每当招来，就要逃脱，结果是一同陷落。白先勇笔下的女性形象写得富有张力，就在于这种招魂／逃脱构成的共同陷落的形式，它是抵御没落却又更深堕入没落的独特方式。仔细分辨一下，白先勇笔下的女性人物，其实都有些鬼气，非凡人形象可比。这些人物在平静姣好的外表下，都藏着一颗疯狂的心。她们有的就杀开一条血路，夺路而逃。对于那个招来的没落之历史幽灵，只有非同寻常的现在的行动才能逃离而去。

但在《游园惊梦》中，白先勇要用现代的方式讲述一个怀旧的没落的故事，他意识到蓝田玉这样的人已经不可能有行动，蓝田玉只是沉迷于过往的回忆，只是把眼前的程参谋与钱将军的随从参谋重叠在一起，她陷落于往昔，迷失于往昔，她的现在不再有行动。他也不可能像金大班那样拉过一个同样的羞涩青年以证明自己的超越，白先勇选择给予蓝田玉的只能是让她晕眩于对过往的回忆中，她也无法重唱《游园惊梦》，无法复活杜丽娘的肉身。这或许就是回望时间而不能重现往昔荣华的无望之感，时间在此"陷落"，这就给意识流开出一个必要的区域。

时间的陷落——在白先勇那里——在《游园惊梦》中确实是真正的陷落，他的叙述与他的人物，都未能脱身而去，无法借尸还魂。蓝田玉只有回忆与恍惚，没有（或者无法给出）当下性。蓝田玉一直在喃喃自语，实际上是心理"意识流"在作怪。那种恍惚之感，回到过去的某个时间，那个时间不能被复原：那是一次无望之爱，因为钱鹏志老得可以当她的爷爷，她与随从副官有过一次偷情。他就是她的罪孽，那是她唯一活过的一次，那是荣华富贵还是一种死亡的生活？只有与副官的爱才是活？牡丹亭的杜丽娘那也是还魂活过来的。确实，蓝田玉只活过一次，在许多爱情故事中女人只有在情欲里才能活。情欲总是具有超越生死的无限可能，在古典时代尤其如此。超生死的人鬼之恋是古典时代超现实的法宝（《聊斋志异》就是演绎此法宝的杰作），蓝田玉活过一次。只有情欲具有破坏性，可以在颓败的命运中撕开一个裂口，逃脱出去。生活于荣华富贵中就是生活于死亡中，没有情欲的生活无异于死亡。那是一个没落的历史，她一开始就已看清楚，钱鹏志老得可以当爷爷。"老五，你要珍重吓。"这垂死的声音，其声也哀。但蓝田玉回忆往事，几乎没有多少对钱将军的怀恋，却是依旧痴迷于那个"冤孽"。她一直在唤起那段记忆，企图借尸还魂，可惜，那段历史毕竟已经死去，无法还魂，靠着过去的蓝田玉没有作为，她果然"陷落"于过去的时间中，没有与现实建立新的关系。所有的现实性只有意识流在活动，白先勇选择了现代主义的艺术形式，蓝田玉的"没落"交付给了现代主义。过去的偷情"活过一次"，已经足够了，过去的魂魄没有在现在找到肉身复活。蓝田玉与程参谋没有下文，她随着窦夫人走到屋子里面去了，她对眼下现实的变化——那些象征着台北现代化的高楼，变得她都不认识了。

中国的古典性与现代主义确实具有矛盾，白先勇讲述的故事和人物都是古典性的，也是怀旧的，怀旧的戏曲，怀旧的人物和往事；但白先勇又试图观望现代主义的艺术方法，他试图把这二者结合在一起，只有现代主义的意识流手法可以把现代主义的意识和观念压到最低限度，他想盗来现代主义，二者都在当下的时间性相遇，一起陷落。白先勇让蓝田玉面向现代主义，她只有意识流的心理活动；白先勇把现代主义拿来介入中国的古典性叙事，只有意识流可作为形式。现代主义在这里也只简化为形式。这与中国20世纪80年代初期王蒙、李陀理解的西方现代主义居然有异曲同工之妙。后者是因为观念的压制，使他们对西方现代主义只能浅尝辄止，前者则是对传统的眷顾，深深浸淫于古典中不能自拔，但又要做现代主义的实验，意识流则成为一个简易的工具和手法。于是，王德威说的"时间陷落"就有了另一种可能的注脚：中国的古典性与现代主义的相遇，在20世纪60年代的白先勇的叙事中，在"时间陷落"中获得了一个调和的形式。

王德威认为，白先勇的书写包含着向传统回归的困惑，余华则因传统之断裂，无望归途，也无望未来。白先勇这篇小说不只是呈现了向传统回归的困惑，实质上也是回归的无望。白先勇面对着20世纪60年代的西方现代主义，汉语小说何处是归途？只有向现代主义方向行进才是出路。但白先勇如此着迷于他的人物——只有在没落的美学氛围里，他才有充足的艺术感觉。因为着力于现代主义的艺术形式，白先勇并不试图在蓝田玉的"没落"命运里去发掘现代主义的特殊意义。蓝田玉没有像白先勇其他的小说人物一样，可以生发出两个面向——从而有一种逃离没落的张力，蓝田玉没有。她只是试图唤起那段夭折的情爱记忆，在这里，白先勇全部依靠"意识流"手法，现代主义形式的意义大于白先勇对人物的真正关注，他或许认为对心理意识的描写就可使其艺术上获得自主性力量。蓝田玉以意识活动替代了行动——或许这是"时间陷落"的真正内涵，那是在追逐西方现代主义的梦想中，中国小说不得不中断的"自己的"时间记忆方式①。一旦进入意识流，人物的性格和行动就只有心理想象。蓝田玉远没有白先勇其他作品中的那些经典性女性形象来得更有行动的果敢与破坏性，"悔罪"与"时间陷落"正好相辅相成，她不得不陷落于另一种时间，从一个历史性的没落背景上的人物，转向追随叙述时间实验的角色。蓝田玉或许具有双重功能，她一方面要扮演企图召回传统记忆的人物，另一方面她要面向现代主义的意识流，结果是她只有在她的当下性时间中陷于意识流的心理活动。蓝田玉保持了传统的古典性；但现代主义之于她只是一个外在的表现形式，她回望传统，结果跌落于现代主义的时间陷阱。她果然没有成功重唱《游园惊梦》。她既没

---

① 这一"自己的"说法显然是一个相当复杂的定义，中国现代小说在多大程度上保持着中国"自己的"特征，确实是一个值得推敲的问题。本章后面还有相关论述，可做参照。

有招魂，也没有复活，但却表现了现代主义意识流的新奇与奥妙，在20世纪60年代的台湾文坛，这绝对是一个大事件。汉语小说以其古典的特征切入了现代主义，这种实验性建立在汉语小说向现代主义臣服的前提下。

一方面，我们固然可以看到蓝田玉与白先勇其他人物尹雪艳、玉卿嫂、金大班、李彤的不同之处；另一方面，我们又要去理解蓝田玉这种形象之不同与现代派艺术形式实验之间的关系。

《游园惊梦》可见白先勇与传统直接对话的写作，甚至可说是现代派艺术实验直接与中国传统戏剧交锋搏斗，借用了传统的死亡故事，来演出一场现代派实验的戏剧。那是一个借尸还魂的故事，在那些极富传统精细雅致的叙事笔法之后，巧妙出现了意识流的描写，这段意识流几乎是不知不觉占据了小说的要害部分：蓝田玉看到年轻的程参谋露了一口白净牙齿就有点神情恍惚，直至程参谋给她添酒，蓝田玉有几分醉意，意识活动开始活跃，程参谋那句话成了陷落时间的最后动力："夫人，今晚总算我有缘，能领教夫人的'昆腔'了。"[①]白先勇引入意识流显得十分自然巧妙，他让蓝田玉有三分醉意，神思恍惚，这样进入意识流就顺理成章了。蓝田玉的意识流活动替代了她的行动，意识流只是回望，并未有现实的复活，蓝田玉再也不可能与程参谋发生什么样的故事，一样的年轻军人，只是勾起她对往事的回忆，"原来姹紫嫣红开遍，似这般都付与断井颓垣"，往事已经终结，人到中年的蓝田玉再也不可能有什么作为。蓝田玉已经认命，蓝田玉望着台北的高楼，难以认识这样的现实。无法超越没落，没落意识已经关闭，她现在回到记忆中，回到心理遐想中。

白先勇在现代主义袭来之时，还想用中国的古典性去与现代主义对话。对于白先勇来说，传统中国的记忆，只是重温，只是往事，1967年，他要另辟蹊径，要在现代派的意识流那里寻求逃离传统的创新可能性。

按照王德威的解读，白先勇的《游园惊梦》承接的是传统抒情的路数，那是回望传统的迷惘，其现代性的焦虑体现于与传统不可重合的困扰，因而，其叙事完成的是对传统情殇叙事"伤逝"的哀悼。王

---

① 《首届北京文学节获奖作家作品精选集——白先勇卷》，第43页。

德威写道:"我以为不论是白先勇或是余华小说,都是在对现代文学的伤逝论述持续做出回应。就像鲁迅一样,除了文本表面的男女之情,他们必须处理抒情传统与现代意识搏斗的后果。"[①] 以抒情来作为古典传统,而后与"现代意识"对立,这恐怕还是值得再讨论,这当然是一个相当大的命题,并非在这里可以理论清楚的。现代也不乏抒情,西方现代、中国现代都有抒情之可能,就是激进的革命叙事也不乏抒情传统,革命之浪漫,实在是抒情之极端。说到底,抒情无非是文学叙事的基本属性,其差异只是以何种方式抒情而已[②]。回到白先勇的小说,确实有传统怀旧式叙事与现代小说的意识流手法的"搏斗"。看看白先勇的写作谱系,1958年的《金大班的最后一夜》,1960年的《玉卿嫂》,1965的《永远的尹雪艳》与《谪仙记》,都是在怀旧式的叙事中完成的对没落历史之书写,那里面的现代意识与传统之搏斗,通过人物的行动和选择来做出,因而用人物表演了"现代意识"。这些人物的现代本质隐藏得很深,只是在招魂/逃离的双重运动中显现出的虚无,我们可以感受到现代的作祟。到了1967年,白先勇开始进入"现代意识搏斗",他要用文本表演现代意识,现在,文本的现代意识一目了然,文本的艺术实验替代了人物行动与性格的现代意识。这样的现代意识,以尼采的"永劫回归"的形式,却并不重复历史,而是另外开辟出一个面向,那是艺术进取的积极面向,传统的记忆与传统式的艺术都作为"时间陷落"的材料,消失于意识流之中。那是可以在尼采的虚无意义上展示的现代意识;是在鲁迅的墓碑之背面读出的现代意识[③]。蓝田玉的震颤就是哀莫大于心死。

没落的历史只有逃离,其叙事也只有逃离,这是一种文化/文学的宿命,回归即是陷落。蓝田玉借助意识流之力回归于往昔的冤孽时刻,那是杜丽娘的招魂时刻。多年之后的蓝田玉,回望那个时刻即陷落其中,这就是西方现代派的陷阱。她被意识流逼进那个陷阱,她反

---

① 《后遗民写作》,第125页。
② 中国传统的抒情特征,限定在回望式的抒情范畴是否更好把握些?这是需要更复杂的论证才能接近的命题。
③ 此处指王德威文中所引鲁迅《野草》中的《墓碣文》一文及评析。参见王德威《后遗民写作》,第127页。

倒痴迷于那个陷阱。看看那么大段的心理独白，它构成了小说的主导部分。这里没有伤逝，没有告别，意识流吞并了那个古典时间，从而使古典时间陷落于意识流中。这就是向现代小说致意，向意识流致意。白先勇一直在主编台大的《现代文学》，或许觉得他的那些怀旧式的叙事，不够"现代"，只有"惊梦"的意识流才算得上是"现代"。这个怀旧的故事最为隐秘的核心是借了意识流的形式才表现出来，对往事的追怀，也是对汤显祖表征的传统艺术的祭悼，也都让位给了现代派的意识流。这当然未尝不可，也是白先勇创新的渴望使然，但那着实是一次外遇，是一次悔罪式的温习，仿佛追寻现代派的艺术创新本身也是外遇，也是需要悔罪式的艺术求索。

绕了这么大的一个圈子，我与王德威先生的看法并无根本之不同，我同意王德威先生极有见地的那个出发点，即这篇小说表达了古典传统与现代意识的搏斗；只是搏斗的动机、方式和结果与王德威先生理解的有所不同。

因为意识流手法构成这篇小说的突出的艺术特征，也是其最用力处，那就是：（1）向现代派致敬替换了向传统的回望；（2）时间的陷落是现代派技巧的结果，而不是主体内在化的产物，因为其用力处在于突出意识流手法；（3）一个古典的蓝田玉具有意识流的活动，形式的表演替换了人物的性格与行动，文本的高潮在艺术形式层面上完成；（4）这并非伤逝或哀悼，而只是"惊梦"，一场现代派的惊梦。但白先勇还是中国小说的传人，向现代派致敬，在他只是一次必要的觐见。

因而，幸好这只是一次出游或惊梦。在白先勇所有的小说中，《游园惊梦》其实是个例外，在他那些被视为代表作的短篇小说中，鲜有用意识流之类比较鲜明的现代派手法。他还是以较为写实的方式，去感受人物命运的落差和由此形成的内心隐痛。整体上来说，白先勇还是在传统中写作，没有告别，也没有远离。他的小说中的"现代"意识，实在是"反现代"的现代，他一直在用古典性来反现代，奇怪地以此来建构起白先勇的现代意向。他在他那些古典的小说艺术笔法与古典性的没落人物那里，开掘出他们的不甘于没落的末路人的反抗性格和意识，这样的现代——没落中的现代，实在是很中国的现代，很现代的中国。这次没有，《游园惊梦》设想形式能压制住古典的故事，形式能激发出古典的隐私，白先勇把古典的最为秘密的故事和经典的情爱，给予现代派的意识流做内里的质料。然而，蓝田玉的性格和行动中没有开掘出现代意识，如前所述，她的意识活动替代了她的现实行动。这就属于追随西方现代派的故事了，白先勇深浸于他的没落的历史中，那是他始终回望的中国艺术传统，这样的艺术传统如何开掘出时代的新艺术，这确实是使20世纪60年代中期的白先勇颇费周折的事。他跃跃欲试，也要历经一次"惊梦"。并不是这样的惊梦不可，也不是说这样的惊梦不成功，而是说，这样的惊梦只是惊梦，只是偶然的意外，由此可能构成他的艺术高峰，但是一次意外的"惊梦"所抵达的高峰。实际上，全部汉语都没有在意识流这里成就现代派的伟业，也因为汉语小说曾经如此急功近利地用意识流来替代现代派（例如在中国大陆小说方面，王蒙、李陀等人在20世纪80年代初期都做过这样的实验），以至于，全部汉语小说都未能完成西方现代派的洗礼。只是匆匆而来，匆匆而去。从根本上说，意识流本身实在是现代派一个很表面的技法。现代派的小说自有其扎根的深厚哲学和千变万化的艺术形式。在我们称之为"现代主义"的那种实验中，在很大程度上只是形式主义实验，蓝田玉如此传统古典的怀旧，如此对偷情的一次回望，她说那是她唯一活过的一次，那爱的激情，使不法之恋具有生命升华的意义。但蓝田玉浅尝辄止的回忆，并没有开掘出一种"现代"，或者说无论如何都不具有"现代主义"的哲学意义，甚至审美上也不具有，审美的现代主义在这里也被更为形式化的"意识流"压抑下去了。时间的陷落让人物陷落于往事的眷顾，不再着眼于当下的行动，历史记忆借助意识流全部复活，现代获得了形式，却并没有撕裂文本，它把白先勇过去从文本绝境迸发出来的幽灵压到了时间之下，它不能飞越而出。

如此说来，并不是白先勇这篇小说不成功，而是它太成功，作为一次现代派的形式实验，它太成功，以至于它从白先勇的所有小说中脱颖而出，成为极其独特的另类。它仿佛不再没落，它超越了没落，获得了崭新的形式，它"又活了一次"。这就是因为"意识流"形式技法的外在化，它作为表现形式，服膺于它的回望古典的故事。也就是说,"中体西用",使人们可以识别它和接受它,它的成功在于它适可而止。但只是形式的活,蓝田玉并没有真正活过来,它面对着程参谋,只是恍若隔世。面前是台北的高楼,她认不出的当下世界。确实,我们都无可否认这篇小说是汉语小说中无与伦比的作品,但是在如此特定的文学变革的历史情境中,在白先勇过往所有经验与西方现代派遭遇的时刻,他用形式的技法去召唤汉语小说的"复活",确实是一次惊梦大观。但汉语小说并不能从这里开出一条现代的道路,汉语的现代道路,还是自己的现代性的道路,那就是白先勇内在化的"没落"经验,那是可以应对尼采的在西方现代性之外另辟的路径。

四、没落美学在现代的陷落

白先勇在回望他的往昔记忆,他如此恋旧,对那种衰败耿耿于怀,这未尝不是"现代"的态度。但这样的"现代"显然有别于主流的现代,此现代非彼现代。白先勇的小说从本质上来说,属于那个"没落的"历史,如王德威所言,那是"后遗民写作"。那是从颓败的历史中遗留下来的创伤记忆,那是他试图坚守而又要超越的历史。白先勇真正进入了这个没落的历史深处,他依靠着它,抚摸它,抚今追昔,生死两茫茫。如此的写作,其实乃是中国古典时代以来的传统,说它"情殇"未尝不可,说它感怀于伟大之没落似乎更为准确。看看元明戏曲,尤其是明代戏曲,如王德威所叙述的汤显祖的"至情"传统,其实那里面已然隐含着"没落",那姹紫嫣红,那断井残垣,不是没落是什么呢?那死而还魂,就是指望没落起死回生了。再看看《金瓶梅》那样的纵欲与颓废,那不是没落是什么呢?《聊斋志异》那里面的人鬼情未了,那就是死亡中复活的情欲,只有情欲才能复活的没落。往后看看,《红楼梦》不是没落是什么呢?太虚幻境正是对应着没落,设想对没落进行虚无主义的超越。贾宝玉就是超越没落的伟大子嗣,或许他的最理想的结局就是成为曹雪芹那样的落魄文人了。但贾宝玉是空到极致,出家或跟随癞头和尚行走于白茫茫大地。曹雪芹在穷困至极之时,未尝没有想过将贾宝玉的结局作为他的人生归宿。这没落的历史只有一种东西留存下来,就是不朽之文学。对没落的书写本身总是不能超越没落，这是说在没落的讲述中，其故事结局总是没落，杜丽娘、柳梦梅、贾宝玉等等，没有，没有一种想象可以让书写的意义真正超越没落。然而，却有一种有关没落书写的文学，成就着没落留存的不朽事业。

我们曾经幻想在现代中国的新生中，有一种新文学可以超越没落。现代中国文学一直在试图超越，晚清的颓靡纵情是没落到极致的抒写了，现代中国只有激扬文字才能跨过汉语构造的如此华美的末世景观。但五四启蒙文学，借助西方资产阶级的盛世豪典，开启了汉语文学宏大叙事的篇章，但内里还是流荡着不少传统中国挥之不去的没落情调，这在张爱玲等人的故事中就可见其情真意切。现代文学直至转向革命文学，又走上了另一条道路。那是借助革命之强力来展开的文学，它试图彻底改变中国文学的情调、气质和风格，关于革命的无边的理想引导着文学建构乌托邦的世界，这个世界彻底与那个颓败的没落历史决裂。那里面当然也叙述了整个没落的历史及其阶级，但它们被清扫出新世界的乌托邦。中国的汉语文学写作在另一条道路上一路狂奔，新的革命文学追求进步、先进、人民等等，不想在"文革"后遭遇了另一场变故。经历了"文革"后依然追踪宏大现实，渴望变革现实的历史愿望，使文学成为一种推动历史前进的精神动力。它以如此统一的整合结构来进行，这是前所未有的进步的文学。

但到了20世纪80年代后期，文学与现实的关系发生了断裂，文学无法给予现实以未来的方向，也无法建构与现实互动的乌托邦。文学转向了自身（向内转），转向了文学的语言形式。正如王德威分析的余华的《古典爱情》所做的那样，那是语言和叙述狂怪挥霍的产物。与其说它回望古典时代不得，不如说它胆大妄为到要与西方现代派一竞高低。那是从法国新小说、从卡夫卡还有川端康成那里偷盗来的火种，用于野蛮地焚烧古典时代遗留的荒凉。余华选择古典进行戏仿，既不是回望古典不得的错乱，也不是面对未来的恐慌，那是他乐于行使的恶作剧，除了逃逸到古典中去捣乱，别无他法。这里并没有对待古典的真实的现实心理，古典只是他语言挥霍的原材料，他迷恋的是语言进入虚构、暴力、幻觉与荒诞中的快感。余华对汤显祖的崇敬，远不如他对卡夫卡的迷恋。余华对古典的记忆相当可疑，直至1996年，他才记起文学史上还有一个他的同乡鲁迅①。卡夫卡的《城堡》《审判》，再加上《在流放地》也有可能写出《古典爱情》那种东西。确实，在这一面向上，《游园惊梦》与《古典爱情》也有可能在诉说另一个文学史传奇：那是中国小说在艺术上自我变革的时刻，古典在这样的时刻，还是作为一种质料被利用。在白先勇，那是回望古典而不得，古典遗产再也不能给予更多的东西，只有网开一面，任由现代派（意识流）侵入；而在余华，那是公然向西方现代派献礼的行径，杜丽娘之大卸八块大快朵颐，仿佛是一道敬奉的仪式。20世纪60至80年代，中国社会经历着的巨大变革，而文学艺术也被这种历史一再裹挟。白先勇在没落过去的历史中获得一种感应，他几乎就沟通了传统中国文学的血脉；然而，这种血脉毕竟无法应对如此狂放剧变的时代。余华们则在大起大落的历史变革中，成了另一种遗漏的他者，他逃逸到时代的边缘，因而与无限进步的革命历史有了反观的距离。但他知道，这样的反观会灼伤他的双眼，他宁可把目光投向别处，迷离扑朔，去追踪现代派的语言幻境，以此来充当"现实一种"。

我们称之为中国传统的那种艺术源流，或者美学精神，其实在小说这一脉上一直未能香火承传。如果说中国传统诗词歌赋戏曲有着"抒情"与"言志"的传统，其实也未能在小说上贯彻到底。小说变成叙事，那实在是另一种东西，并非从抒情言志脱胎而来。顺应着时代的关系，小说才应运而生。它与传统中国古典艺术的关系一开始就非自然血脉。我们看看《金瓶梅》《红楼梦》，这是叙事与"抒情"结合得较好的作品。但前者是依赖了色情与颓靡才有情调；后者实在是一个异类，以至于300年来再难有这种作品出现。晚清的小说算是有过兴盛，但从古典脱胎而来何其困难，大都情调颓靡，市井格调幽怨，并不能与剧烈之变化的时代相适应，以至于梁启超当年愤而直言："欲新一国

---

① 迄今为止可以发现的有关余华访谈和现场演讲资料中，余华在1996年谈到鲁迅，谈到他接受的文学影响。此前，他津津乐道的是川端康成、卡夫卡、普鲁斯特等日本或西方现代派作家。参见余华、杨绍斌：《"我只要写作，就是回家"》，《当代作家评论》1999年第1期。参见吴义勤主编《余华研究资料》，山东文艺出版社，2006年，第36—38页。以及余华：《我的文学道路》，《当代作家评论》2002年第4期。也可参见《余华研究资料》，第41—52页。

之民，不可不先新一国之小说。"① 何也？如此小说只是消磨意志，无以养育民众之精神。如此看来，梁启超的小说观是要小说能倡一时代之风气，小说如此大的容量，当要为提升时代理念有所作为。而梁氏此见解，正是表达了小说在现代兴起的时代特征。西方的小说，当有史诗传统，从史诗演绎而来，与资产阶级启蒙之理念结合，建构了资产阶级立足于历史舞台之文化背景。小说的本质特征就是其观念性，那是在观念引导下的叙事，抒情言志充其量也只能充当观念之配角。不管梁氏为小说立论有着多少特殊的时代背景，他无疑说中了小说的根本特征。此后，在新文化运动推动下，中国现代小说正是在现代之救国救民之路上高歌猛进，而在革命文学那里，达到现代宏大叙事之巅峰。

从这一理路来看，与这一历史平行，身在台湾的白先勇就是一个现代小说的另类了。他如此执着地守望那个没落的历史，如此坚贞地在没落的历史中写作。少有人能像他那样一唱三叹般地把那个没落之遗产书写得如此透彻，如此真切。更重要的也许在于，他的小说或许是少有的接通了古典命脉的文学作品，那种被称之为"抒情"的传统，在他的小说中获得安放的空间。他本身一再引用为题词之类的感伤的古典诗词，那或许是他小说的内在底蕴。当我们说有一种抒情小说时，并不是外在的叙述和修辞，更重要的是那种"主体的内在性"，那种"没落"的本性。因为没落作为那种历史之本性，也就是作为那种历史之美学而留存，它也必然以没落之方式在后世显灵。所有的没落，如此真切地汇集于白先勇的书写中，他的招魂，在小说这一意义上，并非招来了汤显祖或杜丽娘，而是《红楼梦》的小说传统，是《红楼梦》曾经开启的，中国汉语小说之特殊之美学品格。但它不见容于现代性突然开展之中国的历史，它的血脉其实中断了。《红楼梦》只是就着一点中国古典文化的精髓，从诗词歌赋中脱胎出小说（反过来可见《红楼梦》中夹杂了那么多的诗词歌赋），那是一种韵味、情境、感怀为

---

① 梁启超接着还说："故欲新道德，必新小说；欲新宗教，必新小说；欲新政治，必新小说；乃至欲新人心，欲新人格，必新小说。何以故？小说有不可思议之力支配人道故。"参见梁启超：《饮冰室合集》，中华书局，1989年，第6页。

底蕴的小说，其依附于没落之历史，用于书写没落之历史，用于超越没落之历史——那也就是虚无，伟大的历史之虚无。就这点而言，白先勇太像曹雪芹，他的写作也依赖诗词歌赋，就其修养，他是看着（或听着）中国戏曲成长起来的文人，他生长于诗词中，却写着小说。那是用小说来写诗词歌赋或者戏曲，他同样依靠着"没落"，同样要超越"没落"，最后也渴求着虚无的解脱。把白先勇放在《红楼梦》之下来比附，并不是说白先勇的作品就可与《红楼梦》等量齐观，只是说那种精神气质的承接关系。《红楼梦》即是开创，一开创几乎就结束，因为它背靠没落的历史，它就是没落的美学，它就是美学的没落。尼采感叹"伟大的虚无"时，我们也不得不感叹，那真是伟大的没落！

中国小说就这样与它的没落美学擦肩而过——本来中国小说要在其中生长出自己小说的深厚土壤，现代性如期而至，这个没落的历史就迅速没落了。白先勇是一个偶然，一个意外，因而也是一个事故或者事件。他能如此体会"没落"，如此写作没落，如此切近没落之本质。但他最后也不得不"没落"，现代派再次追踪而至。《游园惊梦》，他惊的是哪桩？他惊的是何梦？是中国传统小说再也难以为继吗？还是现代派让他如梦初醒？蓝田玉再也不能唱《游园惊梦》，这是白先勇与传统中国之象喻吗？台北那些高楼如此狂怪地预示一个工业主义文明的霸权特征，窦府里的堂会实在是一个没落的历史最后的回声，压轴戏是那个参军长的《八大锤》。这个"大花脸"的唱段，也未尝不是传统中国以自嘲的方式做的终场亮相，这就是没落美学的最后形象。白先勇在这一时刻，还是以他的独特的艺术感觉，对历史做出了恰当的表达，在自嘲中给予了虚无的解脱。

没落美学在大陆并非没有传人，与余华同时期的苏童就有这种气质。1988年，苏童的《罂粟之家》那也是写鸦片造就近现代中国地主阶级没落颓靡的故事，结果经历土地革命，中国的地主阶级终至于灭亡。那里面隐含着血缘关系与阶级关系的搏斗，最终阶级战胜了神秘的血缘，这就预示着现代性中国走向激进革命道路的必然性。革命克服了历史的没落，但对革命的书写本身却获得了颓靡的美学。苏童的书写富有感伤气息，小说叙事浸透了没落情调。随后，1989年，苏童发表《妻妾成群》，这是对巴金《家》《春》《秋》及其启蒙文学的解放主题的全面改写。巴金的《家》里的那个觉慧何等渴望外面的世界，《青春之歌》里的林道静"冲破封建家庭"走向革命，但18岁的颂莲是主动选择了做妾。五四启蒙运动并未扫荡一切封建文化，实际还差得远。在文学书写中，快过去一个世纪，那段历史又重现真身。但那确实是地主阶级没落的文化，苏童着力要写出的是那个清纯洁净的女子，如何在那个没落的家庭中生活，最终被其吞没。依然是对"没落"的书写，依然是"没落"的情调，依然是美学与历史的共谋。"没落"是如此富有黏合力的文化格调，任何对它的书写，都会沾上它的气息，都会成为它的有机的一部分，成为它的回光返照，这就是没落的不朽事业！

苏童的这几篇小说，几乎被众口一词认为是最好的当代小说。在革命的前进的语境中培养起审美感受力的大陆读者、批评家和作家同行们，何以都会持这种态度呢？就像2005年，白先勇被评为"北京作家最喜爱的海外华语作家"一样，苏童这几篇小说几乎也最大限度地广获好评。不为别的，只是汉语培养起来的感受力，这是革命的历史化的宏大叙事也不能阻隔的感受力，因为那种美学，或许是汉语言文学最根本的美学特质。

由是，就可以回到白先勇，他的小说经验，或许是汉语小说最为独特的经验，因而也是最有传统延续展开可能性的经验。因为它与"没落"的历史相连，因为它书写"没落"的历史，但也因为它只能书写没落的历史，它之没落乃属必然。实际上，如同《红楼梦》一样，它还没有开始就没落了。如北岛的诗所云："此刻我从窗口／看到我年轻时的落日"（北岛《旧地》）。

他只坐在窗前写作，看着年轻时的落日，黄昏一开始就降临。

原来姹紫嫣红开遍，似这般都付与断井残垣。此中深意，就是一部从未发生的中国小说史。

第八章 自我相异性与浪漫主义幽灵

——《永远有多远》隐含的女性另类谱系

如果说铁凝的小说最有特色的地方在于描写了一种距离，一个人与他/她要抵达的那个地方的距离，可能会让铁凝的小说敞开一道风景。铁凝的小说有一种很强的描写性，甚至就是一种风景画的效果。众所周知，铁凝出身于画家之家，本人也喜爱绘画艺术，虽然未必自己动手画画，但她总用一种欣赏画的眼光在写作小说①。2003年，铁凝出版评画随笔集《遥远的完美》。对于铁凝来说，"远处"的东西是美的，她对"远"有一种特殊的敏感，特殊的表现力。如果说铁凝小说有一个文眼的话，那就是非这个"远"字莫属了。铁凝的作品中对"远"的距离描写意味着什么呢？我们自然会立即想到，叙述人会有一种远近交错的视点，人物则会移动，这样的移动有一种对称性。作品中的人物都会移动，都在移动，这是不成问题的。但我们会注意到铁凝的小说把人物的这种移动作为小说叙事的内在结构，叙事的原动力来自这样的移动轨迹。她们总是向远方去，总是从远方走来。而"永远"一词，如此奇妙地把时间与空间同一起来。"永远"说穿了就是时间和空间有多远。这就是"永远有多远"。

---

① 关于铁凝小说与绘画的关系，可参见马云：《铁凝小说与绘画、音乐、舞蹈》，河北人民出版社，2006年。这本书从铁凝小说与不同的艺术门类的关系入手，做了相当细致精彩的分析。只是有一点，未能较深入论及铁凝小说中的"距离"感这一问题。

《永远有多远》这篇怀旧而淡雅的小说，总是让人回味无穷。越是淡定的小说，越是有一种难以言尽的意味，汪曾祺、孙犁等人的作品无不如此，铁凝的作品也有此意。因为这类小说，直接抵达你的感觉，直接敲击你的情感，一切尽在不言中。这类几乎总被称为"纯朴自然"的小说，是否也可有深意？是否也可从中读出当代文学史的某些隐秘内涵呢？

　　本章试图把《永远有多远》与铁凝作品中的一系列女性形象建构起一个自我相异性的谱系，去读解铁凝小说叙事中的"远"到底有多"远"，并由此去发掘这一谱系背后的文学史的底蕴。

一、"远"的叙述学："仁义"还是他者化的视点？

　　通常的评论会把《永远有多远》（以下简称《永远》）的主题思想理解为是对道德品性的肯定，白大省这个人物，无疑也是追寻善的仁义价值观的高度体现。或许如谢有顺所说："白大省这个人，把善在我们时代存在的最大可能性展现出来了，但她同时也把善变成了我们时代的'古董'。这是多么令人心酸的事实？从这个意义上说，铁凝既是当代生活中善的存在的发现者，也是善的神话的终结者，《永远有多远》就是这方面的巅峰之作。"①当然，谢有顺并非是在专论《永远有多远》的文章中如此定义的，他只是在一个关于"叙事伦理"的文章中，如此理解这篇小说。这样的理解无疑没有任何问题，也是《永远》的显性主题。

　　确实，这篇小说几乎就是一个人与一个城的故事，白大省的居住史与老北京紧密相连；她的身上也蕴含着人们对老北京的人伦道义的想象，她似乎就是老北京残存的价值的坚守者。白大省是这样的人物，她是这个时代残存的仁义的坚持者，她从小就照看病痛中的姥姥，尽管姥姥重男轻女，白大省对她再关切，她还是对白大省的弟弟白大鸣更为疼爱，对白大省却只是使唤且常有不满和责备。但这从未阻止白

---

①　谢有顺：《发现人类生活中残存的善——关于铁凝小说的话语伦理》，《南方文坛》2002年6期。

大省对姥姥多年如一日的照看。她对自私自利的弟弟也是谦让忍耐，弟弟小时多病，让她自觉承担了对弟弟所有的忍让。直到要迁房时，她也让弟弟占尽了便宜。对于那些男人，她几乎无一例外地献出全部爱心，但得到的也无一例外地是背叛和利用，但这些似乎都没有动摇她的善良和奉献的本性。这些奉献、忍受和无怨无悔，都让人感受到白大省的"仁义"。然而，她的坚守如此笨拙被动，与其说是依靠理想，不如说是凭着本能。很多年来，那个叙述人"我"也认为白大省傻乎乎的"仁义"实在不值当，没有人对她的"仁义"给予足够的尊重。她对姥姥日复一日的照顾，也没有丝毫改变姥姥重男轻女的态度。

当然，这篇小说还可以读解为讲述了白大省的爱情故事。这些爱情只是她一味给予对方的，而且她饱尝背叛的苦涩，但她始终不悔恨，很快就从失恋中走出来，接着进入下一次的痴情奉献。郭宏、关朋羽、夏欣，就是这样的背叛者，一些拙劣的或者平庸的男人，羞辱和嘲笑了白大省的善良，让白大省对爱情的幸福憧憬化为泡影。

再进一步，我们还可以从小说中体会到浓重的怀旧意味。那是对老北京的怀念，在这样的情调中白大省的"仁义"一点点显示出来。小说花费了大量的笔墨书写老北京的往事，也不得不与"怀念传统"这种主题联系在一起。小说中出现的那些地名，一方面是新北京的世都大厦、王府井、天伦王朝、新东安商场等等，另一面是怀旧叙事中的驸马胡同、西单等等。而小说书写的背景，也正是新北京准备对老北京大动干戈，拆迁改造的时期。1999年，北京市政府制定了《北京旧城历史文化保护区保护和控制范围规划》，东单西单地区被列入了历史文化保护区范围。《规划》中说："这一地区的胡同排列整齐，四合院布局规整，是老北京城典型的传统四合院区，至今仍保留着一定数量的较好的四合院。"但数年过后，这一地区陷入拆迁争议，经过多次的专家论证，这一地区被拆迁改造。小说中所写的"驸马胡同"，当有实际地点。可能是指原来的石驸马街，因明宣宗的二女儿顺德公主下嫁石家，得名石驸马街，早年的中国共产党人李大钊曾于1920—1922年期间居住于此，后来国画大师黄宾虹也在此居住过。1965年整顿地名，改为文华胡同。现属西城区金融街辖界，当是如今最能显示新北京豪华气派的地方。据说铁凝儿时就居住于此，这确实是一次纪念式的书写，但铁凝重写老北京的往事，又是这样的胡同，历史文化悠久，底蕴深厚，当有讲究。铁凝在 1999 年讲述老北京的故事，无疑带着怀旧的记忆，那是对历史消失的一种祭祀。小说后半部分也提到驸马胡同拆迁的事，结尾也写到了"即使北京的胡同都已拆平……"。白大省身上显然也承载着她对老北京人情世故的赞赏。虽然，白大省几乎就是一个失败者，但她身上的道德品格还是在一定程度上得到了肯定。

旧城的失去，一个女孩与一个城市的故事，她的仁义道德的失败故事等等，无疑都可以从这篇小说中读出来。白大省始终坚守着"仁义"，而仁义却并不曾降临到她头上。即使把这一意义作为小说最终的意义，也可以把小说读为道德失败的挽歌。但是，这篇小说分明却又有着另外的意义，铁凝在一次访谈中解释《永远有多远》的主题设想时说道："我并不想在小说中写一个善良人的故事，或单纯地呼唤善良。白大省是善良的，但她并不甘于自己的善良，而是希望改变这种情况，变成'西单小六'那样的女人：有一点儿'妖'或'邪'，漂亮，不费吹灰之力就得到男人。白大省的愿望合理吗？从女人的本性讲，得到男人的爱与关怀是种本能，最合理不过的。"在另一次访谈中，铁凝对她的创作构想做了阐述："仅仅一个好人的故事，不能成为一篇好小说。我通过白大省这个人物想探讨的是人要改变自己的内心诉求。白大省决不想成为她现在的样子，她的偶像是小六儿，一个很俗气的角色。她渴望像小六儿一样招惹人的眼光，整天被男孩子包围着，很潇洒。这样的希望不算过分，是合理的，不该被嗤之以鼻。她执着地要改变自己，这才是她的积极性和意义。但她的本性决定了她行为的惯性，她已经成为不可改变的了。"[①]

在这里，道德奉献与女性的自我肉身形成矛盾，在所有的人都认可的白大省的本质特征"仁义"之外，白大省内心始终有一种要成为另一种人的渴望。而那种渴望是她试图实现而又永远无法实现的外在本质。之所以说是外在本质，白大省的身边有一个他者"西单小六"，

[①] 赵艳、铁凝：《对人类的体贴和爱——铁凝访谈录》，《小说评论》2004 年第 1 期。转引自贺绍俊：《作家铁凝》，昆仑出版社，2008 年，第 179—180 页。

那是与她"咫尺天涯"的他者,就在她身边,她想学她,也想成为她,但她却永远成不了她。这是白大省的困扰。

这篇小说的道德只是一个前提或外壳,更主要的是写女人的内心,女人如何确认自我的内在本质。或者更进一步说,小说重点在写,女人如何想成为她的截然不同的"他我",那个自我与他我的距离究竟有多大?

其实这篇小说还有一个重要人物,那就是叙述人"我"。"我"是白大省的表姐,是"我"在观看白大省,是"我"倾听到白大省的内心声音,是"我"对白大省的道德仁义给予了持续的怀疑,是"我"见证了西单小六的魅惑……这样,在这篇小说中我们可以看到一种奇怪的三角关系:"我"、白大省、西单小六。以"我"为视点建构起了白大省与西单小六的关系。从根本上来说,是"我"要讲述一个北京女孩并不甘愿做一个"仁义"女孩的心理。

小说是这样开始叙述的:

你在北京的胡同里住过吗?你曾经是北京胡同里的一个孩子吧?胡同里那样快乐的、多话的、有点缺心少肺的女孩子你还记得吧?

我在北京的胡同里住过,我曾经是北京胡同里的一个孩子。胡同里那群快乐的、多话的、有点缺心少肺的女孩子我一直记着。[①]

这篇小说一直在讲述白大省的故事,小说开始也是叙述人要去北京王府井附近的世都百货与白大省会面。叙述人叙述说,她在雨中穿过胡同(这其中夹杂着回忆老北京叙事),而后在"世都"二楼的咖啡厅等着白大省。穿过明亮的窗户,可以看到远处夕阳照耀下的"玻璃幕墙和花岗岩组合的超现实主义般的建筑",看着窗外的人流,"我的表妹白大省早晚也会出现在这样的人流里"。

"在这样的人流里",意味着白大省淹没在芸芸众生中,她的品德品性,都被大众脸谱化的形象遮蔽了。谁能透过这样的人流,去看到一个人的真实面目呢?更不用说要看到她的内心了。

---

① 铁凝:《永远有多远》,人民文学出版社,2006年,第1页。

这篇小说一直是以"我"的回忆性视点来展开的,"我"如此清晰地看到了我与白大省的少年生活,那些关于"仁义"的往事,与我对自己的道德反思相随,我一方面看到了白大省的"仁义"并未受到尊重,另一方面却也认同白大省想成为西单小六的愿望,因为"我"的内心也有些愿望。这是我们共同的地方。但"我"能清醒地看到,白大省、"我"都不可能成为西单小六。

"西单小六"在铁凝的小说叙事中,是一个超出道德评判,也超出肯定和否定的女性形象,她是一个在铁凝的小说叙事中始终漫长地潜伏着的幽灵。当然,也是在《永远有多远》中第一次获得了如此清晰而明确的形象,她作为文本中最活跃的形象来引导叙事行进入另一个区域中,如同文本敞开的另一个场所。而对于"我"和白大省来说,西单小六打开了"我们"的内心生活的隐秘通道。

白大省内心的激情一直被压抑着,但她的内心却涌动对自我的另类想象。多年后,她告诉叙述人"我":"她说她最崇拜的女人是西单小六,从小她就崇拜西单小六。那时候她巴望自己能变成西单小六那样的女人,骄傲,貌美,让男人围着转,想跟谁好就跟谁好。她常常站在梳妆镜前,学着西单小六的样子松散地编小辫,并三扯两扯扯出鬓边的几撮头发。然后她靠住里屋门框垂下眼皮愣那么一会儿,然后她离开门框再不得要领地扭着胯在屋里走上那么几圈。她看着镜子里的自己,亢奋而又鬼祟,自信而又气馁……"①

白大省相貌平平,身材高大,典型的北京女孩子。她逆来顺受,只懂得付出奉献,善意地对待一切人和事。可是,令人想不到的是,她的内心也涌动着激情,10岁就有初恋,那是对头发卷曲的会跳舞的小赵叔叔的迷恋,而赵叔叔拉着她的手时,她居然昏倒在地。她的内心却想做个西单小六那样另类的"坏女孩"。"老实仁义"并不是她的自主选择,她的渴望与她的现实性却有如此大的差异,铁凝的叙述在这里出现歧义。

小说明写的是白大省的"仁义",内里却写着一个女孩子无法成为与众不同的另类女孩的困惑,她的内心一直有一个另类的"她者"。

---

① 铁凝:《永远有多远》,人民文学出版社,2006年,第17页。

她只能（或不得不）表现出她的善良本色。这是她的本性，也是她被社会、被她的家庭伦理规训好的角色。

尽管小说并没有用更多的笔墨描写白大省想成为另一类女性的内心渴望，只是在对"我"的倾诉中流露了一次，但小说却相当充分地描写了西单小六的形象，这个与白大省截然不同的女性，在小说中写得异常生动。那是一个自由得要超出社会常规约束的女子，她就是那个时期的女性的另类"她者"。她的少女时代就离经叛道，她以魅惑男性为乐且让女孩们羡慕。她的形象寄寓了女性对身体自由的爱欲乌托邦的想象。渴望超出自我，而自我的束缚又是如此深重，这是铁凝书写的最富有内在性的女性心理矛盾，也揭示了更为复杂而又隐秘的女性内心世界。

白大省渴望成为西单小六那样的人物意味着什么呢？说得表面一些，这是女性内心都存有浪漫与自由渴望，甚至有着对非法爱欲的幻想；说得更富有哲学意味些，那是女性对"自我相异性"的寻求。这种自我相异性，不只是对自我的超越，甚至能超出一切世俗羁绊，超越于男人的强权，或者支配男权。正如男人对自我强大的想象是无所不能的超人一样，那也是身体的超人，所有从古典时代以来对男性超人的想象，那就是"力拔山兮"的征服自然的强力；而对女性超人的想象，则是身体的无穷魅惑，所有的男人都会在女人的身体魅惑下屈服。自我相异性本质上是一个自由的问题，但女性的自由的最基本权利是身体的自由，女性和身体自古以来就被男权社会束缚，从束胸到裹小脚，女人岂止是不能支配自己的身体，根本就被男性绑架——捆绑在道德的、三从四德的，以及伦理纲常的体制中。所有关于女性的建制，当然是社会建制的基础，没有关于女性的建制就没有社会的建制。

当然，我们在这里并不能归结为铁凝试图表达女性普遍的心理问题，这不是一个女性主义的问题。白大省对自我的怀疑并不一定是女性的性别意识在起作用。她周围的女性就与她大不相同。那个叙述人"我"，从小与白大省生活在一起，就对白大省的傻乎乎的"仁义"不以为然；白大省的弟媳眯眯也是鬼精鬼精的，那个小玢什么的更是自私得离奇，更不用说白大省羡慕的西单小六。女性并没有本质化的或者说同一性的性别身份或自我意识，白大省的形象与其说是女性的性别意识问题，不如说就是女性的个别的特殊问题，"自我相异性"其实是白大省非常独特的自我意识，是白大省顽强地要从已经形成的，已经被社会化规训好的"自我"中重建另类的"本我"，那个西单小六就是她的内心隐秘的另类渴望，就是她始终要去抵达而又不可企及的另类的"她者"。这种距离不再是一个外在的视点，不是我从某个高处，从窗内去看的芸芸众生中的白大省，而是从她内心分裂出来的另一个生活于别处的"她者"。在她的内心有一个本我，在她的身边有一个活生生的"她者"，与自我相异。她生活于如此境遇，她无力获得自我的支配权，她渴望她的自由自在，渴望她的另类的超越性，渴望她对男性的魅惑。

二、"本己之己"与女性的共同体

　　白大省的"仁义"并不是她的自愿，她一直渴望做另一种自由洒脱、我行我素的女人。"做你自己"——这一直是20世纪80年代个性解放思潮中的口号，它是迈向"现代化"的中国人自我意识的强劲表达，铁凝当年在《没有纽扣的红衬衫》里就表达过这种呼吁而影响一时。然而，在20世纪90年代，铁凝却提出这样一个问题，这个"仁义"化身的女子，却并不是甘愿做这样的"仁义"之人，这让很多以为铁凝在宣扬"善"的伦理学的人可能大跌眼镜。而仅仅从道德意义来看铁凝的这篇小说，也把问题简单化了。

　　铁凝这篇小说确实有着相当丰富的伦理内涵，我以为去思考"本己之己"与女性共同体的关系，乃是这篇小说蕴含的意味深长的伦理哲学。

　　人如何成为自己，这就是那个"本己之己"的问题，实在是一件颇费周折来讨论的事。它既是一个古旧的存在主义的哲学问题，又是解构的后现代伦理学的命题。在我们过往的哲学或伦理学体系中，我肯定是一个本质化的实体，我有肉身化的存在，我有我的本己之生和我的本己之死。也就是说我的生与死都是我所独有的，我独自承担的。而这生死二者，都由肉身的实体来决断。这是谁也无法否认，谁也无法更改的事实,一切更改都将牵涉到法律问题。我的本己之己有肉身化,我的自然属性,同时具有社会性,我的肉身将向社会开启,将成就社会化的我。马克思说,人的本质在其现实性上,是一切社会关系的总和。这就是我的肉身化的自然属性将向着社会化生成,将在社会化中重建我的本质。海德格尔的存在主义则认为,本己是自己在世的解释活动,只有自己对自我与世界解释才能领会自己存在之本质。萨特则认为:存在先于本质。肉身化的存在先于其社会化的本质,只有社会化的向着自我存在的实践活动,可以成就我的社会化本质。但如此一来,我的存在将受到社会化的建构,我成为社会化的存在。我的"本己"就无法具有本真性,它必然与本己相异。

本己在现实中的展开,就出现了让－吕克·南希的主题,那就是自我相异性问题,本己之己将要产生分化。这就与海德格尔非常不同,解释领会不再是成为本己,而是产生出自我相异性,甚至成为他者。我们常说,此人只剩一副空皮囊,所谓行尸走肉,因其没有了灵魂。而人的一生经历的诸多的变化,所谓历经磨炼,脱胎换骨,"士别三日,刮目相看",等等,都是自我相异性的表征。南希的"解构的伦理学",深受德里达解构主义和列维纳斯的他者的伦理学的影响,其中再加上巴塔耶的耗费理论和主权理论,南希从自我相异性出发,解构共同体的概念,其伦理学可谓是后现代时代的人学的百科全书。巴塔耶不谈"主体"而谈主权,主体是导向自身"本己之己"的哲学式的闭锁思维;而主权则是开放的经济学与政治学的视点;主权用于交换,用于空间中的移动,用于实践和耗费。巴塔耶的主权论也引起南希的解构热情,南希看到巴塔耶思想中对法西斯共同体和共产主义共同体的双重敞开,因而,通过读解巴塔耶的共同体概念,他展开了他的伦理哲学的解构。南希说:

把主权朝向无的外展,正好与那种要达到虚无之界限的主体的运动相反……在"无之中",——在主权之中,——存在是"在自己之外"的;它处于不可能去重新获得的外在性之中,或者我们也许应当说,它来自这个外在性,它来自它不能把它自己与之联系起来的外部,但是它与这个外部保持着本质的、无法测度的关系。这种关系规定了独一的存在的位置。①

南希的观点对于理解白大省试图成为另一种女人的愿望,以及她与她周围女性的关系,颇有启发意义。

白大省生存于驸马胡同,她从小就被视为"仁义",这似乎是她的存在之规定,她的存在之本质,她一直在行使着她才具有的"仁义",她一如既往地照顾姥姥,但并未得到姥姥的高度认同。她对几个男人献出了她的关爱以及关于婚姻的信任,但她得到只是拒绝和逃离。存在是"在自己之外"的,白大省一直在付出,但她得不到认可,存在没有内在性,"本己之己"乃是无,她不得不渴望有一种外在之力可以超越如此境地,那就是西单小六的存在之方式。那个要"成为你自己"的律令到底来自何处?到底如何实践?实在是一个疑问。小说写了众多的白大省为之奉献自我的他人,从伦理亲情到情爱化的对象,都未能使白大省成就自己,"仁义"既没有使白大省有成就感,也没有使周围的人认为白大省多么值得尊重。夏欣在说白大省是他"这一生最值得感谢的人"时,那是一句言不由衷的托词,接着夏欣就指责起了白大省生活缺乏理性之类的弊端。大学时代的负心郎郭宏最终跪倒在面前,痛苦地忏悔,仿佛是再次嘲弄白大省的善良。"仁义"无法成就肯定性的价值,"仁义"使白大省失败和蒙受屈辱。几乎所有的人都弃仁义而去。而白大省成为最后一个逃脱者,她要逃脱"仁义",她要成为西单小六那样的女人,那是"反仁义",或"去仁义"的精灵。然而,白大省被困于"仁义"之中,她成不了西单小六那样的女人,永远也成不了。

这是一个道德自我完善失败的故事,并非像我们通常认为的那样是道德仁义胜利的颂歌。当然,铁凝也是绕了一个大弯来写作当代道德仁义正在消失的故事,随着驸马街表征的老北京的消失,"仁义"的存在还有什么样的处所?白大省这样的"仁义"之士也不堪承受"仁义"之重任,她的"仁义"不过是不得已而为之的选择。在姥姥家里,

---

① [法]让-吕克·南希:《解构的共通体》,夏可君编校,郭建玲等译,上海人民出版社,2007年,第36页。

她的地位在弟弟之下；在小伙伴之中，她不受待见，甚至还总是遭到奚落（例如，被小伙伴送绰号"白地主"）；在"我"的眼里她是"傻里傻气的纯洁和正派"，"常常让我觉得是这世道仅有的剩余"。在这样的时代，"仁义"仅存在于白大省这样的傻里傻气的人身上，甚至她也要弃"仁义"而去，去做西单小六那样的女人，这是对"仁义"的惋惜，还是对"仁义"的哀悼？然而，还有另一个问题冒出来，承接"仁义"是否是白大省这样的女子的责任？她身为女人，她要做人，要做纯粹的女人。那个与她自我相异的另类女人——西单小六就在她身边，这个距离是外在的，还是内在的？她的内心区隔出两个面：一个朝向社会的普遍的价值；另一个朝向非历史化的另类却又更加纯粹的女人。她使自己的存在生成出一个与自己的距离——她内在的却又永远也不可能抵达的"她者"。

三、女性的她者谱系：生命本原的神话

其实在铁凝的写作中，总是有一种写出女性寻求"自我相异性"的冲动，仔细考辨铁凝笔下的人物，呈现出一个漫长的女性"自我相异性"的谱系，她们越来越明确，越来越丰富与复杂。

铁凝最早的一篇小说《灶火的故事》，那是1979年她22岁时写下的作品。据铁凝回忆，当时"好心的长者"不认可她这样写作品，认为她这样写"路子有问题"。小说转到孙犁那里，结果孙犁慧眼识珠，很快就在《天津日报》副刊发表。今天看来，这篇小说无疑有稚拙之处，脱不掉当时"反思文学"的路数。但却有它闪光的地方，就是它的有问题的"路子"。不用说，小说中出现的"小蜂"是一个奇异的女子，那是与此前的革命叙事谱系中循规蹈矩或大义凛然的形象颇不相同的另类女性形象。小说中有一个关键性的起转承作用的细节，就是老灶火偶然看到小蜂与李林在河里洗澡的场景。这个场景并非一闪而过，而是被多次强调，它构成了老灶火的心病，他多少年来一直在心里品味而又挥之不去的情结，也可以说是老灶火把她给另类化了，甚至老灶火都不能说它是不是一个错误。这个情节到底在老灶火心里意味着什么，铁凝并没有把它写清晰或透彻，或许是有意将其模糊。而铁凝

真正感兴趣的在于写出小蜂的别样情致,她如此专注于这种情致,以至于那样的一个奇特的与革命叙事谱系如此不协调的场景,在小说中开起了一道裂罅,那里有一道透过裂罅的亮光,白晃晃的身体的亮光。铁凝要的就是这样的亮光,从小说突然撕裂的部位照射进来。

　　铁凝的小说叙述就这样地捕捉那些可能突然偏离正常轨迹的要素,它们会牵引小说走向另一个天地——使叙述产生距离感,有一种离文本中心很"远"的那种区域出现。很显然,《灶火的故事》就有那种亮光照射出来的美好,透示出生命的倔强和不可平庸化的那种力量,让孙犁眼睛一亮,而果断刊登了当时还十分年轻的铁凝的作品。铁凝的大多数作品其实内里都透示着要溢出边界的异质性经验。在小说中,那是在看似常规之外溢出边界;在人物,那是女性自我相异或者与女性普遍经验相异的那种"她者"经验。在她写作的初始阶段,她总是孜孜不倦地寻求女性的新的其实就是另类的形象,或者说女性身上总是发散出一种新奇的另类因素。

　　她的成名作《哦,香雪》中的香雪,对来自外面世界的火车产生了无限的向往(火车可以看成代表了外面的城市世界)。香雪作为村子里唯一考上中学的女孩子,她所向往的是通往城市和外面世界的道路。她与凤娇的区别在于,凤娇还是渴望通过传统的欲望化的方式,那就是身体的私奔来完成对新奇世界的向往。凤娇的同伴怂恿凤娇去与那个白脸列车员接触,而凤娇显然也想入非非。"有没有相好的不关凤娇的事,她又没想过跟他走。"显然,凤娇心里动过念头,想跟那个列车员发展关系,这是传统的非法性的爱欲的表现形式。但香雪却得到一个小小的笔盒,这个小小笔盒承载着香雪摆脱贫困的象征,也承载着可能离开台儿沟,去城里上大学,走向外面世界的梦想。凤娇与香雪从这群乡村女孩子中"脱颖而出",二者虽然本质不同,但都产生了寻求"自我相异性"的冲动,香雪无疑更正面积极,而凤娇则更传统野性。相对于时代对香雪的期待来说,凤娇是一个传统遗留的另类;而相对于传统延续至今的文化认同来说,香雪也是一个另类。在小说发表的20世纪80年代初期,当然会看重香雪这样的"积极"和"进步"追求,而在凤娇身上表现出的那种乡村女子脱序的欲望却没有得到关注。

罗岗和刘丽在《历史开裂处的个人叙述》一文中把香雪和凤娇的命运做了相当精辟的历史化的分析，香雪与凤娇们殊途同归，并未迎来具有精神性存在的自我肯定或者物质丰饶的生活。该文认为，20世纪八九十年代中国社会寄望的现代化想象和个人意识解放的后果在"实体化"上的表现，却是使乡村出走的个人成为市场逻辑的"人力资源"，个人的主体性被高度地"零散化"为市场的受损害者。[1]此一历史化的分析是否真的如此直接和准确，还可再加讨论，比如，走到南方工厂和走向上海写字楼的香雪和凤娇们，是否真的境况远不如她们待在山里头？这还可进行社会学的统计调查。但这篇文章把文本的修辞与历史化的社会现实结合起来，确实相当精彩地开辟出文本分析的天地，而且重建了当下语境中的文学与社会的联系方式。

当然，文本都可以历史化，历史就在文本中。文本投入历史，总是可以读出对应的这样的或那样的历史谱系。香雪与凤娇们在今天的落空，也并不意味着《哦，香雪》这种作品的价值就要打折扣，任何一个文本都不具有那么实在的历史预言的意义。这本身也说明，文学想象现实有多么的脆弱和有限。同样的命运在未来的某处等待着今天的底层写作，谁又能保证今天的拥华（天涯《遇难打工妹书信》中人物）、凤娇们在若干年后不会冒出几个或一批殷实的小康人家呢？铁凝当年的书写无疑有着现实感，她也受着"四个现代化"的激励写作，想去表达中国正在发生的改革对普通中国人的命运的改变这一时代主题。在她的写作中，香雪是一个要脱颖而出的人物，她要从台儿沟走出去，去到外面的世界。于是那个"铅笔盒"就成为一个桥梁，只有借助这个铅笔盒，她才能去到外面的世界。如罗岗所言："因为'铅笔盒'的背后是'上大学'，是'坐着火车到处跑'，是'能要什么有什么'……是对'台儿沟'以外'另一种世界'的渴望，是一整套从'农村'到'城市'、从'传统'向'现代'的渴求。"[2]

---

[1] 罗岗、刘丽：《历史开裂处的个人叙述——城乡间的女性与当代文学中个人意识的悖论》，《文学评论》2008年第5期。

[2] 罗岗、刘丽：《历史开裂处的个人叙述——城乡间的女性与当代文学中个人意识的悖论》，《文学评论》2008年第5期。

香雪身上确实有着鲜明的时代气息，罗岗的理解肯定没有错，无疑也是相当精彩的。但我以为，文学文本之价值并非由它与现实的直接关联来决定的，罗岗当然也没有以此来判定这篇小说的价值。只是从文本与时代的联系之外，我们可以开辟出对文本理解的另外的面向（也许是更为美学的或哲学的面向）。尽管如此，我以为支持着铁凝塑造香雪这个人物的并不全然地向着现实生成的那种想象，香雪身上的那种诗意化，那种向往着外面世界的冲动，还有一种更为纯粹的哲学的和审美的意味。如果把香雪对外面世界的憧憬，与她周围的同伴在现实性上对立起来，也就是在现实的意义来理解作为"新人"来塑造的香雪，那会简化了铁凝小说的诗性意味。

如此说来，究竟是什么意思呢？这就是说，铁凝在香雪身上想表达的与她周围人的区分，并不完全是在现实性的时代的意义上去理解，而更多地从香雪的内在性，更具有女性本原意识的那种内在觉醒去理解。香雪确实具有乡村女子并不常有的那种对时代发展的感知，这些外在的现实的可辨析的生活质料，确实也是引发她想象到外面世界去的最初信息，但她具有如此清醒的意识，离开现在环境，去到远处，去到她完全不能想象的那个别处，那是她的生命冲动的体验。这要在女性意识的内在经验中去理解，现实化的"新经验"终究会被历史实体化（做实），那所有文学寓言（预言）终归都要落空，都要变成现实的空谈，甚至变成后来的笑柄。文学在某种意义上，不管是怀旧的，保守的经验；或者是预言的革命的新经验，都要回到主体内在的经验中去获得最终的解释，如果要把它历史化现实化，最终都是会落空或者变成谬误。因而，把文学看成是"现实的反映"，并作为文学的最高任务或价值所在，那终归是文学的外化面向。当然，对现实表现，也完全可能与更为纯粹的美学经验并行不悖，但前者会让所有的文本都落入难与现实相符的窘境；而后者可能给予文本以其自身更坚定的肯定性。

文学的主体化的、形而上的、审美的经验也并不是什么神秘的经验。也就是说，它可以在这个层面上打开它的更为持久的、更具有深远意义的意义空间。

是否可以在不那么现实化的意义上去理解香雪？相异性就是女性要与自身现在的处境脱离开来的冲动，是与被规训的自身相异的另类渴望。做出这种区分颇为重要,香雪只是与自身相异,她不想被囿于自己现在的存在处境,她要另造一个我,那是一个走出大山,有着自己的新的心灵世界和人生价值的香雪。这也是铁凝的小说,始终有一种离开现实的浪漫冲动,这是铁凝所有的主要人物身上都具有的素质。

这就是为什么铁凝的《哦,香雪》并不是在对比的意义上来写作香雪和凤娇,并没有褒香贬凤。铁凝同样也喜欢凤娇这个人物,在现实的关系上,凤娇代表着落后,香雪代表着进步,代表着有追求有理想的实现四化的青年人形象。但铁凝并非如此直接地"反映现实"——如果这样,铁凝小说的内在蕴含将减色不少。

去理解香雪与凤娇的关系,有助于加深铁凝小说的"非现实化"的浪漫特性。在某种意义上,不只是香雪在寻求自身的相异性,凤娇也是,她也向往外面的世界。当然,可以退回一步说,凤娇与香雪就是一个人,凤娇不过是香雪的另一面——没有被现代文明和教育规训的那个本真的自我。如若不是现代教育,香雪根本就不存在,只有凤娇。她们是相辅相成的自我/她者同体,在香雪身边一定有凤娇出现;她是铁凝写作进展的诱惑和动力。凤娇身上分离出香雪,凤娇的另一面向是在其传统的本性上的回归。凤娇的冲动是乡村女子自然的冲动,那也是青春欲望的渴望,那些女孩都眼巴巴地望着列车,只有凤娇如此"厚颜无耻"地挤进前去,如此怜爱地与她心仪的白脸男子进行着商品交易。凤娇一直在保持着传统的方式,当然也是传统意义上的另类"她者"。而香雪却积极而富有时代气息,因而也富有意识形态的想象;而凤娇却如此野性、如此本真、如此具有纯粹的女性的自然冲动,她的身上充盈着女性破坏因素,不稳定因素,随时要破坏乡村的自然法则,破坏城乡的现代对立,她用身体就可演绎一个传统与现代、城市与乡村博弈的新传奇。在时代意识形态的高扬格调中,凤娇的故事被压抑下去了,那是说了一半的故事。香雪就是从凤娇这样的乡村女性本体脱离出来的另一个她我,凤娇甚至连意识都没有意识到,但香雪就在她身边,就在她的另一面,做着那去到远方的梦。现在,这个新时代来临了,香雪成就了另一种自我,而凤娇被压抑下去了,只是故事被压抑,而不是价值评判被压抑。凤娇过去参加"独立团"(《灶火的故事》),以那样的方式走进了革命,走进了现代和城市,甚至成为会写作的人。后来的凤娇,来到了驸马胡同,成为西单小六,在那里她媚惑着城里的男人。铁凝写作凤娇这样的女性,寥寥几笔就活灵活现,那是铁凝烂熟于心的乡村女子,她们野性、率性、本真,是水做的精灵。在这一意义上,凤娇最富于另类她者的形象,只是那时铁凝也要追赶时代步伐,为时代精神所吸引,她更看重香雪这样的形象。但凤娇一定是她的写作最原初的也是始终如一的另类她者。她第一次从水里出来,想想《灶火的故事》,在灶火间的故事,却有一个从水里冒出来的精灵,水与火的那种不相容,这就是老灶火的悲剧。这篇铁凝的处女作,几乎隐藏着铁凝写作的全部秘密。如果不是凤娇,这个香雪的存在就显得太单薄,虽然有时代精神这一面向,但却没有文化的、生命本原的这一面向。凤娇并不是一个否定之物,铁凝一直看着她的活生生的自我肯定方式。因为她的存在,我们看到了乡村从过去到今天的绵延之力。多年之后,我们或许可以从历史化的视野中看到凤娇的身体被"欲望"和"物质"裹挟,但是,我们确实很难全然地把她们定义为被当代现实损害的对象,而凤娇们自然有她们的生活和自我肯定的方式。在某种意义上,凤娇是铁凝小说叙事中更内在的女性自我,更切合她对女性生命存在的理解;而香雪则更贴近时代,为时代所询唤出的人物,因而,香雪的相异性向着时代精神转化,也被时代的想象所规训。

  1986年,铁凝发表中篇小说《麦秸垛》,贺绍俊在《作家铁凝》中,相当透彻地阐释了铁凝从《灶火的故事》到《麦秸垛》的创作联系。贺绍俊把《麦秸垛》作为铁凝开始建构自己中心的一个标志,并且强调两个要点:其一,《麦秸垛》所提供的元素早就孕育在铁凝以往的作品中;其二,《麦秸垛》的出现离不开当时大的文学环境的熏染。[1]但需要揭示的是,《麦秸垛》何以在铁凝的创作中如此重要,同时,铁凝这样一个不跟潮流的作家,又是如何以《麦秸垛》来响应"85新潮"或"文学寻根"的?就前一个问题,贺绍俊看到了《灶火的故事》在铁凝创作中的重要作用。被评论界更为看重的《哦,香雪》,贺绍俊反倒以为是屈从于周围的老作家对《灶火的故事》的批评,而做的

---

[1] 贺绍俊:《作家铁凝》,昆仑出版社,2008年,第95页。

调整(但这也是铁凝对时代精神领会的结果);《麦秸垛》才又回到《灶火的故事》的旧路上。此说当极有见地,我也持同样的观点。问题的关键在于,《麦秸垛》的哪些元素体现了铁凝创作的核心价值?贺绍俊认为《麦秸垛》表现了铁凝对"女性本原性"的思考。这确实是切入了铁凝创作的核心地带,贺绍俊确实非常敏锐地在主题学的纲领底下把握住铁凝创作的要点,从贺绍俊开启的这个"本原性",我们还是需要进一步开掘。我以为,铁凝的创作殊异于其他作家,甚至殊异于其他女性作家之处在于,她的笔下的女性倔强地有"她者化"的冲动,女性有一种强烈的自我相异性的愿望,铁凝也正是在这里,撕开了文本的一道裂罅。"她者化"与"他者化"有所不同,"他者"是另一个肉身化的或实体化的他人,或者具有精神完整性的他人;而"她者"则是更具有女性内省意识的"她人",也是更具有另类特征的内在化的女性自我。例如,另类的她者化就可以去思考"女性本原性"的这种说法,这里的"女性本原性"就在于女性强烈地要与常规的(社会化的)女性相异,与自身相异。铁凝总是去观察女性为内在生命冲动所激发,她要破解生活给定的规训秩序,她要创建出另一种可能性——尽管这可能就是生活的歧途,就是存在的困境。

  《麦秸垛》作为一个小说文本,看上去有些不和谐,小说其实讲述了两方面的故事:一方面是端村农民的故事,另一方面是插队知青的故事。其内在的关联性并不强,它们似乎是在参照的意义上来建立整体关系,其核心意象就是那个麦秸垛。端村农民的故事还包含着三个故事,第一个故事是老光棍栓子大爷与端村村东的老效媳妇偷情,那是一场拳头的较量,老效的媳妇从"麦秸垛"里钻出来,栓子打败了老效,放跑了媳妇。麦秸垛一开始就是生命欲望的集结地,也是反常规的女性生命激发的场所。第二个故事是大芝娘的故事,大芝娘的男人当兵后抛弃她与城里的护士结合,大芝娘跑到城市,只要男人给她留下一个种,大芝娘生下女儿大芝,抚养成人,大芝却因为恋着小池,脱麦粒时卷入了打麦机死去。第三个故事,小池娶了外地女子花儿,花儿腹中带着外地人的孩子,花儿生下孩子数年,才发现她是被卖到端村的,花儿只好回到老家。这三个故事都以麦秸垛为中心,那是关于生命欲望、情爱、婚姻与生殖的故事。乡土中国生生不息,生命的欲望在体内躁动，生成热力，把生命推向困境或更新。另一方面的知青故事，在三个人中展开，那是陆野明、杨青、沈小凤之间的三角恋情。此类事在那个年代的知青点司空见惯。陆野明喜欢杨青，二人都有好感，甚至可以说默默相爱，但杨青却理性克制，陆野明拉着她的手她都要抽出。沈小凤却积极主动，热烈泼辣，她干脆就在野地里把身体送上去，和陆野明发生了肉体关系，结果被县知青办作为反面典型进行政治处分。这两方面的故事放置在一起的结构，显然有相互参照的意思。沈小凤再次重现了女性的另类品性，她决然地不顾及后果，为身体与爱欲所指使，敢做敢当。如果说这两方面的故事放在一起有什么关联的话，那就是以麦秸垛为中心的爱欲的象征，爱欲或"女性本原性"构成了生命的本质，生命的所有的希望、绝境、坚韧、爆发等等，都在于爱欲激发的能量。

20世纪80年代中后期，确实有一股爱欲涌动的潮流在中国文化界流荡（被称之为"性文化"的潜流）。在文学界，它潜在地与"文化寻根"结合在一起，贾平凹、莫言、铁凝、王安忆都是在那个时期领悟了此中真谛的人，他们各自都以自己不同的方式切入了此一地带。贾平凹的书写"性情"的"商州系列"，莫言的"红高粱"，王安忆的"三恋"；而铁凝在"寻根"的纲领下通常被人们忽略，因为那时人们无法识别铁凝隐藏很深的更加本真的对生命爱欲书写的文字。王安忆的"三恋"性爱因为过于直露，看上去是直接思考性爱的小说。王安忆后来觉得文化更有内涵，她写作了《小鲍庄》，但文化又太充足和表面了。莫言则是更加直接地回到乡土中国的生存世相中，那是生命热力所涌动的欲望，文化被还原为生命自我意识的欲望。铁凝显然也是以她的叙事方式回到乡土生活的深处，在这篇小说中，她试图揭示这样的存在世相：那就是端村的人如何在麦秸垛那里获取着生命的热力，同时也经受着生存的苦楚；而知青们作为文明人却已然失去了那种生命素朴形态，陆野明和杨青无法进入麦秸垛，他们被阻隔于现代文明生活的理性规范界线内，只有沈小凤，她几乎是非理性地与麦秸垛联系在一起，她后来在假期搬到大芝娘家里与大芝娘住在一起，那是她们有着某种独特联系的暗喻形式。沈小凤的命运遭遇仿佛是大芝娘的重演，只不过时代不同，其命运遭际有所区别。铁凝思考的核心在于，是什么缘由促使女性不顾及后果要依凭自己内心的爱去生活？而这样的生活却使女性蒙受着屈辱并陷入永久困境。这两方面的故事，仿佛有着内在断裂，却因为这样的暗合而又重新弥合在一起。

1993年铁凝发表了一篇中篇小说《对面》，这与铁凝过去的小说颇有差异，小说以第一人称叙述，叙述人是一位男性，在他19岁那年，那位班上同学集体欲望想象的对象肖禾主动与他发生了性关系，这或许由此打乱了他内心对生活表面秩序的看法。我们读出的小说故事，几乎接近一个精神分裂症患者的想象。那个"我"不能过正常的循规蹈矩的生活，他宁可沉浸在对欲望的无止境的幻想中，对婚姻退避三舍，却投入巨大的热情窥视对面一个女人的隐秘。这篇小说可能是在探讨现代文明生活给个人带来的压抑与焦虑，人们无法按内心的激情去生活，结果内心被压抑，变成了隐秘的欲望。隐秘的自我到底是何种样子？不用说，肖禾是男人需要的却又是令男人恐惧的女人，而"对面"的神秘女人却是在过着一种完全隐秘的生活。这篇小说也是在探讨，人们的生活的隐秘内心难以被他人所知觉，不像"我"，不被周围的这些女人所看透；我也看不透对面的处在我的视线中的女人的真实面目。而根本问题的复杂之处在于，我总是被对面那个秘密所吸引，我总是要摆脱我现实化的生活，去到那有着距离的，不可企及的另一个人的生活场。这也就是说，人如何被自我相异性的冲动所支配，生活在相异与越界中产生出新的可能性，但也处于崩溃的边缘。

1996年，铁凝发表短篇小说《秀色》，那是一个叫"秀色"的缺水的村庄，女人们为了笼络往来打井的男人们，晚上用有限的水洗干净身子，主动委身于打井的男人们，那就叫"秀色可餐"，秀色村也就名副其实了。小说令人惊异之处依然在于，循规蹈矩的女人，如此英勇地为了村里的事业献身。但秀色村就是不出水。直到李队长这个共产党人的打井队长出现，不辞辛劳，才为秀色打出了水。张二家的女儿张品，试图重演母亲的故事，但李队长以共产党人的名义拒绝了诱惑。小说的叙事转向了政治，这多少有些生硬。但整篇小说能开掘出女人形象与心性的另一面向，还是令人惊异。也恰恰在这里显现出铁凝小说叙事的绝活，她的小说总是有一种相异性的东西溢出，那另一面向总是小说的华彩乐章。即使在这部小说中，叙事所寻求的转折依赖了政治,但政治还是压抑不住那样的光彩。读读张品的那一段:"她赤子一般站在这狭小的炕上,油灯骤然间把她的影子放得如此巨大,铺天盖地,活像个自天而降的女巨人。李技术须仰视才能看清她那因愤怒而涨红的脸。"① 在这里,政治在小说叙事中的作用,也如同那个面对女人身体张皇失措的李技术一样,虽然起到某种转折的支撑的作用,但实际的效果却是一种反讽。那种女性的自我相异性构成了文本敞开的一片天地,以一种不可遏止的激情飞越而去。

我们无法在这里梳理铁凝创作的丰厚谱系,诸如上面分析的作品,在铁凝的作品目录中可以再随意抽取多篇或者数部作品——那里面隐藏着一个"相异性"的漫长而变化多端的神话(例如《玫瑰门》《大浴女》《笨花》)。之所以说它是"神话",是因为那里面包含着女性创世纪的原型故事,那是关于女性拥有生命冲动、生殖、爱与哺育的完整叙事,并且总是以超社会的更加纯粹的自然形式展开。《对面》的结尾说:"人类或许再也不会产生这原始的浪漫了,但被嘲笑的究竟应该是谁呢?"这不只是这一篇小说,也是铁凝更多的小说耐人寻味的主题。

四、文学史的回望:现代浪漫主义的幽灵?

这种另类的她者化冲动,或者说人物的自我相异冲动,开启着生存世界里另一扇面,这显然是一种超越性的幻想,既是以我为本位,又要超出我的本己之己。把这种冲动理解为浪漫主义冲动,或许可以勾连起中国现代以来的文学史语境。

铁凝曾经在一篇回忆孙犁的文章中写道,她11岁时偶然读到一本没有封面也没有封底的破书,其中对一个农村姑娘的描写深深吸引了她。作者写她"哧哧的笑声",写她抱着一个小孩用青秋秸打枣,细长身子,乌黑明亮的头发披在肩上,红线白线紫花线合织的方格子上衣,下身是一条短裤,眼睛是那么流动……细看,她脸上擦着粉,两道眉毛那么弯弯的,左边的一道却只一半。铁凝说,以她当时的年龄,

---

① 铁凝:《秀色》,载《巧克力手印》,人民文学出版社,2006年,第106页。

还看不懂这小说的时代背景是土改时期,不知道这双眉因为相貌出众遭村里人议论。铁凝说:"吸引我的是被描绘成这样的一个姑娘本身。特别是她的流动的眼和突然断掉一半的弯眉,留给我既暧昧又神秘的印象,使唤我本能地感觉这类描写与我周围发生的那场革命是不一致的,正因为不一致,对我更有一种'鬼祟'的美的诱惑。"① 后来铁凝才知道那就是孙犁的小说《村歌》中的人物双眉。

在整篇回忆孙犁的文字中,可以读出铁凝对孙犁小说发自内心的喜爱,以及铁凝毫不避讳深受孙犁的影响。她甚至在16岁时就有点"不知深浅"地说,会背《铁木前传》,而且孙犁也十分欣赏这个晚辈,那篇《灶火的故事》,后来暴得大名的《哦,香雪》都得到孙犁的赏识,可见是惺惺相惜,意气相投。由此也可说,铁凝得孙犁之真传,岂止如此,铁凝活脱脱就是孙犁的接脉人。

这样说,似乎反倒缩减了铁凝创作的独特意义。然而,此中有深意,其味谁解?

当然,对铁凝影响最深的可能还是《铁木前传》。《铁木前传》讲述铁匠傅老刚和木匠黎老东随着生活地位的变化而发生的情感变化的故事。这部作品真正的价值在于写出新社会到来之际,旧有的乡村人伦关系面临深刻冲击,以及家庭伦理与革命集体利益的冲突。小说写得更为生动的是对年轻一代的乡村后生们的书写,他们要在乡村建构起一种革命的集体生活,四儿为代表的进步青年,要从传统的家庭体系里走出来,走向集体化的道路。在这种变更中,不能改变的六儿和满儿这两个形象,则有一种美妙的悲剧意味,和一种不可屈服的乡间浪漫主义格调。更重要的价值在于,这两个人物的落伍并没有多大惨痛,他们是不能迅速融入革命的新生活的青年,他们的那种行为方式,是中国的革命文学中少有的,这样的形象也是始终没有的。孙犁对满儿的形象并不严加批判,并没有把她写成一个坏女人,她只是一个媚的女人,让六儿魂不守舍的女人。因为不想搞生产,她来到姐姐家住,她的身份始终暧昧不清,她是一个外来的"她者"。她从街上

---

① 铁凝:《怀念孙犁先生》,载《会走路的梦》,人民文学出版社,2006年,第201—202页。

走过,那就几乎是一件轰动的事,让所有的男人女人都看直了眼。真正写得楚楚动人的是无法进入革命历史的乡村女子,她不事生产,只和六儿去打野兔,村里的进步青年想改造她未能奏效;上面来的干部也对她束手无策。她漂亮鲜亮,又老到有心计;她很天真活泼,身体又释放着无穷的媚惑。她夜半敢到干部的房里,脸上的表情却是纯洁的;早晨跑进干部的房里翻找胰子,"胸部时时摩贴在干部的脸上,一阵阵发散着温暖的香气"。小满儿的形象也是一种"鬼祟"的另类的美的诱惑,革命最终也未必能改造好她,对于革命青年来说,她和六儿都是另类的他者。恰恰是在六儿和小满儿身上散发着一种乡间浪漫气息,这与孙犁的小说追求的诗意化构成一种内在情致。试想,如果拿掉小满儿和六儿这两个人物,这篇小说虽然也同样反映了新社会转型时,乡村旧有人伦关系和农民的价值选择面临的冲击,这无疑具有历史深度,但小说却未必在艺术上有如此纯净明媚的韵味。

孙犁的小说中其实一直有一种浪漫主义的情致,它从客观化的现实逻辑中脱序出来,以其反常规的特质,而有一种超越性的冲动。小说说到底都是虚构的,革命文学叙事也是如此,只是革命文学标举现实主义的旗帜,把对现实的想象逻辑确认为现实逻辑,并且使所有的文学叙事服从此一逻辑。因此,虚构的现实主义似乎是现实的直接反映,因而中国当代现实主义长期以逼真的或白描的写实手法为最高的艺术表现方法。文学似乎不再是想象的产物,而必须是现实的可能性逻辑的结果。

在革命文学的叙事经验中,孙犁确实是一个例外,在1956年的《铁木前传》之后,孙犁几乎搁笔,再没有新作问世。20世纪60年代有些重印的旧作集子出版,直至"文革"后才有新的文集问世[①]。在现实主义占据主流地位的文学潮流中,孙犁自觉退居一隅。现实主义挟宏大的革命历史叙事,正是20世纪50至70年代中国文学的主流。

铁凝深受孙犁的影响,这样的判断并非只是就其感恩性的言说和阅读的经历而言,更重要的在于她的文本内在的活力,甚至最具活力

---

① 有关孙犁的创作年谱,可以参考贺绍俊为"世纪文学60家"编选的《孙犁精选集》所附的"创作要目"。北京燕山出版社,2005年。

的那些因素，与孙犁的小说结下的血脉。这就是我们在前面所分析的铁凝笔下的那些女性形象。铁凝因为享有了时代的相对自由的空间，她的这些女性形象可以说进一步开掘了孙犁在那个时代所不能展开的精神内涵，并且复活和重建了文学中的浪漫主义传统。

很显然，把孙犁和铁凝定义为浪漫主义，可能会招致相当多的人的怀疑。但我以为孙犁作品中的那种诗意叙述、他对女性形象的独特表现、他超出现实逻辑束缚的能力，这些都表现出孙犁的乡土叙事与沈从文、废名等人一脉相承的那种风格。浪漫主义在孙犁的作品中即使不是一种主导性的因素，至少也是起到重要的审美活力作用的因素。也就是说，离开这种因素，孙犁的小说则失去它独特的艺术品质。同样的评判也可以用于铁凝身上，那是一种小说中的独特气质，它潜伏于暗处，随时涌溢出来，有时决定了人物的性格发展和叙事的走向。

不管是在孙犁还是铁凝的创作中，浪漫主义当然不会是一种显性的整体性的主导风格，只是一种潜伏于其中的要素。因为在当代小说美学中，这些要素被长期压抑，因此才显示其可贵。对这些要素我们可以做不同的理论阐释，这里把它阐释为浪漫主义要素并不为过。就铁凝的创作而言，具有浪漫主义特征的要素，可以从以下几点看出：

1.崇尚生命自然的生命本体论，女性的神话。铁凝作品中的女性形象，有相当一部分，具有崇尚自然生命的特征，《灶火的故事》中的小蜂，《哦，香雪》中的凤娇，《麦秸垛》中的沈小凤，《对面》中的肖禾，《秀色》中的村里的女人们，以及《永远有多远》的西单小六，后来在《笨花》中，钻窝棚的女人们，大花瓣儿、小袄子等等。都可看到她们为生命的本能冲动所支配的爱欲选择，其实这并不仅仅是身体欲望或本能的问题，更内在的缘由在于，铁凝在她们的身上所理解的人的自然生命所具有优先性价值，女性尤其有权利根据自己的自然生命要求去行动和选择。这些欲望尽管经常具有悲剧性的后果，也冲破了现实的道德准则，铁凝实际上给予了肯定和赞赏。她几乎是怀着热情和欣赏的态度怂恿着她笔下的女性依凭生命冲动去行动。而这种崇尚自然生命的态度，正是浪漫主义的生命态度。

2.反抗主体同一性的自我相异性。由此就可以理解铁凝表现的女性与自我相异性的那种冲动，植根于自然生命律令这一意义。自我相异性,实际上要摆脱的是社会存在给予的存在逻辑,而女性要成为更具有生命本能的意义上的自我,那个本己之己乃是社会规训的自我,她要成为肉身的存在。

3.反现实逻辑的幻想特征。因此,铁凝的女性人物就有反现实逻辑的冲动,她们总是具有很强的神话或童话色彩。她们在现实的文本中,在现实主义的叙事逻辑中突然出现,像一些鬼怪和精灵,格格不入,诱惑着叙事向着另外的非现实逻辑发展。《秀色》中的妇女的献身行为,那其实是无法现实化的幻想冲动;《对面》的肖禾与"我"的作为,几乎都具有白日梦性质,"肖禾"就是男性白日梦的对象,她本身也具有白日梦的幻想特征。

4.鲜明的另类特征。孙犁和铁凝对乡土生活的描写都打上了鲜明的另类特征,孙犁在革命文学盛行的年代,他描写的这些富有个性特征的人物,其实已经超出一般的个性,是超出革命规范边界的另类形象。通过一些另类的女性形象,他的小说开启了生活的另一扇面,从中透示出抒情和诗意的风格。铁凝的小说叙事则是有她独特的视角,有她对女性形象的另类个性近乎偏执的追求。在整体的现实主义的风格掩盖下,铁凝的叙事其实既主观又个人,否则她的那些奇异的女性形象就不好理解。她总是和一般性/现实性拉开距离,她的人物性格有着执拗的超界冲动。

由此,我们就可把铁凝的小说叙事中寻求的女性另类的自我相异性的冲动,理解为有一种浪漫主义因素在起着内在作用,不管是把浪漫因素视为其艺术表现的结果,还是隐藏于其中的因素,它们都有一种促使人物性格和文本双重敞开的那种动力。正如"永远有多远"所追问的一样,另类的相异性的浪漫冲动,就是对"远"的美学的追寻,就是要在文本中打开另一个扇面。

捷克汉学家普实克认为,中国现代文学中的主观主义和个人主义造就了其中的浪漫主义传统。通常我们认为现实主义最终成了中国现代文学的主流,但普实克还是在其中看到了一种抒情传统与史诗的辩证关系。在他看来,茅盾的长篇小说具有"史诗"特征,那就是以更大的容量来表现社会生活的广度和深度。但他依然从茅盾的作品中看到一种主观性和个人性的东西,那是欧洲浪漫主义传统的艺术特征。

他以茅盾《子夜》中那个青年军人雷鸣为例，雷鸣随身带着一本《少年维特之烦恼》的小说，扉页里夹着一朵白玫瑰，多少年后，历经沙场生死，他拿着这本书和其中的白玫瑰对着已成为资本家少奶奶的早年情人诉说着他的内心情感。普实克写道：这一段落"反映了欧洲浪漫主义的伟大作品是怎样在中国的革命青年中找到同类的精神和情调的。它证明了，中国的情调在很多方面会让人联想到欧洲浪漫主义情调及其夸大的个人主义、悲剧色彩和悲观厌世的感受"①。普实克对中国现代文学的研究在海外汉学界有着极其深刻的影响，他当年领导的捷克"东方研究所"乃是欧洲最有影响力的中国文学研究中心，他的思想显然影响了李欧梵、王德威等后来的中国文学研究的学者。他关于中国文学抒情传统的研究，迄今为止还是无人可及的成就，依然构成后来研究者的前提和基础。普实克的启示意义在于，他能从茅盾的"史诗式"的作品中，看到欧洲浪漫主义的影响，同时看到与中国传统的抒情传统构成一种呼应。普实克显然十分看重叙事文学中的抒情性因素，这也是他理解中国现代文学中的文学性活力的指标。普实克显然很重视中国五四新文学中的浪漫主义倾向，他意识到这一倾向不可避免地被改变，但他还是要在此后的史诗式的（也就是现实主义的）文学中看到那种因素的若隐若现。

确实，五四新文学本来是一场中国式的浪漫主义运动。深受白璧德影响的梁实秋，也继承了乃师反感浪漫主义的态度，1926年写有《现代中国文学之浪漫的趋势》，以浪漫主义来理解新文学的显著特征，并颇有微词。20世纪60年代，李欧梵关注现代文学之浪漫传统，引述了梁实秋的论述，并且赞成梁氏把浪漫主义视为五四新文学的重要特征。李欧梵进而认为："蒋光慈的'漂泊'与郁达夫的'零余'，可说是'五四'文人的两大历史特征，表现在文学里，就是梁实秋先生所不满的'浪漫的趋势'。"②就蒋光慈的创作来说，可以看出左

---

① ［捷克］雅罗斯拉夫·普实克：《普实克中国现代文学论文集》，李燕乔等译，湖南文艺出版社，1987年，第5页。

② 李欧梵：《五四运动与浪漫主义》，原载香港《明报月刊》1969年5月号。本文引自冯牧主编：《中国新文学大系1949—1976·文学理论卷1》第一集，上海文艺出版社，1997年，第549页。

翼文学早期也是渗透了浪漫主义精神的①。左翼文学与五四时期的个性解放并行不悖,这也是左翼文学沾染了小资产阶级思想情感的根源,也是延安解放区的"为工农兵的文学"兴起之后,急需要克服清除的不健康的资产阶级思想残余。

正因为如此,革命文学对待浪漫主义始终存在矛盾,一方面,革命文学本质上是一场浪漫主义运动,它从主观理念和概念出发;这就如同中国革命一样,它是马克思主义理论和中国历史实践结合的产物,而苏联的列宁主义也是其革命理论来源,革命在很大程度上依靠革命的理论。另一方面,中国的革命文学也如同中国革命一样,它又声称它是中国现实的需要,中国革命来自中国身处三座大山压迫的处境,民族救亡的危机,它又有其现实性。在革命的合法性论说中,现实性是其根本的也是唯一的依据。而革命文学也同样如此,它不再声称与革命理念有何关系,总是在现实性上来声称其必要性和必然性。一场本质上是浪漫主义的运动,被改换成现实主义的运动。革命文学最终要解决革命浪漫主义的问题,然而,此一矛盾无法解决,因为缺乏整体性的浪漫主义哲学基础,革命文学的观念化及浪漫主义想象的推进在一定程度上需要依靠一个接着一个的政治运动。

五、中国当代叙事文学的敞开面向

现实主义在中国现代以来的文学中占据着主导地位,很长时间以来,"现实主义"是在客观唯物主义的哲学观念支配下写作,是在给定的现实逻辑中写作,同时也以此来培养批评和阅读的尺度。通过改造作家的世界观,把立场转到工农兵方面来;通过批判胡风的主观精神战斗论,中国的作家自觉遵循客观现实逻辑。显然,"客观现实逻辑"根本上是意识形态的规定,它也离不开人的主观理解。对于文学创作来说,要全然彻底消除主观性和个人性是不可能的,总是有主观性、能动性在创作中起到作用。不用说,"文革"后,中国现实主义文学

---

① 有关左翼文学的浪漫主义问题,可参见陈国恩:《浪漫主义与20世纪中国文学》,安徽教育出版社,2000年,第149—164页。

一步步受到主观性和个人性的挑战，但这种挑战主要来自外在的转变，例如，那是现代主义或后现代主义的挑战，那些有反叛能力的行为几乎就直接跨过现实主义，不再与现实主义纠缠不清。而现实主义的叙事则依然存囿于其旧式范式内，无法有更大的突破。现代主义和后现代主义在20世纪80年代后期和90年代初的先锋派文学那里获得集中的表现，但90年代中期在艺术创新上难以为继，也只能以观念的和价值表达的方式来维持已有的成就。90年代中期以后，中国的文学主流又重新回到现实主义的"广阔道路"上，对西方的借鉴已经不再是时髦和紧迫的任务，相反，回归本土已然变为大势所趋。在如此前提下，我们则不难看出，当代中国小说叙事在向西方现代主义突进方面遇到了困难。退回现实主义的乡土，从这里去寻求有效的突破，不失为有效的策略。

20世纪90年代后期，乃至于21世纪初，中国文学占据主流的文学不只是现实主义，还是乡土叙事，也就是说，那些最有分量的作品，那些最有才情的作家，都可划归到现实主义的乡土叙事行列，例如，莫言、贾平凹、刘震云等人。但他们却在做着更多的内爆行动。莫言不用说，一直是依靠他的语言能力制造荒诞感和幽默感，由此来使他的小说叙事脱离现实主义的客观必然逻辑。贾平凹则是以他的独异的感觉，切入生活的那些奇异的侧面与细节，以他的语言的风格来建立小说世界。刘震云持续地以荒诞感来冲破历史秩序，2009年的《一句顶一万句》尤其独到地在平实的叙事中，解开生活的不断变异。可见，中国的现实主义叙事正在进行着内在革命，这次革命要比以往从外部的跨越来得切实，那是在现实主义叙事逻辑体系内进行的改革。尽管这样的改革依然可以在80年代后期受到了拉美魔幻现实主义的影响那里找到滥觞，不过这种影响已经内在化，作家据此可以找到的个人经验的独异性，对现实主义方法进行局部的优化，结果却是有更强大的爆破力。这使现实主义本身具有多元性，它包含着后现代主义，却又可以孕育它，可以促使它成长，并且使相互都获得了新的特质。

这种现实主义的内爆，可以说有两种力量在引爆，其一是拉美魔幻现实主义的经验已经内在化；另一则是现代压抑下去的浪漫主义因素开始得到激发。这二者的有效结合，可以形成一种现实主义体系里的新的内在经验。莫言更偏重于魔幻；而铁凝则更倾向于中国本土的浪漫主义传统；贾平凹与刘震云则是更加纯粹的本土原生经验。这使汉语小说文本重新获得了生长的契机，它使这些现实主义叙事敞开一道侧门，另一种光亮照进现实。

之所以要使用"浪漫主义"这种说法，是因为要试图给予中国当代文学以自身的历史感。正如前面提到的普实克对茅盾《子夜》的研究，他看出了其中浪漫因素与史诗形式的辩证关系。处在那样的中国现代性建构时期，二者可以在共同性的意义上加以理解，那都是中国新文学表现形式的建构。到了20世纪末和21世纪初，中国文学中的多元因素，则更倾向于解构，这种解构并非只是颠覆性的，它同时也是内爆性的，它促使更新的美学面向开启。

回到浪漫主义来讨论问题，才能看清孙犁与铁凝在当代文学史中的意义。为什么莫言这几个作家能在乡土叙事中撕开一个裂罅？为什么要撕开裂罅？我们过去的解释当然是后现代/拉美魔幻因素介入进来，使乡土叙事产生裂变。但我们还原到中国当代文学史的语境中去看，那就是浪漫主义精神的复活撕扯开裂罅，才让后现代主义介入进来。这样说，似乎把问题搞复杂了。但不这样说，我们就不能兼顾历史与现实。问题的丰富性和生动性，正是源于其复杂性。

为什么中国当代为数甚多的现实主义或乡土叙事都在写实的叙事逻辑中缺乏活力？根本缘由在于唯物论的世界观占据了作家的头脑，中国的现实主义经历过唯物论的逻辑强化，过于依附现实，过于强调经验的现实性，因此，写实、经验主义、现实逻辑、真实性等等，不得已而成为"绑架"现实主义的绳索。现实主义匍匐在大地上，贴着事情写作，中国的主流小说实际成为关于"事情"的小说。无数的事情的堆砌，构成了现实主义小说叙事的基本法则。这使文学与我们的生活达成了同一性，尤其是经验的同一性，我们只需要经验的同一性。革命现实主义恰恰是通过经验的同一性，从而把最激进而抽象的革命观念寄寓于其中。实际上，革命文艺的理论家也意识到单一的现实主义创作方法存在着不足，也提倡与革命的浪漫主义相结合的方法。早在1948年，邵荃麟在他那篇后来影响深远的文章《对于当前文艺运动的意见》中就指出：革命现实主义的另一特点，"即是和革命的浪漫主义因素相结合"。他的解释援引高尔基的话说,要写出那些新的人民,写出他们"不像今天的样子,而且像他们明天应当如何的样子"。就这一解释而言,显然还是落在"革命"二字上,这与革命现实主义的定义并无实质区别,革命现实主义也是要求写出历史发展的本质规律及其未来前景。所谓"革命浪漫主义",一句话,就是对革命之未来的想象。邵荃麟最后绕了一圈再回过去的定义是:"积极的、肯定的,同时又是批判的、鞭挞的,和革命的浪漫主义的因素相结合,形式上自然而朴素的、具有明确的政治倾向的,这就是今天我们所要求的革命的现实主义的创作方法。"[①] 革命浪漫主义只是作为因素,最终要融入革命现实主义,现实主义还是有优先性。像孙犁的《铁木前传》这种作品,当然也是被看成现实主义的。[②] 虽然,革命的浪漫主义被作为丰富革命现实主义的手段,但一部作品只有被认为是现实主义的,才是值得肯定和赞赏的。

我们当然应当承认现实主义给叙事文学带来的强大的表现力,而且它无疑也是叙事文学最基本的表现方法。正如普实克对史诗式表现中留存的浪漫主义给予高度关注一样,我也特别重视文本中敞开的那种叙事情境,这就不是在浪漫主义融入现实主义的意义上去看问题,而是浪漫主义冲动如何要冲决现实主义的规范逻辑的问题。例如孙犁和铁凝小说中的那种人物的差异性,我把它看成是中国现代文学中被压抑住的浪漫主义因素的偶然迸发。只有在这一意义上来理解,我们才能理解从孙犁到铁凝这一条线索所具有的文学史的意义。

中国现代文学没有形成深远的浪漫主义运动,这不能不说是中国现代文学的一个特征。之所以说是"特征",而不说是"缺失",是因为历史有其必然性,在中国现代紧迫的民族国家建构的历史时期,现实主义这种文学观念和创作方法,它有能力创建共同的历史激情和理性,提供现实表象和经验。而浪漫主义的主观性和个人性当然要被

[①] 邵荃麟:《邵荃麟评论选集》(上册),人民文学出版社,1981年,第151—152页。

[②] 1962年在大连举行的"农村题材短篇小说创作座谈会"上,邵荃麟谈到孙犁这篇小说,认为"《铁木前传》,现实主义也是相当强的"。参见《邵荃麟评论选集》(上册),第398页。

压抑。但作为一种现代性的文学经验来看，中国现代的文学经验无疑又是太过单一。或许人们会说，没有浪漫主义经验何以多虑？问题在于，现代性的思想文化、文学艺术，根本上是一场浪漫主义的运动。这一观点，我比较赞同以赛亚·伯林的说法，以赛亚·伯林说："浪漫主义的重要性在于它是近代史上规模最大的一场运动，改变了西方世界的生活和思想……它是发生在西方意识领域里最伟大的一次转折。发生在19、20世纪历史进程中的其他转折都不及浪漫主义重要，而且它们都受到浪漫主义深刻的影响。"[①] 当然，伯林所说的"浪漫主义运动"概念要宽泛得多，实际上是指现代性意义上的欧洲启蒙主义运动。在哈贝马斯的《现代性的哲学话语》那部书里，自卢梭、康德以来的欧洲哲学都被称为浪漫主义哲学文化，德国古典哲学就是浪漫主义哲学，到了尼采才出现反浪漫主义运动。按说，我们的理解，尼采应该就具有颇为鲜明的浪漫主义思想。但不管如何，欧洲启蒙主义运动具有相当鲜明的浪漫主义精神，最基本的含义就在于强调主观的精神，强调人的理性有能力并且应该摆脱客观的制约。现代西方文学建立于此一基础上，或者说从这种观念中发展而来。实际上，中国的革命文学是一种观念性相当强的文学，但它又强调客观唯物主义，并且重新设计好一套客观逻辑，给予文学艺术提供了依循的范本，于是就有了"现实主义"主导的创作方法。作家的主观性和个人性显然就受到严重的压抑，孙犁的《铁木前传》一类的作品，只是通过几个人物的性格、行为和心理的特征，来显示出不被客观化同一性逻辑支配的情形，它们有某种脱序的奇异性，在"十七年文学"中显得极为另类。

  因为没有深远的浪漫主义运动，浪漫主义因素在中国现实主义为主导的小说叙事中只能非常有限地偶然地体现，也正是在这样的历史背景上来看铁凝的小说创作，才可以看到她所独具的艺术价值。铁凝小说中的浪漫主义因素，不是外在的，或者说整体性的，恰恰是潜藏

[①] [英]以赛亚·伯林：《浪漫主义的根源》，吕梁等译，译林出版社，2008年，第10页。显然，这样的浪漫主义概念与中国文学上经常使用的浪漫主义有些不同。例如，德国古典主义哲学在伯林和哈贝马斯那里，都被理解为主导的浪漫主义传统。

于现实主义叙事中的内爆式的因素，因此显得更为独异深刻。我们当然也可在张炜后来的作品，如《九月寓言》《柏慧》《能不忆蜀葵》《丑行与浪漫》等作品中看到张炜相当浓烈的浪漫主义叙事方式，它们体现了张炜强烈的主观性风格，依赖主观性超强的叙事语式和抒情性的表白，给人以相当强烈的冲击，就是介入人物内心，张炜也是采取直接议论的方式，或者交谈的方式切入人物内心。另外，像贾平凹那种感伤和颓废所表现的浪漫因素，会有另一种意味。同样，铁凝在平实素朴中隐藏的那种相异性，内在迸发的浪漫性因素会有另一种力道。

　　总之，铁凝在《永远有多远》中对女性自我相异性的表现，实则隐含了铁凝对女性书写的独特的另类谱系，显示了铁凝长期孜孜不倦的艺术追求，那是一种富有内在激情的浪漫主义冲动，它可以直接追溯到孙犁，并且可以由此看出中国现代以来的文学史中存在的现实主义与浪漫主义的紧张关系，这种关系，隐含着现代中国文学内在的深刻矛盾，那个被压抑的现代浪漫主义的幽灵，其实也在时常从某些作家，从某些文本中的裂罅灵光一现。也正是从铁凝这里，我们看到中国当代文学内在突破始终不懈地涌动的另一种活力。

第九章 消极自由的退路：性、区隔与荒诞
——王小波的《我的阴阳两界》分析

1997年4月11日，45岁的王小波英年早逝，给中国文坛一个颇为强烈的震动。震动不在于一个作家在默默中突然死去，而在于一个这样的作家，中国文坛居然长时期漠视了他的存在。王小波的亡故与海子有异曲同工之处，海子死前在诗坛也默默无闻，死后声名大振；海子的死引发了对诗人精神信念之类的价值论和知识分子立场的讨论，这是20世纪90年代初诗歌界必要的话语表达。王小波生前作为一个自由写作者，与文坛保持着距离，文学圈知道他的人寥寥可数。王小波的死，引起了关于中国体制外写作方式的关注。但这样的关注也只是一时的情绪，并未形成长期有效的反思和检讨。王小波去世后名满天下，追随者甚众，甚至有追随者以"王小波门下走狗"自诩，足见王小波如何深得人心。无论如何，海子成为一个诗歌时期的象征，王小波也成为一种写作的象征——那就是一种远离中心的写作，一种"民间的"或"边缘的"写作。尽管说"自由的写作"这种说法在中国显得过于浪漫，但王小波标示了一种对"写作自由"的不懈确认。

显然，一种写作的意义，并不只在于一种姿态，姿态与文本、叙事及语言风格都有内在关系，与其说姿态贯穿于其中，不如说姿态是文本生产出来的象征意味。立场姿态、社会批判意识只有转化为文本的语言修辞策略才有实际意义，否则就是另一种东西——另一种观念意义上的文化或思想批判。我们去解读王小波的作品，试图在其叙事方法与思想价值方面建构起一种关系，由此去看20世纪90年代中国

文学不可抑制的一种写作精神。

在王小波所有的小说中，《我的阴阳两界》并不是影响最为卓著的作品[①]，但无疑是一篇相当独特的甚至极端的小说，其批判性（关于人性、关于社会）即使在王小波的小说中也是最为深刻有力的。它在表现形式上与《黄金时代》《革命时期的爱情》等相仿，都是充满了幻想又散发着反讽意味的作品，并且超现实的隐喻是如此自然而又深奥，这一点恰恰是引人入胜的。

20年前，对当代文学一度最有影响（其好坏另当评说）的作家是王朔这个"叛臣逆子"，他改变了作家对文学和社会的态度。自王朔之后，文学在其本质上已经不再是宏大的事务和时代精神的象征，而是个人的一种职业选择或业余爱好。数年之后，王小波以默默无闻的写作姿态再次确认了这种写作的维度。现在我们才看清他的写作所具有的象征意义：他打破了文学制度垄断的神秘性，表明了制度外写作的多种可能性。20世纪90年代后期，中国文学似乎处于无能为力的状态，王小波的离去，突然使人们意识到一种深刻的改变，中国文学的表面与内里、分离的格局、体制与个人、文学的本质、书写现实的方式等等，几乎都变成问题。然而，这些问题清晰起来之后，却又迅速归于沉寂，这也是我们在今天有必要重读王小波这篇小说的理由所在。

一、病态的性文化与反压抑的叙事

《我的阴阳两界》讲述某医院电器维修工程师王二，因患阳痿，妻子与其离婚，被人耻笑。他从此离群索居，一个人住在地下室，过着落寞但也清静的生活。但这样的落寞不久就被打破了，年轻未婚的青年女医生小孙主动提出要治疗王二的阳痿病，搬到地下室与王二同居。小孙天天出入王二的地下室，并且以治疗阳痿为名与王二谈起了

[①] 《我的阴阳两界》最早可见的国内版本是1994年由华夏出版社出版的《黄金时代》，其中收入包括《我的阴阳两界》与《黄金时代》《三十而立》《似水流年》《革命时期的爱情》等5篇小说。

"恋爱"。小孙当然孩子气十足，总是要高大的王二在医院里肩扛着她进出，如此景象洋溢着无边的荒诞感。这样的荒诞世界并非无稽，他们之间悄然地接近，小孙钻进王二的被窝，王二的情欲就这样一点点被逗起来了，王二的阳痿被治好了。治好阳痿的王二，又不得不回到地面的世界，去医院修理那些仪器，并且被要求遵守一切规章制度。这让王二颇不开心，他又怀念起在地下室的日子。

显然，这篇小说是一个关于病态的性的故事，而且有一个很俗套的情节：男人阳痿，一个妙龄女医生来治疗，并且发生恋爱关系，最终治好了男人的阳痿。如果仅只是这样的故事，那这篇小说就没有什么艺术的和思想的含量。但如果放在20世纪八九十年代以来的中国文学变革的语境中，就可以看出身体写作并非庸俗的意义，它更像是一个关乎个人的权利问题，也是个人欲望表达的合法性问题，其本质则是自由和尊严的问题。

王小波有一部分小说着力于表现病态的性，由此去表现压抑的性文化及其反抗方式。病态的性是王小波对社会的政治与文化尖刻批判的素材。家庭、单位、社会在制造性的丑闻时，建构起了一种区隔制度，把一部分人宣布为病态的、怪异的另类。王二本来并没有什么大毛病，他的"病态"起源于文化的制造，而且是通过家庭、妻子制造了这种形势，小说写到王二阳痿起因于新婚之夜：

在我该对我前妻行周公大礼时，脑子里忽然浮现出二十年前那个冬日骑车去找李先生时所见的情形：那个新婚少妇手提溺桶向我走来，把屎倒在铁箅子上，那个少妇的模样不知为什么，活脱脱就是我前妻。这件事对我 penis 的物理性质大概是有一定的影响，但是要说那就是我阳痿的主因还难定论，因为当时我还在害胃疼。我在山西吃过好几年的土豆和连皮碾的谷子面，那些都是标准的健康食品。但是要是纯吃它们就很伤胃了。结婚那天，我虽然出席了好几个婚宴，但是什么都没吃到，所以到了晚上胃就疼得翻江倒海。在这种情况下，就该和我前妻取个商量。但是她早早地脱了大半衣服上了床，闭着眼睛直挺挺地躺着，脸色潮红，一句话都不肯讲。看到这种情形，我只好关了灯，在她身边躺下睡了。然后的事情我已经说过，她哭起来了。从此后，我的生活就进入了软的时期。

王二的妻子随后就到医院去闹，宣布王二为阳痿患者。妻子要离婚，为了表明她是正常的，只有把王二阳痿的消息放出去。如此也合乎常理，王二不仅被宣布为阳痿患者，他的隐私也暴露无遗。病态的性的背后是病态的性文化，这不只是对性的无知、愚昧以及自私，还有对个人隐私权的任意践踏。妻子其实是一个共谋者，因为根源在于社会，社会建立起一整套的权力制度，这个权力制度控制了人的全面生活。它有一整套的规定、标准、范例，个人的存在没有其他的空间，只有符合这个规范标准才能在权力制度下融洽生存。如果不符合制度范例，个人就要遭到排斥，而且要把"真相"公开化，制度不给人以隐秘的权利，可以随便侵犯个人的生活，瓦解个人的生存。王二无地自容。如俗话所说，挖个坑钻下去，于是王二就找到一个地下室。这当然也是一个隐喻，作为一个颜面扫地的人，王二失去了在地面生存的尊严，他只有躲进地下室。小说通过一个男人如何被病态的性文化制造成性病态，来看社会是如何处置一个弱势的人，一个"有病的人"。

对病态的性文化的批判，是王小波持续热衷的叙事。王小波较早出现于主流刊物的作品当推《革命时期的爱情》（《花城》1993年），这篇重写"文革"时期的作品，却能别具一格，这主要得力于它不再把叙事的重心落在"反省""批判"一类的历史内涵上。那场庞大的历史运动被撕开一个小小的裂口，可以窥见那个时期的病态的性文化。磨豆腐的青年工人王二热爱画画，结果男厕所里出现女性裸体素描，并且被写上"老鲁"的名字，而老鲁这个45岁的中年妇女就是厂革委会主任。显然，小说暗含着群众对"文化大革命"的不满。但王小波并不着意表现这种不满，他在重写"文革"记忆时，着力使这种场革命漫画化，他抓住怪诞的性压抑导致的性变态来书写。老鲁这个革委会主任，并不热心抓革命促生产，她只关心要抓住那个在厕所里画她裸体的王二，结果这是一场闹剧。但实际上，王二仅仅因为会画画就被推断为画了那样的图画。王二自然就被污名化，被视为一个无赖、下流坯子。这样的青年只好请团支书"帮教"，结果王二与团支书X海鹰二人关在小屋里，"帮教"终究演化为下流青年王二与进步的团支书X海鹰的性交。王小波总是让王二这个人被病态的性文化所笼罩，而后他再对那些促使他病态的"崇高的""神圣的"人或事物发起无赖的冒犯，结果只好一起同流合污。他使整个文化陷入病态。在惩罚和拯救王二这个落后青年的行动中，革命文化也被性的病态全面玷污。那个老鲁身为革委会主任，却陷入捕捉王二的闹剧中，与王二近距离扭打，结果是使她这个主任威风扫地。X海鹰则是与王二搞在一起，热衷于听王二讲他的性幻想故事，即与那个所谓的颜色女大学生的性爱细节，实际上这个故事不过是王二虚构出来的他对X海鹰的性幻想，X海鹰听得津津有味，结果主动与王二发生性关系。革命年代的爱情不得不采取革命的形式，然而我们洋溢着青春欲望的女团支书，终于忍受不了"革命的"形式，个人的欲望战胜了那个可笑的革命形式。

在王小波的叙事中，所有的那些戏谑式的描写都不过是等待那个欲望化的高潮出现，那个纯粹的爱欲的场景乃是全部革命行为的直接成果。这个成果其实一开始就潜伏在叙事的动机中，它随时都有可能原形毕露，但王小波却以他恰如其分的叙述节奏推了出这个高潮场面。王小波用不可遏止的青春欲望嘲弄了无产阶级专政的乌托邦。人性的欲望，身体的自由释放，使革命的压抑和压迫形式必然瓦解。固然，王小波这类性病态的书写过于欲望化，甚至有粗鄙化之嫌，那些欲望描写如低俗读物，充分满足读者窥视的愿望。但王小波也以他自身多少有些病态的书写，以中国当代小说从未有过的彻底性，直视这种性病态文化。

王小波的性病态叙事本质上也是病态的反抗，它是通过自我矮化和污名化来拉低崇高化事物。让崇高性比被污名化的自我更加低下，从而将这种强大的压抑力量损毁，让它露出丑态。

王小波的《黄金时代》同样是对病态性文化的反击[①]。身材高大的农场知青王二颇为独特怪异，独往独来且被视为不合作之人。女医生陈清扬被群众叫作"破鞋"，她自己不能接受，她偏要王二证明她

---

① 《黄金时代》最早于1991年在台湾《联合报》副刊连载，同年获第13届《联合报》文学奖中篇小说大奖。1992年3月，《王二风流史》由中国香港繁荣出版社出版。收入三篇小说：《黄金时代》《三十而立》《似水流年》。同年8月，《黄金年代》(由于编辑的疏忽，"时代"一词误印为"年代")由中国台湾联经出版事业公司出版。

不是"破鞋"。王二就这样与陈清扬走到一起，他们之间自然而然地发生了肉体关系。成为"破鞋"的陈清扬反倒没人说三道四，大家都心安理得看着这样的"破鞋"。但革命文化的氛围岂能容忍这样的文化，他们二人被关起来审查，并且写交代材料。王二和陈清扬都写得极其"真实"露骨，不只是满足了那些审查人员的好奇心，陈清扬的交代材料甚至让他们"脸红心跳"，这实际上是他们要的效果。对这两个青年男女的审查升级为批斗会，不用说，这也是病态的性文化在作祟，那些革命的、正常的、纯洁的和高尚的人们，怀着极大的革命热情斗争这两个"搞破鞋"的男女。

王小波小说的鲜明特点，首先就在于对压制力量的强烈反抗，这一点实际上与王朔一脉相承。他们二者的文学并未有时间上的承继或影响的可能，因为王小波写作的时间几乎与王朔同时，但他的那种现实批判性和反抗性实际上与王朔并行不悖。王小波在一篇论及王朔的文章中曾经表示十分欣赏王朔的作品，说他有伍迪·艾伦之风，而伍迪·艾伦是唯一在欧洲被承认的美国导演，此说是否偏颇姑且不论，但可见王小波对王朔是颇为欣赏的。王朔的自嘲对应更为坚硬的政治，而王小波则是对应着无处不在的权力制度和世俗文化中的帮闲势力。

二、逃脱与消极自由的可能

传统的现实主义叙事总是在一个崇高性的美学建制中来展开，总是有一个崇高的主人公，终究要达到一个崇高性的目的。显然，王小波对这种崇高性的叙事是持怀疑态度的。他要寻求的是精神的解放与心灵的自由。尽管他采取的策略是对性病态文化的叙述，但也正是"去崇高化"，他获得了一种逃脱与自由。这里说逃脱而不说解放，因为说"解放"可能太奢侈，因为矮化和病态，他让王二之类的人物从强权压力下解脱出来。正是使那些崇高性的结构崩塌，王二之类的弱小的丑角才能逃脱，或者自我解脱；甚至，王小波给予王二一类的人物以自我安慰的自由空间。

王小波让王二之类的人物恰恰落入性病态的窘境，在这样的窘境中他们开始寻求自由存在的可能。矮化和丑化的身体已经无所顾忌，于是可以放胆用身体的自由来反抗制度化的压抑。当然，他们只能是以离开（逃脱）的方式来寻求自由的途径。

当全院的人都知道王二患上了阳痿，王二的末日确实来到了，他的生存境况如下：

我不得不离群索居，沉默寡言，因为无论我到了哪里，总有人在我背后交头接耳，说我是个阳痿病人。这就使我很不好意思见人，虽然我已经阳痿了十年，对此已不再感到羞愧，但是我还是不乐意人家这样说我。我不愿他们把我看成了太监一类的东西，虽然实际上我的确和太监差不多。这件事的教训是不要找本单位的人结婚，除非你能确信自己没有阳痿病。我前妻原来是本院的护士，现在调走了。但是在调走以前，她已经把我不行这件事传得满城风雨。现在除了躲在地下室，我也采取了积极措施，到康复科去看病。康复科的马大夫和我关系很好，别人看病要钱（公费医疗不报销康复科），他不管我要钱。

王小波的叙事把王二置于一个丑角的困境，他被强大的社会力量所排斥和放逐，成为一个脱序的人。正是这种脱序的被剥夺了自由的人，现在却可以我行我素，他以"小神经"之名去开辟自己在地下室里的生活。随后的问题实际上是王二从强权制度压抑下解脱出来，他有了属于自己的世界——那个阴暗的地下室，也就叫作阴界。他到了阴界，就是逃离了阳界的权力和秩序，他只有以非法的手段，通过与制度的正常秩序偏离的路径来夺回自由。只有把制度荒诞化，他的荒诞化才变得正常，实际也只能正是如此。

同样在《黄金时代》里，陈清扬被污名化为"破鞋"，她想不通，想让王二证明她不是"破鞋"，结果陈清扬和王二一步步走向"搞破鞋"。依然是身体与革命的嬉戏，革命压迫惩罚身体，但身体的欲望却无法遏止，生命的自由渴望以身体的脱序形式表达出来。这篇小说讲述知青故事的方式显然与此前的知青小说颇不相同，它用戏谑的方式来表达知青的压抑及其反抗。身体的压抑其实是知青生活中最具普遍性的创伤经验，压抑采取了革命的形式，因此才能贯彻得彻底全面。现在王二要超出这样的压抑制度,他和陈清扬以被放逐的方式反倒获得了一种身体的解脱,自由由此而生。王二独自跑到山里,陈清扬追到山里,他们在那里演绎身体自然主义式的交合。王二和陈清扬因为顺应两个受伤灵魂的心心相印,同时也顺应了本能欲望,自然而坦然地结合在一起,表现了以青春率性而行的人性之真实,身体得到了彻底的解放。正如小说后来所言,那是青春生命中的"黄金时代"。王小波在写作这样的创伤性的被污名化的身体时,却写得极其自然,书写如清风出谷,率性而行,其中人物也率性而行:

陈清扬说,她决定上山找我时,在白大褂底下什么都没穿。她就这样走过十五队后面的那片山包。那些小山上长满了草,草下是红土。上午风从山上往平坝里吹,冷得像山上的水,下午风吹回来,带着燥热和尘土。陈清扬来找我时,乘着白色的风。风从衣服下面钻进来,好像爱抚和嘴唇。其实她不需要我,也没必要找到我。以前人家说她是破鞋,说我是她的野汉子时,她每天都来找我。那时好像有必要。自从她当众暴露了她是破鞋,我是她的野汉子后,再没人说她是破鞋,更没人在她面前提到王二(除了罗小四)。大家对这种明火执仗的破鞋行径是如此的害怕,以致连说都不敢啦。

结果是:一方面王二和陈清扬经受了各种屈辱的审查和斗争;另一方面他们二人却又不失时机地进行性爱。既然他们已经被污名化,既然他们被上级和群众视为作风败坏,那他们就我行我素。所有的审查检讨直到捆绑斗争,都没有动摇他们行使身体的自由主权。小说以如此不可思议的荒诞形式,把两个蒙受屈辱的知青,改写成两个争取性的自由的放浪青年,他们蔑视了强权给予他们的屈辱,反倒写出了个人的生存主权。

在王小波的小说里,个人的性总遭遇到社会的侵犯,社会通过性的压抑机制,来达成一个压抑的共同体,通过剥夺个人的性的主权,来建构一个控制欲望的权力制度。性的话语历来是一种社会的抗议性的话语,是挑战身体主权的极限的叙事。性的描写抵达的极限,也就是人对身体主权自由限度的意识极限。

性是身体主权的最为隐秘的核心，通过性的排斥和剥夺来表现自由的丧失，以及通过重新争取性的自主和自由来争取自由，这是现代小说的主导性叙事之一。

王小波关于性的叙事，揭示病态的性形成的社会根源，既有政治的也有文化的，他由此去表现的其实就是关于个人的身体主权的自由问题，是在性的压抑结构中，个人身体的主权如何被剥夺而个人又如何去选择的问题。20世纪80年代的中国文学被称为思想解放运动的先锋，其主题是"大写的人"，它通过对历史的控诉加以书写。因为"文革"和"四人帮"，人的尊严被践踏，于是80年代高呼人性论、人道主义，还人以尊严。80年代寻求人性、人的尊严到人的情感，确立的是"爱情的位置"，"爱是不能忘记的"的时代价值观；80年代中期以后有性话语的潜在展开，如张贤亮的《绿化树》《男人的一半是女人》，王安忆的"三恋"也是对这一话语在精英文学层面的呼应。王小波的呼应显然带有一定的非主流的特征，他不在文坛中心，自由写作，与那些在文坛边缘潜在写作群体有某种相关，他的性话语显得更为单纯而有颠覆性和挑战性。中国自80年代后期开始拓展性话语的边界，王小波显然是这一流向中的最为有力的挑战者。他的方式既独特又怪异，显然与他身处当代潮流之外有关。

在西方，20世纪上半叶也面临对性话语的拓展。亨利·米勒就是这种话语的极端代表。他在《性》中有一段关于男人的性能力的描写，堪称巅峰。这一段描写被美国著名的女权主义者凯特·米利特在名著《性的政治》中开篇作为分析的样本段落加以严厉批评，可见有多么典型。

米勒的作品充满了男性性能力的妄想，瓦尔实际上就是米勒的化名，他的作品带有很强的自传性，书中的艾达·韦莱纳是一位演员，是米勒的朋友比尔·伍德拉夫的妻子，引诱朋友的妻子是美国或者英国性文化中最富于刺激的一项内容。米勒声称对惯于炫耀肉体魅力的艾达有免疫力，但实际上却在实施勾引的阴谋。

凯特评论说：

> 在今日人们的心目中，不管亨利·米勒作为一位已经获得彻底解

放的人的形象多么令人神往，这都远远不是事情的全部真相。事实上，在米勒身上我们发现了美国人在性的方面所患的每一种精神病。但他的价值也不在于将我们救离了这一苦难，而于他具有足够的坦诚将这些疾病表达出来，并在表达的过程中让它们具有足够的戏剧性色彩。千真万确，米勒的作品具有一种文化性质的发泄功能，但这也仅仅因为他是对不可言喻之事进行言喻的第一人。这远不是说说下流话那般简单；米勒的这些书已经在好几个国家印行。米勒表达出来的是由我们的文化，或属于这一文化的男性意识，向性赋予的厌恶、鄙视、敌意、暴力和污秽感。承受这一切的还有女人，因为性这一艰巨的重荷本身似乎就是由女性承受的。大量的证据表明，米勒本人不时也意识到了一点，而他那些"天真的性的夸大其词"，正如一位评论家所说，如果被彻底恶化成对自己的"自我嘲弄"，它们的效果会好得多。但在他的作品中，作为人物的"亨利·米勒"具有太多的现实成分，从而这些作品的主要缺点的终极效果是：我们很难认为现实生活中的米勒比小说人物米勒更加明智。①

　　米勒露骨的性表现也声称是对温文尔雅的资产阶级文化的挑衅，固然有其存在的历史背景及艺术前卫的意义，但在女权主义者看来，那是透着一股资本主义男权文化的病态反映。与米勒昂扬地表现男人的性能力相反，王小波表现的是男人的阳痿，这是男人的性权力丧失殆尽的症候。这是权力制度底下的无望自由的愤怒。在这一意义上，米勒对美国清教政治的嬉笑怒骂就显得玩世不恭，而王小波则显出勇气。

　　王二的性（《我的阴阳两界》《黄金时代》《革命时期的爱情》）与米勒的几乎相反，那是受虐的、被治疗的性，也是病态的性。米勒要把性发挥到极大能量，用弗洛伊德的理论来说，快乐原则设定得越高，快乐满足就越难，幸福感就越低。但王二表现的显然是最低限度的快乐原则，也就是身体的主体自由。王二要夺回身体的主体自由，

---

① ［美］凯特·米利特：《性的政治》，钟良明译，社会科学文献出版社，1999年，第457—458页。

他被妻子和周围的人群宣布为阳痿，或者被判定为"小神经"或"下流青年"，他的反抗不是转向激发自己的身体，而是作为被剥夺身体主权自由的个人，向上面/阳界的权力制度发起的挑战。

在《我的阴阳两界》里，王二声称他的阳痿是他个人的事，但他的性失能并非生理缘由，而是被他的妻子及周围的环境异化的结果。阳痿或性失能显然是一种隐喻，是个人要获得他的生命自由的一个最低限度的形式。性的自由，个人对性的自主性，是个人生命存在的最基本的主权。

在王小波这里，实际上隐含着叙事上的内在分裂，王二作为一个被上面/阳界歧视的个人，是因为他的身体，但他的愤怒却只针对权力制度，并不采取什么有效措施去有效治疗或激活他自身的身体。仿佛他的身体出了毛病，不是生理疾病，而纯然是阳界的权力制度剥夺的结果。他的进攻也全然是错位的，他并不想改变关于他阳痿的那些谣言和偏见，他所有的反抗都与挽回他作为一个阳痿患者的面子无关，而是他内心郁积的对阳界权力制度的厌恶和愤懑。

当然，王小波有意使王二以及小孙、陈清扬等人物的行为方式以及精神状态都表现得颇为反常规，王二这些人物也一直声称自己反常，这种反常根源于他们试图在不可能的现实情境中维护个人的自由。他们试图与社会区别开来，按自我本能自由行事，他们当然遭遇了社会环境的排斥和孤立。王小波探索的就是在压抑的权力制度下，人的自由的可能性到底有多大，人对自由追求的方式及其后果。王小波坚定地抓住人的欲望来讲述他的故事，关注在强大的历史压力底下，身体如何被困扰。这种关注是双重的：它关注被外界排斥的身体；同时，因为无法关注外界，转而只有关注自己的身体。正如治疗王二阳痿症的大夫，居然使用物理方法去拉长，结果器具的"长度"变成了身体焦虑的突出部位。身体就是在变长与萎缩之间的徘徊。都说米兰·昆德拉写出了东欧政治压抑底下的身体恐慌，王小波的写作显得更加入木三分。

性能力的丧失就是一个借口。对于王小波来说，性的压抑、剥夺和重新夺回，就是叙事上的迂回策略，他先是把王二之类的人物作为被剥夺身体主权自由的个人，而后他们以捍卫人身最低主权的弱者反抗者的形象出现，于是他们的反抗获得了正当性，他叙述的性话语也获得了合法性。所有关于性方面的压迫、剥夺和夺回的故事，都是关于人身自由的叙事。

王二的性无能，是对压抑的痛恨，对无望自由的愤怒表达。但他对自由的捍卫，依然是消极的，王小波的叙事表达也是消极的。这一点恰恰表明在权力制度如此强大的社会里，个人要夺回他应有的自由，只能采取怪诞的、另类的、神经病式的方式。王二因为被称为"小神经"，陈清扬因为被污名化为"破鞋"，于是他／她就装疯卖傻。他们是一些受迫害、被损害和被侮辱的对象。他／她的一系列表示敢打敢拼的姿态，都不过是因为处于社会的底层和生存末路。与压抑制度抗争，只能采取这种"另类"的方式。一旦王二治好了阳痿，他的"小神经"角色也无法扮演，他又被权力制度管得服服帖帖。

王小波这里表达的个人对自由的寻求，在法律的限度内对性的自由的保持，就是保持人的身体主权的自由，就是不受他人干预而获得最低限度的人的自由主权。王二虽然也在夺取，他也打架，也扛着小孙示威，但他还是消极的（消极的自由）。他选择了逃避和躲藏就决定他的自由是荒诞的自由和消极的自由。

王小波的人物根本上总是一个失败者，老实本分却受到伤害，这样的人物容易使读者获得认同。正因为此，王小波的《黄金时代》也算知青小说，但他却一反知青小说惯有的英雄主义和理想主义的宏大叙事，也远离了阿城的寻根或史铁生的价值体验，王小波的人物就是一个小人物，一个本真的"被抛"的永远的局外人。王二个子虽大，却总是处在被抛状态，抛向"地下室"、抛向野外、抛向无人处。王二在王小波其他的作品中连续出现，始终是那么一副悠然自得满不在乎，无所作为却自得其乐的局外人的形象，一个永远的他者，一个始终消极被动的他者。

这或许可以理解为以赛亚·伯林所说的"消极自由"。伯林用"两种自由"的概念来划分自由："消极自由"和"积极自由"。伯林认为，"自由"这个词的"积极"含义源于个体成为他自己的主人的愿望，我是能够领会我自己的目标与策略且能够实现它们的人。这就是说，自由是指人在"主动"意义上的自由，即作为主体的人做的决定和选择,均基于自身的主动意志而非任何外部力量。这种自由是"去做……的自由"①。而"消极自由"指的是主体(一个人或人的群体)被允许或必须被允许不受别人干涉地做他有能力做的事、成为他愿意成为的人的那种自由②。伯林显然更加重视"消极自由"这个概念,他关心的是人免于被干涉也不干涉他人的那种自由。这实际上是基于伯林的多元论观念,允许别人以不同的选择存在的自由。他说道:"多元主义以及它所蕴含的'消极的'自由标准,在我看来,比那些在纪律严明的威权结构中寻求阶级、人民或整个人类的'积极的'自我控制的人所追求的目标,显得更真实也更人道。它是更真实的,因为它至少承认这个事实:人类的目标是多样的,它们并不都是可以公度的,而且它们相互间往往处于永久的敌对状态。"③正因为多元主义是伯林的思想核心,因而他倾向于肯定消极自由,而怀疑积极自由。

王小波试图写出王二在如此情形下对免于被干涉的自由的追求,当然未必能等同于伯林的"消极自由"。王二的自由根本上是一种逃避的自由,王二面对权力制度别无他法,只有一条逃避的路。他不想被干涉,或者说他想不被干涉地做他的事情,例如,他躲进地下室,逃避现实,但这样的逃避也依然面临上面/阳界世界的种种讥讽。显然,他只是试图写出在如此社会现实面前,在一个人陷入绝境的情形下,是否还有自由的可能?王小波的小说之所以引起相当多的青年人的热爱,缘于他给压抑的个人提示了一种非革命的自由幻想形式,这也是中国文学在20世纪90年代对自由可能性的最为迷人的表达。

三、空间的区隔与向死的爱欲

关于压抑与自由的叙事,在王小波的《我的阴阳两界》中,并非只是以单一辩证法来展开,小说在艺术上的独特处,在于它引入空间

---

① [英]以赛亚·伯林:《两种自由论》,载《自由论》,胡传胜译,译林出版社,2003年,第200页。
② 《自由论》,第189页。
③ 《自由论》,第244—245页。

的辩证处置。通过空间的区隔、变换，王小波的小说叙事开掘出对立性的结构，如同音乐中的对位法，如同有双重结构在其中展开或穿行。

尽管说小说叙事随着时间推进，总是有空间的变换，这并无新奇之处。任何一次时间的改变，都可引起空间场景的改变。但王小波的小说有意把具有对立性的空间并置在一起，贯穿始终地进行映射交换。

在《黄金时代》里，王二跑到山上，山上的自然世界与山下的世界就构成一种对立和比照。在《革命年代的爱情》里，王二磨豆腐的工作场所，奇怪地在一座高塔上，这显然不可思议。但对于王小波来说，他就需要这样的空间变换，如此高高在上的空间，再次从现实中脱序，这正好是脱序的王二所处境遇的一种象征。后来王二存在的处所再次发生变更，那是与X海鹰同处一个"帮教"的小屋子里，那又是一个封闭的房间，这是王二阻隔与现实关联的需要。王二也因此可以与X海鹰发生性关系，由此嘲弄了革命年代的"帮教"。其实，王小波后来的《白银世界》也同样如此，那个热力学女老师与王二发生性关系，也是在一个区隔开来的女老师的卧室，这个卧室与编辑部的现实空间也有一种直接的对位比照。王小波的小说总是离不开这些发生爱欲的场所，它们本质上与现实区隔和对立，但又有隐含的比照关系，它们几乎都有超现实的特征和功能。

但所有的这些空间，都不如在《我的阴阳两界》中的阴界的空间处理来得极端，王小波干脆就用"阴阳两界"的二元对立来展开他的小说结构及其内在意蕴的表达。

当然，阴与阳在其原初意义上是以"性"为原点，这是关于王二的阳痿为分界的叙事结构。王二的性失能，意味着他从一个阳刚的男人变成了不阴不阳的人，实际上就是一个属阴的人，等于他被判定进入阴界。王二对于被宣布为阳痿并没有十分痛苦，反倒像是迎来了期待的一种命运，这样他就可以去到阴界，在那里找到他的归宿。实际上，阴界才使王二获得了自由。对于王二来说，到达阴界就是抵达自由的领地。阳界与阴界都有对立的或正反的双重意义（它们并非有确定的正面或负面的意义）。纵观全部故事，阳界恰恰是王二受压迫的世界，而阴界才是他重获自由的世界。

关于"阴阳两界"，王小波赋予其变化多端的辩证法：地面上的阳界——那里充满了权力制度，世俗偏见，狭隘自私，争名夺利，尔虞我诈，虚假无聊……；下面的阴界——那里寂寞平静，单纯朴实，自在逍遥，随心所欲，自由无为，真实美好……

阴阳两界就像是精神分裂症的描写。王二本人不断历经阴阳的变异，阴阳其实在他身上一直交替出现，一直在博弈，而且方位并不一致。从基本的叙事策略来看，王小波是想写出当代中国人的精神分裂的总体情况，几乎每个人都处于阴阳的两界中：当面一套，背后一套；白天一套，晚上一套。如此无穷无尽地分裂变换。但王小波并不想在如此二元对立的精神分裂的结构下来批判现实，他更倾向于在美学的语境中来处置阴阳的辩证关系。

这既不是辩证法的翻版，也并不只是批判性的对立面；小说不断嘲弄辩证法，它本身也几乎要落入辩证法。但阴阳两界是以辩证法内在化方式展开的区隔，王小波这里所说的"阴阳界"，并不只是简单地划分为地下室里他与小孙的世界和地面上的医院。就是在地下室里，在一个空间里也区隔出阴阳两个空间。他与小孙之间也有阴阳两界，在性别上，他是阳，小孙是阴；但在精神气质上，王二是阴郁的，小孙是阳光的。这样的阴阳还是要辩证地变异的：小孙是女性，是阴性，但她光明、纯净、明亮，她又是阳性的；王二是男性，是阳性，但却阳痿，就变成阴性，并且消极被动，躲在地下室，又是阴性的。就是王二本人的身上，也隐含着阴阳两界，他处在阳痿状态中，可能就是阴界，他的阳痿被小孙治好就是到了阳界了。王小波的"阴阳两界"似乎可以无限地区分，他把阴阳的辩证法变成阴阳的无限诡辩。这是一个与他者区隔也与自我区隔的不断延异和替代的状态，它在任何一种状态中都无法持存，随时变异。

这样的阴阳分界在辩证的置换中会发生错位、交叉、重叠、变异。阴阳两界其实诡秘莫测，因为交叉和错位，阴的象征有一种不可测定的深度，例如，它与死亡联系在一起。尽管这里也有自由，也有爱与美好，但死亡就在咫尺，死亡就在爱欲的周边，随时渗透进爱欲。阴界的爱欲与美好，如此深重地承受着死亡的侵扰，这是与王小波其他小说十分不同之处。

他住的地下室，其实就是阴间，因为那里堆放着很多死人的标本，

地下室就是阴间的更具有物质性的形式。不仅如此,王小波也把整个医院描写成类似古墓的地方:

再过一百年,人们会这样形容我们的医院:这是一座四四方方的院子,四周围着栅栏。院子里全是一些古旧的灰砖房,有一些是两层的,有一些是三层的。他们想象起这些房子,就像现在我们想象地下的墓葬一样。那时候的房子大概都是一百层的大厦,底下五十层放汽车,上面五十层住人。在这些墓葬里,有一些人穿着白大褂来来去去,还有人穿着淡蓝色的睡衣睡裤来来去去。在这些灰砖楼之间,有几片草坪,几颗半死的树作为装点。但是我既不穿白大褂,也不穿蓝睡衣,穿一件粗蓝夹克衫,在这座古墓里显得很扎眼。但是我根本就很少到上面去,所以也就很少叫人看见。

小说还写到王二过去与李先生、大崔住的地方,在那时,也像是一座鬼城:

而在二十年前,偌大的院子里只住了我们四个人,简直就像一座鬼城。我记得那片荒草离离的院子,草棵下面的石子儿和碎玻璃。马路上有好多风吹下来的枯枝,所有房子的门窗都用木条钉死了。住在附近的人有时溜进来发点洋财,倒也不敢偷什么东西。见到哪个厕所没钉死,就进去把三合板都拆走。我常常一个人在院子里漫步,看着风吹来的沙子和碎石若有所思。后来我就在闲逛中碰上了李先生给大崔戴绿帽子。总的来说,这件事很难看。就和在草地上看见两条蛇绕在一起一样。在这种情况下我总是把两条蛇都打死。

这里先是写到鬼城,但这是为后面出现的"李先生给大崔戴绿帽子"做的铺垫,李先生和大嫂,像"两条蛇绕一起一样",性在这里变成了丑陋和可怖的记忆。王二向小孙叙述他所有不美好的性爱记忆。性与死亡相联系,性是在死亡或接近死亡的境地出现。小说不断地写到"再过一百年",有意以死亡的口吻来叙述。此刻就是再过一百年后的回溯时刻,就是已死的一百年前的事。这个医院就是墓地。地下室更不用说,就是阴曹地府。

阴界本质上有一种阴郁之气,也时刻透示着死亡气息。他逃避到死亡的(放置尸体标本的)居所,在这里来寻求他的自由,如此消极的自由,不无辛酸和悲伤。

性向着死亡,性不是与生相连,而是与死亡相邻为伴。在这里治疗阳痿,就不仅是苦中作乐,而且是向死作乐,向死而生了。在这样的地下室,在堆放着尸体标本的地下室,在这里展开这两个男女的心灵与肉体的交汇。爱欲是在阴界,也就是在死亡的场所里进行,它才显得如此真实,如此纯粹。这样的爱欲,就是向死的爱欲。

王小波写的所有的爱欲都是脱离了现实逻辑的爱欲,只有逃离现实才有爱欲发生,只有逃离现实逻辑,才能发生爱欲。

确实,王二与小孙在地下室里双修,小孙给王二治病,日久生情,小说几乎是非常细腻地写出他们生情的美好过程:

> 小孙住到我房里半个多月了,我对她秋毫无犯。虽然如此,我对她的行止也略有所知。她像只猫一样,喜欢钻被窝。一进了被窝就要把乳罩摘下来,挂在床头上,于是它就挂在那里晃晃荡荡,活像一副大号太阳镜,这使我很受刺激。她对我解释说,这东西就像缰绳一样,然后就把被子拉到下巴上看书,灯光把她的侧影照亮,我看了也很受刺激。她睡着了灯也不关,而我是有一点亮也睡不着——以前并不是这样的,所以经常半夜里起来去关灯。夜里经过她的床头,听见她轻轻的鼻息,也很受刺激。对此我很不满,和她说过一次。她回答道:你也抽烟哪,我也没有抱怨你,不是吗?一边说,一边瞪着眼睛看我,看了这个样子,我也很受刺激。我要是说,这是我的房子,那就是卑鄙的言论。所以我只好拉了一条线,把她的开关装到了我这边。要是看到她睡了不关灯,我就给她关上。此后半夜里经常听见她自言自语地说:这王二真讨厌,这不是逼着我犯错误吗!然后她就下了床,到我这边开灯来了。感到了她赤裸胸膛上传来的热气,我也很受刺激,只好紧闭着眼睛。

但是写着写着,王小波就要使小孙鬼魅化,阴间的真实、美好与温馨,都要罩上一层隐约可见的鬼魅意味。小孙实际上如同蒲松龄笔下那些鬼魅,一个类似《聊斋》的超越世俗的爱情故事在这个地下室重演:

在每一块灯光里,小孙都回过头来朝我笑笑。那些人造月光照得她浑身惨白。这种感觉好像在做梦一样。有时候她像是要伸个懒腰一样,把手向上伸起来,但又不完全是伸懒腰,因为她把身体弯向一侧,笑得很开心。我觉得这不像真的,所以不打算把它当真。但是我也感到一种冲动,要把鼻子伸入捧着的衣服里。那些衣服散发着香味,尚有余温。这种冲动就像狗想闻东西一样。

"月光照得她浑身惨白","感觉好像在做梦一样","我觉得这不像真的,所以不打算把它当真"……在这些描写中,小孙确实如同蒲松龄笔下的那些鬼魅,或者说狐狸精,这并不是指故事情节和人物行为反常规的超现实性,重要的是小说始终暗示的那种氛围与意味:

晚上我和小孙聊天时,她从被窝里钻出来,盘腿坐在被子上。这时候她背倚着被灯光照亮的墙。我看她十分清楚,那一头齐耳短发,宽宽的肩膀,细细的腰,锁骨下的一颗黑痣,小巧精致的乳房。乳头像两颗嫩樱桃一样。我也坐起来,点上一根烟,她眼睛里就燃起了两颗火星。我们俩近在咫尺,但是仿佛隔了一个世纪,有了这种感觉,什么话都可以说了。她问我,她长得好看吗?我说:很好看。她就说:真的呀。

我和小孙谈这些事时,她的床在窗口射入的灯光中,我的床在阴影里,我们住的地方就像阴阳两界……

当然,也可以从小说艺术描写通常的意义来看,王小波确实把两个男女之间的微妙情爱关系,写得如此独特美妙。但这显然不是具有现实感的爱情故事,它的非现实性并不是作为现实性的一种修辞,毋宁说"非现实性"是它的本质特征。因为这是阴阳两界的故事,在这些美好的故事里,所有与小孙在地下室的那些美好时刻,阴阳的分界在于，小孙更有可能是来自阴间的鬼魅；而王二还是知道自己是属于阳界的俗人。

在这些爱欲美好的时刻，王二都体会到阴间的气息。在所有的讲述中，几乎要接近爱情时候，王小波也要插入切近死亡的那种感受。王二与小孙的感情眼见着越来越接近，某夜里，王二发现小孙不见了：

我坐在床上发了一会儿愣，忽然想起小孙出去半天了，我该去看看她。一推门看见门口堆了一堆衣服，原来现在她身上什么都没穿。我赶紧回去拿了件大衣，顺着灯光赶了去，看见她正趴在标本柜上，高举手电，正往死人眼窝里看哪。我叫道：你疯了，要冻死呀！她却头也不回地说：你别管我。

小说接下来就要进入他们治疗或者情爱的高潮阶段，在此之前，小说叙事再次接近死亡，要体验那些死人标本，死人的眼睛。所有这些，都表明王小波在这篇小说里，试图接近死亡体验。但从整体上来看，这一点王小波的小说意识很好，但叙事上贯彻得并不一定彻底，死亡意识影影绰绰，就如同小孙如梦似幻一样，后者还是做得相当成功，但前者则没有在小说叙事中形成一个更具有内化性的思想质素。

小说另外叙述了一个故事，那是我和李先生、大嫂和大崔的故事。这是王二在阴界（地下室）小孙治疗时他说给小孙的故事。这一部分的故事既不属于阳界，也不属于阴界。他是潜意识里的记忆，假定没有小孙这个（或许也是一个想象的一个）听众，关于李先生的故事就是心理意识流的想象。这也是混合了性、压制、排斥和暴力的故事。这段回忆是写"文革"的故事，李先生通晓西夏文等濒临失传的文字，但他的生活境遇却困窘不堪。这也是在写压制年代知识分子的生存状况，令人惊异之处在于，在如此境遇中，李先生却与大嫂偷情。李先生的故事颇为费解，一方面是去写压抑力量的历史记忆，另一方面也是个人如何在性的抚慰下获得生命存在的一点快乐。如马大夫反复叮嘱王二"人生就这么一点快乐"一样，李先生的故事也几乎是在回应这句话。像李先生这样的人在那样的历史境遇中也有生存的乐趣，那就是大嫂的性爱，这可能是他生命的存在的一部分意义。当然，研究西夏文的意义不被社会承认，他只有自己坚持。大嫂的性爱可能是对他的坚持的一种肯定。性在王小波的书写中，确实隐含了复杂的社会含义。在这篇小说中，插入李先生的故事，虽然是作为潜意识记忆的表述，也使小说避免了人物结构的单调。在阴阳二元分离的结构中，可以有一种更复杂的历史内涵，同时也可以把人的活动关系写得更加深入而透彻。

当然在小说叙事的直接的意义连接中，李先生和大嫂的故事，还是去表达王二性意识的病态。王二所有关于性的记忆都显得不正当，或者猥琐。他对大嫂的性想象转向更加病态的对少妇的性记忆，那似乎是"病态"的根源。王二说，他在某天早晨看到胡同里走出倒马桶的少妇，那种伴随着性意识的记忆还带着龌龊：

当时我正盯着她领口看，因为她的脖子和胸口像雪一样白。我记得她是很漂亮的，但是现在想不起她的模样。就我当时的年龄来说，记性本不该这么坏。这是因为她走到了下水道口上，就把痰桶一倒。不仅是哗啦一声，里面还滚出两节屎来。所以我就没记住她的模样，只记住了屎的模样，那屎橛子无比之粗，无比之壮。那东西就冻在了铁箅子上，大概要冻一冬天。在那上面还要冻上剩面条，剩米饭，好像一块奇形怪状的萨其马。这件事情好像马路上冻结的一口黏痰，冻进了我的脑子里，大概要到我死后，才会释放罢。

这种描写或许可以在巴塔耶的小说中找到合法性的依据。但在《我的阴阳两界》的叙事中，这些丑恶龌龊的记忆，与李先生和大嫂的偷情的故事，它们都表明了王二的潜意识中所积淀的压抑和丑陋，这与阴界中隐约浮现的死亡气息有某种相关作用。某种意义上，它们无关乎龌龊和丑陋，它们表明的是一种阴暗感和绝望感。王小波不能让他的小说停留在对情爱叙事的美好中，恰恰是要把与小孙的爱欲的美好提升到一个不可能的极限的位置，他要大量依靠阴郁、死亡、龌龊和绝望来作为背景。但小说叙事中的这种以潜意识记忆来表露的深度背景，并非真正的形而上的思想深度，王小波把它们荒诞化和碎片化，这就使王小波的小说叙事始终保持一种自然随意、自由轻松的格调。

四、自由、荒诞与虚无,这奇怪的三人转

王小波小说的鲜明特点在于它的幽默感,这种幽默感来自他的自嘲。就这一点而言,他在当代小说家中与王朔有异曲同工之处。

自嘲就是自我矮化。敢于自我矮化,这并不是轻而易举的事。中国作家一直是扮演代言人的角色,为人民代言,当然自己就放在崇高和神圣的位置上。在小说叙事中,要么是一个全知全能的第三人称,要么是一个道德完善的正人君子。王朔率先开启了作家自我形象的平民化、个人化和边缘化。但王朔的个人还是有着直接的对抗性,因为王朔的出现是以对政治格言的嘲讽为其语言特征,这使他无形中具有了一种较为明确指向的叛逆性。但王小波略晚于王朔,他已经没有,或者说他不想有明确直接的指向性。他更乐于回到个人,一个没有生活目的和方向的个人,一个被当代生活抛来抛去的最为弱小的人,一个可以被任意损坏的人,一个可以被随便污名化的人。王二不只是被污名为"阳痿",而且是一个"小神经",在《黄金时代》和《革命时期的爱情》中,王二也是"流氓",或者自称是"天生的土匪"。用王朔的话来说,"一点正经都没有","千万不要把我当人"。

终于可以在自我矮化下顶着污名写作,也可以让小说中的主要人物顶着污名行动,这实际上是20世纪90年代中国文学的整体性反崇高的一项策略。旧有的影响正在重建,试图叛逆的先锋派,只有伪装成流寇走卒,才能行使逃脱规训的招数。王小波实际上与王朔殊途同归,他是否得益于王朔的启示不得而知,但他们对制度化权力的逃离(挑战?)是相同的。王朔书写个人生活方式,也与主流社会脱节,甚至大异其趣。而王小波则完全逃离于主流社会秩序之外,他的人物都是被主流社会直接排斥的最为无能的人,因为自我贬抑到病态的地步,于是他以极端卑微的方式进行反抗,不想他的反抗却也同样如此内在有力。王小波采取的策略也是自贬自嘲,他让自贬和被贬的污名去玷污强大的秩序,让"崇高"的事物成为可笑的空壳。就像《黄金时代》那些斗争陈清扬这个"破鞋"的所有的场景,都被这个"破鞋"再度污名化一样,那些贬抑、审查和斗争"破鞋"的人,显然更加龌

龌龊和丑陋，而且最为根本的在于，他们的本质就是虚假和虚伪。

之所以自嘲甚至自我污名化可以嘲弄外部世界，根本上在于外部世界的荒诞化，因为荒诞化的视角看透了世界的本质和人生的处境，王小波的小说才可以如此彻底地揭穿生活的真相。

"荒诞"作为一种戏剧的美学特征在20世纪50年代的法国兴盛一时，80年代与其他的现代主义在中国产生影响。林兆华等都深受荒诞派戏剧的影响。从词源学来看，"荒诞"一词最初来自拉丁语surdus（原意为耳聋），50年代的法国戏剧家贝克特、尤奈斯库等人使荒诞成为一场现代戏剧运动，其哲学依据在存在主义那里得到拓展，他们着力于表现人与人之间的不能沟通或人与环境之间的根本错位。卡夫卡的小说显然比荒诞派戏剧更早表达了现代主义文学的荒诞感，那是异化、孤独、徒劳和负罪。在法国存在主义看来，"荒诞"是上帝"死"后现代人的基本处境，萨特着力表现的是人的生存因此变得无意义；加缪则把徒劳与虚无的西绪福斯式的悲剧赋予荒诞另一种含义。

按英国戏剧评论家马丁·艾思林的《荒诞派戏剧》的看法，荒诞派戏剧的艺术特点为：其一，反对戏剧传统，摒弃结构、语言、情节上的逻辑性、连贯性。其二，常用象征、暗喻的方法表达主题。其三，用轻松的喜剧形式表达严肃的悲剧主题。如果与这些美学特征对照，王小波的《我的阴阳两界》可以说都符合荒诞派的戏剧的艺术特征，尽管王小波的这些作品因为是小说，情节上还是有一定的连贯性，但根本上，这些情节的连接关系却是荒诞的。就《我的阴阳两界》而言，王二阳痿的起因、住到地下室、阴界与阳界的对立、所有阳界对王二的压制、治疗阳痿的经验、与小孙的治疗关系和同居关系以及发生的情爱关系、李先生与大嫂的情爱、关于性的潜意识记忆等等，如果按照现实主义的真实性逻辑或者必然性逻辑，都难以成立。所有这些情节和关系，都只有在荒诞的艺术观念中才能成立。

王小波的小说是否受到法国荒诞派戏剧影响不好说，但他受到卡夫卡的影响是可以肯定的。就《我的阴阳两界》与卡夫卡的《变形记》《城堡》以及《地洞》等小说来看，可以看到某种相近关系。王二新婚第二天早晨被宣布为"阳痿"，与格里高尔早晨醒来发现自己变成一只甲壳虫有相似之处。王二自从变成"阳痿"后，生活发生了一系列变化，这与格里高尔变成甲壳虫后生活彻底改变在情节结构上也颇为相似，格里高尔从人变成虫，而王二从阳界到了阴界。王二住的那个地下室阴界，也与卡夫卡的《地洞》中的地洞有异曲同工之妙。卡夫卡的《城堡》所表达的城堡里的荒诞感，与王二在医院里的所有荒诞的遭遇也可以理解为精神实质上的相近。当然，这些相近的关系只是表明王小波可能受到过卡夫卡的影响，他的小说无疑具有非常独特的文学观念和鲜明的个人风格，他与中国20世纪80年代以来的变革的现实相关，也与变革的文学潮流相关。即使他的写作如此具有个人化的特点，如此边缘和另类，依然是80年代后期以来的文学变革潮流的一部分。

当然，王小波对世界或现实的荒诞化处理，也与西方现代主义的荒诞派有所不同，他的小说的根本主题还是落在对自由的渴求上。他通过自嘲来建立荒诞感，其目的在于个人获得超越现实的途径，只有在世界荒诞化的裂缝中，也只有不顾及名誉或脸面，顶着污名化贬抑，王二们才可能获得自由。也是在逃避的路途中，从荒诞的世界穿行，王二们有了自己的存在处所。阴界或是小黑屋，或者是塔顶的磨坊，或者是山上的茅棚，那是他逃避和自我放逐的去处，那里有他的自由。

当然，在王小波的笔下，王二们的自由并不牢靠，并不永久，并不具有本质化的特点。它们总是一些片刻的，也总是在另外的地方的自由。世界的荒诞性还是更为坚固，王二治好了阳痿还是要回到阳界，他又成为一个"正常"的人，就得上楼开会，并且是中年业务骨干，还得念英文，准备到美国去接仪器，当然还少不得回家还要按时应付小孙……所有这些，都可以算作是给予王二以做什么的自由，他有了积极的自由，但却觉得被套上了什么东西。尽管如此，他也不想回到地下室去，他不想再次"阳痿"。很显然，王小波把阴界和阳界的对立取消了，阴界并非是真正需要或值得坚持的去处，那只是暂时，只是权宜之计。没有永远，没有绝对，没有本质。《革命时期的爱情》和《黄金时代》最终都对当年的性爱记忆加以反讽，并没有绝对值得留恋的和可以还原的记忆，时间会使一切都变了质，也使一切都虚无。

因为虚无，世界到底是荒诞的；因为荒诞，存在最终是虚无的；

也是因为虚无所以有一种自在的自由。或者说有如以赛亚·伯林所说的那种"消极自由"的价值。他的自由不再是萨特式的人通过战斗或抵抗夺取来的自由本质，也不是个人回到自我意识深处所体验到的自由，他的自由就是一种随遇而安的状态，没有目的，也没有顽强的自我意识。这一切都是因为世界本来是荒诞的，不值得与之血战到底。

王小波绝不是在心理变态的意义上表现这种态度，只是他们在荒诞中超越了现实的善恶，蔑视了荒诞世界中的价值准则，也就消解了人与人之间的仇恨。王二当然并不是一味消极，他有他的价值观，他有他的抵抗，甚至也有他的战斗行动。但这一切都不是为了捍卫什么，而只是他保卫自己最低限度的尊严和人生价值的行为。他的保卫也是忍无可忍的，也是消极的。他从不主动出击，连搞女人都是女人主动，王小波小说中的性行为的主动者几乎都是女性，王二只是"坐享其成"。王小波要保持的就是王二的那种消极自由的状态，只有消极自由，才可能与虚无融会贯通。

不用说，王小波的小说如此吸引读者，以至于成为20世纪90年代后期以来最重要的文学景观。根源在于王小波的写作始终是本真而天真的写作，因而是自由的写作又是快乐的写作。王小波的自由主义具有王二式的独特性。他给我们制造了无穷的幽默和快感，他在快乐中，在身体的释放中嘲弄了压迫的历史强权。王小波的欲望是一种自由活跃的因素，欲望甚至会使"压抑"变形，它使王二一类的小人物，可以穿过所有的外部世界，穿过历史之墙，穿过地下室，而欲望就在这样的场景中生长。在王小波的叙事中，所有的那些戏谑式的描写都在与欲望共舞，他让人们清醒地看到人的存在的不可战胜，生命在最微弱的境地还能抗拒历史异化。因而身体与欲望，在他的写作中，既是一种深度创伤，又获得一种自由和解放。

正是有了自由、荒诞、虚无这奇怪的三人转，才有王小波小说的奇妙之处。

王小波的离去让我们从此只能看到一个背影，那是一个孤独者的背影，那个曾经住在文学的地下室的孤独者离去了。很久以来，我们的文学已经没有地下室的写作，地下室的写作就是一项死亡的写作，一项对文学死去的戏拟的活动。地下室不能有美学，如果有美学，那就只能是荒诞与虚无了。他也看透了地下室，地下室并非什么永久的栖居地，地下室也没有退路，它的退路就是到上面阳界去，那是地下室的关闭，因此，它也只能是荒诞与虚无。王小波以他的离去留下那个地下室困扰着我们，那是阴间吗？文学是否真的有过阴阳两界？

当代文化是否真的有阴阳两界？

作家的存在如同他们书写的作品，他们本质上就是自己作品中的人物。卡夫卡在"地洞"里写作，在"城堡"里写作，王小波曾经在"地下室"——医院的地下室写作，汉语文学有过这样的故事。卡夫卡一直是一个病人，结核病患者；王小波后来发现他也一直是一个病人，心脏有着某项先天的疾病。他的身体离医院那么近。这早就写好的《我的阴阳两界》，是他的自况，还是他的预言？

第十章 "动刀"的暴力美学
——现代性美学的一种文学谱系

"刀"在文学作品中的表现当然司空见惯,从古至今,关于刀的故事或描写不胜枚举。在冷兵器的古代,刀是主要的兵器,文学作品只要描写战争和暴力,就不能离开刀。最著名的有《三国演义》中的关云长的那把青龙偃月刀,《水浒传》里也有杨志卖刀。在后世的文学作品中,即使是现代关于民族国家的宏大叙事,刀也依然扮演重要角色,抗战时期的经典表述"大刀向鬼子的头上砍去",就书写了中国人民的豪情壮志。"文革"时期,所有的文学创作几乎都停息了,但山东作家郭澄清却在埋头创作《大刀记》,那是把家国叙事写得十分透彻的作品。十年内乱后,因为反思性的文学占据了一个时期的文学主流,"刀"在文学作品中的表现明显退隐,刀的作用也显得虚幻化了。即使在先锋派的小说中,刀偶尔会显露峥嵘,但并不是起到决定性的作用。余华的《河边的错误》,那个疯子拿起刀砍了六刀,用力处不在刀上,而是在疯子的意识上,以及叙述的语言感觉上。格非的《迷舟》中那个做阉猪手艺的丈夫,阉割了萧的表妹,但格非并未炫耀那人的刀技。最后解决问题的是枪,警卫员的那几枪使小说的解释陷入迷局。这些刀的运用,强化了一种感知世界的角度和方法,刀所到之处,感性的世界鲜血淋漓,也是感觉可以抵达身体和世界的某种极限境地。在先锋小说中偶尔露出的几手刀法,那是语言和叙述感觉粘连在一起的技法,刀隐匿于语言和感觉之内。

20世纪90年代的小说渴望能表现城市生活,乡土叙事也只是渴求"分享艰难",在这样温和的或个人主义式的表达中,刀几乎派不上用场。但在90年代后半期,"刀"又诡异地出现了,而且扮演了相当重要的角色。

这里当然不可能去勾画一个20世纪90年代小说关于"刀"的叙事谱系,但在90年代后半期,"刀"的作用突显出来,也就是说,在不少相当有分量的作品中,尤其是那些刊物上发表的受到普遍好评的中短篇小说,"刀"成为小说叙事中解决问题的关键器具。"刀"再次出场,意味着什么?也许仅仅是巧合,一把遗失在当代文学现场的凶器而已。但其中也有可能隐含着什么玄机,是否可以破解当代小说叙事的秘密?

一、"动刀"在当代小说叙事中的决定作用

我所说的20世纪90年代后期,尤其是21世纪初期,有几篇小说颇值得注意。陈应松的《马嘶岭的血案》(2004年),那位穷困的脚夫九财叔,伙同侄儿用开山斧砍死了七个找矿队的队员。小说对此有比较精细的描写,那都是用开山斧:"只见一道寒光一闪,那黑油油的头发就不见了!"或者"头上有白花花的东西飞溅出来""斧背砸瘪脑壳的声音真的很难听,短促,沉闷,哑声哑气,就像砸一个未成熟的葫芦"最后的暴力杀戮乃是期待已久的场面,因为前面积聚了那么多的怨恨和仇视。

"刀"的出场总是推动小说叙事迅速抵达高潮,而且总是一种必然性的高潮。20世纪90年代初,上海作家张旻写了一篇小说《生存的意味》(1993年),相当有力道。张旻过去的小说多写城市里的尤其是老师与学生之间的男女之恋,显得有些鸳鸯蝴蝶的婉约气息,而这篇小说却相当冷峻硬气。不因为别的,就因为里面潜伏着杀机。最后大军和芬这对情人反目,大军用手掐死芬,但还嫌不够,拿起米缸里的菜刀把芬的头颅割下。似乎如果小说不如此,那把一直插在米缸里的刀的巨大用处就显现不出来。如果一篇小说中一篇有"刀"却没有发挥决定作用,似乎力道就出不来。这显然不只是挑战理性,而是没有感性的理性再难有震撼人心的力道。在90年代初,张旻的这

篇小说显得落落寡合,像是伤痕文学的回光返照,一个落伍者的黔驴技穷。

当代小说中的暴力书写,确实拓展出一个强烈刺激感官的视觉世界,到底是对暴力的迷恋,还是对当代感性世界的可能性的狂热,还难以断言。如果不把"刀"玩得精彩纷呈,当代小说的描写就称不上引人入胜。2004年,广西作家杨映川发表《不能掉头》,开篇写道:

胡金水骨碌碌从床上滚到地上,硕壮的身子赫然睁着九只刀眼,使他看上去活像一条泄漏的油管。血雾很有力气地喷射到发黄的蚊帐、干爽的草席、暗黑的瓦顶,还有黄羊苍白的脸上。黄羊手里握着一把匕首,锋刃上新鲜的血珠一滴滴往下坠,黄羊听得到黏稠血珠落地的声音,就像那下了一夜的雨,在黎明时分将最后几滴雨水打在青瓦上。

胡金水的血快流干了,身体渐渐瘪下去。还有一道工序,黄羊将握刀的手重新举起来,有一点艰难,手像从面团里拉出来,拉出来落下去,胡金水下身的那玩意一下到了手中。黄羊掂量掂量,没几两重,他抛起来,握刀的手在空气中挽了几个刀花,那物遇刃化整为零,落英缤纷。①

这段描写出自一位女作家手笔,在暴力中还夹杂着诗意,感性中透出的艺术韵味十足。当然,小说最后翻开谜底,才让读者对如此诗意的暴力描写有所领悟。

贾平凹的小说历来以清淡中透出诡魅而引人入胜,他不常用力描写暴力。但在2005年,他的《秦腔》却也用上了刀子,小说在引生偷了白雪的胸衣被饱打一顿后,引生痛不欲生,小说详细地描写了引生如何割下自己的生殖器②。

引生是个半疯半癫的少年,他着迷般地爱上了唱秦腔的白雪。白雪比引生大不少,正要结婚调往省城。但有点疯癫的引生无疑伤心欲

---

① 杨映川:《不能掉头》,《人民文学》2004年第10期。参见崔道怡主编《2004年文学精品·中篇小说卷》,敦煌文艺出版社,2005年,第339页。

② 贾平凹:《秦腔》,作家出版社,2005年,第46页。

绝,他偷了白雪的胸衣招来邻里乡亲的痛打,于是就割下自己的生殖器。贾平凹在这里让引生使用的是一把剃头刀,实在是小玩意儿,割下去的只是自己的生殖器。这不过是个自戕的动作,暴力被打了折扣。与其说这是暴力的炫耀,不如说是身体与心理的游戏。

莫言对暴力有一种特殊的敏感,这在他的《檀香刑》里得到充分的表现,这部小说对暴力展示、批判和戏谑显然达到了前所未有的程度。小说的主人公之一赵甲就是清朝的第一刽子手,小说的结局是孙眉娘把刀插进她的公公老刽子手赵甲的背上,而眉娘的干爹高密县令钱大丁拔出刀插向了孙眉娘的亲生父亲孙丙的胸膛里。这四个人本来以眉娘为中心建立了奇异的关系,结果却被眉娘手中的刀给予了意外的结局。莫言对暴力的热衷,或许在于他对暴力的历史与历史的暴力的深刻反思上。莫言有一篇短篇小说《月光斩》则是以非常巧妙的方式来描写"刀"。

莫言的《月光斩》发表于《人民文学》2004年第10期。并获得当年度《人民文学》茅台酒杯文学奖。这篇小说的写法相当意外,不说诡异,而说意外,是指它与常规小说叙事或者说精心构思小说叙述形式的做法都相去甚远。小说看似简单,几乎没有形式,却又让人摸不着头脑。小说开篇就是一句话,说是家乡的表弟来了封电子邮件,随后就是让读者看该电子邮件的附件。电子邮件构成了全部小说的主体,虽然还有结尾莫言的几句议论,但都不足以影响电子邮件来信的内容和表达形式[①]。所谓电子邮件的信,讲的是家乡在县委办公室发现了县委刘副书记的身首相异的尸体,而头颅挂在窗外的树梢上。而后是关于此凶案的各种传说,由传说转到"月光斩",主题似乎在此时出现了。关于"月光斩"的故事主要是关于那把"月光斩"的刀的锻造过程。最后令人惊异的在于,这可能是一个恶作剧,办公室里的身体和树梢外的头颅,不过是蜡做的。

---

① 莫言多部小说中的主人公都是幼稚偏执的文学青年,莫言经常有意用他们的形象来展开对文学叙事的戏仿。如《酒国》《蛙》里都有这样的人物。这表明莫言有意用自己"学写"和"不会写",来去除小说叙述人对叙事的控制,有意让小说叙事显出杂说、随意说的特征。

这篇小说以砍头为导引，却并不过多渲染暴力的场面，而是花费大量的笔墨描写那把刀的锻造过程。这篇精短的小说，看似头绪纷乱，却隐含着众多的关系项：流言和传说在现代社会中的作用（刘副书记的死法以及月光斩的传说）；传统的精神价值的转化形式及其历史延续性（刀的铸造过程，铸剑的历史神话）；刀的寓言意义及其在当代小说叙事中的建构问题（是否有一个当代小说的刀的叙事谱系）；真实的暴力与复仇行动在当代的虚拟化（古代的干将莫邪与当代的蜡像）；怀旧与当代社会批判构成的复杂关联……所有这些，并不是我的过度阐释，都可以在这篇小说中找到明确的意义指涉的对应关系。尽管这篇小说未必是莫言的代表作，在艺术上也难说有多少惊人之处，但它确实是如此丰富意外的一篇小说，只要写到"动刀"，中国作家就眉飞色舞，游刃有余。我们由此可以读出当代小说中"动刀"的叙事谱系，因为"刀光剑影"折射出了当代小说的叙事美学。就像莫言这篇写到刀的小说玄机四伏一样，中国当代小说如此频繁地"动刀"，也可以看到围绕"动刀"建构起来的小说美学是如此耐人寻味。

二、"动刀"与激进现代性的暴力叙事

"刀"意指着暴力，这是毋庸置疑的。从最基本的表意指向来看，表明现代文学叙事与暴力兴盛相关，更进一步来看，暴力构成了现代性历史的一个主导方面，如果不表现暴力，也就无法展开叙事。指明文学与现代暴力的关系已经是老生常谈，但我们同时也要看到，在现代民族国家创建的历史进程中，现代兵器已经以枪炮为主导。枪炮才代表着现代暴力的表现形式，何以在中国文学中，甚至直至今天还是洋溢着对"刀"的书写热情呢？这表明了文学与现代暴力构成了一种什么样的关系？

当然，在革命文学叙事中，特别是在革命历史题材小说叙事中，革命在历史正义的名下，通过暴力来实践和实现革命理念，暴力指向一种历史进步。革命历史叙事出现了杜鹏程的《保卫延安》、吴强的《红日》、李晓明的《平原枪声》、刘知侠的《铁道游击队》、李英儒的《野火春风斗古城》、曲波的《林海雪原》等等，革命暴力还是

以枪炮为主导形式。这些作品基本上可以归结为"战争文学",其暴力形式是集体的、以军事武装的形式展开的。枪炮在现代暴力的展现中,虽然其杀伤力巨大,其战斗场面也极其酷烈,但因战斗的集体性,掩盖了暴力的个体性,因敌对双方具有政治意义上的正义与非正义,暴力的个体生命特征被掩盖了。暴力问题要更具体化,那就是要回到个人的身体直接关系的结构中。"刀"的使用在现代阶段,已经不是作为大规模的兵器而存在,只是作为一种生产、生活工具。它一旦作为一种暴力的工具,则主要是在乡村文明的体系中发挥作用。枪的暴力特征极其鲜明单一,它就是杀伤性武器。因而枪支在中国一直受到管制,它只能由国家机器来操控。也有枪支流失的情况,但那不可能是大规模的,如果大规模流失将立即受到国家法制机构的严密监控。"刀"则是作为生产和生活工具,人们可以在日常生活的结构中获取、保存和使用。

因此,刀在中国当代文学中的大量使用,至少表明三点:其一,中国当代文学的叙事主要以乡村文明为表现对象;其二,它主要用于表现日常生活的暴力;其三,它主要表现个人的暴力行为。

但是,现代小说为什么要如此高频率地"动刀"呢?为什么不"动刀"就不能进行小说叙事呢?为什么中国作家"动刀"动得如此得心应手呢?其主要目的并不是要创造一个超级刺激的感性世界,它其实有着更加理性的历史要求。这里面包含的就是中国当代小说的现代性历史特征及其美学品格。这是植根在中国现代以来的文学叙事中的典型化模式内在决定的结果,这种模式迄今为止还潜在地支配着中国当代小说叙事。

柄谷行人认为,现代叙事的显著特征就是在民族国家叙事与个人的情感深化两方面展开,这两方面当然经常性地互相渗透[①]。但中国的现代性叙事,按李泽厚的分析模式,那就是启蒙与救亡的双重变奏,而且救亡迅速压倒了启蒙。实际上,救亡也是一种启蒙的形式,救亡并非与启蒙对立,它在中国现代特殊的历史阶段,启蒙采取了救亡的

---

① [日]柄谷行人:《日本现代文学的起源》,赵京华译,生活·读书·新知三联书店,2003年。

形式。但有一点,救亡压倒启蒙,或者说当救亡成为启蒙的主导形式时,民族国家的叙事就明显地压倒了个人情感深化的叙事。五四时期的文学革命其主导价值观本来是表现个性解放、民主与自由,当文学革命转向革命文学之后,历史与阶级的叙事替代了个人情感内化的叙事。现代中国历史之灾难深重,也必然催生了文学向着革命的方向突进。"推翻三座大山的压迫"成为革命文学的基础性的历史意识,阶级斗争构成了革命的合法性的历史基础,也构成了革命文学的主导的历史意识。

中国现代文学正趋向于成熟时期,却适逢抗日战争爆发,中国的现代文学是在抗战时期开始着手建制化(组织化),例如,从左联到"中华全国文艺界抗敌协会"等。抗战胜利后,在延安则开始有了更为严密的与政体政权结合在一起的组织形式。作家艺术家们普遍带着对现实的危机意识来进行创作,文学不再可能向个人情感内化发展。历史本身充斥着暴力,文学无法逃离现实去构筑个人的天地。即使有个人的倾向,那也只是极少数的人。例如,国统区的部分作家,张爱玲、苏青、庐隐等。大多数作家必然要面对现实写作,在阶级的对抗性结构中展开的文学,必然要以革命暴力来伸张正义,文学不再是个人的故事,而是一个阶级的事件,一个阶级要取得胜利的事业。历史与阶级的暴力斗争由此构成了文学的核心内容。

想一想《白毛女》《太阳照在桑干河上》《暴风骤雨》构成了解放区文学的最初的成就,就可以知道革命文学指向的发展道路。丁玲从一个小资产阶级的作家,转向革命文学,写了《田大冲》《水》这样的初步表现革命的作品。那些个人的绮靡,就为阶级反抗压迫的斗争所取代。夏志清在其《中国现代小说史》中,显然不能理解丁玲的这一转向,指责其已经变得毫无文学感觉①。冯雪峰却在另一个方向上不满意丁玲的创作,因为没有写出革命斗争,没有写出反抗压迫的尖锐性。没有激烈的斗争、没有暴力,就不会有革命文学的历史深度出来。随后丁玲写出了《太阳照在桑干河上》,那是对土地革命的表现,显然,暴力并未大量涌现,最后斗争地主钱文贵的场面,也就是

---

① 夏志清:《中国现代小说史》,复旦大学出版社,2005年,第191—193页。

动手殴打，没有出现血淋淋的杀戮或者枪决的场景。《暴风骤雨》却激烈得多，工作队反复动员启发群众斗争地主韩老六，一次比一次的声讨更为激烈，革命的暴力呼之欲出。最后算出韩老六有17条人命，他和儿子共玩弄过43个妇女，还伙同日本鬼子杀害了抗联的9名干部，一名八路战士。韩老六本身血债累累，逃不过一死。处决他时，他的身后跟着一千多群众，男男女女，叫着口号，唱着歌，吹着喇叭，群众高喊"杀死他"。张爱玲的《秧歌》讲述的土改，则是另一个阶级的创伤故事，历史本身充斥着暴力，不管是要表达客观历史，还是要表达情感或心灵，离开暴力就没有最切实的内涵。革命必然要引向暴力，革命文学的叙事美学也必然期待暴力高潮的到来。革命文学的快感建立于巨大的历史正义获胜的狂喜上，这就是通过暴力的充分表达所抵达的"历史正义"。

其实20世纪五六十年代的中国社会主义革命文学可以区分出两种典型性模式，其一是革命历史叙事，其二是社会主义农村的阶级斗争和路线斗争叙事。前者表现战争年代党领导人民进行的艰苦卓绝的斗争，直至胜利。这是中国现代民族国家危机性的历史，暴力冲突是解决历史矛盾的主导方式，文学叙事当然离不开暴力叙事。后者则是表现和平时期的阶级斗争与路线斗争，但暴力只是以观念性的形式起内在支配作用，并未有更多的直接暴力渲染。但可以看出，其叙事的基础都是建立在"敌意"基础上，都是敌我二元对立的叙事方式，敌我双方的划分非常清晰，人物行动的价值定位也十分明确。在中国的现实主义名下，这种叙事方式形成了经典化的模式。

"文革"后的文学其实是开始摆脱从"以阶级斗争为纲"的"敌意"的文学，但艺术表现方法没有新的路径可资借鉴，于是以批判"文革"的形式，恢复"现实主义"的传统。在这一恢复进程中，王蒙和张贤亮有着自己的道路，王蒙的反"文革"叙事并不再设定一个对立面加以批判，而是反思老干部继续革命的可能性。即他们重新恢复工作后，是否可能还会为人民做主。王蒙在那个时期的思考其实超出了反"文革"的纲领。张贤亮则把批判性的叙事改为知识分子的自我反思性的叙事，尽管这一改变并不彻底，它几乎变成一个自恋式的叙事，但他也从关于对立面的批判转变为对主体自身的审视。张贤亮因为缺乏思想力度，其反思浅尝辄止，顺应了"大写的人"的呼吁，他转而思考历史中的人性。《绿化树》《男人的一半是女人》就是这样思考的成果，后者把人从历史中更彻底地解脱出来。历史叙事去除了暴力，而生产出欲望。当代小说替换暴力的方式之一就是运用欲望，欲望依然是对象化的形式。张贤亮那里，这个欲望的诞生还是羞答答的，那就是章永麟以阳痿的形式开始表达欲望。要不了多久，欲望与暴力的同源性就会以其怪僻的形式露出马脚。当代文学中的男性经常以阳痿的形式表达其欲望，因为暴力的缺席，也因为这样的欲望是以对暴力的替代方式来产生，它本身是本源性缺乏的产物，其阳具不具有历史的充分性和合法性，它总是要以阳痿的形式，愧疚地等待后天/现实的拯救，给予其合法性再加以表达。多年后，贾平凹的《废都》最生动地演绎了这一历史无意识。

如此看来，知青文学、"寻根文学"、现代派文学，一直在追寻文学"创新"，那时对创新的理解是追求西方现代派，于是"意识流"成为创新的最具有艺术形式变革的小说叙事特征。当代文学一方面要突破，另一方面却又非常迷惘。根本缘由在于，原有的以"敌意"为基础的历史理性受到质疑，对历史与现实的认识方式及其价值观发生动摇，文学叙事必然要寻求新的表现方式。

"寻根文学"作家们由知青作家变身而来，但其叙述主体的历史记忆方式却是一致的，那就是他们不再把历史暴力与二元对立的叙述作为小说叙述的基本模式，而是寻求另一种可能。他们转向"文化寻根"，实则是"虚晃一刀"，这就是在更加"虚"的文化中去寻求小说叙事的美学支持。但原来的阶级对立取消了，取而代之的是城市/乡村、传统/现代、文明/野蛮、善/恶、进步/落后……的对立。这种内在的对立还是难逃历史理性和暴力的内在支配，终归要以悲剧或毁灭的形式来完成小说叙事。对立的模式依然隐含着历史暴力的可能，虽然不再以血淋淋的事件作为高潮来完成，但其本质却具有暴力一样的"震惊"的美学效果。

20世纪80年代后期出场的先锋派文学试图超越这种对立，通过取消善与恶、进步与落后、美与丑……为价值尺度的对立，先锋文学只有不断地依靠形式的繁复演绎来支持文学叙事。先锋文学去除了历史的实在性，取消了价值的确定性，然而，令人惊异的同样在于，先锋文学再次迷恋上了暴力。先锋文学让暴力成为赤裸裸的事物，暴力不再有历史正义支持，不再有邪恶与善良的明确标准，它把暴力与人的本能联系起来，它把暴力反过来作为批判历史的工具。先锋派的形式主义策略其实依赖两个虚实相生的要素，其一是幻觉，其二是暴力。前者虚幻，后者具有行动的实践性，但因为二者总是相互伴生，故而二者相互转化，先锋小说无法真正对"暴力"进行历史批判，也无法给予其实在的本体意义，于是依赖幻觉将其虚化。典型的如苏童在《罂粟之家》中描写沉草用枪打死了可能是自己生身父亲的长工陈茂，苏童用的是具有抒情意味的笔法，那些比喻和心理感觉，表明先锋文学更倾向于追求语言的感性之美，而并非暴力的精神震撼力。

先锋小说把历史变成碎片，历史乃是一些无本质的暴力片段，暴力从历史断裂中突显出来，但暴力对于先锋小说来说，却又是一个无法直接加以批判反思的对象，因为主体与对象都无法重建历史本质，没有完整的历史存在与思想立场，先锋小说只能依赖美学作为其存在的主要根基。暴力的表现只能以美学化的方式展开，历史的否定性却获得美学的存在样式，大量的暴力片段从先锋小说的叙事中涌现出来，过于唯美的暴力反倒使批判性黯然失色。

20世纪90年代上半期出现的城市小说和女性主义小说，更侧重人的精神状态和心理情感，因而暴力的表现显得较为淡漠。90年代后期，文学与现实的关系得到强化，这种强化与批判的历史意识再度结合，这就使得文学叙事再度追求现代性的立场与美学风格。

20世纪90年代末期至21世纪初期，先锋派的形式主义策略也不再能支撑起文学的最前卫方向。这一阶段正值中国社会经济高速发展，图书市场正在迅猛发展，人们不再对"纯文学"（文学作品的艺术性）投去尊崇的眼光，相反，以成败论英雄已经是人们下意识的认知方式。在城市经验已渐丰富的同时，中国当代小说文学的城市经验却并未得到更多的展开，也就是说，城市文学还很难引领当代小说去开辟新的艺术道路。也正是在90年代后期，伴随着全球化，中国的经济结构发生深刻而大规模的转变，城乡矛盾、贫富差距、南北差异等，社会中的矛盾明朗化和显性化。这使以阶级论为根基的"新左派"思潮有了生长的空间和新的指向。"人民"的概念出现了分裂,很长时期以来,"人民"从一个受压迫的阶级通过革命而成为新社会的主人,但90年代以后,首先受到冲击的是"工人阶级"的概念,原有的革命叙事再也难以缝合现实矛盾[①],这些矛盾给无法在艺术性上有所作为的小说提示了新的指向,这新的指向就是回到现实主义批判的道路上。中国当代文学不再需要在艺术上奉西方的艺术准则为圭臬,不再有"纯文学"的艺术创新的焦虑,而是可以依赖对当下现实的批判来重新获取合法性。然而,面向现实的文学如何做到既使批判性具有力量,同时又使这种批判在小说艺术性上具有力量?这两个问题几乎可以合在一起解决,现实主义文学本来就是合二为一:依赖意识到历史深度来达到艺术的完满性。

暴力及其美学的暴力就这样重新出场,并具有这个时期的艺术合法性。

三、暧昧的正义:暴力的美学化

在现代性的激进革命叙事中,暴力获得历史正义的支持,故而具有"积极的"或"正面的"价值(当然,今天是可以对此进行反思的),历史正义退场之后,这些暴力如何合法化呢?也就是暴力的主体如何获得历史的正当性呢?暴力的叙事总是二元对立的,总是有正义一方,邪恶一方,暴力在道德化的语境中,可以被合理化呈现。先锋派小说抽取了历史正义,甚至也没有清晰的历史背景,其暴力只是叙事所依附的一种元素或材料。但在20世纪90年代后期及至新世纪的小说中,既要把历史做实,给予它现实性的意义;却又无法给出历史正义,其社会批判性的指向暧昧不清。带着强烈的社会责任感,却没有明晰的方向,这使暴力叙事变得相当令人困扰。

这些不得不"动刀"的小说,主要是关于底层不堪忍受苦难,转而"动刀"来表达他们的愤恨的叙事。《马嘶岭的血案》中的九财叔,

---

① 当然,这些社会批判性思潮与媒体的相对自主性相关。社会思潮的形成是一个相当复杂的过程,其内部结构也并非可以简要概括,这里只是简要提示。

几乎是这个时期的赤贫阶级,与新中国成立前的贫雇农没有区别。家里老婆病死,留下三个女儿,衣衫褴褛,被子都没有,棉絮破破烂烂,在家里种地一贫如洗。只好出来当挑夫,一天挣20元钱,结果因为丢了一块矿石,扣了20元钱,仇恨由这里增长。九财叔无意中看到队长腰包里的几千元钱起了杀机,为了几千元钱,九财叔伙同他的侄子杀死了找矿队的七个人。小说中隐含着农民绝对贫困化的悲惨境遇,同时不断地提起读书与不读书的区别。同样来自农村的小谭,就是因为读书,可以月挣二千元,而小说中的"我"就只能受苦受穷,老婆坐月子,也不能守在身边,连给老婆买件像样衣服的能力都没有,最后在儿子刚出生时成为杀人犯。这篇小说也许有一个更加原初的主题,那就是提倡要重视农村教育,这是让农民摆脱贫困和愚昧的唯一方式。但在小说叙事中,这一主题显然被压抑了,过分渲染了贫困,变成对贫困的无限同情悲悯,变成为贫困而展开的控诉性叙事。贫困导向偏狭,导致暴力,因而暴力有了合理化的路径,这一路径的必然性来自贫困和缺乏教育,而后者已经变成了附庸性的主题,显然,农民遭遇的不公平待遇,城乡的不公平,上升为暴力的根本背景。

这样的暴力叙事沿用了革命叙事中的反抗阶级压迫的模式,这里生产出的是为底层人民申冤的控诉性叙事,重温"人民性"情怀,作家作为写作主体再度与历史正义站立在一起,这一位置与20世纪五六十年代的人民性立场相得益彰。但是这里的暴力本身却没有合法性,从底层贫困到暴力,这二者在历史肯定性上是断裂的。如此渲染的贫困仿佛是暴力的合理化的注脚,但"底层"无法重建阶级的概念,阶级对立再也没有历史正义作为基础,也就是没有革命的合法性基础,这样的暴力终归是罪恶。贫困不能作为行使暴力的理由,二者没有必然联系。因为暴力行为过于严重,也需要明确的主体意识。它中间必然要有历史正义作为连接。所有那些被害的人,祝队长、小谭、小杜等人,都无法被"非正义化",就是可恶的炊事员老麻也恶不该死。九财叔的暴力就只能是犯罪。

当代小说在20世纪90年代后期本来试图在城市经验和个人情感方面有所作为,然而"晚生代"和"女性主义"都未能有更深入的突破,当代小说在困境中只好转向现实批判,当代的社会矛盾正好为其提供了一些样本,确实,当代小说就在这方面回归到关注现实的场域中。但这一"回归"却包含着深刻的内在矛盾,因为其转向现实,根本乃是文学自身的问题,文学不能创造出新的经验,不能在文学的艺术性上有所作为,它的选择还是一项权宜之计。因为,这样的批判性并未转化成更有力的和更加多样化的艺术表现,只是现实主义悲剧美学的变本加厉,它的艺术合法性必然是它挥之不去的困扰,以批判性为基础的文学观念,与文学在现时期要追求的(或者说理应达到的)艺术表现构成了鲜明的矛盾。

当然,根源在于社会批判的不彻底性。这样的批判令人想起革命文学对地主资产阶级的批判,但在当今的小说中,革命的主体与革命的目标却无法建立。这些底层弱势群体无法被定义为革命的群体,其暴力也就无法转化为革命正义的暴力,暴力本身具有非法性。那些富人再坏,也只能受到法制的惩罚,恶不该死。以个人暴力剥夺他人性命,无论如何,其恶要来得更为严重。这里没有历史正义作为确实性的基础,不能诉诸革命的社会批判只能半途而废,它是无力的。批判性的不彻底和无力,只能借助于暴力,只能以暴力为期待的结局,它是对此前的社会批判的否定,因为暴力不折不扣是一种犯罪行为。二者之间构成一种断裂,批判性不能为行使暴力找到开脱。

实际上,在这类小说叙事中,暴力乃是一个在场的逻各斯。暴力终究变成一个孤零零的事件,暴力被突显出来。所有的社会批判,所有的行使暴力主体的合法性叙事,结果都要停滞——它只能期待那个暴力事件出场。其主导的思考、批判都是因为这个暴力引发的,小说叙事所进行的所有的批判和底层贫困化的描述,自成体系地构成了一种话语场,其意义指向富人的不合理存在,所有这些批判,在此为止都是合理的。如此漫长的贬抑和悲悯叙事都要延搁和掩盖那个暴力的出场,暴力还是出场了,因为它是所有思考的出发点,也是其终点。但在叙事中,前此贬抑富人和同情穷人的叙事则试图寻求历史正义的支持,但革命的诉求无法重建,小说只能变成为暴力而暴力。所以,"动刀"就动得如此惊心动魄,如此淋漓尽致。因为没有更大的底牌,底牌就是那把刀。

现实主义追求悲剧美学,尤其是以批判之名进行的历史叙事,那是英雄传奇的悲剧,尽管它是向死的叙事,但这样的死是有价值的东西的毁灭,它引起崇高感并产生震惊的美学效果。现代以来的中国文学,一直奉这种美学为最高的美学范畴,"新时期"的文学通过反思"文革",批判极左路线,也讲述了一系列正面价值招致毁灭的故事。但在20世纪80年代后期,"文革"的"资源"被用尽后,中国当代文学转向现实——正如我们在前面所言——它无法在现代主义的意义上更深入地开掘城市经验,先锋派小说转向了历史,解构宏大历史叙事。悲剧美学的失落,在很大程度上让中国当代小说找不到叙事的深度和力度。90年代后期以来,中国当代小说在艺术创新方面既没有目标,也没有冲动。经历过先锋派的小说艺术实验后,现实主义在曾经苦寻创新性的中国小说的前进道路上,已经失去自我更新的方向。重振现实主义,必然要在艺术本身中找到创新性的支撑点,但中国当代小说并未下功夫去寻找这样的支撑点,而是依靠社会思潮,回到社会批判性,这看上去是他们意想不到的收获,实则是对艺术创新的逃离。

很显然,在20世纪90年代后期和21世纪初期,小说的艺术探索已经走向穷途末路,几乎是精疲力竭。除了极少数作家有能力在艺术上有所作为外,大部分作家只能依赖个人经验和社会意识来写作。重新回到现实,或者说从现实中获取写作的资源可能是其更直接的动力。1996年前后就出现过"现实主义冲击波",这是以河北"三驾马车"(何申、谈歌、关仁山)为代表的关注国企改革或农村改革的文学现象。其实,即使是"个人化写作"何尝不是"关注现实"?只是这里的关注现实被赋予了特定含义,要么关注社会的重大事件和趋向,要么带有强烈的批判性。90年代中后期的作家群体,尚未恢复80年代的强大的主体性,因为那样的主体性实际上也是借助时代的共同想象。现在,时代的共同想象解体了,作家要依靠个人的自我意识来建构主体性,就很有些困难。而在90年代后半期,某种知识分子的共同想象关系正在重建,这就是一种以"新左派"为主潮的思想意识正在建构。它给予作家以似曾相识的立场和批判意识。2001年,《上海文学》第3期发表《漫说"纯文学"——李陀访谈录》一文,李陀先生对90年代的文学状况颇为不满,他以为90年代以来的文学不关注现实,不关注处于社会困境中的人群。他指出:

但是更重要的是,它使得文学很难适应今天社会环境的巨大变化,不能建立文学和社会的新的关系,以致九十年代的严肃文学(或非商业性文学)越来越不能被社会所关注,更不必说在有效地抵抗商业文化和大众文化的侵蚀同时,还能对社会发言,对百姓说话,以文学独有的方式对正在进行的巨大社会变革进行干预。不过,我觉得真正严重的是,九十年代的文学批评并没有指出这一问题,相反,批评家或者以"后现代"的名义赞扬、鼓动那些应和市场化和商品化的写作,或者和作家一道慨叹"文学边缘化"啦,"知识分子边缘化"啦,然后更进一步论证"边缘化"怎样必要,怎样合理。我基本上不赞成这样的态度。

还有一个更大的问题:在这么剧烈的社会变迁中,当中国改革出现新的非常复杂和尖锐的社会问题的时候,当社会各个阶层在复杂的社会现实面前,都在进行激烈的、充满激情的思考的时候,九十年代的大多数作家并没有把自己的写作介入到这些思考和激动当中,反而是陷入到"纯文学"这样一个固定的观念里,越来越拒绝了解社会,越来越拒绝与社会以文学的方式进行互动,更不必说以文学的方式(我愿意在这里再强调一下,一定是以文学的方式)参与当前的社会变革。①

李陀在20世纪80年代文学寻求创新的路途上,无疑有其贡献,但对90年代文学做如此概括,与实际状况就很有些隔阂。李陀怪罪"纯文学",就在于它没有对"中国改革出现的非常复杂和尖锐的社会问题"进行发言,大多数作家"没有把自己的写作介入到这些思考和激动当中"。李陀是基于文学要介入现实,批判现实的立场来评价"纯文学"的。实际上,90年代后半期中国当代文学中已经没有什么"纯文学"观念,更没有什么"纯文学"写作,作家其实都在关注现实,甚至过分关注。问题在于,文学经验发展至今天为止,我们要求文学以何种方式关注

---

① 李陀、李静:《漫说"纯文学"——李陀访谈录》,《上海文学》2001年第3期。

现实？文学与现实的联系方式如何建立？批判性和现实激情就可以解决文学重新获取公众注意力或者起到影响现实社会的作用吗？

我们今天当然不能简单地说，中国作家在20世纪90年代后期关注底层写作是受了"新左派"思潮的影响，实际上，"新左派"思潮影响力毕竟有限。重要的还是在于中国现实主义的传统，中国当代文学实际上从未离开现实主义传统，从未离开关注现实。90年代后期的知识分子不过是又有了重新向社会现实发问的特权，其主体性开始以个人的形式建构，批判性于是可以与个人化写作结合在一起。无论如何，这样的主体不再有强大的历史正义作为背景，即使批判性再激烈，作家也不可能全赖于此，文学性的力量还是作家要面对的难题。批判的主体性本身就是现代性的重建，因为其直接性和对社会主义革命叙事的恢复，其现代性特征就显得尤其鲜明。重要的是回到现代性的美学中，那就是回到人物事件在紧张的矛盾冲突中导向悲剧性高潮的那种叙事。有了批判性作为出发点，善恶美丑就已经重新获得了二元对立的清晰图谱，这样的叙事就可以建构起深度与力度。

刀就这样再次出场，"动刀"就这样重新获得了现代性美学的独特意义。刀来自底层，具有个人暴力的特征，它对复仇的表达和对社会的敌意，总是呈不可遏止的趋势发展，直至极限，暴力如期而至。刀就这样具有现场感，那是用力的砍杀或致死的一击。现代性美学需要这样的力量，它与无限进步发展的观念完全一致，它就是要疲劳致命，永不停歇。它与浮士德略有不同，浮士德与上帝打赌，他不能停止。而现代性叙事则是与那把刀打赌，它等着那把刀的出现，刀出现了，它就停止了，一切都昭然若揭。刀斩断了一切，使一切终结了，也完满了。在小说叙事的现代性美学意义上，它是完满了。悲剧达到它的最高点，抵达它最后不得不结束的结局。如《马嘶岭的血案》《生存的意味》等等，就这样抵达命运的极限。

当然，现代性美学也有其他的处理方式，艾伟的《爱人同志》最后，那个昔日的伤残英雄刘亚军再也无法在社会上找到自己的位置，他在自驾轮椅车尝试各种落魄的职业后，不堪忍受命运的绝境，他放火自焚，与那幢破旧的老屋一起，在熊熊的火光中让自己的英雄传奇画上句号。这一把火也烧得十分猛烈，也使故事有了一个完整的结局。

荆歌的《爱你有多深》中的张学林，则在经历了无数倒霉的事件之后，为了床底下的三千元钱，掐死了他的养母。虽然没有"动刀"，但结局都是暴力性的动作。这使人想起王安忆的《长恨歌》，小说的结尾是王琦瑶被长脚掐死。那本来不是属于长脚的结局，本来是老克腊的结局，那个老克腊与王琦瑶该了未了之时，这个结局实在不知如何进行下去，老克腊想："……他今天实在不该再来，他真是不知道王琦瑶的可怜，这四十年的罗曼蒂克竟是这么一个可怜的结局。他没赶上那如锦如绣的高潮，却赶上了一个结局，这算是个什么命啊？最后，他是用力挣脱了走出来的。短短一天里，他已经是两次从这里逃跑出去，一次比一次不得已。他手上还留有王琦瑶手的冰凉，有一种死到临头的感觉，他想，这地方他再不能来了！"这样的小说结局显然不能让人满意，没有致命的行动，没有绝对的悲剧出现。王安忆还在玩着两把钥匙的游戏，终于由长脚做出了掐死王琦瑶的动作，这样的故事才算完满。当然，王安忆的叙事与底层沾不上边，但这样的小说结局乃是现代性美学期待的结局。

毕飞宇的《平原》里，无疑有着浓郁的乡村气息。毕飞宇的叙事从容精当，也许是精当得过于精细，加之男主人公端方实在是太正派，毕飞宇自己也无法忍受，他让那个知青女支书吴曼玲与她养的狗交媾，结果被狗咬伤，最后吴曼玲扑上去咬了端方。一个十分严整细致的叙事，最终的结局何以要如此出人意料，有点让人匪夷所思。但这样的动作既是现实主义完整性需要的结局——那种高潮和结果，同时也是自我毁灭，它在完整性的结构中撕开一道裂口。毕飞宇想以这样惊奇的结尾来完成两个相互矛盾的任务，既是完整性，又要破坏这种完整的封闭性。

总是要依赖暴力来达到小说叙事的高潮，这是以故事和矛盾冲突为轴心的小说结构中必然的美学逻辑。这些暴力与其说是由人物和事件的社会本质所决定，不如说是由故事发展的逻辑所决定，更进一步说，是由现实主义美学的逻辑所决定。如果没有暴力如期而至，小说叙事就没有高潮，人物和事件的悲剧性震撼力就大打折扣。现实主义以强大的社会对立矛盾为基础，矛盾的激发和解决，最终要达到悲剧性的结局，永恒正义的胜利，或者把有价值的东西撕毁给人看，因此才能有现实主义美学力量。这种暴力美学的惯性，深植于当代小说的结构中，也深植于当代人的阅读习惯中。

总之，转向现实批判的小说，把20世纪80年代后期先锋派建构起来的小说叙事背后的哲学思维，改变为"社会批判"，改变为去主体化的立场认定的"后意识形态"批判——一种没有政治革命的政治批判。

20世纪80年代追求的西方现代主义的哲学思潮与艺术形式革命是结合在一起的，而社会批判则无法在艺术表现方面开掘创新性经验。现实的批判只能是哲学批判，或者说哲学／思想批判。现实的意识形态批判必然表面化和浅层化。没有哲学与宗教，再没有革命的政治，当代小说在思想力度方面找不到立足点。只有依靠尖锐的社会批判，而底层的暴力和血泪，就具有了"震撼"的效果。但"刀"的震惊是诉诸思想性，还是感性？它完成的是社会批判还是小说艺术的强化？

四、"动刀"的花招：暴力美学的解脱？

当代中国小说被现代性、现实主义、暴力、刀……几乎搞得筋疲力尽，不妨说，现实主义持刀"劫持"了当代小说，因为"动刀"成为当代小说迷恋的小说艺术。只要一"动刀"，当代小说就得心应手，高潮迭起，淋漓尽致，惊心动魄。然而，"动刀"却也让当代小说陷入困境，似乎离开了刀，它就不能有所作为。但它又不能立即放下"屠刀"。这样的"劫持"久而久之总是让人疲惫。于是如何玩弄刀法，也就成为其逃脱与释放的一项游戏。只要玩弄刀法，就有逃脱的可能。

熊正良的不少作品表明他是一个喜欢"动刀"的人，那是因为他的作品硬气，有立场与批判性。熊正良有篇小说题目就叫作《我会杀人》，那是写一个痴呆少年（或者青年？）活宝被村民戏弄，穷困的母亲掉进河里死去，痴呆少年拿起镰刀杀了长脖。这篇小说写得有点直愣，一方是弱者，另一方是代表权势的红帽子以及欺压弱者的长脖等。这样的杀人只是一个形式，根本则在于怜悯弱者，鞭挞权势者和社会不公。熊正良在21世纪初不少作品都表达了他的这一立场和态度，《我们卑微的灵魂》则在更大的篇幅里讲述强者欺压弱者，弱者进行反抗的故事。这篇小说颇有意味处在于，他一直在玩着真枪假枪的游戏，但解决问题的却是动那把刀子。这里的仇恨与对抗都难以上升到历史正义的高度，阶级阵线也十分模糊。昔日矿工马福与暴发户老扁各作为矛盾一方，根源在于老扁强奸了准儿媳妇、足浴城按摩小姐李美萍。儿子马文持枪追杀马福引发刑事案件，后来才发现那是玩具枪，刑事案件也得到解除。这篇充斥着追杀斗殴的小说，终究没有向剧烈的社会对立方面来建构矛盾机制，充其量也就是社会问题。新生的暴发阶层再次被打上为富不仁的道德印记，这个老扁就是一个扁平的人物，我们很难看到他的丰富性。或者作者有意如此，他要表现的只是"我们卑微的灵魂"，弱势群体在当今社会如何抵抗强势群体的欺压，以及弱势群体如何维护自己的尊严。如何活得有尊严，可能是这篇小说的根本主题。枪无法捍卫尊严，那是把假枪，只有那把刀，才能捍卫尊严。李美萍就嚷嚷要拿把刀杀了老扁，杀了老扁，她再自杀。结果还是马福拿着刀去与老扁较量，但马福并没有杀老扁，而是在自己的脚肚上扎了一刀，把刀子扔给老扁，让他也扎一刀，但老扁把刀子扔在地下，宁可以丑陋的痛哭流涕来表示服输。以社会对立为基础的小说叙事，还是要依靠矛盾冲突的剧烈程度来达到效果，但矛盾冲突已经很难向强大的悲剧转化，这样的悲剧高潮或结局，已经很难重建小说美学的效果，小说叙事更追求戏剧性：既要"动刀"，又不让刀直挺挺地发挥作用，这或许就是当代小说在现代性美学困囿中的矛盾境遇。

当然，杨映川的《不能掉头》玩弄的刀法显得尤其独特。小说的开头（如本章前面所引）就叙述了黄羊把胡金水杀掉的细节，身上是九个刀眼，而后是把胡金水的生殖器切割下，还剜了几个刀花，"落英缤纷"之类。小说其实是讲述一个底层农民成长的经历，他的这一成长又伴随着离开乡村进入城市的艰难过程。显然，这一过程是如此艰难，他经受着双重的压迫，一方面是胡金水的父亲对黄羊母亲的长期霸占；另一方面是黄羊经受着城市对他的排斥，而后者并没有具体描写，只是讲述他不断逃跑隐姓埋名最后到达城市做民工的经历。这部小说一直流荡着一种成长的英雄主义豪情，黄羊不像是自认为的通缉犯一样四处躲藏，而像是处处见义勇为的英雄。这里面要表达还是民间的正义,黄羊杀了胡金水,这是以弱抗强,他捍卫的是自己的尊严。胡金水父子欺压黄羊母子,黄羊的"动刀"就是合乎正义的举措。底层压迫使这部作品的叙事具有了现实批判性,但也压抑和分解了成长主题,现实性的政治性压倒了复杂的心理刻画,小说的叙述艺术一直不能深化下去。黄羊所到之处,似乎都是压迫,压迫的现实批判性其实关闭了小说更多的可能性。小说叙述不得不求助艺术,小说也来了一个灵巧的转身,那就是黄羊十五年后逃回家乡,结果发现了自己和宋春衣一夜情生下的女儿,而且胡金水并没有死,他的儿子胡德正在与黄羊的女儿黄花玩闹。黄羊从腰间拔出那把刀仔细端详,这把刀难道不是真的吗?小说到结尾处通过反转把谜底抖出,那是十五年前黄羊做的一个梦,他在梦中把胡金水杀了九刀,随后他就逃跑,一跑就是十五年,历经千辛万苦,现在才跑回家。

即使从成长主题或是底层批判性来说,这部小说都还是可以站得住脚的,也就是说,小说停留在这个层面,也不失为一篇艺术手法颇为圆熟的小说,但作者显然认为这样的叙事并不能在艺术上有多少惊人之处,在今天,单只靠底层的批判性并不能构成小说艺术存在的合法性,只有更多的艺术方面的作为,才有其存在的价值。那是一个梦,这是小说构思方面玩的一个反转的花招,确实有些出人意料,有些别开生面。也正因此,小说的叙述艺术一直隐藏着另一种活力,那是对小说开头的伪装的不断仿真,直至接近真实了,小说叙述突然反转,点出那是个梦境。小说突然间从现实的成长和底层的批判性,回到了艺术的梦境。小说颠覆了现实性,那是梦境,小说顽强地要把现代性的底层批判与"动刀"转化为梦境,要逃脱现代性二元对立的,也是无止境激发矛盾的高潮性叙事,叙述把高潮变成为对梦境的点破。在这一时刻,叙述回到了艺术的梦境,却也是逃脱了现代性的美学困囿。

当然,莫言的《月光斩》也有着对暴力的双重态度,既向着暴力,沉浸于暴力,又试图逃脱暴力。暴力的古典形式及其价值内涵均已经成为"传说",而现实的暴力则是一个喜剧性的戏仿。

这部小说手法颇为意外,实则诡异。看上去东拉西扯,实则变化多端,意味隽永。莫言这篇小说试图寻求一种汉语小说叙述的自然一路的技法,率性而行,如行云流水,落地成形,或许如小说中所写老铁匠打造那把"月光斩"的刀,如打铁一般。民间有谚:打铁无形,边打边像。意思是传统打铁要做出的铁器,并没一个标准的模型,只能是一边打,一边接近那个预想的形式。传统手工打铁,每件铁器都不会一模一样,每一次打造都是一次新的开始和完成。传统手艺是经验主义登峰造极的成果,一切都凭经验和感悟来起作用。我以为这篇小说的艺术手法十分老到,它不再遵行小说叙述的原有的规范,而是自成一格,率性而去,一气呵成。小说以一封家书为导引,讲述县委刘副书记身首异处的案情,由这个案情转向"月光斩"的传说。小说却花费大量篇幅来讲述老铁匠和三个儿子打造"月光斩"这把刀的经过,小说完全沉浸于铁匠铺的打造过程,它几乎忘了小说原本是要交代刘副书记如何被杀的传闻。这把刀与刘副书记被杀当然也有关系,据传闻,刘副书记身首异处,没有一滴血,也只有"月光斩"才能"杀人不见血"。但何以要花费小说三分之二的篇幅去叙述那把刀的打造过程?这一过程又有什么内涵呢?老铁匠倾其毕生精力打造这把刀,刀打好了,老铁匠和大儿子、二儿子都死了。只有小儿子,和那个送来铁锭的姑娘,"提着刀……走出铁匠铺子……进入原野,消逝在蓝色的月光之中"。这把刀是老铁匠毕生经验、功夫和智慧的凝聚,或许可以说它象征着传统的完成。然而,刀却可以杀人,甚至可以"杀人不见血"。这一事物没有固定本质,一旦现实化,就会发生功能上的变异。"月光斩",对于铁匠来说,那是完成一件毕生心血之作;对于复仇者来说,那是报仇雪恨;对于强盗来说,那是夺人性命。小说后来又有传闻说,刘副书记根本就没有被杀,那具身首各异的尸体,不过是居心不良者做的刘副书记的蜡像,这是一起恶作剧。随后就有刘副书记在联欢会上讲话、唱歌、跳舞之说。能给予完整性的解释依然是:刘副书记的生命只是象征性地死去一次,但对于政治生命来说,就已经足够了。他后来讲话、唱歌之类都无济于事,对于失去了"政治生命"的官员来说,他已经是一具蜡像般的尸体。如此这般的完整性的解释方案,对于这篇小说来说,依然有不能周全之处,小说的解释还有多种可能性。但是"月光斩"的根本含义——"杀人不见血","不留痕迹",是这篇小说的潜台词。前者指向小说中的故事,刘副书记之死,他被人杀得不见血迹;后者可以理解为莫言写作这篇小说的艺术技法，他要表达什么，他也要不留痕迹。他的写作也要是一次"月光斩"，他杀了什么，那不是从现场痕迹可以直接判断出来的秘密。

有评论者认为莫言这篇小说受到了鲁迅《铸剑》的影响，此说当有道理，文中不难看到与铸剑相似的细节。而鲁迅的《铸剑》本身也是众说纷纭的作品，有说复仇主题的，有说反映大革命转变的，有说反映鲁迅的复杂心情的。《铸剑》写于距蒋介石四一二政变发生前半年之久（初稿写于1926年10月），定稿于1927年4月3日，距四一二只有9天。这使这篇小说的解释进入复杂的历史语境。显然，在题意上，莫言这篇小说可能不好与鲁迅做直接比附。莫言到底要表达什么？其实，前面说的莫言想表达"软刀子谋杀了政治生命"这一隐喻，这一隐喻本身并无多大意义。重要的是莫言通过这一隐喻所折射的对当代社会现实的批判，那就是一切只剩下虚假性，只剩下恶作剧。刘副书记本质上只是一个蜡人，他被月光斩斩了或没有被斩并不重要，他只要用蜡像象征性地死一回就可以了。现在已经没有干将莫邪的为父复仇，也没有鲁迅的《铸剑》的那种政治上的你死我活，刘副书记或者象征性地死一次，或者又活过来，还会唱歌跳舞。而说话、唱歌、跳舞，几乎成了当代生活的本质。刘副书记只要会唱歌跳舞，在电视屏幕上证明自己活着就行了。莫言的这篇小说哀叹的是历史的终结，"月光斩"已经不知去向，再也没有敌意仇恨。当代的"月光斩"最后重温了一次中国的历史，那也是一次铸剑。莫言或许是有意借用干将莫邪的传说，例如，用焚尸炉来炼就钢铁。因为另有一种说法说干将之妻投炉自焚，这就使火炉更旺，能烧出好钢。要知道莫言虽然是笔名，但他名字中有一"莫"字，他自认本家，他一定要写作这样一篇小说，以表示对其认同的历史谱系有一个交代。他成了一个玩笔的人，那把"青剑"不知去向，"月光斩"被一男一女两青年提着，已经消失于原野中。这就是历史的终结，历史徒然剩下流言、不满、政治生命、蜡像和恶作剧。莫言的这一主题以及批判或许并不十分有力，但它或许是以其无力的方式抓住这个无本质的时代的特征。因为镆铘、鲁迅、眉间尺、青剑、铸剑、月光斩、莫言、刘副书记、蜡像……这些词汇，已经可以建构起一个历史谱系。

莫言也用了刀，但他把刀藏起来了，那把刀没有派上用场，只能虚晃一刀，这也是刀的终结。他甚至戏谑了刀，戏谑了刀的漫长的历史谱系。他带着恶作剧，然而，也带着他的怀恋和哀悼。他对历史与时代有着清醒的认识，故而，他有勇气选择刘副书记——一个会说话、唱歌和跳舞的多才多艺的干部来祭祀。

五、另一种刀法或针的妙用：西方的文学经验

如此来看，"动刀"在中国当代小说叙事中担当了重要角色：它与历史暴力相关；它与叙事建构起来的强大的二元对立冲突有关，也与现代性对悲剧美学的追求相关；它在新世纪重新显灵，可以说与方兴未艾的底层叙事有关；由"动刀"可以看出当代小说叙事及其在美学上的显著特征。当然，我们也不能说，"动刀"就是中国现当代小说的专利，西方现代小说也有可能"动刀"，这方面，限于阅读和知识面，我无法做统计学调查，但就从有限的阅读中，随机找出几部与"动刀"有关的小说，来看看各自处理手法的区别，可能可以透视出西方现代小说与中国当代小说在叙事上的一些显著差异，或许对当代小说的艺术也是一种借鉴。

在西方所有"动刀"的小说中，马尔克斯的《一桩事先张扬的凶杀案》应该可以说是最突出的了。马氏自己表示过他最好的小说并非《百年孤独》，而是这部中篇小说。小说出版于1981年，这一年马氏获法国政府颁发的荣誉军团勋章，次年获诺贝尔文学奖。据说这篇小说以1951年轰动一时的真人真事为底本，讲述了一个无辜的青年被哥俩杀死的故事。将军的儿子巴亚多·圣·罗曼来到加勒比海沿岸的一个小镇，一眼看上了出身平凡的安赫拉·维卡略。这个腰缠万贯的富家子弟为新娘买下了镇上最豪华的房子，举行了极其奢华的婚礼。然而新婚之夜他却发现新娘不是处女，万分沮丧之下，几个小时之后就把她休回了娘家。姑娘的母亲大为恼火，当即痛打女儿，姑娘被逼说出破坏她贞节的人的名字。其实是姑娘情急无奈之下随便说出了与她可能毫无关系的圣地亚哥·纳赛尔的名字。两个哥哥气急败坏，拿上杀猪刀四处扬言要杀纳赛尔。他们来到小镇，凶残地杀害了圣地亚哥·纳赛尔这个无辜者。小说当然有现实批判意义，那是对南美军政

府独裁专制的批判,权贵肆无忌惮,而普通百姓愚昧虚荣,妇女没有地位,社会良知泯灭。

小说在叙事上最突出的特征就在于,小说开始就一直在谈论维卡略兄弟俩要杀纳赛尔,到处都在传言,而兄弟俩四处张扬,却没有人出来实际阻止这项暴力的发生。兄弟俩一直在张扬要杀纳赛尔,其实作者的意思已经非常明显,哥俩并不想真的杀死纳赛尔,他们不过是为妹妹或者说家族的名誉要杀纳赛尔,出了这样的事,他们哥俩总要有所表示。如果有人出面阻止,阻止得坚决强硬,他们或许就会顺坡下驴,以别的方式解决这一事件,并不非得杀死纳赛尔。连牛奶店的老板娘阿尔门塔都看出,兄弟俩等着有人出来阻止他们,让他们从可怕的承诺中解脱出来。但没有,那么多的人知道这件事,都事后诸葛亮,就是没有人及时出面坚决阻止,连警察局长也疏忽大意。虽然,马尔克斯一直在写那些巧合,那么多的偶然碰巧在一起,导致纳赛尔在自己的家门口被维卡略哥俩杀死,实际上是在批判人们的粗疏、麻木和混乱。一桩事先张扬的谋杀案都无法阻止,这样的社会、人心和对生命的关切,肯定是出了严重的问题。这样的隐喻并非不可能:就像军政府独裁,谁都知道这是专制政权,但谁也不吭声,也没有人出来做出任何微小的抵制行动。

小说惊人的叙述才能在于,到处流传要杀死纳赛尔,在小说叙事中不知不觉就出现纳赛尔已经被杀死了的信息,但那么重要的细节怎么没有交代呢?维卡略兄弟得知妹妹失去童贞后,就到猪圈里去拿了两把屠刀,一把长10英寸,宽2.5英寸;另一把是剔刀,长7英寸,宽1英寸。这兄弟俩本来就干着杀猪的营生,杀人却并未干过。他们到市场上去磨刀,且到处张扬要杀掉纳赛尔。但小说在漫长的叙事中,不断插入其他可能阻止谋杀行为出现的各种事件,尤其是多处插入"主教到访,却并未下船",这一信息暗含着宗教信仰在当地其实已经完全虚假化了,主教对人民其实也是漠不关心。一切机遇都错过之后,读者越来越期待那样的细节出现,果然,直至小说最后结尾部分,杀人的现场出现了,那是一次极其残酷的杀戮,小说对凶杀的描写也堪称淋漓尽致:那是一刀、两刀、三刀,然后兄弟俩你一刀,我一刀毫不费力地砍起来,兄弟俩已经麻木了,"那令人眼花缭乱的刀光让他们沉浸在欢愉中",纳赛尔身上鲜血四溅,白花花的肠子流出来了。这段杀戮描写,足足有四五页之多,惨不忍睹。"他们把我杀了",这是纳赛尔说的最后一句话,说完他倒在厨房里。

这部小说几乎是以新闻报道的形式在写小说,许多的事件,来龙去脉,一件件道来,十分清晰,井井有条,又千头万绪,总是剪不断,理还乱。最终迎来了杀人的高潮。其中还插入关于那个新娘的生活的叙述,又如音乐中的慢板。她的生活过去与纳赛尔无关,后来也与纳赛尔无关。她生活在某个海边或岛上,不断地给那个休掉她的前丈夫写信,10多年来,写了两千封信。这是令人不可思议的。小说要表现的东西,如此不可思议,那是南美文化特有的与绝望相混杂的激情,所有的激情都源自绝望。小说并不只是控诉性或批判性的,而是如此全面地书写南美的现实、人性、内心的绝望与激情。一边是如此强硬的砍杀,毫不费力的砍杀;另一边是那些不可思议的麻木与激情。如此矛盾的事物混杂在一起——这或许就是魔幻般的现实。前者是强硬的砍杀,那是硬刀子;后者是麻木和愚钝,那是软刀子。马尔克斯一直在描写软刀子,那些不断的错过、疏忽,内心的嫉妒与虚荣,盲目的激情,甚至还有那个女仆内心隐隐的仇恨。所有的软刀子都描写得如此微妙精细,仿佛与谋杀无关,仿佛说着乡间的家长里短,如微风拂面般的居家琐事,但它却通向那残酷的凶杀,最后才出现那不可遏止的麻木而又沉迷的砍杀。

当然,这部写于1981年的小说,讲述的是1951年的故事,这是对30年前的事件的重述。1973年9月11日,智利军人皮诺切特政变夺取政权,马尔克斯对此提出强烈抗议,声称军政府不倒台,他就不发表小说。休笔8年之后,1981年他才发表这部小说。军政府并未倒台,南美四处都是军人统治。据传,诺贝尔评奖委员会有言,只要马尔克斯近期发表一部作品,就可获得诺贝尔文学奖。把二者联系起来恐怕并不合乎马尔克斯的天性,一个作家长久不动笔,当然是件极为痛苦的事。因为这郁积已久的情绪,痛苦与愤慨,马尔克斯才有如此昂扬的激情,写作这部大开杀戒的小说,这是对暴力的激烈鞭挞,也是对人民的麻木与愚钝的批判。

第三世界的小说中,大量充斥着"动刀"的暴力叙事,固然与第三世界的小说大量涉及乡村叙事相关，另一方面，也与第三世界处于高度的历史压力境遇有关，但这里面隐含的，也依然有第三世界的"他者化"问题。第三世界总是以其怪诞的暴力书写来建立文学的美学轴心，暴力仿佛是这种文化的本能，伤口似乎是其鲜明的标记。当然，死亡的本能总是隐含于文学中，第三世界文学尤甚。

以此观点来看帕慕克的《我的名字叫红》，就有另一种意味。小说一开始就是一个死人在叙述，他的脑袋是被石头砸烂的，脸、额头和脸颊全都挤烂了，全身骨头都散架了，满嘴都是血。小说写的是16世纪的土耳其，要表达的是东方的细密画的历史性命运，即遭遇到西方法兰西的透视画法的冲击面临崩溃。这场美学之战，也是东西方文化的较量，预示着现代启蒙时代到来，西方新生的强势文化与美学侵入东方，深刻影响改变东方的世界观。土耳其地处亚欧交接处，率先面临西方文化的挑战，这到底是文化融合更新，还是文化入侵与驯服，难以断言。但顽强的抗拒和内部的对立分裂就不可避免地形成。这一主题，其实并非只限于16世纪，直至今天，全球化的浪潮自西方席卷东方世界，高科技、资本与文化来势更为凶猛，但抗拒也更为激烈。帕慕克的小说写的是历史，击中的是现在。阐释这部小说的主题并非本文的初衷，这里只是对其"动刀"的段落有所关注。小说多处出现"动刀"的场景，这些场景总是某个大师画作的主题，最主要的是胡斯采夫与席琳相爱的场景。例如细密画创始人毕萨德的一幅画，胡斯采夫与前妻生的儿子鲁耶，不但觊觎王位，更垂涎父亲的年轻妻子席琳。鲁耶软禁了父亲，一天夜里潜进父亲与席琳的卧房，摸黑找到床上的两个人，拔出匕首刺入父亲的胸膛。这些故事总是以似曾相识的方式变换，大都是父亲误杀了儿子，或儿子失手误杀了父亲。英雄鲁斯坦砍下邪恶怪兽的脑袋，发现所杀的陌生人竟是自己的儿子。这个故事后来多次出现，英雄鲁斯坦与敌将激战三天杀死对方，然后才发现对方原来是自己的亲生儿子苏拉伯。

小说中曾由谢库瑞叙述道，黑在24岁时爱上12岁的谢库瑞。黑在他画的一幅传统的胡斯采夫与席琳相遇的"场景"中，在胡斯采夫与席琳的位置上，画下了黑和谢库瑞。胡斯采夫与席琳的故事不断变换，父亲、儿子、情人，这三角关系演绎着东方奥斯曼艺术亘古不灭的主题，它未必是黑与席琳的隐喻，更重要的是这种文化内在的对父子相残的恐惧。文化最内在或最古老的创伤之一，可能就是父与子对情人之间的争夺，所谓杀父娶母，这是权力与情欲传承繁衍的关键，古老的艺术原本植根于自己的文明的最本源处，现在却遭遇着西方文明的侵入，艺术已经没有文明给予的生命根基。

这篇小说在一个宏大的文明冲突背景上来书写东方文化的宿命，一种不可抗拒的颓败命运。小说叙事并不显得"宏大"或生硬，而是层出不穷地变化多端。尽管小说从暴力开始叙述，但暴力却像魔术一样随处涌现，它们总是在历史传说或绘画的主题中出现，似真如幻，似是而非，充满了神话和寓言色彩。单纯刀的杀害已经没有多少震惊色彩，更令人震惊的是文化上的或精神上的，那就是杀父或杀子。那种与伦理纠缠在一起的杀戮，其实是刀对伦理的挑衅和反讽。"动刀"暴力如果没有伦理意义的话，那不过是一次暴力行径，而父子之间的意外凶杀，则是超越暴力的暴力，击中人类对暴力的原始恐惧的命脉。

但即便如此，刀的恐怖还是被针的震惊化解了。这部小说中多处穿插着细密大师眼睛失明，或者被人刺瞎的故事。细密画师一族终生都有对失明的恐惧，这种恐惧日复一日，终于到老了，他们避免不了失明。大师毕萨德的老师米瑞克把画师们从对失明的恐惧中解救出来，他从对安拉的信仰角度来理解失明。米瑞克认为，失明并不是一种苦难，反而是安拉为褒奖终生为真主奉献的画师们而赐予的最终幸福。"唯有从失明细密画家的记忆中，才能看清安拉眼中的世界。"这就是说，真正的大师都是在失明之后才成为大师的，大师要用针刺瞎眼睛，在黑暗中，大师与全部传统命脉连接在一起。橄榄是一个极有天分的细密画师，他出于捍卫奥斯曼文化和细密画的传统，而杀死了高雅先生和姨夫，他就是一个既恐惧又渴望眼睛被刺瞎的人。当黑手中的长针刺向他的眼睛时，他还是被恐惧袭击了。

细密画师拒绝个人风格，甚至恐惧个人风格，这说明画师既想要有自己个人的才情，又想去除个人风格而与传统大师结成一体。这样的矛盾随着时代的变异也开始变化。橄榄问过姨夫，他是否有个人风格？姨夫回答认为橄榄有个人风格，这在橄榄内心激起恐惧。黑则说，每个人都渴望有自己的风格，这是艺术天分不可抗拒的诱惑。法兰西的透视画法，给予画师追求个人风格的可能性，这使传统的崇高地位受到了威胁。小说中选择橄榄这样的杀手，通过谋杀来维护传统的行为，其实已经包含着对维护传统的深刻怀疑。他们崇尚的失明就能与前辈大师在黑暗中相遇，就能画出伟大画作的传说，也像是一个迷信或神话。帕慕克的反讽可谓隐藏得很深，一种文化的失败固然有着令人扼腕而叹的悲情；但失明大师的高超技法，作为一种信念，令人肃然起敬；作为一种艺术的最高境界，则像是自欺欺人。这就是对传统的盲目性，在黑暗中去摸索，唯有在黑暗里才有伟大传统承继，这就是盲目崇拜。帕慕克作为一个现代小说家，他以此笔调来写，在悲情中透示出更多的当是反讽。

由此可见，在小说叙事中，刀只是作为背景，那些传说的凶杀，始终是一个恐惧的背景，那是权力、荣誉、爱欲与血缘伦理的绝境时刻。但有了针的出现，刀的背景就变得无足轻重了，刀渐行渐远，而针则是致命的，是刺在整个文化上的致命利器。那就是一针见血，随后就把所有的人推入黑暗。这里因篇幅所限，不可能全面分析这部小说，只是指出因为叙事中使用了刀与针，它在小说的叙述方法方面，自然引起相应的改变，不只是内容意蕴上的，同时也是一种叙述技法和风格上的改变。针在小说叙事起到的作用就是四两拨千斤。小说叙述因为针与刀构成了一种关系，并非针锋相对，而是避其锋芒，另启一片区域。刀的活动区域总是强大的硬性的暴力，而针则诡秘无常、灵巧玄妙，针是无法之法，它像是软暴力，不留痕迹却能伤到要害。也是因为帕慕克这部小说中的刀法本来就有诡异之气，它不是小说叙事抵达高潮的关键性的大动作，而只是随时出现的虚晃一刀，因此，针的运用也有一种呼应，这就是穿插其中，借势而为，小说中的暴力叙述更具有变化多端的特征。

我们无法在这里对小说中运用针作为叙事的关键要素如何引起叙述方法和风格反应的方式做出详尽分析，这里仅只是在与具有现代性暴力特征的"动刀"的叙事做一简要比较，这些比较并不是在严格对比意义上进行的，只是具有另一种差异性的水平上的随机比较。在这一意义上，帕特里克·罗特的小说《泄密的心》颇有值得玩味之处。

《泄密的心》讲述一个15岁的德国少年与英国女家庭教师的故事。

少年学习英语，他们一起阅读爱伦·坡的小说《泄密的心》，小说把这两个故事联系在一起，坡的故事讲述一个疯子谋杀一个邻居老人，罗特的故事则是一个小男孩喜欢上这个英国女教师。这篇小说利用互文本关系展开叙述，叙述异常紧张，心理的细致投射到叙述节奏上。小说中只是通过朗读英语，断断续续读到爱伦·坡的小说中的谋杀情节，坡的原同名小说也只是写到把老头的脑袋割下来，身体肢解后埋在地板下，并未有更多细节，更多则是写那个疯了的大学生的心理活动。这篇小说一直在细致描写一个不谙世事的15岁少年一见钟情爱上一个大他10岁的英国女教师，何以要用坡的恐怖杀人的小说作为背景呢？正面的故事是如此美好，如此充满少年人对爱的朦胧向往，何以要有那样的疯狂的杀人的背景呢？这是少年学习语言的阅读，对书本和第一次对人生的阅读。一个字一个字阅读，一页页翻下去。如此细致、精细的感觉，如此多的隐秘一点点读出。于是，少年的美好感觉被现实一点点打破。

　　这篇看似紧凑的小说，背后却隐藏着极为丰富的内容。女教师的名字是 Gladys Templeton，但后来发现它隐藏一个尾随的姓，她的丈夫姓哈维，这个隐藏其实隐藏了她的婚姻，当然也包括婚姻的危机。少年到女教师家里，那个丈夫哈维则坐在客厅一边看报纸，一边看着他们冷笑（虽然这是通过少年的眼睛来观看），这个家庭里或者说这样的婚姻里显然隐藏着什么秘密。小说并未过多提示这一背景，但是，女教师的名字却很有讲头。Gladys，在古拉丁语中，gladius 的意思是古罗马角斗士的剑，注定要杀死的人的武器。而 Templeton 则让人想起寺庙，来自古希腊语的"temno"，在拉丁文里是"templum"。小说中还叙述到少年想起了尼古拉斯·雷导演的电影《万王之王》。公元前63年，庞培骑着雄壮的马登上了犹太人寺庙的阶梯。庞培从异教徒从未到过的地方下了马，步行登上了最后几节台阶。庞培进入庙宇的密室，用剑刺穿了沙网，他看到一个石头台子上放着一轴宗卷。庞培不明白为什么会有成千上万个生命为了保护它而捐躯。小说卷进来的东西越来越多，本来是一个小小少年的学英语及朦胧爱恋，现在却卷进了爱伦·坡的谋杀小说，还卷进了一场关于庞培征服耶路撒冷的电影，小说到底要说什么？

我们的阅读与少年阅读坡的小说一样，也在期待事件发生。那个雨天，少年到女教师家里学英语，学得正起劲，女教师打了一个呵欠，随后站了起来，走向自己的卧室，这让少年有点疑惑。小说中，女教师对少年说了一句话："我们生活在不同的世界里，到底什么是真的。"真相无法掩盖，最终要出现。不是说出，是戏剧般地出现。也许过了很长时间，少年走向女教师的卧室，他从门缝里看到闪烁的烛光，还有一把勺子和一个锡杯，女教师倒在床上，少年走上前去想拉她起来：

我又一次感觉听到了她的耳语，但是我听不懂。我的心跳得太响了。

…………

我跪在床上，触摸她的手。她没有害羞，让我的手把她的手包起来。

我想吻这只手，这只害羞地向我打过招呼的手，现在任我摆布。我面对她弯下腰来，马上就要碰到她的时候，才看见了床单上血淋淋的针头。

就像在梦里，我充满恐惧，呆呆地跪着。

我的心静止了。①

这个注射毒品的针头，它刺穿了什么真相？当然，直接的真相是这个女教师是个吸毒者。然而，更多的意味却又在不言中。这个针头刺穿的秘密，与庞培的剑刺穿的沙网不同，后者那后面对于庞培来说是无，实际上是他无法理解的东西，那是犹太人的全部信念所在；前者刺穿的则是"68代"这代人当年的精神状态。小说第一句话就是"这应该是1968年秋的事"，1968年是法国"五月风暴"的年份，那是法国一代青年以及知识分子激进革命运动抵达巅峰的年份。小说可能发表于20世纪90年代，那正是"68代"成为欧洲社会的中坚力量的时期。小说或许是在思考"68代"当年的历史，拥有那样历史的他们，如何可以引领欧洲走向未来？在欧洲现代小说中，个人的心理问题才

---

① [德]克利斯托夫·彼德斯等著：《红桃J：德语新小说选》，丁娜等译，上海译文出版社，2007年，第35—36页。

是社会问题的根源，如此微妙的心理变化，却能指向历史和社会现实。

尽管我们无法就数篇小说的分析做出某种理论归纳，但管中窥豹，可见一斑。刀与针在小说中并非仅只是动用的暴力器具，它们表明了文学认识和处理历史和现实的方式，这种方式根本上会转化为一种艺术表现的形式、构思、技巧和风格。把全部力量附着于刀上的叙事，表明了一种粗犷现代性的美学，它隐含的是强大的阶级对立，其暴力具有改变历史方向的企图，典型的是革命性的叙事。这一传统如此深地在中国现实主义文学中流传下来，在20世纪80年代一度沉寂之后，在90年代后期重建现实批判性的小说叙事中又开始复活兴盛。但"动刀"建构的小说叙事过于强硬，它也让当代小说叙事在艺术上过于单调生硬。因为暴力的不可避免，当代小说也不可忍受刀携带的现代性美学的强硬压力，开始以更为复杂的多变的手法处理"刀法"，对暴力的书写并不只是建立在阶级对抗的基础上，而是更多艺术化的思考。例如，莫言的《月光斩》等小说就是如此。另一方面，西方的现代小说也经常"动刀"，但可以作为艺术上借鉴的是，那种叙事会有更多的化解刀的硬性暴力的可能出现，尤其是"针"的运用，它引发小说在构思和叙述上朝向精细微妙的方位切近，不只是在感性层面细微化，而且在心理层面微妙化，小说在这一维度上，显示出艺术的奇妙和精湛。

第十一章　"文学已死"与越界之写
——《我的千岁寒》及其向死而生的写作

一、"文学已死"的歧义

在新世纪最初几年，中国文坛奇怪地弥漫着悲观气氛。例如，2006年，文坛热衷于讨论"梨花体"和"当代文学是垃圾"这样的话题，随后关于"文学已死"的话题也就顺理成章了。有人惊呼："文学死了！互动文本时代来了！没有了文学等级，没有了文学体裁，没有了诗人、作家的身份意识，没有了文学史……我们不再允许任何人把我们的文本，放在虚伪的、僵死的文学秩序中去角逐，这将为我们彻底抹去'文化控制者'这样一小撮精神特权阶层。文学死了！我唯一的遗憾是，历史给予中国现代文学的时间太短了，从1916年到2006年，只走了短短90年时间。"[①]这篇宣言式的文章用了12个"文学死了"作为口号，或段落大意。

"文学已死"，至少有三重含义：其一是文学的终结，这是历史终结、意识形态终结的同义语。文学从此往后就是这样。例如，在消费社会充当一个边缘化的角色；或者说文学从此以后就是一种消费性的文化类型，或者说就是全民皆文学，文学就成为超文本，或泛文本，存留于媒体的各个角落，或者存留于博客中，变成片段化的文体或文本。

---

① 叶匡政：《文学死了！一个互动的文本时代来了！》，载叶匡政新浪博客。

其二是文学的枯竭，文学再也不能花样翻新。这一观点，其实早在20世纪60年代，美国的实验小说家们就感叹过，巴斯、巴塞尔姆、苏珊·桑塔格等人都表达过这样的看法。实验小说并不是一味把文学推高，或玩弄形式主义的花样，另一方面也在玩弄莱斯利说的填平鸿沟，越过界线，那就是走向大众化，与大众文化合流，变成群众性的可操作的文本。实验文学在这一方面与装置艺术和行为艺术是相通的，不如说是对后者的呼应。

其三或许是真正要死去，寿终正寝的那种死亡。宣称者似乎是在这一意义上来说文学的死亡。但这显然不是对文学当今处境与未来命运的恰当阐释。他所呼唤的文学由少数人控制，所谓的批评家、文学史家、大学教授等等，这些人怎么能控制文学呢？只是因为文学不只是一项个人的创作，同时也是民族经典文化教育的一项重要内容。文学在其发展的历史中，一直就与教育联系在一起，写诗作文，不过是中国古代文人教育的最基础的课程。不管文学在创作方面出现何种征兆，文学作为中小学以及大学教育的内容都不会被废除，也就是说不可能把专业研究者、职业或业余批评家、大学文学教授清除出文学队伍。从常识的角度，如果我们可以废除文学在教育体系中的作用，或者全面废除教育的话，那么文学真的就可以从"作家、批评家、教授"手中解放出来了。

文学在今天并没有死亡，在近期也不会死亡，至于未来一百年、三百年那又另当别论。至于说文学与人类同存亡那就没有意义了。有针锋相对的观点认为文学不会死，文学正在滋润这个时代贫乏的心灵，被网络与流媒一步步紧逼的文学最终会战胜"互动文本"的绞杀。但我认为"互动文本"时代来临与"文学死亡"是两回事。古今中外的文学作品烧的烧，当废品卖的也就卖掉了。那时谁还会想到有"新时期"？今天的"互动文本"不过是文学"泛化"罢了，它总是以不同的方式植根于传统文学中，如果失去了传统文学的存在、传播和再生，它的存在就变得毫无意义。

确实，这是一个文学大众化的时代，文学彻底走向大众和个人化。文学也可以轻易演化为商品和事件，一方面是人们说"文学已死"，另一方面则是文学的现场无比热闹盛大，关于文学致富的说法，已经有无数的故事。虽然影视占据更广的影响面，但影视以多媒体的形式无时不在焦虑它的文学基础（剧本以及感知世界的原创性）。

无疑在今天多媒体时代，文学的存在方式更加复杂，也令人困惑。但这样的表述并不新奇："没有了文学等级，没有了文学体裁，没有了诗人、作家的身份意识，没有了文学史……"这并不是文学的死亡，甚至不是文学发生的新的事件，这样的事实，一直存在于文学内部，现代以来一直就有一种要摆脱既定秩序和文学史制度的文学，那是文学自我更新渴望的神话式的超越，那是文学在任何时候都不可磨灭的生命冲动。就是在今天，反倒没有多少理由去颂扬这样的一些事件，这些事件如今被掺杂了太多的虚假意识，今天，不同的诗人、作家身份意识同样需要建构，文学史也是如此，庶民的胜利意味着另一种文学史要被书写。旧有的文学史也不会轻易崩溃，我说过，只要大学教育存在，瓦解旧有文学的文学秩序并不是那么容易，尽管大学体制中想瓦解旧有秩序的人大有人在。这也同样是新生代与老一辈的冲突。没有什么稀奇的事件发生，更没有什么福音降临，也没有什么哈姆雷特式的人物踱着方步说：生存还是死亡？

不过，文学要死，文学将死，这都是即将发生的事件，这样的事件总要到来，就像人之将死，就像鲁迅笔下那个富人家满月的孩子……因为只有人知道人之将死。人当然也知道文学终归要有一死。虽然不是在今天，但我们称之为"今天"的时间标记，总是"将死"的一个不可逆的出发点，文学"将死"，这是文学在每一场变革时期都面临的问题，只是今天显得尤其紧迫而已。

文学将死，不是旧有的文学制度、秩序即将崩溃，而是文学骨子里的创造性的枯竭。文学，小说与诗歌之类的文体，再也难以在创新性上花样翻新。文学在这里可能是面临枯竭，或者说面临"绝境"了。文学处在网络时代以及视听多媒体的挤压之中，它也不得不处在符号和文化的边缘位置，但也正是因为此，文学必然要思考和采取新的表意策略，新的传播方式，或者简要地说，新的写作方式。

相对于在整个现代时期的蓬勃发展，文学在今天可以说处在一个逐渐萎缩的困境中，不认识到文学"将死"，文学如何处于将死的绝境，那绝对不是正视现实的态度。也只有从将死的绝境出发，才能理解当今文学做出的种种努力，也才能认识那些"向死而生"具有"不死"意义的创新之举。或许我们从这个时期一些有代表性的作家作品的表意方式来看，能看到如今被称为小说的这种艺术形式，是如何在困境中发掘自我存活的生命形式的。或许王朔的《我的千岁寒》这部奇异之作就能打开讨论这个问题的入口。

二、千岁之寒：王朔预示的写作绝境

2007年暮春，王朔的《我的千岁寒》发行，且位居销售榜首。这本书被媒体称为长篇小说，显然并不恰当，它由几个不同的文本构成，其中包括《我的千岁寒》，北京话版《金刚经》《唯物论史纲》《宫里的日子》以及剧本《梦想照进现实》的小说版，调侃性的影视评论《与孙甘露对话》。因为媒体的效果，我对《我的千岁寒》也期待了很久。我也会想象王朔此番肯定会有大动作，但他的写法还是出乎意料。人们难以理解之处在于，像王朔这么精明透顶的人，对市场有如此热望和算计的人，何以要写出这样一本"书"。它确实只能称之为"书"，它是长篇小说吗？是中篇小说的汇集吗？是散文吗？这是个超文体的文本，也是一个超文本。如果从善意的角度来看的话，那就是王朔已经不能忍受常规的书写，说故事，耍贫嘴，瞎调侃，玩幽默，这些路数都已经不能让他满足，他要一种极端的书写，对于书写，王朔已经老而弥坚，爱之愈深，那是他安身立命之处，他除了以其顶礼膜拜的极端来书写，别无他法。就像多年前同样精明的刘震云，会花去六年功夫写下《故乡面和花朵》一样，那也是一次荒唐至极的行为。只有荒唐导致的虚无，才是写作的极致，才是绝对写作。对于写作，对于文学本身，王朔与刘震云可谓是异曲同工，那是恨铁不成钢，那是由爱而生的恨，由恨而生的爱。终至于有极端的写作，有荒唐的写作。王朔多年前说过自己可能一不小心就写出一部《红楼梦》。作品已经没有意义，但"满纸荒唐言，一把辛酸泪"却如出一辙。这就是无畏之书啊，无畏之书就是"无谓之书"，已经无畏了，无所畏惧了，写作已经变成绝对之事，要绝对地写，那么怎么写和写什么还有什么意义？写作还有什么意义？那就是心之所至，随心所欲了。很显然，这番我真是不能在肯定和否定的意义上来阅读和谈论王朔,他的此番行为实在具有当代写作再次分裂的象征意义。王朔写出一本这样的书,这是启示录还是咒语?是写作的自绝还是写作的解放?是对写作的祈祷还是诅咒?

王朔在自序里说:

> 我这次出来,所有人都对我很好,都欢迎我。我本来觉得这社会不需要我了。我以为你们拿我当仇人,我就是仇人。却都没有,都特别好,我感动了,我没仇人,都是朋友,我对读者原来有个妄想,觉得这帮孙子都是势利眼,没想到人家都对我很好,宽容我,让我放刁,我真不好意思了。中国人挺好的,没我想的那样,我觉得我挺操蛋的,我真的对不起大家,谁也没得罪过我,我这一世在中国挺顺的。我干什么了,大家这么拿我当回事。便宜全让我占了,大家还好像觉得我对大家有益似的。你们劝我出书,我还就出了。这本书里收的是我在2005、2006年写的几个东西。

王朔又玩起他的习惯手法,自嘲自贬,这样的态度还有什么话说?中国人都宽宏大量,立即就原谅了王朔的干打雷不下雨。现在只是着急要看他拿出的究竟是什么东西,这么多人,这么多年还保持着对王朔写作的期盼。

但这回期盼的后果实在不好预料,王朔可能压根就没想过为谁写作,为什么写作。这本书收集在一起的其他篇章实在不好评论,无疑有王朔独特的想法,不是因为它不好或没有意义,而是它们实在是有些另类,它们直抒胸臆,也不无纯粹,但却离文学甚远,属于某种写的范畴。但是其中的核心篇章《我的千岁寒》却足以引起我的思考。它的极端与纯粹发生在王朔的写作中,这无疑是一件极有象征意义的文学行动。

王朔这回打的是佛教禅宗的牌,说王朔信佛,大多数的读者都会疑惑;若说王朔迷禅宗之类的玄机,那就不奇怪了。简要地说,王朔这本书的写法,也可谓得佛家的一些手法,或曰:极其精练,要言不烦,点到为止,顾左右而言他,玄机四伏,稍纵即逝,似是而非。其中可以称为小说的东西,或者说小说的故事元素已经很少了,他叙写的是他对一种心境、感觉和感悟的描写。如果要说到故事,那是关于五祖弘忍、六祖惠能和北宗神秀的故事,这些故事,散见于禅宗典籍,如《五灯会元》《宋高僧传》《景德传灯录》《佛祖统纪》《历代法宝记》《最上乘论》《大正藏》等,王朔既然对禅宗用心,当然研读过这些典籍,不过这些故事在一些关于禅宗研究或通俗读物那里也不难读到。对于很少接触禅宗典籍的人,这些故事可能颇为玄奥新奇,只要涉猎佛教掌故,这些故事都是耳熟能详。但王朔能把弘忍、惠能、神秀的故事写入他的小说,且做到如此地步,应该说是下了相当功夫,且有独到之处。

弘忍在中国佛教史上具有重要转折的地位。禅宗弘忍的禅学继承道信的思想而来,主要有二依:一依《楞伽经》以心法为宗;二依《文殊说摩诃般若经》的一行三昧。弘忍的禅对心十分重视,弘忍"不出文记",但也有说他"口说玄理,默授与人"。弘忍主张"明心见性"。在生活作风上,弘忍颇有独特之处。在他以前,禅者都是零星散居,一衣一钵、修头陀行、随遇而安。到了道信、弘忍时代,禅者的生活为之一变,禅徒集中生活,自行劳动,寓禅于生活之中,把搬柴运水,都当作佛事。又主张禅者应以山居为主,远离嚣尘。这种生活的变化,在中国佛教史上影响深远。后来的马祖道一和百丈怀海,创丛林,立清规,道场选址在深山老林,称道场为"丛林",提倡农禅并重,主张一日不作,一日不食,这都是受了道信、弘忍禅风的影响。王朔的小说里面,对禅宗与自然农事的关系,做了相当精当的描写,这些都是他的小说突出之处。

而禅宗到六祖惠能讲究顿悟,不以文字为痕迹。此一精神据说可追溯至佛祖释迦牟尼。据说有一次,释迦牟尼在灵山会上说法,他拿着一朵花面对大家,不发一语,这时听众们面面相睹,不知所以。只有迦叶会心一笑。于是释迦牟尼便高兴地说:"吾有正法眼藏,涅槃妙心,实相无相,微妙法门,不立文字,教外别传,咐嘱摩诃迦叶。"王朔这回写小说,也一改他过去贫嘴滑舌的特点,叙述上极其节制,文字降低到最简略的地步,几乎不成段落,更不成文。只是文字连接在一起,勉强成句。讲究心性,性之所至,写到哪是哪,说到哪是哪,只可意会，不可言传。但小说却不得不写，只是不得不写，只以写来体味，只以写来感悟。文字都变得不重要，得鱼而可忘筌。

当然，王朔也试图赋予他理解的禅宗的掌故以具体的故事性，这些故事性尽可能富有禅意，以文学性叙述显现禅意，不能不说也是王朔的用心所在。弘忍、慧能、慧明的故事还原出当时当地场景[①]，王朔力求那种生活的朴实性、本真性贴近禅意，这种文字、文学已然对社会历史叙事表示了超离。其中慧能少时的那些劳动生活，那些简单的体悟，多有淡淡纯净的意趣流露出来，多有让人欣喜之处。写慧能学法之前在自然山林中劳动的感悟，娓娓道来，细细品味，也一改王朔过去耍贫嘴的手法，写到人间情怀，亦多有感伤之处：

我去求法临走那一晚，问我妈：您还有什么要说的？她一晚上光流泪，老是道歉：很抱歉把你带到这个世上来。很抱歉把你带到这个世上来。我说您还有什么要吩咐的？她昂首想了半天，说：你要好了，想着度我。

写得如此清淡却冷到骨子里。想想媒体多次提起的王朔自己极度紧张的母子关系，他花如此多的笔墨写慧能离家前与母亲度过的时日，未尝不是也想度自己吧。王朔理解的禅意也不全然是简略、纯朴、缄默，开悟既然为豁然开朗，也是思想与语言的解放，无拘无束，如梦如幻，也是王朔要体悟的心理过程。语言的自由自在生成，就是对文学与写作枯竭的逃离。《我的千岁寒》中有一段描写，可见王朔此文文字自由生成的特征：

翻过山头我再也不要看太阳。见过晃眼的我也再也不要吃腥黄的。唐朝的林子太大，果儿太杂。每段林子走进去我都不知道另一头穿出来的是个什么。磨石山漫坡黄草杉，本想紧爬两步就透亮，我爬

---

① 王朔小说中六祖写作成"惠能"，按佛教典籍，写成"慧能"和"惠能"的都有，按古语"慧""惠"相通。今天多数写成"慧能"，本书后面提到的冯唐的《不二》里亦写作"慧能"，故为求行文统一，把王朔这里的"惠能"写作"慧能"。

了七个日落还在山下，我必须把每棵树峰都爬了。大庾岭一株梅，我头刚靠上去马上入梦，一个粉红女子指着喊：行啦！别弄了！再弄该大了！该回不来了！粉红女子掩面泣下：你是不是已经回不来了？

我这边头颅一提，始知人被香死不是谣言。骑田岭半山毛麻棵子，我拣直走进去觉得里面似乎坐只猫，似乎坐只虎——果然是只虎，早就望着我——我能说面带微笑么？我心想着让路，眼珠一沉，沉考虑两坛竖着光锥的水晶体里去了。这一沉，就看到太阳滴滴溜溜落山，满山绿叶给打拍子，黄光出现轮盘，刀刀刨光，削出三维圆——美极了！三维圆硬朗朗如钻戒，立面摄光瑕不掩瑜，极为透彻地反映出我一塘惊诧未合的嘴，和塘里游的软舌头。飒，一过凉风洗脸。我耷拉眼皮想走。老虎大声叫我留下，流下口水准备与我赛跑。

虎轮刚驱动，眼前站着一只纯洁的鹿，虎又呆掉了。我转身要跑，面前一轮明月，也呆掉了。月亮照亮扬子江。虎的影子上月亮——虎站起来，俨然路易威登代言人。①

这个段落引述得如此之长，是因为它表现出王朔这篇东西最突出的艺术特点，也可见其艺术上的意味所在。看上去乱七八糟，如同痴人说梦，但其实都暗含着禅宗经典掌故。此情此境不用说写得颇有胆略，意象纷呈，暗含机锋，与美妙惊诧之中潜藏讥讽。这里面出现太阳、月、女子、老虎和鹿之类的形象，杂乱中有着重新搭建的象征或隐喻关联。王朔在做如此杂糅式的描写时，已经不像他从前怀有强烈的渎神意向，但还是有一点禀性难移，那种渎神欲望不加压制还是要溢出一点。在王朔的叙写中，如他自己所说，《我的千岁寒》原本是给张元写的，那就是话剧或电影脚本了。屡经三版，"认识每提高就重写一遍，到2006年10月物极必反了，无法终稿，索性把写作痕迹留在上面也好，无明的力量是巨大的，觉醒的力量也是巨大的，认识无止境，就把每一个脚印留在身后，以警自己"②。

我们当然能从中读出那种对禅宗的沉迷与他秉性中的渎神快感之

---

① 王朔：《我的千岁寒》，作家出版社，2007年，第54页。

② 《我的千岁寒》，第3页。

间构成的紧张关系,这种关系导致了王朔乐于在那些禅宗惯用的意象之间去表达重新拼贴的新奇意味。禅宗的典籍也各有门户,说法各有不同,但这里叙述六祖慧能的故事,太阳、月、女子、老虎和鹿之类的意象,大抵与六祖经历有关。当然也把别的典故移植到这里,如此杂糅,只是随心所欲,心性所至。如日、月,已然不是普通的自然景观,如这里写到太阳,又写到解渴,就可能隐喻禅宗常用的象征"渴鹿乘阳焰","阳焰"是《华严经》等大乘经典常用的譬喻,犹《庄子·逍遥游》中的野马尘埃。春初原野上日光照映浮尘而四散,渴鹿见之误以为水,狂奔而去,但无论如何也喝不上。佛教用这则寓言象征人的迷妄之心。其他典籍多有论述,如《说无垢称经》卷一:"是身如阳焰,从诸烦恼渴爱所生。"《楞伽经》卷二:"譬如群鹿,为渴所逼,见春时焰,而作水想。迷乱驰趣,不知非水。"《大智度论》卷六:"如焰者,以日光风动尘故,旷野中如野马,无智人初见谓为水。"大安示众谓:"若欲作佛,汝自是佛。而却傍家走,匆匆如渴鹿乘阳焰,何时得相应去?"《传灯》卷九《大安》:"自己本身就是佛,如果四处奔走像渴鹿追逐阳焰,则永无出离之期。"[1]至于女子,也与六祖转世的典故有关[2]。至于文中出现的虎、鹿意象,也都有所依据,但又被王朔改变了原意。王朔显然是想糅合进禅宗的经典形

---

[1] "阳焰"之喻,以其生动奇警,还经常被禅僧诗客用于讽咏,如寒山诗:"但看阳焰浮沤水,便觉无常败坏人。"又:"阳焰虚空花,岂得免生老。"庞蕴《与谷隐道者颂》:"焰水无鱼下底钩,觅鱼无处笑君愁。"释道川颂:"空花阳焰,幻梦浮沤。一笔勾断,要休便休。"法真颂:"今者妄身当在何,不应焰水更寻波。"权德舆《酬灵彻上人以诗代书见寄》:"已取贝多翻半字,还将阳焰谕三身。"白居易《和梦游春诗一百韵》:"觉悟因傍喻,迷执由当局。膏明诱暗蛾,阳焰奔痴鹿。贪为苦聚落,爱是悲林麓。"又《读禅经》:"空花岂得兼求果,阳焰如何更觅鱼。"参见吴言生:《禅宗哲学象征》第六章"禅宗哲学的迷失论",中华书局,2001年。

[2] 传五祖本为破头山中之栽松道者,尝向四祖道信请法,四祖言其已老,纵使得法,亦不能弘传。师听即去,至一水边,见一女子,即想寄宿,女向师曰仍须父兄应允使可行,师遂告此女子言,只要首肯,即敢行,女首肯,师即回,女归辄孕,女父母大恶,逐之,女无所归,日佣纺里中,夕止于众馆之下,后生一子,即师,以为不祥,因抛浊港中。明日见之,溯流而上,气体鲜明,遂举之。成童后随母乞食,里人呼为无姓儿。王朔《我的千岁寒》中此粉衣女子,也有可能隐喻水边女子之意。当然王朔做了极为大胆的改写。

象来建立起一个解构性的意境,最终出现路易威登的代言人一说,这也是把全球化的消费主义趣味强行糅进禅宗的情境,这倒不失为惊人之笔。

《我的千岁寒》虽然在文本上既不统一,也不完整,既不能说得禅宗精髓,也不能说是王朔写作的什么惊人发明,甚至于在文体上都显得很不协调,它像是为张元写的实验话剧或地下电影的文学脚本,又像是他自己别出心裁搞的文体实验。似乎乱七八糟,又仿佛妙趣横生;看上去杂乱无序,又好像处处机关;可以说是无厘头胡闹,也未尝不是禅宗典故的信手妙用。不管怎么说,这都是一次大胆惊人的文学行动,是对既定文学法则的尖锐挑战。王朔显然是要逃离传统叙述方式,也想彻底改变自己过去的表达方式,才走向如此极端的叙述。王朔沉寂数年之后,他的写作突然间变得更加纯粹,纯粹到极端。过去人们通常都会认为王朔把文学最功利的那些规则了然于心,大都没有注意到他其实对文学又有相当单纯的孜孜以求的精神。他现在反倒表达了一种绝不随便写作的态度,更不为市场写作。如他自己所言,写不下去,不愿重复自己,宁可去弄电视电影挣零花钱。就看《我的千岁寒》的叙述方式,难道说他把最不负责的和最虔诚的写作混淆一体吗?

他不是一个胆大妄为的破坏者,毋宁说是一个虔诚的矛盾复合体。《我的千岁寒》就是当代文学走到绝境之作,就是王朔本人走到绝境之作,王朔居然要向禅宗乞灵,最彻底领悟了当代写作秘诀的人居然向禅宗乞灵,这无论如何是一件值得我们认真对待的事。或许这样的理解是成立的:王朔已然意识到他的文字,当然也是他可能触及的文学已然枯竭。那就让文学去死,让文字在最小的文学情境里自由生长,并且让它有无限的禅意式的灵性,这或许是被王朔称为小说写作的这篇文字的要义所在。

这就是一种向死的写了,向禅宗的写,也是向虚无的写,向虚无的写就是向死的写。王朔的写如此不合章法、不合规矩、不合常理、不合市场、不合目的……只有向死的写,才能不考虑任何章法规矩,不计后果和前嫌。既然写就是死,既然已然去死,那么怎么写,写什么难道还是问题吗?也只有去死的写,才是不死的写。

王朔这是在向当代写作提问，又一次做了榜样，此一榜样与20世纪90年代初的榜样相距何其遥远！榜样的力量再也不是无穷的，再也没有力量了。榜样就是榜样之死，就是去死的榜样，就是还想赖着不死的榜样。

这就是千岁寒，冰冷彻骨；千岁寒心，但并未死心。

三、绝境中的文学：向死而生与越界之写

王朔这么一个曾经极其擅长讲故事又能抓住现实情绪的小说高手，何以走入这样的写作路径，钻到佛教典籍，玩起了字字珠玑，或者绕口令式的文字魔法？是他个人误入歧途，江郎才尽？他是黔驴技穷，胡作非为？还是意识到了汉语写作自我突破的难题？实际上，进入21世纪以来，不少作家都以"越界"的写作来获得形式的花样翻新，写作越来越具有激进裂变的内涵。不再是语言形式的先锋主义，而是写作在其本质的意义上，在其自我颠覆的意义上，具有激进性。

2005年，贾平凹发表《秦腔》，在《废都》之后，贾平凹出版过《白夜》《高老庄》《怀念狼》等长篇小说，不能说不好，尤其是《怀念狼》，小说笔法相当锐利，重新续写当年《太白山记》的邪异奇诡的路数。但还是没有引起足够的冲击。之后，贾平凹出版《秦腔》，这部作品的直接关切点是这个时期最为痛切的"三农"社会问题，今日乡土中国的命运究竟如何？贾平凹要回答时代的大问题，他看到乡村的凋零，看到传统在乡村的陷落。但是，有那么多的乡土写作，那么多的关于乡村的绝境的书写，贾平凹这位当年的纯文学的最后一位大师，如何书写这个时代的乡村呢？他的笔法从哪里切入呢？在他的《废都》颓靡之后，他从何处还能得到一点风流呢？

固然，这部小说回到了贾平凹最为熟悉的乡村，那些人和事，那些泥土和田地，那些伤痛。贾平凹在后记里说，他回到他的家乡，再也见不到青壮年，他们全都涌进城市去做廉价的劳动力，只有等到乡村死人了，这些青壮男子才会回到村里抬棺材。乡村的荒芜和新农村的再生，在这部作品里的叙事中构成了二重奏，但前者苍凉的音调明显压倒了后者。贾平凹的叙事无疑是卓越的，他贴着泥土的那种笔法，

滞重、细密、随意、率性、浑然天成式的乡村语调，仿佛是乡村自在自为的呈现。在汉语百年的历史中，谁能像贾平凹这么道地、本真地写出西北乡村的面目，尤其是它的生命样态呢？多少年过去了，他早期的《远山野情》还是那么结实，那么有西北的风情，那么让人揪心。但在21世纪初，贾平凹要越过已然成就为一代大师的自己，越过《废都》，这又谈何容易呢？他能有什么动作呢？

确实，就一个动作，一个向死而生的动作——引生把生殖器割下来，扔在地上，从此他成为一个没有××的少年，开始了对他爱着的邻家大姐白雪无尽的思念。一个来自欧洲的"少年维特之烦恼"，现在降临到中国西北乡村的一个少年身上，他孤身一人，疯疯癫癫，四处流离，心中只有怀着对白雪的爱恋，这是无望的单相思，是从欧洲浪漫主义那里借来的精神之恋，它穿透正在颓败的乡村中国，与白雪那高亢悲伤的秦腔一起在乡村中国的废墟上飘荡。都说引生多少有福克纳的"白痴"的影子——这是中国小说叙述人革命的一个伟大的引领者，它的引领功劳只是比马尔克斯的"许多年前"略微逊色一点；但贾平凹这回的引生无疑直接从18世纪的德国搜来了少年维特，不要说这是巧合，不要说这是无意识，也不要说这不过是我事后诸葛亮的过度阐释，即便如此，起码是对得上号，起码是可以说得通。但是，最让我惊异的是，这样一个奇异的叙述视点，使《秦腔》这如此土得掉渣的乡土中国的叙事，具有了意想不到的效果，小说突然间被拉开了一个巨大的背景，那种空旷和虚空，正是西北的荒凉才有的精气神。引生对白雪的爱恋如此滑稽可笑，如此不可能，只是一个疯癫的乡村少年的单相思，但是却如此神奇地勾起了所有的浪漫之爱的谱系，这个谱系甚至延续到了荒凉的乡村。它未尝不可以在乡土中国自己的文化中找到依据和源头，也可以有当代经验扎根的土壤，但是我觉得还是贾平凹在新世纪被逼急了，跳出墙外，去取了早已枯死的古典时代的浪漫之花，把它移植到乡村中国的荒凉土地上。想想引生在水田里路遇白雪的激动，抱着一个南瓜回到家里，放在供奉祖宗的案几上；想想引生在田野里的草垛上望着满天星星，如此思念白雪；再想想他在破旧的车子上对白雪的一腔感情。思念是如此之深切，以至于他时常禁不住拿出那半截已经不中用的小东西，抖出一点水……这样的浪漫,这样的纯粹和永恒,这样的龌龊,就是古典浪漫混同了乡土中国的欲望才会有的行为。

如此,我们就可以看到被漫长的乡土中国叙事,被自己的惊天动地的《废都》压得喘不过气来的贾平凹,只一个动作,只一个引生,他跨过自己,跨过界线,他使自己又活过来了,如此向死而生地活过来了。汉语小说在这里又裂开一道罅隙,光亮从中透示出来,照亮了眼前的道路,乡土中国的叙事并不是一味趴在泥地里,它有自己内里的裂变,它能死去活来。

2006年,莫言出版《生死疲劳》,以动物的轮回重生来重建20世纪中国的历史叙事,贯穿于始终的是实际上是变成动物的西门闹与他的忠实的长工蓝脸的故事,因为随后所有恩怨情仇的故事都是他们的后人做出的。很显然,这样的历史在20世纪中国乡土叙事中已经被演绎了无数次,莫言显然也是怀着对历史的责任和痛楚,他要书写这段历史。对于他来说,20世纪的历史惨烈、残酷而充斥了死亡经验,如何去重构这段历史?这段历史的书写枯竭了吗?中国文学还有能力再去写这段历史吗?莫言没有却步,他迎着死亡经验而上,他要从死亡开始,他的小说开篇就是土改,地主西门闹被绑到乡村的桥头,被他家的一个长工一枪把脑袋打开花。西门闹立即下到了地狱里,他获得了转世投胎的机会,哪想到投错了胎,他投胎变成了驴。他不断地死于非命,再转世而成为牛、猪、狗、猴等等。对于佛陀世界的六道轮回,莫言其实也只是象征性地借用,他并不想去阐明佛教世界的真理性,他要写出的还是20世纪中国乡村痛楚的经验。小说不断地在西门闹转世成为动物的死去活来的轮回中来展开。这部小说讲述死如何复生的故事,也由此揭示了记忆和历史的延续性展开问题。动物变形记的轨迹扰乱了历史的边界和神圣性,留下的是生命在动物的屈辱中倔强而苦中作乐地存在,生命因此获得向死而生的机遇。

书写本身如此贴近死亡经验,同时也在反抗死亡的绝境降临,小说叙述如此从佛教那里借来轮回之说,把历史叙事的惯用套路改头换面,让文学摆脱已经陈旧僵死的线性的模式,让文学跨界进入佛教的时空,让历史焕然一新,获得在文学中的新生。固然,这部小说在艺术上不只是汲取了早年拉美的魔幻现实主义的艺术养料,也是莫言20

世纪90年代以来对中国古代文学（如《西游记》和《聊斋志异》）中的神鬼传统的回应，当然还有民间戏曲和传说的继承。毋庸置疑，英国的奥威尔也是莫言始终思考的一个要点。所有这些小说艺术地、思想性地汇聚为一体，莫言运用得心应手，源于他的生活和自信心。当然，我们需要去思考的是，汇聚这么多的要素在一起，汉语小说如今要表现20世纪的创伤性记忆何以就这么难呢？这有思想方面的屏障吗？还是小说叙述在艺术上面临严峻挑战，要又一次自我更新，要在汉语小说的道路上开辟新路？这就必然要在极端意义上去撕裂、去打破、去混淆、去越界，而且它开篇就面对死亡经验，并且反复书写死亡经验，这样的历史经验以寓言般的意义投射在小说艺术形式的维度上，让它去死，去复活。就是在这个意义上，《生死疲劳》是莫言小说艺术的死而复生，也是汉语小说的向死而生。

  如今汉语小说的突破是如此困难，这些已然进入晚期风格的"50后"作家，要越过自己给自己矗立起来的纪念碑，那是他们自己每一次写作的生死之交，对于更年轻一代的作家来说又是如何呢？尤其是不在所谓的主流文学的道路上蹒跚而行的作家又是如何呢？或许冯唐的例子特别能说明一些问题。在这里无须去深入阐发冯唐小说的全部意义，单就他能对应上王朔的《我的千岁寒》的《不二》这部小说来看，显得意味深长。冯唐的小说是否受到过王朔的《我的千岁寒》影响不得而知，但这两部小说写的都是六祖慧能、神秀的故事，王朔写的是中篇小说，故事简略，冯唐写的是长篇小说，故增添的内容含量要大得多。王朔还只是在语词方面下功夫，试图在文字本身的表意方式方面，去接近或重现禅意。具体的故事则是要言不烦，虽偶有游戏胡闹之举，但整体上并无渎神之举。但冯唐则是着力在渎神上下功夫，他把五祖与六祖及神秀之间传承衣钵之事，加入大量的性事描写，尤其是把玄机、庄阳公主、韩愈的故事混入其中，有意在色欲方面冒犯禁忌。实际上，这只是故事的表面，在冯唐有意冒犯佛门戒律的写作中，他却是要本着六祖的真谛。如慧能诗所言："本来无一物，何处惹尘埃。"所有这些戒律禁忌，无不是人为的。而禅宗追求的最高的境界则是自然简单空无，生命本来就是随心所欲，何来那么多的戒律顾忌？按小说中的设计，弘忍一直在考察慧能和神秀，他竟然不能辨明谁更适合继承衣钵，求救于玄机，要借用玄机的肉体来测试。弘忍也相信只有在肉体交欢中，人的最纯粹本性才会最本真地流露出来。朴拙顿悟的慧能与苦修渐悟的神秀，谁更能靠近佛祖的本心？结果是扫厕所的木讷的不二得到衣钵。但慧能是真的天启顿悟么？神秀知道慧能识字，但从未道破。慧能和神秀的生命经验只有在与玄机的交欢中才能显现出原本的形态。玄机的交欢是考验，也是显现，更是冯唐的探索，到底万物在何种状态下才是本真的？什么是发自内心的、最纯粹和根本的生命显现？掩卷而思，慧能和神秀还是太做作了，只有不二懵懵懂懂，他倒是最靠近禅宗。小说最后是不二与玄机交合，他们合为一体，可能只有这样的阴阳交合，才有禅宗本心本意，才有真正的佛性吧。这正应和了冯唐通篇都在写男女交合之事。冯唐把性作为生命第一本真冲动，追求简单明了质朴的禅宗如果不能在这一层面来体现真实面目，那么遑论什么本无一物，本无尘埃。万物空无，那就是无可无不可。自然没有规则，生命没有规则，欢爱没有规则，生死没有规则，无可无不可。但禅宗的本心却是不能丢的，这里又有矛盾和歧义。这里无法讨论禅宗禅意，也无法分析冯唐的小说，只是看到冯唐要如此冒犯绝对写作，要本心本色的写作，这也无异于"本己之死"，当然是汉语写作和文学的"本己之死"。

为什么要这么写？为什么要把这样的东西这样写出来？菲茨杰拉德有次对人说：如果不是让你撕心裂肺的东西，你写它干吗？！但是，在当今时代，什么东西能撕心裂肺呢？可能已经很难有什么故事，什么事件可以让人撕心裂肺了。可是还是有人在写，还是有人要写。显然不只是中国这一时期不少作品偏爱写作死亡经验，偏爱扮作死者来当叙述人，即使是得现代主义真传的国际高人也热衷此道。2006年诺贝尔奖文学得主帕慕克的《我的名字叫红》，小说开篇就是一个谋杀的故事。这也是在描写绝境，也是在绝境中的书写。

小说第一句话就是：

如今我已是一个死人，成了一具躺在井底的死尸。尽管我已经死了很久，心脏也早已停止了跳动，但除了那个卑鄙的凶手之外没人知道我发生了什么事……

在这场痛楚中我知道自己难逃一死,顿时一股不可思议的轻松感涌上心头。离开人世的刹那,我感受到这股轻松:通往死亡的过程非常平坦,仿佛在梦中看见自己沉睡。我最后注意到的一件东西,是凶手那双沾满泥雪的鞋子。我闭上眼睛,仿佛逐渐沉入睡眠,轻松地来到了这一边。

我提醒你们:我死亡的背后隐藏着一个骇人的阴谋,极可能瓦解我们的宗教、传统,以及世界观。①

这是一次关于死亡与谋杀的写作,要面对死亡才能写作,似乎小说也处于将死状态,或者说死亡的状态,而小说通过那么多手法,那么多视点的变幻,才起死回生。这就是"越界"的小说,现代主义、实验小说、博尔赫斯的智性小说、大众读物的悬疑小说等因素全部调用在一起。这就像是一场抢救小说的运动,要用如此多的手法来诊治小说。

这是激进性吗?

最后的事实是橄榄杀死了"红"也就是高雅先生。橄榄后来还杀死了姨夫。橄榄杀他的理由就是高雅先生要阻止姨夫向法兰西画师学习。姨夫已经洞察到奥斯曼细密画师的命运。而橄榄要杀死他们,是因为橄榄最终意识到自己无意间被法兰西画法迷住。那神秘的最后一幅画,被橄榄从姨夫家中盗出,后来在画的中央原来应该放上苏丹陛下肖像的位置,他画上了他自己的肖像。这位凶手说:我能感觉到心中的魔鬼不是因为杀了两个人,而是我画出了如此的肖像。他在最后要求黑、蝴蝶和鹳鸟仔细听他想对他们说的最后一段话:

我们这些想靠技艺和尊严为生的细密画师,而今在伊斯坦布尔已经没有容身之处了。没错,我终于明白了这一点。就算我们遵循已故姨父和苏丹陛下的旨意,降低身份去模仿法兰克大师,也会缩手缩脚,

---

① [土耳其]奥尔罕·帕慕克:《我的名字叫红》,沈志兴译,上海人民出版社,2006年,第1—4页。

不只是因为有像艾尔祖姆教徒或高雅先生这些人的阻挠，更是因为我们内心不可避免的怯懦，使得我们无法走到最后。就算顺从魔鬼的左右，坚持下去，弃绝过去所有的传统，企图追求个人的风格和法兰克的特色，一切仍是白费气力，我们终究会失败——正如我费尽毕生能力和知识，还是画不出一幅完美的自画像。这幅画甚至一点也不像我的粗糙自画像，告诉我一件我们都心知肚明但始终不愿承认的事实：法兰克人的娴熟技巧需要经过好几个世纪的磨炼。即使姨父大人的书完成了，送到威尼斯画师手中，他们看了一定会轻蔑地冷笑……①

按照奥斯曼的传说，有些人的眼睛被刺中后会凝结血块，有些人不会，如果安拉赞赏他的绘画成就，他就会赐予他辉煌的黑暗，带他到他的国度。然而，橄榄至死还是可以透过张开的眼睛看得很清楚。"仿佛将不会有人来打扰我，等我的思想褪去之后，污泥当中的我的头颅将继续凝视这片引人愁思的斜坡、石墙、咫尺天涯的桑树与栗树，日复一日，年复一年。然而，这永无止境的等待突然间不再令人向往，反而变得极端痛苦而冗长，我只渴望能够离开这一时刻。"②

橄榄讲述了三个关于失明与记忆的故事：第一个故事是关于大师谢赫·阿里绘制了一册精美的《胡斯莱夫与席琳》的图画，被吉罕王刺瞎双眼，他后来投奔吉罕王的对手白羊王朝的哈桑那里，他说，他虽然瞎了，但是，"他将能以记忆中最纯净的模样，描绘出安拉的一切美丽"。这是眼睛被刺瞎的故事。第二个故事是一个年老的盲人细密画大师，他可以说出画中的事迹，他认为：绘画的用意在于寻求安拉的记忆，从他观看世界的角度来观看世界。这样即使眼睛被刺瞎却依然可以看到甚至更能看到安拉的世界。第三个故事说，细密画家永远都有一种对失明的担心与恐惧。正因为此，细密画家中就流传着这样的故事：伟大大师毕萨德的老师米瑞克认为，失明并不是一种苦难，反而是安拉为褒奖终生为真主奉献的绘画家们而赐予的最终幸福。只

---

① 《我的名字叫红》，第485页。
② 《我的名字叫红》，第491页。

有在失明之后的记忆中才能找到安拉所见的世界。①

《红》里面不断出现的几个故事中,还有胡斯采夫与席琳的故事。这个故事最初由谢库瑞说出。谢库瑞是黑的姨父的女儿,她的丈夫出外征战生死未卜,没有死亡的证明,在法律的意义上,她的丈夫依然活着,她就不能和深爱她的黑结婚。胡斯采夫的故事相关或变形的故事,总是那些父亲于恐惧中误杀了儿子,或者儿子于恐惧中误杀了父亲。这是父子对谋杀的恐惧,越是恐惧越是导致恐惧的结果出现。这就是弗洛伊德的"俄狄浦斯情结"的变种。

《红》的最后写道:"事实上,我们并不在幸福的图画里寻找微笑,相反,我们在生活中寻觅快乐。细密画家们深知这一点,但这也正是他们描绘不出来的。这就是为什么,他们用观看的喜悦取代生命的喜悦。"②

如果说这部小说是在向死而写的话,那就一定有一个它在写作上要谋杀的父亲,那就是那个盲人博尔赫斯,说博氏是帕慕克的父亲,我想哈罗德·布鲁姆是一定愿意做这样的血亲的鉴定的③。我们无须在文本的细密分析中去比照二者之间的同异,或者在其帕氏的传记中去建立某种谱系,只要看看他反复书写的细密画的那些盲人大师们,就知道帕慕克心中的文学大师是谁了。那些不断变幻的叙述视点,那些对文化史、艺术史知识的运用,那些对谋杀和悬疑的酷爱,这都是博氏的套路,只是帕氏演绎得惟妙惟肖罢了。《我的名字叫红》里面说过,真正的细密画大师就是不要风格,就是要像前辈大师,那才是伟大的细密画家。真是处于绝境啊,博尔赫斯就是帕氏的绝境,那里已经无法拓路,没有通道,只有向死而写,明知是死,依然顽强地写,依然不死,向死而写才能不死,才能苟全性命于文本之间。意识到去死,才能不死,这就是写作的虚无的辩证法。

---

① 《我的名字叫红》,参见第92—95页。
② 《我的名字叫红》,第500页。
③ 布鲁姆有"影响的焦虑"一说,他认为每个诗人或文学书写者都有其父亲,终其一生都在与像样较量,才能创造超出前人的艺术经验。莎士比亚是所有他之后的西方作家的父亲,莎氏之后每个作家都要与之竞争才有作为。布鲁姆认为博尔赫斯是西方最好的小说家,他的小说艺术代表现代小说最高的艺术成就。

四、绝境、越界的哲学阐释

今天文学写作越来越有难度，那么多的经典名著放在那里，有成就的作家也登高到一定限度，每一次的写作都要突破自己，都承受文学史上的经典的恩泽，同时也承受它的阴影。按照哈罗德·布鲁姆在《西方正典》里的说法，每个作家都要与他写作上的父亲搏斗，才能找到自己的出路。而西方文学史上，莎士比亚就是后世所有人的父亲，后世的作家都承受着莎士比亚的"影响的焦虑"——实际上，布鲁姆早年就写过一本书《影响的焦虑》，多年后他要正本清源，写出要镇住欧美文坛的高头大著《西方正典》，还是秉承此说。他甚至认为托尔斯泰终身与之较量的对手就是莎士比亚，在他看来，托尔斯泰的《哈吉·穆拉特》是他最好的作品，这部托翁晚年写作而又不断修改的作品，不知道耗费多少时间，直到死，托翁都没有发表。他死去时嘱咐棺材里放进六件物品，其中一件就是《哈吉·穆拉特》的手稿。这是怎么样的带着写作去死？怎么样的写作能向死而生？死去的托翁或许寄望这部作品能让他复活以及永存，才会有如此行为。

把小说中叙述的死亡经验，把面对死亡经验的写作，把它转喻式地投射到当今文学身陷困境、艺术上面临枯竭的痛楚，来理解今天文学创作的艰难和突破必定要有非常之举。我相信作家在反复描写那些死亡或极端反常的行为时，文学的笔触是越过界限的，并且因此获得了一片自由区域。如今文学的写作肯定不会是一项轻松令人愉悦的写作——当然，大量的，甚至绝大部分的写作都是轻松和愉悦的写作，否则就没有那么多的人参与。但我要说的是要保持住文学突破自身的那种生命能量，每次的写作都能或多或少有新生的可能，那就要经历困境，要穿越峡谷，就要有生死穿越。一句话，还是要在绝境里向死而生。

确实，我这里说的"绝境（aporia）"与"向死而生"的概念来自德里达。德里达强调的对绝境的非被动的忍耐乃是责任和决断的条件。很显然，绝境现在就是一种无休止的经验，一种不亏欠任何东西的责任心和决断。一种不再亏欠的义务，不再有债务的义务，不再是义务的义务。这就是德里达的"绝境"，这也是解构的"绝境"。

解构身处这样的"绝境",解构承担了这样的责任。20世纪90年代,德里达专门有一本书论及"绝境"①,即《绝境:死亡——在"真理的界限"朴素等待》,这本书的主题既是谈死亡,也是谈绝境,依然是在时间的绝境中,死亡如何构成存在之界限或者绝境。德里达真正感兴趣的地方,在于对海德格尔关于死亡的论述。这就把论题导向"我的死",但此论题被再次推导到关于"此在的死",所谓向死而生(在),这就是海德格尔在《存在与时间》中提出的关于"此在的死"的问题。"向死而在",这就提出了对死亡边界的跨越问题。这就是在死亡、见证和幸存之间的某种谜一样的关系。德里达直到这一步,才真正触及了"边界"问题。德里达写道:"我们已经能预见到这种关系了:如果对这种'本己之死'的证实,或此在的这种本己之死的属性在严格的界限中被调和了,那么,这些边界构成的整个处置就成问题了,随之而成问题的还有对此在的分析,以及作为这种分析之合法条件的一切,包括其所声称的方法论。所有这些法权条件都关系到边界的跨越:是什么在这里授权于它们,是什么在那里禁止它们,又是什么对它们进行平等、从属和优先的等级划分。"②

　　"向死而在"的主题实则是关于界限的论域。在德里达看来,海德格尔的《存在与时间》既不属于科学,也不属于诗学,每一部名副其实的著作都是这种情况。思想的运作总是超出自己的边限,或有意呈现这些边界。《存在与时间》应该在它产生对绝境的考验的地方超越了自身的界限。德里达说他正是带着对死亡的考虑接近《存在与时间》中的这种绝境结构的。

　　这里说的是哲学,其实现代哲学也和现代思想一样同样面临绝境,

---

① 英语版:Jacques Derrida, *Aporias: Dying - Awaiting (One Another at) the "Limiting of Truth"*, translated by Thomas Dutoit, Stanford, CA: Stanford University Press, 1993;法语版:Jalques Derrida, *Apories: Mourir - s'attendre aux "limites de la vérité"*, Paris: Galilée, 1996。这本书像德里达其他有些书一样,先出了英语版,再出法语版。

② [法]雅克·德里达:《解构与思想的未来》,夏可君编校,吉林人民出版社,2006年,第95页。

因为它也同样是面对人类绝境的状况在思考，在作答。对于思想来说，越界才有新的论域开辟出来。捧巴塔耶为师的福柯在论述巴塔耶越界思想时说道：

> 今天，界限与僭越的游戏已经成为衡量一种源始思想的基石。而尼采从一开始就在他的作品中向我们展示了这样一种源始思想——这是一种把批判和本体论融为一体的思想，一种追究终极性和存在的思想。①

当然，文学的越界要比哲学的越界更具有自由度，它无须在此前的知识谱系下做出批判性或建立起新的逻辑结构。文学以个人的才情、以自己的艺术修炼，突破此前的樊篱。"越界"并非只是"突破"，之所以把"向死"与"越界"放在一起，是意味着如今的文学突围不能只是亦步亦趋，都要有一种极端的反常规行动。甚至不是早年的先锋派的那种形式主义本体论意义上的唯美，它是裂变、腾飞、穿越、无所顾忌、撞击。如果冯唐只是写写性，只是写写黄书那有什么意义呢？他显然有更高的抱负，他要结果他自己。他说："写完《北京，北京》之后，我决定不再写基于个人经验的小说了。基本意思已经点到。对于成长这个主题，《北京三部曲》树在那里，也够后两百年的同道们攀登一阵子了。"②这种自诩当然是玩笑话，但他说起这么写可能被没有参透的佛教徒打死的可能性是相当大的，即便如此，他也要知其不可而为之。对于他来说，当然也并非只是冒犯、越界、亵渎、色情、放纵一把就得胜了，并不是如此。"过程中发现，编故事，其实不难，难的还是杯子里的酒和药和风骨，是否丰腴、温暖、诡异、精细。"这才是冒死的写要完成的业绩，小说艺术抵达到这等境地才是"向死而生"。

也如多年前德里达所说：

---

① 哈贝马斯：《现代性的哲学话语》，曹卫东译，译林出版社，2004年，第249页。

② 冯唐：《不二》，天地图书有限公司，2011年，第208页。

我／坟墓（je/tombe），我／坠落，我／坟墓。通过让我醒悟，让我开始和以我的名义设想的倒行逆施的嬉戏，我不止一次地踩躏了一些花卉，开辟了通向原初场景的斑茅的处女丛，我做出谬误的描述，收获了系谱学……

……父亲的栖居。①

很难想象，德里达把他要进行的一本自以为最有挑战性的作品命名为《丧钟》。"丧钟"为谁而鸣？是为他的写作吗？是为他自己吗？是为书写本身吗？他的存在本身的写作就在坟墓里，坠落本身就形成坟墓，向死而写的冯唐可以在这里找到鼓舞。他向墓地进发，从墓地出发。谁能想到他或许是幸福的，他不止一次地踩躏了花卉，但却开辟了"通向原初场景的斑茅的处女丛"。

总之，今天文学写作已经变得如此紧急和艰险，但总有这样的人，他们在不可能性中去思考文学在今天的创新；他们步伐杂乱、行动狂怪、言语奥妙，却又变得有肯定性的意义了。不是思考可能性，而是思考不可能性，文学"向死而生"的不可能性，那就是向死的写，如何可以"不死"的秘诀。

---

① [美]德鲁西拉·康奈尔：《界限哲学》，麦永雄译，河南大学出版社，2010年，第129页。

第十二章 穿过本土，越过"废都"
——贾平凹创作变异的历史化阐释

在当代中国作家中，贾平凹的写作，无疑是汉语文学的奇观。如此庞大的作品数量，如此卓异的文字风格，无不令人称奇。不用全盘性地梳理他的全部作品，只要从他的《浮躁》到《废都》，再到《秦腔》，纵观由此所喻示的路径，贾平凹几乎是中国当代文学史内在变异的见证。那样的历程，是他的心路历程，也是中国当代文学最微妙精深的一段精神传记。他身上汇集的问题、矛盾与启示是如此之多，以至于我们如果不认真对待贾平凹的这些作品，就不能脚踏在当代中国汉语言文学的坚实的土地上。

当然，在贾平凹的写作史中，最绕不过去的就是《废都》，它不只是理解贾平凹创作的轴心，也是理解中国当代文学的关键作品。它所汇聚的矛盾，它所引发的争论事件，实际上就是20世纪90年代初中国文学面临的困局，也是90年代社会转型、知识分子重新出场的标志性事件。今天重读贾平凹这"三部曲"，不只是去梳理90年代以来的贾平凹创作风格演变的历史脉络，也是重新进入当代思想史和文学变革史的一种努力，如同是对贾平凹的创作变异做一次历史化的阐释。岁月如此荒凉，存在转瞬即逝；只有从历史碎片里攫取微言大义，我们才能勉强保留一份历史谱系，或许可以从中看清面向未来的道路。

一、穿过地域文化的"性情"

如果说到汉语小说的本土性或民族特色,贾平凹无疑是这方面最突出的代表人物。本土性或民族性在文学价值评价方面是一把双刃剑,夸大它的作用,则把自己区隔于传统封闭的领地;完全无视它的存在,则不能显示出一个民族一种语言的文学贡献。当然,我们会说,文学就是文学,所谓的本土性或民族特色也只能是在文学性构成的整体中去认识,也就是说,既要在西方已经形成的文学审美价值体系里去认识它,同时又要在相互参照中去看到它所体现的汉语文学的独特性。大多数本土性或乡土性都经不住这样的双重解析。只有贾平凹可以经得住这样的考验,尽管他也存在着这样或那样的迷惑。贾平凹素有"鬼才"之称,他的小说文章,看似平淡自然,实则诡异奇崛,鬼斧神工。其缘由大抵在于他的作品总是有着独异的文化底蕴,他的文字总是可以引领人们进入神奇怪异的地界。

梳理贾平凹的写作史是困难的,他的作品数量如此庞大,尤其是他出色之作如此之多,当代中国作家几乎无人可与之比肩。1952年出生的贾平凹在21岁那年发表了可能是他的第一篇小说《一双袜子》,该作发表在一份地方刊物《群众艺术》上,手笔很是稚拙。1978年发表《满月儿》获得当年全国首届短篇小说奖,这在当时是一件颇不寻常的事。此后数年,贾平凹作品甚多,但无惊人之处。直到1983年以后,贾平凹连续发表《商州初录》《商州又录》《商州再录》《鸡窝洼的人家》《黑氏》《远山野情》《天狗》《人极》等作品,他找到了自己写作的根基与路数。"寻根"给他提供了历史契机,他的古旧而无多少时代气息的"商州"地域文化突然间有了时代的依据。那些"山野风情",以实录笔法,寻常道来,游龙走丝,下笔成形,倒是别具一格。那时的文坛,为"本土文化"所困,都竭尽全力,去寻民族的生存之根。有寻"优根"者,有寻"劣根"者,以期响应于"世界范围"内的文化认同和国内学界关于中国传统文化的种种诘难。当然,归根结底是对中华民族走向现代化做一番文化上的通盘考虑。20世纪80年代中期的中国知识分子(当然包括作家)擅长做这些宏观雄伟的思虑,纵横古今,坐而论道,以天下为己任,文学当然也是经国之大业。

贾平凹偏居西北,有地利之便。那时他沉下心来查录18本商州地方志,发现商州历史悠久,出过"乌骓马",有"追风逐日"之神力;更有米脂貂蝉,绝世佳人,风流情趣,源远流长;玉环客死马嵬,这又给文化野史增添色彩。"寻根"让贾平凹有了底气,贾平凹这才看清自己的天然优势,责怪世人,何以不管商州地理内情?有这些"文化"垫底,商州地界的寻常琐事,自然浸含文化的原汁原味。他的那些"地缘文化"占据有利地形,可以出奇制胜,比人技高一等。

实际上,现在看起来,贾平凹比那时的"寻根派"要更高明些,他并不把文化当作全部,文化只是他的一个原料、一个背景。所以,在我看来,贾平凹并不是扎根本土,而是穿过本土——本土不是他困囿其中的一方地盘,而是他任意穿行的大地。他的小说一开始就奔"性情"而去,他要在性情中流露出民俗风习,要在风土人情中展现出人性。贾平凹一开始就没有让历史断裂,没有在文化寻根与新时期的文学人性论之间划下沟壑,只有他弥合了两个时期却没有沦为落伍者。这就是贾平凹,既聪明过人,又偏执顽强。有文化做底蕴,原来被认定为封建落后、野史传闻,乃至迷信谶纬的那些现象,现在已经没有进步尺度作为压制,贾平凹借助地理风情,下功夫去发掘那种文化状态中的人们的心灵美德、高尚情操;同时细致刻画那些偏离道德规范的野情私恋。要强调正面道德化的意义,那就必须在强调道德的纲领下来进行。贾平凹一开始就精通写作的辩证法,这种辩证法使贾平凹的写作在"性情"中游刃有余,它在常规化的边界撕扯开一道裂罅,那里洋溢着无尽的秦地文化意味。

读读贾平凹那时的作品,都是在地域文化的氛围下充分表现男女性情。天狗(《天狗》中的人物)36岁尚未娶妻成家,对师母情有所钟而想入非非。不想师傅中途遇难,瘫痪在床,师傅做主让天狗和师母结合,而天狗勇敢承担起一家人的义务,却并不完成多年的夙愿。在对性的努力压制中,细致委婉地展示了性的意识和各种心理,同时道德升华也得到充分完善的表现。师傅以自杀成全了天狗和师母,又一次给性情的细致表现提示了道德高尚的背景。

《逛山》中的那个柳子言,则充分表现了性情的话语如何向着怪诞一方发展。这个年轻英俊的风水先生类似古代民间知识分子。他对四姨太一见钟情，想入非非，却没有行动，与其说他怯懦，不如说他更偏爱沉迷于性幻想。他的行动无力、愚蠢，甚至被人打断一条腿，他唯一一次挺身而出却又被下人愚弄。小说正在这样的情境中，对人物的心理展开细致而美妙的描写。他对性诱惑的逃避，恰恰给性诱惑的细致展示提供了充分的前提条件。这个柳子言期待诱惑又逃避诱惑，由此既展示了"山野风情"那些超越文明生活规范的性场景，并且蒙上了一层温馨而感伤的面纱。这些关于性情的故事，又由于地缘文化转而变成对"人性"的探索思考。现在人性的解放的尺度不再需要寄寓于思想解放，而是回到文化就可以有更为本真的人性自然流露。

这种"性情"总是打上了风土人情的烙印，以至于贾平凹要把它们推向更具地域邪异特征才能显示出它的独特意味。那个五魁从16岁开始干背新娘的活计，这使年纪轻轻的五魁过早地陷入了性幻想的焦虑中。遭土匪抢劫却为能与新娘相拥为伴而感到庆幸，捏一双女人的小脚"浑身的血管就汩汩跳"。挺身而出救出新娘，理由是新娘是"白虎星"（这又是性话语），乃至于土匪唐景也是一次乱伦的结果。性情的话语支撑着故事的源头和各个关节。在后来的岁月里，五魁在柳家大院扛活，为的是能体味少奶奶的音容笑貌。与对女性温情脉脉的幻想相平行的虐待女人的叙事也在展开，它映衬了五魁性幻想的美好和精神之高洁。五魁终至于救出女人，在山野同居。然而，面对着性诱惑道德感却又油然而生，一个血性男子对活生生的心爱的女人退避三舍。在道德上成全五魁是必要的，这是性的话语更加详尽更加怪戾地向前推进的必要条件。果不其然，这个菩萨一般的女人却压制不住如火的性欲，偷偷在干着与狗交媾的勾当，这个不可思议的场景当然击碎了五魁的道德感，女人也以身殉情（还是殉德？）。贾平凹的性情在追寻"文化"的道路上，必然向着怪异和邪狎发展，非如此不能有文化。在现代文明的压力下，文化是什么？不就是现代之外的原始或不可理喻的他者吗？

这就不难理解，贾平凹一直在写和要写出的实际上就是"性情"二字，特别是处在秦地文化区域里的人们。这种"性情"以地方文化为依托才能表现得淋漓尽致，如果脱离了这种地域文化，贾平凹的性情必然单薄；同样，如果离开了性情，贾平凹的文化就没有血肉。而在二者的融合中，贾平凹把新时期关于"人性"和"人道"的叙事推向了极致，只有他不是在意识形态反思性的语境中讲述人性故事，那是扎根在西北土地上的生命存在，人性与文化获得了超出现实的政治与思想语境的意义。

1987年《收获》第一期发表贾平凹的第一部长篇小说《浮躁》，同年9月，作家出版社出版单行本。《浮躁》写的还是贾平凹的商州文化，或者说是其概括和总结，只是加重了现实关怀，专注于描写贾平凹过去小说中并不常见的关于当代农村经济变革的现实问题。小说取名《浮躁》，即是说，小说试图表现那个时期经济变革大潮带来的浮躁风气，人们的行为、心理和价值取向都陷入浮躁之中。就在当时，贾平凹的这部作品无疑具有非同凡响的意义，关注现实而能达到这样的艺术容量的长篇小说并不多见，贾平凹既抓住了农村改革涌动的大潮，表现农民企图脱困的热切愿望，也揭示出了那个时期的社会风气和心理。在倡导现实主义的文学的时期，这是它引起关注的重要标志。然而，事过境迁，我们回过头来看一下，贴现实太紧太近，就成了这部作品局限性的问题所在。其一，用"浮躁"来概括那个时期的改革大潮的涌动，也显得过于简单片面，如果要揭示那个时期的问题，并不是"浮躁"二字可以概括的，"浮躁"充其量也只是表现形式，一些表面现象而已。中国社会在那个时期聚集着多种矛盾，作家对现实的思考，显然没有在更具有症结性的问题上达到深度。其二，文学对现实的诊断实在是一件力不从心的事。文学只是以作家的个人敏感去表现现实的复杂性和丰富性，文学无疑有政治的和道德的判断，然而不是那种直接的宣告，而是以文学形象说话。如果重提现实主义原则，马克思当年就说过的不应当是席勒式的概念化地表达倾向，而应当是莎士比亚式的倾向，应当从场面和情节中自然而然流露出来。马克思的经典教诲，恰恰在众多的现实主义写作中被遗忘了。贾平凹这部作品，就是太想直接对现实发言，太想以最简明扼要的概念概括这个时代的典型特征，这显然背离了贾平凹的创作本色。

《浮躁》发表后不久，熟知贾平凹创作的陕西评论家李星就发表评论（《混沌世界中的信念和艺术秩序》），充分肯定了《浮躁》的现实意义："它比平凹以往的作品更宏阔地反映了一个重要的历史时代,也比平凹以往的作品更突出更全面从而也更准确地表现了作家自己的思想和人格。"①李星看到了这部作品存在着反映现实的创作态度与贾平凹以往的创作方法的矛盾,但李星似乎更强调面向现实的意义,他以为贾平凹既想与现实、与人民发生联系,却又感到与他的文化追求和审美理念有冲突,在强调现实性的意义上,李星也陷入了矛盾。在我看来,贾平凹小说叙述的现实关怀必然是一种沉着于他的文化追求和审美理念之中的思想意向,在《浮躁》中,这二者无法达成一致。对现实的急切表现占据了主动,那些浮躁的人和事似乎要成为叙述的主导,它们与文化及性情的描写构成了相当紧张的冲突。很显然,对现实的过于直接急迫的表现,限制了贾平凹的小说叙事在文化与性情方面的从容发掘。而且正反两方面的二元对立太鲜明,金狗和田中正的斗争,像是两条路线斗争的重演。贾平凹自己对这部作品似乎也并不十分满意,贾平凹承认,写《浮躁》时,自己亦是浮躁的。"浮躁"是一个很表面、很浮浅的词,它既不能概括那个时代的社会矛盾,也不能概括贾平凹这部作品的意义。如果说贾平凹有浮躁的话,那就是他太急于表达他对现实的看法,他太急于找到一个时代的总体性标识。而这点并不是文学作品可以做得到、做得好的。

抛开这点来看,贾平凹的这部作品还是有它的独特价值所在。不管怎么说,文学对现实的表现还是有其意义的,尤其是当变革构成中国社会的首要特征时。《浮躁》在一定程度上写出了改革开放之初中国农村发生的潜移默化的变化,写出了人心点燃的希望,不屈的挣扎与奋斗……写出了身陷于贫困中的人们,是如何渴望脱贫致富的。他们与河流搏斗,为的是获得生存下去的基本保障。也确实有一种改变生活的愿望和情绪在躁动,仙游川、两岔乡、白石寨县,乃至整个商州,都涌动着一股热潮,我们可以感受到社会各阶层都在渴望一种新生活。金狗、福运、雷大空等人,凭着一股野性本能去追逐时代的变迁,也创造属于自己的历史。金狗的奋斗也反映了青年一代农民在变革时代的生存渴望。

---

① 李星:《混沌世界中的信念和艺术秩序》,《小说评论》1987年第6期。引文参见郜元宝、张冉冉编《贾平凹研究资料》,天津人民出版社,2005年,第146页。

当然，对现实的表现实际只是一个构架，贾平凹真正感兴趣，或者说他得心应手的还是那些人伦性情。小说在"改革"的现实表象下，隐藏着贾平凹过去一直苦心经营的"性情"。因为这些"性情"弥漫于其中，使得小说的韵味依然充足。因为贾平凹有能力透过现实看到文化和人性，他的小说总是以超出现实、不被现实所囿而高人一筹。即便是如此急着要对现实下诊断的作品，贾平凹的文化底蕴依然可以化解现实的直接羁绊，它使《浮躁》不那么"浮躁"。

《浮躁》中的人物既对应现实改革的诉求，同样浸含着文化韵味。这些人物的独异之处在于，他们总是被打上某种文化印记。金狗身世奇特，与众不同，胸前有墨针的"看山狗"图案，这就造就了他日后不安分不寻常的天性。金狗与小水青梅竹马，却迟迟不能表白，结果让英英取得了主动委身于他的机会，一桩美好姻缘就这样变了味，酿成了一系列别别扭扭的恩怨。小水嫁给一个短命鬼，年轻就守寡。写寡妇是贾平凹的拿手好戏，寡妇门前是非多，也意味着故事多。金狗直到后来福运死了才又和小水走在一起，真是既有今日，何必当初？绕了一个圈又回去了，但中间的阴差阳错又是小说叙述所必需的，贾平凹需要的"性情"就从这些缝隙间流露出来。贾平凹的性情总是有正反双重含义，它混合着圣洁/欲望、隐忍/放荡、合理/非法等有活力的对立面。其正面的谱系有一系列的人物，其反面也有一系列的人物，有时可以一起混合在某个人物身上。贾平凹笔下的小说也因此能写出人性的丰富性和复杂性，他的人物总是在文化规范体系边缘行走，他们时时处于僭越伦理道德的危险境地。金狗和英英、小水、石华几个女人的关系，没有一件是得体的和合乎伦理纲常的。似乎只有非法的反常的情欲关系，才能显现人的"性情"，才具有复杂的文学意味。恰恰依靠了这些对人伦关系的非同寻常的书写，贾平凹的小说才能写出人生的苦涩，写出活生生的人性，写出生活不可摆脱的那种宿命。

写完《浮躁》，贾平凹认识到自己以这种方式来把握现实吃力不讨好，也失去了自己的艺术特长，所以他一再申明"我再也不可能以这种框架来构写我的作品了"，他认为这种写实的办法，对自己"并不适宜"，对自己是"一种束缚"。写《浮躁》对于他是一次修性练笔的手段①,似乎更明白自己的艺术道路该往哪个方向伸展了。然而,贾平凹的写作是否真的可以摆脱现实束缚还值得怀疑,他或许可以离开现实,但现实却随时裹挟着他。

二、《废都》的文化想象与批判性情境

贾平凹有相当一段时间深藏不露,既是隐忍不发,也是潜心修炼。1993年,贾平凹还是突然出现,让文坛猝不及防。贾平凹说想避开现实也许是真,但现实由不得他的意愿。他的作品来到现实中,现实中的人们就会依据现实来读解它的意义。《废都》这样的书名其实还是与《浮躁》如出一辙,还是在应对现实,还是要对现实宣判诊断。

他确实抓住了某种历史情绪,他显然是为20世纪90年代初的现实所触动而又一次偏离了原来的位置,他试图转过来描写城市中的"知识分子"。平心而论,他有历史的敏锐性,90年代初的要害问题之一就是知识分子问题,这是80年代终结的后遗症。90年代的知识分子不仅茫然无措,也处于失语的困扰中。王朔的调侃替代了知识分子话语真空的状况,但却替代不了知识分子的位置,知识分子还是处在那个尴尬的位置,他们对王朔进行了集体的围攻。知识分子的话语以毫无历史方向感的形式第一次获得了表达,那就是对现实强烈不满的表达,王朔不幸成为杂语喧哗的对象。失语后的复活没有别的方式,只有强烈的批判性,矫枉必须过正,下一个对象是贾平凹,他显然是一个更合适知识分子重新出场较量的对象。因为贾平凹唤起的是文化的和道德的记忆,道德话语是知识分子最熟悉的话语,是在他牙牙学语时就掌握的语言。贾平凹不幸中又是万幸,这样的攻击其实太外在,并没有抓住贾平凹的实质。那时对贾平凹的批判集中于露骨写了性,而批判者也无法自圆其说,那么多作品都写了性,也露骨得可以,中国古代的就有《金瓶梅》,西方有劳伦斯的《查泰莱夫人的情人》,后现代的还有纳博科夫的《洛丽塔》,怎么都成了名著?而贾平凹写

---

① 李星:《混沌世界中的信念和艺术秩序》,参见《贾平凹研究资料》,第145页。

性就不能露骨？这不是问题实质。

当然，毋庸讳言，"性"在这部作品中十分醒目突兀。"性情"本来就是贾平凹的突出之处，原来的"性情"与地域文化和山野风情结合在一起，"性情"带着自然的朴实和率真。现在，"性情"突然赤裸裸呈现出来，如此醒目，如此绝对和极端，让人猝不及防。

实际上，这里的"性情"虽然离开了乡土民俗，还是有另外的背景，那就是民间的文人传统、典籍字画以及野史笔记。这是与原来的山野风情同属一类的本土文化资源，只是比山野风情雅、比正统典籍文化俗的民间文人传统。在精神气质上，它属于有别于儒家正统的道家邪狎一类；在文本形态上，它属于野史笔记禁书一类。贾平凹实际上带着文化想象，带着他对当代文化现实和文化传承的评判来写作《废都》，他要找到超越当代文化溃败的另一种更为本真的"性情"文化，并且在文化的传承脉络中，在20世纪90年代浮出地表的传统文化复兴运动中找到根基。这种文化即使在传统的经典化的历史中也是非主流的、被压抑的；正因为此，贾平凹可以设想它更具有人性的本真性。因而它与性情，或者与纯粹的性可以完全重叠在一起。说白了，它就是80年代后期开始兴盛的"性文化"的集大成。这又是对"文化之根"的重新想象，这是他独树一帜另辟蹊径的文化想象。他不仅超越自己的"山野风情"，还有可能超越莫言的"红高粱"燃起的关于生命热力的宏伟想象。相比较而言，贾平凹的文化想象，则是扎根于生命本体，扎根于每一个委顿的人们的肉体中，它不需要对自身的狂野有多少要求，只要期待贤淑温柔的女人出现就可以重振雄风。在这全部关于身体的想象中，都通向文化和审美的想象，它仿佛是从身体出发、要抵达重建文化与审美的一项庞大事业。然而，这种民间的非主流的文化，却不是深陷现代性之中的知识分子所熟知的文化背景。知识分子还是要基于时代的精神重建，要在现代性的语境中来读解贾平凹和庄之蝶，这就出现了严重的错位。

庄之蝶在20世纪90年代初出现，全然是一个文化上的另类。人们看清了他来自那些古籍，但却并不打算了解和认真对待贾平凹的意图。在"废都"背景上出现的庄之蝶确实难以辨认。他作为西京城里的名人，他的暧昧的知识分子身份，他的深厚的传统文化素养，与中国当代小说中惯常的知识分子形象相去甚远。庄之蝶有一种专注与沉迷的气质，这就有转向自我内心的潜能。而进入内心要事先克服身体的某个器官，不想这个器官出了问题，这就使进入自我的内心要长久地停留于身体的这个器官上。因而贾平凹要通过身体进入灵魂，这才能触动他所理解的"精神废墟"问题。而身体与贾平凹所擅长的性情自然是一枚硬币的两个面，于是，贾平凹就可以倾注笔墨去表现庄之蝶的"性"。

贾平凹本来是要对这个时期的知识分子精神状况做出描写，这种状况总是要在知识分子的历史中来书写。但这种状况实在不是久居秦地的贾平凹所熟悉的——他熟悉的是山野风情、传统典籍和民间文化。贾平凹显然是把"现代知识分子"这个命题做了置换，他要写出的或许并不是当代的"精神废都"，而是传承至今的那种文化精神的颓败。贾平凹还是把知识分子的颓败史，把对一个时代的精神"废都"的描写，改变成了对传统文人的性情的描写。庄之蝶并不是一个现代意义上的知识分子，他更像是一个传统文人。然而，这样的文人在当代文化中如何有真实存在的语境呢？这就是贾平凹的难题，这样的难题却不是身处现代性困境中的20世纪90年代中国知识分子所理解的。贾平凹笔下的庄之蝶并不是直接回应现实的文化/精神颓败问题，而是绕了一个大圈，这么大的圈，就像是一次没有归期的放逐了。庄之蝶唤起了古典时代的文化记忆，这是古典时代的文化英雄，贾平凹力图让我们去回想古典时代的文化，也试图让我们去思考当下文化颓败的根源——古典时代的文化已经颓败，庄之蝶无法成为挽救文化的英雄，相反，他的失败本身表明传统拯救现代的失败。

就这样，贾平凹把一个本来是指向当代现实及其精神的叙事，其实是转向了古典传统在当代的命运的主题上——他当然是试图以此来回答当代颓败的病根所在。这样的诊断当然有贾平凹的独特性，但也未尝不是偏激与片面（片面的深刻？）。这样的主题，其实是贾平凹在20世纪90年代初的感悟，一直处于西学潮流中的当代知识分子并没有这样的经验，不管是沉迷于传统，还是逃离传统；不管是肯定还是拒绝，这仿佛都是80年代的仓促紧迫的任务，90年代初其实只有实用主义，知识分子并没有深远的追思和未来的构想。贾平凹到底是太落后还是太激进？这二者在贾平凹身上达成一个奇怪的统一，这就造就了庄之蝶这样奇异的人物，他无法在当代文化语境中被识别，他是一个整全的"他者"。于是，庄之蝶的身体和精神只能在独特的语境中释放，那就是在性欲的放纵中，在对文化典籍的尊崇中来展现庄之蝶的"废都"世界。

也只有在这种逻辑上，才能理解唐宛儿何以可以把"性交"当成是文化奉献，当成接近文化的一种方式。她说道：

> 我看得出来，我也感觉到了，你和一般人不一样，你是作家，你需要不停地寻找什么刺激，来激活你的艺术灵感。……但你为什么阴郁，即使笑着那阴郁我也看得出来，以至于又为什么能和我走到这一步呢？我猜想这其中有许多原因，但起码暴露了一点，就是你平日的一种性压抑。……人都有追求美好的天性，作为一个搞创作的人，喜新厌旧是一种创造欲的表现！……我也会来调整了我来适应你，使你常看常新。适应了你也并不是没有了我，却反倒使我也活得有滋有味。反过来说，就是我为我活得有滋有味了，你也就常看常新不会厌烦。女人的作用是来贡献美的，贡献出来，也便使你更有强烈的力量去发展你的天才……①

唐宛儿如此表白，似乎她不是潘金莲式的妇人，而是献身文学事业、拯救文学天才的纯情少女，他们的交欢因而具有了历史的和文化的意义。现在，文学存在的意义与具有古典韵致的女人融合在一起，唐宛儿让庄之蝶重新感觉到他又是一个男人了，心里有了涌动不已的激情，"我觉得我并没有完，将有好的文章叫我写出来！"②唐宛儿的肯定是个双重肯定，她肯定了庄之蝶作为男性的健全的性功能，并且肯定了庄之蝶恢复的古典文风的那种情调语境——原来这二者是沟通的。性情中如何有文化以及古典美学流露出来，这是贾平凹的困局，现在似乎被轻而易举地解决了。

---

① 贾平凹：《废都》，北京出版社，1993年，第123—124页。
② 《废都》，第125页。

庄之蝶实际上并不存在于现实语境中，他没有现实的对应的所指，他不是现实的存在者。庄之蝶是古典时代的破落士大夫与秦西乡间文人奇怪的混合物，他明显疏离于20世纪八九十年代之交的历史，那样的历史断裂实际与他无关，他未曾经历过当代知识分子的精神冲突。庄之蝶的记忆只有古典的和乡间的记忆，而80年代在中国知识分子心灵上的震撼，未曾在庄之蝶身上留下印记。他存在于唐宛儿们和典籍中，这就可以理解庄之蝶形象的真实意义——正如我们前面所指出的那样：他所勾连起来的乃是传统文化在当代的命运以及如何复活这一主题。"废都"，并不是现代精神的废都——对此贾平凹历来没有兴趣。在90年代初，一个正在勃发的弘扬传统文化的时代，贾平凹或许感觉到，那个传统文化已经颓败，庄之蝶本来是要承担重建"性情"文化的重任的，但庄之蝶这样的人物已然是一个失败者，或者边缘人物。他的出场就是一个阳痿患者，他在唐宛儿的肉体上霍然痊愈，而且愈战愈勇。拯救文化，拯救庄之蝶式的人物，有什么途径呢？只有性和典籍——透过这二者，可以唤起一种失传的古典美学风韵。或者，它们二者是一回事，本质上是一种颓败的肉体如何重新焕发生命力的问题。

很显然，贾平凹并不愿意简单平面地描写性爱，他要把性爱作为肯定文化的一种形式。这不只是女人的语言/誓言的肯定，还有那些文化典籍作为铺垫或背景，它们构成了一种意境，依赖古典记忆超越当下的困局。在那些寻欢做爱的时刻，那些女人经常手持《红楼梦》之类的书籍阅读[①]，诸如《浮生六记》《影梅庵忆语》《闲情偶寄》之类的古籍读本使唐宛儿获益匪浅。这些女人也自觉跨越时代界线，等同于古典时代的淑女妇人，甚至秦淮名妓（如董小宛）。这些女人的错觉显然是贾平凹要跨越历史界线的想象——抹去古典时代与当代的时间标记，重新恢复文化的历史记忆，在性/情中历史可以消解，文化更为深层的意蕴可以绵延而至。当代知识分子的精神颓败史就这样不知不觉地转向古典时代，这是贾平凹没有办法的办法。因为他无法真正书写这个时代知识分子的精神荒凉，或许当代知识分子始终是他

---

① 《废都》，第310页。

所不认同的一种族群，或许他认为那背后的历史太过强大和复杂。他是一个宁可生活在古典时代的人，他所痛心的是古典时代的颓败，是庄之蝶这样的人物的颓败。他的困境或许在于，庄之蝶这样的"牛鬼蛇神"，已经被当代文化驱魔了，已经逐出了当代文化的中心地位，庄之蝶设想他的存在价值，要恢复他的神圣地位。在贾平凹的写作谱系中，庄之蝶实际上可以偶然从那乡间文人或术士那里找到雏形，他们可以与乡野风情构成一致的语境；他们往前伸展就成了庄之蝶，而庄之蝶则要与古籍野史相适应。总而言之，贾平凹并不是在当代主流文化的背景或语境中来书写当代精神荒凉的主题，他的文化记忆主要还是那些富有地方乡土韵味的东西。这些东西的延伸可以沟通中国传统古籍，那些野史笔记，那些禁书另册，与山野风情还能异曲同工。贾平凹进一步设想，这些女人本来就从那些古典读本中脱胎而来，甚至连阿灿都谙熟"所有古典书籍中描写的那些语言"，他们在造爱中"把那些语言说出来"，所有曾在《素女经》中读过的古代人的动作"都试过了"。这是一次次贯穿着文化记忆的交媾，对古籍的重温成为"性情"的动力和快乐的源泉。

性情再一次从典籍那里获得了内涵，它们在"本真性"这一意义上达成了统一，并获得提升，那就是它们都是源于"内心真挚"的祈求。从身体终于抵达心灵，性情也就超越了"性欲"，根源在于内心真实，它们不只是文化理想，而且是美学理想——关于美文的理想。本真的性爱、本真的文化、本真的美文，终于三位一体。作为本真的性情文化的英雄庄之蝶倒下去了，但美学还可以站立起来。这不是简单的填补或替换，更重要的是要有审美追求。那些古典文本的存在要与性情融为一体，它们共同创造着新的美学理想。那些古典文本让他感悟到重大的价值。他在"后记"中写道：

……中国的《西厢记》《红楼梦》，读它的时候，哪里会觉它是作家的杜撰呢，恍惚如所经历，如在梦境。好的文章，圆圆团团是一脉山，山不需要雕琢……这种觉悟使我陷入了尴尬，我看不起了我以前的作品，也失却了对世上很多作品的敬畏，虽然清清楚楚这样的文章究竟还是人用笔写出来的，但为什么天下有了这样的文章而我却不能呢？！①

贾平凹在这里表达了对古籍的尊崇，庄之蝶这个形象表现的性爱与文化典籍，虽然无不回旋着一种失败的意味，但其中却有一种悲剧感。这种悲剧从远古时代一直贯穿下来，一直在"天行健，君子以自强不息"的主流文化的另一侧面游荡。它在古典时代就是孤魂野鬼，在现代依然是幽灵。在这个"废都"的时代，一切可以重新上演。20世纪90年代是个文化重建的时代，贾平凹想象着一个有着中国民间兼具乡土气息的本真性的文化绵延不断，这是中国本真性的文化的复活。庄之蝶倒下去了，生死不明，下落不明，但那种文化理想，那种美文可以在"废都"里复活。在这里他要重建90年代的美学理想，找到一条古典禁书在当代复活的道路。《废都》甚至以一种自残的写作形式，那么多的省略方框框，强行把自己和禁书等同一体，来发掘一种压抑的死亡的美学。这是一次祭悼，更是一次出发的宣誓。确实，在90年代初期，中国文化处于困难的茫然无措时期，贾平凹试图越过当代所有的文学既成阶段，这是一次胆大妄为的写作，一次关于文化和美学重建的梦想，这样的梦想远离了现代性的事业，也偏离了知识分子在90年代重新出发的高调的道德主义立场和方向。但是贾平凹顽强地开辟自己的道路，他几乎一夜之间就逃逸出当代知识分子的视野。

《废都》抓住了时代潜意识，又远离了时代，如此之当下，实际又如此超出时代，那仿佛是一部放逐和逃离之作。或许贾平凹过于大胆，他在庄之蝶身上注入的很可能是反现代的思想；庄之蝶只有沉迷于性欲，那是他逃离现代而无可作为的苦闷，那是因为他断了传统却又与现实无缘。贾平凹对一个时期的诊断不可谓不尖刻，但他根本上是超出和疏离这个时代，他写的不是这个时代的知识分子的心灵史，而是古典时代在当代的没落史。这就不是20世纪90年代初的"儒教经典"所能担当的道义，只能是野史笔记或"美文"才能扛起的重任。然而，他最终还是失败，他沦落为被拯救者。就此而言，贾平凹还是看清了真相。他寄希望于庄之蝶，他在肉体上可以重振雄风，但在文化上却是颓败的。只有

---

① 贾平凹：《废都》，北京出版社，1993年，第519页。

在这一个意义上，才能真正理解《废都》的真实意图。

确实，在今天，我们评价贾平凹这样的文化意图和美学追求，或许还有些困难，它不是在肯定和否定的意义上可以做明确决断的选择。在20世纪90年代初，贾平凹的文化企图太没落，又太超前。现代知识分子精神颓败的悲歌，实际上是古典文化及其美学复活的挽歌。它就站立在当下文化"废都"上，眺望古典时代的废墟。庄之蝶唱的仿佛是另一曲《牡丹亭》：原来风流人物看遍，怎奈何身处如此废都？未来多少年之后，谁能说贾平凹的想象不是神奇的预言呢？

因此，整个20世纪90年代上半期，人们对贾平凹的兴趣和攻击都有一定程度的错位，其中起支配作用的主导势力是道德主义话语，那些批判试图恢复知识分子话语立场，而贾平凹的复古与怀旧的悲情，则是反现代性的另一种文化立场，直到今天我们才会开始认真对待。

三、从《废都》到《秦腔》：阉割的必要

20世纪90年代上半期，对贾平凹的批判曾经一度构成知识分子出场的话语，众声喧哗，但饱含着道德主义激情，它构成了知识分子随即展开的对市场经济和文化商业主义批判的序曲，随后还有时代的最强音弘扬"人文主义精神"。到这里，知识分子在90年代的出场就算是完成了亮相。放在历史语境中来看，对《废都》的批判不管有多么严重的错位和过激之处，它都是必要的，而且它也使《废都》成为一个时代情绪和话语的聚焦目标。对于贾平凹本人来说，他几乎是凭着他本真的文化谐趣写作，他对历史的发言，实则是一个心血来潮的幌子，他知道他并不能给时代精神提供一个解决方案。这使他的《废都》看上去确实还是飘浮着观念性的东西，他的"废都"命名，批判性的姿态放在那里，那是关于一个时代的精神困境问题，那是知识分子的存在状况问题，那是一个人存在的真实性情和颓败的问题，那是文学写作与传统典籍的关系问题……这些问题都不是贾平凹在庄之蝶这样的人物身上能解决的。而庄之蝶周围的那些女人，除了肉体，以及由此展现出的古典韵致，并无更多的现实内涵。她们召唤庄之蝶是进入一个超越现实的古典时代，而不是对时代意识进行批判。《废都》

试图与时代结合得紧密，但真正起作用的人物只有庄之蝶身体的一半——这个半人半兽、半现代半古典的人物。但是，时代的投射力是强大的，在历史语境中，本来空灵的庄之蝶被坐实了——他不得不被看成是这个特殊时期的产物。贾平凹一直要写出一种"有"，一种期待解决的精神焦虑，让它在场，让它在文学话语中显现出来。这就成为一个时代的把柄，人们都可以看到的把柄，它必然要成为那个失语时期的话语之靶。所以贾平凹也并不冤，《废都》作为那个时期的牺牲品，是知识分子重新出发的祭品，这是一个难得的有分量的祭品，这就是贾平凹才能做出的特殊供奉。作为一次声势如此浩大的重新出发，这个祭悼是必要的和值得的。

因此，在今天看来，《废都》的文学水准显然相当高妙，它何以要招致如此严厉的批判？多年后让人们大惑不解。平心而论，把《废都》与当时乃至现在的大多数小说放在一起，它在文学性上，或者在叙述形式上，或者在艺术语言上，都可谓上上乘之作，但毫无办法，谁也拯救不了《废都》。《废都》就像一张招贴画，被牢固地张贴在历史之墙上，谁也揭不下来，无法还其纯粹的文学之身，只要揭下来，它就破碎不堪。它已经与那段历史紧紧地黏附在一起，那是它的葬身之地，它是它（历史）的碑文，只有在铭刻着自己的死亡时它的意义才能全部显现。

《废都》在很多方面都表示着终结与开始，它以"有"开始，这个"有"被历史狙击，被历史俘获，恰恰说明历史是多么需要它的给予，它的无私赠予。贾平凹经历过20世纪90年代的磨炼，那是炼狱般的磨炼，他要逃离《废都》的记忆和阴影，他甚至不敢正视它。《白夜》《高老庄》《怀念狼》，这些作品不能说写得不好，但都没有切中文学和时代的要害。它们是贾平凹退避三舍虚与委蛇的掩饰，作为"纯文学"最后的大师，贾平凹在这一个阶段没有看清自己的方向，他没有成为自己的主心骨，他没有正视《废都》之死（或在《废都》里死去）这个事实。而《废都》之死是一场意外伤亡，从历史来看虽然并不冤枉，但从贾平凹来看，他难道没有冤屈？他不想鸣冤？他不想报复？他内心的仇恨怎么才能公之于世？看看那个老李尔王是怎么刺瞎自己的双眼，在旷野里呼叫？他为什么不呼叫？他要把怨恨全部转化为一个怪诞的动作。大师,真正的大师只要一个动作就行了,这个动作看似不经意,看似无所谓,然而,一个动作就可以表露全部的内心隐忧,表露全部的怨气和仇恨。点到为止啊,这就是高人一等的动作。这个动作我们在等待贾平凹做出,这不是什么高难度的动作,但会是一个出人意料的动作。

直到 2005 年,贾平凹才做出这个动作,一个动作就化解了自己心中的冤仇,就把一个过往的不可解开的历史死结打开了,就能够轻松自在地向前看。这段历史怨恨只有自己能够解开,只有自己才能超越。其超越的方式只有在文本中,在真正具有破解性的文本建制中,在有贯穿自己历史的美学创生中才有意义。这就是《秦腔》的出现,那个阉割动作的出现,那是怀恨在心的阉割,那是解开历史的阉割,那是重新展开的美学追寻的阉割。

在引生偷了白雪的胸衣被饱打一顿后,引生痛不欲生,小说这样写道:

我的一生,最悲惨的事件就是从被饱打之后发生的。我记得我跑回了家,非常地后悔,后悔我怎么就干了那样的事呢?……我掏出裤裆里的东西,它耷拉着,一言不发,我的心思,它给暴露了,一世的名声,它给毁了,我就拿巴掌扇它,给猫说:"你把它吃了去!"猫不吃,猫都不肯吃,我说:"我杀你!"拿了把剃头刀子就去杀,一下子杀下来了。血流下来,染红了我的裤子,我不觉得疼,走到了院门外,院门外竟然站了那么多人,他们用指头戳我,用口水吐我。我对他们说:"我杀了!"染坊的白恩杰说:"你把啥杀了?"我说:"我把 × 杀了!"……白恩杰第一个跑进我的家,他果然看见 × 在地上还蹦着,像只青蛙,他一抓没抓住,再一抓还没抓住,后来是用脚踩住了,大声喊:"疯子把 × 割了!割了 × 了!"①

引生是个半疯半癫的少年,他疯狂地爱上白雪,有人劝他说:"引生……不该你吃的饭,人家就是白倒了,也不让你吃的。"但引生对

---

① 贾平凹:《秦腔》,作家出版社,2005 年,第 46 页。

白雪的爱，那是一个疯子的爱，是疯狂之爱，无法用理性加以解释。为了这个爱，引生把自己给残了。这个疯癫的叙述人本来没有什么稀奇，早在现代主义时期的福克纳就用过，后来中国的阿来又仿着用了一回，都获得奇妙的效果。贾平凹用就算不上什么独创，不过贾平凹用这样的叙述人还是有着显著的区别。在福克纳，那个白痴的视点是为了表现理性不能看穿的真相，为了进入潜意识的深度，揭示人性和心理的复杂性。阿来的那个白痴，几乎从来就不痴，头脑比正常人还清醒。贾平凹的这个疯癫的引生却看到了生活的散乱，看到了那些毫无历史感也没有深度的生活碎片。

这个阉割的动作，阉割的只是引生的器官，那些欲望并没有完全割去，它还是经常冒出来，而且对白雪的思念和欲望还是始终如一，这个没有器官的欲望是对贾平凹写作史的一次割断，是对过去历史的阉割。说得更明确些，是对《废都》的唤醒和逃离。这个去除欲望之根的动作是对庄之蝶的欲望历史的割裂，他不再书写欲望的器官历史，这是一个无根的欲望，无论如何，贾平凹再也不可能施展那个器官的威力。它在《废都》里也是起死回生，是唐宛儿唤起了它的超凡功能，但唤起后就不可收拾，它闯下了祸，它闹下了事。现在贾平凹干脆把那个根去除掉，他不再会书写它的作为。无根的欲望无论如何是值得同情的，是可以放开来表达的。这个割舍是把《废都》做了彻底的了结，在了结的同时，也把《废都》的冤屈做了了结，"现在割掉了它，还有什么可说的呢？"这是终结，也是开始，它们带着复仇式的快意纠缠在一起，就像引生一样，他几乎是自豪地宣称：我把 × 杀了！我真的把 × 杀了！现在《废都》的恩怨可以一笔勾销了吧？

这是一个全新的开始吗？这部书写乡村在改革时代现状的作品，回到了贾平凹最熟悉的乡土叙事中，看上去和过去的那些写乡土风情的小说没有不同，一样的深情，一样的责任，一样要为民做主鸣冤。按贾平凹自己的阐释那是凝聚了他对当代乡土中国的全部血泪般的理解。书的封底有这样的句子："当代乡村变革的脉象，传统民间文化的挽歌"，还有："魔幻笔触出入三界，畸形情恋动魄惊心；四稿增删倾毕生心血，一朝成书慰半世乡情"。中国几千年文明建立在农业的基础上，即使是毛泽东时代，也是以农业为基础，社会主义总路线也离不开农民积极参与和新农村的繁荣昌盛。但这一切现在变更了,在中国参与全球化的资本和技术角逐的伟大的历史现场,农民和农村被边缘化了,农村在萎缩——主要是在精神上的萎缩。这意味着中国几千年的社会性质、文化传统价值发生了根本改变,也意味着中国曾经进行的社会主义农村改造运动的遗产无法继承。现在,贾平凹以小说叙事的方式,要彻底地回答这些问题。更重要的是,他是否以文学的方式,以他的独特的文学表达方式表现了当今"后改革"时代中国农村的存在状况?在我看来,贾平凹带着"后《废都》"的文学思考和态度,他在关注中国农村现实的同时,寻觅他的文学出路。因而,文学与现实如此重新结成一体。《废都》是20世纪90年代初中国城市的废都,而《秦腔》则是21世纪中国乡村的废墟场景。前者是精神与文化,后者还是文化与精神。

  文学作品不是对历史的解释,也无法解决现实难题,作家一思考,上帝就要发笑。作家的思想和对现实理解基本上都是片面的,我相信贾平凹对中国农村,包括对他家乡的表现会遭到不少经济学家和别的什么家的质疑。我们只能就文学的书写来看,他是如何来写作这个时代的乡村废墟的呢?

  用疯子的视点来看废墟是颇为恰当的,疯子能看到什么真实?能看到最本真最原生态的真实,这就足够了。这个疯子引生看到了当今中国乡村杂乱的日常生活,粗俗的生活原状,那是没有意义,也没有历史感的生活状态。这里阉割掉的已经不只是引生的生殖器,而是一种对历史的冲动,一种历史化的欲望。这个疯癫的视点不再是在巨大的历史理性引导下来思考历史之有,思考内在之充盈性,而是随心所欲,毫无章法,四处窥探,呈现出乡土中国的生活碎片。这个视点,既可以控制,又全面抛撒出去。引生的自我阉割,也阉割了历史叙事的动机、深度和总体性。引生所言是疯人之语,所见是不可归纳之象。贾平凹这次就试着用理性支配力最低的一种视点来展现生活,展现那种破碎的、颓败的如同废墟一样的乡土生活世界。这又不得不看成是对在中国占主流地位的乡土叙事的彻底反动,这不只是那种宏大乡土叙事所讲述的历史愿景的破灭;在美学上的意义是:那种宏大的乡土叙事再也没有聚集的逻各斯中心,再也没有自我生成的历史理性。

四、越过废都之后：历史与美学的终结

中国的社会主义文学经历了20世纪80年代漫长而艰难的与西方现代主义的交融历程，几乎都要生长出后现代主义，但在八九十年代之交，这种历史意向被打断。90年代以来中国确实有一个城市化的高潮，但是这样的城市化在精神上被认为是西方资本主义文化入侵。而人们也从中看到物质主义欲望、金钱欲望肆意涌动。正如我们前面论述的那样，贾平凹的《废都》就试图表达这种历史意识，他显然处在错位之中。中国文学的主流是乡土文化，那也是贾平凹所擅长的方向，但他要写作城市，城市中的知识分子。这种城市中的有自我意识的人们是一种奇怪的族类，无论如何表达，他们都只能是被驱魔的对象。无法书写的城市，可能也是贾平凹《废都》遭遇集体围堵驱魔的缘由之一。到了21世纪初，中国的城市化已经发展到了一个相当热烈的阶段，然而，文学却再次顽强坚韧地回到乡土叙事，回到革命文学一直赖以寄生的文化大地和美学氛围中，这确实存在蹊跷之处。

很显然，熟悉乡土中国的贾平凹不再去关注城市——那座荒凉的"废都"。那正是他的文学写作的墓地，他要更加本分地回到乡村，回到他的故土。他有什么新的作为呢？有什么绝活呢？要知道乡间的手艺人都有绝活，每一次做活都有绝活。

贾平凹会有的，这个纯文学"最后的大师"，也是乡土文学"最后的大师"。他要以阉割手法来展开乡土叙事，依然一如既往地回到乡土风情中。这部作品的主要内容之一就是讲述"秦腔"衰落的故事，地域性的民俗文化是贾平凹的拿手好戏。但在这部作品中，这些文化标识只是其自在的文化符码，并没有化解成文本中的叙事风格，这部作品再也没有贾平凹原来的那些清雅俊朗，明媚通透，而是更多呈现为奇谲怪诞，粗粝放纵。虽然不失原有的自在，但这种自在却更倾向于生活的原初状态。没有必要把贾平凹这部作品中透示出的风格与过去做一个断裂式的对比，也没有必要在二者中做出优劣之分。而是要指出贾平凹在这部作品领悟到的一种表达方式，那就是去除乡土叙事所笼罩的规范性形式，那种在主导的美学霸权底下的和谐的美学风格。贾平凹现在则是逃离了规范化的乡土叙事，不再具有历史的深度关怀，

不再有一种文化韵致的自在沉静，而是一种"无"的态度，阉割了那个历史理性的欲望目标，把它转化为一个疯子的视点，一个随意看到的乡村自然景观。原来的那个宏大的乡土叙事，具有历史发展方向和愿景的乡土中国正走向终结，并且携带着它的更久远的文化传统。在乡村这一切正在终结，乡村的废墟正在蔓延。历史与文化的终结在小说中一点一点透露出来。

清风镇是当今中国农村的一个缩影，小说描写了清风镇在后改革时期面临的境遇。随着改革的深入，中国城市建设步伐加快，大量需求农村劳动力，而农村和农业遭遇冷落，农民工大量拥向城市。小说当然不是报告文学作品，贾平凹从清风镇的日常生活入手，一点点呈现出生活的变化，揭示出乡村中国传统的生活形式的改变，乡村生产方式和生产关系的改变，人们的行为方式和心态的改变。当然，小说一直是跟踪那个疯子引生的视点，从他的眼睛看到清风街的历史是衰败的历史，一如他的命运遭遇，是被阉割的，是无望的自我阉割的历史。这样的视点本身表达了对历史的无望之情。小说多处借君亭的口说出了清风街，也是当下中国农村的困境。清风街的颓败，是革命文学关于乡土叙事的宏大历史解体的象喻。

这种变化是惊人的，不只是农村的生产方式、生产关系，还有一套体制和人们的伦理道德和价值观念。最鲜明的变化体现在夏天义为代表的老一辈的农村干部退出历史，而年轻一代的君亭和上善成为农村的干部，夏天智为代表的尊崇传统秦腔戏和传统文化的这代人也逐渐老去和死去。夏天义和夏天智以及夏家的四兄弟都死去了，现在年轻一代的农民以及农村干部，以完全不同的方式在推进农村的历史。但这种历史与传统中国乡村，甚至与社会主义总路线时期的中国乡村都很不相同。

中国农村在应对市场经济的冲击时显得力不从心，新一代的村干部君亭做的一套完全是市场化的方式，但小说并没谴责和批判君亭这样年轻一代干部的意思，只是写出他们的生活方式，他们更为现实的抉择，他们在官场的表现，他们领导农村扩大再生产的方式。君亭要推进农村改革，要办市场，在为乡村致富找到道路，他要在干旱季节找来水，找来电。他采取的方式都很独特，他有办法摆平他们。他也偶尔吃喝玩乐,但并不过分。他也有权力斗争的诡计,但却不露声色。传统中国乡村和社会主义总路线的乡村处在这一节点,君亭们开启的是什么样的乡村的未来?贾平凹显然表达了迷惘、思考和疑虑。

这部被命名为《秦腔》的小说,更为内在的是表现乡土中国文化想象的终结。"秦腔"是西北地域民间文化及其传统价值的象征。清风镇民风淳朴,本来安居乐业,热爱秦腔,民间艺术应有尽有,这里的人虽然生活于贫苦之中,但有厚实的文化底蕴,他们坚韧而乐观。当然,"秦腔"在某种意义上表达了贾平凹对他描写的生活对象和他的作品的命名,那是一种原汁原味的秦地生活,那是具有文化意味的秦汉大地,那是中国传统历史在当代中国乡村的全部遗产的象征。然而,现代性的进向使秦腔难以维持下去。白雪这个美丽的女子作为秦腔表演的代表,她的遭遇本身是传统中国的文化价值的失败写照。新一代的农民陈星已经不会唱秦腔却会弹吉他,秦腔迷夏天智的孙女翠翠迷上了弹吉他的陈星。夏风这个从清风街出来的知识分子,他最大的理想就是要把妻子白雪调到省城妇联去。依然在艰难地坚持唱秦腔的白雪,只是到四邻八乡的红白喜事上去唱咏,更多的情况下是到丧事上去歌唱。这是个绝望的讽刺。后来白雪生下一个残疾儿,它隐喻式地表达了白雪的历史遭遇了困境,民间艺术的纯美只能产生怪胎,不会再有美好的历史延续。最后,白雪与夏风也离婚,回到娘家,她在夏天智丧葬时唱着秦腔。夏天智一辈子热爱秦腔,是秦腔最执着和纯粹的传人。白雪唱的是《藏舟》,引生这个疯子就在白雪身边,引生的眼里都是白雪凄楚的样子[1]。引生这个疯子在小说的开头就是看着白雪唱秦腔爱上白雪,现在小说结尾处,白雪唱的是挽歌,她为夏天智去世而唱,也是为自己的命运而唱,也是为乡村和秦腔的衰败命运而唱。只有引生对这一切是那么理解,理解其中全部的悲剧蕴意。一种死亡的气息在小说的结尾处弥漫,也是在乡村弥漫,在传统民间文化的末日弥漫,如吼如哭的秦腔作为哀歌倒也恰如其分。

当然,从小说艺术的角度,这部小说在艺术上显示出一种独特性,在不少人看来,这是杂乱无序的乡土生活的拼盘,是无法忍受的语言

---

[1] 《秦腔》,第547页。

大杂烩。然而，如果从乡土中国叙事的历史及其未来的面向来看，这部作品的力量也是独到的。它的叙事方式本身表达了乡土美学的困境。

这部小说采用的视点是引生这个半疯子的视点，这个视点不只是看出乡土中国历史的破碎和衰败，同样重要的是，这个视点表达了对中国主流的乡土叙事的拒绝和逃离，甚至非常尖锐地表达了乡土美学想象的困境。叙述人引生的自我阉割是个叙述行为的象征，只有去除个人的欲望，个人话语欲望，去除建构历史神话的冲动，才能真正面对乡土中国的生活（当然也可能是对《废都》的遭遇的愤怒，他干脆上来就自我阉割，使欲望不再有真实的行为）。秦腔的失去就像美的失去，就像白雪这样一个乡村美人是不能再生产的，只能生产畸形儿，这是个终结的美丽的传统的观世音。贾平凹也一定在设想，文学写作本身，文学乡土中国的书写，也不再有美的存在，正如他对秦腔的叙述构成自我博弈一样，他的书写是对自己的书写的书写，这样的书写是对乡土的绝望，如同秦腔，这是对中国乡土文学的挽歌。

小说的阉割是一个象喻，引生作为一个叙述人过早地自我阉割，他不只是阉割了自己对白雪的欲望，也阉割了对历史倾诉的欲望。他只是看到乡村的日常生活，这里只有平凡的琐碎的生活。贾平凹不再虚构历史，不再叙述宏大的合乎历史目的论的故事。这里没有剧烈的历史矛盾，也没有真正的深仇大恨，只有人们在吃喝拉撒。小说的叙事主要由对话构成，这是对宏大叙事最坚决的拒绝。这里到处都是人，并没有主要的人物，没有戏剧性冲突。这是对资产阶级现代小说的彻底背叛，资产阶级现代小说是以情爱为主导，以人物性格发展和命运变异为线索，小说经常是在独处的空间，如客厅和卧室，或者大自然的野外，那种小说的空间总是有一种整洁和安静的气氛。但在贾平凹这里，到处乱哄哄的，到处都是人，众声喧哗，杂语纷呈。一会儿是说陕南土语方言，一会儿又是唱秦腔。引生这个孤独的视点从来不会透视人的内心，现代主义的小说则是以叙述人进入内心为自豪。但引生的视点看不到历史的连续性，看不到生存的意义，也看不清真相和人的内心。只有生活在流动，只有人们在活着和说话。与其说引生躲在一边在看，不如说他躲在一边在听。这么多的对话，几乎全是对话，这是反叙事的小说叙述，是没有叙述的叙述。这是听的小说，就像生活本身在场一样，生活以其存在在表演，生活就是戏剧本身。就是"秦腔"，这是唱出来的小说。

因为引生的半疯癫状态，他经常陷入迷狂，在迷狂中他最经常看到的是两个人，一个是他父亲，另一个是白雪。在一次实际中也可能是迷狂中，引生又见到白雪。这是一个精彩且惊人的细节，引生与白雪在水塘边遭遇，引生掉到水塘里，而白雪给引生放下一个南瓜。引生抱起南瓜飞快地跑回家里，把南瓜放在中堂的柜盖上，对着父亲的遗像说："爹，我把南瓜抱回来了！"他想，爹会听到的一定是："我把媳妇娶回来了！"引生开始坐在柜前唱秦腔。这些叙述，把日常生活的琐碎片段与魔幻的片段结合在一起，使小说在日常生活的场景中，也有飞扬跳跃的场景。这个叙述人引生不再能建构一个完全的历史，也不可能指向历史的目的论，它只能是一些无足轻重的贱民的生活与一个疯子的迷狂想象。

乡土美学想象的困境也就是乡土历史的困境，乡土历史说到底是乡土叙事的历史，是乡土的叙事历史。贾平凹并不是一个有政治情结或对宏大历史特别反感的人，对于他来说，回到乡土生活本身可能是他写作的一种本真状态。如果说有一种乡土叙事，那就非贾平凹的这种叙事莫属了。乡土中国在整个现代性的历史中，是边缘的、被陌生化的、被反复篡改的、被颠覆的存在，它只有碎片，只有片段和场景，只有它的无法被虚构的生活。乡土中国的生活现实已经无法被虚构，像贾平凹这样的"乡土文学"最后的大师也已经没有能力加以虚构，那就是乡土文学的终结，就是它的尽头了。《秦腔》表达的就是它的挽歌，就是它的最后一次的虔敬。从此之后，人们当然还能以各种方式来书写乡土中国，但我说的那种最极致的、最令人畏惧的写作已经被贾平凹献祭般地献上了，其他的就只能写和重复地写。

我们在贾平凹的《秦腔》这里，看到乡土叙事预示的最初的也是最后的景象：那是一种回到生活直接性的乡土叙事。这种叙事不再带着既定的意识形态主导观念，它不再是在漫长的中国现代性中完成的革命文学对乡土叙事的想象，而是回到纯粹的乡土生活本身，回到那些生活的直接性，那些最原始的风土人情，最本真的生活世相。对于主体来说，那就是还原个人的直接经验。尽管贾平凹也不可能超出时代的种种思潮（甚至"新左派"）的影响，他本人也带有相当鲜明的要对时代发言的意愿，但贾平凹的文学写作相比较而言具有比较单纯的经验纯朴性特征，他是少数以经验、体验和文学语言来推动小说叙事的人，恰恰是他这种写作所表现出的美学特征，可以说是最具有自在性的乡土叙事。它在文学上的根本意义在于，贾平凹的叙事再也不可能建构一个完整性的新世纪的乡土叙事，在回到生活原生态中去的写作中，革命文学在漫长的历史中建构起来的那种美学规范解构了，只剩下引生那个半痴半疯的人在"后改革"时代叙述。在这样的历史场合，乡土中国找不到它真正的代言人，贾平凹其实也没有把握，他只能选择那个自我阉割的引生，他的自我阉割可以读解成是对他具有的历史冲动的阉割，那个宏大的历史眷恋现在只能变成一个巨大的精神幻象，如白雪一样也日益香消玉殒。他永远不能及物，不能切入新世纪的历史场域中，只能看着那个历史客体以他不能理喻的方式转身离他而去。这样的文学叙事或美学风格不能弥合深刻的历史创伤，不能给出历史存在的理由和对未来的预言，相反，这是一个破碎的寓言。

这个破碎的寓言却使当代小说具有了对这样的全球化进行质疑、穿透和对话的可能性，破碎性的叙事本身，是乡土自在的本真性生活的自我呈现，它是一种杂乱的呈现，一种对新世纪历史精神无须深刻洞悉的呈现。乡土文化崩溃了，消失于杂乱发展的时代，但对其消失的书写本身又构成另一种存在，那是一种文化以文字的形式的还魂和还乡。这种书写困难而勉强，但却倔强。就像叙述人引生那样，没有巨大的视野，只有侧耳倾听，只有勉强去充当一个配角时才能观看。但那样的内心却有着怎样的虔诚，在破败的乡土中始终不懈地追求单纯性和质朴性，它始终说不出真相，它只是在听，它引导我们在听那曲挽歌。这肯定是我们不能理喻的乡土，也是新世纪中国文学更具有本土性力量的乡土，贾平凹终于轻松自如地穿过本土——更加自在本真地对待本土性。这显然是在越过《废都》之后，他可以如此随心所欲，如此老实巴交地唱起"秦腔"，真正是长歌当哭，回肠荡气又令人不可忍受，在全球化时代使汉语写作具有不被现代性驯服的力量。

五、落地成形：《古炉》的炉火纯青

2011年，贾平凹出版67万字的《古炉》，在《废都》《秦腔》之后，贾平凹还有多大作为？他还能往什么道上走？汉语文学发展至今，这些参透汉语玄机的已经有些老到的作家，能给汉语文学提示什么样的可能性？因此，我们感兴趣的问题是要去追问：在《废都》和《秦腔》之后，《古炉》存在的理由何在？贾平凹这样的作家，为什么要写作一部这样的作品？这样的作品在他的创作中标志着什么意义？仅只是前面几部作品的延续和还是有着相当厚实的道理？厚实不是因为这部作品的物理规模厚重，而是它作为《废都》《秦腔》之后的作品所具有的独特意义。

只要稍有语言和文本的敏感，就可感觉到《古炉》与《废都》的美学风格相去甚远，而与《秦腔》接近，但又更加圆熟激进。说"圆熟"好理解，何以会激进？《古炉》是怎样的叙述？《古炉》是落地的叙述，落地的文本。这就是应了苏东坡的话，"随物赋形"，不择地皆可出，"常行于所当行，常止于不可不止"（苏东坡《文说》）。这就是浑然天成。但《古炉》确实又有一种粗粝，随物赋形，更像落地成形，贴着地面走，带着泥土的朴拙，但又那么自信沉着，毫不理会任何规则，我行我素。其叙述之微观具体，琐碎细致，鸡零狗碎，芜杂精细，分子式的叙述，甚至让人想到物理学的微观世界，几乎可以说是汉语小说写作的微观叙述的杰作。其叙述遇到任何地上的物体（石磨、墙、农具、台阶、狗、猫，甚至屎……），都停留下来，都让它进入文本，奉物若神明。这就是随物赋形，落地成形，说到哪就是哪，从哪开头就从哪开头。无始无终，无头无尾，却又能左右逢源，自成一格。如长风出谷，来去无踪；如泉源流水，不择地皆可出。随时择地，落地而成形。这种叙述，这种文字，确实让人有些惊异，有些超出我们的阅读的经验，但却足以让我们感受到这种文字不可名状的磁性质地，它能如此贴着地面蠕动，土得掉渣又老实巴交，但又那么自信地说下去，什么都敢说，什么都能说，真如庄子所言，屎里觅道而已。

因为《古炉》的出现，我们不得不重新去思考《废都》与《秦腔》的关系，《古炉》以其炉火纯青的气韵，甚至让《秦腔》也略显稚拙。

这并不是要在《废都》《秦腔》直至《古炉》之间建构一个贾平凹写作的无限进步史，其中贾平凹还有其他也称得上是力作的作品，但只有这三部作品在他的写作中具有历史的真实性，具有支点的意义，那就是转折的意义。《废都》受到迎头痛击，迫使贾平凹搁笔而后转向。本来贾平凹自己可能会以为《废都》是一次转向，是对以往的山野风情、人性天伦的商州文化书写的转向，转向了传统的美文。在20世纪90年代初，他想从他的商州土地上转向传统典籍，他在向传统美文致敬。一方面，他想对现实发言，想写作90年代初的中国知识分子的困境；另一方面他想在文学上关闭现实，他想用传统美文阻隔主流的美学霸权。于是庄之蝶具有所有中国传统文人的品性，他倒真是提前复活了中国传统文化，就这一意义来说，贾平凹又太超前了。他从山野风情一下子就跨进了中国传统美学，他想凭借着他的天才立即就抵达空灵之美，即使抵达了也是枉然。真是"出师未捷身先死，长使英雄泪满襟"——这样纯粹的对传统美文的感悟是虚空的，甚至是虚脱的；如果《废都》写于《秦腔》与《古炉》之后，情形又将完全不同。《废都》没有乡土中国的现实与历史做依托和过渡，它一下子就跨入了古典时代，这是人们在美学上难以接受的缘由。

确实，因为《废都》的夭折，贾平凹不得不转向，转向乡土中国土得掉渣的叙事。这下人们踏实了。《秦腔》几乎是毋庸置疑地获得了众口一词的赞赏，这与其说是对《废都》的绝情，不如说是补偿；与其说是补偿，不如说是回味。《废都》这些年几乎是在人们慢慢的回味中复活，那样一个"废都"，原来姹紫嫣红开遍，似这般都付与似水流年。私底下也有人感叹："悔不该酒醉错斩了郑贤弟！"实在令人意想不到，在20世纪80年代的现代主义运动之后，90年代初还有这等封建主义的迟暮之作！多年之后，可能人们才意识到，这不就是90年代中国传统全面复活的先声之作吗？谁会想到在中国当代，风水还会如此轮流转？

《废都》在美学上和叙事上的合法性，在21世纪初的传统主义复活的语境中已经足够建立起来，这使《秦腔》的高亢难以压抑住《废都》的幽怨，这两部作品不只是平分秋色，而且让人们想起这样的问题：假使《废都》没有受到迎头痛击，贾平凹在传统美学那条道路上会走多远？会有什么样的古典美学大师在当代现身？那会是一条真正接通了中国传统文学的捷径吗？真正是一个时代的捷径，因为贾平凹个人就把这条断了的文脉接通了。可惜还是半途而废，徒劳无功。贾平凹也不得不转向，回到乡土中国，回到最朴实的当下叙事。

但是，因为2011年《古炉》的出版，这条沿着《秦腔》的路数更为干脆地回到乡土，回到汉语，回到手写，这就是"落地"了。《古炉》不只是给《秦腔》一个理由，也是给《废都》做了明确的了断。它使《废都》的空灵之美都显得苍白，它使《废都》的高妙都显得缥缈；同样，它使《秦腔》的朴拙都显得奇巧，使《秦腔》的"以实写虚"都显得单薄。这才使人们想到，从《废都》转向《秦腔》是值得的，甚至是侥幸的，因为有《古炉》。它并非必然之作，只能是说可遇不可求。如果是顺着《废都》的路，那是必然是另一种景象。比较一下《古炉》的质拙和愚顽，这就是老树开花，这才有如此彻底的回到汉语，如此的随心所欲，如此无所不能，这几乎是拿着《废都》和《秦腔》回炉——这才有炉火纯青。

其实，我所说的"落地的文本"，当然不只是在美学的风格上和叙述方法上来立论，如果要开掘出作品文本的内在意蕴，历史的落地——那就是大历史、"文革"的创伤性记忆落在一个小庄；灵魂的落地——那就是这里面的人的所有的行动、反抗和绝望，都具有宿命般的直击自身内心和灵魂的意味。这些意蕴，就不是这有限的篇幅所能涉及的内容。

如此说来，已经不用去分析这部作品对"文革"惨烈历史的书写，也不用去分析那个狗尿苔孩子的视点如何还原那段乡土中国的独特"文革"史，它区别于迄今为止所有的知识分子的"文革"史；也不用去分析霸槽等等的形象被写得如此有质地，善人梦呓般地说病和自焚；也不用去读解诸如结尾处枪毙霸槽再吃人血馒头的有意重复鲁迅的细节，狗尿苔与牛铃就那样自作聪明地白吃了两坨屎……这部作品在这些方面有着说不完的素材，精彩而锐利，直抵本质，不留余地。但是，对于贾平凹这样的作家来说，对于存在着的《废都》《秦腔》和《古炉》来说，更要紧的或许是说出三者的秘密关系，这就是贾平凹写作的秘密，就是《古炉》的秘密，就是半部中国当代文学史的秘密。

第十三章 "喊丧"、幸存与去历史化
——《一句顶一万句》开启的乡土叙事新面向

引言：当代乡土叙事的"喊丧"声调

2009年，刘震云出版长篇小说《一句顶一万句》，令文坛颇为震惊。刘震云这些年不知不觉就成为中国当代最激进的写作者，从《故乡天下黄花》开始，他对"故乡"——乡土中国的家园的书写，就显示出与众不同的热情和力量。经过《故乡相处流传》到达《故乡面和花朵》，这是刘震云对故乡书写的无限激进化的路径。中间经历过《手机》的躁动和《一腔废话》的迷惘，《我叫刘跃进》已经很有些清醒了。但《一句顶一万句》还是让人惊奇，那么平静、平实、内敛地叙述乡土中国，却隐藏着那么深刻的忧郁。他仿佛徘徊在乡间，仿佛踟蹰在文坛，"生还是死"？关于书写乡土中国的疑问，这是关于写作的疑问，这是关于不写的疑问。

刘震云这部小说质朴大气，手法独特诡异，其包含的主题思想复杂丰富。本文当然不可能全面阐释这部神奇之作，这里想就"喊丧"与"幸存"的经验这一点来进行阐释。

其"幸存"的经验可以从"喊丧"那里显示出来。"喊丧"或许是这部小说并不显眼的一个细节，对于刘震云来说，也可能并没有什么特别的隐喻，甚至有可能不过是他玩弄的一个噱头。但作者不经意玩弄的一个细节，却在文本中构成了一个极有生产性的机制。

小说的主要人物，杨百顺，后来叫杨摩西，再后来叫吴摩西——

这个人物的生活史就是改名史。小说开篇不久就写杨百顺在少年时期喜欢听罗长礼"喊丧"。那是乡土中国葬礼仪式上的独特声调,罗长礼本来做醋,但他不好好做醋却喜欢喊丧,远近闻名,谁家做丧事,都请他喊丧。小说这样写道:罗长礼仰着脖子一声长喊:

"有客到啦,孝子就位啦——"
白花花的孝子伏了一地,开始号哭。哭声中,罗长礼又喊:
"请后鲁邱的客莫啦——"
同时又喊:
"张班枣的客往前请啊——"①

这或许是小说中一个不起眼的细节,众多的故事中的一个小片段,但这是少年杨百顺最重要的经验,他一直想成为一个"喊丧"的人,事与愿违。后来在他丢失养女巧玲,躺在黄河边上的路边,他回想起他的一生做过无数职业都与"喊丧"无关。从做豆腐起,到杀猪,到染布,到信主破竹子,到沿街挑水,到去县衙门种菜,再到卖馒头……他都未能成就自己"喊丧"的梦想。到上部"出延津记"结尾时,路人问他叫什么名字,他想来想去,自己原来叫杨百顺,后来改叫杨摩西,又改叫吴摩西。但他最后还是觉得自己应该叫罗长礼。杨百顺变来变去,他的本性还是罗长礼,还是一个"喊丧"的人。

当然,"喊丧"显得太过悲戚,这与中国乡土叙事惯常有的乡愁般的情调大异其趣。经典的乡村浪漫情调,被恶作剧般地改变为"喊丧"。这显然并不是刘震云一人所为,三年前,贾平凹就让他的《秦腔》中的主人公白雪后来一直在丧葬上唱秦腔哭丧。在21世纪,令人想不到的是,最前卫先锋的激进叙事是发生在乡土叙事领域,他们以"喊丧"的姿态与声调开始写作。

乡村中国的经验已经历经无限的写作,变得越来越困窘,越来越枯竭。在"现代的"乡土,或者"革命的"乡土之后,20世纪80年代的中国试图从"寻根"那里来发掘乡土新的经验,使之具有现代主义的内

---

① 刘震云:《一句顶一万句》,长江文艺出版社,2009年,第15页。

涵。"寻根"是中国文学走向世界，与世界文学对话的努力。但这场对话不了了之，并未有能力持续下去。取而代之的还是重写革命历史，把乡土中国的经验置入现代性的革命历程中，去看待它经历的历史变异。《白鹿原》《故乡天下黄花》《笨花》《生死疲劳》等就是这样的"向内转"。乡土中国还是回到自身的世界中，讲述自己的故事，对自己讲述自己的故事。显然，"向内转"的经验也已经被几部大书耗尽，留给想要进一步有作为的乡土叙事，可能的路径就十分艰险，那几乎只有在绝处逢生。如同幸存一般，能活下来，能活着走下去，那就是幸存的文学了。在这一意义上，或许《一句顶一万句》创造的就是一种幸存的文学经验，或许因此，汉语小说又有无限宽阔的道路。

一、幸存的孤独：对友爱或家庭伦理的解构

"幸存"（survival）这一概念可以从德里达的《友爱的政治学》里找到哲学依据。德里达从蒙田的那篇谈友爱的散文里读出那个感叹的句子："哦朋友，没有朋友"。德里达从蒙田引述的西塞罗的论说中，读出友爱极为独特的意味。西塞罗书写的葬礼挽词，那是对朋友的哀悼怀念，在这里，友爱放射着启示的希望光辉，把朋友的名字许诺给遗嘱之中回归的亡灵，友爱因此超越生命投射希望。在这种投射友爱与激发友爱的希望中，西塞罗相信同一性，那是死者与生者，我的说话与墓地中的倾听者，我的现在的说话与我对身后的葬词的期许（我死后也能听到同样的朋友在赞美着我的美德）。这是一个同一性与友爱的共同体的问题。葬词对朋友的祭悼其实是与死人展开相互投射和注视，友爱的表达总是在葬礼上被深化，此情此景的友爱总是感人至深。因而德里达会说友爱无论如何，都是幸存的可能性。"此乃哀悼的别名，其可能性绝对是不可期待的。因为，没有哀悼，我们就无法幸存。任何一个活着的人都无法战胜这一重言的逻辑——这一幸存状态的逻辑，即使是上帝，也束手无策。"[①] 因为朋友的故去，我的

[①] 德里达：《友爱的政治学》（英文版），沃索出版社，1994年，第13—14页。中文译文参见[法]雅克·德里达：《〈友爱的政治学〉及其他》，胡继华译，吉林人民出版社，2006年，第28页。

幸存，我才意识到友爱的重要。或者，死去的朋友是我意识到幸存的参照物，我与死者构成了一种对视的关系。我也将死，终有一死，我的死后，也有朋友对我注视。如此看来，德里达对友爱的解释显得异常奇特：友爱是人寻求同一体的一种方式，但更重要的是，它起源于幸存的可能性。

如此看来，友爱表达了并证明了幸存，友爱是为幸存，为幸存而友爱。友爱是幸存的可能性，而幸存则是生命的最基本也是最本质的意义。德里达说，"幸存"与名字的那些主题相联系，朋友的名字、名义以及生命的有限性，这些主题唤起记忆和遗嘱。友爱总是与此相关。也许"幸存"是理解友爱的全部起点，但德里达本人并未强调这点，也并未进一步发挥。但对于我们来说，则是可以在此作为起点，去理解刘震云的《一句顶一万句》中的作为幸存经验与他解构友爱之间的关系，由此构成这部小说极为独特的伦理经验和小说叙述的经验。

乡土中国的"喊丧"当然也与西塞罗在墓地的悼词有所不同，但作为一种丧葬的仪式，它也同样表现了生者与死者的关系，尤其是把亲人呼唤到葬礼前。"喊丧"显然是一种更为强烈的哀悼形式，也可能是一种更强烈的幸存经验。"哀鸿一片"是乡土中国丧葬的主导表现形式，它同时也是以血亲纽带重建家族共同体的重要手段[1]。在喊丧、幸存与友爱之间，这部小说构成了一种隐秘的关系。

"喊丧"在生与死、在场与不在场、个人与共同体之间构成一种多元的奇妙关系。杨百顺喜欢"喊丧"，其实也是从这个行为中体会到面对死亡的生命超越可能性（小说后来解释说，喊丧和玩社火一样，都有些"虚"）。确实，"喊丧"有双重性：一方面是借用死者的权威和恐惧，利用鬼魂的超自然超现实的力量，来规划和建构亲属的共同体；但另一方面，"喊丧"的人却有一种他者的地位，他几乎灵魂出窍，他成为一个旁观者，他指使别人来到死者面前，而他超然于死者的权威之外。在死亡的现场，唤来其他存活的生命向死者顶礼膜拜，

---

[1] 乡土中国极其重视死者的坟地选择、祠堂祭祀等仪式，表明长眠地下的先祖庇护在世的家人。因此丧葬仪式的本质内容就是祈盼死者安眠地下，保佑在世的家庭家族。反之，在世的人所取得的成就，也是光宗耀祖，也得益于先辈长眠地下的英灵的庇护，甚至得益于墓地的位置选择到好风水。所有这些，在中国传统社会中，在乡村社会中，死者并未离去，死者与生者也构成一种永恒的阴阳亲属共同体。

还有什么比这样的存在更为令人敬畏的呢？似乎只有罗长礼可以超越死亡。在那样的场景中，罗长礼也是一个孤独之子，他是唯一的这一个，是唯一的与死者享有同等权力的人物。他实际上就是死者的替身，作为死者的代言人，把生者唤到死者面前，他本质上就是一个"鬼"。罗长礼是复活的"鬼"，甚至是不死的"鬼"。他是在场，是时间的停留。他前有死者，后有生者，都与他无涉，他是孤独的，绝对的那个人。他活脱脱就是死者的魂魄在场。

"喊丧"面对死亡的个人性，其本体论的意义则是一种巨大的孤独感。那是一个没有对象的呼喊，那是向死的呼喊，其发出的声调、音频、音重——那种美声似的吟唱，与现场的哀号形成深刻的区隔与歧义。由是，幸存与孤独构成一种互补关系。杨百顺着迷于罗长礼的喊丧，也是他从中体会到那种截然的孤独/幸存的经验。刘震云的人物试图找人"说话"，起因于内心的孤独，但越说越孤独，因为语言的误解，更重要的是因为人心的狭隘和自私。孤独的根本在于人作为一个如此绝对的个体，它无法构建一个共同体。杨百顺遭遇父亲老杨的算计，让他弟弟杨百利去延津上新学，因为杨百顺比杨百利脑子更活泛，怕他翅膀硬飞离了做豆腐的家传祖业。从杨百顺的经验来看，小说中没有看出他的家庭有多少友爱，那只是一个乡村的自然的经济单位，家庭不是友爱的场所，只是生产作坊。杨百顺本质上是孤独的人，他的生存如同一个永远延搁的"喊丧"事件。

杨百顺想成为"喊丧"的人，小说虽然并未更多地解释他为什么有此向往，但我们从他后来的人生遭遇可以反证。少年的杨百顺只是羡慕罗长礼的脖子长，声音响亮。在小说中，杨百顺喜欢喊丧并非只是单纯的爱好的表达，喜欢看喊丧这一行为一出场，其实是少年杨百顺的颇为痛楚的经历。家里羊丢了，他正打着摆子，他不去找羊，却跑去看罗长礼喊丧，结果遭遇家庭暴力，被父亲拿皮鞭抽了一顿，晚上还是要去找羊。因为惧怕狼和豺狗，他不敢回家，想在外面躲躲。与他一起爱看罗长礼喊丧的少年李占奇也被父亲打了，打了儿子的父亲在院子里一边编篾篓一边哼小曲。杨百顺本想到李占奇家里躲一晚，但看到他爹在院子里哼着小曲编篾篓，就知道李占奇挨打了。家庭暴力在当时的乡村生活中实在是司空见惯，它就是一种日常经验。但这种日常经验也确实对乡村生活的家庭伦理提出了反思。但"不打不成器",谁又能说在顽劣的乡村生存经验不是一种必要的训练呢?这个喊丧的场景在小说开始不久,它所引发的故事,却是对家庭伦理的直接颠覆。杨百顺后来没有去李占奇家,而是出外躲藏,路上遇到剃头的老裴。老裴因为与老婆老蔡吵架打了老蔡一巴掌,引来她娘家哥哥"讲理",最后被老婆老蔡打回了一巴掌再做罢休。但老裴却想着窝囊,越想越气愤,就抓起一把刀要去杀老蔡的哥哥。路上遇到杨百顺躲藏在外,他才打消掉自己杀人的企图。小说兜了一个圈子,并非是老裴如何善良,而是路遇杨百顺让他打消了杀人的念头,杨百顺也无意中救下一人命。对于刘震云的叙述来说,"喊丧"未必有意识地与这些随后的情节构成一种隐喻关系,但"喊丧"又实际上与这些随后的情节牵扯在一起,随后的事件、行为都与家庭伦理有关,也都与人伦"友爱"相关。在乡村的日常生活关联中,亲人与亲友之间,却是如此充满了怨恨与误解,一肚子的冤屈无处诉说。因而教书的老汪解释孔夫子的《论语》中的第一句话:"有朋自远方来,不亦乐乎?"说是因为身边没有朋友,没有人说掏心窝子的话,所以才想着远方的朋友来能说个交心的话。而老汪也是一个孤独之人,他平时每月有两次要在野外长走,他也是一个幸存者,他的5岁的女儿掉进水缸淹死了,他的孤独与幸存也构成一种相互关系,有孤独处就有幸存的经验,幸存的经验也与孤独相通。因而刘震云想表达"千年孤独"的"说话",也同样是一种幸存的经验①。

  孤独与幸存都与友爱的严重受损或缺失相关。杨百顺的弟弟杨百利上延津新学,上了半年就解散,解散后他遇到牛国兴,二人玩起了"喷空",按说二人是好朋友,也为着替牛国兴送情书,杨百利挨了打,二人却互相埋怨觉得对方不够义气。杨百利后来又遇上老万,二人的"喷空"游戏也十分畅快,牛国兴却憋气,他看着坐在马车上与老万说得眉飞色舞的杨百利,恨得牙痒痒的。"喷空"在小说中也是一个颇有隐喻性的情节,这部小说中的人物如此强烈地寻求说话的朋

---

  ① 在图书策划人安波舜为这部小说写的序言中,以及书的宣传语句中,这部书被称为表达了"千年孤独",显然这是与马尔克斯的"百年孤独"相比较而做的说辞。

友，而"喷空"也是两个人说话的方式，甚至使两个人意气相投。在虚构的话语中，在话语的虚妄之流中，两个人感觉到心灵交流的通道。刘震云甚至嘲弄了同性交流的方式，那是县长老史与戏子苏小宝"手谈"（影射同性恋），他们"手谈"高潮让杨摩西倒夜壶时撞着了，这就破了"手谈"的好局。所有的"交流"，在这里的动机都虔诚，甚至真挚，而结果总是荒谬，大都以失败告终。

　　亲人、朋友之间的反目在这部小说中几乎构成了"友爱"的二律背反，在小说上部，师父师母为了猪下水，对杨百顺十分小气，结果杨百顺对师父师母颇为不满；杨百顺的哥哥杨百业白捡到一个富家女子秦曼卿，缘由是老秦老李两个大户人家使气，起因于误传老秦的女儿秦曼卿少一只耳朵，结果两家结下怨恨，秦家女下嫁做豆腐的老杨的儿子杨百业。这里面隐含着朋友之间的误解、反目，以及婚姻的错位。友爱与婚姻都廉价化了，这一切都源于交流的错误。老李与老秦是几十年的朋友，何以不能开口直接说明？中间让媒人传信，传统社会有了误解，总是越结越深，最后反目为仇。杨摩西变成吴摩西之后，与吴香香的婚姻充满戏剧性，这样的婚姻却隐含着背叛。吴摩西的邻居首饰匠老高与吴香香通奸。其实在吴香香与杨摩西结婚前，他们就瞒着吴的前夫姜虎偷情，后来俩人私奔。杨摩西四处寻找他们，要杀了两个狗男女。但一日在车站附近看到他们俩，生活于贫困中却有说有笑，他们全然不觉得背井离乡颠沛流离的生活有什么苦处，看上去生活得挺快乐。唯一让吴摩西恼火的是："一个女人与人通奸，通奸之前，总有一句话打动了她。这句话到底是什么，吴摩西一辈子没有想出来。"① 这又应了刘震云这部小说的题旨，"能说到一块"对于生存的首要意义。"友爱"在一个地方失效，在另一个地方被唤起，被重建，总是以"非法"的形式重建，但这里的"非法"却是对原来的合法的伦理准则的挑战，在伦理法则之外，还有更高的"法"，那就是友爱建立于说话与心灵的相通这一根本意义之上。在这部小说中，解构友爱或许是其突出的意向，但寻找友爱、去友爱、重建友爱，它们总是构成一个循环的戏剧学；但它们总是在细微的差异中来重建。

---

　　① 《一句顶一万句》，第205页。

小说的下部中牛书道和冯世伦本是好朋友，每年冬天一块拉煤，情同手足。但不想有一年冬天拉煤因为一块馒头，结下怨恨，反目为仇，再不来往。但他们的儿子们，牛爱国和冯文修却又成为好朋友，他们少年时一起养兔子，长大了牛爱国去当兵，冯文修还从队伍中拉出牛爱国一起去照相。牛爱国当兵回来，生活却开始悄悄发生变化。两个人开始还能说到一道去，后来却因为10斤猪肉反目为仇。牛爱国仿佛是吴摩西的轮回，他的命运更加明朗流畅，但却也不断遭遇友爱和婚姻的背叛。牛爱国与庞丽娜，庞丽娜与小蒋，牛爱国与章楚红，他们之间都在爱欲的背叛关系中隐含着重建爱欲的可能性。在这里，"能说到一块"，一直在僭越伦理界线。小说叙述牛爱国与章楚红"能说到一块"："有时一夜下来，两人要亲热三回。亲热完，还不睡觉，搂着说话。牛爱国与谁不能说的话，与章楚红都能说。与别人在一起想不起的话，与章楚红在一起都能想起。说出话的路数，跟谁都不一样，他们两人自成一个样……"① 牛爱国与吴摩西一样，也是多次动了念头要杀人，但没有实施。理论上说，他是一个未遂的杀人犯，他的好友冯文修与他反目之后喝醉酒就是这样叫他的。在这一意义上，他本是一个要死的人，要杀掉的是他的妻子庞丽娜和小蒋（他甚至想杀小蒋的儿子，为的是让小蒋难受一辈子）。很长时间他处于要杀死别人而又不得的处境，这就是一个绝境，从某些理由来看，从乡土中国的道义尊严来看，他都要杀人，但他没有杀。他生存于绝境中，很长时间不能解决面前的难题，他就是靠一个"赖"字。

幸存与友爱本来是构成一种响应关系，这既是对个体的孤独感的意识，又试图寻找超越的途径。按德里达对蒙田与西塞罗的读解，幸存是起源于对亲友的哀悼仪式，通过宣读悼词这一仪式来体会自我的幸存命运。在德里达这里，幸存还是一个具有建构性的经验，友爱要在幸存的经验中来展开，幸存甚至构成了友爱发生和存在的基础。德里达本来是解构友爱的基础，本来幸存是对友爱的解构，但德里达建立起来的友爱与幸存的关联域，也有可能暗示了它们之间的相互生产，特别是幸存经验有可能产出更为本真的友爱，甚至

---

① 《一句顶一万句》，第273页。

更具有普遍性的本真。这是反普遍主义和反基础主义的德里达始料未及的。在刘震云的叙事中，幸存与友爱的关系却是在一个相互背弃的结构关系中来展开的。这里面的人物都试图寻找交流，寻求说知心话的朋友，但友爱却终归要破裂，因为误解而反目为仇。在这里因为孤独的绝对性，友爱总是呈现为一个暂时的结构，它总是绝境中的友爱，总是幸存经验中的友爱，因而它总是要以延异的形式展开，总是转向他处，转向他者，向他者重新开放。牛书道与冯世伦反目之后，他们的儿子们重建了友爱的伦理；但他们终归也要反目，牛爱国另辟蹊径，也有其他的朋友可以说话，杜青海，甚至少年时代的敌人李天智也有短暂的时间说过交心的话。因为刘震云书写的幸存经验一直处于世俗的焦虑中，一直被世俗的困境包围，不断地使之关闭。作为幸存者，意识到幸存的命运，却总是处于偶然开启与关闭的形式中，开启是一个可计算的现实经验。幸存经验中的友爱，或许在德里达的设想中，只能是在神学的意义上具有纯粹性，例如，犹太教意义上的那种兄弟友爱，那种共同体的责任。友爱应该就是一项义务和礼物，没有回馈的礼物。但乡土中国的家庭伦理与友爱显然具有现实性，具有乡土的全面本性。刘震云看透了乡土中国的本性，他给予它一种想象和愿望，给予一定的开启性，却又看到它关闭的必然性。刘震云期盼它重新开启，这些开启总是落入情爱的陷阱。之所以说是陷阱，因为这些情爱都是绝境中的情爱——偷情、私奔、野合……在这种重新建构的情爱关系中，友爱达到新的境界——但不管如何，它的本质都是绝境，都是绝境中的拓路。那里本没有步伐，没有方位，没有未来，通过说话，绝境处的不伦之恋，不义之恋都获得了独有的合理性，"说话"，那是人存在的全部合法性，说话就成为人的存在的最高法则，因此，"一句顶一万句"。

二、去历史化：乡土中国的另类现代经验

这部小说讲述的故事有一独特之处，它讲述的是乡土中国的"贱民"的经验。主人公杨百顺，后来叫杨摩西、吴摩西，一直在流浪，以各种形式流浪。他不是依附于土地的典型的农民，而是到处游走的

"流民"。流民概念通常指的是遭遇自然灾害流离失所的流散在外的灾民,这里我们用"贱民"这一概念,则是指那些不安分于土地上进行传统耕种的以小手艺为业的三教九流的农民。

这部小说的大结构分为上下两部,那就是"出延津记"和"回延津记","出延津"是吴摩西,"回延津"是吴摩西的外孙牛爱国。出延津吴摩西丢了养女巧玲;回延津是牛爱国找母亲曹青娥(原名叫巧玲、改心)的家乡,为的是娘去世前要说的一句话。但家乡已然面目全非,家乡的根不可辨认。牛爱国回延津纯属灵机一动的意外,并非执着的有目的的寻根。吴摩西并没有回他的家乡,而是70年前21岁时去了陕西就再也没有回到延津。他的名字也改了,不叫吴摩西,改为罗长礼。这就还了他少年时期要做"喊丧"的罗长礼的夙愿。但是牛爱国找来找去却没有结果,跑到陕西才知道了吴摩西的故事,最后却是听了罗安江的遗孀何玉芬说的一句话:"日子是过以后,不是过从前。"[①] 这或许是富有民间智慧的一句话,它针对牛爱国"寻根"的历史化举动给予了明确的否定。牛爱国最终要找的是章楚红,但章楚红据说到北京做"鸡"了。乡土中国是一个始终流浪的故事,一个离家的贱民的故事。"旧乡土"是吴摩西/罗长礼,那是"喊丧";"新乡土"是章楚红,最终可能是做"鸡"。"鸡"是什么?那是当代中国含义极为复杂暧昧的词汇,那是乡土中国的离弃土地的又一种方式,通过身体的迁徙,它/她可以暂时获得现代/城市的拥有,因而,她/它也暂时获得了城市。但鸡是一种无法飞翔的"飞禽",它终归要落在土地上,要回到土地。但刘震云这里只是提到"听说",未来有无限的可能性,"鸡"窝里也有可能飞出"凤凰"。

我们不难发现,这部作品叙述的人物,主要都是乡村中的三教九流,而不是传统农耕文明意义上的面朝黄土背朝天的农民。虽然说乡村的农民在农闲时节也会走村串镇,去做点小买卖,以交换生活必需品。但这部小说中的农民主要是在从事农产品买卖和农村手艺活动。杨百顺做过的职业有卖豆腐、杀猪、染布、破竹子、挑水、种菜、卖馒头……没有一项是与种地有关,其他与杨百顺发生关系的人物也大

---

① 《一句顶一万句》,第358页。

都与种地无关。这些人物从事的职业，除了与杨百顺重合的外，还有赶车的、贩牛的、剃头的、打铁的、卖盐的、卖葱的、做首饰的……这在农村就叫手艺人，农村的生产应该还是以种地为主，北方农村的手艺人在那个年代并没有那么多，手工业也不可能那么发达。刘震云显然是回避了中国乡村主要的生产方式和生活方式，而去写颇为另类的生产行为和生活方式。这些人也都有些另类，他们未必是主流的农民，但却是一些不安分的农民。小说里写道："杨百顺怵种地，在地里割麦子，大太阳底下割来割去，何日是个头？还是想学一门手艺。有了手艺，就可以风吹不着，雨打不着。"①看来这些手艺人都是不喜种地，他们并非是一边种地一边做小手艺或小买卖，做手艺活就是为了逃避种地。当然，也是因为土地缺乏，他们并没有土地所有权，处于贫困状态，只能做小手艺，这就决定了他们的"贱民"的社会地位。刘震云写作的这些人，尤其是杨百顺，就是有一种流民的本性，他们就是要背离土地，终至于背离家乡。

刘震云这部表面写实的小说实际并不写实，并不注重反映那个时期的中国农村的阶级矛盾或社会问题。无论从生产力发展水平，还是农村的生产方式和生产关系来看，刘震云并没有实写那个时期农民与土地的关系，也没有写农村的阶级矛盾和冲突，在它这部作品中，阶级的概念已经基本取消了。按毛泽东的《中国社会各阶级的分析》和《新民主主义论》来看，刘震云这部小说上半部讲述的历史阶段正是中国的国内的阶级矛盾处于激烈冲突阶段，中国农村当是处于地主与农民矛盾加剧时期。土地日益集中在地主阶级手中，而越来越多的农民失

---

① 《一句顶一万句》，第47页。

去土地①。但在刘震云这部作品中，我们只看到为数甚少的地主阶级，小说写到有三十顷地的老秦与开着粮店药店的老李两家因儿女姻亲陷入困境，反而是老杨这样的卖豆腐的农民占了便宜。阶级关系在这里采取了喜剧的形式，其冲突形式是地主阶级内部的矛盾。甚至也看不出他们超出农民的阶级身份。

另一方面，我们也要注意到，中国经典历史叙事中的革命、战争与民族冲突也没有在这部作品中出现。这一时期的中国社会正是社会矛盾剧烈的时期，帝国主义列强与中国的矛盾日益尖锐，三座大山压迫人民，先是大革命，随后是土地革命战争，接着是抗日战争和中国人民解放战争。经典的现代历史叙事，如《生死场》《八月的乡村》《红旗谱》《野火春风斗古城》《地道战》《太阳照在桑干河上》《暴风骤雨》等，所有这些经典叙事表现的剧烈的社会冲突，在刘震云这部横跨半个多世纪的作品中，均未见历史风云变幻的痕迹。刘震云描写的20世纪上半叶的中国农村，几乎是一个与世隔绝，与中国大历史隔绝的社会。如何理解这种书写，这也是一个令人困扰的问题。

进入20世纪90年代，重写中国现代以来的历史，构成中国当代文学历史叙事的一次重要变革，这一重写改变了红色经典的叙事模式，即不再采取简单的被压迫阶级战胜了没落腐朽的地主阶级或资产阶级的历史胜利法则，而是极力消解了历史目的论的意义，也就是历史胜利法则完成的目标被虚无化，或者被暴力的代价所质疑。背后的叙事

---

① 1925年12月1日，毛泽东在国民革命军第二军司令部编印出版的《革命》半月刊第四期，发表了著名的《中国社会各阶级的分析》一文。毛泽东在这篇文章中开宗明义地指出："谁是我们的敌人？谁是我们的朋友？这个问题是革命的首要问题。"毛泽东运用阶级分析方法，将中国社会各阶级分为五大部分：地主阶级和买办阶级、民族资产阶级、小资产阶级、半无产阶级、无产阶级。毛泽东在文章中分析了中国社会各阶级的经济地位和政治态度，他指出："一切勾结帝国主义的军阀、官僚、买办阶级、大地主阶级以及附属于他们的一部分反动知识界，是我们的敌人。工业无产阶级是我们革命的领导力量。一切半无产阶级、小资产阶级，是我们最接近的朋友。那动摇不定的中产阶级，其右翼可能是我们的敌人，其左翼可能是我们的朋友——但我们时常要提防他们，不要让他们扰乱了我们的阵线。"参见《毛泽东选集》第一卷。

理念则是对历史理性的反思和颠覆，刘震云也是这一重写历史的领军人物，他的《故乡天下黄花》《故乡相处流传》《温故1942》等作品，都重写了中国现代性的激进历史。现在，刘震云要从这一当下的经典历史叙事中逃脱出来，他要写作一个更为纯粹的乡村的现代历史，这一"现代"显然是在我们经典性的现代之外，这或许是真正另类的"现代"史，是"不现代"的现代史。

确实，在当代已经形成主流的历史叙事中，激进革命总是历史叙事的主导力量，历史暴力总是主角。从《白鹿原》到《尘埃落定》，从《丰乳肥臀》到《檀香刑》，从《圣天门口》到《笨花》，等等，近年来这些重写中国近现代历史的最有分量的作品，都可以看到巨大的历史冲突隐含于其中。《白鹿原》试图用中国传统文化来消解现代革命暴力，革命暴力引发了社会历史的改变。既然如此，历史的存在之根基还是传统文化在起作用，只有文化的传承才是民族生存之道，才有正义之永久价值。《丰乳肥臀》则对历史暴力的灾难性进行了全面的反思。《圣天门口》则试图把历史暴力视为个人的欲望冲突，在欲望的结构中来重新书写暴力，暴力与欲望的同构同源，使暴力的神圣性进行消解。《尘埃落定》则看到历史暴力介入一种文明的不可避免性，其悲剧性无可逃脱。《笨花》则以更加含蓄的方式反思20世纪的革命及其暴力，它试图用乡土生活的坚实性来抵御历史暴力。那些历史暴力给予生命带来的当然也是灾难，乡土的人伦和生活则在历史暴力的介入下遭受破损的境况，只残留下无限的眷恋与痛楚。显然，刘震云的书写完全是另外的路数。这样的乡土中国在20世纪漫长的70年中，实在是令人惊异，一种去历史化、去暴力化、去政治化的"非历史"或"不现代"的叙事。

按照中国当代经典化的现代叙事来看，刘震云的这部作品，很不现代，甚至有可能被认为"很不真实"。因为"真实的"现代中国的历史已经被现有占据主流地位的经典叙事所建构，刘震云如此具有小农经济特色的乡村，其中竟然未能贯穿民族国家启蒙与救亡的烽火硝烟，放弃了历史的元叙事，这未免让人难以接受。

不过，我们是否也可以从另一角度来认识刘震云如此"去历史/元叙事"书写的独特意义？这或许是回到历史本身，回到乡土本身的一种尝试？在去除经典性的历史叙事之后，这是一种历史的剩余，也许是乡土中国的本真性存在。那是人的历史，而不是历史中的人。上半部"出延津记"，这就是杨百顺的历史；下半部"回延津记"似乎是牛爱国的历史。但上下部都无法形成个人整全的历史，现代中国的历史在这里实在太过破碎，个人的生活没有完整性，贱民则没有历史，连自己的名字都无法确定，杨百顺、杨摩西、吴摩西、罗长礼……这就有如陈思和所言"无名的时代"，贱民就是无名的人，他知道自己的名、名字、名分并不重要，可随便更改，有时是不得不更改。不过《庄子》有言："至人无己，神人无功，圣人无名"。杨百顺身为贱民，当然不可能成为"圣人"，不过刘震云也有意以其"改名"来表达个人对其自身的历史，对身外的大历史之超越。这就是那个历史中的人，这就是"他"的历史，无法被还原的历史，他干脆拒绝自己被命名的同一性的历史。在某种意义上，刘震云书写的历史更加令人绝望，并不需要借用外力，不需要更多的历史暴力，只是人与人之间，那种误解，那种由对友爱的渴望而发生的误解，更加突显了内心的孤独。就是杨百顺这样的还算不坏的人，却多次动了杀机，他要杀老马，要杀姜家的人，要杀老高和吴香香，在内心多少次杀了人。牛爱国同样如此，他要杀冯文修，要杀照相馆小蒋的儿子，同样不是恶人的牛爱国也是如此轻易地引发了杀人动机。当然，杀人并没有完成，但在内心，他们都杀过人。刘震云虽然没有写外在的历史暴力，但暴力是如此深地植根于人的内心，如此轻易就可激发出杀人动机。

刘震云的书写不能不说是在经典性的历史叙事之外另辟蹊径，过去人性的所有善恶都可以在"元历史"中找到根源，革命叙事则是处理为阶级本性，而"后革命"叙事则是颠倒历史的价值取向，但历史依然横亘于其间。也就是说，人性的处理其实可以在历史那里找到依据，而人与人之间的关系为历史冲突所决定。刘震云这回是彻底拆除了"元历史"，他让人与人贴身相对，就是人性赤裸裸的较量与表演。人们的善与恶，崇高与渺小，再也不能以历史理性为价值尺度，就是乡土生活本身，就是人性自身，就是人的性格、心理，总之就是人的心灵和肉身来决定他的伦理价值。

我们说乡土生活的本真性，并不一定是就其纯净、美好、质朴而言，因为如此浪漫美化的乡土，也是一种理想性的乡土；刘震云的乡土反倒真正去除了理想性，它让乡土生活离开了历史大事件，就是最卑微粗陋的小农生活。在很多情势下，历史并不一定就是时刻侵犯着普通百姓生活的方方面面，百姓生活或许就在历史之外，在历史降临的那些时刻，他们会面对灾难，大多数情势下，他们还是过着他们自身的"无历史的"或者不被历史化的生活。事实上，现代以来的中国文学要抵达这种"无历史"的状态并不容易，读读那些影响卓著的文学作品，无不是以意识到的历史深度来确认作品厚重分量。一个没有战争、没有动乱、没有革命，甚至没有政治斗争的"现代中国历史"，几乎是不可能的历史，但刘震云居然就这样来书写中国现代乡村的历史。准确地说，是无历史的贱民个人的生活史。

大历史/元历史终归要逃脱，刘震云就是一个越狱者/越界者，它当然极其独异，因而很难被重复，就像越狱者几十年如一日在地底下挖一条暗道，终于挖通了。现在，也没有集体暴动，只有各自心怀鬼胎的越狱者，不只是依靠超常的智慧与能力，还有侥幸，才能死里逃生。

越狱（越界）之路如此令人疲惫，刘震云连解构大历史的念头都没有，他要做一个"喊丧"的人。那个大历史/元历史消逝得不见踪影，只有贱民的历史，蝇营狗苟，过着贱民自己的生活，贱民始终过着自己的生活，有自己的生活，不要别的，只要能有一个说话的人，只要做一个"喊丧"的人。①

三、他者的伦理：个体醒觉意识或另类现代性

或许我们会说，刘震云去除大历史之后，他书写的农民再也没有现代意识，中国的现代启蒙算是白搭了。刘震云把乡土中国的叙事退

---

① 这一部分大量地使用了一些与历史相关的有前缀词的复合词：去历史、元历史、大历史、非历史、不历史等。因为这些界定都是在寻找一个接近的意义，在同一性中寻求微妙的差异性。对于笔者来说，这些词在不同的句子出现，都有着细微差异的概念，绝不是故弄玄虚的生造。因为篇幅关系，无法一一重新界定，只好请同行朋友和读者仔细辨析了。

回到一千年前。《水浒传》里面的农民还想造反，还能逼上梁山，刘震云笔下的农民，如蚁虫般生活。如同鲁迅的阿Q，被小D抓住，就说"我是虫豸"。他们是"虫豸"，芸芸众生，芸芸虫豸。刘震云没有廉价地美化历史之外的农民。只要乡土中国农民生存于历史之外，生存于启蒙与救亡的历史之外，他们就是虫豸。本来就是阿Q、孔乙己、祥林嫂……看看小说中的人物，杨百顺身上隐约可见阿Q的精神气质；老汪则不折不扣是另一个孔乙己；而吴香香也不妨看成是对祥林嫂的另一种改写。祥林嫂的儿子阿毛被狼吃了，痛苦不已；而吴香香自己却丢下女儿巧玲与人私奔，结果巧玲也被人贩子卖了，二者之间似乎有着巨大差异，却有着某种暗合。对于刘震云来说，不再有一种高于乡土农民的思想在观照他们，历史发展到今天，叙述者不再迷信未来的前景，也无须召唤他们觉醒去面对现实。这可能是真正的零度叙述，没有历史，没有变革的奇迹，没有未来面向，也就是没有弥赛亚主义。杨百顺后来不过是到陕西隐姓埋名，与他13岁时的愿望——要做罗长礼那样的"喊丧"的人——还差了一截，他不过是盗用了罗长礼的名字，让他的后代都改姓罗而已。现代性在这里是一个缺席的神话，谈不上破灭，一开始就不存在，也没有结果。杨百顺终至于成为一个徒有其名的"喊丧"的人——罗长礼。

然而，在"去历史化"之后，在回归贱民的生活本身时，刘震云或许惊人地写出了现代中国农民另一种醒觉意识。这一醒觉起源于要交流的愿望，它既古老，又现代。人类之成为人那一时刻，或许就在于他与他人有交流，有话说，可以说话，可以说出自己内心的愿望感受。农民的特征就是沉默寡言，说话与交流总是城里人、文化人的事。农民作为被书写的对象，作为被压迫者或翻身者，他们说的话不可避免总是被叙述的历史理念决定了。当然，在具体的文本中，在具体的情节和细节中，叙述人总是力图还原农民的语言，赵树理的作品被认为如此贴近农民口语，但背后却也有"翻身解放"的历史理念在起作用。农民源发自自己内心的交流愿望，要找个能说到一块的人，杨百顺看到（或听到）了那些能说到一块的人——老高和吴香香，牛爱国看到的是庞丽娜和小蒋，还有他自己和章楚红，等等，他们都能说到一块。

刘震云笔下的农民几乎可以说是一次重新发现，他居然想找个人说知心话,在这部作品中,几乎所有的农民都在寻求朋友,卖豆腐的老杨和赶车的老马,剃头的老裴和杀猪的老曾,不用说上面提到的其他的人。这部小说一直在讲底层贱民说话的故事,这是他们说话说出的故事,心里有话,要找人聊聊。这部小说不再是叙述人的心理描写,而是人物自己的说话,并且总是有对象的说话。交流——按照哈贝马斯的观点,交往理性是现代社会关系建立的根本基础。乡土贱民以他们的方式去寻求交流,并且以"说到一块去"作为生存意义的价值判断。刘震云显然在这里建构了一种新的关于乡土中国的叙事,一种自发的贱民的自我意识。他们也有内心生活,也有发现自我的愿望和能力。尽管这些贱民们的谈话和见识只限于小农经济的生活琐事,限于家乡方圆百里,但是对他人的认识,对世界的认识的可能性在大大增强。

刘震云去除了现代性的大历史,在这里展开了贱民的小历史,那是贱民另类的现代性,乡土自发的现代性。它是中国的现代性的史前史,或许就是中国宏大现代性的他者的小史,这也是一种"被压抑的现代性"[①]。

在关于"现代性"这类论说中,通常没有贱民的位置。贱民总是被划归到前现代,或现代的史前史。但刘震云的关于贱民"说话"还是可以看出另一种现代性的起源。查尔斯·泰勒在其名著《自我的根源:现代认同的形成》一书中,分析了个体自觉在现代自我认同中的意义。当然,他思考的是西方的经验,不会是底层贱民的经验。不过我们可以由此来进行比较。泰勒认为蒙田关于现代个人主义的思考与笛卡尔根本不同,笛卡尔是在普通本质的意义上来理解现代人的主体自觉;而蒙田并不寻找普遍的本性,每个人寻找各自的存在。他认为蒙田开创了一种新的、具有强烈个性的反省。"笛卡尔号召从日常经验中激进地分离出来;蒙田则要求对我们的特殊性以一种深刻的介入。"[②]这并非只是一个与笛卡尔不同的探索,而是在某种意义上与笛卡尔形

[①] 王德威认为"五四"之前的晚清小说就有现代性,它显然是被后来的"五四"启蒙叙事压抑住了。参见王德威:《被压抑的现代性》,宋伟杰译,北京大学出版社,2005年。

[②] [加拿大]查尔斯·泰勒:《自我的根源:现代认同的形成》,韩震等译,译林出版社,2001年,第275—276页。

成反题的思考。泰勒说，通过艰苦的自我考察，蒙田寻求对特殊性的具有穿透力的领悟，这种特殊性能够在深层的友谊中自发地产生。他同时联系蒙田的生活经验说："自我既由词语构造，也由词语来探讨；对这两种情况最好是用朋友对话的词语。因为失去了对话，自我的孤独争论在后边要缓慢费力地进行。伊壁鸠鲁或许也对这种理解范围有某种洞察，他把这类核心作用给予朋友间的谈话。"[1]这里讨论的问题似乎很难与刘震云的小说联系起来，且这里说的蒙田的经验与小说中杨百顺的经验更是横亘着中与西、古典与现代的差别。但有几个关键词是有参考意义的，那就是：个体、特殊性、友谊、朋友间的谈话……这几个关键词，让人很意外地，都可以在杨百顺的经验中看到。显然，泰勒十分欣赏蒙田对个体特殊经验的开创，并且在朋友的友爱与对话中来深化这种个体性。在泰勒看来，这是现代开启的另一向度，甚至是比笛卡尔的普遍主体更重要的向度。如此说来，刘震云在杨百顺身上寄寓的那种经验就具有中国现代的独特的意义，虽然说它们之间晚了近四百年，但研究中国历史的学者总是说中国的现代自19世纪中叶才开始，而要考虑"现代人"则是更为晚近的事。20世纪初叶中国乡村的农民并不是自觉进入现代，因为，"现实"是作为社会外部条件来定义的。即使到今天为止，我们也并未发现多少自然本真而又深刻描写中国农民的自我意识的作品。也许也有作品以其独有的方式触及这一现象或主题，但刘震云的表现则无疑是极为令人意外的。

一个草根农民可以理解人与人之间对话的可贵，并把这种友情中的理解沟通看成是人的生活中的最重要的价值，这无疑是一件令人惊异的事，它超出我们过去对农民书写的所有"高度"。即使"十七年"或"文革"中的作品，有"高大全"式的人物，例如梁生宝，例如萧长春，但他们都是在革命真理的启迪下，在党的教育下成长为先进分子的，他们是历史化的人物。杨百顺还是彻头彻尾的贱民，他在历史之外，他凭什么具有这样的"醒觉"？它不是觉醒，也不是觉悟，而只是醒觉，后者只是个人内在的自然行为的副产品，只是因为需要朋友，想找朋友说话，看重说话，杨百顺已经具有现代个体的独特性了。

---

[1] 同上，277页。

刘震云的小说令人惊异就在于他写得如此自然，如此质朴。小说不知不觉就形成了这种氛围：那就是朋友之间的说话相当重要。它是这部书里面的人物自然而然形成的最基本的人生态度，这也是人生哲学，贱民的人生哲学。确实，在小说中表达一种观念并不难，难的是不能把小说变成观念的附属物，不能把人物变成概念的传声筒。"文革"前的当代小说不能说其概念不先进，不激进，但过于概念化则无疑是文学的死敌。虽然概念并不是小说好坏或高低的标志，但小说叙事中，或者人物形象中是否可以抽绎出有价值的思想和对世界的认识，则可以看出作家与作品的思想深度。《一句顶一万句》本身的叙事与概念无关，它似乎是不具有概念化的那种写作，所谓素朴的"新写实"。在这一意义上，20世纪90年代初的"新写实"并没有终结，"新写实"并不是什么文学的美学理念的变革，而是时代思想意识和历史背景的变化的结果。原有的社会主义现实主义的意识形态理念解体之后，现实主义的最基本的艺术规约就具有创作方法的首要意义。刘震云在90年代初就步入"新写实"领域，之所以说"步入"，是指他在那时就没有建构宏大历史叙事的冲动，他较早就意识到那种历史叙事是过于强大的"元历史"理念在起作用，他从那样的"元历史"叙事中逃逸出来，他更乐于看凡人琐事，去看生活最平实最原初最本真的那种状态。刘震云后来一度有意与宏大历史叙事作对，他的那些"故乡"系列，试图把"乡土中国"从大历史中解放出来，但他也因此受困于大历史。《一句顶一万句》，按说也是史诗结构，也具有为故乡写史的基质，但刘震云成功地逃逸了。他完全写作乡土中国的破碎的日常生活，三教九流，离乡背井，走村串镇，他们与土地无关，于是就与现代以来的农村土地革命及其战争无关。历史观念转变了，人物的存在获得了更多的独立性价值，这就是人物形象本身的意义不再对应历史理性，而是可以在他身上产生思想性价值。也正因此，我们可以从杨百顺、牛爱国等人物的身上，看到一种独特的思想意义。

当然，这种在现代意义上的个人自觉意识，并不是刘震云有意识所为，他不过只是写作底层的贱民之间的交流，寻找朋友友谊，为的是说出心里话。而我们可以从这一行为中看到相当丰富的现代含义。

其一，个体对自我有一种反思性的行动，他要把自己的内心独白对象化，要把心里话说出来。小说中写了一个私塾先生老汪，他说话不利索，他每月却要走路，走到野外去。显然，这与通篇小说的"说话"有关，作为一个靠说话为职业的人，他却说话不利索，这是对他的本质的反讽。他显然有某种内心的焦虑，他本来可以对另一个人说话，但却找不着。反过来，也可以看出，刘震云对于底层贱民的自我意识的认识。能不能说话，会不会说话，能不能找到人说话，能不能说心里话，都成为底层贱民的"存在意义"所在。这与泰勒读解的蒙田的个体自觉无疑有异曲同工之处。

其二，个体身上体现的民间智慧的原生形态。找朋友说话，意味着个体对外界事物认识具有了广阔性和深刻性，因而需要交流、判断和选择。卖豆腐的老杨对赶车的老马十分佩服，缘由在于，方圆百里，"哪儿还有一下看十里和看十年的人呢？"可见老马想得多，看得远，让老杨佩服。显然老马太精，"也是一辈子没朋友"。这一"也"字，点出了老杨与老马的相同处境，老杨原以为自己有见解，不屑与他人做朋友（后来瘫痪在床，老段来看他点出了他当年的痼疾），他当然也把有见解的人视为能人，他头一回遇到老马，就在话上被老马"拿住"了。"看得远"成为老杨衡量人的价值尺度。但老马也没有朋友，于是老杨与他成为朋友。对事物有见解并不奇怪，从古至今中国乡村都有智者能人，问题在于，老杨这样的人已经把这一特点发展作为衡量人和交友的标准。在典型的中国现代小说叙事中，农民总是沉默者，其社会本质在于接受革命启蒙，他才有对世界和自身命运的正确认识。所有关于人的知识、智慧、选择与决断，都来自抽象的历史理性或革命的真理性。民间智慧的原生形态实际上很少在过去的现实主义小说中得到表现，不是没有表现，而总是表现得过高过大，而使民间智慧没有保持自身的认知范畴，民间智慧其实被历史/革命真理替换了。他们只要一说上现代语言或革命语言，他们的智慧就被真理性偷换了。但刘震云在这部小说中十分真切且朴实地给予民间智慧以自身认知方式和价值取向，保持了贱民的个体认识的特点，使他们在非历史化的交流语境中获得相互的肯定性价值。这又应了毛主席那句话：高贵者最愚蠢，卑贱者最聪明。这些贱民们总是以极为个人的方式表达他们对世界的独特认识。

其三，友爱伦理替代了家庭伦理。对家庭伦理的表现一直是中国乡土叙事的独特价值所在。乡村生活没有那么多外向性的社会关系，因此，家庭内部成员、邻里关系就构成主要的社会关系，也构成人与人之间的矛盾冲突的内在结构。"十七年"的革命文学虽然被要求从阶级斗争和路线斗争的高度来表现中国社会主义农村的革命进程，其概念化和公式化的特点显而易见。然而，这些文学作品有相当一部分在当时，即使在今天依然具艺术的感染力，其根本缘由在于家庭伦理的叙事占据了小说的主要内容。也就是说，"文革"前的革命文学并非只是表现政治想象的农村现实，关于家庭伦理的叙事使得它依然具有相当的"文学性"。例如，《创业史》《红旗谱》《三家巷》《艳阳天》等等，这些社会主义现实主义典范式的乡土叙事，因为得益于对家庭伦理的出色表现而在文学上能够站住脚。但也正因为此，对家庭伦理的肯定性的描写，构成了历史暴力与激进革命叙事的内在质料，成为文学叙事的血肉。中国的现实主义文学因此过于依赖家庭伦理的肯定性表现，它几乎是真善美价值的全部资源。这一点也使中国的乡土叙事表现的社会关系和人的自我意识，始终囿于家的结构之内。

刘震云无疑是最激进挑战家庭伦理的当代作家。我们无法在这里详尽地去梳理他的写作谱系，他四卷本的《故乡面和花朵》，就是当代解构家庭伦理最极端的小说。那里面所有的血缘亲戚关系都被戏谑，都显出荒诞。小刘儿和孬舅作为乡村进入城市的某种代表，他们把乡村的人伦关系带进了后现代的城市，结果那里充斥着荒谬混乱。在刘震云过去的书写中，唯有姥姥（姥娘）是被肯定的，其他所有的家庭伦理关系都被颠覆和嘲弄，而父子关系及其孝道被颠覆得最为彻底。庞大芜杂的《故乡面和花朵》或许是《一句顶一万句》的试验，而后者仿佛是对前者的提炼。在这部作品中，传统的家庭伦理关系再次被解构，遭到深刻的质疑，杨百顺与父亲和兄弟之间犯忌和怨恨，杨百业的婚姻（捡到的便宜），杨百顺与师父老曾之间的反目，杨百顺的婚姻及其背叛，牛爱国夫妻之间的背叛，宋解放的家事，等等。而转向寻求家庭伦理之外的友爱/朋友，构成了这部小说中的价值内核，尽管这一寻找依然是被解构的。

友爱/朋友，这就使人物摆脱了家庭和家族而成为个人，这里面的人物面对面的关系是朋友说话，作为朋友就不再是孤独的个体，而是一个有说话中相互肯定的个体，这样的交往被指认为是生活最积极的和最有价值的时刻，个人的存在有了友爱的支持而显示出独特意义。正如前面提到的泰勒评价蒙田时，把个人的自我意识与友谊联系起来所具有的现代意义，刘震云看到乡土中国的贱民其自我认识和塑造的独特方式，在与朋友说话的友情中，新型的乡村关系有了更深刻的内涵。中国现代启蒙是让农民意识到三座大山的压迫，意识到民族压迫和阶级剥削，这才使中国农民成为历史的主体。这是革命经典叙事对农民成为自觉的历史主体给出的现代路径。但在刘震云这里，或许揭示了中国农民进入现代的另一种方式，那是他们从内心发出的说话愿望而开始的新型的方式，不需要经过历史暴力和阶级斗争就可能进入的另一条现代路径。

四、无法叙述的叙述：汉语小说的另类可能性

这部小说命名为《一句顶一万句》，我们会把它理解为是对林彪那句名言的戏仿，小说中也玩了一个小花招，那就是牛爱国的娘曹青娥临死的时候有一句话没有说出，牛爱国后来跑到延津打听，最终也没有打听出来。只是罗长礼的孙媳妇说了一句话："过日子是过以后，不是过从前。"这句话让牛爱国震动，似乎颇有生活哲理，但这句话可以顶一万句么？似乎也不可。哪句话可以顶一万句呢？没有，小说中没有这样的话，也并未执着于要找出这样的话。那是指朋友间的或情人间的说话，"能说到一块"，那样的话一句顶一万句吗？

然而，在小说的叙述方式方面，这一"顶"字，却有着隐喻意义。它只是表面戏仿林彪的话，实际上则是一句顶着一句，如同英文词的"against"，这样，顶这个字，就有一种叙述的起承转合的意思。这样来理解，就可以看到这部貌似忠厚老实的小说，其实有着非常大胆的先锋倾向。我想这部小说在叙述方式上有以下几点可以归纳：

1. 顶与转：不可叙述的叙述。这部小说的叙述显得十分平静，娓娓道来，不急不躁，但却充满了转折。小说的叙述显得枝干横逸，一个叙述迅速转向另一个叙述，一个故事刚开始讲述，还未展开，就

牵涉到另一个故事,结果转向另一次讲述。第一小节讲杨百顺他爹老杨与赶大车的老马的朋友关系,这里面却穿插着打铁的老李要给他娘做寿的故事,这个故事中又套着老李与另一个铁匠老段较劲的故事,再转向老李给娘做寿的酒席排位,老马与老杨排在一起。小说再转回来,老杨已经老了,瘫痪在床,打铁的老段来看他,讲述着当年老杨不拿他当朋友看的往事。第一节只有9页,作为开头却是引出了如此众多的人物和故事,其容量惊人,或曲里拐弯,或套中套,三五个故事结成一体,似乎相干,似乎又无须拐这么多弯。小说接下去第二节讲杨百顺16岁之前觉得最好的朋友是剃头的老裴。接着讲起老裴的故事,由老裴转向他去内蒙古贩毛驴搞相好事发,对方的丈夫找来,结果老裴被老婆老蔡抓着把柄,从此在家里落入下风。老裴改为剃头,某日与老蔡口角,大打出手,引来老蔡的娘家哥哥论理,而这个故事还没有讲清楚,就要转向讲述杨百顺与朋友李占奇看罗长礼喊丧,因看喊丧而把家里的羊丢了,只好躲到外面过夜,这一躲才在路上遇着老裴。拐了一个大弯,才发现原来故事是这般绕过去又绕过来的。其实这里面还有几个附带的故事无法复述,"跑题"和"顺手牵羊",是这部小说的显著叙述特色。如同古典小说"按下不表,且听下回分解"一样,只是刘震云的"按下"与"且听"转折频率太高,有点令人目不暇接。或许刘震云这里面有着某种叙述哲学,那就是没有什么故事是重要的,一定要在文本中占据重要地位,一定要以它为中心来展开叙述。任何叙述都可介入,叙述就是游戏,就是此一故事与另一故事的随机关联。小说整体叙述都可以看出这一特点,每个故事都要牵扯到另一个故事,而每一个故事都无法独立存在,一个靠着一个,一个顶着一个。这么多的小故事随着不同的人物转来转去,每个都十分精彩,都引人入胜,但都无法独立成篇,总是被其他的人物和故事侵入、打断。

小说在结构上也采用了上下部分法,上部以杨百顺为引导,下部以牛爱国为引导,二者之间并无直接联系,直到牛爱国的故事充分展开,才会发现,牛爱国的母亲曹青娥就是吴摩西(杨百顺)当年丢失的养女,而后来的实际联系其实也很松散和勉强,这些机关设计,似乎在小说的结构和构思中并不巧妙,几乎成为败笔。但瑕不掩瑜,这部作品的长处并不在其构思上，而是具体的叙述过程，具体的人物和故事。那种转折与一句顶一句的叙述，显示了汉语言小说在叙述方式上的自由与灵活，也就是其时间可以包容在空间里，无需要众多的句式或语法加以限定，只需要几个时间副词，随时可转折，随时可以回到原来的时间中。

2. 延异式的叙述。小说叙述的转与顶，可以在更大的叙述单位里看到放大的形式结构，那就是延异式的叙述。刘震云叙述的故事绝不是在顺应的关系里来推进，其转折也并不只是句法上的，或人物关系的表面转折，而是故事本身包含着变异与转折。老杨与老马本来是朋友，但却又包含着内在的变异，老马在心里看不起老杨。老裴几乎是杨百顺的救命恩人，但实际上却是杨百顺救了他的命，因为他想去杀人，半路上遇到杨百顺，他把杨百顺带回家，也就打消了杀人的念头，要不他就成了杀人犯。一环套着一环，环环相扣，却又总是节外生枝。另有那个老韩和老丁几十年的朋友，因为一个布袋的大洋反目为仇，不想老韩与丢失布袋的老曹又重新结友。这个朋友还延续了几十年，直至下部还有故事。

如此延异，使得故事简短却充满了无限的可能性，每个故事都显得生气勃勃，因为它有可能变异出别的故事。叙述如同变魔术一般。这部小说里经常有这样的句子，评价两个朋友在说话，倾听者听了半天才明白，原来"说着说着就说成两件事"。刘震云玩的叙述花招就是把一件事变成两件事，让它分岔，如同博尔赫斯的"小径分岔的花园"。只是刘震云不搞形而上，他只是让乡土中国的故事自己变质、变味。例如，那个杨百利玩"喷空"的情节，那里面的转折令人惊叹。一个故事说着说着就变成几个故事，杨百利上新学没半年，新学就倒了，小韩的故事又绕了半天，到了省长老费、专员老耿那里转回来，这里面穿插着这部小说中少有的历史背景的叙述，那是关于北洋军阀或国民政府的模糊历史，由此再到与牛国兴玩"喷空"。所谓"喷空"，就像是民间说的"说鬼话"，无边无际的胡扯、虚构与夸张。这里又接着二妞的故事，再跟着老万去跑火车，故事讲得千折百绕，却是兴之所至，随心所欲，说到哪是哪，只要有趣，看上去像是一场街谈巷议的大杂烩，实则是故事里面的自我延异。这部小说仿佛不是在说"我"

的故事，总是在说"他"，每一个他都与另一个他关联，都有可能被另一个他取代。每个人都是主角，都能在故事中出场，每个出场的角色都有一手绝活。叙述就像是"喊丧"，把每一个人喊到死者面前，死者不是别人，是作者正在写作的人物，本来是他的存在，他的故事，但他只好退隐，似乎无法再现，无法在文本中活下去。他被作者的叙述遗忘了，它隐匿了，也可以说他死去了。那些意外地出场的人物，那些本来（按照常规小说的惯例）不要出场的人物，被隐匿的人物，现在走到前台，讲着讲着，讲成他们这些本来缺席的人物身上去了。只要作者把它们喊出来——叙述如同"喊丧"，"白花花的孝子伏了一地"。那个客观化的绝对的文本就隐没了，那个正在讲述的人物无法完成他的大文本，无法形成一个完整的故事，他的故事被他人替代了。生者以他的表演，以他的客串，以他的友情出演，要成长为文本的中心。但刘震云不允许这样的中心延续下去，它让他延异，让别的人物，别的故事出场。这是在场与不在场的游戏。看看小说的第八节，杨百业成亲，但才开了个头就分岔，讲成了老秦和老李的故事，而另一个人物老秦的女儿秦曼卿却又从岔道上斜插进来，原来这是关于这个大户女子赌气下嫁给穷人家的故事。看看秦曼卿的出场，只几句话，那种性格，那种心性，活脱脱就是另一个杜丽娘或者杜十娘，而且故意用秦曼卿这个名字，让人想起《红楼梦》里那个风流薄命的秦可卿。而这个故事却是被"缺一只耳朵"的谣言引起的，所有的牺牲都显得如此无谓，所有的气节和姿态都显得如此可怜可笑。刘震云的冷幽默或者说黑色幽默是玩到家了。这里的延异显得如此诡异，它仿佛是一些亡灵的复活，是一些古典文本的幽灵侵入，它们偶然在里面显灵，却不再有悲剧的气节，毋宁说是"鬼"的喜剧。想想罗长礼、杨百顺、杨百利、秦曼卿……真是一群鬼，他们的出现，活脱脱就是上演一场鬼戏，影影绰绰，如同古典文本里走出的人物，如纸做一般，似曾相识，捕风捉影。刘震云的叙述也是在玩着"喷空"，玩得如此认真，实在是假戏真做，"弄拙成巧"，这就不是叙述，而是随意的分岔，没有叙述的叙述，总是分岔向着他者，向"鬼"的叙述。

3. 重复的轮回与宿命。这部小说的上下部时间跨度将近一个世纪，但我们看不到历史背景之剧烈变革，相反，历史总是以似曾相识的形式延续，这就是小说中时常使用的"重复"手法。小说一方面是求"变"，那是每个人与自我相异性，与他者的相异性；如杨百顺，他连名字都改变了，不管如何变，这些名字还是他自己的命名，它对这个名字拥有主权，但最后却变成"罗长礼"，那是另一个"喊丧"的人的名字，这个名字本来有其主权者，但杨百顺偏偏要失去自己的名分，失去自己的专名主权。小说"求变"也显示在前面曾经分析过的那些随时出现的歧义和分岔，但另一方面，小说却又不断"重复"。吴摩西的老婆吴香香与做首饰的老高偷情；到了下部，牛爱国的老婆庞丽娜与小蒋偷情，后者也是一个手艺人（照相的）。吴香香与老高私奔，能说到一块去；小蒋与庞丽娜也是因为能说到一块去。吴摩西要杀这对狗男女，牛爱国也一直想杀小蒋或者小蒋的儿子。杨百顺曾学过杀猪，而牛爱国最好的朋友冯云修也杀猪，前者是因为猪下水与师傅反目，后者也是因为10斤猪肉与朋友结仇。当然，这样的重复并不是原封不动，而是在细微的差别中达到某种历史的呼应与反讽。牛爱国的父亲牛书道与冯文修的父亲冯世伦原来是好朋友，每年一起到山西拉煤，但因为一块干粮误会结怨；牛爱国与冯文修也是好朋友，因为10斤猪肉掰了，这也似乎有某种摆脱不了的怪圈。小说中如此的故事或细节还有不少，似曾相识，可变异的重复、细微的差别……使得这部看上去平实简朴的小说，其实玄机四伏。

"重复"并非只是某种小说诡计，而是包含着作者对历史和人生命运的一种理解。中国现代历史之变迁十分剧烈，刘震云的"去历史化"试图超越经典的历史叙事，它不只是去写作贱民的卑贱史和个人史，把那些历史戏谑化，同时他运用重复这种手法，来使历史的整体性荒诞化和虚无化。历史之绝对性与神圣性当然也不存在。贱民的历史如此，更大的历史也未尝不是这样。

五、结语："喊丧"或者"去乡愁"

当然，要说到这部最蹊跷的地方，还是那个"喊丧"。"喊丧"在小说中或许是刘震云玩的一个噱头，就像杨百利玩"喷空"一样，就是这个噱头，如同一语成谶，它终于像幽灵一样在文本中游荡。

它也并不只是颇有独特意味的细节,也不只是结构上起到转折作用的标志,我以为,刘震云玩的这个噱头实在是玩大了,他的文本已经被这个幽灵附体,它如此诡魅地把文本间的那些碎片结成一个阴谋的同盟。有必要注意到"喷空"作为"喊丧"的依托、补充和附加的意味,虽然"喷空"是杨百顺的弟弟杨百利所为,但是却是包含着刘震云对历史(尤其是现代激进变革史)的质疑。要知道,杨百利是在"新学"学习,他就只学到"喷空"的本事,这是对近现代中国启蒙历史的一种尖刻反讽。固然有点苛刻、有点冷酷,但其艺术性却是极其高妙,只是一个动作、一个行为,就反讽了近现代中国的种种变革/革新/革命,实在是令人痛楚又不得不含泪大笑。也不得不承认,与鲁迅的《阿Q正传》的笔法有异曲同工之妙。当然,"喷空"也包含着他对文本正在进行的写作的戏弄,所有的话语、所有的友爱、所有的亲情、所有的文字,说到底都会消散,都是对前此前提的一种回应。庞大绵长的话语体系,庞大的伦理友爱,都可能崩塌、消散。因为就如"喷空"一样,搭错了一个连接点就进行不下去,实际上杨百利与牛国兴的"喷空"游戏及其友爱就是如此,一个连接的错位,就反目为仇。话语、友爱与历史性的连接——历史存在的基本形式,以及存在之绝对性,是如此之脆弱,这是刘震云最为困扰的。生命之存在,家族谱系、血亲伦理……所有这些都是无比脆弱,没有绝对性,没有永恒。

当然,小说中的悲戚之情还是不断涌溢而出,在如此冷峻的绝望之侧,总是有温情反复萦绕。"喊丧"是把生者召唤到死者面前,让生者对死者表示哀悼,同时也让生者正视死亡,面对幸存这个事实。"喊丧"这时具有掌控生死大权,它似乎有一种权威,它几乎置身于这个面对死者的血缘的共同体之外,但是生者可以在这个时刻面向死者哀号,以幸存者的姿态离去;而"喊丧"者却在整个仪式中一直处于生者与死者的临界线上,他代表着死者在呼吁亲友来到死者面前,他仿佛是来自阴间的人。"喊丧"有如这部小说的叙述姿态,又是它的基调,这是向死的叙述,这是吁请幸存的叙述,这是为幸存招魂的叙述。对于这部小说来说,罗长礼就是一个亡灵,它要不断请出这个亡灵,给他戴上面具,让他发出指令,让他转世或者幸存。

正如我们在本文的开头部分试图提出这样的问题：为什么近期一些关于乡土的叙事，总是要用"喊丧""哭丧""墓地"这种哀悼死亡的意象？它无疑表达了这些作家们对乡土的现代命运的一种态度，其批判与反思采取了一种悲观的形式。乡土不再具有浪漫主义的品性，毋宁说只是现代性的尽头，一种不再有其他可能性的绝境。它阻断了浪漫主义的经典乡土——那是逃离现代都市文明的世外桃源，在沈从文、废名、汪曾祺、张炜、迟子建等等的作品中，乡土的美丽与人性之美好，几乎是超越现代文明的一方净土，浓浓的乡愁，是乡土叙事的魂灵。而在另一些具有批判性的作家看来，乡土是改造国民魂灵的去处，是期待人们重建现代民族心智与精神的大地。对于革命文学来说，乡土是生长生命热力和新生力量的乐土。总之，现代以来的"乡土"都对乡土寄寓着各自的理想性，但现在，理想性是彻底退隐了，乡土不再是他处、别处或乌托邦，而是此在、此地，是面对的绝境。不再有思念故乡的乡愁了，而只有哀悼之余的幸存。

哀悼、悲戚当然也未尝不是一种乡愁，但它不是现代之后的归宿，而是现代之前的绝境。这是现代到来之际，传统崩塌的困境。文化失去同一性，个体的心灵无处安放，于是个体要自觉，要寻求朋友说话，只有人与人面对的交流，心灵才能平静。刘震云书写的乡村现代到来时的境遇，实际上也是世界性的问题。乡土中国既是世界的他者，世界也是他的另一侧面。文化、传统、教育、信仰，在这部小说中，都陷入了荒诞的境地，这种荒诞也散发着一种悲戚的乡愁。这是在"去乡愁"中再生出的"乡愁"，这就是去死的乡愁了。

小说中另有一个情节与丧葬有关。那就是传教士老詹死去，他传教40年，在中国只发展了8个信徒，他们实际上都不信教。但他们在老詹死去时，都来到那间破庙里为老詹下葬。吴摩西在安葬老詹时想起老詹喜欢听三弦，他想，要是在安葬时请盲人老贾来弹三弦，那也是对老詹的安慰。众人走了之后，吴摩西从老詹草铺的乱草里，发现一卷纸头，那是老詹新画的一幅教堂图纸。那是一座八层高的哥特式教堂。吴摩西体会到了老詹内心的宗教激情，吴摩西后来试图用中国的编篾技术按老詹的图纸来编一座小巧的篾制的教堂，但显然没有成功——它在中国无法现实化，只有吴摩西不自量力地用篾片编织一个仿制品。这就是信仰在中国的廉价化,而且是多么虔敬的廉价化,这才是悲悼的本质所在。老詹作为一个有信仰的传教士并不成功,他也是一个孤独之人,就连开封教会也排挤他,刘震云在祈求信仰的同时,显然也试图解构宗教或者教会。老詹如此虔诚地到异国传教,似乎只有杨百顺／吴摩西能理解他。他们各自都是自己文化的幸存者,并不是因为他们有多强的自我意识,而是他们的那种孤独感,那种存在的极其朴实的要掏心窝说话的困境。杨百顺／吴摩西后来变成罗长礼,始终保持着那张教堂的草图。70年之后,牛爱国找到陕西罗长礼／杨百顺终殁的地方,从他的铺里搜到这张图,看来,这是杨百顺的一种精神寄托。在这里,一个罗马的传教士与中国的一个农民达到了心灵上的沟通。没有一句话,但此处无声胜有声。在刘震云解构乡愁时,他去除的是浪漫主义式的美化的想象,他要在向死的乡愁中,给出现代到来之际,乡土真实的境遇。这是绝境,它如何逢生呢?这是刘震云无法回答的问题。

当然,这一绝境,不会是现实性的评判,它依然是关于乡土的想象,也就是说,关于乡土,我们还能赋予它什么样的使命?还能给予它什么礼物?它还能回赠我们什么?乡土的历史是彻底终结了,我们所有关于乡土的想象都枯竭了,都不再有可能性。唯一的可能性就是幸存,就是面对终结和死亡的幸存。这就是主体自身的问题,主体意识到自身的有限性,主体意识到自己再也不可能给予、不再有浪漫的情愫、不再有乌托邦冲动、不再有超出幸存者的非分之想。"喊丧",这是主体对自我的写作绝境的隐喻表达。文学写作变成"喊丧",只有这样的声调,这样的姿态,这样的悲悼仪式,才能呼吁幸存者存在下去。"他最想成为的人就是罗长礼",他最后借了罗长礼的名在异地他乡隐居／幸存,并且奇怪地保存着罗马传教士老詹画的那幅教堂草图。写作知道自己再也没有主体身份,再也没有历史的主权,它／他就在向死的名下写作,这样的写作是对写作幸存命运的意识,这才是诚敬的真实的写作。

于是,才有这样的写作,一句顶一万句,并不是一句多么重要,而是一句就顶住一万句了。于是只是不得不说,勉强地说,向死地说,只是幸存地说。

第十四章 "在地性"与越界
——莫言小说创作的特质和意义

2012年10月11日,这无疑是中国当代文学的重要时间标记。这一天,瑞典皇家科学院宣布中国作家莫言获得本年度诺贝尔文学奖。对于一个奖项固然不宜过度高估,但过分低估亦不明智。无论如何,这是国际社会对中国当代文化给予的最高评价,特别是中国文学,它最能体现中国传统及现代文化变革的成果。它获得国际社会的肯定,显然与电影这种新兴艺术还不一样,文学毕竟是与母语相关,与中国几千年的书写传统相关,与中国作为一个文化大国的根本能力相关。只有肯定中国文学,才能让中国人找到对当代文化的信心。

今天探讨莫言在文学方面的成就显得尤其重要,这不只是探讨莫言个人的创作特色,也是透过莫言来看中国当代文学的实践历程,探讨汉语文学在艺术上的可能性,以及它对世界文学可能具有的贡献。我们当然可以从不同的侧面来探讨莫言,但我想,莫言小说创作最突出的特色,可能就是它始终脚踏实地在表现他的高密乡——那种乡土中国的生活情状、习性与文化,那种民间戏曲的资源,以及土地上的作物、动物乃至泥土本身散发出来的所有气息……一句话,他的小说有一种"在地性"。因为他如此深挚地扎根于他的高密乡,于是他能如此大胆地融合世界的各种文学手法,能如此按着汉语的本性去写作,这就可以越过那么多的陈规旧序,甚至远远超出了人们理解和想象的边界。在地与越界,这是两个看上去绝然矛盾的概念,却在莫言的文学创作中实现了同一。它们如此相辅相成,互为机缘。本文设想从三个较为宏观的方面来探讨莫言小说创作的意义与特质:其一,莫言崭露头角与当代文学发展历程的关系；其二，莫言的独特世界观与他的历史叙事的关系问题；其三，莫言的小说叙述方式与语言的特色。这三个角度，既关乎莫言的创作道路或创作方法，也关乎他的小说的艺术特质。

一、在地的寻根：对潮流的介入与超越

1981年，26岁的莫言开始小说创作，发表处女作《春夜雨霏霏》。直到1985年发表短篇小说《透明的红萝卜》，才引起文坛注意。在习惯于少年成名的中国文坛，30岁的莫言算是大器晚成。或许是厚积薄发，1986年，莫言发表《红高粱》等一系列作品，这是"寻根"的一个意外收获，却又仿佛是它的必然结果。这部作品一经发表就引起巨大反响，随后，解放军文艺出版社出版了《红高粱家族》（1987）。我们由此来看莫言的创作，莫言并没有明确的"寻根"意图，只是凭着他对乡土生活20年的结实体验登上文坛，他几乎是刚刚赶上"寻根"的末班车，但却为"寻根文学"提供了最强劲的依据，并且改变了"寻根"的路径，直接而深刻地影响了随后的文学创作。

"寻根文学"群体作为知青群体的变种，对历史的反思实际上也是对知青记忆的改写，它必然带上知青记忆的那种苍凉、感伤和温馨。其情感类型倾向于细腻和隐忍，或者清静与空灵，如郑义的《远村》、李杭育的《最后一个渔佬儿》、阿城的《棋王》等等。韩少功的《爸爸爸》因为带上了楚文化的狂狷之气，另有一种怪诞野蛮。

"寻根文学"明显还是改革开放后新时期文学的实践方式，时代的集体意识特征鲜明，也带有知青群体的特点，那就是观念性地思考历史与现实。因而能够迅速酿就一种潮流声势，文学的共同体可以在一个大的时代背景上思考同一性的问题。"寻根文学"可以说是当代文学同一"历史化"的最后一次实践，随后就走向分离和多元化[①]。

[①] 也许詹姆逊说的"永远的历史化"有其相对性，就中国当代文学而言，20世纪80年代末以后，"历史化"只是潜在的、隐性的，并且重建内在的历史逻辑显得十分困难，只有在理论话语的过度阐释才能重建。"历史化"的问题参见[美]弗雷德里克·詹姆逊：《政治无意识》，王逢振、陈永国译，中国社会科学出版社，1999年。另参见拙作《中国当代文学主潮》，北京大学出版社，2009年。

"寻根派"作为一次意识形态推论所急需的集体命名,把知青的个人记忆放大为集体的、时代的和民族的记忆,个人记忆被置放到历史的中心,讲述个人记忆被改写成讲述民族历史。"寻根"群体因此成为站在传统文化与现代化交界线上的思想着的历史主体。重要的不在于讲述历史,而在于历史地讲述。曾经迷惘地审视自我历史伤痕的知青,现在被推到时代思潮的前列,参与当代思想的对话。这就是在实现四个现代化的时代重任下,中国作家如何思考中国民族的传统、如何评价其文化、如何寻求面向未来的民族性格。站在历史与现实、传统与现代交叉的边界,"寻根派"当然有理由把自己设想为民族/历史的主体,设想为新时代中国与世界对话的民族文化代言人。

在完成历史的修复/重建之后,文学叙事获得了新的历史起源,文学叙事主体也具有了主体性的历史地位。关于历史、现实以及个人情感,总之,在文学与现实的关系方面,"新时期"文学建立了一整套的表意体系,它有效地成为"审美的"意识形态实践[1]。但如何使文学回到自身,回到文学本体,依然悬而未决,也就是说,不是在意识形态实践的意义上来确立文学存在的价值和理由,而是在美学的意义上来建立文学自身的审美价值体系。这也是一直试图摆脱政治支配的文学在经历过主体论的讨论之后要面对的文学本体论问题。实际上,20世纪80年代初期,文学的意识形态实践一直都是借助美学创新的成果,例如"朦胧诗"和"意识流小说"。二者本来源自文学本体的创新,前者受到俄罗斯浪漫派、西方浪漫派和现代派的影响,而后者则是西方现代派的直接产物。二者都是在当时的意识形态实践中,作为时代精神的生动表达而被理解和接受。当代文学的创新既承受意识形态的压力,也被意识形态所改写和放大。在意识形态活跃时期,当然不可能有纯粹的文学创新,甚至文学创新本身都会成为意识形态实践的一部分。80年代中期,对创新的要求显得更加迫切,创新的焦虑既是典型的80年代的现代化意识形态观念,也是文学本体的表意策略变革的必然要求(二者依然有共同性)。事实上,在80年代中期,

---

[1] 有关"审美的意识形态"理论,参见钱中文:《钱中文文集》第1卷,黑龙江教育出版社,2008年,第3—35页。

艺术上的创新步伐并不大,但对创新的渴望,以及创新所遇到的阻力却极为强大。"寻根文学"虽被称为"85新潮",实则是打了折扣的创新,不过是因为拉美"魔幻现实主义"的映衬,才显示出它与世界潮流相去不远,而事实上,它不过是知青文学的某种深化而已。当代文学的艺术创新注定了要在现代主义的旗帜下才能突飞猛进。这一点并不奇怪,实现现代化乃是中国社会的总体目标,文学理所当然要成为实现现代化的精神向导,那么,现代主义也理所当然是它创新的主要方向,只不过作家的个人经验和局限,使它看起来可望而不可即而已。

中国文学的向内转,具有个人化写作的特征,如果要找到标志性人物的话,应该就是莫言,如果找到标志性作品的话,那就是《红高粱家族》。这到底是莫言的创作的能量,还是历史选中莫言作为一个标志性的介入力量?或许二者不期而遇,全部中国文学转型的渴望和淤积的能量,在这一时刻需要有强大的突破。莫言携带着他的《红高粱家族》就这样介入"寻根文学",而且是在"寻根文学"临近尾声时搭上这班华丽的末班车。实际上,"寻根文学"声势浩大却持续时间短暂,几乎是尚未开始就结束了。然而换个角度,它虽然后劲不足,却又由莫言的介入而补充了过多的能量,以至于它更像是在穷途末路时另辟蹊径。之所以说穷途末路,是因为新时期的统一的意识形态写作已经难以维系其共同性,在20世纪80年代中期以后,意识形态统一体的分离乃是必然的趋势,中国当代文学必然要寻求更加具有自发性的以个人写作为本位的那种路径。莫言从高密乡半路里杀出,那些京城里的"作家班""研究班",并没有抹去他满脑袋的高粱花子。寻根的大背景帮衬了他,于是,他也给"寻根"送上了满满当当的"红高粱"。

莫言在那个时期是如何关注到"寻根文学"的?我们不得而知。但我们知道的是,莫言的写作与他生长的乡村有着如此密切的联系。他对那块故土又爱又恨的情感,决定了他的"寻根"并没有知青群体的那种观念性的文化反思态度,他只有与乡村血肉相连的情感和记忆——这就是他始终的"在地性"。多年后,莫言在回忆自己与故乡的关系时说:

尽管我骂这个地方，恨这个地方，但我没有办法割断与这个地方的联系。生在那里，长在那里，我的根在那里。尽管我非常恨它，但在潜意识里恐怕对它还是有一种眷恋。这种恨恐怕是这样的，我一直湮没在这种生活里，深切地感到这地方的丑恶，受到这土地沉重的压抑。①

后来莫言还说起过，他当兵就是想逃离贫困辛劳的故乡，逃离得越远越好。结果只是在离故乡三百里的地方当兵，他很失望。但是三年后，心情却别样：

当我重新踏上故乡的土地时，我的心中却是那样激动；当我看到满身尘土、眼睛红肿的母亲挪动着小脚艰难地从打麦场上迎着我走过来时，一股滚热的液体哽住了我的喉咙，我的脸上挂满了泪珠。那时候，我就隐隐约约地感觉到了故乡对一个人的制约。对于生你养你、埋葬着你祖先灵骨的那块土地，你可以爱它，也可以恨它，但你无法摆脱它。②

20世纪80年代中期，寻求现代派的焦虑被"寻根文学"缓解，这也是莫言这样写乡村写泥土写家族故事具有"先进性"的背景。但他给"寻根文学"提示了另一种可能。回到乡村生活本身，回到个人的生存事实中去，这个根不是文化观念意义上的"民族之根"，也不是文化典籍积淀下来的生存态度或价值。31岁的莫言是回到故土的生活中去，去唤醒关于"我爷爷""我奶奶"的记忆，莫言的"寻根"有一种在地的直接性。他使文化反思，回到个人的生活本身，回到乡土生活的直接经验中去。

莫言的"红高粱"系列作品，以热辣辣的笔法，描写山东高密富

---

① 莫言、陈薇、温金海：《与莫言一席谈》，《文艺报》1987年1月10日、17日。

② 莫言：《我的故乡与我的小说》，《当代作家评论》1993年第2期。

有野性的生活。这里的故事主要由杀人越货、抢亲野合构成，一股生命放纵的原始欲望流荡其中。"我爷爷"余占鳌出身贫寒，16岁就杀死与守寡的母亲通奸的和尚，得知母亲因此上吊死去，余占鳌随即开始了流浪的生涯。打短工，当轿夫，终于在24岁那年看到鲜嫩如花的九儿，在高粱地里劫得九儿成了好事之后，这个24岁的轿夫潜入单家，杀掉单家父子。这为日后九儿以少奶奶当家铺平了道路。接着余占鳌到了少奶奶门下当酒厂的伙计，终于与少奶奶九儿做成暗地里的夫妻。随后遭遇土匪、官逼，尤其是日本鬼子蹂躏，余占鳌成了土匪和抗日英雄的双料货。余占鳌的形象显示出20世纪80年代中国人对生命强力性格的呼唤，对余占鳌的刻画也一扫对国民劣根性的批判，乡土中国历经无穷无尽的苦难，历经血腥的暴力，只有生命强力的对抗，只有强者为王、成者为王的法则。余占鳌顶天立地，自有其匪气，也有其正气，甚至故事阐明的道理，正在于在那样的年代，正气、正义只有通过匪气侠义才能体现出来。这是"枪杆子里出政权"的历史逻辑的民间表述。

同样，九儿的形象也全面改写了中国女性的形象，九儿16岁被单家用一头黑骡子换去给麻风病的儿子做媳妇，九儿不屈服于命运，与轿夫余占鳌丢一个媚眼，青春的生命欲望不可抑制地在这两个人之间展开。九儿敢作敢当，16岁的青春年华，却要承受太多的东西，但她顽强不屈地顶住了。她的勇气魅力令人称奇，野性十足却精明强干，莫言写出了乡村女子敢为自己生命做主的壮丽生命。这使人想起革命经典谱系里的女子形象，如刘胡兰等人，但九儿却完全不需要革命正义作为性格底蕴，她就是捍卫青春生命本身，不愿意做一个麻风病痨的妻子，也不屈服于父母的摆布。她抗拒了命运，也抗拒了乡村家庭伦理，而这样的伦理完全蔑视了女性的生命价值，她们的价值甚至只相当于一头骡子。九儿控诉了乡村的家族伦理，所谓的家庭亲情，九儿只有自己捍卫生命的尊严。九儿的形象虽然是历史往事中的乡村女性，但也正是在20世纪80年代追求个性解放的时代呼吁声中创作出的形象，莫言以另一种方式为时代提供了一个精神镜像。

"我爷爷""我奶奶"的叙述视点，使这部小说具有家族认同的"寻根"意识。在此之前，几乎所有的"寻根"都是复数的、在民族代言人的立场上来展开的，只有莫言用"我爷爷""我奶奶"的叙述视点，展开对家族的"寻根"，那是与"我"的经验和生命本体联系在一起的"寻根"。很显然，莫言的"红高粱家族"对"寻根"做出了独特的回应。"寻根"那种过强的历史意识、虚无缥缈的观念和境界，被莫言自信而肯定性的自我所穿越，粗犷野性唤醒了家族记忆，从而也唤起了肯定性的民族记忆。莫言改变了"寻根"的历史意向，他把"寻根"拉回到自我生命认同的根基上来。对于他来说，这种与自我的生命/血缘联系起来的"寻根"，才具有生命的活力，也是20世纪80年代中国民族所需要的生命之根。这里面的故事，惊心动魄，刀光剑影，血肉拼杀，生死恶战，足见莫言讲述故事的高超能力。这一切在莫言那里都是以自豪和赞赏的口气加以叙述的，而土匪向抗日英雄的转化，又可见出莫言所赞赏的野性品格的正面意义。那种生命强力，既有80年代中期渴求的尼采式的民族生命意志的品性，又有中国本土（民间江湖）的侠义豪情在里面。

"红高粱系列"可以看出莫言在叙事上大起大落的笔法，粗犷凌厉，涌溢而出，无拘无束，洒脱豪放，而反讽穿插于其中，使莫言的小说始终洋溢着一种宣泄式的快乐。莫言的小说为小说叙事向着更加踏实的乡土经验、向着语言和感觉层面转向提供了一个杠杆。他把寻找民族的文化之根的历史沉思改变为生命强力的自由发泄，使历史、自然与人性被一种野性的生命状态绞合在一起，使当代中国小说从思想意识到文体都获得了一次自行其是的解放。

这显然与20世纪80年代的"反传统"文化思潮相对立，但莫言并不理会这些，他与这样的思潮本来无关，他只以他的经验切入文学，他与他同时期的部分作家一起，改变了从观念出发来表达文学的那种习惯。

《红高粱家族》经由张艺谋改编成电影而红极一时。它契合了20世纪80年代中后期，中国民众在现代化的历史进程中所表现出的民族认同愿望，以及渴望民族/自我强悍的时代心理，为那个时期提出了共同的想象关系。在这一意义上，莫言更具有泥土朴实性的个人经验与时代更深刻地交融在了一起，这或许就是重新历史化的逻辑在起作用。

莫言与此同时的一系列作品还有《透明的红萝卜》《爆炸》《球状闪电》等，都是相当出色的作品。这些作品尤其显示了莫言的描写能力、他的语言表现力和丰富的感觉。莫言在这些方面所做的探索，他在文学叙事中对生命状态的表现，对人物性格和形象富有张力的刻画，他对感觉的极端强调，对语言自由而狂怪的表达，以及对伦理道德观念的越界挑战，都强有力地影响了随后先锋派的小说意识。回到个人体验的生命本体，回到叙事语言的本体，莫言为汉语小说意识开启了一个极其广阔自由的空间。莫言个人几乎是一出道就走在一条极致的道路上，他的文学叙事一开始就如此大气，如此无拘无束，并且是如此深切地切入生命状态，他给当代汉语小说开辟了一条险僻的道路。于是，在他的身后，崛起一批先锋派作家。他们在莫言的险径上一路狂奔，迅速抵达极地。看看苏童、余华、格非、孙甘露、北村等人在那个时期的创作——今天或许看得更清楚，我们不得不承认，他们深受莫言的影响。至少莫言为他们扫清了道路上的障碍。就像苏童在1987年发表《1934年的逃亡》一样，在当时看来，在今天看来依然是——这是一篇向莫言致敬的作品。"我祖父""我祖母"，无论如何都与莫言的"我爷爷""我奶奶"有同族之缘。而狗崽耸着肩向城市逃亡的洒满月光的道路，与莫言《红高粱家族》中的罗大爷到县城去报案的那条路，也如同是一条分岔的小径。《1934年的逃亡》中的"盛开的野菊花"，与单家父子被扔进去的那一池绿水上盛开的野白莲花何其相像，但苏童天分甚高，到了《罂粟之家》中的罂粟花，那就开出了苏童的意味。

当然，与莫言同时还有马原等人，那个时期的洪峰也是有贡献的，尽管他深受马原的影响，但洪峰确实把马原的那种强调叙事的文学态度给予了鲜明的强化，因为有一个群体在1986年形成一股阵势，当代中国文学向内转的方向才得以确立。也因此才有随后的先锋派群体步入文学坛，形成向内转的大趋势。当代文学的转型——回到文学本体的写作，强调叙述形式、强调语言的风格化表述、强调感性的极度解放——这样一股文学潮流推动汉语小说向前进发。

在20世纪80年代后期，我们看莫言和马原等人都各有个人的风格，他们对中国文学的革新都相当有力且有效。随后的先锋派都得益于他们探索的文学经验,甚至马原的经验对于余华、格非、北村的影响要更大些。马原的影响是整体性的影响,他的全部的经验直接影响了随后的先锋写作,但莫言的影响则是局部的。莫言一桶水取一瓢哺育了随后的先锋派,并非今天我们要抬高莫言才如是说。而是要看到,正因为随后的先锋派没有全盘性地接受莫言的影响,他们各自保持住了自己的艺术特点和优势,这使当代中国文学的革新具有内在的张力。先锋派群体也是一些如莫言一样天分甚高的作家,他们看到莫言吃螃蟹,他们几乎是看一眼就知道如何吃螃蟹。但他们没有看到莫言如何抓螃蟹,莫言会抓螃蟹。先锋们不抓螃蟹,他们追风筝,他们是追风筝的人。多少年之后,人们会看到,马原曾经那么有挑战性,但他几乎搁笔,不再有持续的创作。先锋派还在写作,虽然并没有完全改弦易辙,但还是明显修正了当年的创作方法,试图返回常规性创作。当然,先锋派群体也趋向于成熟老到,在磨砺自己的风格,这一群体作家今天也是成就很大的作家群。但是相较于莫言、贾平凹、张炜等这一批"50代"作家,我以为还是略有差距。根本的缘由还是在于作品的内涵品质不够强大——或者说就是历史感和现实感的沉积不够,内在张力也就不够充足。

  为什么今天中国的痛楚还是乡土中国的痛楚?因为这种痛楚是痛到中国人骨子里的痛楚,是祖祖辈辈的痛楚,是每个人经验中都积淀着的痛楚。这也就是为什么在今天中国,城市化已经相当发达的情形下,文学还是在书写乡土中国的历史,还是关于乡土中国的历史叙事最为深切有力。这也是为什么莫言的文学叙事最有乡土中国的历史与现实的含量,他笔下书写的乡土中国的痛楚是如此彻底、充足而结实。当然,随着中国现实生活的变化,随着一代一代作家和读者经验的不同,乡土中国叙事的"在地性"这一页是否会很快翻过去,可能还难以断言。就在当代文学历经的变革而言,确实可以看到莫言对20世纪八九十年代文学转型起到的影响作用。这种影响本身表明,有力量的作家确实才有影响力,这种影响力渗透进当代文学最深刻的变革中,并且为最有开创性的一批作家所接受,形成富有生长性和拓展性的文学经验。

  当然,莫言的书写固然与他生长的土地有关,他牢牢地站在他的高密乡——就像福克纳站在他的故乡约克纳帕塔法县一样。莫言深受福克纳的影响，中国外国的评论文章都这么说。莫言后来解释说他读过十几万字的福克纳的东西，他不想多读，他或许感觉到福克纳的强大，或许他不想太受福克纳牵制。因为福克纳毕竟身处美国的南方，而莫言生长于中国北方的乡村。福克纳的作品被称之为美国南方的"新哥特"小说，即那是一种偏向于狂怪、神秘、乖戾一路的文学；很显然，在中国北方作家莫言那里，也有足够的内容含有称之为"新哥特"的元素。但是，莫言确实有很强的乡土意识，很深厚的乡土经验，这使他可以放开来想象他的高密乡，他的大地意识/红高粱地才那么扎实，那么丰厚。说起来中国作家都有乡村经验，但是不是真正有在地的经验，这就很有些不同。莫言有土地经验，甚至可以说有种地经验，有用脚踩进泥土里去的经验，不是去体验，偶尔的劳动，而是谋生，是以此为生的经历。贾平凹也有，但贾平凹更像是泥土里生长出的精灵，贾平凹总是作为一个精灵紧紧贴附在或者飞翔于土地之上。在这一意义上，张炜、刘震云、格非、余华与土地都有点距离。他们踩入土地的赤足没有陷得那么深，出水才看两腿泥，与土地的深浅读读作品文本就一目了然①。顾彬抱怨中国作家不懂外语写不出好作品，唬住了不少中国作家和评论家。那是德意志联邦共和国的经验，或许还是欧洲的经验；在中国，至少有这样一个时期，中国文学的内涵底蕴深不深，最后那点劲道给不给力，看那腿肚子上泥巴——这是顾彬们永远无法理解的中国文学的妙处（诡异处）。至少在莫言和其他几位中国作家的比较中，这是一个极其关键的指标。当然，我说过贾平凹是贴附着泥土的精灵，他是泥上飘，贾平凹确实是一个杰出的中国作家，多少年之后人们还会承认这点。既生瑜，何生亮。贾平凹是汉语文学的集大成者，他的文学如何能让西方世界承认呢？这是命，他是汉语文学最后的精灵。他贴着泥土在中国的大地上飞翔，如此广袤的大地，难道还不足够吗？

如此看来，莫言确实深刻影响了当代文学的转型，但他的文学经

---

① 当然，这里并没有只以踩入土地深浅为小说艺术高低的标准，只是在看莫言时，突显出他的这一特征。对于莫言来说，在地性可能是其重要的根基，其他的作家可以依赖其他类型的经验，开创他们的文学世界。

验又是如此个人化，又是如此丰厚，并且如此深刻地与他生长的土地联系在一起。他推动了一种文学潮流的生成，但又始终保持住自己的文学经验的生长性，他还是坚韧地默默地走自己的路，在20世纪90年代那些热闹的文学现场一侧，莫言仿佛落荒而走，唱着在那时听来不着调的"天堂蒜薹之歌"，去到怪诞的"酒国"，放了恶作剧般的"四十一炮"。那时人们望着莫言远去的身影，如此苍凉，如此诡异，在昏黄的岁月里，人们看不清他的面目。数年之后，莫言连续出手《丰乳肥臀》《檀香刑》《生死疲劳》，以及后来的《蛙》，这才让人们意识到，他一直在如此坚定地磨砺自己。在90年代解散的文坛之侧，他再次另辟蹊径，几乎是以落荒而逃的执拗，超越了90年代的乱世怪象，他以寂寞的坚韧，赋予"莫言"这个名称以在地的坚实内容。

二、越界的世界观：暴力与正义博弈的视角

莫言是有深刻世界观的作家。今天说这句话，可能会令人感到奇怪。当年毛泽东《在延安文艺座谈会上的讲话》强调改造作家的世界观的重要性，那是作为一项政治革命的策略展开的手段。但是从理论上，我们也不得不承认毛泽东看到了问题的实质：要创建一个全新的共产革命文化，必须要有知识分子参与，而这些从现代启蒙主义文化中（也就是从资产阶级文化中）生长起来的知识分子，如何能创建全新的无产阶级的共产革命文化呢？这就要从根子上解决问题。这就是要完成世界观的改造，参与革命的知识分子，不只是要从身体行动参加到火热的革命斗争中，根本上是要完成世界观的改造。只有把世界观改造成共产革命的体系，把立场转移到工农兵方面来，与工农兵打成一片，直至真正成为工农兵的一部分，全新的无产阶级的共产革命文化才可能创造出来。毛泽东的文化抱负是一个强大的历史的理性抱负，他始终要坚持创建一个中国的新的人民的文化。这里有三个关键词："中国的""新的""人民的"。"中国的""人民的"这对于毛泽东来说是明确的，但"新的"就要取决于历史实践，它只能是实践的产物。

无产阶级文化不可能仅仅凭革命实践就可以创建出来，它必然也是文化传承的产物，甚至激进如列宁也认识到，无产阶级只有继承

人类一切优秀的文化成果才能创建自己的文化。但这就是一个深刻的悖论，只要无产阶级学习并接受了既往文化成果的影响，就不可能有纯粹的无产阶级文化。所谓无产阶级文化必然只能是既往人类文化的延续。

这里之所以要交代这个漫长而复杂的背景，是因为这样一段中国20世纪的激进文化的插曲，其实影响深远，直到今天还影响着中国文学和思想文化的建构。因为，今天中国的作家和知识分子无法形成明确的世界观。因为完整透彻的世界观，需要依赖完整的知识谱系、价值体系和信仰观念，并且与个人的生存经验有着真实而内在的融合。但中国的作家和知识分子要做到这一点有很多障碍。20世纪80年代以后，中国知识分子试图重建现代启蒙主义的价值观，但这项重建并未完成，也没有在当下坚实性的基础上有新开掘。所有这些，根本原因还在于世界观的生成没有文本化，也就是不能在有效的文本谱系里完成当下中国知识界的世界观的建构，以至于知识界的世界观是二元分离的：人们的认识或许是明确的、坚实的，但无法文本化，在文本与知识话语中表述出来的则是空泛的、语焉不详的（世界观）。很显然，在今天这样的历史转型时期，中国知识界的世界观暧昧与无法文本化，不能不说是令人扼腕而叹的事。

世界观当然不再是概念化的表述，也不再是宣称、宣言的告白，今天的世界观已经是个人化的和具体化的"看法"。对于作家来说，能不能看透历史、看透现实、看透生活？这一切看法只能文本化，只能从作家的文本中读出来。我们也应该看到，相对于知识界来说，作家的世界观表述可以获得形象的方式，这里的障碍要小得多。但即使如此，中国作家大部分人也不是对世界有独到的认识，也还没有找到深刻表述的独特方式。

说莫言有独特的世界观，并不是说莫言特别高于中国作家，而是莫言非常奇特地从他的直接经验中，从他的在地经验和传统中，以及民间文化中，获得了对世界的深刻洞察力——甚至是越界的洞察力。很显然，他的世界观的建立，与他的在地经验和天分有关。小学五年级就辍学的人，在放牛和劳动中成长的少年经验，以个人着迷的阅读完成文学自学，20年的乡村生长和劳动的生活。后来参军入伍的经历，以及顽强不屈的写作磨炼,使莫言对人生与世界、对历史与现实、对人性和命运、对伦理和政治等等,都有深刻却另类的体认。他的表现既独特又犀利,神奇而玄妙,准确且彻底。故而莫言对20世纪中国历史暴力的表现淋漓尽致、深刻有力也发人深省。

但莫言的小说在这方面也经常受人诟病。如何看待莫言的小说对暴力的表现,固然可以有不同的看法。不过,在我看来,莫言对20世纪暴力的揭示恰恰是他有独到的世界观的结果。20世纪的中国就是充斥着暴力,中国人民在20世纪饱受暴力的蹂躏,如果没有对暴力历史的揭露,无从表现中国民族在20世纪经受的惨痛。

莫言迄今为止影响最大的作品当推《丰乳肥臀》(1996)、《檀香刑》(2001)、《生死疲劳》(2006)和《蛙》(2009)。可以把前三部看成20世纪中国现代三部曲,把它们出版的时间略做调整,从《檀香刑》到《丰乳肥臀》,再到《生死疲劳》,可以看到20世纪中国历史的苦难历程。

《檀香刑》写的是中国进入现代最初的状况,那是中国传统封建社会到了最后崩溃的时期,帝国主义列强侵入中国,没落的封建统治阶级与帝国主义勾结,而中国乡村的村民却用最为原始的方式进行着抵抗。整个传统社会的没落、乡村的绝望抵抗与帝国主义列强构成三边关系,这个关系是悲剧性的,显示出无法逃避的历史命运。小说展示了中国民族和中国人在这一现代与传统变革时期遭遇的惨痛创伤。

小说叙事以赵甲这个封建时代最后一个刽子手开篇,叙述人则是他的儿媳妇孙媚娘,小说写道:

> 那天早晨,俺公爹赵甲做梦也想不到再过七天他就要死在俺的手里;死得胜过一条忠于职守的老狗。俺也想不到,一个女流之辈俺竟然能够手持利刃杀了自己的公爹。俺更想不到,这个半年前仿佛从天而降的公爹,竟然真是一个杀人不眨眼的刽子手。①

这几乎是以猫腔式的戏曲唱腔开篇的叙述,小说下手如此狠重,

---

① 莫言:《檀香刑》,当代世界出版社,2004年,第3页。

开篇就把这个故事最为核心的关键:一个儿媳妇手刃她的公爹,而公爹是大清国最后的大刽子手。这是怎样的一个故事?一个儿媳妇竟然要杀死她的公爹?是什么原因导致一个大刽子手死于儿媳之手这样的后果?小说开篇就把极其离奇的结果说了出来。这样的小说如何写下去?如何把这个离奇的高潮和结果合理化?这样的暴力的结果如何演化到来?

这就可以见出莫言小说叙述的艺术,他一直在极其紧张强烈的情绪中展开叙述。这样的一个家庭伦理暴力局面是如何形成的?这是小说一开始就给人留下的悬念,是什么导致这样的伦理悲剧发生?传统中国社会完全依靠家族/家庭伦理来维系乡村的稳定与社会自治,如此暴烈的家庭杀戮,究竟是如何发生到这种地步的?天理何容?如果是在现代的意义上,这是对历史正义的发问。这里面藏着怎样一个故事?这项家庭暴力,也是历史的暴力。这个暴力叙事第一层面的要义在于:赵甲这个刽子手被袁世凯请来给孙丙实施"檀香刑",赵甲起初并不愿意,因为孙丙是他的亲家,但他抗拒不了袁世凯的命令,他不做刽子手,他就要落得什么下场,他自己知道。但在实施檀香刑的过程中,他也着迷于这项刑罚,作为一个无与伦比的刽子手,他已经把刑罚当作一项艺术。第二层面的要义在于,赵甲醉心于刑罚技艺,这是封建统治者的心理投影结果。只要有民众闹事统治者就想到用残酷的刑罚来惩戒领头羊,这是自古以来的封建统治手法。整个封建社会依靠刑罚作为一项重要的辅助手段来维系统治,既是威吓,也是欣赏。封建社会统治就是如此野蛮与残暴,愚昧与荒谬。小说详尽地描写了封建社会末日统治者如何醉心于用刑罚来威吓属下和公众,而从帝王到臣民又都如此津津乐道于刑罚的技艺。第三层面的要义在于:如此醉心于刑罚的统治者,面对帝国主义列强的暴力却只有卑躬屈膝。封建统治对内惩罚官僚阶层和民众都有一套办法,但是面对帝国主义的暴力,却只有束手就擒。小说进入这一层面,就可以看出,其对暴力的书写,是一项历史抗议,是以历史正义的名义对封建统治的愚蠢、帝国主义的残暴、民众的绝望的全面揭示。

莫言并没有简单张扬人民正义,他更倾向于真实地写出民众的绝望。抵抗帝国主义暴力的又只有民众。莫言并未把民众英雄化,而是同样揭示民众的愚昧无知。他们近乎荒诞地反抗帝国主义列强侵略，当然有着义和团的史实为依据，在莫言这里，同情与悲悯，哀悼与痛惜相混淆——这就是近现代中国的悲剧命运。

《檀香刑》透示出浓厚的民间气息，莫言返回到乡土记忆深处去发掘写作资源，写出了乡土中国历史与生活中最朴实本真的状况。这部作品也是莫言主动撤退到民间文化里去的一种尝试。莫言吸收民间文学和艺术的血脉，融合到自己的语言风格中，戏剧的情景始终贯穿在情节中，具有很强的现场感。戏剧性场景使得莫言的戏谑反讽得到最大限度的表达自由，不再是作家一个人的眼睛观看他人，而是每个叙述人都在看他人，在反观自己，因而充满了戏谑反讽的快感。如莫言自己所说："制造出了流畅、浅显、夸张、华丽的叙事效果。"①

《丰乳肥臀》，这部小说魅惑人心的书名，其实是莫言为纪念天下母亲而做。莫言后来解释过书名起因，缘由是在解放军艺术学院上美术课，一位美术史教授讲述古代雕塑，他看到一个丰乳肥臀的母亲雕像。再想起天下母亲，尤其是自己母亲的辛劳惨痛的一生，故而萌发了写这部小说的动机②。这部小说要写出女性/母亲如何承担着家族家庭的重压，而在那样的历史时期，家族家庭则承受着强大的历史暴力。

这部小说的开篇显示出莫言小说一贯的下手狠重的特点。小说开篇就是一个关于生产的故事，上官福禄家的母驴要生产，不幸的是，这头驴难产，全家人都围着这头驴的生产团团转。与此同时，上官家的媳妇上官鲁氏要生产，这个已经生了七个女孩的母亲，不再被相信能生出男孩，家里没有人管这个在坑上难产的产妇。直至母驴的难产解决了，上官吕氏才腾出手来解决上官鲁氏的难产问题。而且荒唐的是，就叫解决了母驴难产的樊三去接生。樊三实在不行，只好去请来她的仇人孙三姑。在这样的关头，日本鬼子打进村庄，这就不只是一个人的生命，这是整个村庄的生命，是民族的生死存亡。生与死在这样的时刻一起出场。这是什么样的生产？小说写道：

---

① 莫言：《檀香刑》，作家出版社，2001 年，第 517—518 页。
② 莫言：《〈丰乳肥臀〉解》，《光明日报》1995 年 11 月 22 日。

苍凉的钟声扩散在雾气缭绕的玫瑰色清晨里。伴随着第一声钟鸣，伴随着日本鬼子即将进村的警告，一股汹涌的羊水，从上官鲁氏的双腿间流出来。她嗅到了一股奶山羊的膻味，还嗅到了时而浓烈时而淡雅的槐花的香味……①

上官家渴望一个男孩，结果上官鲁氏生了一对双胞胎，其中一个男孩，后来长大头发卷曲，明显是混血儿，取名上官金童。上官鲁氏的这次生育是与瑞典籍的神父马洛亚偷情的结果，上官金童这个宗法制家族最后盼望的男孩，却是现代帝国主义列强进入中国的偷情的产物，这是对传统中国社会悲剧命运怎样的诠释？这次生产渗透了帝国主义的宗教，但是更为严酷的在于羊水破时，日本鬼子即将进村。上官鲁氏的生产是在日本鬼子屠杀上官家人的暴行中完成的，甚至还被日本鬼子的医生抢救了男孩的生命，并且被作为"大东亚共荣"的证明照片登在日本国的报纸上。在第一卷前九章34页的篇幅里②，容纳了这么多的内容，且如此紧张激烈。作者在焦灼不安的氛围里，有条不紊地写出一个家庭、一个民族、一个人的命运，生与死如此鲜明地同时发生于这一时空，实在令人惊叹！一部小说的开头写得如此丰富充沛，如此多的重大事件一同发生，如此众多的相关人物迅速出场，交代得如此有层次感却又自然流畅，显示出莫言写作小说的高超技巧。更重要的在于，莫言看历史看得透彻，对每个生命个体的命运也看得清晰。生长于20世纪现代中国社会里，每个人要历经的磨难都难以言表。他对所有的践踏个人命运的历史暴力都给予控诉和不加保留的揭露。然而，去哪里寻找救赎呢？上官金童身上流淌着基督教神父的血脉，这有什么用？谁能拯救他？

这部书写乡土中国历史的作品放弃了书写简单的历史正义，而是把历史正义还原为人的生命正义。小说开篇在生与死、民族国家灾难

---

① 莫言：《莫言自选集》，四川文艺出版社，2012年，第9页。
② 莫言：《丰乳肥臀》，中国工人出版社，2003年。该小说初版于1996年，作家出版社。

与家庭灾难之间，呈现出的是家庭的惨剧，个人的生命最终成为民族灾难的承担者。上官鲁氏这个丰乳肥臀的女人，最终成为上官家生存下去的精神支柱。是女人、母亲养育了儿女，坚守了生命的历史，捍卫了生命的尊严。小说后来变成上官金童的第一人称叙述，上官金童终其一生都患有恋乳症，他的命运被现代中国的历史暴力随处丢弃，就像一段木头在洪流中无望挣扎一样。即使在中国本民族内部进行的社会主义革命，他的命运也同样苦不堪言。这个屈辱的生命被历史和政治蹂躏，他本是一个无比软弱的个体，但却要承担那么深重的历史谬误。小说的深刻之处在于，把个体生命置入惨痛的历史之中，这样的历史并无正义可言，也不再是具有神授本质的某些正义事件。在这里我们看到的只是个体生命被历史的大小事件所瓦解。这是怎样的现代中国的命运？怎样的中国传统宗法制社会的最后结局？

小说的主要叙述人是上官金童，这是作者有意采取了童稚的和荒诞化的视角。莫言小说在艺术上最突出的特点就是游戏精神：它在饱满的热情中包含着恶作剧的快感，在荒诞中尽享戏谑与幽默的狂欢，在虚无里透示着后悲剧精神。莫言所有小说的视角几乎都是荒诞与反讽，这在长篇小说叙述中实在是高难度的动作，但是莫言做到了。这部小说洋洋洒洒近60万字，叙述始终是那么精神饱满，那么富有激情，那么充满乐趣，这就是尼采式的游戏精神，也是尼采式的美学意义上的虚无和永劫回归。

2006年莫言出版《生死疲劳》，而全部叙事则是通过一个地主投胎为驴、牛、猪、狗来表现。它们对应的中国历史分别是土改、"大跃进"、"文革"和改革开放。戏仿历史编年的叙事，采取了动物变形记的形式，这不能不说是一次巧妙大胆的构思。小说的主要人物西门闹原来是一个家境殷实的地主，在土地改革中全部家当被扫荡一空，并被五花大绑到桥头枪毙，脑袋被轰了半边。他在阎王殿喊冤，阎王判他还生，结果投胎变成一头驴。西门闹变成一头驴却是好样的，它甚至比他的家眷地主婆白氏活得还自在些，身为动物比为人的地主要强些，这无疑也是一个反讽。但它的荣耀岁月也只是给县长当坐骑，一旦蹄子断了，它只能被抛弃。小说描写这头驴子断了蹄子还坚韧地跪着给主人蓝脸（他昔日的长工）拉粪，感动得昔日做长工的蓝脸热泪盈眶，这实在是对地主阶级的悲惨命运的特殊表达。但这头驴子最终也不得不死于非命，被饥饿的村民宰杀。后来投胎为牛、猪和狗，最后成为大头儿童蓝千岁。

西门闹投胎成为的所有动物都勇猛雄壮，这摆脱了他作为一个地主的历史颓败命运，在动物性的存在中他复活了。以这种方式来书写人在历史暴力中的状态，无疑有它先验性的色彩，因为阶级斗争的暴力历史已经决定了西门闹的非人的命运，他必须成为非人，这个阶级其实是被剥夺了做人的权利。对于一种阶级仇恨来说，敌对阶级只有下辈子成为动物，才能还清所有的债务。但莫言却是对阶级斗争的形式给予强烈的反讽，没有任何意义上的友爱，可以超过蓝脸与西门闹的关系，他（它）们要作为人与动物重建一种友爱，重建感恩的逻辑。莫言的这种叙事是对阶级斗争暴力的强烈批判。如此残酷的阶级斗争之后，西门闹的后人，金龙和金凤与黄瞳的后人，与蓝脸的后人，与庞虎的后人，他们又被重新以各种情感的血缘的关系结合在一起，并且宿命论式地结合在一起。黄瞳之女黄互助先嫁西门金龙，后与蓝解放同居。黄瞳在土改当年是拿枪轰掉西门闹脑袋的人，这就是说，黄互助之父与西门金龙有杀父之仇，这些恩怨如何了结，又是如何轻易地化解？内里的悲剧宿命地决定了这些人的结局，这些家庭的结局。

不管莫言如何戏谑，如何热衷于以玩闹的形式来处理历史，他的世界观和历史观是清醒的。或许也正是因为莫言太清楚他的世界观对历史与人类正义价值的坚持——因为可能越过某种先在的界线，他反倒显得另类，他必然需要戏谑、反讽以及语言的洪流来包裹他的强大的批判性。他既抓住历史中的痛楚，又以他独有的话语形式加以表现，甚至不惜把自己变得怪模怪样。而历史只是在话语中闪现它的身影，那个身影是被话语的风格重新刻画过的幽灵般的存在。

事实上，小说在历史、阶级与人性的叙事上，依然具有很强的实在内容，在某种意义上，它也是对英国作家乔治·奥威尔的《动物庄园》和《1984》的回应。不管莫言是否有意在回应，毕竟那是一个存在的前提，读者研究者总是会想到那些作品。只要看到这一点，就不能抹去莫言作品中被变形了的历史意味。当然，小说并不是历史哲学，也不是政治概念的清理。另一方面，虽然小说中的人物众多，但主要人物形象还是相当鲜明，作为主角的西门闹自然不用说，蓝脸这个忠诚愚顽的奴仆，一辈子不入社的单干户，他以他的独特方式坚守着农民的历史和伦理，这个当年的"中间人物"，在莫言的重写中被赋予了更多的含义。更年轻一辈的人物，蓝解放、金龙、合作、互助、杨七等等，不管着墨多少，莫言三下五除二就在戏谑中让人物性格跃然纸上。

当然，历史在根本上是遭受质疑的对象。人性的谬误与悲剧来自强大的历史，强大的历史怨恨最终也化为子虚乌有。小说以西门闹喊冤变为驴开始，最后的结尾是洪岳泰身抱西门金龙同归于尽（他要用这样的暴力方式进行最后的斗争，团结起来到明天），其他的人结局都充满肃杀之气。而小说结尾的那个细节，庞春苗骑着自行车被逆行的红旗牌轿车撞飞，酱驴肉散落一地①。这或许是无意的闲来之笔，但"酱驴肉"也难免让人产生联想，这就颇有点历史虚无主义的味道了。但历史最终是悲从中来，那样的哀悼式的感伤，反倒更让人去琢磨历史暴力的遗产究竟是什么：

蓝解放将春苗的骨灰埋葬在他父亲那块著名的土地上。春苗的坟墓紧挨着合作的坟墓，他们的坟墓前都没有竖立墓碑。起初，这两个坟墓还有所区别，但当春苗的墓上也长满野草后，就与合作的坟墓一模一样了。埋葬了春苗之后不久，老英雄庞虎也死。蓝解放把老岳母王乐云的骨灰与岳父的骨灰合在一处，背回西门屯，埋葬在父亲蓝脸的坟墓旁边。②

这段叙述在小说里算是很平静很平常的描写。合作原来是解放的妻子，春苗是他后来的情人，在土地上，他们的墓地连成一体，也没有什么区别，在世的恩怨都被在地的泥土和野草抹平了。革命英雄庞虎与那个抵抗革命的单干户蓝脸也没有区别，他们的坟墓紧挨在一起，"在地"是不能分出彼此的。小说其实有一句话类似点题："一切来

---

① 莫言：《生死疲劳》，作家出版社，2006年，第518页。
② 莫言：《生死疲劳》，第519页。

自土地的都将回归土地。"① 如此强大的暴力，如此不可抗拒的宿命和死亡法则，如此朴实公正的泥土和荒凉的野草，人类啊，你还不醒悟吗？这仿佛是从这句话是透示出来的呼唤。也仿佛是"生死疲劳"之后的叹息。

因为暴力与罪恶对人性的践踏，善良的生命总是脆弱的、无望的。最后只有以动物的眼光来看人间万象，《生死疲劳》算是莫言历史叙事的绝望之作，也是绝情之作。西门闹的后人、蓝脸的后人、庞虎的后人、黄瞳的后人，以及洪岳泰本人……所有的人，他们的结局无一幸免于难。其结局如此惨败，一切只有归于泥土，才使失败与胜利也一道"在地"而同归于虚无。这是冥冥之中的宿命，无可逃脱，莫言仿佛洞穿了命运的玄机，他才敢如此大胆而又轻巧地处理历史，处理人的命运，所谓四两拨千斤是也。

历史暴力如此之强大，莫言如何给作品中的人物以力量、勇气和希望呢？转世轮回乃是莫言反抗历史暴力的必要补充。此生此世无可奈何，但把此生现实世界看成前世的轮回，此世的现实性就被打了折扣，它的绝对性就丧失了。这是阿Q精神胜利法的另一种表现形式，这不是自我的精神胜利法，而是历史同一性的精神失败法。通过轮回转世，自我与他者重建了一种同一性，同归于失败的法则，即同归于"在地"的法则。在"在地"的泥土面前，人人平等，今生今世与前世前生构成颠倒的循环。这就是莫言的世界观的独特性的又一层面的表达。

关于转世轮回的历史循环论观点，这几乎贯穿在莫言书写历史暴力的诸多作品中。这种轮回既有中国传统的影响，也有拉美魔幻现实主义的痕迹，甚至还有尼采现代哲学的虚无主义的影响。这种世界观中国不少作家都有，如贾平凹、刘震云等等，但莫言尤其明显和彻底。他经常用轮回转世来处理，最典型的当推《生死疲劳》，通过六道轮回，去写出生命的疲惫。但是这里的转世始终有一个生命原初为人的记忆，只是经历多次转世之后，关于人的原初记忆也淡漠了。西门闹转世为猪后，对西门闹为人的历史记忆已经很淡漠了，到了最后的二道轮回，猴子和大头蓝千岁，就只剩下生命的疲惫。在转世轮回中生命的自我

---

① 莫言：《生死疲劳》，第513页。

意识还是有着层次感，莫言把人的意识与历史的存在意识处理得相当细致微妙。

实际上，《檀香刑》里也隐含着转世轮回的观念。这里面的人物前世都是动物，通过赵小甲这个傻子的视点，荒诞化地用一根毛发来透视世界，结果那些无比强大的人，原来是动物转世。今世是行使暴力和权力的强人，骨子里还是动物。赵小甲透过那根毛发看到，他老婆媚娘是白蛇，爹赵甲是豹子，岳父孙丙是熊，县令钱丁是白虎，袁世凯是鳖。他用轮回的观念重新来解释现实，其实是有对历史本质主义的批判和消解。由此构成莫言小说叙事非常独特的观念和思想底蕴。因此，他能把对历史暴力的批判与戏谑的手法自然而恰当地结合在一起，把进化论的历史观，完全虚空到一个宇宙论当中去；把现世的遭遇暴力的惨痛经验荒诞化和虚无化，既是现实历史的书写，又是荒诞化的寓言。当年后现代小说家约翰·巴思讨论卡尔维诺和博尔赫斯的小说，就设想从他们那里汲取宇宙论的观念，为后现代小说的兴起提供一种世界观。这就不是一个现世的东西，我们在宇宙论上讨论人的东西，不是在三维空间里面，而是在想象的四维空间里面。但在莫言这里颇不相同，这其实是20世纪80年代以来中国的文学写作语境使莫言不得不寻求的一种独特手法，他的这种世界观，并非是哲学家的和宗教的信仰延伸来的世界观，而是现实化的表意策略。当然，在莫言的历史轮回观念里面，还是有现世的价值观渗透在里面，有非常坚定的历史善恶。莫言把善恶分得非常清楚，动物本身所具有的性格特点，人性的特点，都是通过动物的轮回变化来把人更深刻的本质揭示出来。小说叙述中的轮回转世，并非向着虚空的宗教神秘世界无限伸越，而是向着现世的人的经验巧妙映合。例如西门闹在不同的历史阶段变身为动物的那种心理和性格，以及他看到的各种人在现世的表现。《檀香刑》里的人物都与动物的特性相像，反之，他们是动物的拟人化形象。

也正因为莫言对历史暴力的强行书写，他秉持轮回转世的世界观，他的小说叙事的表现手法最突出的特征体现在"魔幻现实主义"方面。莫言的魔幻现实主义，固然受到拉美魔幻现实主义的影响，但是与莫言生长的中国传统文化、地域文化或民间文化，有着更为密切的关系。

也正是后者培育了,或者说使他形成了转世轮回善恶报应这种世界观。在2006年莫言《生死疲劳》新书发布会上,我曾经说道:"过去,我们写魔幻,一直是在西方的荫蔽下,并没有把魔幻真正融进我们中国的文化、中国的本土,并没有融进我们的世界观。莫言在这部小说中,把魔幻和中国本土观念和文化、中国历史本身、老百姓的日常生活态度和我们的世界观融在一起,把这些全部融入了我们历史本身。"①2012年,瑞典文学院颁奖辞对莫言的艺术评价的主要观点是:"将魔幻现实主义与民间故事、历史与当代社会融合在一起。"② 看来瑞典文学院的观点与我在2006年对莫言的评价是十分接近的。

事实上,魔幻现实主义何尝只是拉美现实主义的专利呢?所谓"魔幻"在中国传统文学和民间戏曲中是十分丰富的表现手法。例如《西游记》《聊斋》等名著中的人兽同体、人鬼同形。中国四大名著之一的《西游记》不用说,《水浒传》《三国演义》何尝没有魔幻色彩?那些英雄的传奇,那些恶魔的超能量,动辄力举千钧,有万夫不当之勇,何尝不是魔幻呢?《水浒传》108将,就是由36天罡星、72地煞星转世而生。另外如家喻户晓的《白蛇传》等作品也富有魔幻元素。《红楼梦》的"仙幻"意境是中国古典小说的新的开创。贾宝玉是女娲补天剩下的顽石,他出生口含通灵宝玉;林黛玉则是绛珠仙草,她与贾宝玉是"木石前盟"。这也是前生前世的穿越轮回以及虚无的世界观,可以说是魔幻或者仙幻。

总之,中国的传统文学的魔幻资源相当丰富生动,不只是魔幻,还有神幻、仙幻。仙幻传统可能是一个有待开发的资源,如今在网络的穿越小说中得到光大。总之,中国传统和民间的这种魔幻资源十分充足,莫言运用到得心应手的地步,源于他的通透的世界观。《生死疲劳》确实是对中国传统魔幻资源的一次后现代式的发挥,也因此给乡土中国的现实主义注入了某种后现代性的因素。在这一意义上,莫

---

① 有关我的观点,见于《文学报》罗四鸰的报道:《莫言新长篇〈生死疲劳〉面世——用"东方魔幻"书写乡土》,《文学报》2006年1月19日。

② 英文原文是:"who with hallucinatory realism merges folk tales, history and the contemporary"。

言的小说是一个艺术杂种，一个艺术上的人兽同体，是魔法小说的历史化和当代化，这也是小说的魔法，对小说施魔。就像《生死疲劳》的变形记一样，莫言的小说也是对乡土中国的当代寓言史和乡土中国文学的双重施魔记。

莫言的"魔幻"之所以发挥得自然而恰当，与他的小说经常采取孩子和傻子的视点有关，这一点多少有些受到福克纳的影响①。孩子有一种无知的天真，傻子则有一种无畏的荒诞，从他们的视点看到的世界经常就是一种天真荒诞的世界，这是莫言小说独具的魅力，也由此展现给人们另类的世界面向。莫言的小说本来就爱写小孩，如《透明的红萝卜》等作品。《红高粱家族》"我爷爷""我奶奶"的叙述视点就有孩子视点的意味，《檀香刑》那个赵小甲经常充当叙述人，正是他通过一根毛发看到周围那些强势人物的动物前身。《丰乳肥臀》中经常写到上官金童，上官金童也充当一个隐蔽的视点。《生死疲劳》是动物的视点，这不用说，动物视点是一种类傻子视点，可以看到世界更加朴实的"本来面目"。

由此可见，莫言的世界观的独特性和深刻性，并非某种形而上的概念，也并不是什么复杂深奥的思想性，而是他对文学的独到的探索，是他以在地的生活经验和文化传统去融会贯通多样化的艺术手法的结果。这样的世界观才是一个文学的世界观，才能对于文学创新性，对于中国文学从传统走向现代和后现代给予切实有效的推进。

三、解放性修辞：汉语言的自由与越界

莫言小说的叙述方式及叙述语言一直是人们热衷于讨论的问题，赞赏者认为莫言在小说叙述方法及语言方面创造力旺盛，甚至可以说是一个语言大师；批评者则认为他的语言缺乏节制，泛滥成灾，甚至

---

① 威廉·福克纳的小说不只是有傻子的视点，还有南方小说特有的怪戾荒诞和阴郁。在美国评论界有另一种说法，即它属于美国南方"新哥特"小说，这种小说与旧哥特小说有着密切联系，但加入了更为丰富的现代因素。弗兰纳里·奥康纳也属于此一传统，最极端的新哥特小说当推史蒂芬·金，由此就可以看出福克纳小说的内在特质，也由此可以理解身处中国的莫言，小说中何以有那么大量的血腥和荒诞。

杂乱无章。归根结底，莫言在语言上的做法与他的叙述观念和叙述方法相关，他在叙述上就是要僭越边界，越出既往小说的规范规则，打开汉语小说叙述的疆域，故而在语言上不加节制，甚至有意冒犯。

较早注意到莫言小说叙述僭越规范的研究者当推丁帆先生。早在1989年，丁帆撰文《亵渎的神话：〈红蝗〉的意义》对莫言小说越出人们阅读习惯和审美规范的表达，做了相当深入细致的分析。丁帆指出，《红蝗》里充满"丑的堆砌"，用极其反常的手法描写了大量的污秽现象。丁帆把莫言这些"丑的堆砌"放在现代以来的文学史语境中来审视，并不避讳它对主流审美规范亵渎和冒犯的特征。丁帆看到，莫言在小说中也并未直接大胆肯定这种污秽描写，既描写，又用反讽的笔调试图抹擦。莫言更乐意扮演一个"隐身人"来呈现这种审丑的和污秽的情境。这使丁帆也不得不持审慎的态度去推测："那种独特的与众不同的感觉正是莫言否定一种人为的做作美和肯定一种原始的本色美的逻辑起点。这可能便是一种对现代物质文明下的变态美学观念的反讽和对原始生存状态的美学精神的眷念的'后工业社会'人的超前审美意识的裸现吧。"[①]丁帆提出，阅读莫言的作品，可能需要读者转换阅读思维，进行"丑的转换"，这可能是莫言对当代文学创作、批评和阅读提出的挑战，它可能会产生开拓审美思维空间的意义。对于这个闯入审丑的禁区、破除禁区的莫言的创作，如何评价？"这些是否孕育着一个审美价值判断的整体迁移的风暴？！"丁帆的问题是留给文学史的："《红蝗》这个亵渎神话的出现有历史的必然性吗？它的意义可否作为文学史的一个有意义的现象存在呢？！"[②] 33年过去了，今天人们对文学作品的道德的和美学的宽容度都有明显松动，但不少人对莫言在这方面的批评和怀疑依然如故。主流文学有一套美学规范，莫言的作品还是在僭越和冒犯，他的叙述总是要越过极限。

2003年，张清华先生以《叙述的极限》为题讨论莫言小说艺术的

[①] 孔范今、施战军主编：《莫言研究资料》，山东文艺出版社，2006年，第224页。

[②] 《莫言研究资料》，第226页。

特征。张清华注意到莫言的诸多小说,如《欢乐》中的形式上"拥挤"的极限,《酒国》里荒诞谐谑的极限,《檀香刑》里凌迟残酷的极限,《红高粱家族》里"临终抒情"的极限,《丰乳肥臀》里荒谬的极限,等等[①]。他认为莫言小说中洋溢着"生命意识"和"酒神精神",在《丰乳肥臀》和《檀香刑》中,其极致化达成了"狂欢节式"的叙述和"复调的交响"[②]。所谓"极限"也是"越界"的更为谨慎的说法。

这些论述都注意到莫言小说艺术的根本特质,就是那种僭越的超常能量。这是否是在另辟一条汉语小说的道路?目前看来,这条路只有他一个人行进,而且越走越远,甚至一度让人难望其项背。到底是越过界线,误入歧途,还是独览汉语小说神奇的风景?

对于我来说,其反常规或越界的意义在于,对汉语小说具有解放的意义。更具体地说,他的小说艺术的根本特质在于他创造了一种"解放性的修辞叙述"。之所以说"解放性",而不是说开放性,在于开放性只是一种叙述行为,或者只是文学话语的一种表现形式;而"解放性"则意味着对汉语言文学的一种基础性和方向性的开启,意味着对其划定界线的突破,意味着对加诸其本体上的规范的僭越。

20世纪中国文学如何从叙述方式上来做历史/理论的区别,可以区分为几种叙述:其一是"现实性的叙述"。在整个新文学运动之初的启蒙主义理念引导下的文学表达是现实的叙述,文学表现根本上是以改变/变革现实为宗旨,为人生的文学转向了启蒙救亡的民族解放的文学,其最高的宗旨是反映现实社会的冲突和人民的现实苦难。其二是"观念性的叙述"。1949年,新民主主义革命胜利后,中国的文学与中国革命实践紧密结合,它是为着革命理念斗争的文学。文学对现实社会的表现要依照观念性给定的所有的规定,其评判标准也是全部的观念性的定义。其三是"反思性叙述"。改革开放后的新时期文学,实际上是反思性的叙述。所有的叙述的动机源自内在生发出的反思性。例如,新时期伊始,被称之为"恢复的现实主义",那是对"文革"

---

① 张清华:《叙述的极限——莫言论》,《当代作家评论》2003年第2期。或参见《莫言研究资料》,第330页。

② 《莫言研究资料》,第344页。

极左路线指导下的假大空文学的反动,又是对"文革"极左路线的批判反思。知青文学是对这一代人的创伤性的经验的表现,也是对自身创伤历史的反思(如孔捷生、叶辛、王安忆等的作品)。但这种反思很快又被内在激起的理想主义情怀所取代。知青文学最后由张承志和梁晓声来充当其高潮和终结也足以说明其特点,它总是由单向的反思极端达到其反面。知青文学转变为"寻根文学"也可以说明主体的内在反思,要转向外向的对历史有承担的现实主体。即使是现代派和先锋派也是对现实主义审美规范的反动,它也依然有反思性的观念特色。它是现实主义在美学方面建构的规范达到极限的反面作品,在外向的现实无从表现的情形下,它是必然要向内部的美学规范进行反动。其四是"修辞性叙述"。进入20世纪80年代后期以来,莫言以及少部分的中国作家,他们建构了一种"修辞性叙述"。先锋派和莫言都有双重性,他们也带着"反思性叙述"的特征,但以其对汉语言本体回归——实则是第一次建构,来展开其小说语言的强行的开创。

修辞性叙述与现实性、观念性以及反思性这类叙述根本不同之处在于,后三者强调整体性,总是有一个整体的观念或主题,严整地规范住所有的叙述语言。尤其是在现实主义名下,强调写实性和白描手法,语言的独立性和美感作用被严格限制,它所需要的是最清晰、浅显和直接地还原现实世界,叙述语言要获得透明性。修辞性叙述当然也并不与整体性矛盾,当然也是在某种相对整体中来展开叙述。但修辞性叙述可以有局部的自由,叙述交付给语言,语言自身可以形成一种修辞的美感或快感,甚至可以用这种美感和快感来推动叙述,使叙述获得自由的、开放的,甚至任性的动力。

《红高粱家族》的叙述,充满了语言狂放的力量,每一句式的叙述,都有一种表达的欲望溢出边界。关于"我爷爷"余占鳌的所有行动,都是在野性暴力与人间正义的双重悖论中展开。那种生命放纵的力量与语言的不可遏止的表达欲望,词与词之间、词与物之间的自由连接,不断开启人物行动的空间和世界伸展的情境。而关于"我奶奶"的叙述则是在美丽妖娆、率真怜爱的情境中展开,那些语言也同样是挥洒任性,绚丽多姿,如同红高粱一样鲜艳明媚。

这种修辞性的叙述有意制造一种审美上的张力,其叙述不只是讲述故事或叙述行为行动的过程,而是要建构出一种情境。例如,把暴力表现与抒情描写结合在一起,这使暴力获得一种奇异的美感。历史正义的理性评判在暴力面前难以表达,但通过修辞性叙述制造的美学张力,使暴力的非法性变得模糊。余占鳌16岁杀死与母亲通奸的和尚,那次暴力行动发生在一片梨园里。余占鳌在行使暴力前,先到父亲的荒芜的墓地,那也是在梨园深处。当他从和尚的肋下拔出剑来时:

梨树上蓄积的大量雨水终于承受不住,扑簌簌落下,打在沙地上,几十片梨花瓣儿飘飘落地。梨林深处起了一阵清冷的小旋风,他记得那时他闻到了梨花的幽香。①

对于一个16岁的少年来说,父亲亡故,和尚与母亲通奸,他如何面对这样的现实?他哪里想得到,他杀死了和尚,也杀死了母亲,母亲不久就上吊身亡。他杀死和尚固然是非法的暴力,但莫言显然不想在这里给予严厉的谴责。于是如此悲惨的杀戮行动,却是发生于这样美丽清俊的梨花遍地的情境中。

余占鳌杀掉单家父子那年24岁,他把单家父子扔到村西头大水湾子边。小说写道:

那时候,湾子里水平如镜,映出半天星斗,几枝白色睡莲像幻景中的灵物,袅袅婷婷静立。十三年后,哑巴枪崩余占鳌的亲叔叔余大牙时,湾子里已经没有多少水,这几株睡莲尚在。②

随后,有人发现单家父子的尸体,庄长单五猴子领着人去捞尸体,但没有敢下水。因为单扁郎有麻风病,但是小说写得如此纯净:

湾子里的水绿如翡翠,没有一丝皱处,那几株白色睡莲安详镇定,

---

① 莫言:《红高粱家族》,当代世界出版社,2004年,第84—85页。
② 《红高粱家族》,第86页。

几点露珠凝在紧贴水面的莲叶上,像珍珠般圆润。①

暴力、患有麻风病的尸体,与湾子里一池如绸的碧水构成何种关系?那些肮脏、丑陋和罪恶就在水底下。随后的叙述中,还有多处描述了这几朵白莲花的意象,它与水面的动静,与水里泛起的丑恶、凶险与罪孽,始终构成一种对比、参照或映射。很显然,通过这些莲花的意象,小说并不是在叙述故事中的一些行动和过程,而是赋予其更为复杂的生存世界的景象和意味。

莲花在这里当然有着多种象征意味,它是出污泥而不染的圣洁之物,它当然并不是直接象征着狂野得有些放浪的九儿或者杀人越货的余占鳌,但是有一种历史正义的象征,有一种高于人世间的自然造化和宇宙间的平等正当。莲花面对这样的罪恶,始终挺立,它在星光下、在阳光下、在红高粱的映衬下挺立闪出光泽。当然,莲花还有象征着佛教的意思,佛教戒杀生,面对这样的杀生的行为,无论如何都有一种判定和报应。这又是一重象征,它几乎是悖论式地指向那些世间的因果行为。当然,它也可能就是单纯的意象描写,为了给丑恶血腥的暴力之侧开辟出另一种意境。

莫言如此热衷于描写这几株莲花(总计五六处),让它们突显出一种审美功能,它们怪异地在罪恶与丑陋的边界开放挺立,它们所折射的光泽已经远远越过传统现实主义小说叙事的边界。它嘲笑了现实主义的那些关于简洁与白描、明确与含糊、正与反、美与丑、善与恶的清晰分界。叙述已经不依靠主导性的或中心化的观念引导,而是交付给语言自身的修辞诡计,它们暗中勾连,串通一气,倒是构成了文本中最有意思的耐人寻味的部分。如果失去这些修辞诡计,语言则毫无光彩,难以夺人眼目。因为这些修辞性的语言如此胆大妄为,甚至反常地弥漫于文本中,小说叙述就更加无所顾忌,语言的表达仿佛受到不加约束的怂恿,更加自行其是、自鸣得意地散播。如德里达所说的能指的海洋般散播,对于莫言来说,则是如红高粱一般遍地生长。

不管是《丰乳肥臀》,还是《檀香刑》,或者是《生死疲劳》,

---

① 《红高粱家族》,第87页。

甚至很有些收敛的《蛙》，莫言的叙述都充满了任意挥洒的快感，语句或语词并不只是为了讲述故事，表达主题或思想，而是给予语词追求自身快乐的自由。给予语词以生命，让它们神采飞扬，甚至胡作非为。莫言的才华恰恰就体现在他能"乱中取胜"。显然，莫言的叙述具有解放修辞的能量，这得益于它不断变换叙述视角，变换叙述角色。如前所述，莫言经常利用儿童、傻子作为叙述视角，甚至利用动物作为叙述视角。《檀香刑》里赵小甲就是一个痴呆儿，他的智力停留在儿童状态，正是因为如此，他向媚娘要了毛发，他居然发现他老婆媚娘、他爹赵甲、他岳父孙丙，以及钱丁、袁世凯都是动物转世。正是这样一个痴呆的孩童般的视点，使他的想象和叙述脱离了常规的状态，进入了无边界约束的自由领地，其叙述变得异常自由灵动，越说越神奇，越说越像回事。在《生死疲劳》里，从驴到牛，再到猪和狗，莫言的叙述几经变换，带着动物的特性，带着动物特有的盲目的欢乐与戏谑，例如，第三部"猪撒欢"的叙述，那是一头无比智慧生动的猪，它似乎已经从土改的"梦魇"中解脱出来，经过几道转世轮回，西门猪已经有些忘记了自己的前世前生，它现在已经乐于充当一头猪，正好冷眼旁观人的所有作为。它看得更加清晰彻底，同时完全回归了它的猪的本性。这头对食物和母猪充满撒欢精神的公猪，对语言也有一种撒欢的态度。它的叙述随意而出，其本性就是撒欢，反倒如同语言自身的流动，任意奔涌而出，几乎是落地成形。

《蛙》也是要寻求动物的视角，虽然叙述人是万小跑，但还有一个自称"蝌蚪"的文学爱好者在写作，在讲述他的故事。后半部分还有蝌蚪编的戏剧。莫言总是要建构一个非常规化的视点，在《蛙》里他也尝试着要建立一个类动物的视点。最后要上演的戏剧，则是要重构小说叙述语言讲述的故事，要把个人、人物从历史的整合性中解救出来。《蛙》的戏剧如此大胆地把文本撕裂，让悲剧的历史荒诞化。《蛙》里的叙述人蝌蚪，那是很低很低的叙述，他只是一只小虫，作为一个偶然的生命，游走于历史的间隙。或者他只是一只蛙，趴在田地里，看世界与人，他充当了一个编剧者，只能编织出荒诞杂乱的戏剧。如此低的视角，却胆大妄为地做出这样的戏剧。

因为叙述人和叙述视角的变换，莫言的小说语言越过常规的界线向着魔幻区域进发，就变得相当自如。《檀香刑》里的赵小甲本来就是一个傻子，他看到的动物转世轮回，真真假假，也不确定，但叙述语言却获得了表现的可能性，文本的语言构成却有了这样的魔幻成分。《丰乳肥臀》里的上官金童，本来就是一个杂种，还患有恋乳癖，他的想象和内心的冲动都超出常规。《生死疲劳》里的叙述人之一大头蓝千岁，实际年龄只有五岁，他能说什么？他有什么不能说？他本来就是一个怪胎，一个半神半人，半人半鬼。莫言的魔幻因为预告埋下的叙述人和叙述视点就是非常人，叙述语言在叙述中抵达一定的修辞程度就可以自然着魔。修辞性的叙述经常要着魔，这才有魔幻的——也是莫言追求的出神入化的情境出现。

修辞性叙述不只是带来叙述和语言的解放，同时带来的是对世界感知方式的解放，更进一步地说，是感性的解放。莫言的叙述之所以有如此强大的解放能量，根本缘由还在于后现代的感性解放大趋势所致。此一解放趋势自德国的鲍姆加登创立"美学（aesthetic）"这门学科以来就初露端倪，经过浪漫主义运动对人的感官世界的拓展，到了尼采1870年发表《悲剧的诞生》就已经形成强大之势，尼采宣扬酒神狄俄尼索斯精神，那就是感性对理性的替代。现代主义艺术潮流对人类感性世界的开掘无疑比浪漫主义要深广得多，现代思想得到了海德格尔、福柯、德里达、巴塔耶、德勒兹等人的阐发，理性思想则要为感性认知所替代。而历经电子产业的革命，视听文化强有力地影响了这个时代人类的认知方式，理性与感性之间的较量，感性的崛起几乎要从量变引发质变①。

莫言在20世纪80年代中期写作《红高粱家族》时就以如此强健的笔调拓展感性的世界，这实在令人称奇。就此而言，只有理解为莫言实在是无师自通，他恰恰是立足于他的高密乡村，那一片广袤无垠的红高粱大地（他的在地性），他立足于此，感受于斯，这就有无边无际的想象，无边无际的语言涌溢而出（这就有语言的越界），无边无际的汉语意象也足以造就一个无边的感性解放的世界。

---

① 有关"感性解放"这一论题，可以参见拙作《感性解放引导的现代艺术观念变革——"视听文明"到来之际的美学反思》，《南方文坛》2012年第3期。

总之，莫言的小说创作自20世纪80年代中期崭露头角，至今已然有近40年的历史，以其立足的乡土中国的文化，民间的说说唱唱，立足于他对汉语言的敏感，居然穿越过世界文学疆界。他如此热衷于运用孩子、傻子和动物充当主要角色和视点，这些视点看透了理性的秩序，这些孩子、傻子和动物，并不理会东方与西方、中国与世界，他们的足迹踏乱了边界，甚至也踏乱了各种主义的前后秩序，莫言的书写总是无止境地奔涌，总是离去，甚至如小生物（蝌蚪）般匍匐在地，正因为在地——这井底之蛙，能看到外面的世界，能自由自在地想象无边的世界。在21世纪初，汉语文学想不到它能以自己的方式，踩在泥土地里，也能踩出一条道路，这条路真的能通向世界吗？还是世界终归要通向这里？

第十五章 "逃离"与文本敞开的浪漫主义
—— 当代小说的隐秘超越路径

我们通过多种方法和角度探讨中国当代小说发生的艺术变革,这些变革确实是在20世纪80年代与西方现代小说对话的语境中逐步形成的。可以说,当代中国小说因此获得了想象力与情感表现力的解放,但我们依然在根本上心存疑虑,这样的疑虑大体由两个相互矛盾的问题构成:其一,通过对西方文学的长期学习,这些西方文学的经验在多大程度上转化为中国文学自己的经验?其二,当代中国的小说艺术与西方小说横向比较,我们的艺术水准究竟如何?之所以说这是两个相互矛盾的问题,是因为前者是渴望中国文学具有本土的艺术经验;后者则是要用固定化的西方文学的标准来衡量中国当代文学。

如果把中国本土文学经验绝对化,把西方文学教条化,这无疑会使我们面对中国文学经验都会显得狭隘。显然,这里的"西方"是泛指世界,也包括古典与现代,确实构成了中国当代文学经验的有机部分。但随着中国文学的发展和现实面临的问题,中国文学与世界的关系在21世纪确实发生一些微妙却是深刻的变化。一个显著的事实是:如我们在前面多处所言,中国当代比较有分量的小说与西方小说渐行渐远。这就让我们在评价和比较中国小说与世界文学的经验发生困难,解决这样的困难途径就迫使我们去认识中西文学存在的差异。如果解决那样一个老问题,我们无法真正认识中国小说的经验,也无法认识中国小说与世界文学的关系,更遑论中国文学对世界文学可能具有贡献。

很显然，这里不是简单地去重复"一个民族有一个民族的文学"的这样的老命题，而是去解开这个命题背后更深的文化的、哲学的和美学的根源。这一根源的解开当然首先有赖于我们去认识中西小说经验的基本差异，这并不是在传统的文化差异的基础上来比较，因为这样的比较已经是常识性的，需要解决的难题在于：在现代性的共同基础，中国现代小说以何种方式发展出自己的小说经验，它何以要发展出自己的经验？何以要以这种方式发展出自己的小说经验？由此，我们才可能评估中国当代小说艺术变革所取得的成就，也才可能认识到中国当代小说（也可扩大到文学）究竟有没有好作品。因为，如果不从差异性的角度来认识这一问题，把西方的古典和现代小说作为一个绝对的尺度，中国当代文学永远没有合乎这一标准和规格的作品。

也因为对这样的一个大问题的论述不能流于从概念到概念推演，本章选择一个小视角切入，来看当代中国小说在一部分作家那里所采取的艺术手法——这种手法直接关涉到中国当代文学突破所选取的路径，所具有的艺术品性。例如，本章选取"逃离"作为关键词，从这个视角来透视当下小说创作的微妙而实际深刻的变异。

我在这里用这种方式讨论这一问题，基于理论上对文学的这样一种推测：作家在文学文本中设计的某些情节，可能暗示了他对自身文学道路选择的看法，甚至暗示对这一种文学道路的看法。

因此，我尝试用"逃离"这一概念，来看当今中国文学对这一少有涉猎的主题的处理，暗示了作家在艺术上的自觉与另辟蹊径的可能性。这一另辟蹊径不只是中国当代小说发生的变革，也是它相对于西方的文学范式所做的"逃离"。这种"逃离"当然不是它怯懦和无能，而是它可能抵达自己的成熟期的一种自觉。我把这样的成熟期表述为"晚郁时期"，这就是对阿多诺和萨义德所说的"晚期风格"这一概念进行的中国化处理。汉语文学发展到今天所具有的自觉与成熟，这就是现代汉语白话文学历经百年的积累、磨砺、沉郁的阶段，到今天正是渐入佳境而发散的时期。"逃离"某种意义上意味着解放，意味着这样的变革预示了它自己的道路，即从西方那里出来，走向自己的目标。也可能是别无选择或无可奈何，但它走向这样的道路毕竟成全了自己，有了成熟自觉的汉语文学。

一、"逃离"：西方文学的一个内在经验

试图用一个概念概括西方现代文学的某种特征无疑是胆大妄为之举；而用"逃离"这种概念或许还让人匪夷所思。但我以为，这个术语可以在一定程度上概括某些作家的特征。2004年，加拿大籍作家爱丽丝·门罗的《逃离》在英语世界受到好评。2004年门罗第二次获吉勒奖即是因为这本《逃离》，评委们对此书的赞语是："故事令人难忘，语言精确而有独到之处，朴实而优美，读后令人回味无穷。"

这部由8个短篇小说构成的小说集，于2009年在中国出版汉语版，也受到国内作家和读者的重视，确实可以被认为是最好的英语小说。开篇的短篇小说就是同书名的《逃离》，小说讲述一个叫作卡拉的年轻女性想要逃离极其不协调的同居男友，却又走到半路折回家中的故事。这当然是一个失败的"逃离"的故事。

小说的叙述非常缓慢而有心理层次感。小说开始的叙述视角就是卡拉的视角，她站在马厩房门的后面，听到汽车声音响，她在想，那是邻居贾米森太太从希腊度假回来了。"但愿那不是她呀。"小说第一段就是如此微妙的心理活动。每个动作、人物所处的位置、人物的心理，都有层次感地一步步展开。

小说非常讲究构思。首先是时间紧凑，其实小说发生的主要时间就是贾米森太太回到家里的一天的时间，在实际时间里，卡拉坐在贾米森太太面前的时间也很有限，大部分的情节细节是在回忆和心理活动中展开的。贾米森先生是个老迈的诗人，刚去世不久，贾米森太太显然是为了摆脱悲痛到希腊一个小村庄度假。她回到家里，使故事的切入具有动态感。仿佛在这个地方一切都只是刚刚开始，这就是小说的开始。而小说中的伏笔都是一点点剥开，那只小羊弗洛拉也逃离了，可是一直在卡拉的心里。这只小羊在故事中曾经带着雾气出现过，结尾又出现一些头盖骨，表明这只小羊可能早就被秃鹫之类的动物吃掉了，但它的灵魂却还在牵绕着卡拉。

小说对当今西方社会底层穷困青年的表现相当有力，他们的困境中容易滋生出人性的恶的一面，但善良如何在这种境遇中与恶抗争着，这也是一个生存的难题。卡拉的男友克拉克也是一个底层青年，中学

未毕业就辍学，到处流浪，干点杂活，三年前遇到卡拉，他们来到这个偏僻的村落，办了一个马场，教人学骑马，这种营生很不景气。脾气暴躁的克拉克到处与人吵架，在镇上已经很难与人相处了。可想而知，卡拉承受了克拉克的火暴脾气与无所事事的生活态度，小说特别对底层弱势妇女的表现极其精细而微妙。女性那种心理的脆弱，要反抗家庭，离家出走，渴望真实的生活，却不得不走向困境而无力自拔。而卡拉在贾米森太太家里帮工，照顾病床上的贾米森先生。卡拉与男朋友的乐子是躲在被窝里说说邻居那个老贾米森，卡拉几乎是想象地说起躺在病床上的老贾米森还想卡拉给他温存。这些到底是真实地发生过还是卡拉的想象，无从判断，卡拉说得像真的一样，可卡拉又再三对克拉克说那是她的想象。但克拉克看报纸，知道贾米森获得一项奖金不菲的诗歌大奖，克拉克怂恿卡拉去要挟贾米森太太，说是老贾米森对她进行性骚扰。这让卡拉很不情愿，这多少有亵渎死者之嫌，也让卡拉动了念头要逃离。卡拉显然不想做这样的事，她的内心还保留着善良。

那天卡拉坐在贾米森太太面前，可能想提出克拉克要她做的要挟的事，话很可能到嘴边她就咽回去了。变成了对贾米森太太诉说她与克拉克在一起的不快乐，贾米森太太帮助她逃到多伦多的朋友那里去。车快到多伦多了，卡拉对城市与陌生人有一种恐惧感，她想着以后要面对没有克拉克的人群，她心里就很不踏实，她跳车就回到克拉克身边。接着轮到克拉克出场，他去归还贾米森太太送给卡拉逃跑时穿的衣服。他警告贾米森太太不要插手他们家的事，他们站在贾米森太太厨房门外谈话。不可思议的是，这样的谈话，一直是在心理微妙的层面上进行的，一点点刻画了二人的心灵是怎么在那么细微的层面上较量。他们的对话处于极其不安的状态，但却又一点点贴近，这时卡拉那只逃离的小羊弗洛拉带着夜晚的雾气跑回来了。他们的谈话的结果已经不重要，重要的是他们谈话时心理的微妙状态的呈现。

这篇小说叙述得细腻而微妙，构思得精巧而又自然，那种心理刻画，一点点透示出人物的矛盾心境，并且引向困境。尤其是女性无力自拔的心理特征，卡拉想逃离克拉克，但又欲罢不能，无法决断，犹豫再三，还是回到这种生活状态。矛盾无法解决，一切源自内心的纠结，这才是问题所在。小说回到内心之微妙还嫌不够极致,小说的结尾处,卡拉总到树林里看那些头盖骨,可能是小羊弗洛拉的头盖骨吧?那么在克拉克与贾米森太太对话时,带着雾气出现的小羊,就只是一个幻觉了。小说在心理的微妙感之外,还要加上一些魔幻的色彩。外部世界的存在的真实性已经不那么重要了,重要的是人物的心理感受。总之,这篇小说写得精细微妙而自然灵巧,无疑极其出色,令人击节而叹。当然,门罗这部短篇小说集收入的8篇小说篇篇都很精彩,都各有独到之处。这8篇小说,都是在这种心理经验中,去表现当今北美社会,或者说西方世界,一些处于生活边缘的女性,她们内心与社会的疏离感,她们顽强的自我意识与命运构成的抗争,这些疏离和抗争,都极其微妙富有层次感。如果要展开分析这些小说,当然非本文篇幅所能。

如果要在文本分析方面,与"逃离"这一关键词挂上钩,也都未尝不可。出于我们分析的集中阐释,还是扣紧这篇名为"逃离"的小说。我们也可以说,这篇讲述"逃离"的故事,主人公最后又回到原来的生活的状态,小说实际上则引向了更深的心理纠结。"逃离"引出的是更深地切入人的内心世界,这就是典型的西方浪漫派小说。自我的经验、内心情感、精巧而自然的构思,这就是浪漫主义的文化基础上生长出来的小说,在门罗的《逃离》这里达到了炉火纯青的境界。

当然,"逃离"只是一个突显出来的修辞性的概括,逃离出去,却是更深地回到内心,表现内心的复杂性和深刻性,这就是西方自浪漫主义以来的文学形成的美学进向。那些没有表现"逃离"主题或行为的作品,也可以说其根基就是立足于浪漫主义文化。现代主义、后现代主义固然有着不同的方式反叛和挑战浪漫主义或现实主义,但其思想文化与审美的根基还是在浪漫主义的源流中。

二、"逃离":哲学的与文化根基的解释

很显然,在文学史的叙述中,我们都是把现代以来的文学划分为浪漫主义、现实主义、现代主义、后现代主义。这种划分本身是现代性的思考框架在起作用,即它们是递进的、替代式的,在后的主义比前此的要更为先进。在20世纪80年代,人们欢呼后现代时代的到来,认为后

现代主义与现代主义的区别,要远远大于现代主义与现实主义和浪漫主义的区别①。而到了90年代后期,现代性问题成为学术界的核心概念,从现代性角度看问题,显然历史时段要长得多,在现代与后现代之间划界也无法那么截然。在"现代性"这一概念成为当今学界的一个核心概念之后,现代的长时段参照系会引出另一个问题,在现代性的过程,是否有一种延续下去的思想文化和审美方式?显然,当现代性作为一项历史进程,它在理论上包括了浪漫主义、现实主义、现代主义和后现代主义;那么,是否有一种更为基础性的思想文化构成其根基?

按照以赛亚·伯林的观点,浪漫主义就是这样的根基。以赛亚·伯林认为:"浪漫主义的重要性在于它是近代史上规模最大的一场运动,改变了西方世界的生活和思想……它是发生在西方意识领域里最伟大的一次转折。发生在19、20世纪历史进程中的其他转折都不及浪漫主义重要,而且它们都受到浪漫主义深刻的影响。"②如果说,浪漫主义在西方思想文化中的影响如此深远,那么,由此推论,西方的现代小说的审美意识建立于此一基础上——是可以成立的。

当然,以赛亚关于浪漫主义的论述相当复杂,在他看来,浪漫主义起源于对启蒙理性主义的反叛,它既是来自启蒙理性主义内部的批判,也是来自外部的反启蒙理性主义的批判。内与外就看如何界定。这样的浪漫主义思想源头来自18世纪的德国。与我们习惯把康德、黑格尔、费希特、谢林等人的哲学称为德国古典哲学不同,在西方的主流哲学思想史论述中,这一时期的德国哲学被称为浪漫主义哲学。很显然,这一德国浪漫主义哲学无疑与启蒙理性主义密不可分,只是启蒙理性主义被看成是法国哲学的典型特征,德国哲学到康德、黑格尔时期,要生长出自己的思想。康德、黑格尔的理性主义还是占据主导地位,批判的浪漫主义成分并不强烈。以赛亚·伯林是要在启蒙主义的思想源流中强行分离出一股浪漫主义思潮,而且浪漫主义思潮是

---

① 美国比较文学研究者伊哈布·哈桑等人就持这种看法。

② [英]以赛亚·伯林:《浪漫主义的根源》,吕梁等译,译林出版社,2008年,第10页。显然,这样的浪漫主义概念与中国文学上经常使用的"浪漫主义"有些不同。例如,德国古典主义哲学在伯林和哈贝马斯那里,都被理解为主导的浪漫主义传统。

直接针对理性主义行使批判性的思想。这一历史谱系在以赛亚·伯林那里或许是很清晰的,但对于大多数人来说,要区分浪漫主义思潮与理性主义还是相当困难,因为二者经常纠缠在一起。就这一点来说,伯林试图把18世纪的德国思想解释成影响更为深远的现代思想转型,但他却很难绕过康德、黑格尔作为18世纪理性主义的中坚的稳固形象。以赛亚·伯林也去发掘康德与黑格尔身上的浪漫主义精神,但他们身上的浪漫主义精神与理性主义并不那么对立,也谈不上分裂。伯林在把康德作为现代个人主义之父来叙述的同时,也在一定程度上成功地把康德叙述成浪漫主义的先师。当然,谢林的思想肯定更富有浪漫主义精神。谢林认为只有少数具有天才想象的诗人、哲学家、神学家或政治家,才能凭直觉把握来自宇宙的原始的、非理性的力量的自我展现过程。谢林把宇宙与自然神秘化,并且与个人的天才直觉融合一体,这样,个人的神启式的才能就替代了法国人的自然立法的优先性。个人成为给艺术立法的权威,因为个人自我的创造性被置于重要地位。这就是德国浪漫主义超越法国理性主义的地方。伯林说道:

  这种对特殊的、本能的和精神的能力的信念,虽有不同的名称——理性、理解力和原始想象力,但是它与启蒙运动所赞成的批判分析的理性总是有所不同,它同分析的能力或方法——进行收集、分类、试验、循序渐进、重新组织、定义、归纳和确定概率——对立起来,后来变成了一种被众多思想家所接受的常识,如费希特、黑格尔、华兹华斯、柯勒律治、歌德、卡莱尔、叔本华和19世纪另一些反理性主义思想家,并在柏格森和后来的反实证主义学派那里达到顶峰。

  这也是浪漫主义洪流的一个来源,它把人的一切活动都视为个人自我表达的形式,认为艺术和所有创造性活动都是一种独特个性——不管是集体的还是个人的,自觉的还是不自觉的——在它借以发挥作用的事物或媒介上打下的烙印,以努力实现那些并非既定而是由创造性自我产生的价值。[①]

---

① [英]以赛亚·伯林:《反潮流:观念史论文集》,冯克利译,译林出版社,2002年,第20页。

与这些西方思想史上的主流的哲学代表人物相比,另一拨被思想史遮蔽的那一群人——维柯、哈曼、赫尔德、迈斯特等人,乃是浪漫主义运动的真正的发动者。伯林乐于把这些人对启蒙理性主义的挑战,看成是浪漫主义兴起的思想资源,而且他们的影响是内在而深远的,尤其是影响到现代审美浪潮走向。

很显然,本文并不想去分辨伯林哲学思想的复杂线索,而是就伯林试图解决的问题作为我们论述展开的依据。启蒙现代性并不是理性主义占据绝对支配地位,相反,反理性主义思潮一直伴随其左右,这股不仅只是在哲学上,更重要的是在文化上和美学(文学艺术)上被称为浪漫主义的思潮,其实是在现代性中开辟出的另一现代进向。由此出现审美的现代性与启蒙理性的现代性的区分,前者虽然说也不能脱离后者为根基,但却是要在后者的基地上撕裂开一个口子脱序而去。

伯林的意思虽然未最后道明,但他如此强调浪漫主义的批判性思想和情感表达方式对现代社会的影响,实际上是说,整个浪漫主义之后的人类的情感表达方式都受到此种思潮的影响。这一观点显然对我们从整体上把握西方18世纪以来的文学艺术的基本特性很有帮助。也就是说,西方自18世纪进入现代以来,审美的现代性在反启蒙理性的思想驱动下,建立起了浪漫主义的文学艺术,也形成了浪漫主义式的表达情感的基本方式。这一观点对于我们去理解中国现代以及当代的文学艺术走过的历程至关重要,如果说西方的现代以来的文学艺术是在浪漫主义根基上生长起来的,那么我们就要追问,我们的现代文学艺术是否也有一场影响如此深远广泛的浪漫主义运动?如果没有,那么,也要追问何以我们没有形成这样的运动?没有形成这样的运动,对于中国现代以来的文学艺术的表现方式意味着什么?

这其实要去回答更为原初的问题,审美现代性是否具有普适性?作为多元论者的伯林颇为欣赏赫尔德关于民族文化的独特性观点。赫尔德认为:存在着多种多样不能彼此对比的文化。民族文化属于一个既定的共同体,通过共同的语言、历史记忆、习惯、传统和感情这些摸不着又剪不断的纽带,同它的成员联系在一起,是一种和饮食、安全、生儿育女一样自然的需要。一个民族能够理解和同情另一个民族的制度,只能是因为它了解它自身的制度对它有多大的意义①。既然文学艺术必然要深植于民族的内心生活,必然要与它的独特语言和文化习惯联系在一起,那么各自都有其独特性,可能难以用普适性的标准将其放在一起比一个高下。

如果从浪漫主义文化的角度来看,西方的小说不管是典型的浪漫主义小说,还是后来的现代主义、后现代主义,都可以看到回到内心去发掘个人自我情感的共同特征。这倒是从另一侧面证实了伯林所说的,浪漫主义思潮影响18世纪以后至今的西方认识方式和情感表达方式。

在这里,我们依然回到西方的关于"逃离"的文学经验中去,以求能深化对此一问题的认识。

"逃离"这一典型的修辞性概括,力图把西方小说无止境地表达内心深处的文学经验突显出来。"逃离"本来是向外部世界出发,离开某个自己原来的处所;但在小说叙事中,"逃离"在向外部世界移动和活动的过程中,却总是更深地回到个人内心,更彻底地把内心的丰富性、矛盾性和复杂性表达出来。一个本来要向外的运动,却更深地回到内心。这就是在最大张力的结构中来理解西方的小说与个人情感和内心生活的关系。

尽管说门罗的小说出版于21世纪初,现代小说在艺术上的前卫性已经让位于更富有传统的艺术笔法,但我们回首西方当年实验小说或后现代小说如火如荼的年月,又是在做何种"逃离"?孙悟空再厉害,也没有"逃离"如来的掌心吧?浪漫主义或许就是这样的掌心。

事实上,对浪漫主义如此强大的根基的"逃离",也构成了现代以来的西方小说对自身挑战的不懈动力。本文无法去梳理西方现代文学史如此漫长的谱系,仅只就典型作品做简要分析,尝试看看这样的"逃离"如何激发西方小说的内在变异。

就从文学史的习惯说法来看,浪漫主义之后是批判现实主义。这样的说法,是把浪漫主义处理为一个阶段的文学艺术现象。现实主义

---

① [英]以赛亚·伯林:《反潮流:观念史论文集》,冯克利译,译林出版社,2002年,第14页。

此后被作为文学中的常态来肯定,似乎它是直接而真实反映现实的基本创作方法。但现实主义企图替代和改变浪漫主义,有一个定语"批判"。这种批判并不只是针对现实,也是针对浪漫主义。作为艺术的浪漫主义到了19世纪严重忽略了急剧变化的资本主义现实,不管是高速出现的物质文明,还是累积到严重的社会矛盾。现实主义对浪漫主义不满,要直接面对现实,反映资本主义现实出现的新的社会现象,新的人与人之间的关系。而浪漫主义回到内心生活的那种叙述无法回应资本主义现实的生动性、丰富性和复杂性。

从思想史的角度来看,现实主义更加强调了主体性。现实主义实际上可以划分为批判现实主义和理想现实主义:前者是在19世纪资本主义文化中建立起来的批判现实的创作方法;后者是后来在社会主义文化中建立起来用意识形态来建构未来蓝图的创作方法。这两种态度,可以说都强调了主体性,它与现代思想史中的主体性展开的哲学思想是并行不悖的,其根源还是在浪漫主义文化的根基上。现代主义固然是对现实主义不满,把对外部世界的批判和对未来社会的想象,转为对人的自我的批判,现代主义再次把文学艺术的表现力转向了人的内心世界。意识流小说不过是浪漫主义的内心情感更为极致的表现罢了,而象征主义把浪漫主义的神秘性和不可知论发挥到更加玄奥的境地。现代主义的哲学根基还有一个在场的逻各斯,其主体意识实际上空前强大,主体论之受到怀疑和拆解,此项任务就交给后现代主义。后现代主义在文学上的表现,所谓去中心、去整体性、去深度性、去主体性等等,它要去除的归根结底是主体性的内在逻辑,主体性的在场的反思性可以抵达某种深度。乔伊斯的《尤利西斯》是现代的,是因为人物的自我意识可以与文本的内在思想目的论相关联。乔伊斯的《芬尼根守灵夜》通常被认为是后现代的,因为神秘主义式的文化通灵论,以及人物失去可供归纳的意识中心。普鲁斯特的《追忆逝水年华》是现代的,那是一个人的自我意识在时间秩序里的流动,个人的自我被展现得十分清晰。纳博科夫的《洛丽塔》是后现代的,人物已然没有意识动机,就是一种吸引生命的力在不可知的地方召唤。

1958年,美国60年代实验小说的干将约翰·巴思发表《路的尽头》。巴思在马里兰州的剑桥这一带长大成人,其大部分作品亦描写此地的生活。28岁那年，巴思出版了《路的尽头》，小说写了贾各勃·霍纳和伦尼以及乔·摩根三人之间的十分荒诞的人生冲突。霍纳是巴思笔下一个典型的当代人，在生活中没有任何目的，精神处于完全瘫痪的境地，因为他已不能感受任何东西了。他患上了神经症之类的疾病，经常去看心理医生，在规劝室听医生说些无聊的话。他在约翰·霍普金斯大学通过硕士论文答辩之后，离开了宿舍，来到汽车站，愿花20美元乘车到任何地方去。关于到什么地方去，他举棋不定，犹豫不决，他就像一辆没有汽油的车一样，丧失了一切动机。他没有任何理由到任何地方去，也没有任何理由做任何事情。贾各勃·霍纳没有性格，没有人格；没有自我，没有我。他一动也不动地在汽车站坐了24小时。霍纳遇到了乔·摩根夫妇，摩根是一个自负的想操控别人的人，他也算是霍纳唯一的朋友。乔·摩根决定过一种完全理性的和正规的生活，而贾各勃·霍纳则是一个毫无目的、随遇而安的人，对于他来说，存在先于本质，他的存在甚至唾弃本质。令人奇怪的是，摩根却经常邀请霍纳到家里一起吃饭，让他的妻子伦尼教霍纳骑马，甚至他还要信任霍纳这样的人，在他外出时，请求霍纳周末到家里陪他妻子伦尼，这二人不可避免发生通奸行为。结果伦尼怀孕，一切都乱糟糟的，三个人打成了一团。伦尼后来做非法人流，死于手术台上，这个悲剧算是到头了。霍纳这个没有任何生活目标的人，也走到人生的尽头了。

巴思的《路的尽头》显然包含着当时影响广泛的存在主义哲学，乔·摩根就是一个具有本质的人，而霍纳却是一个病态的，没有本质也不知如何选择自我本质的人。但奇怪的是，霍纳却是作者所同情的人，也是伦尼想亲近的人。而具有本质的乔却显得虚伪十足，乔给予自己以本质，他理性，他有目的，他知道自己该干什么，他相信自己有能力掌控局面，掌控伦尼和霍纳。他或许想不到，也可能想到了也无动于衷，伦尼终于死于非法打胎。很显然，巴思把这个关于友情和爱的故事，变成了一个关于人的本质与背叛的悲喜剧，也是关于思想与通奸的滑稽剧。霍纳其实一直想逃离生活，逃离生活正常的轨迹，但他却没有方向，也没有动机，他最后还是要逃离，他只有站在路的尽头，从来就没有方向。

巴思的小说叙事也是现代主义走到路的尽头的暗喻，这也是巴思对现代主义做出的"逃离"。他无法去讲述一个人对抗现代社会的故事，现代主义者还有自我本质，还有对人的存在目的性的把握，小说的叙述要切入的是人的意识深处，去探究一个人的内心世界到底有多么复杂和微妙。但在巴思这里，霍纳就是一个病人，他与理性、本质之类的存在者格格不入。他走在路的尽头，甚至没有回望走过的道路，《路的尽头》是否也可以读出一种喻义？或者一种象征性的暗示？那条路的尽头，写了这一类美国青年的人生道路的迷惘与走到尽头无路可走的状况，是否也是巴思对现代小说的理解，走到尽头，甚至在大量借用了欧洲存在主义哲学的情形下，这条路能通向何方？这部小说无疑充满才华，也无疑是美国现代小说对人物的内心、性格以及存在的微妙关系充满魅力的表现。但巴思这部小说的叙事、人物性格心理的刻画，以及命运的走向，背后有着存在主义哲学在起支配作用。如果没有这些哲学，巴思的写作如何使塞林格的《麦田里的守望者》（1951），克鲁亚克的《在路上》（1957）另辟出他们这一代小说家的蹊径？但是，从小说技术或艺术的角度，这部小说在结尾处实在有些勉强，甚至有些糟糕，那个"路的尽头"，是在哲学的引导下才出现的，按照哲学的推论，霍纳就只有走在路的尽头——霍纳走在尽头，当代小说也就只有走在尽头——这背后是海德格尔或萨特在起作用。如此精彩的叙述，也不得走向"尽头"，走向另一种，走向哲学或者——？

事实上，存在主义的支撑并不能太长久，10年后，1967年，巴思发表文章《枯竭的文学》。那个时期，美国最激进的实验小说家和批评家，如巴塞尔姆、苏珊·桑塔格都在讨论"小说的死亡"，这或许是现代以来文学遭遇的最严峻的挑战。美国的实验小说家无疑把小说的艺术形式推到前所未有的高度，其内在哲学（现代主义、后现代主义的）也达到登峰造极的地步。而小说的下一步道路却方向未明。

但13年后，巴思又在《大西洋月刊》上发表《填补的文学》(1980)。第二年该文的中译文发表在上海的《外国文学报道》。巴思在《填补的文学》中认为他13年前说的小说艺术形式的枯竭被人误解，他所说的"枯竭"之本意是"高雅现代主义(high modernism)美学的枯竭"，而并非"叙述可能性的枯竭"。他现在则认为"文学永远不会枯竭"，因为他从拉美魔幻现实主义和意大利的卡尔维诺等人那里，看到了填补的希望①。但是，经历过形式主义、存在主义、拉美魔幻现实主义等等的"挪用"，北美当代小说还是在门罗这样的很单纯地回到西方传统的心理描写经验中获得肯定。美国当代小说也是历经曲曲折折，包含对自身的怀疑和挑战，终究又回到自身最熟悉的艺术经验中，又是更为坚实地踏在浪漫主义的根基上，还是要逃离进人的内心深处，文学的高妙、神奇才能熠熠闪光。

三、"逃离"：中国当代文学的一个新故事

"逃离"在当代中国文学中是否也可以构成一个故事？

显然，"逃离"在中国当代，乃至于在中国现代文学中都不是一个主导故事，甚至连边缘的故事都构不成。更准确地说，中国现代以来的文学就是努力克服了"逃离"的倾向，并且逐步清除了"逃离"的可能性，从而建构起中国现代文学，建构起以现实主义为主导美学规范的文学。在主流文学史的叙述中，只有现实主义才是值得肯定的创作方法，也只有在这一意义上，作家及作品才能获得肯定性的价值，才能被叙述为现代文学的一部分。

要用"逃离"来检视中国现代那些举足轻重的作家，无疑是极其困难的视角，因为"逃离"不是其主导姿态，而聚集是大势所趋。中国现代文学就是一个逐步聚集的文学，就是从主张追求各异的小社团、小团伙聚集到同一性的革命旗帜下的文学。当然，我们也可以使用文本修辞性读法，从鲁迅、郁达夫、茅盾、巴金、沈从文、张爱玲、路翎、胡风……这些作家那里，读者可以读出一个"逃离"的蛛丝马迹的谱系，但这显然也要花费太多的论证周折，本文无法做这样的尝试。本文也不想去论证自从20世纪40年代以来，中国文学开始建构民族国家的叙事，直至新中国成立，在社会主义现实主义的指导下，文学如何建立起统一体。随后发生的"驱逐"是一个接着一个群体，胡风被"驱逐"出革命文艺队伍，那被认为是一个（一代）文艺家的噩梦。再如"右派"一代的中

---

① John Barth, "The Literature of Replenishment", in *The Friday Book: Essays on Other Nonfiction*, Baltimore: The Johns Hopkins University Press, 1984。

国作家群,"文革"后被称为"归来一代",那是一个群体,他们终于又回来了,回到了共同的旗帜下。他们的总体感觉是终于又回到革命集体,劫后余生无论如何都是让人肃然起敬的,分享辛酸的喜悦需要集体认同。在精神压力依然强大的时代,需要聚在一起才有热量,才有抵御压力的能量。王蒙的《海的梦》就清晰地表达那种重归集体的"意识流"。在所有的青春被废弃掉后,归来"右派"担忧的依然是被抛弃的命运可能会重演,只有急切表达全身心融入集体的愿望,才能让心里踏实,让组织信任。

现代以来的中国文学,急剧地转向了民族国家的叙事,这与中国现代历史遭遇的命运相关。面对民族危难与战争,文学当然不可能逃避现实,文学也要被组织动员起来,作为救国救民的工具。这样的文学当然要建构集体认同的情感基础和现实表象。无论如何,我们不能说我们的文学在现代的历史中没有发展起以个人主体为本位的叙事,是什么令人遗憾或羞愧的事,历史无法假设,作为个人也应该有民族良知。当然,新中国成立以后,建构起了中国社会主义现实主义的文学规范,社会主义文学在建构历史叙事方面,迅速达成了高度的共同性,也使历史叙事及其客观真实性获得优先权。文学作品当然不可能是回到个人的内心世界,而是向着外部现实去完成历史建构,或者是在政治意识的引导下,完成对现实的虚构。如此的历史或现实叙事在文学上的意义和价值非本文论述之任务,这里仅只是表述,现代以来中国文学形成的历史化叙事,是以外向的形式展开的;作家个人的本位态度,主要是表达集体认同,艺术特征则是外向的历史想象和投入参与式(亦即认同式)的心理倾向。

在20世纪80年代后期及至90年代,中国当代小说有一个比较深入的重写历史的过程,这种历史反思无疑是必要的。当代小说重新去辨析20世纪已经建构起来的那些经典叙事,很显然,因为对"真实"的辨析,它的思维方式本身还是依托于历史客观性,期待重建历史叙事。在这一集体的历史行动中,出现了不少相当过硬的作品。重写历史,现在看起来,最早应该是由张炜的《古船》发动的,那一年张炜30岁。《古船》的意义与复杂性在80年代中期被"现实主义"和"寻根"两个概念遮蔽住了。固然,说它是现实主义没有什么问题,但现实主义精神并不能揭示出它在艺术上的独特性；而"寻根"也使它对齐鲁文化的表现转变为时代的意识形态反思。《古船》因其对齐鲁文化的独特意识，它写出了处在一种文化传统中的人们，历经革命动荡，性格与心理却顽强不变。革命改变了表象，隋家与赵家只是调了过儿，权势、斗争或较量在革命与革命后的年代不过以不同的形式再度重演。《古船》的历史叙事已经相当成熟，它也有非常精细丰富的心理刻画，尽管如此，我们依然要指出，这类心理自我的叙述，还是归结于或依托于历史文化的宏大叙事。后来在90年代，《白鹿原》再度讲述了两个家族斗争的故事，白鹿两家在中原文化传统的深厚底蕴下展开了较量，各自借助历史之势，改变了家族的命运。但再度的命运推演，历史只是表象的改变，内在结构还是如此。这是对革命更为明确而彻底的反思，革命敌不过文化，在中国这片土地上，决定历史及其人们存在方式的是文化。在21世纪，铁凝的《笨花》以另一种方式，重新叙述了中国现代史。铁凝的特点在于她不再试图去颠倒历史，她用乡村自然纯朴的生活、用纯朴的女性生命来渗入历史，革命历史的英勇性与乡村纯朴的生活习俗并置在一起，历史无从取舍，也不可轻易否定。现代性的暴力历史无疑要改写乡村的自然史，这一切必然是一种历史痛楚。铁凝的观念反思的弱化，反倒有一种更为复杂而深远的意味透示出来。

　　从20世纪90年代直至21世纪初期，莫言对中国现代史的重写无疑达到了极致，他的《檀香刑》《丰乳肥臀》《生死疲劳》可以说是中国现代性三部曲，写尽了中国现代的暴力、动荡和民族痛楚。对于莫言来说，他不断地寻求历史叙事的变异，不过，他还是在历史叙事的框架里运作，他还是要依赖历史编年体。他的主观性放纵的叙述也无法完全从历史给定的编年框架中突围出来，他还是抹不去那些历史大事件的厚重阴影。对于莫言来说，20世纪对于他意味着中国民族最重要的一段的历史，他要书写它，要写出它的内在的困苦、绝望和不屈的变异。

　　从文学史的角度来看，先锋派那批人是以一种"逃离"的姿势在写作，在20世纪80年代后期，这代作家正值青春年少，他们以其无历史的记忆来书写逃离"文革"记忆的历史叙事，新时期的主流是反思"文革","伤痕文学"开启反思,改革文学把"文革"的灾难现实化了,它让现实具有了"文革"的"乱后废墟"的特征,"改革"的出发点也是对"文革"的"拨乱反正"。知青一代再次叙述这代人的"文革"记忆,不管是美好(《我那遥远的清平湾》《棋王》),还是创伤性记忆(《黑骏马》《蹉跎岁月》),或者是文化(《老井》《爸爸爸》),都是厚重的沉甸甸的历史记忆,个人经验的真切性使得这种历史叙事具有无可争议的现实主义精神。但到了余华、苏童、格非、孙甘露这代人,这些记忆难以有个人经验的优先性,他们无法回到历史中去,他们只能依赖语言、现代主义的小说观念和对人性的极度表现。王朔、刘震云、李锐、刘恒与先锋派那些批判作家略有不同,他们还是有自己的当代史,"文革"、知青或者工人,他们还有故事,自己个人的经验可以把历史变迁建构起一种历史,他们抓得住一些事实和脉络。故而他们的写作称为"新写实"或者像王朔那样嘲弄现实。

当代文学史上,先锋派那批作家是最为奇特的一批人,他们前不着村,后不落店,借助现代主义的强大世风,他们几乎是突然间"逃离"了"文革"的历史和当时的改革现实。但是他们的"逃离"是不得不"逃离",他们本来就没有历史,本来就不在历史中。他们面对如此庞大的历史/现实,却又无法进入,他们本来就在外面,他们的"逃离"是从来就在外面,在远处的"逃离"。归来的"右派"、知青群体都是从他们切身的集体经验去反思历史;先锋派无法从个人的直接经验中去获得建构历史叙事的动力,只有从观念上,从艺术的表现形式上去寻求立足点,历史在叙述形式的穿越下,意外地获得了新的存在方式。余华的《一九八六年》和后来的《活着》都写到"文革"的历史,前者依靠暴力想象,后者则是开始领悟历史叙事,把历史与个人的命运建立起关联逻辑。20多年后,格非的《人面桃花》《山河入梦》《春尽江南》,苏童的《河岸》又重写历史,这是后话。在八九十年代之交,年轻一代的先锋派,远离历史与现实,以形式主义实验来叙述他们并不真切的历史,与经典历史叙事构成强烈对立,这就开启了重写历史的风气,他们无意中又一次引领了时代的风尚。确实,经历了知青那代人和先锋派这代人对历史的重写,当代历史叙事确实是获得了新的美学意蕴。

但不管如何,对历史的重写与反思至此,汉语小说的历史叙事既然已经向前走了一大步，在重写这一维度上，汉语小说恐怕也不会有更大的变异。汉语小说既有自己在历史叙事一脉的经验，又要不再囿于此，这显然是21世纪初寻求变革的汉语小说要面对的挑战。

四、"逃离"："晚郁时期"的超脱与自由

何以在21世纪初，中国作家有这种行为和愿望？这是有意识的，还是无意识的？是自觉的，还是不自觉的？这种"逃离"可能不是什么有意识的夺路而逃，也不是什么自觉的激烈叛逆，更像是一种放弃，一种不再做徒然挣扎的放弃，一种从容不迫的顺其自然，信笔而至。《论语·述而》："其为人也，发愤忘食，乐以忘忧，不知老之将至云尔。"他们或许内心有一种决绝，但不是"发愤"，而是淡然处之，知老之将至，已经行到水穷处，自然坐看云起时。这就是说，这种状况的出现，是历经百年汉语白话文学的演变，中国的一批作家可以回到文学本身，可以回到自身，以自身的方式写作，以自身的方式领悟文学，写作汉语文学。

中国学习西方现代文学有100多年的历史，自从进入现代以来，中国就奉西方文化、文学及审美意识为圭臬。因为其中历经民族国家剧烈现代性推动，中国现代文学建构起了现实主义强大的面向外部社会现实的问题叙事体系。很显然，这一传统的现实依据发生了深刻的改变，作家和文学承担的都发生了相应改变，文学必然要回到自身，作家必然要回到自身。很显然，新时期的中国当代文学，更严格地说，中国小说，就是在依然要面向社会现实和回到人性（以及自我情感）的深刻性这两方面发生冲突，这二者在理论上或许并不矛盾，但在具体的文本建制中还是有鲜明的差异：是从人性和自我情感出发来洞悉社会现实，还是从社会现实的表现中去表现人性及其情感？这是两种文学建制。不管如何，中国作家在试图以直接的构思去表现人性和自我情感的复杂性方面，并不能得心应手。在20世纪80年代以来向西方学习中，所学到手的，主要还是叙述方法以及语言风格。后者是在回到叙述和对世界认识观念中，自然给予的语言表述方式。

但在20世纪80年代的现代主义运动中，中国小说在对人物的自我意识刻画方面并未取得应有的成果，着力于表现历史与现实的变化，

而对人的内在情感刻画依赖历史叙事，这依然是中国小说与西方小说的主要差异。中国小说家也一直试图拉近与西方现代小说的距离。经历80年代的"意识流"运动，80年代后期由莫言、马原、苏童、余华、格非、孙甘露等人展开的先锋派回到小说形式本体的运动，汉语小说的艺术形式和语言两方面都得到了相当壮丽的成果。然而，在关于人性的深刻性方面，在关于情感的内在表现形式方面，并未在叙事体制方面形成普遍性的经验，因而当代中国文学的叙事方法并没有根本改变。而究其根源，就在于我们前面所说，中西现代小说的叙事体制有根本的差异，而这样的差异根源于浪漫主义文化根基。

但这一艺术上的变革愿望，在20世纪90年代却并未持续，相反，90年代产生影响的作品是回到乡土中国或者回到现代历史的叙事。这一回归乡土经验的运动持续了近20年，中国这20年影响重大的作品，都是乡土叙事和历史叙事。如陈忠实的《白鹿原》、贾平凹的《废都》《秦腔》、王蒙的"季节系列"如《恋爱的季节》、阿来的《尘埃落定》、王安忆的《长恨歌》，以及莫言的《檀香刑》《丰乳肥臀》《生死疲劳》，还有铁凝的《笨花》、刘震云的小说从《故乡天下黄花》到《一句顶一万句》等作品。直到最近还有2009年莫言的《蛙》、张炜10卷本450万字的长篇小说《你在高原》等等。所有这些，可以看成是中国近30年来最好的小说。很显然，这些作品不再是在现代主义的语境中与西方文学直接对话，而几乎是从80年代中后期热衷的现代主义运动中回撤，退回到中国现代小说传统中。也就是说，其小说基质是现实主义的乡土中国叙事。八九十年代，在那些具有现代主义倾向的中国作家的身后都站着几位西方大师。余华的身后是卡夫卡、普鲁斯特，还有日本的川端康成；马原的身后是博尔赫斯、海明威；莫言的身后是川端康成、马尔克斯、福克纳、卡夫卡，后来还有奥威尔；张炜的身后是托尔斯泰、屠格涅夫……但在21世纪，这些西方作家，不管是古典现实主义还是现代主义，都不再以鲜明的个人姿态站立于中国作家身后，而是以一种整体性的，已经消化了的元素，融合于小说的整体叙事之中。而乡土中国的叙事，也不再是用何种主义可以概括、可以定义的了。它距离西方现代主义小说反倒渐行渐远。如果不执着于用西方现代小说的个人心理经验这一标准来看，这些小说对中国社会进入现代所发生的深刻的变化、对中国人经历历史的巨大磨难的表现、对中国民族历经苦难而始终存有希望的表达，无疑都深厚、广阔、丰富而饱满。而在现实主义的表面结构体制内，却也隐含着多种多样的褶皱、撕裂和变异。

所有这些，又不得不促使我们思考，在20世纪晚期和21世纪初期，汉语文学发展了出一套叙事方法，在回到乡土中国的经验中，汉语文学找到了自己坚实的大地。一方面，我们或许可以表述为当代中国文学的本土化经验；这种经验是在学习西方现代文学一百多年的经验基础上，还是不得不回到本民族的经验，回到我们的传统造就的艺术特点，在这里去寻求自我突破之路。这就是逃离了20世纪八九十年代对西方现代主义的追逐，返身回到中国本土经验；但又不是栖息在传统和本土经验中自以为找到一劳永逸的归宿，同样也是要"逃离"，要出走，要在自己的路上出走。

这确实是有一种大彻大悟，有一种自觉。对这一行为和现象的阐释，显然不是暂时的理论化可以奏效的，这需要历史化的解释。也就是要放在20世纪到21世纪汉语文学的成熟与转型的历史语境中来解释，这才可能揭示问题的深刻性和给出未来面向。

这一"逃离"就有必要被解释为自觉的"逃离"。这就需要去理解汉语文学成熟所达到的一种境界——这就是汉语文学达到了它的成熟的晚期风格或"后郁时期"。这就是说，随着一批中国作家走向成熟（他们也都人到中年）——中国当代文学从20世纪初期的青春/革命写作（youth/revolution writing）转向了20世纪后期的中年写作或类似萨义德说的晚期风格（late style）一类的"晚郁时期"（the belated mellow period）。[①]

萨义德所说的晚期风格是与生命的终结状态相关的那种容纳矛盾、复杂却又散漫的一种写作风格。在博尔赫斯那里，却又是对生命

[①] 萨义德讨论"晚期风格"这一概念，是对阿多诺的"晚期风格"论说的展开。阿多诺关于"晚期风格"论说可参见理查德·勒普特选编的阿多诺的音乐文集《音乐随笔》第564—568页，英文译者为苏珊·H.吉莱斯皮：《阿多诺全集》（1937；GS, vol.17,pp.12—17）。萨义德关于晚期风格的论述见于他晚年的论文集《论晚期风格》，阎嘉译，生活·读书·新知三联书店，2009年。

单纯性的关切。

汉语白话文学的"晚郁时期",是汉语文学历经100多年的现代白话文学的社会化的变革与动荡,终于趋于停息,转向回到语言、体验和世相本身的写作。它是一批人、一种文学、一个时期的现象。

对于这一代中国作家来说,我以为最为重要的是他们有了自觉的汉语文学观念。这种观念不是外在的概念,也不是与西方二元对立的立场和情绪,而是对当今世界文学具有更加自觉与清醒的意识,于是才有汉语写作烂熟于心的感悟,是自在自为的文本意识,回到语言写作的意识,开始行走在汉语文学道路上的意识。

这种自觉的汉语写作意识,恰恰不是沉浸在习惯的创作经验中,不是去恪守或建构什么"中国模式",而是立足于当下,对当下的困境的意识,不断地挑战自身、超越自身。

所有这些都表明21世纪初的中国文学抵达了一个重要的阶段,就是历经了现代文学对启蒙价值和革命理念的表现,历经了20世纪五六十年代革命文学对创建中国民族风格的试验,历经八九十年代对西方现代主义文学的广泛借鉴,21世纪初的中国文学正式到达了它的"晚郁时期"(迟来的成熟时期),在困境里厚积薄发,它更执着地回到个人的生存经验中,回到个人与世界的对话中,回到对汉语言的锤炼中。

因此,它在个人写作晚期,在汉语白话文学的晚期,有一种通透、大气、内敛之意,有一种对困境及不可能性的超然。

"后郁时期"并非短暂的回光返照,而是有一个漫长的"后郁"——当今中国文学实际上就是处于"后郁时期"的文学与生命力十足张扬却又不断"夭折"的青春文学的二元体系中,于是青春写作注定了只能是"夭折"与"再生"。"晚期"与"夭折"的紧张关系,就是当今文学的一种二元结构。在无限临近终结的途中,汉语文学这才有了无限远的道路。

这样的汉语白话文学,是在世界之外,与世界渐行渐远?还是拓展了世界文学的界域呢?

但它自身确实是渐入佳境:"老去诗篇浑漫与,春来花鸟莫深愁。"(杜甫,公元761年)

后记

本书的写作时间跨度甚大，连我自己都觉得愧疚不安。本书缘起于2004年，这年我开始在北京大学中文系讲授"当代小说经典文本分析"这门课程。把"当代"和"经典"放在一起，实则是为了向学生强调我们选择当代最有代表性的那些小说来讲解，为求得简练，只能冠之以"经典"。当然，当代就算是20世纪80年代至今，也过去了二三十年，在相对的时间跨度内来选择一些好的作品命名为"经典"也未尝不可。为适合上课的需要，故主要选择中短篇小说来解读，但多数是中篇，长篇只是在更具有论述性的主题下来讨论。因我另有开设两门课程：一门是本科生的主干基础课"中国当代文学史"；另一门是选修课"90年代以来的长篇小说研究"。与这两门侧重作品文本分析的课程相对应，作为基础，我又开设了几门理论课程，如"解构理论导读""现代性理论导读""中外批评方法研究""现代主义与先锋派研究"等。目的是让学生把理论与文本细读结合在一起，形成一套系列的批评理论与文本分析的训练课程。这门"当代小说经典文本分析"课程，自2004年起，上了四五轮，每年的篇目都有调整，现在形成本书的篇目，是2010年调整的最后的篇目。这就是说，本书从2004年开始写作，一直到2012年完成最后的篇目，历时8年之久。个中缘由，一是要对上课的所选篇目找到一个角度才动笔，每每在上课时有新的想法，这才动笔成文。另一方面是在这期间我同时在写另两本书：《德里达的底线》和《中国当代文学主潮》。这两本书也前后延续了10多年之久。这两本书同时在2009年出版，转眼又过去了3年，这才有这本书完稿的时间。

　　本书写作过程中，由北京作协上报中国作协，被列入2009年度重点作品扶持项目，获得支持。因为是在2008年申报，在尚未获准的情况下，同时申请国家社科基金，获得2008年度国家社科基金支持，项目批准号08BZW061。在这里衷心感谢这两个支持本书的机构。原来想有一个统一的理论视角介入，即通过当代小说的艺术变革，来审视当代小说叙事如何拓展当代感性认知的界限，但在具体的写作过程中，觉得这一理论视角的统一贯穿反倒会使文本分析单一化了，因此就不过分强调。如果现代以来的审美要求，根本上就是趋向于感性解放的无限发展，那就很好理解何以现代以来的文学艺术在内涵和外在形式两方面，都寻求复杂性、多样性和丰富性。就连小说这种如此保守的形式（相对于视听新媒体而言），也如此着迷于向感性领域无限地延伸，感性/审美的时代不可避免地到来了——这当然是小说这种文字叙事艺术的不可承受之轻。这样的主题其实隐含在本书的大部分的作品文本分析中。如关于马原的《虚构》的异域神秘经验、苏童的《罂粟之家》的唯美、格非的《褐色鸟群》的玄奥、白先勇的《游园惊梦》的意识流、王小波的《我的阴阳两界》的身体压抑，以及关于"动刀"的主题分析、莫言和贾平凹的小说分析等等，都可以读出这种隐含的视角。

　　本书在写作过程中，得到不少朋友的支持帮助，这里首先感谢的是我的朋友曹文轩、孟繁华、李敬泽、程光炜、贺绍俊、陈福民、张清华、谢有顺等，这个名单是如此之长，恕我无法一一列出，他们都先后对我的这类文本分析文章给予了关注、讨论和肯定，促使我最终不敢懈怠得以完成。本书多个章节先后发表于《当代作家评论》《文艺争鸣》《文艺研究》《扬子江评论》《南方文坛》《上海社会科学》，在这里要感谢当时编发拙文的林建法先生、张未民先生、方宁先生和陈剑澜先生、王双龙先生、丁帆先生、张燕玲女士、王恩重先生。他们不吝篇幅，使本书能在成书前以章节的阶段成果的形式得以面世。此外，还要感谢我的数届研究生和选我课的多届本科同学，我多次在课上和他们讨论，得到他们的积极互动，形成并不断改进我的观点，在这里也恕我无法一一列出漫长的名单。

还要感谢北京大学教务部,把本书列为北京大学重点教材,他们的重视也是我坚持并且反复修改的动力之一。

最后要感谢北京大学出版社责编张雅秋女士,她一直耐心等我这本书稿拖了数年之久,并且始终如一认真编辑,她的专业精神受到同行朋友的高度赞赏。

最后谨以此书献给我的母亲,她离世已近三年,愿她在天之灵安息。

2012 年平安夜于北京万柳庄

再版说明

本书原名《众妙之门——重建文本细读的批评方法》，当时取这个书名，缘由在于出版方希望书名能更大众化些，希望本书销量能多些。对于我来说，销量从未在考虑之列，原责编有此愿望，也当能理解。是故，取了这个书名。实际上，本书当时在两个书名上取舍，一个是"裂罅、内在与光"，另一个是"小说的内与外"。这两个书名都是我喜欢的，最后却取了"众妙之门"，其实是一个普通名词，没有独特性，书印出来，也无法更改。但是，还有令人不快的事情发生，初版责编做了一个简版，令我意外的是，简版32万字，完整版书稿44万字，两者相去甚远。我为此事与出版社有过激烈争执（我生平从未与任何出版社任何责编有过分歧，更何况是我最敬重的北大出版社）。也感谢当时主管领导刘方主任和张黎明社长给予理解和支持，最后也算是相互朝积极方向努力，北大出版社很快就出版了精装全版。完整版出版时，当时我就要改书名为《小说的内与外》，但出版社又担心已经购买了简版的读者会无意中买重。考虑到存在这个可能，会很对不起读者，我又做了让步。但这本我费时多年的书，一直没有以它恰切的书名面世，是我的一个心病，就像被别人偷换了自家的孩子一样。这次老友繁华兄和清华兄出面主编"中国当代文学研究代表作"丛书，由春风文艺出版社出版，拙著得以忝列其中，正好还其本来书名《小说的内与外》，于我则是意外之喜。

何以我这么在意这个书名呢？这本书的副题是"重建文本细读的

批评方法",我的做法是从文本的叙述、语言修辞,尤其是隐喻和象征,人物的行为与命运入手,去揭示其中所折射的文学史变异走向和社会历史意味。这就是要探讨小说文本的内隐与外化,这也是立足于文学的根本上,即文学是关乎字词语言的艺术。讨论一篇/部作品,如果不讨论其叙述、字词语言、情境、人物行为,那就是把文学作品作为某些既有观念的例证,作为材料来运用。当然这也是一种研究方法,也会有好文章。比如,以文学为材料来做历史研究、社会学研究、文化研究等等。如何回到文本自身,如何从作品的字词语言出发,我以为对于"文学研究"是十分重要的。也许我是抱残守缺,我也不敢说我做得到位,只是以我的方法和有限的能力,强调一下缺位的"文本细读"而已。如今的文学理论批评,各种理论层出不穷,对于学理论出身的我来说,也一直浸淫于其中。但我深知,这些理论原创者,本来都是从文本出发,到了转手的运用者手中,则先捕捉到观念,先有了观念——当然,观念不可避免。但观念是否是这篇/部作品所独有的,是否是你的独特的提炼,则经常会被忽略。

本书再版,改动并不多。原来购买过旧版的读者朋友,知道它有个本来的书名即可。当然,如果审慎忖度之后还想购买,于我当是感激不尽。确实,如今出版社出版学术著作要冒很大风险,何况还是旧作再版,春风文艺出版社胸怀理想,可敬可佩!

在此,衷心感谢繁华兄!当年《众妙之门》一俟出版,他就以雄健的笔墨写下洋洋洒洒近两万字的评论以资鼓励,这次得他欣然允诺,又作为再版的序言,列入他和清华兄一起主编的丛书。在此也感谢清华兄的厚爱,感谢春风文艺出版社慷慨支持文学研究和文化建设,功德无量矣!

陈晓明
2020年10月3日